ABC du BAC

Tout-en-un
Mes spécialités

W0318615

Term

● **Physique-Chimie** (Spécialité)
Karine Marteau-Bazouni

● **SVT** (Spécialité)
Christian Camara
Claudine Gaston

● **Maths complémentaires** (Option)
Pierre-Antoine Desrousseaux

● **Grand Oral**
Olivier Jaoui

Nathan

Crédits photographiques

196 : ShutterStock/Jon Lyall ; **197 :** Pr. Hongyan Zhu ; **198 :** ShutterStock/Danny Ye ; **207 :** Hervé Conge ; **215 :** ShutterStock/Nido Huebl ; **235 :** Adobe Stock/Sean And Sun ; **236 :** iStock/Henri Koskinen ; **237 :** STock/middelveld ; **241 :** Hugh Iltis ; **248 :** Jacob J. Gayer/National Geographic ; **248 :** iStock/Jean-Marc Zaorski ; **299 :** ShutterStock/Denis Kuvaev ; **455 :** AdobeStock/ViDi Studio ; **466 :** ShutterStock/fizkes ; **470 :** ShutterStock/Monkey Business Images ; **475 :** ShutterStock/Krakenimages.com ; **480 :** iStock/SDI Productions.

Nathan live!

Avec Nathan Live !, encore plus d'exercices !

1 Téléchargez gratuitement l'appli. Google Play App Store

2 Ouvrez l'application et scannez les pages pour accéder directement aux ressources.

Direction éditoriale : Raphaëlle Mourey
Réalisation éditoriale : Fanny Morquin, Marie-Pierre Lowys, Julie Langlais
Conception graphique intérieure : Élise Launay
Schémas : Coredoc, Pascal Marseaud
Illustrations du cahier Grand oral : Vincent Bergier
Couverture : Élise Launay
Compositeur : Desk
Fabrication : Kévin Magar

© Nathan 2021 – 92, avenue de France, 75013 Paris
ISBN : 978-2-09-157338-0

Achevé d'imprimer en Italie en mai 2021 par Elcograf à Bergame Italie
Dépôt légal : juin 2021 - N° de projet: 10268763

Mode d'emploi

Un ouvrage pratique pour réviser toutes les matières et réussir l'examen !

PHYS.-CHIMIE

SVT

MATHS COMP.

CAHIER BAC

GRAND ORAL

Retrouvez en un seul ouvrage l'indispensable pour réviser vos spécialités.

Et pour chaque chapitre, trois rubriques pour progresser en toute sérénité :

Cours

- Des **cours synthétiques** et **structurés** permettent de maîtriser tous les thèmes du programme.
- Des **encadrés en marge** donnent des informations complémentaires, du vocabulaire, des réflexes à avoir, etc.

→ Révision express

- Une page **Révision express** à la fin de chaque chapitre résume les principaux points à retenir.
- Un **Quiz** permet de se tester rapidement et de vérifier que le cours est bien compris.

▸▸▸ Cap sur le bac

- Des **exercices** ou des **sujets-types** qui pourraient être proposés au bac permettent de s'entraîner.
- Des **conseils méthodologiques** aident à comprendre les points difficiles et à réaliser les exercices ou les sujets.
- Les **corrigés** sont accompagnés de nombreux **conseils**, **remarques**, **astuces du prof** pour acquérir les bons réflexes pour le bac.

Cahier Spécial Bac

Des sujets complets pour s'entraîner aux épreuves du nouveau Bac.

Grand oral

Des conseils pour se préparer à cette nouvelle épreuve, ainsi que des questions-types corrigées et d'autres exemples de questions possibles pour l'épreuve.

Sommaire

Mode d'emploi 3

PHYSIQUE-CHIMIE

Partie 1 – Constitution et transformations de la matière

1 Modéliser des transformations acide-base par des transferts d'ion hydrogène 8
2 Analyser un système chimique par des méthodes physiques 14
3 Analyser un système chimique par des méthodes chimiques 25
4 Suivre et modéliser l'évolution d'un système chimique ... 34
5 Modéliser l'évolution d'un système, siège d'une transformation nucléaire 45
6 Prévoir le sens de l'évolution spontanée d'un système 54
7 Comparer la force des acides et des bases 65
8 Forcer le sens d'évolution d'un système 74
9 Élaborer des stratégies en synthèse organique 82

Partie 2 – Mouvement et interactions

10 Décrire un mouvement 93
11 Relier les actions appliquées à un système à son mouvement 101
12 Modéliser l'écoulement d'un fluide 114

Partie 3 – L'énergie : conversions et transferts

13 Décrire un système thermodynamique : exemple du gaz parfait 123
14 Effectuer des bilans d'énergie : premier principe de la thermodynamique 129

Partie 4 – Ondes et signaux

15 Caractériser les phénomènes ondulatoires 143
16 Former des images 154
17 Décrire la lumière par un flux de photons 162
18 Étudier la dynamique d'un système électrique 170

SVT

Partie 1 – La Terre, la vie et l'évolution du vivant

1 L'origine du génotype des individus 180
2 Diversification des êtres vivants et évolution 191
3 Le temps et les roches 202
4 Les traces du passé mouvementé de la Terre 211

Partie 2 – Enjeux planétaires contemporains

5 Organisation fonctionnelle des plantes à fleurs 220
6 La reproduction des plantes 232
7 La domestication des plantes 241
8 Les climats de la Terre 248

Partie 3 – Corps humain et santé

9 Comportements, mouvement et système nerveux 260
10 Contraction musculaire et apport d'énergie 274
11 Le contrôle des flux de glucose 285
12 Comportement et stress 293

MATHS COMPLÉMENTAIRES

Partie 1 – Analyse

1 Suites 304
2 Limites et continuité des fonctions 315
3 Compléments sur la dérivation 326
4 Fonction logarithme népérien 332
5 Fonctions convexes 339
6 Primitives et équations différentielles 346
7 Calcul intégral 355

Partie 2 – Probabilités

8 Lois discrètes 364
9 Lois à densité 373
10 Statistiques à deux variables quantitatives 382

CAHIER SPÉCIAL BAC

Les sujets

Physique-Chimie 390
SVT 409

Les corrigés

Physique-Chimie 414
SVT 448

GRAND ORAL

Conseil 1 Préparez l'épreuve 456
Conseil 2 Travaillez vos questions 458
Conseil 3 Préparez l'échange avec le jury 467
Conseil 4 Travaillez les techniques de l'oral 471
Conseil 5 Entraînez-vous et soyez prêt(e) le jour J 476
Questions-types corrigées 481
Exemples de questions possibles 487

Corrigés des quiz 489

Annexes 499

Physique-Chimie

1 Modéliser des transformations acide-base par des transferts d'ion hydrogène 8

2 Analyser un système chimique par des méthodes physiques 14

3 Analyser un système chimique par des méthodes chimiques 25

4 Suivre et modéliser l'évolution d'un système chimique 34

5 Modéliser l'évolution d'un système, siège d'une transformation nucléaire 45

6 Prévoir le sens de l'évolution spontwanée d'un système 54

7 Comparer la force des acides et des bases 65

8 Forcer le sens d'évolution d'un système 74

9 Élaborer des stratégies en synthèse organique 82

10 Décrire un mouvement 93

11 Relier les actions appliquées à un système à son mouvement 101

12 Modéliser l'écoulement d'un fluide 114

13 Décrire un système thermodynamique : exemple du gaz parfait 123

14 Effectuer des bilans d'énergie : premier principe de la thermodynamique 129

15 Caractériser les phénomènes ondulatoires 143

16 Former des images 154

17 Décrire la lumière par un flux de photons 162

18 Étudier la dynamique d'un système électrique 170

PHYSIQUE-CHIMIE

Chapitre 1 Modéliser des transformations acide-base par des transferts d'ion hydrogène

1 Réaction acide-base

De quoi s'agit-il ? **Une réaction acido-basique est un modèle de transformation chimique par échange de proton ou ion hydrogène H^+.**

1 Acide et base de Brönsted

Au sens de Brönsted :
- un **acide** est une espèce chimique capable de céder un ion hydrogène H^+ ;
- une **base** est une espèce chimique capable d'accepter un ion hydrogène H^+.

- On définit un couple acide-base, noté Acide/Base ou AH/A^-, comme l'ensemble des deux espèces acide et basique au sens de Brönsted.
- En effet, l'espèce AH est capable de céder un ion H^+ pour se transformer en ion A^-, sa base conjuguée.
À l'inverse, l'ion A^- est capable de capter ou d'accepter un ion hydrogène H^+ pour se transformer en espèce AH, son acide conjugué.

Remarque
L'ion hydrogène est un atome d'hydrogène (un seul proton dans son noyau) qui a perdu son seul électron. Il est donc assimilé à un proton.

2 Demi-équations acido-basiques

- Les espèces acide et basique d'un même couple acido-basique Acide/Base ou AH/A^- interviennent dans la demi-équation suivante :

$$\text{Acide} = \text{Base} + H^+$$

ou encore :

$$AH = A^- + H^+$$

- On appelle demi-équation, l'écriture symbolique d'acceptation d'un proton par une base ou la cession d'un proton par un acide. Cette écriture n'est pas le reflet de ce qui se passe dans la réalité, car en solution, les protons n'existent pas à l'état libre.
- La demi-équation associée à un couple Acide/Base permet d'expliciter la formule de la base [resp. acide] conjuguée connaissant sa forme acide [resp. basique].

Exemple

La base conjuguée de l'acide éthanoïque $CH_3\text{-}COOH$ est l'ion éthanoate de formule $CH_3\text{-}COO^-$; la demi-équation du couple est $CH_3\text{-}COOH = CH_3\text{-}COO^- + H^+$.

3 Réaction acide-base, équation bilan

- Une réaction acide-base, appelée aussi réaction acido-basique, fait intervenir deux couples acide-base : Acide 1/Base 1 et Acide 2/Base 2. On supposera ici que c'est l'Acide 1 qui réagit avec la Base 2.

Remarque
Un acide ne peut réagir qu'avec une base, et réciproquement.

- La transformation peut être modélisée par une équation bilan faisant intervenir les demi-équations associées à chaque couple mis en jeu :

$$\begin{array}{c} \text{Acide 1} = \text{Base 1} + H^+ \\ \text{Base 2} + H^+ = \text{Acide 2} \\ \hline \text{Acide 1} + \text{Base 2} + H^+ \rightarrow \text{Acide 2} + \text{Base 1} + H^+ \end{array}$$

(par addition membre à membre).
En simplifiant par H^+, on obtient l'équation de la réaction entre l'Acide 1 et la Base 2 :
Acide 1 + Base 2 → Acide 2 + Base 1

- Les demi-équations montrent le transfert d'un proton ou ion hydrogène de l'Acide 1 vers la Base 2, ce qui n'est pas explicité dans l'équation bilan.

- Dans la plupart des cas, les réactions acido-basiques se font dans les deux sens. La réaction n'est pas totale, on parle alors d'équilibre. On a donc à la fois :
  – la réaction Acide 1 + Base 2 → Acide 2 + Base 1 ;
  – la réaction Acide 2 + Base 1 → Acide 1 + Base 2.

On prend alors l'habitude de noter ce double sens par une double flèche :

$$\text{Acide 1} + \text{Base 2} \rightleftharpoons \text{Acide 2} + \text{Base 1}$$

Exercice résolu

Trouver la formule de la base ou de l'acide conjugué

ÉNONCÉ

L'eau H_2O est à la fois une base et un acide de Brönsted. Quelle est la base conjuguée de l'eau ? Quel est son acide conjugué ?

CORRIGÉ

$H_2O = OH^- + H^+$:
la base conjuguée de l'eau est donc l'ion hydroxyde HO^-.
$H_2O + H^+ = H_3O^+$:
l'acide conjugué de l'eau est donc l'ion oxonium H_3O^+.

Remarque
L'eau est une espèce amphotère, à la fois acide et base.

2 Exemples de couples acide-base

De quoi s'agit-il ? Il s'agit ici d'expliciter les demi-équations de couples usuels à connaître.

1 Couples de l'eau

- L'ion oxonium H_3O^+ est un acide dont la base conjuguée est l'eau H_2O. La demi-équation associée est :

$$H_3O^+ = H_2O + H^+$$

- Cependant, l'eau est aussi un acide dont la base conjuguée est l'ion hydroxyde HO^-. La demi-équation associée est :

$$H_2O = HO^- + H^+$$

L'eau est à la fois l'acide du couple $H_2O(l)/HO^-(aq)$ et la base du couple $H_3O^+(aq)/H_2O(l)$: on dit qu'elle est un **ampholyte** ou une espèce **amphotère**.

2 Couples de l'acide carbonique

- L'acide carbonique est un composé de formule brute H_2CO_3. Cet acide a pour base conjuguée l'ion bicarbonate HCO_3^-. Le couple acide-base s'écrit alors H_2CO_3/HCO_3^- et la demi-équation $H_2CO_3 = HCO_3^- + H^+$.
- Cependant, l'ion bicarbonate peut aussi céder un proton ou ion hydrogène H^+ pour produire l'ion carbonate CO_3^{2-}. L'ion bicarbonate est alors considéré comme un acide, et l'ion carbonate comme sa base conjuguée. Le couple acide-base s'écrit alors HCO_3^-/CO_3^{2-} et la demi-équation $HCO_3^- = CO_3^{2-} + H^+$.

Réflexe à avoir

L'acide carbonique se forme par solvatation du dioxyde de carbone dans l'eau selon l'équation $CO_2(aq) + H_2O(l) \rightleftharpoons H_2CO_3(aq)$, on pourra donc trouver l'écriture (CO_2, H_2O) dans la littérature.

- L'ion bicarbonate HCO_3^- est à la fois la base du couple H_2CO_3/HCO_3^- et l'acide du couple HCO_3^-/CO_3^{2-} : l'ion bicarbonate est donc un ampholyte ou un ion amphotère.

3 Couples d'acides carboxyliques

- Un acide carboxylique est une molécule contenant le groupement d'atomes – COOH. De manière générique, on peut écrire un acide carboxylique R-COOH.
- La base conjuguée d'un acide carboxylique R-COOH est un ion carboxylate $R\text{-}COO^-$. Le couple acido-basique s'écrit donc $R\text{-}COOH/R\text{-}COO^-$ et a pour demi-équation : $R\text{-}COOH = R\text{-}COO^- + H^+$.
- Les schémas de Lewis d'un acide carboxylique et de sa base conjuguée sont les suivants :

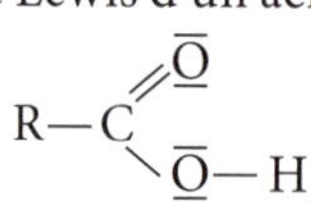
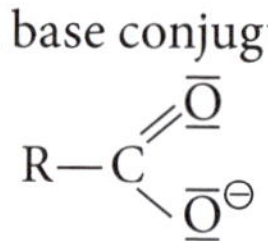

- La formule semi-développée fait état de toutes les liaisons (doublets liants) à l'exception des liaisons vers des atomes d'hydrogène, sans pour autant spécifier les doublets non liants présents dans le schéma de Lewis.

Dans le cas de l'acide éthanoïque et de l'ion éthanoate, on obtient les formules développées suivantes :

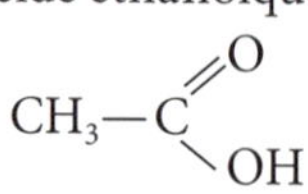
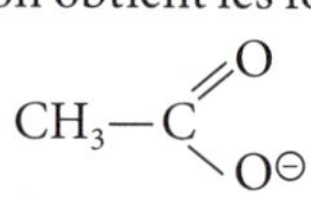

4 Couples d'amines

- Une amine est un composé contenant un atome d'azote N. Le plus petit des amines est l'ammoniac NH_3. Il existe trois catégories d'amines :
  - les amines primaires, pour lesquelles N est lié à 2 atomes H de formule $R\text{-}NH_2$;
  - les amines secondaires, pour lesquelles N est lié à un seul atome H, soit R-NH-R′ ;
  - les amines tertiaires, sans liaison avec un atome d'hydrogène.

R et R′ sont des radicaux alkyles, c'est-à-dire des chaînes carbonées.

- Les amines sont des bases dont les acides conjugués, appelés ions ammonium substitués, ont accepté un ion H^+ ou proton. Les couples sont par exemple :
  - NH_4^+/NH_3 pour le couple ion ammonium/ammoniac ;
  - $R\text{-}NH_3^+/R\text{-}NH_2$;
  - $R\text{-}NH_2^+\text{-}R'/R\text{-}NH\text{-}R'$ ou $R\text{-}NH^+(R'')\text{-}R'/R\text{-}N(R'')\text{-}R'$.

- La demi-équation, en utilisant les schémas de Lewis, fait état d'un doublet non liant sur l'atome d'azote de la forme basique :

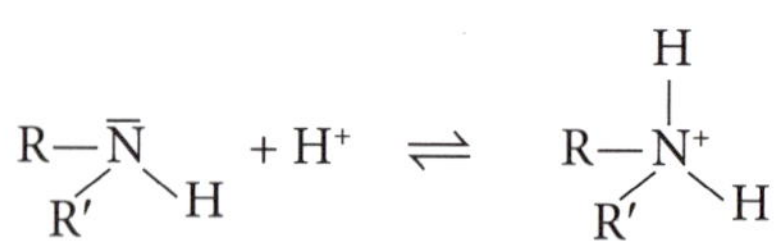

Révision express

Les points importants à retenir

- Apprenez par cœur :
– les définitions d'un acide et d'une base au sens de Brönsted ;
– les deux couples de l'eau.

- Retenez :
– qu'une espèce à la fois base d'un couple et acide d'un autre est une espèce amphotère ;
– qu'une base ne peut réagir qu'avec un acide, et réciproquement ;
– qu'une réaction acido-basique correspond à un échange de proton H^+.

- Soyez capable :
– de déterminer la base conjuguée d'un acide et l'acide conjugué d'une base ;
– de donner l'écriture d'un couple acide/base ;
– d'écrire la demi-équation à partir du couple acido-basique, et inversement ;
– de donner des exemples de couples acido-basiques.

Quiz

Cochez la (ou les) bonne(s) réponse(s) :

1. Concernant les couples de l'eau :
- ☐ **a.** l'eau est l'acide conjugué de l'ion hydroxyde.
- ☐ **b.** un des couples est H_2O/H_3O^+.
- ☐ **c.** l'eau est l'acide d'un couple et la base d'un autre, c'est un ampholyte.

2. La méthylamine a pour formule semi-développée $CH_3\text{-}NH_2$.
- ☐ **a.** C'est une base de Brönsted.
- ☐ **b.** Le couple acido-basique est $CH_3\text{-}NH_2/CH_3\text{-}NH_3^+$.
- ☐ **c.** La méthylamine est amphotère.

3. A_1H/A_1^- et A_2H/A_2^- sont deux couples acido-basiques :
- ☐ **a.** A_1H et A_2H peuvent réagir pour former leurs bases conjuguées.
- ☐ **b.** A_1H et A_2^- peuvent réagir pour former A_1^- et A_2H.
- ☐ **c.** A_2H et A_1^- peuvent réagir pour former A_2^- et A_1H.

4. Un acide de Brönsted est une espèce capable de capter un ion hydrogène.
- ☐ **a.** Vrai ☐ **b.** Faux

5. Si un acide est une molécule neutre, alors sa base conjuguée est un anion.
- ☐ **a.** Vrai ☐ **b.** Faux

→ Réponses p. 490

EXERCICE

Identifier un transfert d'ion H^+, les couples acide-base et l'équation de la réaction

Énoncé

L'ammonitrate est un engrais azoté solide, bon marché, très utilisé dans l'agriculture. Il est vendu par sac de 500 kg et contient du nitrate d'ammonium solide de formule chimique (NH_4NO_3(s)).

Le nitrate d'ammonium est très soluble dans l'eau, sa dissolution dans l'eau est totale selon la réaction : $NH_4NO_3(s) = NH_4^+(aq) + NO_3^-(aq)$.

On fait réagir l'engrais avec une solution aqueuse d'hydroxyde de sodium ($Na^+(aq) + HO^-(aq)$).

Établir l'équation de la réaction en identifiant les couples mis en jeu et montrer qu'il s'agit bien d'une réaction acido-basique.

Méthode

1 Dans la solution d'hydroxyde de sodium, repérer l'ion connu qui peut accepter ou céder un ion hydrogène.

2 En déduire si cet ion est un acide ou une base au sens de Brönsted.

3 Établir sa demi-équation acido-basique afin d'en déduire le couple associé.

4 Un acide ne réagissant qu'avec une base, identifier l'ion contenu dans l'engrais qui est susceptible d'être le second réactif.

5 Écrire la seconde demi-équation acido-basique et en déduire le couple associé.

6 Par addition membre à membre des demi-équations, expliciter l'équation bilan de cette réaction.

7 Montrer qu'il s'agit bien d'une réaction acido-basique revient à montrer un transfert d'un ion hydrogène. Revenir aux demi-équations pour cela.

Corrigé

1. Dans la solution d'hydroxyde de sodium ($Na^+(aq) + HO^-(aq)$), l'ion hydroxyde HO^-, négatif, est susceptible de capter un ion hydrogène pour produire de l'eau.

Réflexe à avoir
Il faut apprendre par cœur les couples acido-basiques de l'eau, espèce amphotère.

2. Si cet ion est capable d'accepter un ion hydrogène H^+, c'est qu'il s'agit bien d'une base au sens de Brönsted.

3. La demi-équation correspondante est alors :

$$HO^- + H^+ = H_2O$$

4. Un acide ne réagissant qu'avec une base, et inversement, si l'ion hydroxyde HO^- est une base, alors il réagit avec un ion acide présent dans l'engrais.
Seul l'ion ammonium NH_4^+ est un acide de Brönsted, c'est-à-dire capable de céder un ion H^+.
La réaction est donc celle des ions hydroxyde HO^- avec les ions ammonium NH_4^+.

5. La seconde demi-équation acido-basique est :

$$NH_4^+ = NH_3 + H^+.$$

Le couple associé est ainsi formé de l'ion ammonium et de l'ammoniac et s'écrit NH_4^+/NH_3.

6. L'équation bilan de la réaction peut s'obtenir par deux méthodes :

Méthode 1 (la plus couramment utilisée)

Par addition membre à membre des deux demi-équations, on obtient : $HO^- + H^+ = H_2O$

$NH_4^+ = NH_3 + H^+$

$HO^- + H^+ + NH_4^+ \rightarrow H_2O + NH_3 + H^+$

En simplifiant par un ion hydrogène de part et d'autre de l'équation bilan, on obtient finalement :

$$HO^- + NH_4^+ \rightarrow H_2O + NH_3$$

L'astuce du prof
Par addition membre à membre, il doit toujours y avoir autant d'ions hydrogène du côté des réactifs que du côté des produits.

Méthode 2 : Règle du gamma

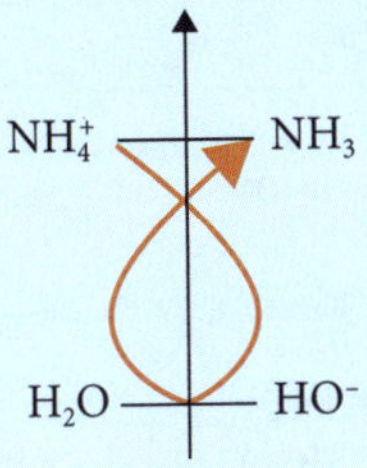

En utilisant les couples acido-basiques mis en jeu, on peut directement établir l'équation de la réaction.
Il suffit de former un « gamma » entre l'acide d'un couple et l'acide de l'autre couple en passant par les deux bases, pour obtenir l'équation bilan, les deux premiers composants étant les réactifs et les deux derniers, les produits.

Remarque
L'ordre d'écriture des réactifs ou celui des produits n'a aucune importance.

On a alors ici :

$$NH_4^+ + HO^- \rightarrow H_2O + NH_3$$

7. Les demi-équations montrent que :
- un ion hydrogène est cédé par l'ion ammonium :

$$NH_4^+ = NH_3 + H^+$$

- un ion hydrogène est accepté par l'ion hydroxyde :

$$HO^- + H^+ = H_2O$$

Il y a bien eu transfert d'un ion hydrogène d'un acide, l'ion ammonium, vers une base, l'ion hydroxyde. Ce transfert est la signature d'une réaction acido-basique.

PHYSIQUE-CHIMIE

Chapitre 2 Analyser un système chimique par des méthodes physiques

1 pH et concentration en ions oxonium

De quoi s'agit-il ? **Le pH est un indicateur d'acidité d'une solution. Il dépend de la concentration en ions oxonium de la solution sur une échelle logarithmique.**

1 Définition du pH d'une solution aqueuse diluée

- Toute solution aqueuse contient, entre autres, des ions oxonium H_3O^+ et des ions hydroxyde HO^- dus à la dissociation de l'eau appelée autoprotolyse de l'eau :

$$2H_2O = H_3O^+ + HO^-$$

- Le **pH** d'une solution aqueuse diluée est un nombre sans dimension défini comme l'opposé du logarithme décimal du rapport entre la concentration en ions oxonium H_3O^+ de la solution et une concentration standard $c°$:

$$\mathbf{pH = -\log\frac{[H_3O^+]}{c°}}$$ avec
- log : fonction logarithme décimal,
- $[H_3O^+]$: concentration molaire en ions oxonium (en $mol \cdot L^{-1}$),
- $c°$: concentration molaire standard ($c° = 1\ mol \cdot L^{-1}$).

- Cette relation n'est applicable que pour des solutions aqueuses suffisamment diluées, c'est-à-dire $10^{-13}\ mol \cdot L^{-1} < [H_3O^+] < 10^{-1}\ mol \cdot L^{-1}$, soit pour des pH compris entre 1 et 13.

- Le rapport $\frac{[H_3O^+]}{c°}$ est un rapport de grandeurs de même dimension, c'est-à-dire exprimées dans la même unité. Il est donc sans dimension et sans unité, cela entraînant bien le fait que le pH est un nombre sans dimension ni unité.

2 Concentration des ions oxonium

- La fonction inverse de la fonction logarithme décimal est la fonction puissance de 10. Si $y = \log x$, alors $x = 10^y$, et réciproquement.

La concentration en ions oxonium d'une solution de pH connu vaut alors :

$$\mathbf{[H_3O^+] = c° \times 10^{-pH}}$$

- L'échelle de pH des solutions aqueuses varie entre 0 et 14. Le pH est d'autant plus grand que la concentration de la solution en ions oxonium est faible.

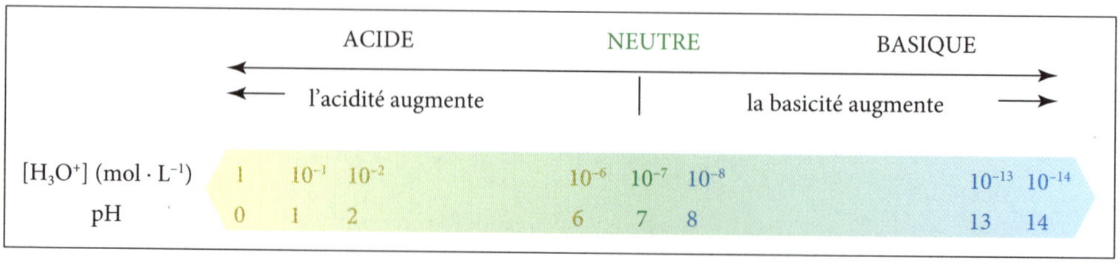

- Une solution est :
  - acide si son pH est inférieur à 7 ;
  - neutre si son pH est égal à 7 ;
  - basique si son pH est supérieur à 7.

3 Mesure de pH

- Le pH d'une solution se mesure grâce à un **pH-mètre**, étalonné à l'aide de solutions tampons. Ces dernières sont des solutions stables ou « solutions étalons » de pH connu.
- Lors d'une mesure du pH à 0,05 unité de pH près, l'incertitude sur la concentration en ions oxonium est supérieure à 10 %. Il est donc raisonnable de n'exprimer une concentration déduite d'une mesure de pH qu'avec 2 chiffres significatifs.

Remarque
Le pH d'une solution varie suivant sa température. Il est donc nécessaire de régler la température sur le pH-mètre avant toute mesure.

Exercice résolu

Calculer le pH d'une solution

ÉNONCÉ

Une eau minérale a une concentration en ions oxonium de $[H_3O^+] = 3{,}1 \times 10^{-7}\ \text{mol}\cdot\text{L}^{-1}$. Calculer son pH.

CORRIGÉ

Si $[H_3O^+] = 3{,}1 \times 10^{-7}\ \text{mol}\cdot\text{L}^{-1}$, alors :

$$\text{pH} = -\left(\frac{\log[H_3O^+]}{c°}\right) = -\log\left(\frac{3{,}1 \times 10^{-7}}{1}\right) = 6{,}5$$

Le pH de l'eau minérale est de 6,5 donc cette eau est légèrement acide.

Réflexe à avoir
Vérifier, selon la concentration en ions H_3O^+, que la définition du pH est valable.

2 Absorbance et loi de Beer-Lambert

De quoi s'agit-il ? **L'absorbance d'une solution permet de mettre en évidence la partie du spectre lumineux absorbée par cette solution. La loi de Beer-Lambert met en relation l'absorbance d'une espèce colorée en solution et sa concentration.**

1 Absorbance

L'absorbance est une grandeur sans dimension qui mesure la **capacité d'un milieu à absorber la lumière**.

- L'absorbance d'une solution se mesure à l'aide d'un appareil appelé **spectrophotomètre**. Lorsqu'une solution colorée est traversée par un faisceau de lumière monochromatique d'intensité I_0, une partie de l'intensité est **absorbée** et une partie de l'intensité est **transmise** (I_t) : on définit l'absorbance A telle que $\boldsymbol{A = \log \frac{I_t}{I_0}}$.
- Une solution d'absorbance nulle ($A = 0$) est une solution **transparente** pour l'espèce absorbante.

2 Loi de Beer-Lambert

La loi de Beer-Lambert indique que l'absorbance A est telle que :

$\boldsymbol{A} = \varepsilon \ell c$ avec
- ℓ : longueur de solution (en m ou en cm),
- c : concentration (en $mol \cdot L^{-1}$),
- ε : coefficient de proportionnalité appelé **coefficient d'extinction molaire** (en $L \cdot mol^{-1} \cdot m^{-1}$ ou en $L \cdot mol^{-1} \cdot cm^{-1}$).

- Dans la plupart des cas, on préfère noter $\boldsymbol{k = \varepsilon \ell}$ et ainsi écrire la loi de Beer-Lambert sous la forme $\boldsymbol{A = kc}$ avec k le coefficient de proportionnalité entre l'absorbance de la solution et la concentration de l'espèce absorbante.
- Dans le cas de plusieurs espèces absorbantes de concentrations différentes, leurs absorbances, *a priori* de valeur différente, s'ajoutent. Les absorbances sont **additives**.
- La loi de Beer-Lambert a un domaine de validité limité à des concentrations c faibles et à des solutions limpides. En général, la meilleure précision est obtenue pour des valeurs de A comprises entre 0,5 et 1,0.

3 Exploitation d'une courbe d'étalonnage

- La **courbe d'étalonnage** est une courbe de l'absorbance en fonction de la concentration en soluté absorbé, soit $\boldsymbol{A = f(c)}$, l'absorbance étant mesurée pour la longueur d'onde pour laquelle elle est maximale à partir de plusieurs solutions de concentrations différentes.
- L'absorbance A est directement proportionnelle à la concentration c en soluté absorbant : la courbe d'étalonnage est donc linéaire, c'est-à-dire modélisable par une droite passant par l'origine.
- À partir de cette courbe, et connaissant l'absorbance A d'une solution inconnue, on peut déduire par lecture graphique la concentration c du soluté absorbant.

Exercice résolu

Utiliser une courbe d'étalonnage

ÉNONCÉ

On réalise la courbe d'étalonnage pour des solutions de diiode de couleur brun-jaune.
On mesure ensuite l'absorbance $A = 0{,}40$ d'une solution inconnue.
En déduire sa concentration c.

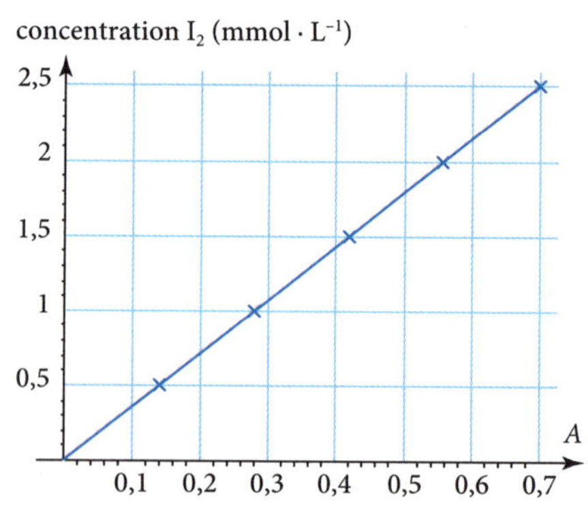

Remarque
L'absorbance de la solution inconnue doit être comprise dans la gamme étalon.

CORRIGÉ

En reportant la valeur de l'absorbance sur la courbe d'étalonnage, on obtient comme valeur de la concentration : $c = [I_2] = 1{,}4\ \text{mmol} \cdot \text{L}^{-1}$.

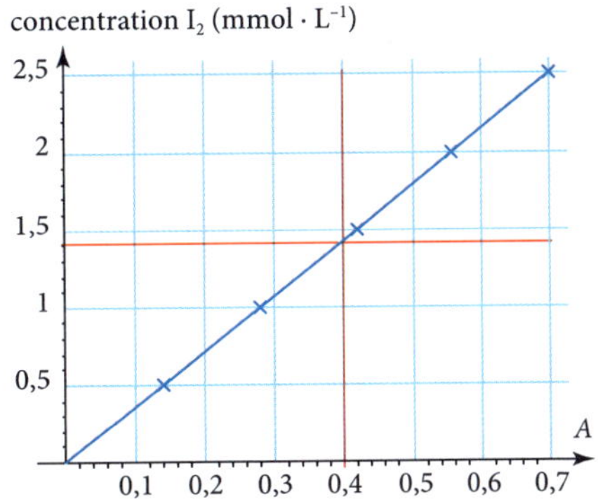

3 Conductance, conductivité et loi de Kohlrausch

De quoi s'agit-il ? **La conductance est la capacité d'une solution à conduire le courant. La loi de Kohlrausch met en lien la conductance ou la conductivité avec la concentration en ions de la solution.**

1 Conductance *G* d'une solution

- La conductance G représente la **capacité de la solution à conduire le courant électrique** qui la traverse.
- La conductance se mesure à l'aide d'un **conductimètre** possédant une cellule conductimétrique. Cette dernière est composée de deux plaques planes parallèles d'aire S séparées d'une distance L. Elle est alimentée par un générateur basse fréquence délivrant un courant d'intensité I. Un voltmètre mesure la tension U entre les plaques. Plongée dans une solution, la cellule conductimétrique contient entre ses plaques un volume $V = SL$ de solution.
- On peut considérer que la portion de solution contenue entre les plaques de la cellule conductimétrique se comporte comme un conducteur ohmique de résistance $R = \frac{U}{I}$, loi connue sous le nom de **loi d'Ohm**.

La conductance G d'une solution ionique conductrice, exprimée en siemens de symbole S, est l'inverse de la résistance R de la solution :

$$\boldsymbol{G = \frac{1}{R} = \frac{I}{U}} \quad \text{avec} \quad \begin{cases} G : \text{conductance (en S),} \\ R : \text{résistance (en } \Omega\text{),} \\ I : \text{intensité du courant (en A),} \\ U : \text{tension aux bornes de la cellule (en V).} \end{cases}$$

2 Conductivité et loi de Kohlrausch

- La conductance G d'une solution dépend à la fois de la solution ionique et de la cellule utilisée. On définit la conductivité σ de la solution telle que :

$$\boldsymbol{G = k\sigma} \quad \text{avec} \quad \begin{cases} G : \text{conductance (en S),} \\ \sigma : \text{conductivité de la solution (en S} \cdot \text{m}^{-1}\text{),} \\ k : \text{constante de cellule (en m).} \end{cases}$$

● Le coefficient k ne dépend que de la cellule utilisée, alors que σ ne dépend que de la solution.

● Pour de faibles concentrations des ions en solution, la conductivité σ de la solution est proportionnelle aux concentrations $[X_i]$ des ions X_i. Cette loi s'appelle la **loi de Kohlrausch** :

$$\sigma = \sum_{\text{ions } i} \lambda_i [X_i] \text{ avec } \begin{cases} \sigma : \text{conductivité de la solution (en S}\cdot\text{m}^{-1}\text{)}, \\ [X_i] : \text{concentration molaire de l'ion } X_i \text{ (en mol}\cdot\text{m}^{-3}\text{)}, \\ \lambda_i : \text{conductivité molaire ionique de } X_i \text{ (en S}\cdot\text{m}^2\cdot\text{mol}^{-1}\text{)}. \end{cases}$$

● Les coefficients λ_i sont récapitulés dans des tables de conductivité.

Exercice résolu

Utiliser une courbe d'étalonnage

ÉNONCÉ

En TP, des élèves réalisent plusieurs solutions de chlorure de sodium. Ils effectuent différentes mesures et obtiennent la courbe expérimentale ci-après.

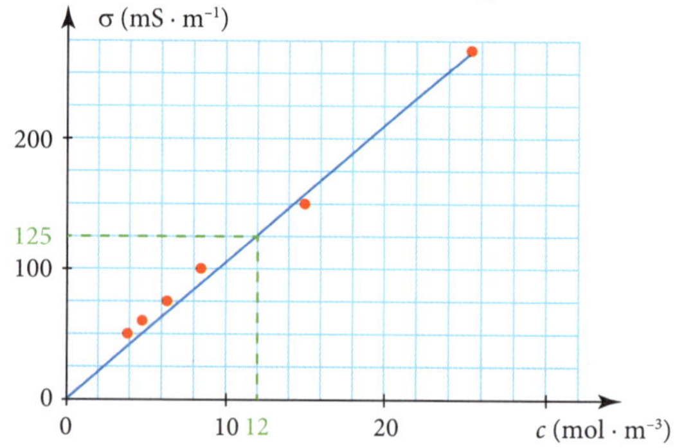

Réflexe à avoir

La conductivité de la solution inconnue doit être comprise dans la gamme étalon.

Ils mesurent ensuite la conductivité d'une solution inconnue : $\sigma = 125$ mS·m^{-1}. En déduire la concentration c en ions chlorure ou en ions sodium de cette solution.

CORRIGÉ

En reportant sur la courbe la valeur $\sigma = 125$ mS·m^{-1}, on obtient $c = 12$ mol·m^{-3}.

4 L'équation d'état des gaz parfaits

De quoi s'agit-il ? **L'équation d'état d'un gaz parfait est une relation entre les différents paramètres macroscopiques du gaz.**

1 Paramètres caractérisant l'état d'un gaz

● Un gaz dépend de quatre paramètres mesurables à l'échelle humaine appelés grandeurs macroscopiques :
- la **pression** P du gaz, qui s'exprime en pascals (Pa) ;
- la **température** T du gaz qui s'exprime, non pas en degrés Celsius (°C) mais en kelvins (K) ;
- le **volume** V occupé par ce gaz que l'on a l'habitude de mesurer dans le système international, c'est-à-dire en mètres cubes (m^3) plutôt qu'en litres (L) ;
- la **quantité de matière** n du gaz en moles (mol).

- Il existe d'autres unités usuelles de pression comme le bar (1 bar = 1×10^5 Pa) ou l'atmosphère (1 atm = $1{,}013 \times 10^5$ Pa).
- La conversion entre une température T exprimée en kelvins et une température θ exprimée en degrés Celsius est : $T(\text{K}) = \theta(°\text{C}) + 273{,}15$. En général, on se contente d'un décalage d'échelle à 3 chiffres significatifs, c'est-à-dire :

$$\boldsymbol{T(\text{K}) = \theta(°\text{C}) + 273}$$

2 Comportement d'un gaz

- Si l'on considère un gaz de quantité de matière n fixée, les expériences réalisées montrent que les différents paramètres ne sont pas indépendants.
- À pression constante, **le volume V du gaz augmente avec la température T** : lorsqu'on chauffe un gaz, il se dilate.
- À volume constant, **la pression P du gaz augmente avec la température T**.

Exemple

Dans une cocotte-minute, le volume de vapeur d'eau reste inchangé pendant la cuisson. L'augmentation de température entraîne donc une augmentation de la pression de 1 bar à 1,3 bar.

- À température constante, **la pression P augmente si le volume V diminue** : si on enferme du gaz dans une seringue bouchée, le fait d'appuyer sur le piston diminue le volume et fait augmenter la pression.

3 Loi du gaz parfait

- Un gaz parfait est un gaz idéal. Cependant, à faible pression, tous les gaz ont un comportement similaire à celui d'un gaz parfait, noté souvent GP.
- Les quatre paramètres ou grandeurs macroscopiques P, T, V et n d'un gaz parfait sont liés par une relation appelée **équation d'état du gaz parfait** :

$$\boldsymbol{PV = n\text{R}T} \text{ avec } \begin{cases} P : \text{pression (en Pa)}, \\ V : \text{volume (en m}^3\text{)}, \\ n : \text{quantité de matière (en mol)}, \\ T : \text{température du gaz parfait (en K)}. \end{cases}$$

- R est appelée **constante des gaz parfaits** et vaut 8,314 dans la mesure où les quatre paramètres ci-avant sont bien exprimés dans les unités citées.
- Le produit de la pression par le volume PV est proportionnel à celui de la quantité de matière par la température nT : la constante de proportionnalité est R, constante des gaz parfaits.

4 Volume molaire et quantité de matière

- Le volume molaire, noté V_m, est le volume occupé par n = 1 mol de gaz. On a l'habitude d'exprimer le volume molaire, non pas en $\text{m}^3 \cdot \text{mol}^{-1}$, mais en $\text{L} \cdot \text{mol}^{-1}$.
- Dans le cas d'un gaz parfait, on a : $\boldsymbol{V_\text{m} = \dfrac{\text{R}T}{P}}$. Le volume molaire dépend donc de la température et de la pression du gaz.
- La quantité de matière n contenue dans un volume V est alors $\boldsymbol{n = \dfrac{V}{V_\text{m}}}$ avec V et V_m exprimés dans les mêmes unités.

Exercice résolu

Calculer le volume molaire puis la quantité de matière

ÉNONCÉ

Un gaz est à une température de 20,00 °C à pression de 1,00 bar. Calculer son volume molaire et en déduire la quantité de matière de 6,5 L de ce gaz.

CORRIGÉ

$T = 20{,}00 + 273{,}15 = 293{,}15$ K et $P = 1{,}00 \times 10^5$ Pa.

$$V_m = \frac{RT}{P} = \frac{8{,}314 \times 293{,}15}{1{,}00 \times 10^5} = 0{,}0244\ \text{m}^3 \cdot \text{mol}^{-1} = 24{,}4\ \text{L} \cdot \text{mol}^{-1}$$

La quantité de matière est : $n = 6{,}5/24{,}4 = 0{,}27$ mol.

Réflexe à avoir

Penser aux unités spécifiques de l'équation d'état du gaz parfait.

5 Spectroscopie UV-visible et IR

De quoi s'agit-il ? **La spectroscopie permet de mettre en évidence des caractéristiques des molécules en solution par absorption ou transmission du spectre lumineux.**

1 Spectre UV-visible

- La **spectroscopie UV-visible** est une **spectroscopie d'absorption du rayonnement par les électrons de liaison** des molécules. Le domaine d'absorption du spectre électromagnétique correspond à une **bande de radiations** dans l'ultraviolet et le visible. En général, la gamme en longueurs d'onde des spectres électroniques, en fonction de l'appareil utilisé, s'étend de 200 nm à 900 nm.

- Une solution colorée absorbe dans le visible et a un spectre d'absorbance ou courbe de l'absorbance en fonction de la longueur d'onde du rayonnement $A = f(\lambda)$ qui présente un ou plusieurs pics d'absorbance.

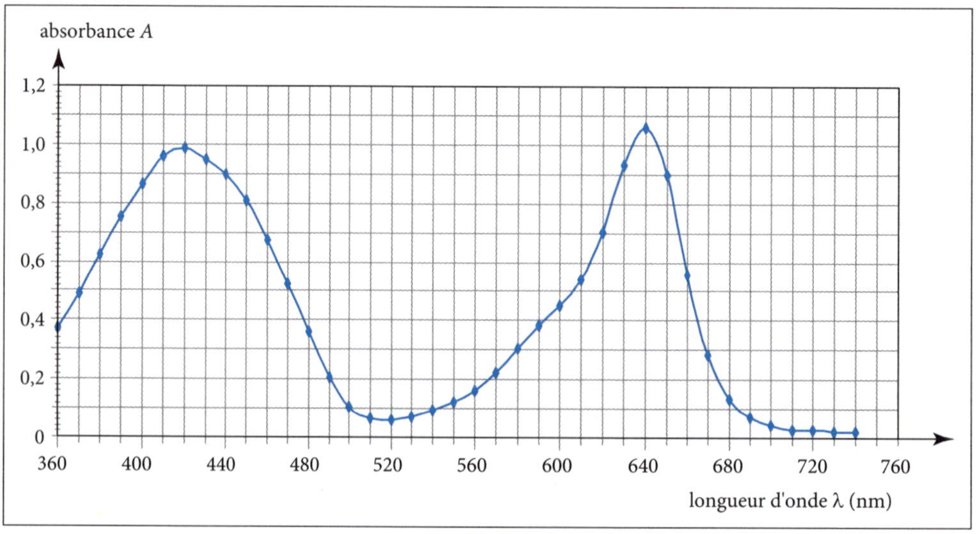

Exemple d'un spectre UV-visible

- Les absorbances étant additives, une substance ayant plusieurs bandes d'absorption dans le domaine spectral UV-visible peut avoir des maxima d'absorption distincts et identifiables. En effet, il existe des données tabulées, répertoriant les longueurs d'onde de maximum d'absorption. Ces dernières étant caractéristiques d'une espèce chimique, elles permettent de l'identifier.

2 Spectre infrarouge ou spectre IR

- La **spectroscopie infrarouge** est une **spectroscopie d'absorption des rayonnements par les molécules** dans une gamme d'énergie correspondant à la rotation et à la vibration des liaisons interatomiques.

- Un spectre infrarouge est la **courbe de la transmittance *T* en fonction du nombre d'onde** σ :
  - la **transmittance** *T*, généralement exprimée en pourcentage, est une grandeur sans dimension qui mesure la capacité d'un milieu à transmettre la lumière ;
  - le **nombre d'onde** σ (en cm^{-1}) est le nombre de longueurs d'onde par unité de longueur, soit $\sigma = \frac{1}{\lambda}$ avec λ la longueur d'onde (en cm).

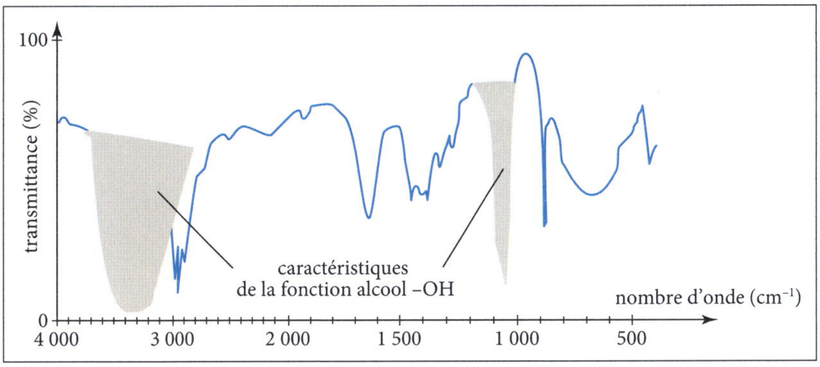

Exemple de spectre IR

- Le spectre IR permet surtout de mettre en évidence les fonctions de la molécule : la lecture et le dépouillement du spectre infrarouge utilisent des tables de données ou des logiciels adaptés permettant de faire correspondre les minima de transmittance avec les fonctions organiques ou groupes caractéristiques.

Exercice résolu

Mettre en évidence les fonctions organiques et déterminer la molécule

ÉNONCÉ

En étudiant le spectre IR ci-avant, déterminer la molécule en phase liquide, sachant que le groupement –OH caractéristique des alcools est déjà identifié sur le spectre, que l'absorption vers 3 000 cm^{-1} est caractéristique de liaisons C–H et que la molécule étudiée n'est constituée que de 2 atomes de carbone.

CORRIGÉ

La molécule présente les deux absorptions d'un groupement alcool, des liaisons C–H et 2 atomes de carbone : il s'agit de l'**éthanol** de formule $\mathbf{CH_3{-}CH_2{-}OH}$.

Révision express

Les points importants à retenir

- Apprenez par cœur :

– la définition du pH en fonction de la concentration en ions oxonium en solution ;
– la loi de Beer-Lambert et la loi de Kohlrausch ;
– la définition d'un gaz parfait et la loi des gaz parfaits.

- Retenez :

– que le pH est un nombre sans dimension et qu'il est d'autant plus important que la concentration en ions oxonium est faible et que la solution est basique ;
– que dans les problèmes de conduction, le volume est exprimé en mètres cubes (m^3) et non en litre (L).

- Soyez capable :

– de calculer un pH à partir de la concentration en ions oxonium de la solution, et inversement ;
– d'utiliser une courbe d'étalonnage pour en déduire la concentration du soluté recherchée ;
– de faire la différence entre conductance, conductivité et conductivité molaire ionique ;
– d'analyser un spectre UV-visible et un spectre IR.

Quiz

Cochez la (ou les) bonne(s) réponse(s) :

1. L'absorbance d'une solution colorée augmente si :
- ☐ **a.** la concentration en espèce colorée augmente.
- ☐ **b.** l'épaisseur de la solution à traverser augmente.
- ☐ **c.** la longueur d'onde augmente.

2. Un gaz parfait :
- ☐ **a.** est un cas d'école.
- ☐ **b.** ne prend pas en compte les interactions entre les particules du gaz.
- ☐ **c.** ne prend pas en compte le volume des particules.

3. La conductance d'une solution dépend de :
- ☐ **a.** la cellule utilisée.
- ☐ **b.** la nature des ions en solution.
- ☐ **c.** la concentration des ions.

4. Le pH est une grandeur sans unité proportionnelle à la concentration en ions oxonium.
- ☐ **a.** Vrai
- ☐ **b.** Faux

→ Réponses p. 490

EXERCICE

Exploiter un spectre IR pour identifier un groupe caractéristique ou une espèce chimique

Énoncé

Une substance pure en phase liquide a le spectre infrarouge ci-après :

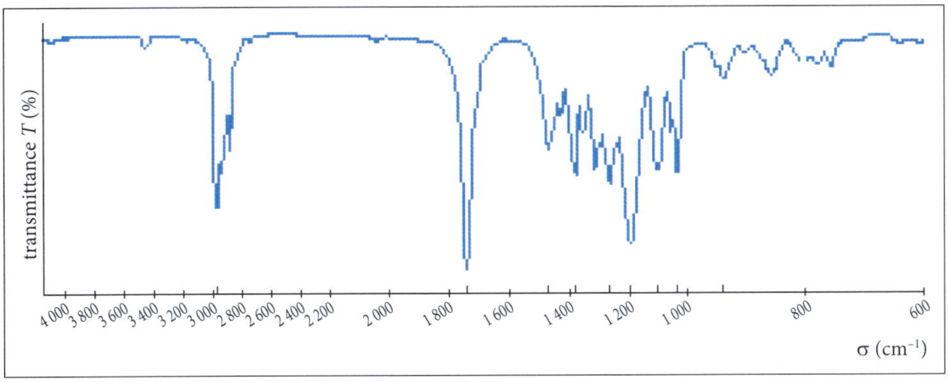

D'après les tables infrarouges et le tableau récapitulatif des groupes caractéristiques ci-dessous, quelle est la nature de la molécule dont le spectre IR est fourni ci-dessus ?

Tableau des groupes caractéristiques

Famille	Groupe caractéristique	Formule brute	Exemple
Alcools	—OH	$C_nH_{2n+2}O$	éthanol CH_3—CH_2OH
Aldéhydes	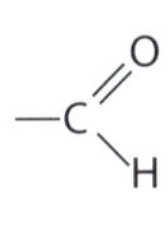	$C_nH_{2n}O$	3-méthylbutanal 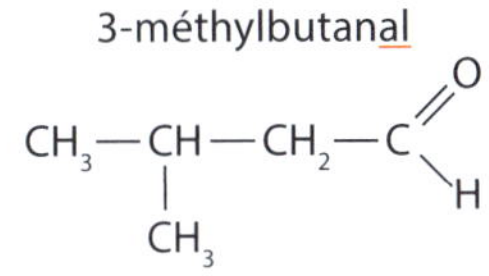
Cétones	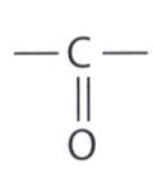	$C_nH_{2n}O$	3-méthylpentan-2-one 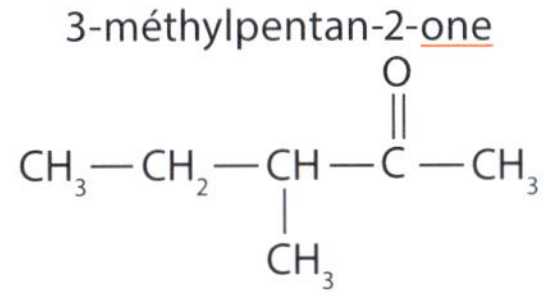
Acides carboxyliques	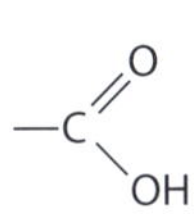	$C_nH_{2n}O_2$	acide-éthanoïque CH_3—COOH
Halogénoalcanes	—X	$C_nH_{2n+1}X$	2-bromopropane CH_3—CHBr—CH_3

Liaison	Nombre d'onde	Bande
C–O	1 190-1 075	Forte
O–H	3 550-3 000	Intense et large
C=O	1 800-1 740	Forte
C–H dans $-CH_3$	2 960	Forte
C–H dans $-(CH_2)_n-$	750-720	Faible

Méthode

1 Pour chaque ligne du tableau ci-dessus, correspondant à un type de liaison, repérer si le pic signalé est présent dans le spectre IR de la molécule. Faire alors le bilan des liaisons présentes dans la molécule inconnue.

2 Regrouper les différentes liaisons de manière pertinente afin de déterminer les groupes caractéristiques de la molécule. Le groupe caractéristique détermine la famille de la molécule.

3 Si l'on dispose d'informations supplémentaires concernant la molécule inconnue, déterminer de quelle espèce il peut s'agir.

Corrigé

1. Dans le cas du spectre proposé, il existe sûrement plusieurs pics d'absorption que l'on peut considérer comme une bande d'absorption entre 500 et 550 nm.
En comparant le spectre infrarouge et les bandes proposées dans l'extrait de table, on peut constater :
– l'existence des deux bandes de la liaison C–O vers 1 200 cm^{-1} ;
– l'absence de bande large caractéristique de la liaison O–H vers 3 000 cm^{-1} ;
– la présence d'un pic d'absorption vers 1 740 cm^{-1} caractérisant une liaison C=O ;
– l'existence de pics caractéristiques d'un squelette carboné saturé (groupements CH_3 et enchaînements de CH_2).
La molécule contient donc un squelette carboné sans insaturation, un groupement C–O et un groupement C=O sans groupement OH.

L'astuce du prof
Dans le cas d'une cétone ou d'un aldéhyde, il aurait fallu avoir une autre fonction dans la molécule prenant en compte le deuxième atome d'oxygène.

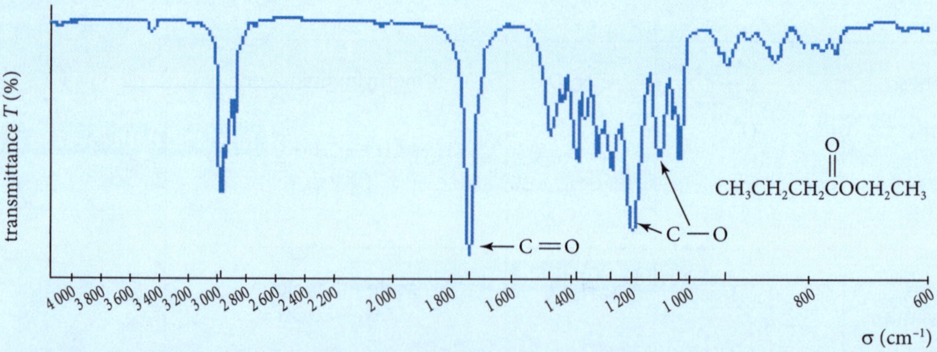

2. Parmi les groupes caractéristiques proposés dans le tableau en annexe, seul le groupement CO–O de la famille des esters correspond au spectre IR.

3. En l'absence d'information supplémentaire sur cette molécule, on ne peut conclure qu'à un ester sans double liaison C=C.

Chapitre 3

Analyser un système chimique par des méthodes chimiques

1 Titre massique et densité de solution

De quoi s'agit-il ? Un titre massique ou une densité permet de calculer une quantité de matière en solution ou toute autre grandeur chimique inconnue en dépendant.

1 Titre massique

- Les titres, notés t, sont des quantités sans unité que l'on exprime souvent sous forme de teneur en pourcentage. Ils permettent dans la plupart des cas de calculer une quantité de matière inconnue.
- Une solution est composée d'une espèce majoritaire liquide appelée **solvant** et d'espèces minoritaires, souvent dissoutes, appelées **solutés**.

Le titre massique d'un soluté A est le rapport entre la masse de ce soluté m(A) et la masse m de la solution :

$$\boldsymbol{t = \frac{m(\mathrm{A})}{m}}$$

- Les masses m(A) et m sont exprimées en grammes dans les unités du système international. Mais elles peuvent être exprimées dans n'importe quel multiple ou sous-multiple du gramme, dans la mesure où elles sont converties dans la même unité pour le calcul de t.
- On définit la teneur massique ou pourcentage massique $\wp$(A) d'un soluté A comme le titre massique exprimé en pourcentage :

$$\wp(\mathrm{A}) = \frac{m(\mathrm{A})}{m} \times 100$$

2 Densité

- La densité d d'un corps A est le rapport entre la masse m(A) d'un volume V de A et la masse $m_{\text{réf}}$ du même volume V d'un corps de référence : $d = \frac{m(\mathrm{A})}{m_{\text{réf}}}$. Le volume V est pris dans les deux cas dans les mêmes conditions de température et de pression.
- Dans le cas des solides et des liquides, le corps de référence est l'eau. Dans le cas des gaz, le corps de référence est l'air.

La densité d(A) d'un corps A peut aussi être définie comme le rapport entre la masse volumique μ(A) de A et la masse volumique de référence $\mu_{\text{réf}}$:

$$\boldsymbol{d(\mathrm{A}) = \frac{\mu(\mathrm{A})}{\mu_{\text{réf}}}} \quad \text{avec } \mu(\mathrm{A}) \text{ et } \mu_{\text{réf}} \text{ en g} \cdot \mathrm{L}^{-1}$$

- Les masses volumiques de référence à $T = 20$ °C et $P = 1$ bar sont $\mu_{\text{eau}} = 1 \text{ kg} \cdot \mathrm{L}^{-1}$ et $\mu_{\text{air}} = 1{,}2 \text{ g} \cdot \mathrm{L}^{-1}$. Elles peuvent être exprimées dans d'autres unités : $\text{kg} \cdot \mathrm{L}^{-1}$, $\text{kg} \cdot \mathrm{m}^{-3}$, $\text{g} \cdot \mathrm{mL}^{-1}$.

3 Dilution

- L'objectif est de préparer un volume V de solution de concentration C donnée en soluté A, appelée solution fille, à partir d'une solution de titre massique t et de densité d donnés, appelée solution mère.

- La technique utilisée est une dilution. Dans une dilution, on prélève un volume $V_{\text{mère}}$ de solution mère de concentration $C_{\text{mère}}$, auquel on ajoute un certain volume d'eau afin d'obtenir une solution fille de volume total V_{fille} et de concentration finale C_{fille}.

- Lors d'une dilution, on a seulement ajouté de l'eau, donc la quantité $n(\text{A})$ de soluté A présent dans la solution mère est la même que celle de la solution fille, d'où la relation de la dilution : $n(\text{A}) = C_{\text{mère}}V_{\text{mère}} = C_{\text{fille}}V_{\text{fille}}$.

- On en déduit $C_{\text{mère}} = \dfrac{n(\text{A})}{V_{\text{mère}}}$ et l'on peut montrer que $C_{\text{mère}} = \dfrac{t \times d \times \mu_{\text{eau}}}{M(\text{A})}$.

En utilisant la relation de la dilution, on peut montrer que, pour préparer un volume V_{fille} de solution de concentration C_{fille} donnée en soluté A, à partir d'une solution de titre massique t et de densité d donnés en solution mère, il faut prélever un volume :

$$V_{\text{mère}} = \frac{M(\text{A}) \times V_{\text{fille}} \times C_{\text{fille}}}{t \times d \times \mu_{\text{eau}}}$$ avec

- t : titre massique de soluté A de la solution mère (sans unité),
- d : densité de la solution mère (sans unité),
- μ_{eau} : masse volumique de l'eau ($\mu_{\text{eau}} = 1{,}0 \times 10^3\ \text{g} \cdot \text{L}^{-1}$),
- $M(\text{A})$: masse molaire du soluté A (en $\text{g} \cdot \text{mol}^{-1}$).

- De manière pratique, on prélève le volume de solution mère à l'aide d'une pipette jaugée préalablement rincée avec cette solution. On l'introduit dans une fiole jaugée de contenance égale à celle de la solution fille. On complète avec de l'eau distillée, jusqu'au col de la fiole. On homogénéise. On complète ensuite jusqu'à la jauge avant de faire une dernière homogénéisation.

2 Titrage d'une solution

De quoi s'agit-il ? Un titrage est une méthode expérimentale destructive permettant de déterminer une concentration ou une quantité de matière inconnue.

1 Réaction support de titrage

- Doser une espèce chimique, c'est déterminer la concentration de cette espèce dans une solution donnée.

- La méthode de dosage par titrage direct est une méthode destructive qui s'appuie sur une réaction chimique entre l'espèce chimique à doser (réactif titré ou réactif à titrer) et un autre réactif bien connu (réactif titrant).

- La réaction, pour être utilisée comme support de titrage, doit posséder trois caractéristiques. Elle doit être :
  - **unique** : il ne doit pas y avoir plusieurs réactions possibles ayant le même réactif et donnant des produits différents ;
  - **totale** : à la fin du dosage, tous les réactifs doivent avoir réagi ;
  - **rapide** : on doit pouvoir repérer immédiatement l'état final afin de connaître la quantité de réactif titrant introduite.

Remarque

Lorsqu'on connaît le volume de la solution, déterminer la concentration d'un soluté revient à déterminer sa quantité de matière.

2 Équivalence

L'équivalence est l'état final d'un système chimique pour lequel les réactifs ont été introduits, à l'état initial, dans les proportions stœchiométriques.

Remarque
On peut définir plus simplement l'équivalence comme l'état du système pour lequel on passe d'un réactif limitant (réactif titrant) à l'autre (réactif titré).

- La relation à l'équivalence lie les quantités de matière des réactifs titrant et titré au moment de l'équivalence. Elle s'établit grâce au tableau d'avancement de la réaction support de titrage.

Pour une réaction du type $aA + bB \rightarrow cC + dD$, la relation à l'équivalence est :

$$\frac{c_A V_A}{a} = \frac{c_B V_B}{b}$$ avec
- c_A et c_B : concentrations en A et B (en $mol \cdot L^{-1}$),
- V_A et V_B : volumes de A et B versés à l'équivalence (en L),
- a et b : coefficients stœchiométriques de l'équation support de titrage.

- Si A est le réactif titré et B le réactif titrant, alors la connaissance de V_A et V_B permet de déduire la concentration en A connaissant celle en B : $c_A = c_B \frac{a}{b} \frac{V_B}{V_A}$.

3 Indicateur de fin de réaction

- Toute la difficulté expérimentale réside dans le repérage de l'équivalence du titrage.
- Une des méthodes permettant de repérer l'équivalence d'un titrage est l'utilisation d'un indicateur coloré : on ajoute à la solution à titrer quelques gouttes d'un indicateur spécifique à la réaction support de titrage (acido-basique, rédox…). Au moment de l'équivalence, on observe un changement brutal de couleurs.
- L'indicateur utilisé pour les réactions entre les ions oxonium et les ions hydroxyde est le bleu de bromothymol (BBT), qui passe brutalement du jaune au bleu, ou le contraire selon que l'espèce titrée est l'acide ou la base.

Remarque
Le BBT est jaune si la solution est acide, et bleu si elle est basique.

- L'**empois d'amidon** est un bon indicateur redox pour le titrage du diiode : il est noir en présence de diiode et incolore dès qu'il n'y en a plus dans la solution titrée. Il faut cependant l'introduire au dernier moment.

Exercice résolu

Déterminer la concentration de la solution titrée

ÉNONCÉ

En TP, des élèves réalisent un titrage de $V_A = 10{,}0$ mL d'acide chlorhydrique par une solution titrante de soude de concentration $c_B = 1{,}0 \times 10^{-2}\ mol \cdot L^{-1}$. La réaction support de titrage est $H_3O^+(aq) + HO^-(aq) \rightarrow 2H_2O$.
Le BBT vire du jaune au bleu pour $V_E = 10{,}4$ mL.
Donner l'expression de la relation à l'équivalence et en déduire la concentration de la solution d'acide chlorhydrique.

CORRIGÉ

La relation à l'équivalence est $c_A V_A = c_B V_B$, donc $c_A = \frac{V_B}{V_A} c_B$.
On en déduit que $c_A = \frac{10{,}4}{10{,}0} \times 1{,}0 \times 10^{-2}$ d'où $c_A = 1{,}04 \times 10^{-2}\ mol \cdot L^{-1}$
soit $c_A = 1{,}0 \times 10^{-2}\ mol \cdot L^{-1}$ avec 2 chiffres significatifs.

Rappel
Ici, $a = b = 1$.

3 Titrage pH-métrique

De quoi s'agit-il ? **Un titrage pH-métrique s'appuie sur une transformation acido-basique. L'équivalence est repérée par une rupture de pH.**

1 Dispositif expérimental de titrage

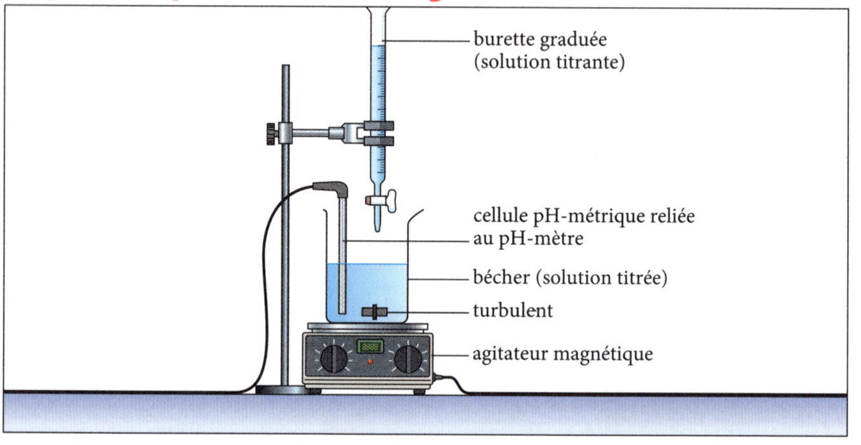

Un titrage pH-métrique permet de connaître la concentration d'une solution titrée acide [resp. basique] en la titrant par une solution basique [resp. acide] de concentration connue.

2 Courbe expérimentale de titrage

- La courbe expérimentale du titrage pH-métrique est la courbe représentative du pH en fonction du volume de solution titrante versé : pH = $f(V_{\text{versé}})$.
- La méthode des tangentes (voir exercice 2 p. 33) permet de repérer le point d'équivalence E dont les coordonnées sur la courbe sont le volume de solution titrante versé à l'équivalence V_E (en mL) et le pH de la solution à l'équivalence pH_E.
- On en déduit ensuite la concentration initiale de la solution titrée grâce à la relation à l'équivalence : $\frac{c_A V_A}{a} = \frac{c_B V_B}{b}$. À partir de la courbe pH = $f(V)$, on déduit la courbe de la dérivée du pH par rapport à V : $\frac{\text{dpH}}{\text{d}V}$ en fonction du volume versé. Le maximum de ce pic correspond au volume à l'équivalence.

Remarque
Dans le cas d'un dosage acido-basique, l'indice A correspond à l'espèce acide et l'indice B à l'espèce basique.

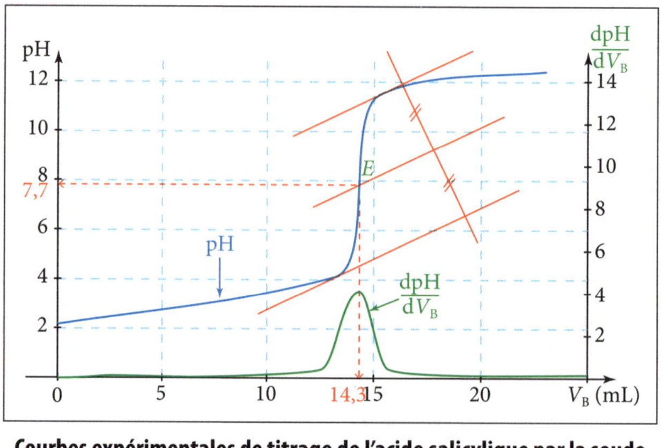

Courbes expérimentales de titrage de l'acide salicylique par la soude

Exercice résolu

Déterminer le volume à l'équivalence et pH_E

ÉNONCÉ

À l'aide des deux courbes proposées ci-avant, repérer le volume de soude versé à l'équivalence, ainsi que le pH_E.

CORRIGÉ

La méthode des tangentes (tracés rouges) montre que la droite moyenne entre les deux tangentes coupe la courbe $pH = f(V)$ en un point de coordonnées ($V_E = 14{,}3$ mL ; $pH_E = 7{,}7$) repérées par les flèches en pointillés rouges.

Méthode

Vérifier que $V = 14{,}3$ mL correspond bien à l'abscisse du pic de la courbe $\frac{dpH}{dV} = f(V)$.

4 Titrage conductimétrique

De quoi s'agit-il ? **Un titrage conductimétrique permet de déterminer une concentration titrée à partir de la courbe de la conductance de la solution ou de la conductivité en fonction du volume de solution titrante versée. L'équivalence est repérée par une rupture de pente.**

1 Dispositif expérimental de titrage

- Le dispositif expérimental est assez semblable à celui du titrage pH-métrique. Seule la sonde pH-métrique est remplacée par une cellule conductimétrique.
- Cette cellule permet de mesurer soit la conductance G de la solution, soit sa conductivité σ en fonction du volume de solution titrante versé.
- En pratique, on réalise une mesure pour chaque millilitre de solution titrante versé. Autour de l'équivalence, on peut faire des mesures plus rapprochées, par exemple une tous les 0,5 mL de solution versée.

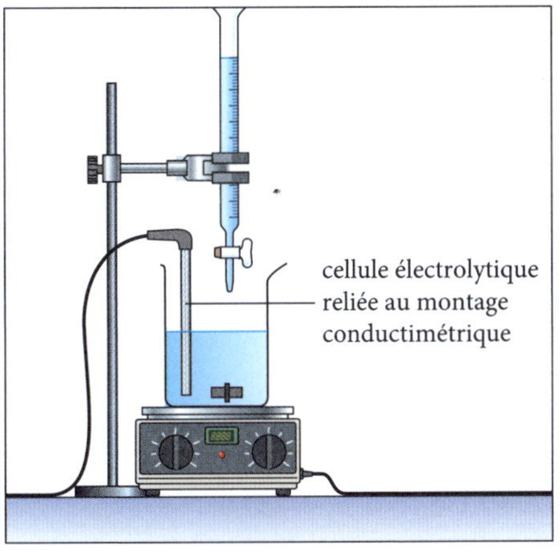

2 Repérage de l'équivalence

- Les mesures effectuées permettent de tracer la courbe de la conductivité σ ou de la conductance G de la solution en fonction du volume de solution titrante versé $V_{versé}$.
- Cette courbe est constituée de deux demi-droites sécantes en E, point d'équivalence du titrage réalisé.
- Le volume versé V_E se lit directement sur la courbe.

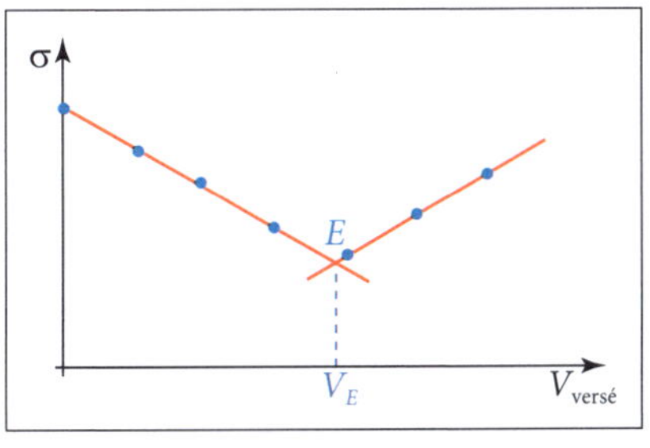

Exercice résolu

Déterminer la concentration d'une solution titrée par conductimétrie

ÉNONCÉ

On dose $V_B = 100{,}0$ mL d'une solution d'hydroxyde de sodium diluée au 200e d'un déboucheur d'évier par de l'acide chlorhydrique de concentration $c_A = 0{,}50\ \text{mol} \cdot \text{L}^{-1}$.
Un suivi conductimétrique permet d'obtenir la courbe de la conductance en fonction du volume d'acide versé.

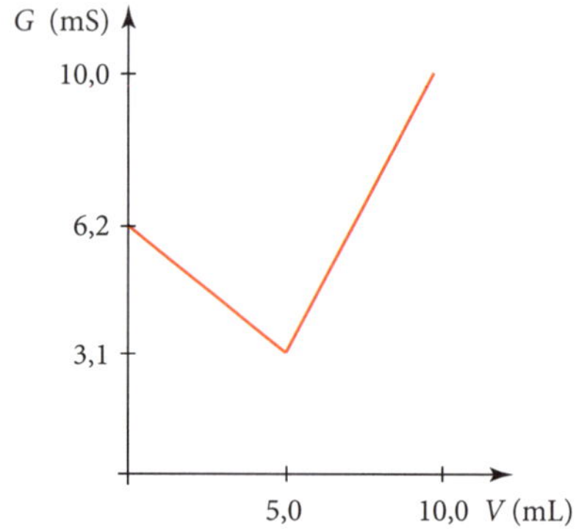

1. Déterminer le volume versé à l'équivalence.

2. En déduire la concentration commerciale c_0 du déboucheur d'évier en hydroxyde de sodium.

CORRIGÉ

1. Par lecture graphique, on a $V_{AE} = 5{,}0$ mL.

2. On a précédemment établi que pour le dosage de la soude par l'acide chlorhydrique, on a la relation à l'équivalence :

$$c_A V_A = c_B V_B$$

soit ici :

$$c_B = \frac{c_A V_{AE}}{V_B}$$

La solution est diluée au 200e, donc la concentration du déboucheur d'évier est :

$$c_0 = 200 c_B$$

$$c_0 = 200 \times \frac{0{,}50 \times 5{,}0}{100{,}0} = 5{,}0\ \text{mol} \cdot \text{L}^{-1}.$$

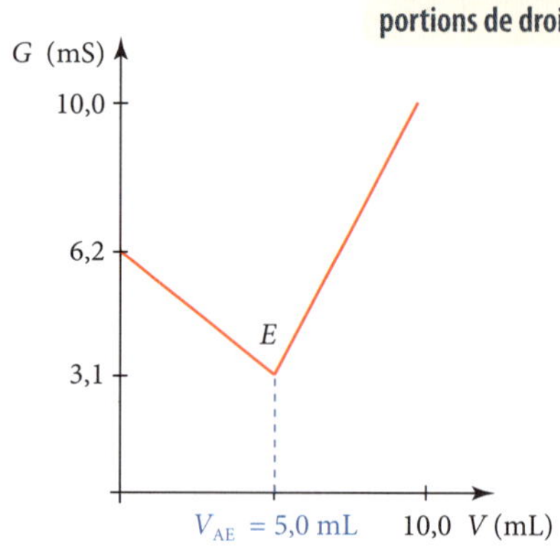

Méthode

Le point d'équivalence *E* est l'intersection des deux portions de droite.

Révision express

Les points importants à retenir

- Apprenez par cœur :
– la définition de l'équivalence d'un dosage ;
– les définitions mathématiques du titre massique, de la teneur massique et de la densité.

- Retenez que :
– doser une espèce chimique, c'est déterminer la concentration de cette espèce dans une solution donnée ;
– titrer est doser par méthode destructive en s'appuyant sur une transformation chimique totale.

- Soyez capable :
– de calculer le volume de solution à prélever, connaissant le titre massique et la densité de celle-ci ;
– d'établir la relation à l'équivalence ;
– de schématiser un montage de titrage et de le légender en fonction du problème étudié ;
– de réaliser un titrage pH-métrique et conductimétrique et d'en déduire le point d'équivalence ;
– de déterminer la concentration de la solution titrée à partir des données du point d'équivalence et de la relation à l'équivalence.

Quiz

Cochez la (ou les) bonne(s) réponse(s) :

1. Un dosage par titrage :
☐ **a.** est une méthode destructive de dosage.
☐ **b.** s'appuie toujours sur une réaction totale.
☐ **c.** est toujours acido-basique.

2. L'équivalence d'un titrage :
☐ **a.** est un état du système.
☐ **b.** est le moment où la moitié des réactifs a été consommée.
☐ **c.** est la fin du titrage.

3. Dans un titrage conductimétrique :
☐ **a.** le point d'équivalence est à l'intersection de deux demi-droites.
☐ **b.** la courbe représentative est définie par portions.
☐ **c.** l'ordonnée est la conductivité ionique molaire.

4. La réaction support de titrage est soit de nature acido-basique, soit de nature redox.
☐ **a.** Vrai ☐ **b.** Faux

5. La solution titrée est une solution de concentration inconnue.
☐ **a.** Vrai ☐ **b.** Faux

→ Réponses p. 490

EXERCICE 1

Établir la relation à l'équivalence

Énoncé

On dose un volume V_A d'une solution d'acide faible AH par une solution de soude de concentration c_B. En notant V_{BE} le volume de soude versé à l'équivalence, en déduire l'expression de la concentration c_A de l'acide.

La réaction support de titrage est :

$$AH + HO^- \rightarrow A^- + H_2O$$

Méthode

1 Exprimer la concentration initiale en ions hydroxyde HO^- à partir de c_B.

2 Établir le tableau d'avancement de la réaction support de dosage en fonction de c_A, V_A, c_B et V_B, avec V_B le volume de soude versé.

3 À l'équivalence, noter que les quantités de réactifs sont nulles. En déduire la relation entre c_A, V_A, c_B et V_{BE}.

4 Donner l'expression de c_A en fonction de la relation à l'équivalence établie en **3**.

Corrigé

1. La formule de la soude est $Na^+ + HO^-$, donc $c_B = [Na^+] = [HO^-]$ à l'état initial, c'est-à-dire lorsque le titrage n'a pas commencé.

2. Le tableau d'avancement de la réaction support de titrage est :

Équation		AH	+ HO⁻	→ A⁻	+ H_2O
État	**Avancement (mol)**	**Quantité de matière (mol)**			
EI	$x = 0$	c_AV_A	c_BV_B	0	Excès
EC	x	$c_AV_A - x$	$c_BV_B - x$	x	Excès
Équivalence	$x = x_E$	$c_AV_A - x_E$	$c_BV_B - x_E$	x_E	Excès

3. À l'équivalence, on a :

$$c_AV_A - x_E = c_BV_B - x_E = 0$$

On en déduit que l'avancement à l'équivalence est tel que :

$$x_E = c_AV_A = c_BV_B = c_BV_{BE}$$

Remarque
À l'équivalence, on passe d'un réactif limitant à l'autre.

4. De l'expression précédente, on peut écrire :

$$c_A = \frac{V_{BE}}{V_A}c_B$$

EXERCICE 2

Déterminer l'équivalence *E* par la méthode des tangentes

Énoncé

On réalise le titrage de 10,0 mL d'une solution aqueuse d'acide chlorhydrique par de la soude (solution aqueuse d'hydroxyde de sodium) à $1,0 \times 10^{-1}$ mol·L^{-1}.

La courbe expérimentale du pH de la solution titrée en fonction du volume *V* de soude versé est donnée ci-contre.

En déduire par la méthode des tangentes le point *E*, équivalence du titrage.

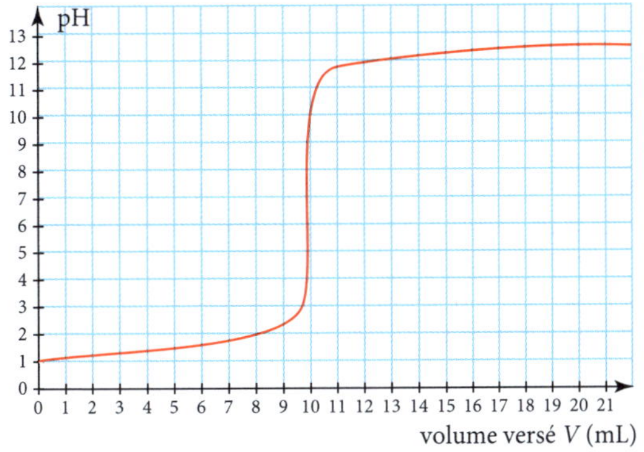

Méthode

1 Tracer les tangentes à la courbe de titrage en P_1 et P_2 (au niveau des courbures) dont les pentes sont égales. Soient T_1 et T_2 ces tangentes.

2 Tracer la droite perpendiculaire $\mathcal{D}$ à T_1 et T_2. $\mathcal{D}$ coupe T_1 et T_2 en D_1 et D_2. Soit *M* le milieu du segment $[D_1D_2]$.

3 Tracer la droite T_E parallèle aux tangentes T_1 et T_2 passant par *M*. Elle coupe la courbe expérimentale de titrage au point *E* d'équivalence.

Corrigé

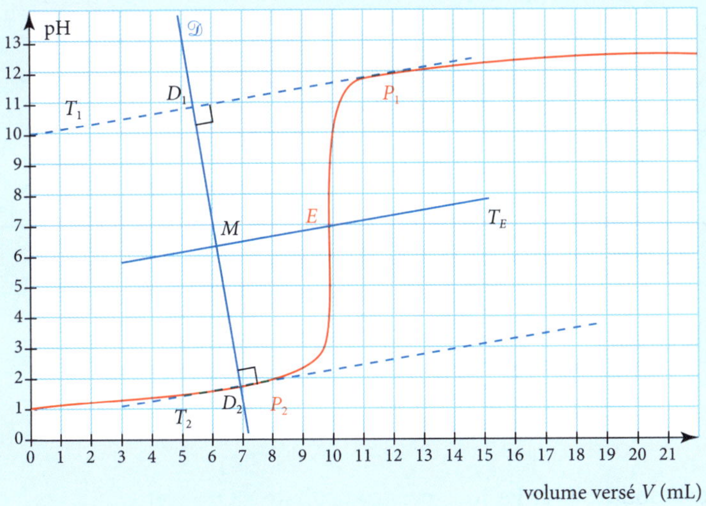

Réflexe à avoir
Apporter un soin particulier à la construction, la position de *E* en dépend !

PHYSIQUE-CHIMIE

Chapitre 4 Suivre et modéliser l'évolution d'un système chimique

1 Réactions lentes/rapides, facteurs cinétiques

De quoi s'agit-il ? Une transformation n'est pas nécessairement instantanée : la cinétique est l'étude de sa vitesse de réaction. Elle dépend de paramètres appelés facteurs cinétiques.

1 Réactions lentes/rapides

- On peut diviser les réactions chimiques en deux catégories :
  - les **réactions instantanées** pour lesquelles les réactifs sont consommés dès qu'ils sont mis en contact (réactions acido-basiques ou de précipitation par exemple) ;
  - les **réactions plus lentes** pour lesquelles les réactifs ne sont consommés qu'au bout d'un certain temps, pouvant aller de quelques minutes à quelques heures (réactions d'estérification ou synthèse de l'eau par exemple).

Remarque
Une réaction qui ne démarre pas peut être une réaction très lente ou une réaction impossible (on dit « non thermodynamiquement possible spontanément »).

- La cinétique est l'étude de l'évolution temporelle d'une réaction thermodynamiquement possible. Elle permet :
  - de connaître les différents facteurs qui gouvernent la réaction et de se placer ainsi dans les conditions optimales d'obtention du produit formé ;
  - de comprendre le mécanisme microscopique de la réaction chimique, c'est-à-dire le comportement des molécules entre elles avant l'obtention de la molécule-produit finale.

2 Facteurs cinétiques

- Un facteur cinétique est un paramètre dont dépend la vitesse d'évolution d'une réaction chimique, comme :
  - la **température** : dans la plupart des cas, son augmentation accélère la réaction ;
  - la **concentration des réactifs** : son augmentation accélère la réaction. La vitesse d'évolution est dans la majorité des cas proportionnelle à la concentration des réactifs.
- Dans le cas d'un système gazeux, la pression des gaz joue le rôle d'une concentration dans l'évolution de la vitesse de réaction.

Remarque
Dans la plupart des réactions simples, la vitesse est doublée pour une augmentation de température de 10 °C.
On peut en revanche ralentir la formation d'un produit en diluant le milieu réactionnel.

3 Catalyse et catalyseur

- Considérons la réaction entre les ions iodure I^- et les ions peroxodisulfate $S_2O_8^{2-}$. Cette réaction est très lente :

$$2I^- + S_2O_8^{2-} \rightarrow I_2 + 2SO_4^{2-}$$

L'addition d'ions fer II Fe^{2+} donne alors :

$$2Fe^{2+} + S_2O_8^{2-} \rightarrow 2Fe^{3+} + 2SO_4^{2-}$$
$$2Fe^{3+} + 2I^- \rightarrow 2Fe^{2+} + I_2$$
$$\overline{2I^- + S_2O_8^{2-} \rightarrow I_2 + 2SO_4^{2-}}$$

On remplace une réaction entre deux anions, qui se repoussent du fait de leurs charges identiques, par deux réactions entre un cation et un anion : la vitesse de la réaction utilisant l'ion fer II est plus rapide. On dit que Fe^{2+} **catalyse** la réaction.

- Un **catalyseur** est une substance qui augmente la vitesse de réaction :
  - il n'augmente que la vitesse des réactions spontanées : si une réaction n'est thermodynamiquement pas possible, la présence de catalyseur n'y change rien ;
  - il se retrouve en fin de réaction : sa concentration varie au cours du temps, mais à la fin de la réaction, elle est égale à celle de l'état initial ;
  - il modifie le chemin réactionnel entre l'état initial et l'état final sans modifier ces derniers ;
  - il oriente la réaction : on parle de catalyseur sélectif.

Exemple

L'éthanol C_2H_5OH chauffé en présence de métal cuivre donne de l'éthanal CH_3CHO, alors qu'en présence d'alumine Al_2O_3, il produit de l'éthène C_2H_4. Le métal cuivre et l'alumine sont ici des catalyseurs sélectifs.

- La **catalyse homogène** est telle que le catalyseur, les réactifs et les produits appartiennent à la même phase. Ce n'est pas le cas de la **catalyse hétérogène** très utilisée dans l'industrie. En effet, elle permet une séparation facile entre les produits de la réaction et le catalyseur afin de le récupérer.

- Lorsqu'un produit de la réaction est lui-même catalyseur de celle-ci, on parle d'**autocatalyse**.

2 Vitesses volumiques et temps de demi-réaction

De quoi s'agit-il ? Une vitesse volumique permet de quantifier la cinétique d'une réaction. Son temps de demi-réaction en est un indicateur.

1 Vitesse volumique de disparition et d'apparition

- On considère une transformation chimique d'équation :

$$aA + bB + \ldots \rightarrow cC + dD + \ldots$$

Dans le cas d'un système chimique fermé, on peut traduire la conservation de la matière par :

$$-\frac{dn_A}{a} = -\frac{dn_B}{b} = \ldots = +\frac{dn_C}{c} = +\frac{dn_D}{d} = \ldots = dx$$

avec dx l'avancement élémentaire de la réaction.

- Le suivi de l'avancement de la réaction au cours du temps permet de suivre l'évolution du système chimique.

La **vitesse volumique** $\boldsymbol{v}$ (en $mol \cdot L^{-1} \cdot s^{-1}$) de la réaction s'écrit :

$$\boldsymbol{v} = \frac{1}{V}\frac{dx}{dt} \text{ avec } \begin{cases} V : \text{volume du milieu réactionnel (en L),} \\ x : \text{avancement de la réaction (en mol).} \end{cases}$$

- Si le volume V est constant, on définit la **vitesse de disparition** d'un réactif A par :

$$v_A = -\frac{1}{V}\frac{dn_A(t)}{dt} = -\frac{d[A]}{dt}$$, avec [A] la concentration de A (en $mol \cdot L^{-1}$)

De même, la **vitesse de formation** d'un produit C est :

$$v_C = +\frac{1}{V}\frac{dn_C(t)}{dt} = \frac{d[C]}{dt}$$

● La courbe de représentation $x = f(t)$ permet de comparer les vitesses de réaction en différents instants de la transformation par comparaison des coefficients directeurs des tangentes à la courbe.

2 Temps de demi-réaction, durée d'une réaction

Le temps de demi-réaction noté $t_{1/2}$ est le temps au bout duquel l'avancement $x(t)$ est égal à la moitié de l'avancement final x_f. On a donc :

$$x(t_{1/2}) = \frac{x_f}{2}$$

Remarque

L'avancement final x_f peut être différent de l'avancement maximal x_{max}, dans le cas d'un équilibre par exemple.

La durée t_f d'une réaction est le temps au bout duquel $x(t)$ est égal à x_f.
On a donc : $x(t_f) = x_f$.

Exercice résolu

Déterminer l'avancement final et le temps de demi-réaction

ÉNONCÉ

On réalise l'expérience suivante : un morceau de ruban de magnésium est introduit dans un ballon contenant une quantité donnée d'acide chlorhydrique. À l'aide d'un tube à dégagement adapté au ballon, on récupère le gaz formé par la réaction :

$$Mg(s) + 2H^+(aq) = Mg^{2+}(aq) + H_2(g)$$

La courbe ci-contre donne l'évolution du volume de H_2 en fonction du temps.

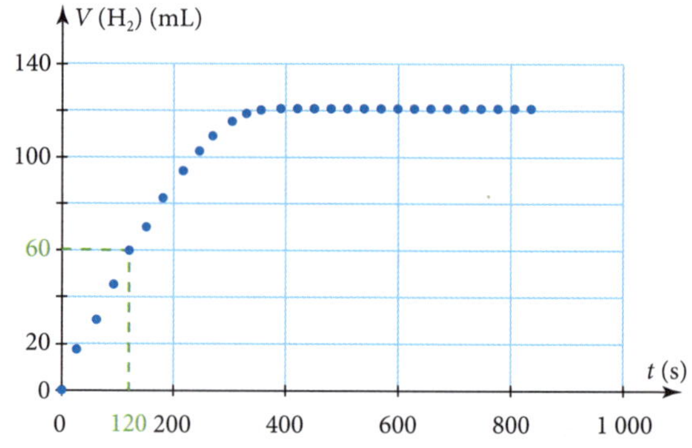

1. Déterminer l'avancement final de la réaction. On donne $V_m = 24\ L \cdot mol^{-1}$.

2. Définir le temps de demi-réaction et donner sa valeur numérique.

CORRIGÉ

1. La réaction est terminée lorsque la vitesse n'évolue plus (palier dans la courbe ci-dessus), soit pour $V(H_2) = 120$ mL de dihydrogène dégagé. Un tableau d'avancement de la réaction montrerait que $n(H_2) = x$ et donc que $n(H_2) = x_f$ à l'état final.

On a donc $x_f = \frac{V(H_2)}{V_m}$ soit $x_f = \frac{120 \times 10^{-3}}{24} = 5{,}0 \times 10^{-3}$ mol.

Rappel

$n(\text{gaz}) = \frac{V}{V_m}$.

2. Le temps de demi-réaction est tel que $x(t_{1/2}) = \frac{x_f}{2}$ ou encore $V(H_2) = \frac{120}{2} = 60$ mL.

On lit alors sur la courbe que pour $V = 60$ mL, $t = t_{1/2} = 120$ s.

3 Ordre d'une cinétique

De quoi s'agit-il ? L'ordre d'une cinétique est un nombre sans unité qui renseigne sur la dépendance des concentrations des réactifs par rapport à la vitesse de réaction.

1 Ordres partiels et global

- Pour simplifier, considérons une transformation chimique d'équation :

$$aA + bB \rightarrow cC + dD$$

La cinétique admet un ordre si la vitesse v de réaction peut s'écrire sous la forme :

$$\boldsymbol{v = k[A]^{\alpha}[B]^{\beta}} \text{ avec } \begin{cases} k : \text{constante de vitesse,} \\ \alpha : \text{ordre partiel par rapport à A,} \\ \beta : \text{ordre partiel par rapport à B.} \end{cases}$$

- On appelle **ordre global** de la réaction la somme des ordres partiels, soit ici $\alpha + \beta$.
- La constante de vitesse k est dépendante de la température du système réactionnel.

Remarque

Il est possible que les ordres partiels correspondent aux coefficients stœchiométriques de l'équation selon une loi appelée loi de Van't Hoff, mais on constate expérimentalement que ce n'est pas toujours le cas.

2 Cinétique d'ordre 0

- Pour simplifier, considérons une transformation chimique d'équation : A $\rightarrow$ B. Dans le cas d'une cinétique d'ordre 0, on a : $\boldsymbol{v = k[A]^{\alpha}}$ **avec** $\boldsymbol{\alpha = 0}$.
- La vitesse peut donc s'écrire $v = -\dfrac{d[A]}{dt} = k[A]^0 = k$. On en déduit que $[A] = -kt + K$ avec K une constante.
Si on note $[A]_0$ la concentration en A à $t = 0$, alors $[A]_0 = -k \times 0 + K = K$.

Dans le cas d'une cinétique d'ordre 0, $v = -\dfrac{d[A]}{dt} = k$ et $[A] = [A]_0 - kt$.

Remarque

Il existe très peu de cinétiques d'ordre 0. Un des rares exemples est celui de la réaction d'équation $2N_2O_5(g) = 4NO_2(g) + O_2(g)$.

3 Cinétique d'ordre 1

- En prenant le même modèle simplifié d'une transformation chimique d'équation A $\rightarrow$ B, on a, dans le cas d'une cinétique d'ordre 1 : $\boldsymbol{v = k[A]^{\alpha}}$ **avec** $\boldsymbol{\alpha = 1}$.
- La vitesse peut donc s'écrire $v = -\dfrac{d[A]}{dt} = k[A]$.

Dans ce cas, la solution à cette équation est $[A] = [A]_0 \exp(-kt)$ que l'on peut aussi écrire avec le formalisme $[A] = [A]_0 e^{-kt}$. $[A]_0$ représente la concentration à l'instant initial $t = 0$ et $\exp(x) = e^x$ la fonction exponentielle.

- En faisant un raisonnement comparable pour la concentration du produit B, on obtient : $[B] = [A]_0(1 - e^{-kt})$.

Dans le cas d'une cinétique d'ordre 1 :

$$v = -\frac{d[A]}{dt} = +\frac{d[B]}{dt} = k[A]$$

$$[A] = [A]_0 e^{-kt} \text{ et } [B] = [A]_0(1 - e^{-kt})$$

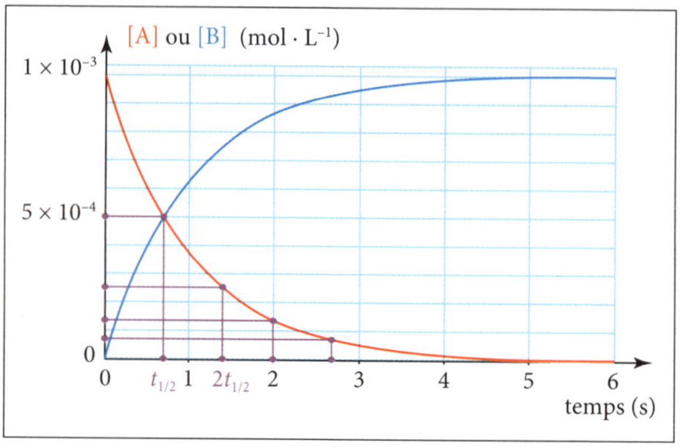

- Les courbes ci-avant sont un exemple de cinétique d'ordre 1 avec $[A]_0 = 1 \times 10^{-3}$ mol.L^{-1} que l'on peut repérer comme **ordonnée à l'origine de la courbe représentative de [A]**.
- On peut définir le temps de demi-réaction $t_{1/2}$ comme le temps au bout duquel la moitié du réactif A a été consommée : $[A]_{t_{1/2}} = \frac{[A]_0}{2}$.

Chaque fois qu'une durée correspondant au temps de demi-réaction s'est écoulée, la concentration de réactif a été diminuée de moitié (tracés violets sur la courbe ci-avant) : $[A]_{t+t_{1/2}} = \frac{[A]_t}{2}$.

Rappel
- $\exp(0) = e^0 = 1$.
- $\exp(-x) = \frac{1}{\exp(x)}$ ou $e^{-x} = \frac{1}{e^x}$.
- $\exp(a+b) = \exp(a) \times \exp(b)$ ou $e^{a+b} = e^a \times e^b$.

4 Mécanisme réactionnel

De quoi s'agit-il ? **Le mécanisme réactionnel est l'ensemble des étapes d'une transformation qui n'apparaissent pas dans l'équation bilan.**

1 Acte élémentaire et intermédiaire réactionnel

- Une équation bilan ne donne que les réactifs impliqués dans la transformation et les produits formés : il s'agit d'un **bilan macroscopique**.

Exemple

La réaction des ions iodure et de l'eau oxygénée en milieu acide dont l'équation peut s'écrire

$$H_2O_2 + 2H^+ + 2I^- \rightarrow 2H_2O + I_2$$

montrant une réaction à 5 molécules de réactifs ne peut pas avoir lieu en une seule étape !

- Si l'on regarde les réactions des ions hydroxyde OH^- avec $(CH_3)_3{-}CCl$ ou CH_3Cl, on a une cinétique d'ordre 1 pour la première et d'ordre 2 pour la seconde, ce que ne peuvent pas expliquer les équations bilans de ces transformations.
- Afin de comprendre les deux points précédents, il faut faire une analyse à l'échelle microscopique. C'est ainsi qu'à la fin du XIXe siècle, Svante August Arrhenius a développé le concept de **mécanisme réactionnel** : à l'échelle moléculaire, chaque transformation est un ensemble de transformations élémentaires appelées **actes élémentaires**.

Un **acte élémentaire** est une réaction traduisant la réalité d'une étape de transformation mettant en jeu un nombre réduit d'entités, une rupture de liaison, une création de liaison, ou une rupture et une création simultanées de liaisons.

- La **molécularité** d'un acte élémentaire est le nombre de réactifs intervenant dans cette étape du mécanisme réactionnel.

Exemple

La molécularité de l'acte élémentaire $(CH_3)_3C^+ + HO^- \rightarrow (CH_3)_3C\text{–}OH$ est 2.

Un **intermédiaire réactionnel** est une espèce formée au cours d'un acte élémentaire, puis consommée au cours d'un autre.

- L'intermédiaire réactionnel ne rentre pas dans l'équation bilan, mais à la différence d'un catalyseur, il ne permet pas d'accélérer la vitesse de réaction.

2 Site donneur ou accepteur, formalisme de la flèche courbe

- Si l'on considère une liaison polarisée A–B, avec B plus électronégatif que A, la rupture de cette liaison, lors d'une réaction chimique, est dissymétrique (rupture hétérolytique). Le doublet d'électrons reste constitué et est conservé par l'atome le plus électronégatif, soit B. A est alors porteur d'une lacune électronique notée ▯.

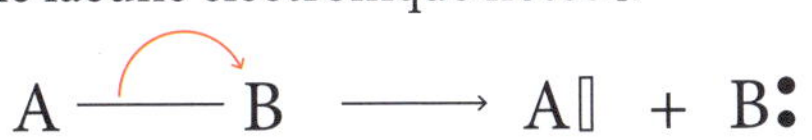

La formation d'une liaison, par le processus inverse, est alors la mise en commun d'un doublet électronique entre deux atomes : l'un, plus électronégatif, apporte le doublet, l'autre possède une lacune électronique.

- De manière générale, certains réactifs **donneurs** ou réactifs **nucléophiles** qui possèdent un site pouvant apporter un ou des doublets d'électrons réagissent préférentiellement avec des réactifs **accepteurs** ou réactifs **électrophiles** ayant des sites de faible densité électronique.
- Le mouvement électronique est symbolisé par une **flèche courbe** partant du site donneur et pointant vers le site accepteur.

Remarque

Un réactif électrophile possède une ou plusieurs lacunes électroniques, et un réactif nucléophile, un ou plusieurs doublets non liants. Un cation est un réactif électrophile, alors qu'un anion est un réactif nucléophile.

Exercice résolu

Représenter les flèches courbes d'un acte élémentaire

ÉNONCÉ

Le mécanisme de saponification est un mécanisme en trois actes élémentaires, dont le premier est l'addition d'un ion hydroxyde :

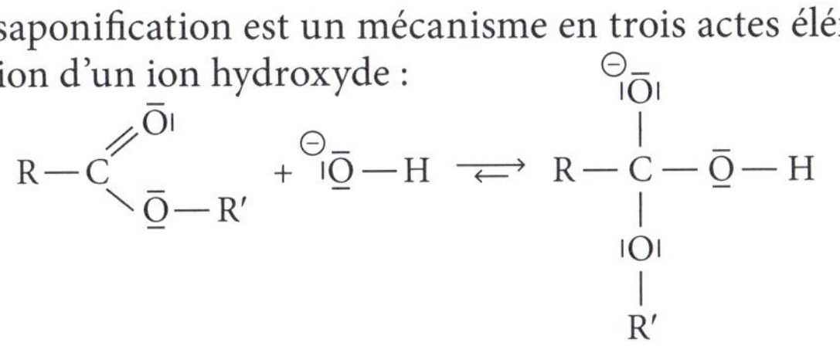

À l'aide de flèches courbes, montrer le déplacement électronique.

CORRIGÉ

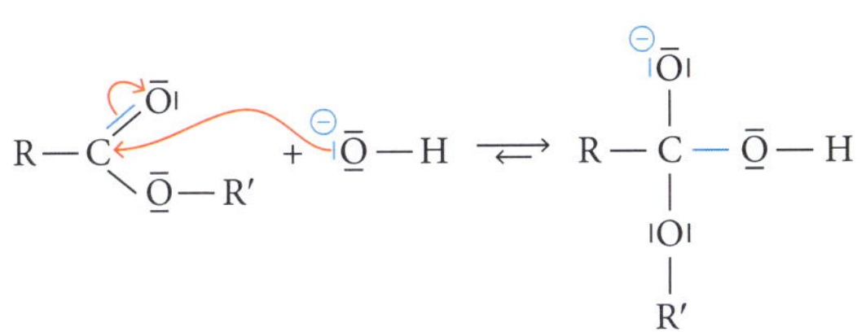

Réflexe à avoir

Les flèches partent des sites donneurs d'électrons vers les sites accepteurs.

5 Modification du mécanisme

De quoi s'agit-il ? Un catalyseur permet de sélectionner un chemin réactionnel particulier. Comme tout facteur cinétique, il modifie la cinétique de la réaction.

1 Influence d'un catalyseur

- Le catalyseur n'est pas inscrit dans l'équation bilan. En revanche, il apparaît dans le mécanisme réactionnel : il est consommé puis produit, il est donc **régénéré** au cours de la transformation.

- Un catalyseur :
  - permet de sélectionner un chemin réactionnel plus optimal en termes de cinétique. En effet, en sa présence, le mécanisme réactionnel est **différent** et **plus rapide** qu'en son absence ;
  - permet de sélectionner des produits particuliers parmi plusieurs choix possibles. Le chemin réactionnel dépend du catalyseur : si le catalyseur change, le mécanisme est différent et conduit à des produits de réaction différents. On dit alors que le catalyseur est **chimiosélectif**.

- La sélectivité d'un catalyseur varie d'un catalyseur à l'autre : les ions oxonium sont capables par exemple de catalyser un grand nombre de transformations, donc ils sont peu sélectifs et ont un faible **degré de sélectivité**.

2 Influence des facteurs cinétiques

- Microscopiquement, les molécules ou les ions rentrant dans le mécanisme réactionnel se déplacent de manière rapide et désordonnée. Pour que les actes élémentaires aient lieu, il faut que ces molécules ou ions se rencontrent, que des liaisons se cassent et se forment différemment. Cela se produit si la rencontre (ou choc) permet de modifier les liaisons chimiques, c'est-à-dire uniquement si **le choc est efficace**.

- Lors d'une augmentation de la température du système au niveau macroscopique, l'agitation thermique augmente au niveau microscopique. Cette augmentation de la vitesse d'agitation des molécules permet l'augmentation de la fréquence et de la violence des chocs. Une augmentation de la température permet d'augmenter l'efficacité des chocs, et donc la cinétique.

- Lors d'une augmentation de la concentration des réactifs, le nombre de chocs augmente puisque davantage de molécules ou ions sont présents en solution.

Exercice résolu

Comprendre l'influence d'un catalyseur

ÉNONCÉ

On considère un mélange de monoxyde de carbone CO et de dihydrogène H_2.
En présence d'oxyde de nickel sur alumine, les produits de la réaction sont du méthane et de l'eau.
En présence d'un mélange de cuivre, d'oxyde de zinc et d'alumine, le produit est du méthanol.
En présence d'un mélange de fer et de cobalt, les réactifs sont transformés en hydrocarbures de formule générique C_nH_{2n+2}, réaction qui produit aussi de l'eau.

1. Écrire les équations bilans de ces trois transformations.
2. Comment expliquer macroscopiquement et microscopiquement qu'un même mélange initial de monoxyde de carbone et de dihydrogène se transforme en trois types de produits différents ?
3. Qualifier le mélange de fer et de cobalt.

CORRIGÉ

1. Les équations bilans sont :
• $CO + 3H_2 \rightarrow CH_4 + H_2O$ en présence d'oxyde de nickel sur alumine ;
• $CO + 2H_2 \rightarrow CH_3OH$ en présence d'un mélange de cuivre, d'oxyde de zinc et d'alumine ;
• $nCO + (2n + 1)H_2 \rightarrow C_nH_{2n+2} + nH_2O$ en présence d'un mélange de fer et de cobalt.

2. Les trois réactions sont catalysées avec des catalyseurs différents. Macroscopiquement, les produits vont être différents, car le catalyseur sélectionne une transformation parmi celles possibles.
Microscopiquement, le catalyseur modifie les étapes élémentaires du mécanisme réactionnel en intervenant dans au moins deux actes élémentaires (consommation du catalyseur et régénération).

3. Le mélange de fer et de cobalt est chimiosélectif : il permet au mélange initial de monoxyde de carbone et de dihydrogène de se transformer uniquement en hydrocarbures et en eau.

Gagnez des points !
En nomenclature systématique, le préfixe « méth » représente un carbone, et le suffixe « ol » permet d'identifier le groupe alcool.

Piège à éviter
Les autres catalyseurs sont aussi chimiosélectifs : ils sélectionnent la 1re ou la 2e réaction.

Révision express

Les points importants à retenir

- Apprenez par cœur :

– les définitions d'un facteur cinétique, d'un catalyseur, du temps de demi-réaction et de l'ordre d'une réaction ;

– les expressions mathématiques de la vitesse de réaction.

- Retenez :

– qu'un facteur cinétique influence la vitesse d'une réaction, en l'accélérant ou en la ralentissant ;

– qu'un catalyseur n'intervient pas dans l'équation bilan d'une réaction, il est régénéré.

- Soyez capable :

– de lister les facteurs cinétiques du problème proposé ;

– de déterminer l'évolution de la vitesse de réaction en exploitant la courbe $v = f(t)$;

– d'établir l'expression de la vitesse de réaction en fonction des ordres partiels de la réaction et de son équation bilan ;

– de compléter un mécanisme réactionnel par des flèches courbes.

Quiz

Cochez la (ou les) bonne(s) réponse(s) :

1. Un catalyseur :

☐ **a.** augmente la vitesse de réaction.

☐ **b.** modifie la nature des produits de la réaction.

☐ **c.** est régénéré en fin de transformation.

2. L'ordre d'une cinétique est :

☐ **a.** un ordre global.

☐ **b.** le produit des ordres partiels.

☐ **c.** toujours supérieur à 1.

3. Le temps de demi-réaction est :

☐ **a.** la moitié de la durée de la réaction.

☐ **b.** la durée au bout de laquelle la quantité d'un produit formé égale la moitié de celle obtenue.

☐ **c.** la durée au bout de laquelle le volume d'un gaz égale la moitié de son volume final obtenu.

4. La diminution de la concentration d'un réactif et l'augmentation de la température ont le même effet cinétique.

☐ **a.** Vrai ☐ **b.** Faux

5. Une réaction catalysée a un meilleur rendement.

☐ **a.** Vrai ☐ **b.** Faux

→ **Réponses p. 490**

EXERCICE 1

Décrire l'évolution de la vitesse volumique de réaction

Énoncé

Les ions iodure I^- réagissent avec les ions peroxodisulfate $S_2O_8^{2-}$.

L'équation associée à la réaction s'écrit :

$$2I^-(aq) + S_2O_8^{2-}(aq) = I_2(aq) + 2SO_4^{2-}(aq)$$

On note x l'avancement de la réaction à l'instant de date t. Il correspond aussi à la quantité de diiode formée.

Décrire l'évolution de cette vitesse volumique de réaction au cours du temps.

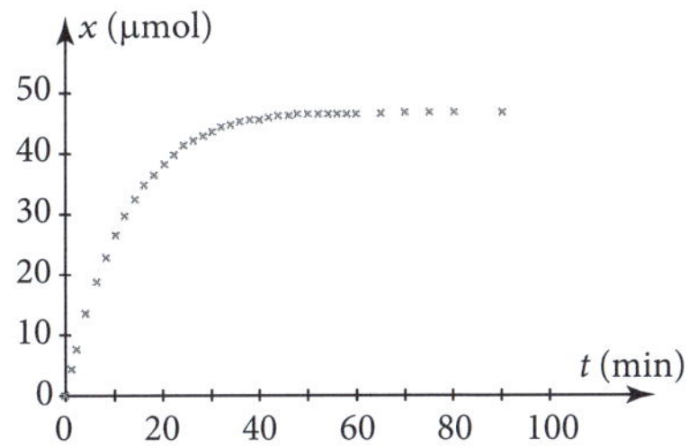

Méthode

1 Pour plusieurs points de la courbe $x = f(t)$, tracer les tangentes.

2 Si le volume de la solution est constant, la vitesse volumique de réaction est donnée par le coefficient directeur de la tangente en t. L'évolution de la vitesse est donc celle des pentes des tangentes en fonction du temps.

Corrigé

Les pentes des tangentes à la courbe d'évolution de l'avancement en fonction du temps sont à l'image de l'évolution de la vitesse volumique de la réaction : elles diminuent au cours du temps.

On peut donc en conclure que la vitesse de réaction diminue au cours du temps, pour être de valeur nulle au-delà de 60 min.

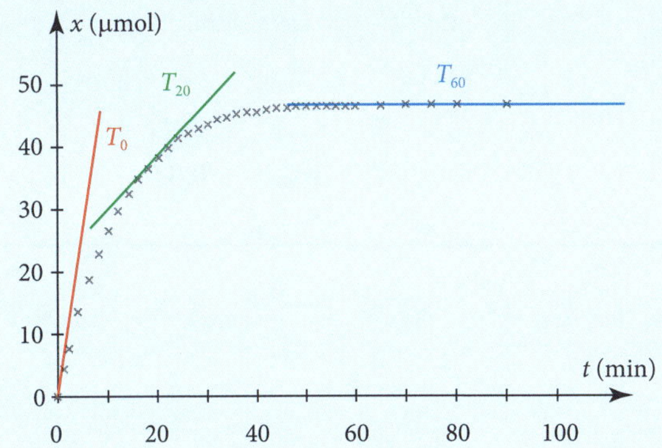

Réflexe à avoir
Penser à toujours tracer la pente à l'origine et celle à $t \to \infty$.

EXERCICE 2

Déterminer expérimentalement le temps de demi-réaction et la durée de la réaction

Énoncé

Les ions iodure I^- réagissent avec les ions peroxodisulfate $S_2O_8^{2-}$.

L'équation associée à la réaction s'écrit :

$$2I^-(aq) + S_2O_8^{2-}(aq) = I_2(aq) + 2SO_4^{2-}(aq)$$

On note x l'avancement de la réaction à l'instant de date t. Il correspond aussi à la quantité de diiode formée.

Déterminer le temps de demi-réaction, ainsi que la durée de la réaction.

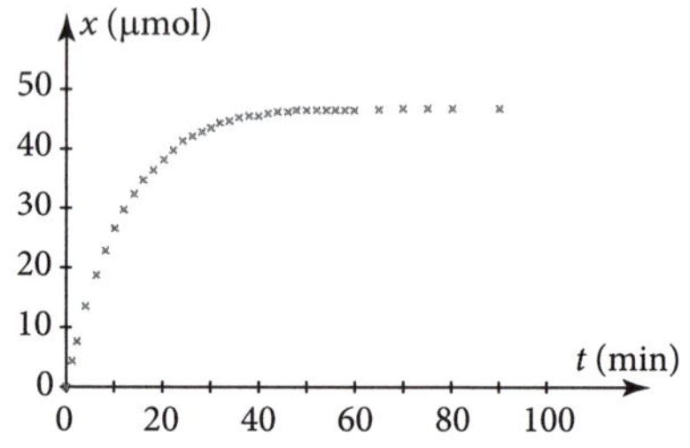

Méthode

1 Repérer le palier de fin de réaction à vitesse nulle : il est le signe que la réaction est terminée. La durée de la réaction est donc le temps au bout duquel ce palier apparaît et $x = x_f$.

2 Le temps de demi-réaction est le temps au bout duquel $x(t_{1/2}) = \frac{x_f}{2}$. Repérer donc la valeur de x_f et la diviser par deux. Repérer ensuite $x(t_{1/2}) = \frac{x_f}{2}$: $t_{1/2}$ correspond à l'abscisse de ce nouveau point.

Corrigé

1. Le palier en fin de réaction est tel que x est constant. L'avancement final est alors $x_f = 46$ µmol, ce qui correspond à une durée de réaction de $t_f = 60$ min (pointillés bleus).

Piège à éviter
Attention, $t_{1/2}$ ne correspond pas à $\frac{t_f}{2}$!

2. La valeur $\frac{x_f}{2} = \frac{46}{2} = 23$ µmol est atteinte pour $t = 14$ min (pointillés rouges). On en déduit que $t_{1/2} = 14$ min.

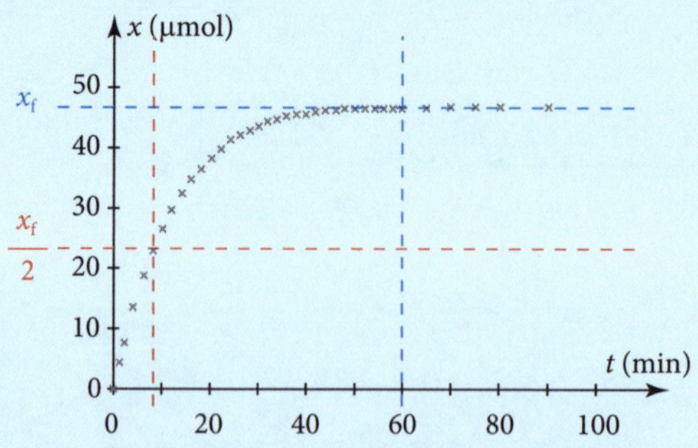

Chapitre 5 Modéliser l'évolution d'un système, siège d'une transformation nucléaire

1 Stabilité et instabilité des noyaux

De quoi s'agit-il ? **Les nombres *A*, *N* et *Z* caractérisent les noyaux. En fonction de leurs différentes proportions, certains noyaux sont instables et se désintègrent.**

1 Noyaux et isotopes

- Le noyau renferme des nucléons : Z protons chargés positivement (charge +e) et $N = A - Z$ neutrons de charge nulle et de masse voisine de celle des protons.
- A est appelé **nombre de masse** : il représente le nombre de nucléons, c'est-à-dire le nombre total de protons et de neutrons.
- Z est le **nombre de charge** ou numéro atomique : il représente le nombre de protons.

Un noyau caractérisé par son nombre de masse A et son nombre de charge Z est représenté symboliquement par ${}^{A}_{Z}X$, X étant le symbole de l'élément considéré.

Exemple

Un noyau de radium constitué de 226 nucléons est noté ${}^{226}_{88}Ra$.

On appelle **nucléide** l'ensemble des noyaux de mêmes caractéristiques.
Des noyaux sont **isotopes** s'ils sont caractérisés par le même nombre de charge Z, mais par des nombres de masse A différents.

Des noyaux isotopes ont le même nombre de protons, mais des nombres de neutrons et donc de nucléons différents. Ces noyaux appartiennent donc au même élément chimique et ont le même symbole X.

Exemple

Les noyaux isotopes de l'hydrogène ${}^{1}_{1}H$ sont ${}^{2}_{1}H$(deutérium) et ${}^{3}_{1}H$(tritium).

2 Diagramme (*N*, *Z*)

- Certains noyaux sont stables, d'autres sont instables. Ces derniers peuvent se désintégrer et donner naissance à un nouveau noyau, qui peut être stable ou instable.
- Si l'on rassemble tous les isotopes connus dans un diagramme (N, Z) portant le nombre N de neutrons en ordonnée et le nombre Z de protons en abscisse, on observe que tous les isotopes stables sont regroupés sur une ligne appelée **vallée de stabilité**.

Remarque

Certains diagrammes peuvent représenter *N* en abscisse et *Z* en ordonnée.

● Dans le diagramme (N, Z) ci-contre, les points rouges indiquent les noyaux stables, et les points orange autour désignent les noyaux instables radioactifs.

● Les noyaux stables légers contiennent un nombre de neutrons en général égal à celui des protons. Pour les noyaux lourds, on observe que le nombre de neutrons augmente plus rapidement que celui des protons.

● La proportion du nombre N par rapport au nombre Z tend vers $N/Z = 1{,}5$ environ pour les noyaux les plus lourds.

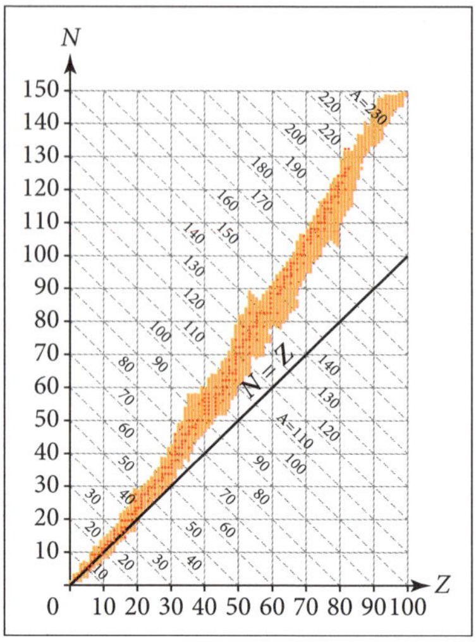

Exercice résolu

Lire un diagramme (N, Z)

ÉNONCÉ

Que représente la ligne en pointillés du diagramme (N, Z) ci-contre ? Le rhénium 186 a-t-il un excès de neutrons ou de protons ? Est-il stable ? Justifier.

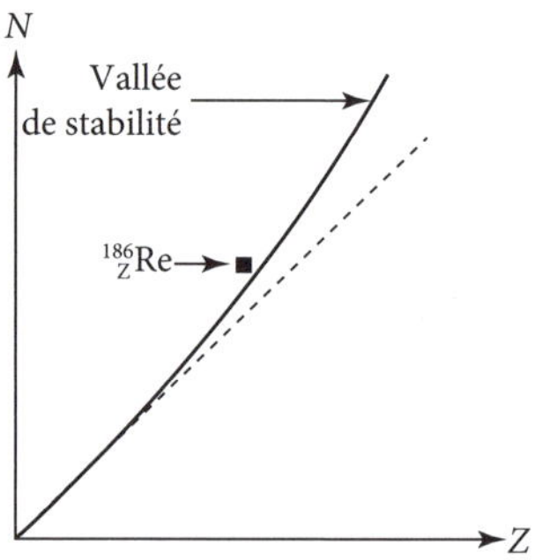

CORRIGÉ

La ligne en pointillés est la bissectrice du quart de plan (N, Z), donc, la demi-droite d'équation $N = Z$.
Le rhénium est représenté par un point qui n'appartient pas à la demi-droite $N = Z$: il a donc un excès de neutrons ou de protons. Situé au-dessus de cette demi-droite, il possède donc plus de neutrons : $N > Z$.
Par ailleurs, le point n'appartient pas non plus à la vallée de stabilité, le rhénium est donc instable.

Méthode
Un noyau stable appartient à la vallée de stabilité et un noyau sans excès de protons ou neutrons appartient à la bissectrice $N = Z$.

2 Radioactivité

De quoi s'agit-il ? La radioactivité est un phénomène par lequel un noyau instable se désintègre. Plusieurs canaux de désintégration sont possibles.

1 Radioactivités naturelle et artificielle

La radioactivité est un phénomène physique par lequel **un noyau instable se désintègre pour constituer un nouveau noyau plus stable**. Cette désintégration s'accompagne d'une émission de particules α (noyau d'hélium $^{4}_{2}He$), β^- (électron $^{0}_{-1}e$) ou β^+ (positron $^{0}_{+1}e$), ou encore d'un rayonnement γ.

● La désintégration d'un noyau instable est un phénomène **imprévisible et aléatoire**. On parle alors de « probabilité de désintégration ».

- La radioactivité **naturelle** est celle produite par la désintégration de noyaux existant dans la nature : radioactivité naturelle des roches, rayonnements cosmiques… En revanche, la radioactivité **artificielle** est issue de l'activité humaine : activité médicale, énergétique…

Exemples

L'uranium 238 et l'uranium 235 sont les éléments radioactifs les plus importants de la croûte terrestre. Le corps humain contient aussi des éléments radioactifs comme le carbone 14 ou le potassium 40.

2 Lois de conservation

- Lors d'une réaction nucléaire, il y a conservation du nombre de charge Z avant et après la réaction, du nombre de nucléons A avant et après la réaction, et de l'énergie totale.

- Lors d'une désintégration, il y a diminution de l'énergie de masse du système de particules qui constituait le noyau : cette énergie se transforme en énergie cinétique des particules et en énergie transférée par rayonnement γ.

3 Équation d'une réaction nucléaire

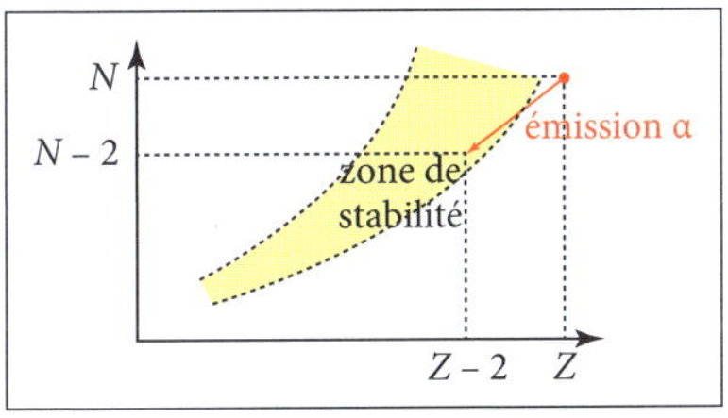

Radioactivité α

- La radioactivité α concerne les noyaux lourds dont le nombre de masse A est de l'ordre de 200 ou supérieur à cette valeur.

L'équation de désintégration α d'un noyau père X en noyau fils Y est :

$${}^{A}_{Z}\mathrm{X} \rightarrow {}^{4}_{2}\mathrm{He} + {}^{A-4}_{Z-2}\mathrm{Y} + \gamma$$

Exemple

L'équation de la désintégration α du radium 226 en radon 222 est

$${}^{226}_{88}\mathrm{Ra} \rightarrow {}^{4}_{2}\mathrm{He} + {}^{222}_{86}\mathrm{Rn} + \gamma$$

Radioactivité β^-

- La radioactivité β^- concerne certains nucléides présentant un excès de neutrons. Cette désintégration est reconnaissable à l'émission d'un électron ${}^{0}_{-1}\mathrm{e}$.

L'équation de désintégration β^- d'un noyau père X en noyau fils Y est :

$${}^{A}_{Z}\mathrm{X} \rightarrow {}^{0}_{-1}\mathrm{e} + {}^{A}_{Z+1}\mathrm{Y} + \gamma$$

- Le noyau père et le noyau fils ont le **même nombre de masse** A.

- Tout se passe comme si un neutron se transformait en proton en émettant un électron :

$${}^{1}_{0}\mathrm{n} \rightarrow {}^{0}_{-1}\mathrm{e} + {}^{1}_{1}\mathrm{p} + \gamma$$

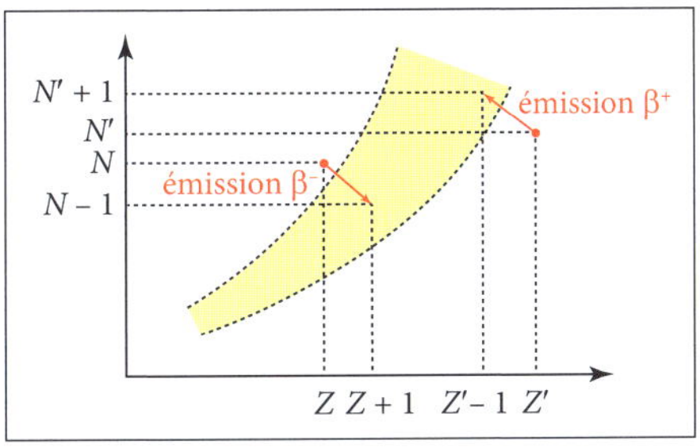

Exemple

L'équation de la désintégration β^- du carbone 14 en azote 14 est ${}^{14}_{6}\mathrm{C} \rightarrow {}^{0}_{-1}\mathrm{e} + {}^{14}_{7}\mathrm{N} + \gamma$.

Radioactivité β^+

- Cette désintégration ne s'observe qu'avec des radionucléides artificiels comportant un excès de protons. Elle est reconnaissable à l'émission d'un positron $^{0}_{1}e$.

> L'équation de désintégration β^+ d'un noyau père X en noyau fils Y est :
> $$^{A}_{Z}X \rightarrow {}^{0}_{1}e + {}^{A}_{Z-1}Y + \gamma$$

- Le noyau père et le noyau fils ont le **même nombre de masse *A***.
- Tout se passe comme si un proton se transformait en neutron en émettant un positron :

$$^{1}_{1}p \rightarrow {}^{0}_{1}e + {}^{1}_{0}n + \gamma$$

Exemple

L'équation de la désintégration β^+ du phosphore 30 en silicium 30 est $^{30}_{15}P \rightarrow {}^{0}_{1}e + {}^{30}_{14}Si + \gamma$.

3 Évolution d'une population

De quoi s'agit-il ? Un échantillon voit sa population de noyaux radioactifs diminuer au cours du temps de manière exponentielle.

1 Loi de décroissance radioactive

- Étant donnée une population de $N(t)$ noyaux radioactifs à la date t. On note ΔN la variation de cette population pendant une durée Δt. Du fait de la désintégration d'un certain nombre de noyaux radioactifs, la population $N(t)$ décroît et la variation correspondante ΔN est négative.
- La quantité de noyaux qui se désintègrent pendant cette durée Δt est égale à $(-\Delta N)$ telle que ΔN est proportionnelle à la population N et à la durée de désintégration Δt :

$$\Delta N = -\lambda N \Delta t$$

- La constante de proportionnalité λ est appelée **constante radioactive** et s'exprime en s^{-1}. Elle est caractéristique du type de noyau pour la désintégration étudiée.
- Si l'on considère une durée Δt très petite, qui tend vers zéro, alors l'expression précédente de ΔN peut s'écrire sous la forme : $\dfrac{dN}{dt} = \lim\limits_{\Delta t \to 0} \dfrac{\Delta N}{\Delta t} = \lim\limits_{\Delta t \to 0} \dfrac{-\lambda N \Delta t}{\Delta t} = -\lambda N$.

> L'**équation différentielle** qui régit la décroissance de la population de noyaux radioactifs est alors : $$\mathbf{\frac{dN}{dt} + \lambda N = 0}$$

- Si N_0 est le nombre moyen de noyaux radioactifs de l'échantillon étudié à la date $t = 0$ considérée comme instant initial, et $N(t)$ le nombre moyen de noyaux non encore désintégrés présents dans l'échantillon à la date t, alors la solution de cette équation différentielle est :

$$\mathbf{N(t) = N_0 e^{-\lambda t}} \quad \text{ou} \quad \mathbf{N(t) = N_0 \exp(-\lambda t)}$$

en utilisant les deux écritures de la fonction exponentielle.

- On peut définir $\tau = \dfrac{1}{\lambda}$, qui est appelée **constante de temps** du phénomène de décroissante radioactive. $N(t)$ s'écrit alors : $\mathbf{N(t) = N_0 e^{-t/\tau}}$. Comme la constante radioactive λ, la constante de temps τ est caractéristique du type de noyau et de la désintégration étudiés.

2 Demi-vie $t_{1/2}$ ou période radioactive

La **demi-vie ou période radioactive $t_{1/2}$** d'un nucléide radioactif est la durée au bout de laquelle la moitié des noyaux radioactifs initialement présents dans un échantillon s'est désintégrée.

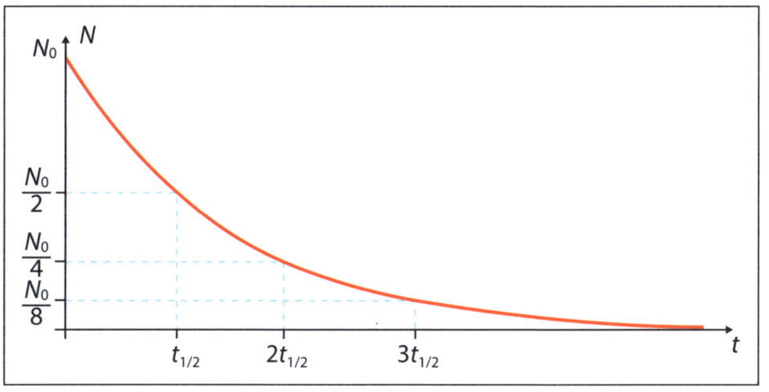

- On peut montrer que la demi-vie $t_{1/2}$ est liée à la constante radioactive λ par :

$$\boldsymbol{t_{1/2} = \frac{\ln 2}{\lambda} \approx \frac{0,693}{\lambda}}$$

- Au bout d'une durée égale à n fois $t_{1/2}$, le nombre de noyaux radioactifs encore présents dans l'échantillon est : $N(nt_{1/2}) = N_0 e^{-\lambda n t_{1/2}} = N_0\left(e^{-\lambda t_{1/2}}\right)^n = N_0\left(e^{-\ln 2}\right)^n = N_0\left(\frac{1}{2}\right)^n$.

On en déduit :
$$\boldsymbol{N(nt_{1/2}) = \frac{N_0}{2^n}}$$

3 Activité $A(t)$

On définit l'**activité** A de l'échantillon, exprimée en becquerels (Bq), comme le nombre de désintégrations par seconde : $\boldsymbol{A(t) = -\frac{dN(t)}{dt} = \lambda N(t)}$.

- L'activité peut s'écrire $A(t) = A_0 e^{-\lambda t}$ avec $A_0 = \lambda N_0$ l'activité initiale de l'échantillon.
- En appliquant le même raisonnement que précédemment, on peut aussi écrire :

$$A\left(nt_{1/2}\right) = \frac{A_0}{2^n}$$

4 Datation et applications dans divers domaines

De quoi s'agit-il ? **La décroissance radioactive a de nombreuses applications.**

1 Datation

- Le carbone 14 est radioactif. Il est produit en haute atmosphère dans des proportions de 1 noyau de carbone 14 pour environ 10^9 noyaux de carbone 12. Sa demi-vie est de 5 730 ans.

Dans l'atmosphère terrestre, comme tous les isotopes du carbone, le carbone 14 se combine au dioxygène O_2 pour former du dioxyde de carbone CO_2 assimilé par les êtres vivants tout au long de leur vie. Cette assimilation constante fait que le taux de carbone 14 reste stable.

Cependant, lorsque l'être vivant meurt, l'assimilation de carbone 14 ne se fait plus, et la proportion de carbone 14 par rapport au carbone 12 diminue du fait de sa désintégration.

- La datation d'un échantillon repose sur la comparaison de la proportion de noyaux de ^{14}C et de ^{12}C au moment de la mesure et avec celle d'un échantillon de référence. Cette technique permet d'obtenir un âge relatif de l'échantillon, dit « âge carbone 14 », assez précis pour des échantillons d'âge inférieur à environ 50 000 ans.

- La datation au carbone 14 est une mesure relative car la quantité de carbone 14 formée en haute atmosphère n'est pas toujours constante au cours du temps ; celle disponible n'est pas forcément uniformément répartie sur la Terre, et celle assimilée par les êtres vivants varie en fonction des organismes, de leur environnement, de leur métabolisme au moment de l'assimilation, etc.

- Il existe des techniques complémentaires : la détection à scintillation mesure la radioactivité d'un échantillon de quelques grammes par le rayonnement qu'il émet ; l'utilisation d'un spectromètre de masse par accélérateur (SMA) compte directement le nombre d'atomes de carbone 14. Cette dernière technique est efficace pour de petits échantillons (quelques microgrammes) d'âge supérieur à 50 000 ans.

2 Applications de la radioactivité

- Les applications de la datation au carbone 14 sont nombreuses : en histoire et en archéologie pour dater les échantillons organiques, en sismologie et en volcanologie pour déterminer la fréquence des événements sismiques ou volcaniques, en climatologie pour suivre le cycle du carbone, en océanographie et en agronomie pour l'utiliser en traceur environnemental, etc.

- Dans le domaine médical, la plupart des examens utilisent les radio-isotopes comme traceurs ou marqueurs, le technétium $^{99}_{43}Tc$ est le plus utilisé. Le tableau ci-dessous donne un aperçu des principaux noyaux radioactifs :

Radio-isotope	Demi-vie	Applications
Technétium 99	6 h	Marquage de l'albumine, du foie, de la rate, de la moelle osseuse, des agrégats (embolie pulmonaire), des os, du cœur, des reins, du cerveau ; marquage d'anticorps : tumeur
Thallium 201	72 h	Examen du muscle cardiaque
Iode 131 Iode 123	8 j 13,2 j	Examen de la thyroïde ; marquage de molécules vectrices dont les médicaments
Indium 111	2,8 j	Marquage des protéines, des peptides
Xénon 133	5,25 j	Ventilation pulmonaire associée à un examen de perfusion
Gallium 67	3,26 j	Recherche de foyers de tumeur et d'infection
Chrome 51	2,97 j	Marquage des hématies

D'après « Table des radio-isotopes utilisés en diagnostic pour l'imagerie à l'aide d'une gamma-caméra (Source Clés CEA, n° 34) © CEA.

- La radioprotection désigne l'ensemble des mesures prises pour protéger les individus des rayons ionisants ou des rayonnements radioactifs alpha (α), bêta (β), gamma (γ) ou X.

- La contamination par irradiation diminue en fonction de deux facteurs majeurs : la décroissance radioactive des éléments contaminants, et leur élimination biologique par l'organisme. Lors d'une contamination surfacique, la décontamination se fait par simple lavage. Dans le cas d'une contamination interne, dite contamination fixée, la décontamination est plus difficile à réaliser. Il faut donc agir en prévention en adaptant par exemple les temps d'exposition et les équipements.

Révision express

Les points importants à retenir

- Apprenez par cœur :
- les définitions des noyaux isotopes ;
- les définitions de la demi-vie, de la constante radioactive et de l'activité ;
- les lois de conservation dans le cas des réactions nucléaires ;
- l'équation différentielle d'évolution de la population et sa solution.

- Retenez :
- que deux noyaux isotopes appartiennent au même élément chimique et possèdent le même Z ;
- que les noyaux stables appartiennent à la vallée.

- Soyez capable :
- d'écrire les équations de réaction nucléaire dans le cas de désintégration α, β^+ et β^- ;
- de déterminer la demi-vie à partir de la courbe de décroissance radioactive ;
- de calculer la constante radioactive à partir de la demi-vie, et inversement ;
- d'exprimer et de calculer l'activité d'un échantillon à partir de sa population à un instant donné.

Quiz

Cochez la (ou les) bonne(s) réponse(s) :

1. À un temps t donné, l'activité $A(t)$ d'un échantillon est proportionnelle à :
- ☐ **a.** l'activité initiale $A_0 = A(t = 0)$.
- ☐ **b.** la constante radioactive λ.
- ☐ **c.** la population initiale N_0.

2. Lors d'une réaction de désintégration :
- ☐ **a.** le noyau fils a le même nombre de nucléons que le noyau père.
- ☐ **b.** la masse totale est conservée.
- ☐ **c.** le nombre total de protons reste le même.

3. Une population de noyaux radioactifs est telle que :
- ☐ **a.** le nombre de noyaux qui se désintègrent est prévisible.
- ☐ **b.** la courbe de désintégration est modélisable par une fonction exponentielle.
- ☐ **c.** au bout d'une demi-vie, la population a diminué de moitié.

4. La demi-vie correspond à la moitié du temps de vie d'un noyau instable.
☐ **a.** Vrai ☐ **b.** Faux

5. La masse d'un positron est la même que celle de l'électron.
☐ **a.** Vrai ☐ **b.** Faux

→ Réponses p. 491

EXERCICE 1

Équilibrer une réaction de désintégration

Énoncé

Le carbone 14 est un émetteur β^-, alors que le plutonium 238 est un émetteur α. Écrire les deux réactions de désintégration et en déduire les noyaux plus stables formés.

Méthode

1 Rechercher, dans la classification périodique, le numéro atomique des noyaux connus.

2 Sachant qu'un émetteur α produit un noyau d'hélium ${}^{4}_{2}\text{He}$, un émetteur β^+ un positron ${}^{0}_{+1}\text{e}$ et un émetteur β^- un électron ${}^{0}_{-1}\text{e}$, écrire l'équation de la réaction en notant ${}^{A}_{Z}\text{X}$ le noyau stable produit.

3 Appliquer les règles de conservation du nombre de masse et du nombre de charge pour en déduire *A* et *Z* du noyau X.

4 En utilisant à nouveau la classification périodique, identifier X grâce à son numéro atomique *Z* et remplacer X par son symbole.

Corrigé

1. La classification périodique indique C ($Z = 6$) et Pu ($Z = 94$).

2. Le carbone 14 est un émetteur β^-, l'équation de la réaction de désintégration s'écrit donc :

$${}^{14}_{6}\text{C} \rightarrow {}^{0}_{-1}\text{e} + {}^{A}_{Z}\text{X}$$

Le plutonium 238 est un émetteur α, l'équation de la réaction de désintégration s'écrit donc :

$${}^{238}_{94}\text{Pu} \rightarrow {}^{4}_{2}\text{He} + {}^{A'}_{Z'}\text{Y}$$

L'astuce du prof
Retenir qu'un émetteur β^- se désintègre en formant le noyau de l'élément juste après dans la classification périodique ($Z + 1$), qu'un émetteur β^+ produit le noyau de l'élément $Z - 1$, et qu'un émetteur α produit le noyau de numéro atomique $Z - 2$.

3. Pour la désintégration du carbone 14, la conservation du nombre de masse impose $14 = 0 + A$ et celle du nombre de charge $6 = -1 + Z$.
Donc $A = 14$ et $Z = 7$.
Pour la désintégration du plutonium, on obtient :
$238 = 4 + A'$ et $94 = 2 + Z'$.
On en déduit pour le noyau Y : $A' = 234$ et $Z' = 92$.

4. On identifie ainsi ${}^{14}_{7}\text{X}$ comme un noyau d'azote ${}^{14}_{7}\text{N}$, et le noyau ${}^{234}_{92}\text{Y}$ comme un noyau d'uranium ${}^{234}_{92}\text{U}$, d'où :

$${}^{14}_{6}\text{C} \rightarrow {}^{0}_{-1}\text{e} + {}^{14}_{7}\text{N} \quad \text{et} \quad {}^{238}_{94}\text{Pu} \rightarrow {}^{4}_{2}\text{He} + {}^{234}_{92}\text{U}$$

EXERCICE 2

Exploiter une loi de décroissance radioactive

Énoncé

Un des isotopes radioactifs de l'iode, l'iode 131, est utilisé dans l'examen de la scintigraphie thyroïdienne. La loi de désintégration s'écrit pour cet isotope de l'iode :

$$N(t) = Ke^{-10^{-6}t}$$

En utilisant la loi de décroissance radioactive, tracer l'allure de la courbe de l'évolution au cours du temps du nombre de noyaux radioactifs de l'échantillon.

Méthode

1 Déterminer le nombre initial de noyaux radioactifs de l'échantillon N_0 en remplaçant t par 0 dans l'expression mathématique.

2 Identifier la constante radioactive sachant que la formule mathématique générique est $N = Ke^{-\lambda t}$.

3 À partir de λ, en déduire la demi-vie de l'iode 131, sachant que $t_{1/2} = \frac{\ln 2}{\lambda}$.

4 Construire la courbe $N = f(t)$ dont le point à $t = 0$ correspond à la valeur N_0 déterminée en **1**.

5 Placer ensuite le point d'abscisse $t = t_{1/2}$ et $N = \frac{N_0}{2}$, puis répéter plusieurs fois cette opération à partir de ce nouveau point.

6 Tracer la courbe joignant les différents points construits.

Corrigé

1. À partir de la loi mathématique de décroissance radioactive $N(t) = Ke^{-10^{-6}t}$, on a, pour $t = 0$: $N(t = 0) = N_0 = K$.

2. Par identification avec la formule générique $N = Ke^{-\lambda t}$, on en déduit que $\lambda = 10^{-6}\ s^{-1}$.

3. $t_{1/2} = \frac{\ln 2}{\lambda} = \frac{\ln 2}{10^{-6}} = 7 \times 10^5$ s, soit 8 jours.

4., **5.** et **6.** Voir courbe de désintégration de l'iode 131 ci-dessous :

L'astuce du prof
Retenir la forme de la loi de décroissance radioactive : $N = N_0e^{-\lambda t}$ avec N_0 la population initiale.

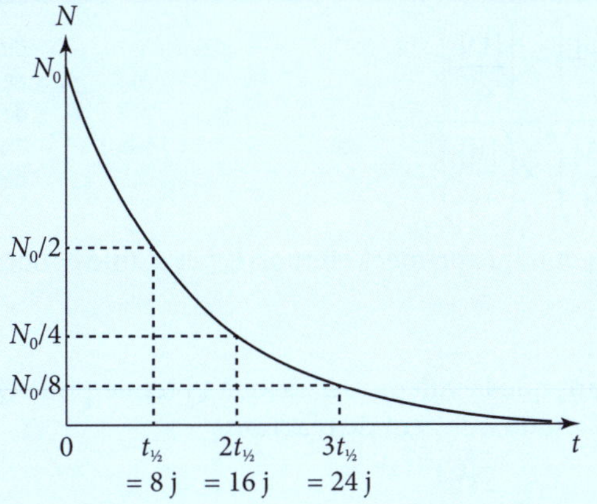

Chapitre 6 Prévoir le sens de l'évolution spontanée d'un système

1 Équilibre d'un système

De quoi s'agit-il ? **Certaines transformations ne sont pas totales, mais sont le fruit d'un équilibre dynamique correspondant à une transformation ayant lieu dans les deux sens de réaction.**

1 Réaction non totale, équilibre chimique dynamique

- Une transformation n'est pas totale lorsqu'à l'état final, il y a présence simultanée des réactifs et des produits de la transformation. Aucun réactif n'a été totalement consommé. On parle alors d'**équilibre chimique**.

- Dans le cas général, l'équation de la réaction qui représente un équilibre chimique s'écrit : $aA + bB = cD + dD$
A et B sont les réactifs et C et D sont les produits ; a, b, c et d sont les coefficients stœchiométriques correspondants.

- On remplace alors la flèche « $\rightarrow$ » symbolisant une réaction totale par un signe d'égalité « = » ou encore une double flèche « $\rightleftharpoons$ » ou « $\rightleftarrows$ » montrant que cet équilibre est dynamique. En effet, la transformation se fait dans le sens de la consommation des réactifs vers la création des produits, appelé sens 1, mais aussi dans le sens contraire ou sens 2 : on parle alors d'**équilibre dynamique**.

- Dans le cas d'un équilibre dynamique, un ajout de réactif entraînerait par exemple une augmentation de la consommation de ce dernier et déplacerait l'équilibre dans le sens 1. Il en est de même lors de l'élimination d'un produit au fur et à mesure de sa création.

2 Quotient de réaction

- On considère un état quelconque de la transformation dont l'équation de la réaction est $aA + bB = cD + dD$ avec A, B, C et D des espèces dissoutes en solution. On définit alors le quotient de réaction, noté Q_r, sans dimension, comme :

$$Q_r = \frac{\left(\frac{[C]}{c_0}\right)^c \times \left(\frac{[D]}{c_0}\right)^d}{\left(\frac{[A]}{c_0}\right)^a \times \left(\frac{[B]}{c_0}\right)^b}$$

Remarque
L'introduction de la concentration de référence c_0 permet d'obtenir un quotient de réaction sans unité.

avec les concentrations [A], [B], [C] et [D] exprimées en $mol \cdot L^{-1}$ et c_0 une concentration de référence telle que $c_0 = 1\ mol \cdot L^{-1}$.

Par abus d'écriture, en considérant que la valeur numérique obtenue pour Q_r est sans unité, on peut simplifier l'expression du quotient de réaction :

$$\mathbf{Q_r = \frac{[C]^c[D]^d}{[A]^a[B]^b}}$$

● Dans les transformations faisant intervenir l'**eau comme solvant**, on convient **de ne pas la faire figurer dans le quotient de réaction**. Seules interviennent les concentrations molaires des **espèces dissoutes**.

Exercice résolu

Calculer le quotient de réaction

ÉNONCÉ

Le gaz sulfure d'hydrogène H_2S réagit de manière non totale avec l'eau en produisant des ions oxonium et des ions sulfure HS^-. La concentration initiale de la solution est $c_i = 1{,}0 \times 10^{-2}$ mol·L^{-1}, et le pH de la solution à un instant donné est pH = 4,5. Calculer le quotient de réaction.

CORRIGÉ

Le tableau d'évolution de la réaction est :

Équation		H_2S +	H_2O =	H_3O^+ +	HS^-
État	Avancement	Quantité de matière			
EI	$x = 0$	c_iV	Excès	0	0
EC	x	$c_iV - x$	Excès	x	x

Avec $[H_3O^+] = [HS^-] = 10^{-pH} = x/V$, le quotient de réaction simplifié est :

$$Q_r = \frac{[H_3O^+]^1[HS^-]^1}{[H_2S]^1} = \frac{[H_3O^+]^2}{[H_2S]^1} = \frac{(10^{-pH})^2}{c_i - x/V} = \frac{(10^{-pH})^2}{c_i - 10^{-pH}}$$

$$Q_r = \frac{(10^{-4,5})^2}{1{,}0 \times 10^{-2} - 10^{-4,5}} = 1{,}0 \times 10^{-7}$$

Méthode
Bien penser à ne pas prendre en compte le solvant.

2 Évolution spontanée hors équilibre

De quoi s'agit-il ? Un système chimique tend vers son état d'équilibre.

1 Constante d'équilibre *K*

● À l'équilibre chimique, le quotient simplifié de la réaction dont l'équation est $aA + bB = cD + dD$ s'écrit : $Q_{r,\,éq} = \frac{[C]^c_{éq}[D]^d_{éq}}{[A]^a_{éq}[B]^b_{éq}}$ avec $[X]^x_{éq}$ la concentration à l'équilibre (éq) de X de coefficient stœchiométrique x.

● À température constante, le quotient de réaction à l'équilibre a une **valeur constante** et **indépendante de la composition initiale** du système chimique.

> Cette valeur, notée *K*, sans dimension, est appelée **constante d'équilibre** du système :
> $$Q_{r,\,éq} = K(T)$$
> *K* ne dépend que de la température.

● On considère qu'une réaction très déplacée dans le sens 1 est totale, si sa constante d'équilibre *K* est **au moins de l'ordre de 10^4**.

2 Taux d'avancement

Le taux d'avancement τ, sans dimension, est le rapport entre l'avancement final x_f d'une transformation et son avancement maximal x_{max} en considérant la transformation comme totale :

$$\tau = \frac{x_f}{x_{max}}$$

- Le taux d'avancement final dépend de la constante d'équilibre K : plus la constante K est élevée, et plus la réaction est déplacée dans le sens 1, et ainsi plus le taux d'avancement est élevé.
- Le taux d'avancement est un chiffre entre 0 et 1, que l'on peut aussi transformer en pourcentage entre 0 et 100 %. L'état final de la réaction totale est atteint lorsque $x_f = x_{max}$, soit $\tau = 1$. Donc **la réaction est totale quand $\tau = 1$** = 100 %.

3 Évolution hors équilibre

- Tout système évolue vers un état d'équilibre caractérisé par la constante d'équilibre K. Cela revient à dire que la valeur du quotient de réaction Q_r tend vers la constante d'équilibre K, quel que soit l'état initial du système.
- Le schéma ci-dessous récapitule les trois situations possibles :

$Q_r = K$ — $Q_{r,éq} = K$
L'état d'équilibre est atteint.

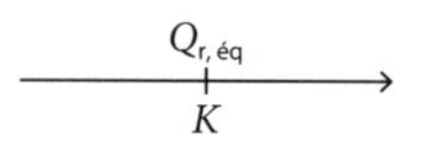

$Q_r < K$ — Sens spontané de la transformation vers la droite (sens 1 ou sens direct)

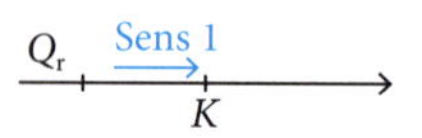

$Q_r > K$ — Sens spontané de la transformation vers la gauche (sens 2 ou sens indirect/inverse)

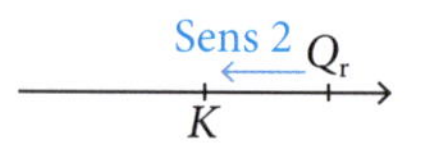

Exercice résolu

Établir la relation entre la constante d'équilibre et le taux d'avancement

ÉNONCÉ

Un acide AH de concentration apportée c réagit avec l'eau :

$$AH + H_2O = H_3O^+ + A^-$$

À l'aide d'un tableau d'évolution, établir la relation entre c, K et τ.

CORRIGÉ

Le tableau d'évolution de la réaction est :

	Équation	AH +	H_2O =	H_3O^+ +	A^-
État	Avancement (mol)	Quantité de matière (mol)			
EI	$x = 0$	cV	Excès	0	0
EC	x	$cV - x$	Excès	x	x
EF	$x = x_f$	$cV - x_f$	Excès	x_f	x_f

Méthode
Bien penser à ne pas prendre en compte le solvant et à déterminer x_{max} en fonction de c.

$\tau = \dfrac{x_f}{x_{max}}$ or $x_{max} = cV$ donc $\dfrac{x_f}{V} = c\tau$ et $K = \dfrac{[A^-]_{éq}[H_3O^+]_{éq}}{[AH]_{éq}} = \dfrac{\dfrac{x_f}{V} \times \dfrac{x_f}{V}}{\left(c - \dfrac{x_f}{V}\right)}$, soit $K = \dfrac{c\tau^2}{1 - \tau}$.

3 Réaction d'oxydoréduction : constitution d'une pile

De quoi s'agit-il ? **Une pile est un système chimique hors équilibre, siège de réactions d'oxydoréduction.**

1 Transfert spontané d'électrons

Une pile est constituée de deux demi-piles mettant en jeu un **transfert spontané d'électrons** du réducteur d'un premier couple redox Ox_1/Red_1 vers l'oxydant d'un second couple Ox_2/Red_2.

$$Red_1 = Ox_1 + n_1e^- (\times n_2)$$
$$Ox_2 + n_2e^- = Red_2 \qquad (\times n_1)$$
$$\mathbf{n_2Red_1 + n_1Ox_2 \rightarrow n_2Ox_1 + n_1Red_2}$$

Les espèces chimiques réagissant ne sont pas mises en contact et constituent chacune une demi-pile. Le transfert d'électrons est alors utilisé dans un circuit électrique extérieur à la pile.

2 Constitution d'une pile

- Matériellement, chaque demi-pile est constituée d'une **lame métallique ou électrode M(s)** baignant dans une **solution ionique contenant des ions métalliques M^{n+}(aq).**

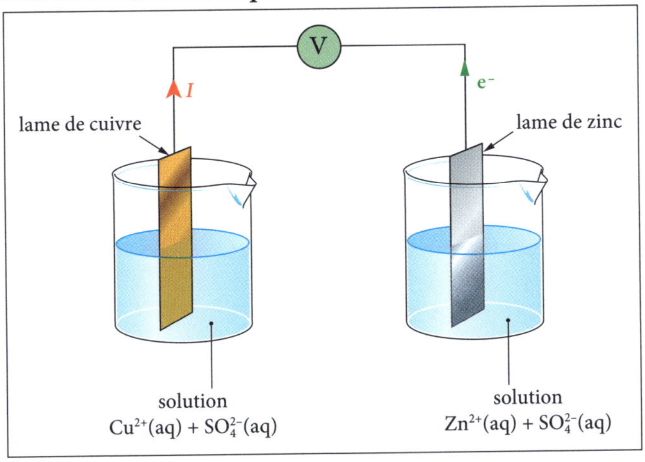

- Un **pont salin**, constitué d'une solution ionique gélifiée, permet le transfert d'ions de la solution d'une demi-pile à l'autre, assurant ainsi l'**électroneutralité** du dispositif.

- Les **électrons** circulent dans le circuit extérieur, de l'électrode négative (anode) constituée par le réducteur du couple Ox_1/Red_1 vers l'électrode positive (cathode), constituée par la lame de métal Red_2.

- Le **sens conventionnel du courant** à l'extérieur de la pile est donc celui opposé au sens de circulation des électrons : de la borne + vers la borne –.

Exemple

La pile Daniell est la pile constituée par une demi-pile au cuivre et une demi-pile au zinc. La réaction d'oxydoréduction mettant en jeu le transfert spontané d'électrons est $Cu^{2+} + Zn \rightarrow Cu + Zn^{2+}$.

3 Représentation conventionnelle d'une pile

- L'écriture d'une pile est l'enchaînement des oxydants des solutions encadrés par les réducteurs de chaque couple constituant les lames métalliques ou électrodes de la pile.

- La convention veut que l'on commence par le pôle négatif de la pile pour terminer par son pôle positif :

$$- Red_1(s)/Ox_1(aq)//Ox_2(aq)/Red_2(s) +$$

Exercice résolu

Donner le schéma d'une pile

ÉNONCÉ

On réalise la pile – $Zn(s)/Zn^{2+}(aq)//Ag^+(aq)/Ag(s)$+. Donner le schéma de la pile en précisant le sens des électrons et celui du courant débité par cette pile.

CORRIGÉ

La pile est constituée par deux demi-piles : une lame de zinc dans une solution de zinc (du sulfate de zinc par exemple) et une lame d'argent dans une solution d'ions argent (du nitrate d'argent par exemple). Un pont salin relie les demi-piles.

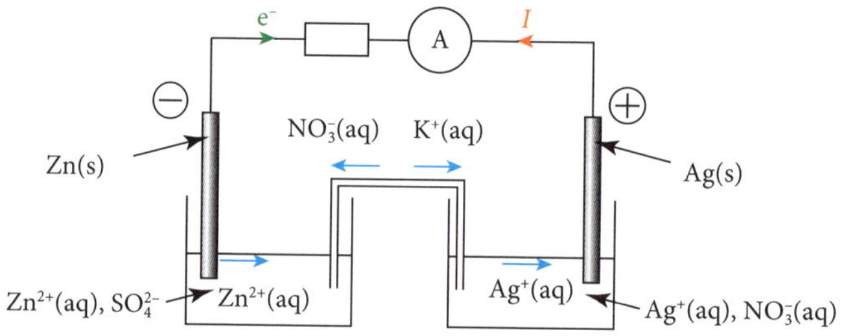

Rappel

Le sens du courant est du + vers le –, soit opposé à celui des électrons.

4 Fonctionnement d'une pile

De quoi s'agit-il ? La capacité d'une pile, l'intensité du courant débité ou encore sa force électromotrice sont des données de fonctionnement d'une pile.

1 Réactions aux électrodes

- Reprenons l'exemple de la pile argent/zinc de l'exercice résolu précédent :
  - à la borne positive de la pile, ou cathode, on a la demi-équation redox suivante : $Ag^+ + e^- = Ag$ qui correspond à la réduction des ions argent (oxydants) ;
  - à la borne négative de la pile, ou anode, on a la demi-équation redox suivante : $Zn = Zn^{2+} + 2e^-$ qui correspond à l'oxydation des atomes de zinc (réducteurs) ;
  - l'équation bilan de la réaction de fonctionnement de la pile est alors : $2Ag^+ + Zn = 2Ag + Zn^{2+}$.

- De manière générale, à la borne positive d'une pile, appelée cathode, on a réduction de l'oxydant le plus fort, et à l'anode, borne négative, on a oxydation du réducteur le plus fort.

2 Capacité électrique

La **quantité d'électricité** débitée par une pile pendant une durée Δt est le produit de l'intensité du courant I et de Δt :

$$\mathbf{Q = I\Delta t} \quad \text{avec} \quad \begin{cases} Q : \text{charge ou quantité d'électricité (en C),} \\ I : \text{intensité du courant (en A),} \\ \Delta t : \text{durée de fonctionnement de la pile (en s).} \end{cases}$$

- La quantité d'électricité Q est aussi la charge totale des électrons échangés pendant la durée de fonctionnement.

On peut alors écrire :

$$\mathbf{Q = n\mathcal{N}_A e} \quad \text{avec} \quad \begin{cases} n : \text{quantité d'électrons échangés (en mol),} \\ \mathcal{N}_A : \text{constante d'Avogadro (en mol}^{-1}\text{),} \\ \text{e : charge élémentaire (en C).} \end{cases}$$

- On rappelle les valeurs de la charge élémentaire $e = 1{,}6 \times 10^{-19}$ C et du nombre d'Avogadro $\mathcal{N}_A = 6{,}02 \times 10^{23}$ mol^{-1}.

Un **faraday** est la charge d'une mole d'électrons, on le note $\mathcal{F}$:

$$\mathcal{F} = \mathcal{N}_A e = \mathbf{96\,500\ C}$$

- La **capacité de charge électrique** ou capacité d'une pile C est la charge électrique Q_{totale} que peut fournir la pile pendant son temps total de fonctionnement. Elle s'exprime souvent en ampères-heures (Ah) plutôt qu'en coulombs (C).

$$\mathbf{C = Q_{totale} = I\tau} \quad \text{avec} \quad \begin{cases} C : \text{capacité (en Ah),} \\ Q_{totale} : \text{charge totale (en Ah),} \\ I : \text{intensité du courant électrique débité (en A),} \\ \tau : \text{durée de la charge/décharge (en h).} \end{cases}$$

3 Tension à vide

La tension à vide E (en V) ou force électromotrice, notée en abrégé f.é.m., d'une pile est la tension aux bornes de la pile lorsqu'aucun courant n'est débité.

$$\mathbf{U(I = 0) = E}$$

Exemple

La f.é.m. d'une pile saline est d'environ 1,5 V.

- Une pile a toutefois une tension à ses bornes qui diminue légèrement en fonction du courant débité. Sa loi de fonctionnement est :

$$U = E - rI$$

avec r sa résistance interne en ohms (Ω).

- Sa caractéristique est donc une droite d'ordonnée à l'origine égale à E et de pente $-r$ négative.

Exercice résolu

Calculer la durée de fonctionnement d'un accumulateur

ÉNONCÉ

Un accumulateur ayant une capacité de 2 050 mAh est en série avec un récepteur. Le générateur débite un courant d'intensité $I = 450$ mA pendant toute la durée de fonctionnement. Calculer la durée moyenne de fonctionnement de l'accumulateur.

CORRIGÉ

La durée τ de fonctionnement est $\tau = \frac{C}{I}$ avec $C = 2\,050$ mAh et $I = 450$ mA.

A. N. : $\tau = \frac{2\,050}{450} = 4{,}56$ h, soit environ 4 h 35 min.

Conseil

Vérifier que les unités de l'application numérique sont compatibles, sachant qu'il n'est pas nécessaire de les convertir en USI si les deux grandeurs de la fraction sont en mA ou mAh.

5 Oxydants et réducteurs usuels

De quoi s'agit-il ? Quelques exemples d'oxydants et de réducteurs sont proposés.

1 Exemples courants

- L'eau de Javel est un agent blanchissant et désinfectant contenant des ions hypochlorite ClO^-, oxydant puissant. La demi-réaction redox pour le couple ClO^-/Cl^- s'écrit :

$$ClO^- + 2H^+ + 2e^- = Cl^- + H_2O$$

Cette demi-équation constitue celle d'une pile avec un réactif chromé (électrode positive) et un réactif chloré (électrode négative). L'équation redox de fonctionnement de la pile est :

$$2Cr^{2+} + ClO^- + 2H^+ \rightarrow 2Cr^{3+} + Cl^- + H_2O$$

- Le dioxygène est un gaz oxydant du couple O_2/H_2O : il participe à des réactions rédox de combustion, de corrosion, ou intervient lors des processus de respiration. La demi-équation en jeu est :

$$\frac{1}{2}O_2 + 2H^+ + 2e^- = H_2O$$

Exemple

L'équation de combustion du propane est $C_3H_8 + 5O_2 \rightarrow 3CO_2 + 4H_2O$.

- Le dichlore est un gaz jaune-vert dans les conditions normales de température et de pression, et extrêmement toxique. Il est souvent utilisé dans la fabrication de l'acide chlorhydrique. Le dichlore est un oxydant usuel dont le couple est Cl_2/Cl^- et la demi-équation correspondante : $Cl_2 + 2e^- = 2Cl^-$.

- L'acide ascorbique, couramment appelé vitamine C, est un bon réducteur utilisé dans certaines boissons par exemple, comme le vin, pour éviter leur oxydation ou encore la prolifération des bactéries. Son caractère réducteur est souvent traduit dans la vie quotidienne par le fait qu'il est qualifié d'« antioxydant ».

- Le dihydrogène est le réducteur du couple H^+/H_2 de demi-équation $2H^+ + 2e^- = H_2$. Ce gaz est principalement utilisé dans l'industrie chimique pour la fabrication de l'ammoniac par exemple ou dans la pétrolochimie.

2 Caractère réducteur des métaux du bloc s

- Les éléments du bloc s sont :
  - les alcalins correspondant aux éléments de la première colonne du tableau périodique, appelés aussi métaux du groupe 1 ;
  - les alcalino-terreux correspondant aux éléments de la seconde colonne du tableau, appelés aussi métaux du groupe 2 ;
  - l'hydrogène et le néon.

Élément du bloc s

colonnes → / périodes ↓	1	2	3	4	5	6	7	8	9	10	11	12	13	14	15	16	17	18
1	1 H hydrogène 1,0																	2 He hélium 4,0
2	3 Li lithium 7,0	4 Be béryllium 9,0											5 B bore 10,8	6 C carbone 12,0	7 N azote 14,0	8 O oxygène 16,0	9 F fluor 19,0	10 Ne néon 20,2
3	11 Na sodium 23,0	12 Mg magnésium 24,3											13 Al aluminium 27,0	14 Si silicium 28,1	15 P phosphore 31,0	16 S soufre 32,1	17 Cl chlore 35,5	18 Ar argon 40,0
4	19 K potassium 39,1	20 Ca calcium 40,1	21 Sc scandium 45,0	22 Ti titane 47,9	23 V vanadium 50,9	24 Cr chrome 52,0	25 Mn manganèse 54,9	26 Fe fer 55,9	27 Co cobalt 58,9	28 Ni nickel 58,7	29 Cu cuivre 63,6	30 Zn zinc 65,4	31 Ga gallium 69,7	32 Ge germanium 72,6	33 As arsenic 74,9	34 Se sélénium 79,0	35 Br brome 79,9	36 Kr krypton 83,8
5	37 Rb rubidium 85,5	38 Sr strontium 87,6	39 Y yttrium 88,9	40 Zr zirconium 91,2	41 Nb niobium 92,9	42 Mo molybdène 96	43 Tc technétium	44 Ru ruthénium 101,1	45 Rh rhodium 102,9	46 Pd palladium 106,4	47 Ag argent 107,9	48 Cd cadmium 112,4	49 In indium 114,8	50 Sn étain 118,7	51 Sb antimoine 121,8	52 Te tellure 127,6	53 I iode 126,9	54 Xe xénon 131,3
6	55 Cs césium 132,9	56 Ba baryum 137,3	La	72 Hf hafnium 178,5	73 Ta tantale 180,9	74 W tungstène 183,8	75 Re rhénium 186,2	76 Os osmium 190,2	77 Ir iridium 192,2	78 Pt platine 195,1	79 Au or 197,0	80 Hg mercure 200,6	81 Tl thallium 204,4	82 Pb plomb 207,2	83 Bi bismuth 209,0	84 Po polonium –	85 At astate –	86 Rn radon –
7	87 Fr francium 223	88 Ra radium 226	Ac	104 Rf rutherfordium 261	105 Db dubnium 262	106 Sg seaborgium –	107 Bh bohrium –	108 Hs hassium –	109 Mt meitnerium –	110 Ds darmstadtium –	111 Rg roentgénium –	112 Cn copernicium –	113 Nh nihonium –	114 Fl flérovium –	115 Mc moscovium –	116 Lv livermorium –	117 Ts tennessine –	118 Og oganesson –

- Les métaux M du bloc s, alcalins et alcalino-terreux, sont susceptibles de céder très facilement un électron pour devenir un cation monochargé M^+ pour le groupe 1 ou deux électrons pour devenir un cation M^{2+} pour les métaux du groupe 2.

- Étant capables de céder facilement un ou deux électrons, les métaux du bloc s sont de très bons réducteurs.

- En particulier, la réaction d'un métal du bloc s avec l'eau est très exothermique !

$$\text{Groupe 1 : } M + H_2O \rightarrow M^+ + HO^- + \frac{1}{2}H_2$$

$$\text{Groupe 2 : } M + 2H_2O \rightarrow M^{2+} + 2HO^- + H_2$$

Révision express

Les points importants à retenir

- Apprenez par cœur :

– les définitions du taux d'avancement, de la quantité d'électricité, de la capacité de charge électrique et de la force électromotrice ;

– la valeur de la charge d'une mole d'électrons ou Faraday ;

– les expressions mathématiques entre la quantité d'électricité et, d'une part, l'intensité du courant et la durée de fonctionnement, et d'autre part, la quantité d'électrons échangés.

- Retenez que la force électromotrice est la tension à vide.

- Soyez capable :

– d'exprimer le quotient de réaction à partir de l'équation bilan d'une réaction ;

– de prévoir le sens d'évolution d'un système chimique connaissant la constante d'équilibre ;

– de définir et de calculer le taux d'avancement à partir des avancements final et maximal.

Quiz

Cochez la (ou les) bonne(s) réponse(s) :

1. Dans une transformation chimique, l'état d'équilibre est atteint lorsque :

☐ **a.** il y a 50 % de produits et 50 % de réactifs.

☐ **b.** les réactions se poursuivent à vitesse égale.

☐ **c.** les transformations évoluent jusqu'à une certaine limite et tout s'arrête.

2. Soit la réaction $Ag_3PO_4(s) = 3Ag^+ + PO_4^{3-}$. L'expression de la constante d'équilibre est :

☐ **a.** $K = \left[Ag^+\right]_{éq}^3 \left[PO_4^{3-}\right]_{éq}$

☐ **b.** $K = \dfrac{\left[Ag^+\right]_{éq}^3 \left[PO_4^{3-}\right]_{éq}}{\left[Ag_3PO_4\right]_{éq}}$

☐ **c.** $K = \dfrac{\left[PO_4^{3-}\right]_{éq}}{3\left[Ag^+\right]_{éq}}$

3. Pour une réaction déterminée A + B = C + D, $Q_r = 75$, alors $K = 895$:

☐ **a.** la transformation évolue dans le sens $A + B \rightarrow C + D$.

☐ **b.** la transformation évolue dans le sens $C + D \rightarrow A + B$.

☐ **c.** il y a un équilibre dynamique, et les proportions des réactifs et des produits n'évoluent plus.

4. L'anode est la borne de sortie des électrons circulant à l'extérieur de la pile.

☐ **a.** Vrai ☐ **b.** Faux

5. Les électrons échangés circulent dans les solutions des deux demi-piles.

☐ **a.** Vrai ☐ **b.** Faux

→ Réponses p. 491

EXERCICE

Montrer que K est indépendante de la composition initiale du système

Énoncé

On prépare des solutions d'acide éthanoïque de concentrations molaires différentes, prises à la même température de 25 °C : $c_1 = 1{,}0 \times 10^{-2}\ \text{mol}\cdot\text{L}^{-1}$; $c_2 = 2{,}0 \times 10^{-3}\ \text{mol}\cdot\text{L}^{-1}$; $c_3 = 5{,}0 \times 10^{-3}\ \text{mol}\cdot\text{L}^{-1}$.

On mesure par conductimétrie les concentrations en ions oxonium des solutions obtenues : $[H_3O^+]_1 = 4{,}1 \times 10^{-4}\ \text{mol}\cdot\text{L}^{-1}$; $[H_3O^+]_2 = 1{,}8 \times 10^{-4}\ \text{mol}\cdot\text{L}^{-1}$; $[H_3O^+]_3 = 2{,}9 \times 10^{-4}\ \text{mol}\cdot\text{L}^{-1}$.

Montrer que la constante d'équilibre K de la réaction de l'acide éthanoïque dans l'eau est indépendante de la composition initiale du système.

Méthode

1 Déterminer l'équation de la réaction de l'acide éthanoïque dans l'eau.

2 Exprimer la constante K de la réaction.

3 Établir le tableau d'évolution littéral de la réaction dans un cas général avec c la concentration en acide éthanoïque de la solution.

4 En déduire une relation entre les quantités de matière, puis les concentrations des produits à l'état final.

5 Établir la concentration en acide éthanoïque à l'état final en fonction de c et de la concentration en ions oxonium.

6 En déduire la nouvelle expression de K en fonction de c et $[H_3O^+]_{éq}$.

7 Pour chacune des trois solutions, calculer numériquement K et vérifier que les trois valeurs sont identiques.

Corrigé

1. L'acide éthanoïque CH_3COOH réagit avec l'eau. Il s'agit d'une réaction acido-basique mettant en jeu les couples CH_3COOH/CH_3COO^- et H_3O^+/H_2O.
Les demi-équations sont :

$$CH_3COOH = CH_3COO^- + H^+ \text{ et } H_2O + H^+ = H_3O^+$$

L'équation de la réaction est ainsi :

$$CH_3COOH + H_2O = CH_3COO^- + H_3O^+$$

Réflexe à avoir
Penser à sélectionner le couple de l'eau dans lequel H_2O est une base réagissant avec l'acide éthanoïque.

2. La constante d'équilibre de cette réaction est alors :

$$K = \frac{[H_3O^+]_{éq}[CH_3COO^-]_{éq}}{[CH_3COOH]_{éq}}$$

Réflexe à avoir
Dans le cas d'une réaction acido-basique, K est égale au K_a du couple AH/A^-.

3. Le tableau d'évolution de la réaction est donc :

Équation		CH_3COOH +	H_2O =	CH_3COO^- +	H_3O^+
État	Avancement (mol)	Quantité de matière (mol)			
EI	$x = 0$	cV	Excès	0	0
EC	x	$cV - x$	Excès	x	x
Équilibre	$x = x_f$	$cV - x_f$	Excès	x_f	x_f

4. La lecture du tableau précédent permet de conclure que les quantités de matière des ions éthanoate et oxonium sont identiques. En divisant par le volume *V* de la solution, que l'on suppose constant, on en déduit qu'à l'équilibre :

$$[CH_3COO^-]_{éq} = [H_3O^+]_{éq} = \frac{x_f}{V}$$

5. De même, on peut lire que la quantité de matière à l'équilibre d'acide éthanoïque est $cV - x_f$ et que $[CH_3COOH]_{éq} = c - \frac{x_f}{V} = c - [H_3O^+]_{éq}$ en divisant la quantité de matière par le volume *V* constant.

6. En remplaçant ces éléments dans la définition de la constante *K*, on obtient une nouvelle expression :

$$K = \frac{[H_3O^+]_{éq}[CH_3COO^-]_{éq}}{[CH_3COOH]_{éq}}$$

$$K = \frac{[H_3O^+]^2_{éq}}{c - [H_3O^+]_{éq}}$$

7. Calculons pour chacune des trois solutions la valeur de *K* :

Solution	c (mol·L^{-1})	$[H_3O^+]$ (mol·L^{-1})	K
1	$c_1 = 1{,}0 \times 10^{-2}$	$4{,}1 \times 10^{-4}$	$1{,}8 \times 10^{-5}$
2	$c_2 = 2{,}0 \times 10^{-3}$	$1{,}8 \times 10^{-4}$	$1{,}8 \times 10^{-5}$
3	$c_3 = 5{,}0 \times 10^{-3}$	$2{,}9 \times 10^{-4}$	$1{,}8 \times 10^{-5}$

L'astuce du prof
Pour gagner du temps, on oublie très souvent la concentration de référence c_0, ainsi que l'indice « éq » pour indiquer les concentrations à l'équilibre.

La valeur de *K* est la même pour des concentrations initiales différentes.
À température constante, *K* ne dépend pas de l'état initial du système.

Chapitre 7

Comparer la force des acides et des bases

1 Produit ionique de l'eau et constante d'acidité

De quoi s'agit-il ? À l'équilibre acido-basique, la constante d'équilibre est appelée constante d'acidité K_a. Dans le cas particulier de l'eau, cette constante est K_e.

1 Autoprotolyse de l'eau et produit ionique K_e

- L'eau est un ampholyte : soit accepteur de proton ou ion hydrogène H^+, soit donneur de proton. Les deux couples acide/base sont H_3O^+/H_2O et H_2O/HO^-. L'état final de la réaction d'autoprotolyse de l'eau est un état d'équilibre chimique : $2H_2O(l) = H_3O^+(aq) + HO^-(aq)$.
- Le pH de l'eau pure à 25 °C est 7,0, donc la concentration en ions oxonium est $[H_3O^+] = c_0 \times 10^{-pH} = 10^{-7,0} = 1,0 \times 10^{-7}$ mol·L^{-1} avec c_0 la concentration molaire de référence $c_0 = 1,0$ mol·L^{-1}. Or à l'état d'équilibre, la concentration en ions oxonium est égale à celle des ions hydroxyde : $[H_3O^+]_{éq} = [HO^-]_{éq} = 1,0 \times 10^{-7}$ mol·L^{-1}.
- La constante d'équilibre de cette réaction est alors définie comme :

$$K_e = \frac{[H_3O^+]_{éq}[HO^-]_{éq}}{c_0^2}$$

Souvent par commodité d'écriture, et ce pour tout le présent chapitre, on supprimera sciemment c_0 pour écrire $K_e = [H_3O^+]_{éq} \times [HO^-]_{éq}$.
La constante d'équilibre associée à l'autoprotolyse de l'eau est appelée **produit ionique de l'eau**, noté K_e, et définie par : $\mathbf{K_e = [H_3O^+]_{éq} \times [HO^-]_{éq} = 1,0 \times 10^{-14}}$ **à 25 °C.**
K_e est sans unité.

- Dans toute solution aqueuse, la concentration en ions hydroxyde se déduit de celle des ions oxonium et donc du pH de la solution : $[HO^-]_{éq} = \frac{K_e}{[H_3O^+]_{éq}} = \frac{K_e}{10^{-pH}}$.
  - Lorsque pH = 7,0 alors $[H_3O^+]_{éq} = [HO^-]_{éq}$: la solution est neutre.
  - Lorsque pH < 7,0 alors $[H_3O^+]_{éq} > [HO^-]_{éq}$: la solution est acide.
  - Lorsque pH > 7,0 alors $[H_3O^+]_{éq} < [HO^-]_{éq}$: la solution est basique.

2 Constante d'acidité d'un couple acide/base

À tout couple acide/base AH/A^- donnant lieu, en solution aqueuse, à l'équilibre chimique représenté par la réaction d'équation $AH + H_2O = A^- + H_3O^+$, on associe une constante d'équilibre, appelée constante d'acidité sans dimension et notée K_a :

$$\mathbf{K_a = \frac{[A^-]_{éq}[H_3O^+]_{éq}}{[AH]_{éq}}}$$

K_a ne dépend que de la température.

Remarque
Par souci de ne pas surcharger l'écriture, on a sciemment supprimé la notation c_0.

À la constante d'acidité K_a, on fait correspondre une grandeur notée pK_a :
$\mathbf{pK_a = -\log K_a}$ et réciproquement $\mathbf{K_a = 10^{-pK_a}}$

Exercice résolu

Déterminer la constante d'équilibre d'une réaction acido-basique

ÉNONCÉ

L'équation de réaction associée à une réaction acido-basique est de la forme : $AH_1 + A_2^- = AH_2 + A_1^-$. Exprimer la constante d'équilibre K de cette réaction en fonction de K_{a1} et K_{a2}, les constantes d'acidité respectivement des couples AH_1/A_1^- et AH_2/A_2^-.

CORRIGÉ

On peut exprimer les constantes d'acidité de chaque couple :

$$K_{a1} = \frac{[A_1^-]_{éq}[H_3O^+]_{éq}}{[AH_1]_{éq}} \quad \text{et} \quad K_{a2} = \frac{[A_2^-]_{éq}[H_3O^+]_{éq}}{[AH_2]_{éq}}$$

Par définition, la constante d'équilibre de la réaction est $K = \frac{[AH_2]_{éq}[A_1^-]_{éq}}{[AH_1]_{éq}[A_2^-]_{éq}}$.

En multipliant numérateur et dénominateur par $[H_3O^+]_{éq}$, on obtient :

$$K = \frac{[AH_2]_{éq}[A_1^-]_{éq}[H_3O^+]_{éq}}{[AH_1]_{éq}[A_2^-]_{éq}[H_3O^+]_{éq}} = \frac{K_{a1}}{K_{a2}}$$

Réflexe à avoir

Introduire la concentration des ions oxonium pour faire apparaître le K_a des couples.

2 Force d'un acide ou d'une base

De quoi s'agit-il ? Un acide fort ou une base forte réagit totalement avec l'eau.

1 Acides forts/faibles, bases fortes/faibles

Un **acide fort** est un acide pour lequel la réaction avec l'eau est totale. On notera l'équation de la réaction

$$\mathbf{AH + H_2O \rightarrow A^- + H_3O^+}$$

Le symbole « → » signifie que la réaction est totale et que AH est totalement dissocié.
De même, une **base forte** est une base pour laquelle la réaction avec l'eau est totale :

$$\mathbf{A^- + H_2O \rightarrow AH + HO^-}$$

- On appelle **acide** [resp. base] **indifférent**, un acide [resp. base] ne réagissant pas avec l'eau.
- Par définition, un **acide fort** est une solution dans laquelle les seuls acides présents sont les ions oxonium et l'eau. Une **base forte** est une solution dans laquelle les seules bases présentes sont les ions hydroxyde et l'eau.

Exemple

L'acide chlorhydrique HCl ($HCl + H_2O \rightarrow Cl^- + H_3O^+$) et l'acide nitrique HNO_3 ($HNO_3 + H_2O \rightarrow NO_3^- + H_3O^+$) sont des acides forts.
La soude ou hydroxyde de sodium NaOH ($NaOH\ (aq) \rightarrow Na^+ + HO^-$) et l'ion éthanolate CH_3CHO^- ($CH_3CHO^- + H_2O \rightarrow CH_3CHOH + HO^-$) sont des bases fortes.

- On appelle **acide** [resp. base] **faible**, un acide [resp. une base] dont la réaction avec l'eau n'est pas totale.

- La réaction chimique associée à la **réaction d'un acide faible AH dans l'eau** fait intervenir le couple acide faible/base faible AH/A^- et celui de l'eau en tant que base, soit H_3O^+/H_2O. Dans ce cas, l'équation bilan se note avec le symbole « $\rightleftharpoons$ » ou « = » signifiant qu'il s'agit d'un **équilibre** et non d'une réaction totale :

$$\mathbf{AH(aq) + H_2O(l) \rightleftharpoons A^-(aq) + H_3O^+(aq)}$$

Remarque

Il en est de même pour la dilution d'une base A^- dans l'eau, faisant intervenir le couple $H_2O(l)/HO^-(aq)$. On obtient l'équation d'équilibre $A^-(aq) + H_2O(l) \rightleftharpoons AH(aq) + HO^-(aq)$.

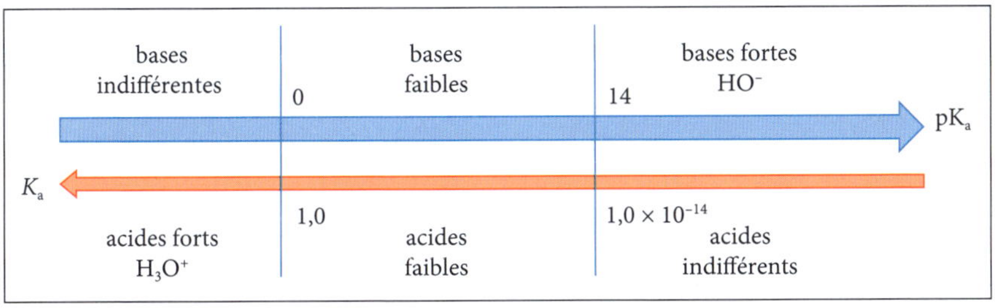

2 pH de solutions d'acides forts ou de bases fortes

Prenons l'exemple d'une solution aqueuse d'acide chlorhydrique de concentration c (en $mol \cdot L^{-1}$) : $HCl + H_2O \rightarrow Cl^- + H_3O^+$.

- L'autoprotolyse de l'eau s'écrit aussi : $H_2O \rightarrow HO^- + H_3O^+$.
- La solution d'acide étant électriquement neutre, on a autant de charges positives apportées par les ions oxonium H_3O^+ que de charges négatives apportées par les ions hydroxyde HO^- et les ions chlorure Cl^-. Le volume de la solution étant constant, l'électroneutralité s'écrit : $[H_3O^+] = [HO^-] + [Cl^-]$ avec $[Cl^-] = c$.
- Par la suite, pour des questions de simplicité d'écriture, on omettra de noter la concentration de référence $c_0 = 1{,}0\ mol \cdot L^{-1}$. La solution est acide, on peut donc penser que les ions oxonium sont largement majoritaires devant les ions hydroxyde : $[H_3O^+] \times [HO^-] = K_e$ et $[H_3O^+] = 10^{-pH} = \dfrac{K_e}{[HO^-]} = \dfrac{10^{-14}}{[HO^-]} >> 10^{-7}$, donc $[HO^-] << 10^{-7}\ mol \cdot L^{-1}$ (négligeable).
- L'électroneutralité devient : $[H_3O^+] = [Cl^-] = c$ et $pH = -\log [H_3O^+] = -\log c$.

Le pH d'une **solution aqueuse d'acide fort** de concentration c usuelle est :

$$\mathbf{pH = -\log c}$$

- Dans le cas d'une solution aqueuse de soude, par le même raisonnement et en négligeant les ions oxonium devant les ions hydroxyde, on obtient :

$$[HO^-] = c \text{ et } [H_3O^+] = \frac{K_e}{[HO^-]} = \frac{K_e}{c}$$

Le pH d'une **solution aqueuse de base forte** de concentration c usuelle est :

$$\mathbf{pH = pK_e + \log c}$$

3 Réactions acide fort-base forte

La réaction d'un acide fort avec une base forte revient à considérer la réaction totale des ions oxonium avec les ions hydroxyde :

$$\mathbf{H_3O^+ + HO^- \rightarrow 2H_2O}$$

Cette réaction est la réaction inverse de l'autoprotolyse de l'eau. Sa constante de fin de réaction vaut donc $K = \dfrac{1}{[HO^-][H_3O^+]} = \dfrac{1}{K_e}$, soit $K = 1{,}0 \times 10^{14}$.

Remarque
En théorie, une réaction est totale (taux d'avancement $\tau = 1$) si sa constante $K >> 1$. En pratique, pour $K > 10^4$, la réaction est considérée comme totale.

3 Diagramme de prédominance

De quoi s'agit-il ? Un diagramme de prédominance fait apparaître les espèces majoritaires en fonction du pH de la solution.

1 Taux d'avancement τ à l'équilibre

- À l'équilibre, on définit le taux d'avancement τ :

$$\tau = \frac{x_{éq}}{x_{max}} = \frac{x_f}{x_{max}}$$

avec x_f l'avancement final à l'équilibre, différent de l'avancement maximal x_{max}.

À retenir
Dans le cas d'une réaction totale, $\tau = 1$ et $x_{max} = x_f$.

- La réaction d'un acide AH de concentration donnée avec l'eau a un taux d'avancement final **d'autant plus important** que la constante d'acidité K_a du couple AH/A⁻ est élevée (pK_a faible) ou que le pH de la solution est faible.

- La réaction d'une base A⁻ de concentration donnée avec l'eau a un taux d'avancement final **d'autant plus important** que la constante d'acidité K_a du couple AH/A⁻ est faible (pK_a élevé) ou que le pH de la solution est important.

Remarque
La constante d'équilibre K de la réaction $A^-(aq) + H_2O(l) \rightleftharpoons HO^-(aq) + AH(aq)$ est telle que :

$$K = \frac{[AH]_{éq}[HO^-]_{éq}}{[A^-]_{éq}}$$

$$K = \frac{[AH]_{éq}[HO^-]_{éq}[H_3O^+]_{éq}}{[A^-]_{éq}[H_3O^+]_{éq}} = \frac{K_e}{K_a}$$

2 Domaine de prédominance

- Par définition, $K_a = \dfrac{[A^-]_{éq}[H_3O^+]_{éq}}{[AH]_{éq}}$, soit $[H_3O^+]_{éq} = \dfrac{[AH]_{éq}}{[A^-]_{éq}} K_a$. On en déduit alors :

$$\mathbf{pH = pK_a + \log\frac{[A^-]_{éq}}{[AH]_{éq}}}$$

- Au vu de cette dernière relation, on peut définir trois domaines :
  - Si $pH = pK_a$, alors $[A^-]_{éq} = [AH]_{éq}$: l'acide et sa base conjuguée ont même concentration à l'équilibre.
  - Si $pH << pK_a$, alors $[A^-]_{éq} << [AH]_{éq}$: l'acide est en concentration plus importante que sa base conjuguée, on dit que AH est l'espèce prédominante.
  - Si $pH >> pK_a$, alors $[A^-]_{éq} >> [AH]_{éq}$: l'acide est en concentration plus faible que sa base conjuguée, on dit que A⁻ est l'espèce prédominante.

Remarque
En pratique, on considère qu'une espèce est majoritaire dans un domaine de pH excluant l'intervalle $[pK_a - 1 ; pK_a + 1]$.

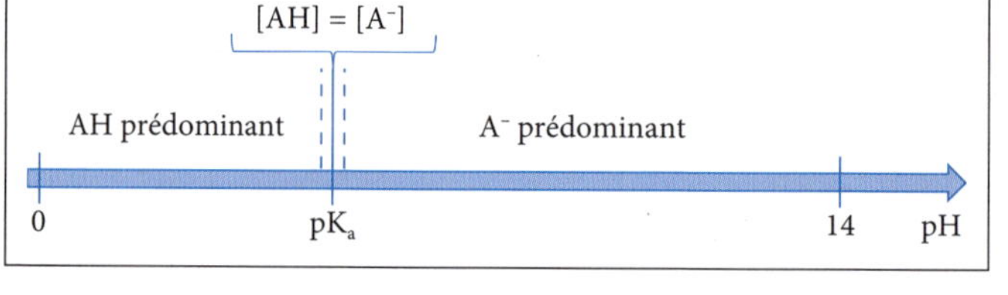

Exercice résolu

Tracer le diagramme de prédominance des espèces dans l'eau

ÉNONCÉ

La glycine est un acide aminé ampholyte de formule $H_2N–CH_2–COOH$. Sachant que $pK_{a1} = 2,3$ et $pK_{a2} = 9,6$ tracer le diagramme de prédominance dans l'eau.

CORRIGÉ

La base conjuguée de $H_2N–CH_2–COOH$ considéré comme acide est l'espèce ayant perdu un proton. Il s'agit de $H_2N–CH_2–COO^-$. Le pK_a de ce couple est de 9,6 donc pour pH >> 9,6 l'espèce prédominante est $H_2N–CH_2–COO^-$, et pour pH << 9,6 la glycine est prédominante.
L'acide conjugué de $H_2N–CH_2–COOH$ est $^+H_3N–CH_2–COOH$. Le pK_a de ce couple est de 2,3 donc la glycine $H_2N–CH_2–COOH$ est prédominante pour pH >> 2,3 et pour pH << 2,3 $^+$, $H_3N–CH_2–COOH$ est l'espèce prédominante.

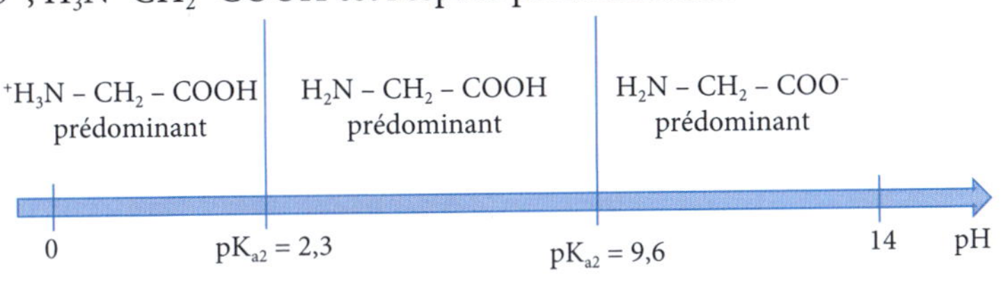

Réflexe à avoir

Rechercher la base conjuguée [resp. l'acide conjugué] de la glycine considérée comme acide [resp. base].

4 Cas particuliers

De quoi s'agit-il ? Un indicateur acido-basique a une forme basique de couleur différente de sa forme acide. Un tampon est une solution de pH stable par ajout d'acide ou de base.

1 Solutions courantes d'acides et de bases

- Les solutions courantes d'acides sont : l'acide chlorhydrique de formule ($H_3O^+(aq)$, $Cl^-(aq)$) et l'acide nitrique de formule ($H_3O^+(aq)$, $NO_3^-(aq)$) qui sont des acides forts. L'exemple courant de l'acide faible est l'acide éthanoïque $CH_3COOH(aq)$, acide qui compose le vinaigre par exemple.
- Les solutions courantes de bases sont : l'hydroxyde de sodium de formule ($Na^+(aq)$, $HO^-(aq)$), appelé soude, et l'ammoniac de formule $NH_3(aq)$.

2 Indicateurs colorés acido-basiques

Un indicateur coloré acido-basique est une entité dont la forme acide, souvent notée HIn, a une couleur différente de sa base conjuguée, souvent notée In^-.
Il réagit avec l'eau suivant l'équation de la réaction :

$$\mathbf{HIn(aq) + H_2O(l) = H_3O^+(aq) + In^-(aq)}$$

Remarque

Pour chaque type de réaction, il existe un type propre d'indicateur. Les indicateurs redox ne fonctionnent que pour des réactions d'oxydoréduction et les indicateurs acido-basiques que pour des réactions entre acide et base.

- La constante d'acidité associée au couple HIn/In^- est :

$$K_a = \frac{[In^-][H_3O^+]}{[HIn]}$$

La zone de pH telle que $pK_a - 1 < pH < pK_a + 1$, dans laquelle aucune couleur acide ou basique ne domine, est appelée **zone de virage** de l'indicateur coloré.

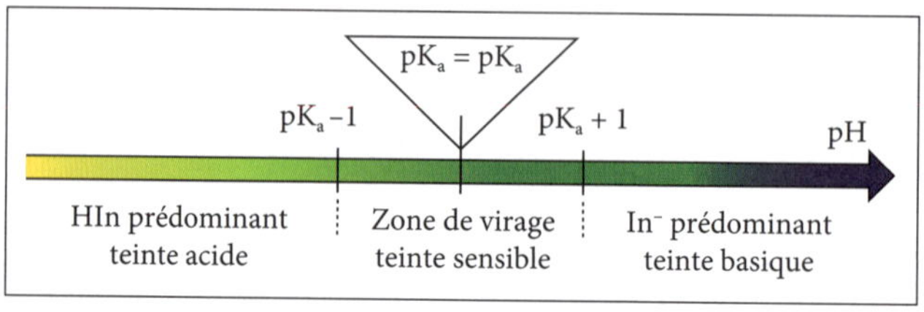

- Un indicateur coloré est utilisé pour repérer l'équivalence d'un titrage colorimétrique. Il faut donc choisir un indicateur dont la zone de virage contient le pH du point d'équivalence pH_E, soit : $pK_a - 1 < pH_E < pK_a + 1$.

Avant l'équivalence, la solution a une teinte différente de celle obtenue après l'équivalence : **ce changement de couleur doit être brutal** au moment de l'équivalence pour que l'on puisse le repérer précisément.

- Le schéma suivant présente les teintes sensibles et la zone de virage de quatre indicateurs colorés acido-basiques couramment utilisés.

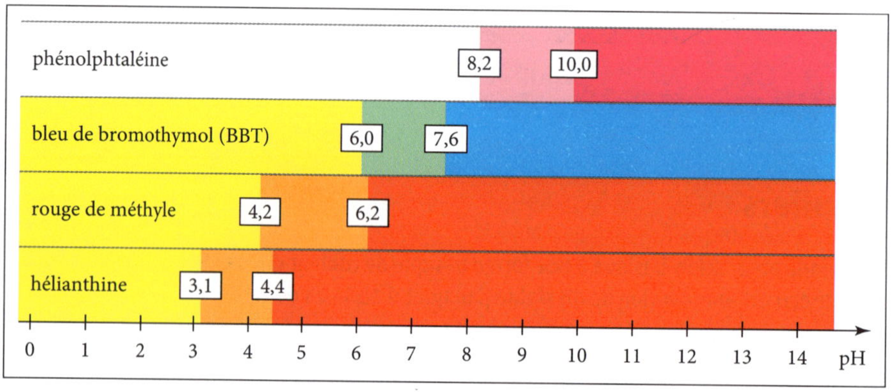

Exemple

Dans le cas du titrage de l'acide chlorhydrique par la soude, $pH_E = 7$. L'indicateur le plus adapté est donc le bleu de bromothymol ou BBT.

3 Solution tampon

Une solution tampon est une solution dont **le pH reste stable** malgré de petites additions de base, d'acide ou d'eau, c'est-à-dire dans le cas de petites dilutions.

- Une solution composée d'un mélange équimolaire d'un acide faible et de sa base faible conjuguée est une solution tampon de $pH = pK_a$.
- Les solutions tampons sont utilisées pour garantir, dans une certaine mesure, le pH d'une solution aqueuse de travail, mais aussi par exemple pour étalonner un pH-mètre.
- De nombreux milieux naturels sont tamponnés, c'est-à-dire constituent des solutions tampons : le sang, la salive, les sucs gastriques, le lait, etc.

Révision express

Les points importants à retenir

- Apprenez par cœur :
– les définitions d'un acide fort/base forte, d'un acide faible/base faible et d'un acide indifférent/base indifférente, d'un indicateur coloré ;
– la définition mathématique du pK_a en fonction de K_a et du pKe en fonction du K_e ;
– les expressions mathématiques du pH dans le cas de différentes solutions.

- Retenez :
– que le couple modèle acide faible/base faible s'écrit AH/A^- ;
– que K_e est le produit ionique de l'eau et qu'il vaut $1{,}0 \times 10^{-14}$ à 25 °C.

- Soyez capable :
– de donner l'expression de la constante d'acidité d'un couple AH/A^- ;
– de construire le diagramme de prédominance d'un couple AH/A^- ;
– de déterminer la zone de virage d'un indicateur coloré en fonction de son pKa ;
– de donner des exemples d'acides forts et faibles et de bases fortes et faibles.

Quiz

Cochez la (ou les) bonne(s) réponse(s) :

1. Un acide faible AH :
☐ **a.** a pour base conjuguée une base forte.
☐ **b.** ne se dissocie pas totalement dans l'eau.
☐ **c.** réagit avec l'eau en produisant des ions hydroxyde.

2. Les acides suivants sont des acides faibles :
☐ **a.** l'acide éthanoïque.
☐ **b.** l'acide benzoïque.
☐ **c.** l'acide chlorhydrique.

3. Une solution dont le pH est égal au pK_a du couple AH/A^- ayant réagi est telle que :
☐ **a.** aucune des espèces du couple AH/A^- n'est majoritaire.
☐ **b.** les concentrations en acide et base faibles sont égales.
☐ **c.** la solution est neutre.

4. Un acide de Brönsted libère des protons.
☐ **a.** Vrai ☐ **b.** Faux

5. À concentrations égales, si l'on verse un volume de 10 mL de solution de soude dans un même volume de solution d'acide chlorhydrique, le pH du mélange est 7.
☐ **a.** Vrai ☐ **b.** Faux

→ Réponses p. 491

EXERCICE 1

Déterminer la valeur de la constante d'acidité

Énoncé

On mélange des volumes différents de solutions aqueuses d'ions ammonium NH_4^+ et d'ammoniac NH_3 de concentration $c = 0{,}10\ mol \cdot L^{-1}$. Pour chaque mélange, on mesure le pH. À partir des résultats obtenus, déterminer la constante K_a d'acidité du couple NH_4^+/NH_3.

$V(NH_4^+)$ (mL)	25,0	25,0	25,0	25,0	20,0	10,0	5,0
$V(NH_3)$ (mL)	5,0	10,0	20,0	25,0	25,0	25,0	25,0
pH	8,5	8,8	9,1	9,2	9,3	9,5	9,9

Méthode

1 Rappeler la relation entre le pK_a d'un couple et le pH à l'équilibre.

2 Déterminer les conditions sur les concentrations en acide et base pour lesquelles $pH = pK_a$.

3 À partir du tableau de résultats, déterminer le mélange satisfaisant cette condition et en déduire le pK_a du couple considéré.

4 À partir du pK_a, en déduire la valeur de la constante d'acidité K_a.

Corrigé

Piège à éviter
On suppose ici uniquement un effet de dilution : le pH est celui obtenu à l'équilibre, une fois le mélange stabilisé.

1. La relation entre le pH et le pK_a d'un couple acide base AH/A^- est :

$$pH = pK_a + \log\frac{[A^-]_{éq}}{[AH]_{éq}}$$

2. Or $pH = pK_a$ si les concentrations en acide et en base à l'équilibre sont identiques :

$$[A^-]_{éq} = [AH]_{éq}$$

Or on sait que :

$$[A^-]_{éq} = \frac{c \times V(A^-)}{V(A^-) + V(AH)}$$

et

$$[AH]_{éq} = \frac{c \times V(AH)}{V(A^-) + V(AH)}$$

On en déduit que $[A^-]_{éq} = [AH]_{éq}$ si et seulement si $V(A^-) = V(AH)$.

3. À partir du tableau des résultats, $pH = pK_a$ dans le cas $V(A^-) = V(AH) = 25{,}0$ mL, soit un $pH = pK_a = 9{,}2$.

4. $pK_a = -\log K_a$ d'où $K_a = 10^{-pKa} = 10^{-9{,}2} = 6{,}3 \times 10^{-10}$.

EXERCICE 2

Déterminer la force d'un acide ou d'une base

Énoncé

L'acide benzoïque C_6H_5COOH est peu soluble dans l'eau : sa solubilité maximale à 25 °C est $s = 2{,}4\ g \cdot L^{-1}$. Le pH de la solution saturée est de 3,0.

En déduire quantitativement que l'acide benzoïque est un acide faible.

Méthode

1 Supposer que l'acide benzoïque est fort : écrire l'équation de la réaction supposée totale avec l'eau.

2 Calculer la concentration apportée en acide benzoïque et en déduire la concentration en ions oxonium.

3 La réaction étant toujours supposée totale, en déduire le pH :

$$pH = -\log [H_3O^+]$$

4 Comparer le pH calculé à celui de l'énoncé. S'ils sont différents, cela signifie que l'acide benzoïque est un acide faible.

Corrigé

1. Supposons que l'acide benzoïque est un acide fort : sa dissociation dans l'eau est totale. L'équation bilan de cette réaction est :

$$C_6H_5COOH + H_2O \rightarrow C_6H_5COO^- + H_3O^+$$

2. La solubilité est $s = c_m = 2{,}4\ g \cdot L^{-1}$, soit $c = \frac{c_m}{M}$ avec M la masse molaire de l'acide benzoïque.

$M = 7M_C + 6M_H + 2M_O = 7 \times 12{,}0 + 6 \times 1{,}0 + 2 \times 16{,}0 = 122{,}0\ g \cdot mol^{-1}$.

On en déduit :

$c = \frac{c_m}{M} = \frac{s}{M} = \frac{2{,}4}{122{,}0} = 2{,}0 \times 10^{-2}\ mol \cdot L^{-1}$.

L'équation de la réaction supposée totale montre que toutes les molécules d'acide benzoïque se sont transformées et que $[H_3O^+] = c = 2{,}0 \times 10^{-2}\ mol \cdot L^{-1}$.

Réflexe à avoir
Un tableau d'avancement peut être établi.

3. On en déduit :

$pH = -\log[H_3O^+] = -\log(2{,}0 \times 10^{-2}) = 1{,}7$.

4. Le pH de la solution saturée est de $3{,}0 \neq 1{,}7$. L'hypothèse d'une réaction totale est invalidée : l'acide benzoïque est un acide faible, ce que confirme l'énoncé (« L'acide benzoïque C_6H_5COOH est peu soluble dans l'eau »).

PHYSIQUE-CHIMIE

Chapitre 8 Forcer le sens d'évolution d'un système

1 Passage forcé d'un courant

De quoi s'agit-il ? **Une transformation forcée nécessite un apport d'énergie.**

1 Transformations spontanées

- Sous la hotte, on introduit dans un tube à essai quelques millilitres de dibrome et un petit morceau de tournure de cuivre. On observe rapidement une décoloration de la couleur orange du dibrome et l'apparition d'une couleur bleu turquoise caractéristique des ions cuivre II. L'équation bilan de cette réaction spontanée d'oxydoréduction est :

$$Br_2(aq) + Cu(s) = 2Br^-(aq) + Cu^{2+}(aq)$$

Le quotient de réaction à l'état initial $Q_{r,\,i} = \dfrac{[Br^-]_i^2[Cu^{2+}]_i}{[Br_2]_i} = 0$ puisque les produits sont en quantité nulle à l'état initial. Or la constante d'équilibre associée K est de l'ordre de 10^{25} et $Q_{r,\,i} << K$. On en déduit que la transformation évoluera bien spontanément dans le sens direct. Comme $K > 10^4$, la réaction est totale.

- Dans un autre tube à essai, on introduit quelques millilitres d'une solution aqueuse contenant des ions bromure et d'une solution aqueuse d'ions cuivre II. Aucun changement n'est constaté.

L'équation bilan d'une possible réaction d'oxydoréduction serait :

$$2Br^-(aq) + Cu^{2+}(aq) = Br_2(aq) + Cu(s)$$

Le quotient de réaction à l'état initial est alors : $Q'_{r,\,i} = \dfrac{[Br_2]_i}{[Br^-]_i^2[Cu^{2+}]_i} = 0$ puisque $[Br_2]_i = 0\ mol \cdot L^{-1}$. Or la constante d'équilibre associée $K' = 1/K$ est de l'ordre de 10^{-25} et $Q'_{r,\,i} \approx K$. On en déduit que l'état initial est en fait déjà un état d'équilibre et que la transformation n'a pas lieu, ce que confirme l'observation.

2 Transformations forcées

- La transformation d'équation $2Br^-(aq) + Cu^{2+}(aq) = Br_2(aq) + Cu(s)$ ne se produit pas spontanément. Cependant, en apportant suffisamment d'énergie produite par un générateur extérieur à la solution, on peut forcer la transformation et la faire évoluer dans le sens de production du dibrome et du cuivre.

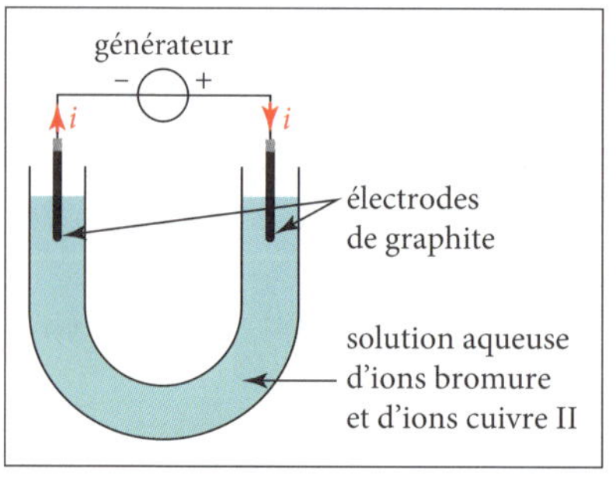

- Dans un tube en U, on introduit un mélange de solution aqueuse contenant des ions bromure et des ions cuivre II. À chaque extrémité du tube, on place une électrode de graphite conductrice de courant, que l'on relie à un générateur extérieur.

- Lorsque la tension est suffisamment importante, on observe la formation de cuivre sur l'électrode reliée à la borne négative du générateur avec décoloration de la solution et l'apparition d'une coloration orangée à la seconde électrode, reliée à la borne positive du générateur.

3 Modélisation et schématisation

Dans un dispositif permettant une transformation chimique forcée, on appelle :
– **cathode**, l'électrode reliée à la **borne négative** du générateur au niveau de laquelle il y a une **réduction** de l'oxydant contenu dans la solution ;
– **anode**, l'électrode reliée à **la borne positive** du générateur au niveau de laquelle il y a une **oxydation** du réducteur contenu dans la solution.

Le schéma ci-après récapitule les mouvements des électrons, les demi-équations à chaque électrode, etc.

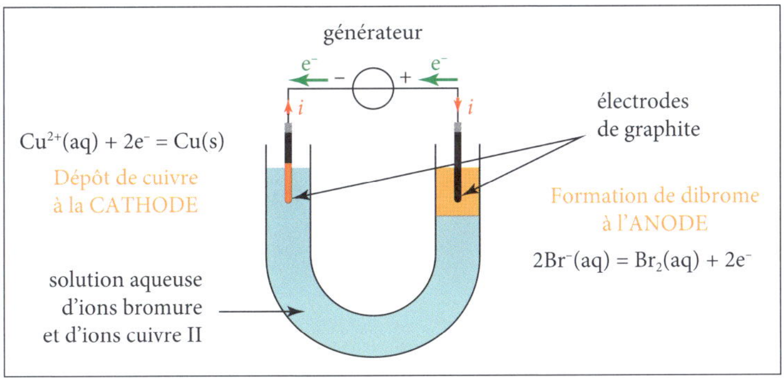

2 Électrolyse

De quoi s'agit-il ? Une électrolyse est un processus dans lequel la transformation en jeu est une transformation forcée. Il y a conversion de l'énergie électrique en énergie chimique.

1 Dispositif et fonctionnement

- L'électrolyse est un processus durant lequel un système chimique reçoit de l'énergie électrique qu'il convertit en énergie chimique.

- L'énergie électrique est apportée par un générateur extérieur au système ; les porteurs de charge sont alors des électrons. Ces derniers sont acceptés ou cédés par le système chimique au niveau de deux électrodes dans une solution ionique appelée électrolyte.

Remarque
L'électrolyte est aussi appelé solution électrolytique.

- En classe, un dispositif d'électrolyse peut être un tube en U ou encore un électrolyseur comme celui schématisé ci-après, utilisé en TP de chimie.

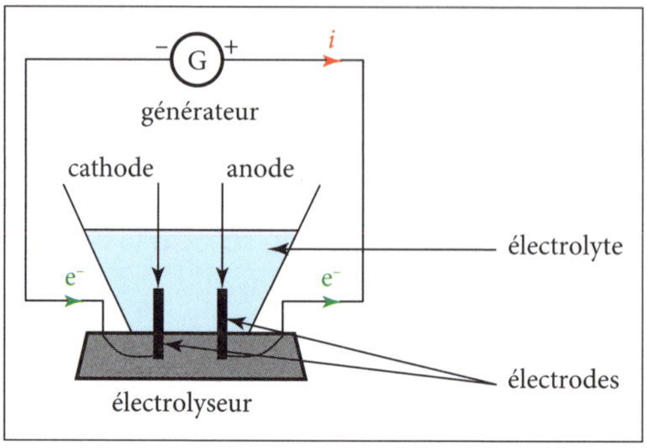

● Lorsque le courant est installé dans l'électrolyseur, les ions positifs appelés cations migrent jusqu'à la cathode, captent les électrons et subissent une réduction. Pendant ce temps, les ions négatifs de l'électrolyte migrent jusqu'à l'anode et cèdent des électrons : il y a oxydation.

À retenir
On parle de réduction cathodique et d'oxydation anodique.

● Selon la nature des ions, le produit formé peut soit se déposer sur l'électrode de manière solide, soit dégazer dans le cas d'un gaz.

● La nature de l'électrode permet de sélectionner ou de contrôler les réactions lors de l'électrolyse.

2 Quantités de matière et durée de l'électrolyse

● Comme dans le cas d'une pile, la quantité d'électricité débitée par le générateur lors de l'électrolyse pendant une durée Δt est le produit de l'intensité du courant I et de Δt :

$$Q = I\Delta t$$

avec Q la charge ou quantité d'électricité (en C).

● Or Q est égale à la charge totale des électrons échangés :

$$Q = n\mathcal{N}_A \mathrm{e}$$

Remarque
n correspond au nombre d'électrons échangés lors des demi-équations coefficientées redox.

La quantité n d'électrons échangés lors d'une réaction redox pendant une électrolyse est :

$$n = \frac{I \times \Delta t}{\mathcal{N}_A \times \mathrm{e}}$$ avec
- I : intensité du courant (en A),
- Δt : durée de fonctionnement de la pile (en s),
- $\mathcal{N}_A$: constante d'Avogadro (en mol^{-1}),
- e : charge élémentaire (en C).

● Les demi-équations permettent d'établir les relations entre les quantités d'électrons échangés et celles des produits formés.

Exercice résolu

Déterminer la quantité de produits formés

ÉNONCÉ

L'électrolyse acide de l'eau produit du dihydrogène et du dioxygène. Déterminer la quantité de chaque gaz lorsque $I = 1,0$ A pendant 30 minutes. Les couples redox mis en jeu sont H^+/H_2 et O_2/H_2O.

•••
CORRIGÉ

La quantité d'électrons échangés est :

$$n = \frac{I \times \Delta t}{\mathcal{N}_A \times e}$$

A. N : $n = \frac{1,0 \times 30 \times 60}{6,0 \times 10^{23} \times 1,6 \times 10^{-19}} = 1,9 \times 10^{-2}$ mol.

Les demi-équations sont :

$$2H^+ + 2e^- = H_2 \text{ et } H_2O = \frac{1}{2}O_2 + 2H^+ + 2e^-.$$

Les quantités de gaz sont : $n(H_2) = n/2 = 9,5 \times 10^{-3}$ mol et $n(O_2) = n/4 = 4,8 \times 10^{-3}$ mol.

Réflexe à avoir

Appliquer la relation entre n, I et Δt avec Δt en secondes. Puis dresser un tableau d'avancement pour chaque demi-équation permettant alors de déterminer les relations $n(H_2) = n/2$ et $n(O_2) = n/4$.

3 Stockage et conversion de l'énergie chimique

De quoi s'agit-il ? **Les piles et les accumulateurs transforment l'énergie chimique en énergie électrique. Les organismes chlorophylliens transforment l'énergie lumineuse en énergie chimique.**

1 Piles et accumulateur

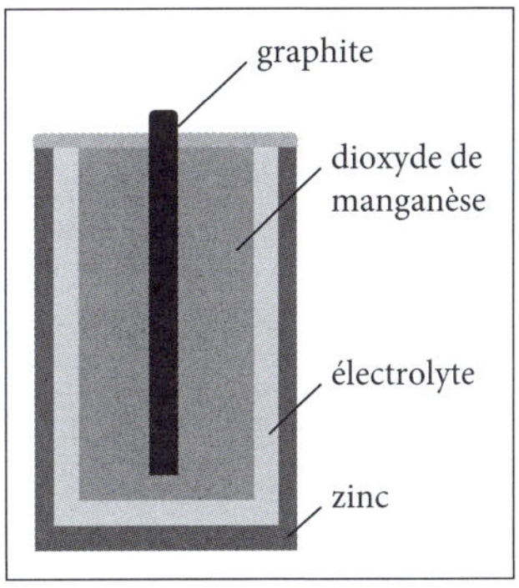

● La **pile saline ou pile Leclanché** a une f.é.m. ou tension à vide de 1,5 V et est constituée d'une électrode en graphite (pôle positif) et d'une électrode en zinc (pôle négatif). L'électrolyte est une solution gélifiée de chlorure de zinc et de chlorure d'ammonium qui joue le rôle de pont salin. C'est cet électrolyte qui est à l'origine du nom de la pile.

● À l'anode, il se produit l'oxydation du zinc :

$$Zn(s) = Zn^{2+}(aq) + 2e^-$$

À la cathode, il y a collecte des électrons utilisés lors de la réduction de l'oxyde de manganèse MnO_2 piégé dans l'électrolyte qui entoure l'électrode de graphite.

● La **pile alcaline** est basée sur le même principe de fonctionnement que la pile saline, mais l'électrolyte est une solution gélifiée alcaline ou basique d'hydroxyde de potassium. La f.é.m. est aussi d'environ 1,5 V, mais la résistance interne de cette pile est plus faible que celle de la pile saline, et sa durée de vie plus importante.

● Un **accumulateur** est un dispositif destiné à stocker l'énergie électrique pour la restituer ultérieurement. Un accumulateur est rechargeable : il stocke et déstocke l'énergie de manière réversible. Cependant, au fur et à mesure de son utilisation, il y a une usure constatée et une perte progressive de capacité.

2 Organismes chlorophylliens

● Les organismes chlorophylliens peuvent, grâce à la présence de chlorophylle, transformer l'énergie lumineuse en énergie chimique que peut stocker et redistribuer l'adénosine triphosphate ou ATP.

● La chlorophylle est un pigment contenu dans les chloroplastes des organismes chlorophylliens. Elle absorbe les rayonnements visibles dans le rouge et le bleu. Cette absorption permet d'exciter la chlorophylle qui cède un électron.

● Un système accepteur d'électrons stocke ces électrons un par un avant de les transférer aux plastoquinones contenues dans la membrane des chloroplastes. Les plastoquinones participent au transport des électrons qui permettent la transformation de l'ADP, adénosine diphosphate, en ATP, adénosine triphosphate. Cette dernière fournit ensuite l'énergie nécessaire aux réactions chimiques se produisant dans l'organisme : métabolisme, division cellulaire, etc.

● Les organismes chlorophylliens contiennent de l'eau. L'oxydation de cette molécule forme du dioxygène rejeté dans le milieu extérieur.
La demi-équation redox associée au couple $O_2(g)/H_2O(l)$ est :

$$H_2O = \frac{1}{2}O_2 + 2H^+ + 2e^-$$

Un des électrons va permettre de régénérer la chlorophylle qui pourra, à nouveau, absorber le rayonnement lumineux et se ré-exciter.

Exercice résolu

Réaliser un schéma

ÉNONCÉ

Réaliser un schéma de synthèse du fonctionnement énergétique d'un organisme chlorophyllien.

CORRIGÉ

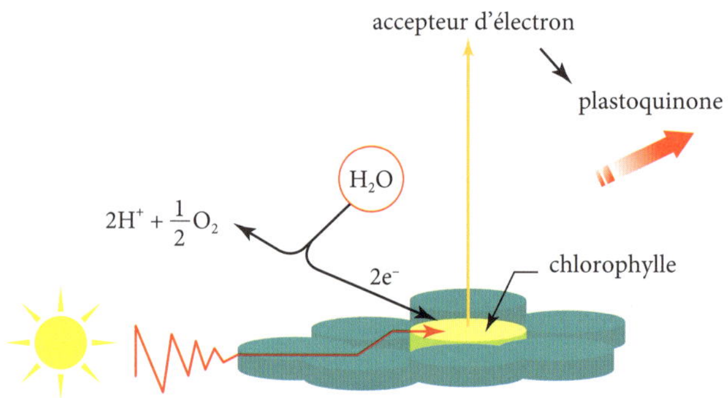

Les étapes du fonctionnement sont :
– l'absorption du rayonnement lumineux par la chlorophylle et l'excitation ;
– le stockage des électrons par un donneur vers les plastoquinones et la transformation ADP/ATP ;
– la régénération de la chlorophylle par l'oxydation de l'eau.

Méthode
Déterminer les différentes phases de fonctionnement avant de les schématiser.

Révision express

Les points importants à retenir

- Apprenez par cœur :

– la définition d'une électrolyse ;

– la relation mathématique établissant la quantité d'électrons échangés à partir de l'intensité du courant et de la durée de l'électrolyse.

- Retenez :

– que la cathode reçoit le dépôt métallique et que l'anode est consommée ;

– que l'électrolyse nécessite un apport d'énergie : ce n'est pas une réaction spontanée.

- Soyez capable :

– de schématiser et de légender un montage d'électrolyse ;

– d'identifier les lieux de l'oxydation et de la réduction, le sens du passage des électrons et du courant électrique, le sens et la nature des porteurs de charge ;

– d'établir les demi-équations électroniques et d'en déduire l'équation de l'électrolyse ;

– de donner des exemples de systèmes de stockage d'énergie.

Quiz

Cochez la (ou les) bonne(s) réponse(s) :

1. Lors d'une électrolyse :

☐ **a.** le sens de circulation des électrons et celui du courant sont opposés.

☐ **b.** l'oxydation a lieu à l'anode.

☐ **c.** la cathode est consommée.

2. Au niveau de la cathode d'un électrolyseur :

☐ **a.** on assiste à l'oxydation.

☐ **b.** l'oxydant capte les électrons provenant du générateur.

☐ **c.** on peut observer un dépôt métallique.

3. La quantité d'électricité débitée par un générateur lors d'une électrolyse :

☐ **a.** est proportionnelle à la durée de l'électrolyse à intensité du courant fixée.

☐ **b.** dépend de la température de la solution électrolytique.

☐ **c.** est proportionnelle à la quantité d'électrons échangés.

4. L'électrolyse est une transformation forcée.

☐ **a.** Vrai ☐ **b.** Faux

5. Un objet à recouvrir de métal doit être relié à la borne négative du générateur dans un montage d'électrolyse.

☐ **a.** Vrai ☐ **b.** Faux

→ Réponses p. 491

EXERCICE

Déterminer une quantité de matière

Énoncé

On souhaite déposer une fine couche d'argent sur une bague en cuivre. On réalise pour cela une électrolyse pour laquelle l'une des électrodes est la bague et l'autre est constituée d'une électrode de graphite. L'électrolyte est constitué d'un volume $V = 500$ mL de nitrate d'argent $Ag^+(aq) + NO_3^-(aq)$ de concentration $c = 4{,}00 \times 10^{-3}$ mol·L^{-1}.

L'équation bilan est : $4Ag^+(aq) + 2H_2O(l) = 4Ag(s) + O_2(g) + 4H^+(aq)$.

Déterminer la quantité d'argent déposé lors d'une électrolyse d'une durée de $\Delta t = 80$ min avec une intensité de courant $I = 24$ mA.

Données :
– couples oxydo-réducteurs : $Ag^+(aq)/Ag(s)$; $H^+(aq)/H_2(g)$; $O_2(g)/H_2O(l)$;
– constante de Faraday : $\mathcal{F} = 96\,500$ C·mol^{-1} ;
– masses molaires en g·mol^{-1} : $M_{Ag} = 107{,}9$; $M_H = 1{,}0$; $M_O = 16{,}0$.

Méthode

1 Identifier les couples mis en jeu.
2 Écrire les demi-équations correspondant aux couples précédents.
3 Établir la relation entre la quantité d'électrons échangés n_e, I, Δt et $\mathcal{F}$.
4 Déterminer n_e.
5 Calculer les quantités de matière des réactifs.
6 Établir le tableau d'avancement de l'une des demi-équations de l'électrolyse dont on connaît la quantité de réactif à l'état initial.
7 En déduire le réactif limitant et la quantité de produit formé à l'état final.

Corrigé

1. L'équation bilan est :

$$4Ag^+(aq) + 2H_2O(l) = 4Ag(s) + O_2(g) + 4H^+(aq)$$

L'absence de dihydrogène nous permet de conclure que le couple $H^+(aq)/H_2(g)$ n'entre pas en jeu dans cette électrolyse.

Les couples mis en jeu sont donc :

$$Ag^+(aq)/Ag(s) \text{ et } O_2(g)/H_2O(l)$$

L'astuce du prof
Penser à identifier les oxydant et réducteur de chaque couple dans les réactifs et produits de l'équation bilan de l'électrolyse.

2. Les demi-équations correspondantes sont alors :

$$\text{Couple } Ag^+(aq)/Ag(s) : Ag^+(aq) + e^- = Ag(s)$$
$$\text{Couple } O_2(g)/H_2O(l) : 2H_2O(l) = O_2(g) + 4H^+(aq) + 4\,e^-$$

En effet, pour que le nombre d'électrons échangés soit le même pour chaque demi-équation, il faut multiplier la première demi-équation par 4.

On a alors :

$$4Ag^+(aq) + 4e^- = 4Ag(s)$$
$$2H_2O(l) = O_2(g) + 4H^+(aq) + 4\,e^-$$
$$\overline{4Ag^+(aq) + 2H_2O(l) = 4Ag(s) + O_2(g) + 4H^+(aq)}$$

en additionnant membre à membre et en simplifiant par les électrons échangés.

Réflexe à avoir
Penser à vérifier que l'équation établie est bien celle de l'équation bilan de l'électrolyse.

3. La relation entre la quantité d'électrons échangés n_e, l'intensité I du courant, la durée Δt de fonctionnement et la valeur d'un faraday $\mathcal{F}$ est :

$$n_e = \frac{I \times \Delta t}{\mathcal{F}}$$

4. A. N. : $I = 24$ mA $= 2{,}4 \times 10^{-2}$ A ; $\Delta t = 80$ min $= 4{,}8 \times 10^3$ s et $\mathcal{F} = 96\,500$ C·mol^{-1}.

$$n_e = \frac{2{,}4 \times 10^{-2} \times 4{,}8 \times 10^3}{96\,500} = 1{,}2 \times 10^{-3} \text{ mol.}$$

5. La seule quantité de matière à déterminer dans le cas présent est celle des ions argent. Les solutions étant aqueuses, l'eau est un réactif en excès :

$$n(Ag^+) = cV$$

A. N. : $c = 4{,}00 \times 10^{-3}$ mol·L^{-1} et $V = 500$ mL $= 0{,}500$ L.
$n(Ag^+) = 4{,}00 \times 10^{-3} \times 0{,}500 = 2{,}00 \times 10^{-3}$ mol.

6. On connaît la quantité de matière initiale des ions argent $n(Ag^+) = 2{,}00 \times 10^{-3}$ mol, on établit donc le tableau d'avancement de la demi-équation correspondante $Ag^+(aq) + e^- = Ag(s)$.

Demi-équation		$Ag^+(aq)$ +	e^- =	$Ag(s)$
État	Avancement (mol)	Quantité de matière (mol)		
EI	$x = 0$	$n(Ag^+) = 2{,}00 \times 10^{-3}$	$n_e = 1{,}2 \times 10^{-3}$	0
EC	x	$n(Ag^+) - x$	$n_e - x$	x
EF	$x = x_f$	$n(Ag^+) - x_f$	$n_e - x_f$	x_f

7. Le réactif limitant est les électrons :
$n_e - x_f = 1{,}2 \times 10^{-3} - x_f = 0$, d'où $x_f = 1{,}2 \times 10^{-3}$ mol et $n(Ag) = x_f = 1{,}2 \times 10^{-3}$ mol.
La quantité de matière d'argent déposé sur la bague est :

$$n(Ag) = 1{,}2 \times 10^{-3} \text{ mol}$$

Réflexe à avoir
Vérifier que la quantité de matière de l'autre réactif est bien positive : $n(Ag^+) - x_f = 2{,}00 \times 10^{-3} - 1{,}2 \times 10^{-3} = 8{,}0 \times 10^{-4}$ mol > 0.

PHYSIQUE-CHIMIE

Chapitre 9 Élaborer des stratégies en synthèse organique

1 Familles fonctionnelles et nomenclature

De quoi s'agit-il ? **Les atomes autres que le carbone ou l'hydrogène confèrent à une molécule une réactivité particulière. On catégorise ces molécules en familles fonctionnelles que l'on nomme grâce à la nomenclature systématique.**

1 Formule topologique

- La **formule** d'une molécule est une écriture symbolique compactée d'une molécule.

Exemples

Formules développée, semi-développée et brute du propane :

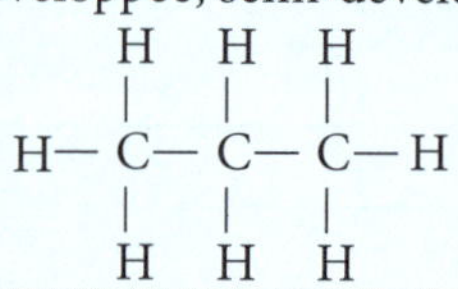

$CH_3{-}CH_2{-}CH_3$ C_3H_8

- La **formule topologique** d'une molécule s'obtient à partir de sa formule développée :
  - en supprimant la liaison, le carbone et l'hydrogène des portions C–H ;
  - en compactant les liaisons –H sur l'atome de rattachement autre que le carbone ;
  - en brisant un enchaînement de deux liaisons, c'est-à-dire en introduisant un angle entre les liaisons, donnant l'effet d'une ligne brisée.

Exemples

Formules topologiques du propane, de l'éthanol et de l'acide éthanoïque :

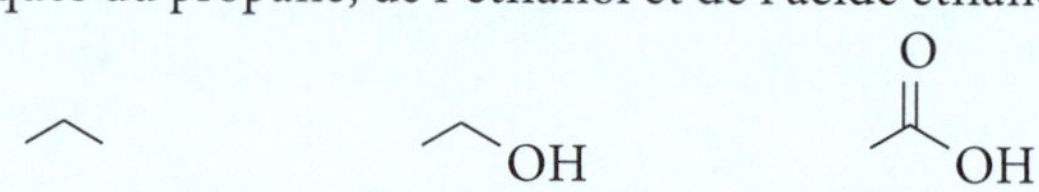

2 Esters, amines, amides et halogénoalcanes

- Le tableau ci-après récapitule la fonction organique caractéristique et la formule brute de certaines familles fonctionnelles (les alcools, aldéhydes, cétones et acides carboxyliques ont déjà été vus en classe de 1re Spécialité), avec à chaque fois un exemple.
- Un halogénoalcane est un alcane dont on a substitué un ou plusieurs atomes d'hydrogène H par un atome d'halogène X de même valence : il correspond donc à un alcane mono ou polysubstitué. Un halogène est un élément de l'avant-dernière colonne du tableau périodique (F, Cl, Br, I et At).
- **Nomenclature** : la chaîne principale doit contenir le groupe caractéristique et être numérotée de façon à attribuer à ce dernier le plus petit numéro possible.

Remarque
Le fluor étant très réactif et l'astate rare, les halogénoalcanes sont des molécules contenant du chlore, du brome ou de l'iode.

Famille	Fonction	Formule brute	Exemple et nomenclature
Esters	—C—O— ‖ O	$C_nH_{2n}O_2$	Méthanoate d'éthyle H—C—O—CH_2—CH_3 ‖ O
Amines	—N—	$C_nH_{2n+3}N$	Éthanamine ou aminoéthane CH_3–CH_2–NH_2
Amides	—C—N— ‖ O	$C_nH_{2n+1}NO$	3-éthyl-6-méthylheptanamide 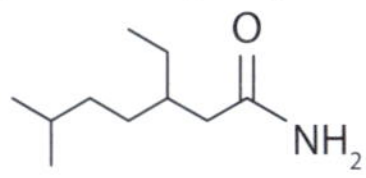
Halogénoalcanes	—X	$C_nH_{2n+1}X$	2-bromopropane CH_3–CHBr–CH_3

Exercice résolu

Utiliser le nom systématique pour déterminer la formule topologique

ÉNONCÉ

Donner la formule topologique du N-éthylN-méthylpropanamide.

Méthode

Identifier la chaîne principale contenant la fonction amide et les substitutions de l'azote.

CORRIGÉ

Le propanamide est un amide à 3 atomes de carbone :

$$CH_3\text{–}CH_2\text{–}CO\text{–}NH_2$$

À partir de cet amide primaire, on remplace deux atomes d'hydrogène de la terminaison $-NH_2$ par les groupements $-CH_2-CH_3$ et $-CH_3$.

La formule topologique du N-éthylN-méthylpropanamide est donc :

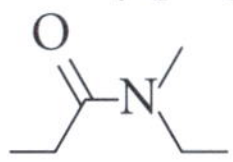

2 Isomérie de constitution

De quoi s'agit-il ? Deux isomères ont les mêmes constituants chimiques en nombre identique.

1 Squelettes carbonés insaturés et cycliques

- Un squelette carboné insaturé est un enchaînement d'atomes de carbone liés entre eux par au moins une liaison différente d'une liaison simple :
  - il s'agit d'un **alcène** si une liaison carbone/carbone est une liaison double. Dans ce cas, la nomenclature est celle des alcanes en remplaçant le suffixe « ane » par « -n°-ène » et en intégrant le numéro du premier carbone de rattachement de la liaison double. Ce numéro doit être le plus petit possible ;
  - il s'agit d'un **alcyne** si une liaison carbone/carbone est une liaison triple. Dans ce cas, la nomenclature est identique à la précédente en remplaçant « -n°-ène » par « -n°-yne ».

Exemples

Formules topologiques du hept-3-ène et du but-2-yne

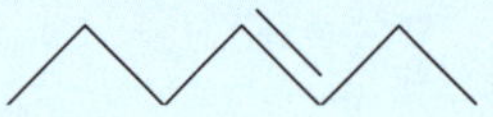

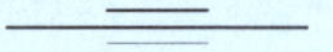

- Un squelette carboné cyclique est un enchaînement d'atomes de carbone liés entre eux par un cycle. Si la molécule ne présente pas d'insaturation, la nomenclature est celle des alcanes précédée de « cyclo ».

Exemples

Formules topologiques du cyclohexane et du méthylcyclopentane

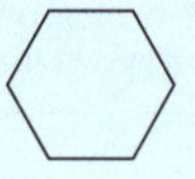

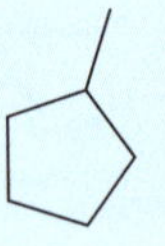

2 Isomère de constitution

Deux molécules sont **isomères de constitution** si elles ont même formule brute mais des formules développées, semi-développées ou topologiques différentes.

- Il existe trois types d'isomérie de constitution : l'isomérie de chaîne, aussi appelée isomérie de squelette, l'isomérie de position et enfin l'isomérie de fonction.
- Les **isomères de chaîne** ont des squelettes carbonés différents, c'est-à-dire qu'ils n'ont pas la même chaîne principale.

Exemple

Le cyclohexane et le méthylcyclopentane ont la même formule brute C_6H_{12}, mais des formules topologiques différentes (voir plus haut).

- Les **isomères de position** ont une insaturation, une ramification, un groupe fonctionnel ou un substituant rattaché à deux atomes de carbone différents de leur chaîne carbonée. Dans le cas d'une isomérie de position, le nom des isomères en nomenclature systématique est le même, à un ou plusieurs numéros près.

Exemple

Le pent-1-ène et le pent-2-ène sont deux isomères de position, tout comme le 2-bromohexane et le 3-bromohexane.

- Les **isomères de fonction** ont des fonctions différentes.

Exemple

La propanone $CH_3–CO–CH_3$ et le propanal $CH_3–CH_2–CHO$ sont des isomères de fonction.

Exercice résolu

Déterminer l'ensemble des isomères de constitution

ÉNONCÉ

Représenter la formule topologique des isomères de constitution de formule C_4H_8O, les nommer et préciser le type d'isomérie entre les molécules.
On ne considérera ni molécule cyclique, ni molécule possédant une liaison C=C.

CORRIGÉ

Dans le cas où l'on exclut certaines molécules, on en déduit qu'il n'y a qu'une insaturation C=O pouvant intervenir dans une fonction aldéhyde ou cétone.
Cas d'un aldéhyde :
molécule sans ramification : butanal 
molécule avec ramification : 2-méthylpropanal 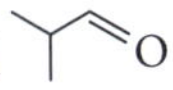
Cas d'une cétone : molécule sans ramification : butan-2-one 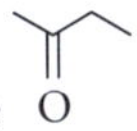
Il n'existe pas de molécule avec ramification.
Le butanal et le 2-méthylpropanal sont des isomères de constitution de chaîne, car ils ont même fonction, mais pas la même chaîne carbonée.
Le butanal et la butan-2-one sont des isomères de constitution de fonction puisqu'ils ont même chaîne linéaire à 4 atomes de carbone.

Méthode
Identifier les fonctions possibles. Partir ensuite d'une chaîne principale à 4 atomes de carbone, puis réduire avec une ramification, et enfin déplacer le groupe fonctionnel dans la chaîne.

3 Polymères

De quoi s'agit-il ? **Un polymère est une longue molécule constituée d'un motif, issu d'un monomère, qui se répète.**

1 Polymères naturels et synthétiques

Un **polymère** est une macromolécule, c'est-à-dire une molécule de grande dimension constituée de quelques milliers d'atomes. Il est constitué d'un enchaînement de molécules qui se lient entre elles par une réaction chimique appelée **polymérisation**.

- Les polymères peuvent être :
  - naturels comme la cellulose, la molécule d'ADN, le caoutchouc… ;
  - synthétiques comme les plastiques (polyéthylène PE, polychlorure de vinyle PVC…).

Remarque
Au sens étymologique du terme, polymère signifie « fait de plusieurs parties ».

- Les polymères synthétiques sont pour la plupart issus de la pétrolochimie et extrêmement présents dans notre vie quotidienne : tableau de bord, pneumatiques et pare-chocs de voitures ; tubes PVC pour l'évacuation des eaux et tubes en polyéthylène réticulé ou PER pour leur arrivée à la maison, sans parler des gaines de fils électriques, des fibres optiques, des ordinateurs, des objets « plastiques » ; verres de contact, biomatériaux, textiles… pour ne citer qu'une très petite partie de la liste !

- Les polymères sont **solides** à température ordinaire en raison des multiples interactions entre les molécules qui les composent. Ces molécules sont désordonnées et forment un état **amorphe** (comme le verre). Si la température s'élève (au-delà de la température de transition vitreuse), la plupart **se ramollissent**. Certaines liaisons intermoléculaires sont alors brisées. À une température suffisamment élevée, ils deviennent suffisamment mous, et peuvent par exemple être moulés : ils sont alors **viscoélastiques**.

- Les polymères peuvent aussi être utilisés en solution avec un solvant approprié. En fonction de leur concentration, ils constituent de très bons gels.

2 Monomère, motif et degré de polymérisation

Le **monomère** est la molécule de base du polymère. Ce peut être un alcène dont la liaison double peut s'ouvrir afin de s'additionner à un autre monomère par exemple.
Le **motif** est la séquence d'atomes, provenant du monomère, qui se répète dans la molécule de polymère.
Le **degré *n* de polymérisation** est le nombre de répétitions du motif dans le polymère.

$$nCH_2 = CH_2 \rightarrow -(CH_2-CH_2)-_n$$

Exemple

Le polyéthylène (PE) est le polymère obtenu à partir de l'éthène, ou éthylène, ce dernier constituant le monomère. L'équation de polymérisation est $nCH_2 = CH_2 \rightarrow -(CH_2-CH_2)-_n$.
$-CH_2-CH_2-$ est le motif et n le degré de polymérisation.

- Le polymère commence et se termine par quelques atomes différents du motif que l'on appelle **groupe terminal**. Il peut être différent en début et en fin de chaîne.
- Le motif est directement lié au degré n du polymère. En effet, le motif correspond à $-H_2-CH_2-$ et non $-CH_2-$ pour le PE par exemple, car on a comme formule $-(CH_2-CH_2)-_n$ pour le polymère et non $-(CH_2)-_n$.
- Le degré de polymérisation est souvent noté DP, il est proportionnel à la masse molaire du polymère.

Exercice résolu

Identifier le motif d'un polymère

ÉNONCÉ

Le PVC ou polychlorure de vinyle est obtenu à partir de la molécule de chlorure de vinyle $CHCl = CH_2$.
Donner l'équation de polymérisation et en déduire le motif du polymère.

CORRIGÉ

La polymérisation s'effectue en ouvrant la double liaison du monomère et en liant les monomères les uns aux autres :

$$nCHCl{=}CH_2 \rightarrow -CHCl-CH_2- \quad \dots \quad -CHCl-CH_2- \dots -CHCl-CH_2- \rightarrow -(CHCl-CH_2)-_n$$

Le motif du polymère est $-CHCl-CH_2-$, le polymère constituant la répétition de ce motif.

Conseil

Chaque fois que le monomère possède une insaturation, la polymérisation se fait par ouverture de la double liaison.

4 Vitesse de formation et rendement

De quoi s'agit-il ? Dans un protocole de chimie, la vitesse de formation du produit et le rendement doivent être optimisés.

1 Optimisation de la vitesse de formation d'un produit

Dans un protocole, certaines opérations peuvent être réalisées pour optimiser la vitesse de formation d'un produit :
– la **concentration** ou la **pression** des réactifs : leur augmentation permet d'augmenter la fréquence des réactions ;
– la **température** ou l'**agitation** du milieu réactionnel : au niveau microscopique, l'agitation thermique ou celle du milieu augmente la probabilité de mise en contact des réactifs et l'efficacité de la rencontre ;
– le **solvant** : le choix du solvant optimise la cinétique, dans la mesure où la solubilité des réactifs, et donc leur concentration, est importante ;
– le **catalyseur** : la présence d'un catalyseur pertinent augmente la cinétique, car le chemin réactionnel est modifié pour optimiser la vitesse de formation du produit. Plus la surface d'échange est grande, et plus la catalyse est efficace.

2 Rendement d'une synthèse

Le **rendement** ***r*** **d'une synthèse** est le rapport entre la quantité de matière de l'espèce cible obtenue expérimentalement et celle calculée théoriquement :

$$r = \frac{\text{Quantité de matière obtenue}}{\text{Quantité de matière théorique}}$$

- Le rendement d'une synthèse est d'autant plus important que l'on introduit un des réactifs en excès ou que l'on élimine un produit de la réaction.
- En effet, si l'on perturbe un équilibre chimique, le système chimique va évoluer dans le sens qui tend à éliminer la cause de la perturbation. Ainsi, lors d'un excès de réactif ou de l'élimination d'un des produits, le système chimique tend à consommer le réactif en excès ou à créer des produits en déplaçant l'équilibre dans le sens direct.
- Dans les deux cas, le quotient de réaction du système est inférieur à sa constante d'équilibre *K*, et le système évolue dans le sens direct (sens 1) : le rendement est alors en augmentation.

Remarque
Le rendement *r* est une valeur sans unité comprise entre 0 et 1. Il peut être donné en pourcentage en multipliant le résultat numérique par 100. $r = 1 = 100\ \%$ correspond ainsi au rendement maximal.

Exercice résolu

Identifier les paramètres d'optimisation de la cinétique

ÉNONCÉ

À partir des triglycérides d'acides gras (TAG) présents dans les huiles, il est possible de synthétiser des savons. Le savon de Marseille® est constitué d'oléate de sodium. Le protocole de synthèse est le suivant :
– verser 13,6 g d'huile d'olive (oléine) et 20 mL d'éthanol dans un ballon ;
– ajouter 20 mL de soude à 10 mol . L^{-1} (en excès) ;
– chauffer à reflux le mélange réactionnel durant 15 minutes environ ;

•••

- verser le mélange obtenu dans un bécher contenant 100 mL de solution aqueuse de chlorure de sodium : le précipité obtenu est l'oléate de sodium.
L'équation de la réaction est :

$$\text{TAG} + 3(\text{Na}^+ + \text{HO}^-) \rightarrow 3 \text{ oléate de sodium} + \text{glycérol}$$

Le rendement de synthèse est de 47 %. Identifier dans le protocole les facteurs optimisant la synthèse et préciser ce qui pourrait être fait pour augmenter le rendement.

CORRIGÉ

Les paramètres qui influencent la vitesse de production du savon sont :
- la température du mélange : le montage à reflux permet d'avoir un chauffage homogène ;
- l'excès de l'un des réactifs : la soude est introduite en excès et déplace donc la réaction dans le sens direct de fabrication du savon ;
- le solvant : l'éthanol est un solvant organique miscible, donc à l'huile d'olive, mais c'est aussi un solvant miscible à toute phase aqueuse comme la soude ou solution aqueuse d'hydroxyde de sodium. L'éthanol permet de mettre en contact en une seule phase l'huile et la soude non miscibles entre elles directement.

Pour améliorer le rendement, on pourrait déséquilibrer davantage les quantités de réactifs par rapport à la stœchiométrie de la réaction, augmenter la température du mélange tant qu'il n'y a pas détérioration des réactifs, augmenter le temps de réaction ou introduire des ultrasons pour éviter la surdose de soude par exemple.

Gagnez des points !
L'éthanol CH_3–CH_2OH appartient à la famille des alcools, composés organiques. Cependant, grâce aux nombreuses liaisons hydrogène, cet alcool est miscible avec l'eau.

5 Stratégie de synthèse multi-étapes

De quoi s'agit-il ? La stratégie d'une synthèse organique est le choix et l'organisation des différentes étapes du protocole.

1 Synthèse organique écoresponsable

- Une synthèse organique est constituée d'une ou de plusieurs étapes réactionnelles permettant de transformer progressivement un ensemble d'espèces chimiques en une espèce chimique « cible ». On appelle **stade** d'une synthèse, un ensemble de plusieurs étapes successives. Le choix de la nature et de l'organisation de ces stades, afin d'obtenir l'espèce cible de la manière la plus efficace, constitue la **stratégie de la synthèse organique**.

- Une synthèse **écoresponsable** minimise l'impact environnemental par un protocole prenant en compte les questions d'énergie, de formation et de valorisation des sous-produits de la réaction, du choix des réactifs et des solvants, etc.

2 Typologie des réactions

- Une **transformation** se produit lorsqu'un ou plusieurs composés se transforment en d'autres composés. Elle met en jeu des ruptures et/ou des créations de liaisons chimiques.

- Aux réactions acido-basiques et d'oxydoréduction déjà vues dans le programme de spécialité, on peut définir trois grandes catégories de réactions supplémentaires :
  - la réaction d'**addition** lorsque le réactif s'ajoute au substrat ;
  - la réaction d'**élimination** lorsque le réactif enlève un ou plusieurs atomes du substrat ;
  - la réaction de **substitution** lorsque le réactif apporte un ou plusieurs atomes au substrat et lorsque, sur le même site, un ou plusieurs autres atomes sont éliminés.

Exemples

- Addition d'eau sur de l'éthène ou de l'éthylène : $CH_2 = CH_2 + H_2O \rightarrow CH_3\text{–}CH_2\text{–}OH$.
- Élimination d'eau de l'éthanol par action de l'acide sulfurique :
$$CH_3\text{–}CH_2\text{–}OH + H_2SO_4 \rightarrow CH_2 = CH_2 + H_3O^+ + HSO_4^-.$$
- Substitution de OH par Cl sur de l'éthanol : $CH_3\text{–}CH_2\text{–}OH + HCl \rightarrow CH_3\text{–}CH_2\text{–}Cl + H_2O$.

3 Modifications de fonction, de chaîne et polymérisation

- Lorsque seul le groupement fonctionnel d'un réactif est modifié, sans modification de la chaîne carbonée, on parle de **modification de fonction ou de groupe caractéristique**.

Exemple

Substitution sur de l'éthanol $CH_3\text{–}CH_2\text{–}OH + HCl \rightarrow CH_3\text{–}CH_2\text{–}Cl + H_2O$.
L'alcool (éthanol) est transformé en halogénoalcane (chloroéthane).

- En revanche, lorsque le squelette de la chaîne carbonée n'est pas conservé, on parle de **modification de chaîne**.
- La polymérisation par polyaddition permet un allongement considérable de la chaîne carbonée par addition d'un motif sur lui-même un nombre *n* très grand de fois. En effet, il existe deux types de réactions de polymérisation :
  - la **polyaddition** ne fabrique pas de sous-produits. Un initiateur de polymérisation agit sur une insaturation de type liaison double des molécules à polymériser. Sous son action, la double liaison s'ouvre, rendant possible l'addition entre molécules (production du polyéthylène ou PE) ;
  - la **polycondensation** engendre un sous-produit, souvent une petite molécule comme H_2O (fabrication du nylon).

4 Protection/déprotection

Une **molécule polyfonctionnelle** est une espèce chimique constituée de plusieurs groupes fonctionnels.

Exemple

La molécule de glucose $CH_2OH\text{–}CHOH\text{–}CHOH\text{–}CHOH\text{–}CHOH\text{–}CHO$ est une molécule polyfonctionnelle, qui comporte :
- une fonction alcool (I) ;
- quatre fonctions alcool (II) ;
- une fonction aldéhyde.

- Dans un **aménagement fonctionnel** par modification d'une fonction organique spécifique, les autres fonctions du réactif polyfonctionnel non concernées par l'aménagement ne doivent pas réagir : ces fonctions doivent donc être **protégées** avant de procéder à la synthèse proprement dite.

Remarque
L'étape de déprotection doit avoir un rendement de 100 %.

- Lors d'une ultime étape du protocole expérimental, on procède à une **déprotection** qui consiste à récupérer la fonction précédemment protégée.

Révision express

Les points importants à retenir

- Apprenez par cœur :

– les définitions d'un polymère, d'un motif, d'un monomère, du degré d'un polymère et du rendement de la synthèse ;

– les correspondances entre la famille, la fonction, la formule brute et les préfixes ou suffixes de nomenclature systématique.

- Retenez :

– que la formule d'une molécule est une écriture symbolique compactée : on peut déterminer la formule brute, développée, semi-développée, topologique… ;

– qu'il existe trois types d'isomérie de constitution : de chaîne, de position et de fonction ;

– qu'il existe deux types de polymérisation : la polyaddition et la polycondensation.

- Soyez capable :

– de nommer en nomenclature systématique une molécule à partir d'une de ses formules développée, semi-développée ou topologique, et inversement ;

– d'identifier une addition, une élimination, une substitution ou une polymérisation.

Quiz

Cochez la (ou les) bonne(s) réponse(s) :

1. Lors d'une polyaddition :

☐ **a.** le polymère est un ensemble de motifs.

☐ **b.** une insaturation permet la polymérisation.

☐ **c.** le degré est le nombre de motifs.

2. Le rendement d'une synthèse :

☐ **a.** est sans unité.

☐ **b.** est défini comme un rapport de quantités de matière, donc s'exprime en mol.

☐ **c.** peut s'exprimer en pourcentage.

3. L'acide butanoïque et l'éthanoate d'éthyle sont isomères de :

☐ **a.** constitution.

☐ **b.** fonction.

☐ **c.** chaîne.

4. Une addition s'identifie par un nombre de réactifs plus important que le nombre de produits formés.

☐ **a.** Vrai ☐ **b.** Faux

5. Le rendement correspond au rapport entre la quantité de matière obtenue expérimentalement et celle obtenue avec un rendement de 100 %.

☐ **a.** Vrai ☐ **b.** Faux

→ Réponses p. 491

EXERCICE

Nommer un halogénoalcane ou un ester

Énoncé

En nomenclature systématique, nommer les deux molécules de formule topologique suivante :

a) 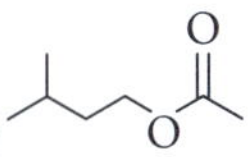

b) 

Méthode

1 Déterminer la formule semi-développée de la molécule et identifier la fonction caractéristique de la molécule.

2 Repérer la chaîne principale contenant le plus grand nombre d'atomes de carbone et comprenant **obligatoirement** le groupement fonctionnel.

3 Repérer les ramifications et les nommer en utilisant un préfixe adapté suivi de « yl ». Le préfixe tient compte du nombre d'atomes de carbone de la ramification, soit de 1 à 10 : méth, éth, prop, but, pent, hex, hept, oct, non et déc.

Cas des halogénoalcanes

4 Repérer le ou les atomes d'halogène et les nommer chloro, bromo, iodo…

5 Numéroter la chaîne principale dans les deux sens possibles en ne retenant que celle donnant les plus petits numéros aux atomes de carbone de rattachement des atomes d'halogène.

6 Nommer l'halogène, en faisant précéder chaque nom par le numéro de son atome de carbone de rattachement.

7 Enchaîner les ramifications par ordre alphabétique, en faisant précéder chaque nom par le numéro de l'atome de carbone de rattachement de la ramification, puis écrire le nom de la chaîne principale (entre une lettre et un chiffre, mettre un tiret ; coller deux lettres entre elles).

8 Si plusieurs ramifications identiques [resp. 2, 3, 4…] s'enchaînent, les regrouper en faisant précéder le nom de la ramification par un préfixe [resp. di, tri, tétra…]. Rassembler les numéros des atomes de carbone de rattachement en les notant entre virgules. Il est possible qu'un numéro soit écrit plusieurs fois.

Cas des esters

4 Recopier la formule de la molécule pour que la fonction soit écrite –COO– dans le sens de lecture et non –OOC–.

5 Numéroter les atomes de carbone de la chaîne principale dans les deux sens à partir de l'atome de carbone de la fonction, et vers la gauche pour la partie gauche avant la fonction et à partir de l'atome de carbone suivant vers la droite pour la fin de la molécule : …

$$\longleftarrow \; \text{–COO–C–…} \; \longrightarrow$$

6 Nommer successivement les deux parties de la chaîne principale comme si c'était la chaîne principale d'un alcane, en remplaçant la terminaison « ane » par « anoate de/d' » et la partie droite par « yle ».

7 Continuer les étapes **7** et **8** de la nomenclature des halogénoalcanes.

Corrigé

a) Molécule de formule topologique 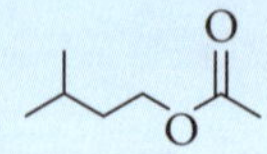

1. La molécule proposée est un ester de formule semi-développée :

$$CH_3\text{-}CH(CH_3)\text{-}CH_2\ \text{-}CH_2\text{-}OOC\text{-}CH_3$$

2. La chaîne principale est :

$$CH_3\text{-}CH\text{-}CH_2\text{-}CH_2\text{-}OOC\text{-}CH_3$$

3. Il y a une ramification CH_3–, c'est-à-dire un méthyl.

4. On a dans le sens suivant :

$$CH_3\text{-}COO\text{-}CH_2\text{-}CH_2\text{-}CH(CH_3)\text{-}CH_3$$

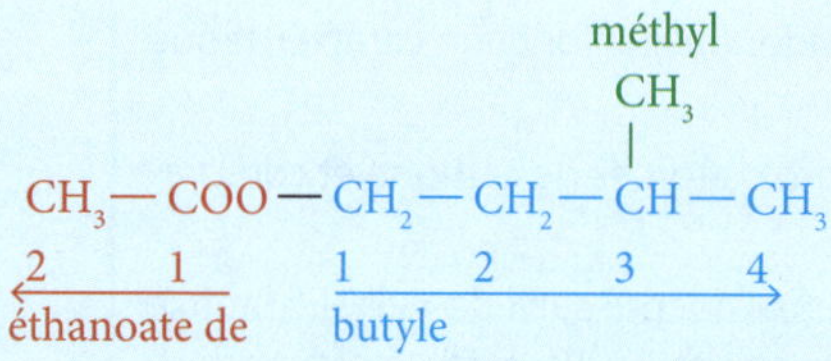

Gagnez des points !
Utiliser des couleurs et exploiter au maximum la formule graphique avant d'écrire le nom de la molécule.

5. et **6.** On numérote la chaîne par parties et on nomme la partie gauche à 2 atomes de carbone « éthanoate de » et la partie droite à 4 atomes de carbone « butyle ».

7. et **8.** L'ester n'a qu'une seule ramification sur le carbone n° 3 de la partie droite. On nomme ainsi la molécule éthanoate de 3-méthylbutyle.

b) Molécule de formule topologique 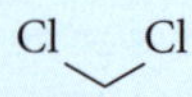

Il s'agit d'un halogénoalcane $Cl\text{-}CH_2\text{-}Cl$ avec une chaîne principale à 1 seul atome de carbone (méthane) et 2 atomes de chlore (chloro). On est donc en présence du 1,1-dichlorométhane.

Réflexe à avoir
Lorsqu'il n'y a qu'une possibilité de numérotation, les chiffres ne sont pas obligatoires : on peut ici restreindre le nom à dichlorométhane.

Chapitre 10 Décrire un mouvement

1 Vecteurs position, vitesse et accélération

De quoi s'agit-il ? La description du mouvement d'un système passe par la détermination des vecteurs position, vitesse et accélération du système.

1 Vecteur position

Si on définit un repère d'espace $(O, \vec{i}, \vec{j}, \vec{k})$ dans le référentiel d'étude et une origine des temps, tout point M de l'espace est alors repéré par le vecteur position $\overrightarrow{OM}(t)$:

$$\overrightarrow{OM}(t) = x(t)\vec{i} + y(t)\vec{j} + z(t)\vec{k}$$

Remarque
Dans un repère orthonormé, on a $\|\overrightarrow{OM}\| = \sqrt{x^2 + y^2 + z^2}$.

2 Vecteur vitesse

- Dans le référentiel d'étude muni du repère $(O, \vec{i}, \vec{j}, \vec{k})$, on définit le vecteur vitesse en $M(t)$, noté $\vec{v}_M(t)$, qui a les caractéristiques suivantes :
  - point d'application : au point $M(t)$;
  - direction : tangente à la trajectoire ;
  - sens : celui du mouvement ;
  - norme : $\|\vec{v}_M(t)\| = \dfrac{M_1M_2}{\Delta t}$,

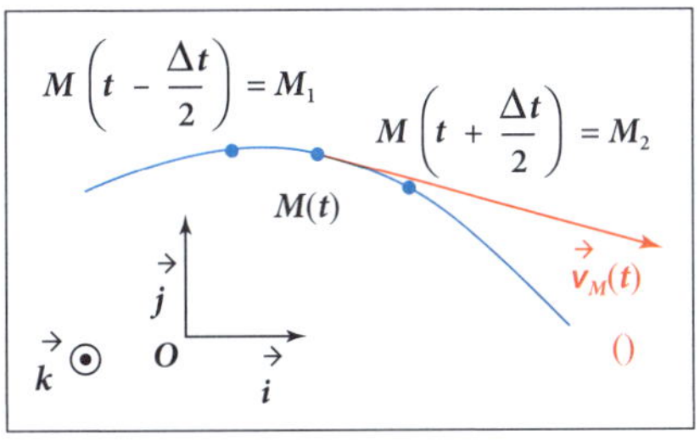

avec $M_1 = M\left(t - \dfrac{\Delta t}{2}\right)$ et $M_2 = M\left(t + \dfrac{\Delta t}{2}\right)$ les positions du système M repérées à l'instant immédiatement avant et immédiatement après t, et Δt la durée entre celles-ci.

- $\vec{v}_M(t)$ s'écrit vectoriellement :

$$\vec{v}_M(t) = \frac{\overrightarrow{M_1M_2}}{\Delta t} = \frac{\overrightarrow{OM}\left(t + \dfrac{\Delta t}{2}\right) - \overrightarrow{OM}\left(t - \dfrac{\Delta t}{2}\right)}{\Delta t} = \frac{\Delta\overrightarrow{OM}(t)}{\Delta t}$$

Remarque
La vitesse apparaît comme le taux de variation de la position par rapport au temps.

- Les positions de M sont infiniment proches, et Δt est infiniment faible. La vitesse instantanée au point $M(t)$ est alors la dérivée du vecteur position par rapport au temps.

$$\vec{v}_M(t) = \lim_{\Delta t \to 0} \frac{\Delta\overrightarrow{OM}(t)}{\Delta t} = \frac{\mathrm{d}\overrightarrow{OM}(t)}{\mathrm{d}t}$$

avec $\dfrac{\mathrm{d}x}{\mathrm{d}t}$ signifiant « dérivée de x par rapport à t ».

- Soit (x, y, z) les coordonnées du vecteur $\overrightarrow{OM}(t)$ dans le repère $(O, \vec{i}, \vec{j}, \vec{k})$. On a alors :

$$\vec{v}_M(t) = \frac{dx}{dt}\vec{i} + \frac{dy}{dt}\vec{j} + \frac{dz}{dt}\vec{k}$$

$$\vec{v}_M(t) = \dot{x}(t)\vec{i} + \dot{y}(t)\vec{j} + \dot{z}(t)\vec{k}$$

avec la notation $\dot{x}(t) = \frac{dx}{dt}$.

Remarque
Dans un repère orthonormé,
$\|\vec{v}_M(t)\| = \sqrt{\frac{dx^2}{dt} + \frac{dy^2}{dt} + \frac{dz^2}{dt}}$
$\|\vec{v}_M(t)\| = \sqrt{\dot{x}^2 + \dot{y}^2 + \dot{z}^2}$.

3 Vecteur accélération

- Dans le référentiel d'étude muni du repère $(O, \vec{i}, \vec{j}, \vec{k})$, on définit le vecteur accélération $\vec{a}_M(t)$ comme la dérivée du vecteur vitesse par rapport au temps :

$$\vec{a}_M(t) = \lim_{\Delta t \to 0} \frac{\Delta \vec{v}_M(t)}{\Delta t} = \frac{d\vec{v}_M(t)}{dt}$$

Remarque
Dans un repère orthonormé, on a $\|\vec{a}_M(t)\| = \sqrt{\ddot{x}^2 + \ddot{y}^2 + \ddot{z}^2}$.

- Le repère $(O, \vec{i}, \vec{j}, \vec{k})$ ayant des vecteurs unitaires indépendants du temps, $\vec{a}_M(t)$ s'écrit :

$$\vec{a}_M(t) = \frac{d^2x}{dt^2}\vec{i} + \frac{d^2y}{dt^2}\vec{j} + \frac{d^2z}{dt^2}\vec{k}$$

$$\vec{a}_M(t) = \ddot{x}(t)\vec{i} + \ddot{y}(t)\vec{j} + \ddot{z}(t)\vec{k}$$

avec la notation $\ddot{x}(t) = \frac{d^2x}{dt^2}$ signifiant « dérivée double de x par rapport au temps ».

2 Mouvement circulaire et repère de Frenet

De quoi s'agit-il ? Afin de décrire un mouvement circulaire, on utilise un repère mobile attaché au système appelé repère de Frenet.

1 Repère de Frenet

- Le repère de Frenet est un repère orthonormé mobile attaché au point M en mouvement. Il est constitué d'une base de vecteur appelée **base de Frenet** et notée $(\vec{\tau}, \vec{n})$.

Remarque
Le cercle localement tangent à la trajectoire en M est appelé « cercle osculateur ».

- La base de Frenet est un doublet de vecteurs unitaires attachés à M tel que :
  - on définit arbitrairement un sens positif le long de la trajectoire de M qui est en général le sens du mouvement ;
  - le vecteur unitaire $\vec{\tau}$, appelé vecteur tangent, est comme son nom l'indique, tangent à la trajectoire et orienté dans le sens positif du mouvement ;
  - le vecteur unitaire $\vec{n}$ ou vecteur normal, est dirigé vers le centre du cercle localement tangent à la trajectoire, les vecteurs $\vec{\tau}$ et $\vec{n}$ étant perpendiculaires.

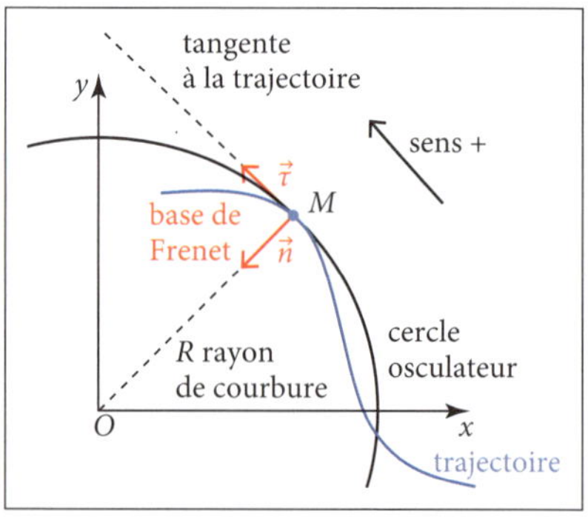

2 Vecteurs vitesse et accélération dans le repère de Frenet

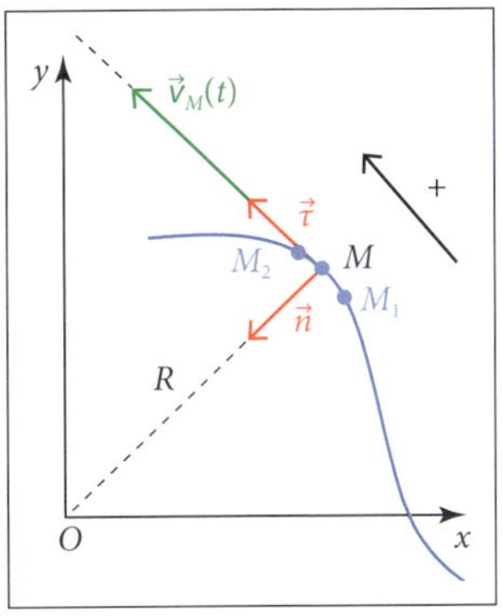

• Précédemment, on a défini la vitesse du point M comme $\vec{v}_M(t) = \dfrac{\overrightarrow{M_1M_2}}{\Delta t}$ avec Δt très petit. Soit $\vec{v}_M(t) = \lim\limits_{\Delta t \to 0} \dfrac{\overrightarrow{M_1M_2}}{\Delta t}$.

• On définit l'abscisse curviligne de la trajectoire que l'on note s par $\mathrm{d}s(t) = \lim\limits_{\Delta t \to 0} \overline{M_1M_2}$ et on en déduit une expression de la vitesse de M :

$$\vec{v}_M(t) = v_\tau \vec{\tau} = \frac{\mathrm{d}s}{\mathrm{d}t}\vec{\tau}$$

• Le vecteur vitesse n'a qu'une composante tangentielle $v_\tau = \dfrac{\mathrm{d}s}{\mathrm{d}t}$ suivant $\vec{\tau}$. La composante normale de la vitesse est nulle, $v_\mathrm{n} = 0$.

• En revanche, le vecteur accélération a des composantes tangentielle a_τ et normale a_n non nulles :

$$\vec{a}_M(t) = \frac{\mathrm{d}\vec{v}_M(t)}{\mathrm{d}t} = a_\tau\vec{\tau} + a_\mathrm{n}\vec{n} \text{ avec } a_\tau = \frac{\mathrm{d}v_\tau}{\mathrm{d}t} = \frac{\mathrm{d}\|\vec{v}\|}{\mathrm{d}t} \text{ et } a_\mathrm{n} = \frac{v_\tau^2}{R} = \frac{\|\vec{v}\|^2}{R}$$

R étant le rayon de courbure du cercle osculateur

• Dans le cas d'un mouvement circulaire, la trajectoire est confondue avec le cercle osculateur, et R est donc le rayon, constant, de cette dernière.

Exercice résolu

Exprimer la dérivée du vecteur unitaire $\vec{\tau}$

ÉNONCÉ

En s'appuyant sur les expressions des vecteurs vitesse et accélération, démontrer que dans le cas d'un mouvement circulaire de rayon R, on a : $\dfrac{\mathrm{d}\vec{\tau}}{\mathrm{d}t} = \dfrac{v_\tau}{R}\vec{n}$.

CORRIGÉ

Le vecteur vitesse est la dérivée temporelle de l'abscisse curviligne s :

$$v_M(t) = v_\tau\vec{\tau} = \frac{\mathrm{d}s}{\mathrm{d}t}\vec{\tau} \text{ avec } v_\tau = \|\vec{v}\| = \frac{\mathrm{d}s}{\mathrm{d}t}$$

Le vecteur accélération s'obtient par dérivation par rapport au temps t du vecteur vitesse :

$$a_M(t) = \frac{\mathrm{d}\vec{v}_M(t)}{\mathrm{d}t} = \frac{\mathrm{d}(v_\tau\vec{\tau})}{\mathrm{d}t} = \frac{\mathrm{d}v_\tau}{\mathrm{d}t}\vec{\tau} + v_\tau\frac{\mathrm{d}\vec{\tau}}{\mathrm{d}t}$$

Or $\vec{a}_M(t) = a_\tau\vec{\tau} + a_\mathrm{n}\vec{n} = \dfrac{\mathrm{d}v_\tau}{\mathrm{d}t}\vec{\tau} + \dfrac{v_\tau^2}{R}\vec{n}$.

Par identification entre les termes, on en déduit tout d'abord que : $v_\tau\dfrac{\mathrm{d}\vec{\tau}}{\mathrm{d}t} = \dfrac{v_\tau^2}{R}\vec{n}$, puis finalement $\dfrac{\mathrm{d}\vec{\tau}}{\mathrm{d}t} = \dfrac{v_\tau}{R}\vec{n}$, ce qu'il fallait démontrer.

Rappel

La dérivée d'un produit xy est égale à $x'y + xy'$ ou $\dot{x}y + x\dot{y}$ soit, avec les notations actuelles : $\dfrac{\mathrm{d}xy}{\mathrm{d}t} = \dfrac{\mathrm{d}x}{\mathrm{d}t}y + x\dfrac{\mathrm{d}y}{\mathrm{d}t}$.

3 Vecteur $\vec{a}$ de mouvements particuliers

De quoi s'agit-il ? Les vecteurs accélération sont explicités dans le cas de mouvements particuliers.

1 Mouvements rectilignes

- Soit un point mobile M en mouvement rectiligne. On note $s(t) = \overset{\frown}{OM}(t)$ l'abscisse curviligne par rapport à un point fixe O. La trajectoire étant une droite, on peut la considérer comme un cas particulier de trajectoire circulaire avec un rayon de courbure R tendant vers l'infini.

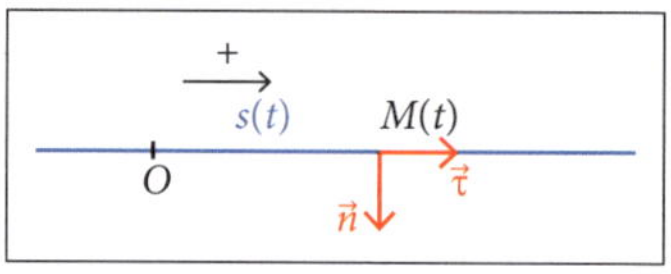

Or on a :

$$\vec{a}_M(t) = a_\tau\vec{\tau} + a_n\vec{n} = \frac{dv_\tau}{dt}\vec{\tau} + \frac{v_\tau^2}{R}\vec{n} = \frac{dv_\tau}{dt}\vec{\tau}$$

puisque $\frac{v_\tau^2}{R} = 0$.

On en déduit que dans le cas d'un mouvement rectiligne, l'accélération est dirigée suivant le vecteur tangent $\vec{\tau}$ et a pour norme :

$$\|\vec{a}_M\| = \frac{dv_\tau}{dt} = \frac{d\|\vec{v}\|}{dt}$$

- Dans le cas particulier d'un mouvement rectiligne uniforme, la vitesse du mobile M est constante. Sa dérivée est nulle, et $\|\vec{a}_M\| = 0$.

- Si le mouvement est rectiligne uniformément accéléré, l'accélération est dirigée suivant le vecteur tangent $\vec{\tau}$ et a pour **norme constante** :

$$\|\vec{a}_M\| = \frac{dv_\tau}{dt} = \frac{d\|\vec{v}\|}{dt}$$

Remarque

Dans le cas d'un mouvement uniformément accéléré, si la valeur de l'accélération est constante, alors la dérivée temporelle de la valeur de la vitesse l'est aussi. On en déduit que la norme de la vitesse est une fonction linéaire du temps.

2 Mouvements circulaires

- Lorsqu'un point mobile M est en mouvement circulaire, son accélération est :

$$\vec{a}_M(t) = a_\tau\vec{\tau} + a_n\vec{n} = \frac{dv_\tau}{dt}\vec{\tau} + \frac{v_\tau^2}{R}\vec{n}$$

Le vecteur a donc une composante suivant la tangente à la trajectoire et une composante positive $\frac{v_\tau^2}{R} > 0$ suivant la normale à la trajectoire.

- Si l'on exprime le produit scalaire de $\vec{a}$ par $\vec{v}$, on obtient :

$$P = \vec{a}_M(t) \cdot \vec{v}_M(t) = \left(\frac{dv_\tau}{dt}\vec{\tau} + \frac{v_\tau^2}{R}\vec{n}\right) \cdot v_\tau\vec{\tau}$$

$$P = \frac{dv_\tau}{dt}v_\tau = \frac{1}{2}\frac{d(v_\tau^2)}{dt} = \frac{1}{2}\frac{d(\|\vec{v}\|^2)}{dt}$$

- Dans le cas d'un mouvement circulaire :
  - uniforme, $\|\vec{v}\|$ est une constante, donc le produit scalaire $P = \vec{a}_M(t) \cdot \vec{v}_M(t) = 0$, et les vecteurs accélération et vitesse sont perpendiculaires. Le vecteur vitesse étant tangent à la trajectoire, on en déduit que le vecteur accélération est suivant le vecteur normal $\vec{a}_M(t) = \frac{v_\tau^2}{R}\vec{n}$ avec $\frac{v_\tau^2}{R} > 0$;
  - accéléré, $\|\vec{v}\|$ augmente et $\frac{\mathrm{d}(\|\vec{v}\|^2)}{\mathrm{d}t} > 0$, donc $P > 0$, et le vecteur accélération a ses deux composantes positives, c'est un vecteur inscrit dans le quart de plan $(\vec{\tau}, \vec{n})$;
  - décéléré ou ralenti, $\|\vec{v}\|$ diminue et $\frac{\mathrm{d}(\|\vec{v}\|^2)}{\mathrm{d}t} < 0$, donc $P < 0$, et le vecteur accélération a sa composante tangentielle $\frac{\mathrm{d}\vec{v}_\tau}{\mathrm{d}t} = \frac{\mathrm{d}\|\vec{v}\|}{\mathrm{d}t} < 0$, c'est un vecteur inscrit dans le quart de plan $(-\vec{\tau}, \vec{n})$.

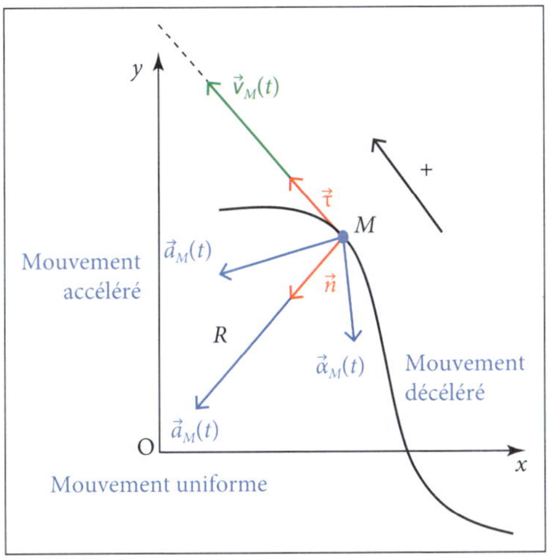

3 Représentation des vecteurs vitesse et accélération

- On appelle **chronophotographie** la photographie de l'ensemble des positions du système ramené à un point mobile $M(t)$ pris à intervalles de temps constants.
- La chronophotographie permet numériquement ou manuellement de construire les vecteurs vitesse et accélération pour chaque position du point mobile M à l'instant t.
- Le vecteur vitesse est tangent à la trajectoire et orienté dans le sens du mouvement.

Révision express

Les points importants à retenir

- Apprenez par cœur l'expression du vecteur accélération dans le repère de Frenet.
- Retenez :

– que le repère de Frenet est un repère orthonormé mobile attaché au point M en mouvement et qu'il est constitué d'une base de vecteurs appelée base de Frenet et notée $(\vec{\tau}, \vec{n})$;
– que le vecteur accélération est la dérivée temporelle du vecteur vitesse et que le vecteur vitesse est la dérivée temporelle du vecteur position ;
– qu'un mouvement rectiligne uniforme a un vecteur accélération nul et un vecteur vitesse constant ;

- Soyez capable :

– de représenter en n'importe quel point mobile la base de Frenet $(\vec{\tau}, \vec{n})$;
– de représenter le vecteur accélération, le vecteur vitesse et le vecteur position sur une chronophotographie ;
– de déterminer la nature du mouvement en fonction des expressions des vecteurs accélération et vitesse d'un mobile.

Quiz

Cochez la (ou les) bonne(s) réponse(s) :

1. On réalise la chronophotographie du mouvement circulaire uniforme d'un point M :
- ☐ **a.** la vitesse de M est constante.
- ☐ **b.** le vecteur vitesse de M est constant.
- ☐ **c.** l'accélération de M est nulle.

2. Dans un repère de Frenet :
- ☐ **a.** le vecteur $\vec{\tau}$ est toujours tangent à la trajectoire.
- ☐ **b.** le vecteur $\vec{\tau}$ est toujours dans le sens du mouvement.
- ☐ **c.** le vecteur $\vec{n}$ est un vecteur normal à la trajectoire.

3. Dans le repère de Frenet, le vecteur vitesse d'un point mobile M :
- ☐ **a.** est toujours tangent à la trajectoire.
- ☐ **b.** a la même direction que le vecteur $\vec{\tau}$.
- ☐ **c.** a le même sens que $\vec{\tau}$.

4. Un système en mouvement circulaire uniforme a son vecteur vitesse constant.
- ☐ **a.** Vrai ☐ **b.** Faux

→ Réponses p. 491

EXERCICE

Représenter le vecteur vitesse en un point à partir d'une chronophotographie

Énoncé

On représente la trajectoire d'un mobile M de masse $m = 750$ g entre deux instants t_0 et t_5. Les positions successives du mobile sont repérées toutes les $\Delta t = 40$ ms.

Représenter le vecteur vitesse au point de la trajectoire pour lequel $t = 80$ ms.

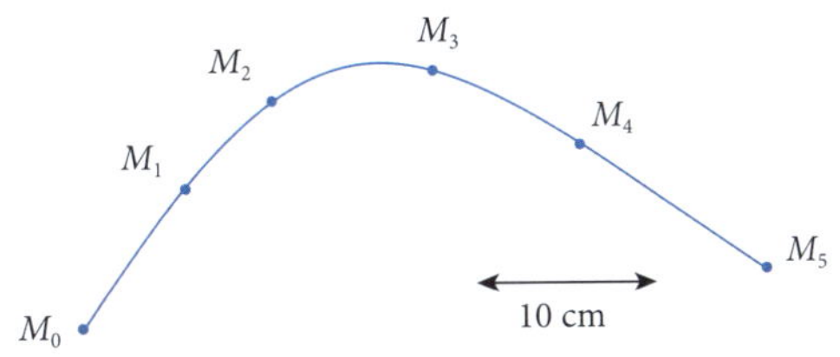

Méthode

1 Identifier la position $M(t)$ pour laquelle il faut déterminer le vecteur vitesse.

2 Mesurer, à l'aide d'une règle graduée, la longueur du segment $[M(t-\Delta t)M(t+\Delta t)]$ entre la position qui précède $M(t)$ et celle qui suit.

3 À l'aide de l'échelle des distances proposée pour la chronophotographie et en utilisant la relation de proportionnalité (produit en croix), déduire la distance réelle entre les points $M(t-\Delta t)$ et $M(t+\Delta t)$.

4 Évaluer la durée qui sépare les deux positions $M(t-\Delta t)$ et $M(t+\Delta t)$. En général, elle correspond au double de l'intervalle de temps Δt entre deux positions successives.

5 Donner l'expression de la norme de la vitesse $v = \dfrac{M(t-\Delta t)M(t+\Delta t)}{2\Delta t}$. On peut éventuellement faire l'application numérique.

6 Tracer la tangente à la trajectoire au point $M(t)$ sélectionné. En général, si Δt est petit, elle correspond à la droite parallèle à $[M(t-\Delta t)M(t+\Delta t)]$ passant par $M(t)$.

7 Choisir une échelle des vitesses pour que le vecteur vitesse mesure entre 3 et 5 cm, et tracer le vecteur vitesse tel que :
- le point d'application est $M(t)$;
- la direction est celle de la tangente en $M(t)$;
- le sens est celui du mouvement ;
- la norme est celle obtenue par un « produit en croix » à partir de l'échelle des vitesses.

Corrigé

1. À $t = 80$ ms, il s'est donc écoulé $2\Delta t = 2 \times 40$ ms entre M_0 et la position recherchée. On en déduit que la position à repérer est en M_2.

2.

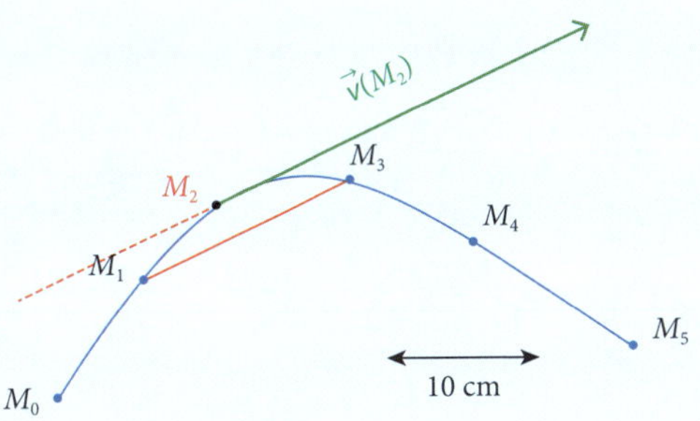

Remarque
Mesurer précisément M_1M_3, car toutes les applications numériques dépendent de cette mesure.

3. 10,0 cm dans la réalité correspondent à 1,4 cm sur le schéma et M_1M_3 mesure 2,1 cm sur le schéma.

On en déduit : $M_1M_3 = \dfrac{2{,}1 \times 10{,}0}{1{,}4} = 15$ cm.

4. La durée correspondant au trajet entre M_1 et M_3 est $2\Delta t = 2 \times 40 = 80$ ms.

5. Dans le cas de cette étude, on a alors :

$$v = \frac{M_1M_3}{2\,\Delta t}$$

A. N. : $v = \dfrac{15 \times 10^{-2}}{80 \times 10^{-3}} = 1{,}9\ \text{m}\cdot\text{s}^{-1}$.

6. La tangente en M_2 à la trajectoire est représentée en pointillés rouges sur le schéma.

7. Le vecteur vitesse pourrait être représenté par un vecteur de 3,8 cm si l'échelle des vitesses est telle que 1,0 cm de vecteur sur le schéma représente un vecteur de norme 0,5 $\text{m}\cdot\text{s}^{-1}$ dans la réalité. L'échelle choisie est donc 1,0 cm $\leftrightarrow$ 0,5 $\text{m}\cdot\text{s}^{-1}$.

Piège à éviter
Les échelles des positions et des vitesses sont deux échelles différentes !

Le vecteur $\vec{v}(M_2)$ est appliqué en M_2, tangent à la trajectoire dans le sens du mouvement, et de longueur 3,8 cm représentant une norme de 1,9 $\text{m}\cdot\text{s}^{-1}$.

Chapitre 11 Relier les actions appliquées à un système à son mouvement

PHYS.-CHIMIE

1 Deuxième loi de Newton

De quoi s'agit-il ? La deuxième loi de Newton explicite le lien entre la quantité de mouvement d'un système et la résultante des forces agissant sur lui.

1 Système et référentiel

- On appelle **système** un objet ou un ensemble d'objets dont on étudie le mouvement.
- Le **centre de masse** G d'un système est le point remarquable auquel on attribue toute la masse du système pour une étude simplifiée. Pour les objets de densité uniforme, G est le centre géométrique.
- Le **référentiel** est l'observateur par rapport auquel on étudie le mouvement d'un système. On lui attache généralement un **repère** d'espace $(O, \vec{i}, \vec{j}, \vec{k})$.
- Le principe d'inertie n'est valable que dans certains référentiels, appelés **référentiels galiléens**. On postule l'existence d'au moins un référentiel galiléen, tout autre référentiel galiléen étant en mouvement de translation rectiligne par rapport à lui.

Remarque
Le référentiel terrestre peut être considéré comme galiléen si l'on étudie des mouvements d'une durée suffisamment courte pour pouvoir négliger les effets de la rotation de la Terre.

- Un **système isolé** est un système qui n'est soumis à aucune force extérieure. Un système **pseudo-isolé** est en revanche un système soumis à un ensemble de forces qui se compensent.

2 Quantité de mouvement et deuxième loi de Newton

- On appelle quantité de mouvement $\vec{p}$ d'un point matériel, le vecteur :

$$\vec{p} = m\vec{v} \text{ avec } \begin{cases} m : \text{masse du système (en kg),} \\ \vec{v} : \text{vecteur vitesse instantanée.} \end{cases}$$

- Le vecteur quantité de mouvement $\vec{p}$ a les mêmes point d'application, direction et sens que le vecteur vitesse $\vec{v}$, mais a une norme proportionnelle à celle de $\vec{v}$, soit :

$$\|\vec{p}\| = p = m\|\vec{v}\| = mv$$

- La somme vectorielle des forces extérieures appliquées à un système mécanique est appelée résultante des forces. Elle se note $\sum \vec{F}_{ext}$.

Deuxième loi de Newton ou théorème du centre d'inertie
Dans un référentiel galiléen, la résultante des forces extérieures agissant sur un système est égale à la dérivée temporelle du vecteur quantité de mouvement de son centre d'inertie : $\sum \vec{F}_{ext} = \dfrac{d\vec{p}_G}{dt}$.

Remarque
Le principe d'inertie apparaît comme un cas particulier de la seconde loi de Newton. Si $\vec{v}$ est un vecteur constant (mouvement rectiligne uniforme) ou nul (immobilité), alors $\dfrac{d\vec{p}}{dt} = \vec{0}$, et la résultante des forces est nulle. Les forces agissant sur le système se compensent donc.

Exercice résolu

Déterminer le vecteur accélération à partir de la résultante des forces

ÉNONCÉ

Une bille de masse m est lâchée d'une hauteur h sans vitesse initiale.
Déterminer le vecteur accélération du centre de masse de la bille.

CORRIGÉ

Le système étudié est la bille ramenée à son centre de masse G.
Le référentiel est le référentiel terrestre considéré comme galiléen.
Le système est soumis à son poids $\vec{P} = m\vec{g}$ et à des frottements de l'air que l'on peut supposer négligeables par rapport à la valeur du poids de la bille. La résultante des forces extérieures appliquées à la bille est donc :

$$\sum \vec{F}_{ext} = \vec{P}$$

En appliquant la seconde loi de Newton au système {bille} dans le référentiel terrestre et sachant que la masse de l'objet est constante durant la chute, on obtient :

$$\sum \vec{F}_{ext} = \vec{P} = m\vec{g} = \frac{d\vec{p}_G}{dt} = m\frac{d\vec{v}_G}{dt} = m\vec{a}_G$$

En simplifiant par la masse m non nulle, on a finalement : $\vec{g} = \frac{d\vec{v}_G}{dt}$, d'où $\vec{a}_G = \vec{g}$. Le vecteur accélération de la bille est le vecteur intensité de pesanteur.

À retenir

Si la masse du système est constante, alors : $\frac{d\vec{p}_G}{dt} = m\frac{d\vec{v}_G}{dt} = m\vec{a}_G$.

2 Mouvement dans un champ de pesanteur uniforme $\vec{g}$

De quoi s'agit-il ? **On traite ici le mouvement d'un système uniquement soumis à son poids.**

1 Chute libre avec vitesse initiale

- On considère un système mécanique uniquement soumis à un champ de pesanteur uniforme $\vec{g}$. Le référentiel d'étude est considéré comme galiléen. Il s'agit souvent d'un système en chute libre pour laquelle on a négligé les frottements avec ou sans vitesse initiale.
- Nous traiterons ici un cas général : un projectile, de masse m constante et ramené à son centre d'inertie G, est lancé d'une hauteur H par rapport au sol avec une vitesse initiale $\vec{v}_0$ faisant un angle α avec l'horizontale.
- Les conditions initiales sont :
  - position initiale : à $t = 0$, G est en $(0, H)$, c'est-à-dire que $x_G(t = 0) = 0$ et $y_G(t = 0) = H$;
  - vitesse initiale : à $t = 0$, $\vec{v}_G(t = 0) = \vec{v}_0$, soit $v_{0x} = v_0\sin\alpha$ et $v_{0y} = v_0\cos\alpha$.
- Nous allons rechercher les coordonnées temporelles des vecteurs accélération $\vec{a}_G(t)$, vitesse $\vec{v}_G(t)$ et position $\overrightarrow{OG}(t)$, afin d'établir l'équation de la trajectoire du système soumis à un champ de pesanteur uniforme $\vec{g}$.

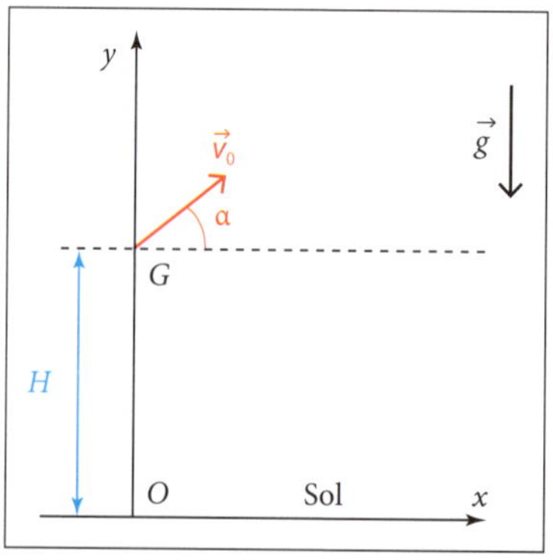

2 Équations horaires du mouvement

- La résultante des forces extérieures exercées sur le système est uniquement son poids.
- En appliquant la seconde loi de Newton au projectile de masse constante m, dans le référentiel terrestre supposé galiléen, on obtient :

$$\sum \vec{F}_{\text{ext}} = \vec{P} = m\vec{g} = \frac{\mathrm{d}\vec{p}_G(t)}{\mathrm{d}t} = m\vec{a}_G(t)$$

La masse étant non nulle, l'expression précédente se résume à $\vec{a}_G = \vec{g}$.

> Un système mécanique ponctuel soumis à un champ de pesanteur uniforme $\vec{g}$ a un vecteur accélération $\vec{a}$ constant égal au vecteur champ de pesanteur : $\vec{a} = \vec{g}$.

- Le vecteur $\vec{g}$ étant vertical descendant, il a pour coordonnées $\vec{g}(0, -g)$.
On en déduit celles de l'accélération : $\boldsymbol{a_x(t) = 0}$ **et** $\boldsymbol{a_y(t) = -g}$.
- Par intégration des coordonnées de l'accélération, on obtient celles de la vitesse du système : $v_x(t) = K_1$ et $v_y(t) = -gt + K_2$ avec K_1 et K_2 les constantes d'intégration à déterminer en exploitant les conditions initiales du problème.
Or à $t = 0$, $v_{0x} = K_1 = v_0\sin\alpha$ et $v_{0y} = K_2 = v_0\cos\alpha$, d'où $K_1 = v_0\sin\alpha$ et $K_2 = v_0\cos\alpha$.
Finalement, $\boldsymbol{v_x(t) = v_0\sin\alpha}$ et $\boldsymbol{v_y(t) = -gt + v_0\cos\alpha}$.
- Par nouvelle intégration, on en déduit les coordonnées du vecteur position :
$x(t) = v_0t\sin\alpha + K_3$ et $y(t) = -\dfrac{gt^2}{2} + v_0t\cos\alpha + K_4$ avec K_3 et K_4 les constantes d'intégration à déterminer en exploitant les conditions initiales du problème.
Or à $t = 0$, $x_G = K_3 = 0$ et $y_G = K_4 = H$. Finalement, on obtient :

> Équations horaires du mouvement d'un système dans un champ de pesanteur uniforme :
> $$\boldsymbol{x(t) = v_0t\sin\alpha \text{ et } y(t) = -\frac{gt^2}{2} + v_0t\cos\alpha + H}$$

3 Équation de la trajectoire

- En utilisant l'expression de $x(t)$, on peut en déduire une expression de t :

$$t = \frac{x(t)}{v_0\sin\alpha}$$

- On réinjecte cette expression dans la seconde équation horaire pour obtenir celle de la trajectoire :

$$y(x) = -\frac{g}{2}\left(\frac{x}{v_0\sin\alpha}\right)^2 + v_0\cos\alpha\frac{x}{v_0\sin\alpha} + H$$

Or la vitesse initiale v_0 est non nulle et on définit $\tan\alpha = \dfrac{\cos\alpha}{\sin\alpha}$, donc on obtient finalement :

> Équation de la trajectoire d'un système dans un champ de pesanteur uniforme :
> $$\boldsymbol{y(x) = -\frac{g}{2}\left(\frac{x}{v_0\sin\alpha}\right)^2 + x\tan\alpha + H}$$ (équation d'une **parabole**)

● La trajectoire appartient au plan (xOy) : le mouvement dans un champ uniforme est plan.

● Résoudre l'équation $y(x) = 0$ revient à connaître l'abscisse du point d'impact du projectile au sol.

Remarque
Tous les cas théoriques peuvent être traités en prenant des valeurs différentes pour α et v_0.

3 Mouvement dans un champ électrique

De quoi s'agit-il ? **Par analogie avec le mouvement dans un champ de pesanteur, on traite ici le mouvement d'un système chargé dans un champ électrique.**

1 Champ électrique créé par un condensateur plan

● Un condensateur est un ensemble de deux plaques parallèles chargées soumis à une tension ou différence de potentiels U.

● On s'intéresse à une particule pénétrant entre deux plaques parallèles et horizontales P_1 et P_2, dans une zone où règne un champ électrique $\vec{E}$ supposé uniforme et perpendiculaire aux deux plaques.
À l'instant $t = 0$, la particule de masse m et de charge q arrive en un point O avec une vitesse $\vec{v}_0$. La trajectoire de l'électron dans un repère (O, x, y) est donnée ci-contre.

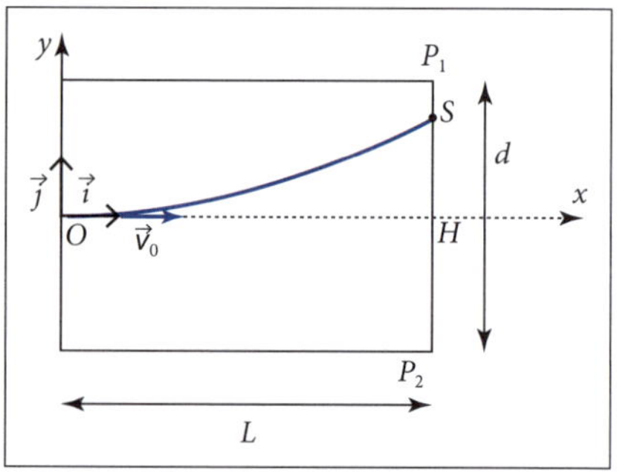

● La norme du champ électrique est $\boldsymbol{E} = \dfrac{\boldsymbol{U}}{\boldsymbol{d}}$ avec d la distance entre les plaques, et la force électrique subie par la particule est de norme $\boldsymbol{F} = |\boldsymbol{q}|\boldsymbol{E} = |q|\dfrac{U}{d}$.

2 Trajectoire d'un électron

● Pour simplifier, on considère par la suite le cas particulier d'un électron, soit $q = -\mathrm{e}$, et ainsi $F = \mathrm{e}E = \mathrm{e}\dfrac{U}{d}$.

● La seconde loi de Newton, pour l'électron de masse m constante, s'écrit :

$$\sum \vec{F}_{\text{ext}} = \vec{F} = -\mathrm{e}\vec{E} = \frac{\mathrm{d}\vec{p}}{\mathrm{d}t} = m\vec{a}$$

soit :

$$\vec{a} = \frac{-\mathrm{e}\vec{E}}{m}$$

Remarque
Le poids P de la particule est négligeable devant la valeur de la force électrique F.

● L'électron, particule de charge négative, est ici attiré par la plaque P_1 : on en déduit que cette dernière est chargée positivement. Le champ électrique est donc orienté de la plaque positive P_1 vers la plaque P_2, contrairement à la force exercée sur l'électron, verticale vers le haut.

● Par analogie avec un système soumis à un champ de pesanteur uniforme (voir p. 102) : $y(x) = -\dfrac{g}{2}\left(\dfrac{x}{v_0 \sin\alpha}\right)^2 + x\tan\alpha + H$, on établit l'équation de la trajectoire de l'électron dans le cas où $H = 0$, et en remplaçant $\vec{g}$ vertical vers le bas par $\frac{-e\vec{E}}{m}$ vertical vers le haut. Dans le cas présent, on prendra aussi une vitesse initiale horizontale, soit $\alpha = 0$.

- L'équation parabolique de la trajectoire de l'électron est, dans le cas qui est traité ici, $y(x) = \frac{eEx^2}{2mv_0^2}$ avec $y(L)$ la déviation du faisceau, c'est-à-dire la distance de sortie de la particule par rapport à son point d'entrée soit :

$$y(L) = \frac{eEL^2}{2mv_0^2}$$

3 Influence des paramètres

- L'expression de la norme du champ électrique est $E = \frac{U}{d}$. Le champ est d'autant plus important que la tension U entre les plaques est forte et que leur distance d est faible.
- Le sens du champ électrique dépend des charges des plaques : il est toujours orienté de la plaque positive vers la plaque négative.
- L'équation la plus générale de la trajectoire d'une particule de masse m et de charge q dans un champ $\vec{E}$ uniforme est :

$$y(x) = -\frac{qE}{2m}\left(\frac{x}{v_0 \sin\alpha}\right)^2 + x\tan\alpha + H$$

La trajectoire dépend donc d'un ensemble de grandeurs physiques : q, m, E, v_0, α et H.

4 Principe d'un accélérateur linéaire de particules chargées

- Dans les expériences de physique des particules par exemple, il est nécessaire de pouvoir **accélérer les particules chargées** pour leur donner une énergie cinétique importante avant une collision.
- Un accélérateur linéaire permet d'augmenter la vitesse des particules par un ensemble de modules d'accélération dans lesquels règne un champ électrique. L'accélération de la particule est alors, comme on vient de l'établir :

$$\vec{a} = \frac{q\vec{E}}{m}$$

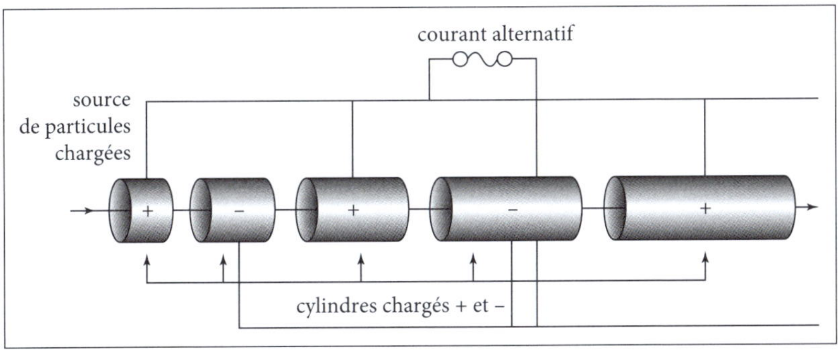

4 Aspects énergétiques

De quoi s'agit-il ? L'étude énergétique d'un système en mouvement consiste à évaluer son énergie cinétique, ses énergies potentielles et finalement son énergie mécanique au cours du temps.

1 Énergie cinétique et théorème de l'énergie cinétique

L'**énergie cinétique** d'un solide modélisé par un point matériel de masse m animé d'un mouvement à une vitesse $\vec{v}$ est :

$$E_c = \frac{1}{2}mv^2 \text{ avec } \begin{cases} m : \text{masse (en kg)}, \\ v : \text{norme du vecteur vitesse (en m} \cdot \text{s}^{-1}\text{)}. \end{cases}$$

- Comme toute énergie, l'énergie cinétique s'exprime en joules (J).
- On considère un système réduit à un point mobile M dans un référentiel galiléen.

Théorème de l'énergie cinétique :
La variation de l'énergie cinétique d'un système entre deux points A et B de sa trajectoire est égale au travail de la résultante des forces extérieures appliquées au système entre A et B.

$$E_c(B) - E_c(A) = \Delta E_c = W_{AB}\left(\sum \vec{F}_{ext}\right)$$

2 Conservation de l'énergie mécanique

Par définition, l'énergie **mécanique** E_m est la somme de l'énergie cinétique E_c et de l'énergie potentielle E_p :

$$E_m = E_c + E_p$$

- L'énergie mécanique représente l'énergie totale macroscopique du système.

La variation d'énergie mécanique au cours d'un mouvement de A vers B d'un point matériel M est égale au travail des forces dissipatives exercées sur M lors du déplacement AB :

$$\Delta E_m = E_m(B) - E_m(A) = W_d$$

- Si les forces sont uniquement conservatives, $\Delta E_m = 0$: **l'énergie mécanique est conservée**. Sa valeur est constante sur la totalité du déplacement du système.

3 Exploitation : cas du mouvement dans un champ uniforme

- Prenons le cas particulier d'une bille, de masse m constante, dans un champ de pesanteur. Elle remonte un plan incliné d'un angle θ avec l'horizontale.
- Le système étudié est la bille dans le référentiel terrestre supposé galiléen. On cherche à établir la relation entre la vitesse v du système et les paramètres du problème.

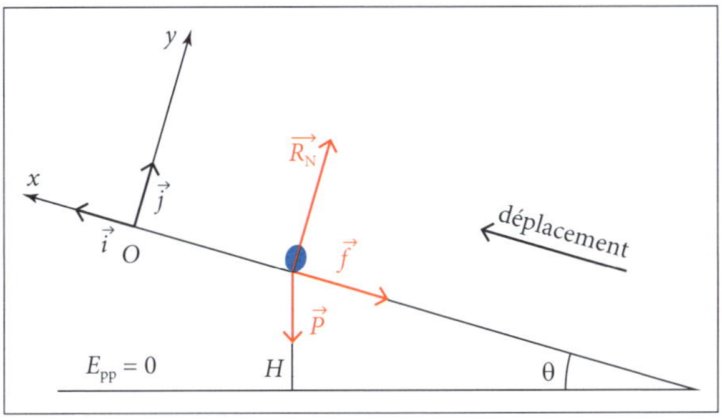

- Une méthode consiste à utiliser la 2e loi de Newton :
  - Les forces agissant sur la bille sont : le poids $\vec{P}$, la réaction normale $\vec{R}_N$ du support et les forces de frottement $\vec{f}$.
  - La seconde loi de Newton s'écrit : $\frac{d\vec{p}}{dt} = m\frac{d\vec{v}}{dt} = \vec{P} + \vec{R}_N + \vec{f}$ avec $\vec{P} = m\vec{g}$.
  - Dans le repère de la figure ci-dessus, par projection sur l'axe des abscisses :
$$m\frac{dv}{dt} = -mg\sin\theta - f\text{, d'où } m\frac{dv}{dt} + mg\sin\theta + f = 0.$$

Remarque
On vérifie ici que l'accélération est bien négative.

- Une autre méthode consiste à établir le bilan énergétique du système :
  - Les forces de frottement sont des forces dissipatives dont le travail élémentaire est : $dW_d = \vec{f} \cdot d\vec{x} = -f \cdot dx$, car les deux vecteurs sont colinéaires, mais opposés.
  - On a : $dE_m = d\left(\frac{1}{2}mv^2 + mgH\right) = d\left(\frac{1}{2}mv^2 + mgx\sin\theta\right) = mvdv + mg\sin\theta dx$ avec $dx = vdt$ donc $dE_m = mvdv + mg\sin\theta vdt$.
  - Par ailleurs, $dW_d = \vec{f} \cdot d\vec{x} = -fdx = -fvdt$.
    Finalement, on obtient : $dE_m = dW_d = mvdv + mg\sin\theta vdt = -fvdt$.
  - En dérivant par rapport au temps, on obtient : $mv\frac{dv}{dt} + mg\sin\theta v + fv = 0$, soit encore, v étant non nul, $m\frac{dv}{dt} + mg\sin\theta + f = 0$.

À retenir
Le travail d'une force de frottement est résistant.

Remarque
Un bilan énergétique permet d'établir la même équation que celle utilisant la seconde loi de Newton.

5 Mouvement dans un champ de gravitation

De quoi s'agit-il ? **On étudie ici le mouvement circulaire d'un système soumis à une force centrale de type gravitationnelle.**

1 Force gravitationnelle

- Considérons, par exemple, un satellite en orbite circulaire autour de la Terre. Dans le référentiel géocentrique, supposé galiléen, la Terre exerce sur le satellite une force gravitationnelle :

Astuce du prof
Si h est l'altitude du satellite par rapport à la surface de la Terre, alors on peut remplacer d par $R_T + h$ avec R_T le rayon terrestre.

$$\vec{F}_{T/S} = G\frac{M_T \cdot m}{d^2}\vec{n}$$ avec
- M_T : masse de la Terre ($M_T = 5{,}98 \times 10^{24}$ kg),
- m : masse du satellite (en kg),
- d : distance entre le satellite et le centre de la Terre (en m),
- G : constante gravitationnelle ($G = 6{,}67 \times 10^{-11}\ N \cdot m^2 \cdot kg^{-2}$),
- $\vec{n}$: vecteur unitaire normal de la base de Frenet.

- Un satellite géostationnaire se déplace de manière synchrone avec la Terre. Il semble toujours fixe pour un observateur immobile sur la croûte terrestre.
Un satellite géostationnaire est en orbite à une altitude $h = 36\,000$ km environ.

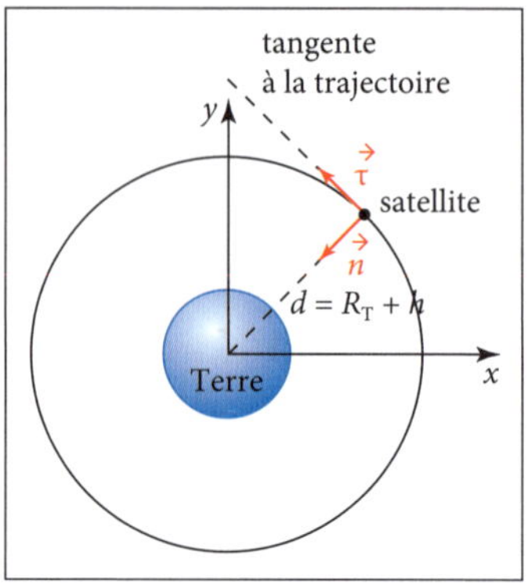

2 Mouvement circulaire uniforme

- Dans la base de Frenet $(\vec{\tau}, \vec{n})$, le vecteur accélération se décompose en $a_\tau = \dfrac{dv}{dt}$ et $a_n = \dfrac{v^2}{d}$ avec v la norme du vecteur vitesse du satellite.

- En appliquant la seconde loi de Newton au satellite de masse constante dans le référentiel géocentrique supposé galiléen, on a :

$$\frac{d\vec{p}_G}{dt} = m\vec{a} = \sum \vec{F}_{ext} = \vec{F}_{T/S} = G\frac{M_T \cdot m}{d^2}\vec{n}$$

On en déduit facilement, en décomposant le vecteur accélération, que :

$$a_\tau = \frac{dv}{dt} = 0 \quad \text{et} \quad a_n = \frac{v^2}{d} = G\frac{M_T}{d^2}$$

- $\dfrac{dv}{dt} = 0$ soit v = constante : **le mouvement d'un satellite est circulaire uniforme**.

- $\dfrac{v^2}{d} = G\dfrac{M_T}{d^2}$, soit $v = \sqrt{\dfrac{GM_T}{d}} = \sqrt{\dfrac{GM_T}{R_T + h}}$: **la vitesse d'un satellite ne dépend que de sa distance au centre de la Terre**, donc de son altitude h.

> Le vecteur vitesse est tangentiel à la trajectoire et tel que :
> $$\vec{v} = v\vec{\tau} \quad \text{avec } v = \sqrt{\frac{GM_T}{d}}, \text{ soit } v \text{ constante}$$
> Le vecteur accélération est normal à la trajectoire et tel que :
> $$\vec{a} = a\vec{n} \text{ avec } a = G\frac{M_T}{d^2}, \text{ soit } a \text{ constante}$$

Exercice résolu

Déterminer l'expression de la période de rotation T d'un satellite terrestre

ÉNONCÉ

Un satellite gravite autour de la Terre à une altitude h. Dans l'approximation des trajectoires circulaires, établir l'expression de sa période T de rotation.

CORRIGÉ

La trajectoire étant circulaire, le satellite parcourt en une période T un périmètre $2\pi d = 2\pi(R_T + h)$.

Sa vitesse de rotation est donc $v = \dfrac{2\pi(R_T + h)}{T}$.

À retenir

Cette loi est la 3e loi de Kepler : $\dfrac{T^2}{(R_T + h)^3}$ = constante.

●●●

De plus, dans le cas d'un satellite, la vitesse est constante et a pour expression déjà établie : $v = \sqrt{\frac{GM_T}{R_T + h}}$. Par identification, on a donc : $\frac{2\pi(R_T + h)}{T} = \sqrt{\frac{GM_T}{R_T + h}}$, soit $\frac{T^2}{(R_T + h)^3} = \frac{4\pi^2}{GM_T}$ ou encore $T = 2\pi\sqrt{\frac{(R_T + h)^3}{GM_T}}$.

6 Lois de Kepler

De quoi s'agit-il ? Les lois de Kepler régissent les mouvements circulaires des planètes, des satellites ou de tout système dans un champ de pesanteur.

1 Référentiel d'étude

Les lois de Kepler régissent les mouvements des planètes autour du Soleil. Le référentiel d'étude est alors un référentiel centré sur le centre du Soleil, dont les axes sont dirigés vers trois « étoiles fixes » : le **référentiel héliocentrique**.

2 Énoncé des trois lois de Kepler

Première loi :
La trajectoire du centre d'une planète est une ellipse dont le Soleil est l'un des foyers.

Remarque
Dans la plupart des exercices, on pourra cependant considérer la trajectoire d'une planète autour du Soleil comme circulaire et sa vitesse comme constante.

Deuxième loi ou **loi des aires** : Le mouvement du centre d'une planète est tel que le rayon planète-Soleil balaie des aires égales pendant des durées égales :

$$\text{si } \Delta t_1 = \Delta t_2 \text{ alors } \mathcal{A}_1 = \mathcal{A}_2$$

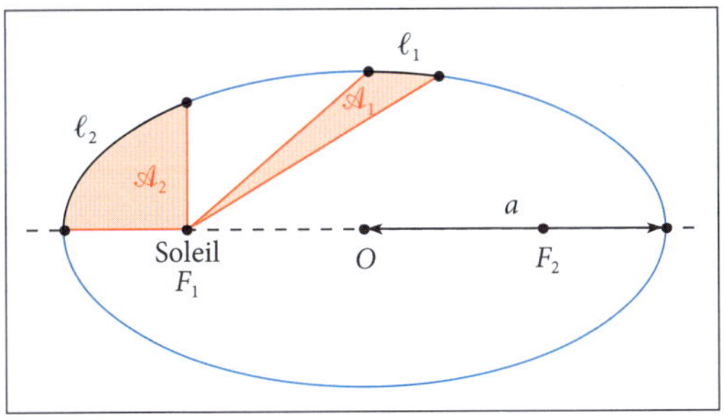

Remarque
On constate ici que pour $\Delta t_1 = \Delta t_2$, on a $\mathcal{A}_1 = \mathcal{A}_2$, mais $\ell_1 < \ell_2$. D'où :
$v_1 = \frac{\ell_1}{\Delta t_1} < \frac{\ell_2}{\Delta t_2} = v_2$,
la vitesse d'une planète est d'autant plus importante qu'elle est proche du Soleil.

Troisième loi :
Le carré de la période de révolution T du centre d'une planète est proportionnel au cube du demi-grand axe a de l'orbite elliptique :

$$\frac{T^2}{a^3} = K \text{ avec } K \text{ constante}$$

Remarque
La constante K est la même pour toutes les planètes du système solaire. Soit P et P' deux planètes de demi-grand axe a et a' et de période T et T'.
On a $\frac{T^2}{a^3} = \frac{T'^2}{a'^3} = K$.

Exercice résolu

Déterminer la période de révolution de Mars

ÉNONCÉ

On considère que Mars et la Terre tournent autour du Soleil sur une orbite circulaire de rayons respectifs R_M et R_T.

1. Exprimer la période de révolution de Mars T_M en fonction de celle de la Terre T_T.
2. En déduire la valeur numérique de T_M.

Données : $R_M = 1{,}52$ ua ; 1 ua = $149{,}6 \times 10^6$ km.

CORRIGÉ

1. La troisième loi de Kepler appliquée aux deux planètes s'écrit :

$$\frac{T_M^2}{R_M^3} = \frac{T_T^2}{R_T^3} = K$$

où K est une constante.

On en déduit que :

$$T_M = \sqrt{\frac{T_T^2}{R_T^3} R_M^3}$$

soit :

$$T_M = T_T \sqrt{\left(\frac{R_M}{R_T}\right)^3}$$

2. R_M est donné en unités astronomiques, c'est-à-dire en équivalent distance Terre-Soleil.

A. N. : $R_M = 1{,}52 \times 149{,}6 \times 10^9 = 2{,}27 \times 10^{11}$ m.

$R_T = 1$ ua par définition, donc $R_T = 149{,}6 \times 10^6$ km soit $R_T = 149{,}6 \times 10^9$ m.

La Terre a une période de révolution de 365,25 jours, donc $T_T = 365{,}25$ jours.

Finalement, on obtient :

$$T_M = 365{,}25 \times \sqrt{\left(\frac{2{,}27 \times 10^{11}}{149{,}6 \times 10^9}\right)^3}$$, soit $T_M = 683$ jours.

Rappel

L'unité astronomique est la distance moyenne Terre-Soleil.

Réflexe à avoir

Bien convertir les distances en mètres ! La période laissée en jours donnera un résultat final en jours.

Révision express

Les points importants à retenir

- Apprenez par cœur :

– les définitions du système mécanique, d'un référentiel, d'un repère d'espace et de la quantité de mouvement d'un mobile *M* ;

– l'énoncé du Principe d'inertie, de la deuxième loi de Newton, du théorème de l'énergie cinétique, des trois lois de Kepler.

- Retenez :

– que dans le cas d'un mobile *M* de masse constante, la deuxième loi de Newton fait apparaître le vecteur accélération de *M* ;

– que les équations horaires correspondent aux expressions temporelles des coordonnées du vecteur position ;

– que l'équation de la trajectoire est l'expression mathématique de l'ordonnée y du point mobile en fonction de son abscisse x, soit $y = f(x)$ et qu'elle est obtenue à partir des équations horaires en ayant pris soin d'éliminer le paramètre temps.

- Soyez capable :

– de déterminer les équations horaires du mouvement par double intégration du vecteur quantité de mouvement du système en prenant en compte les conditions initiales du mouvement et d'en déduire l'équation du mouvement ;

– de calculer une énergie mécanique d'un système conservatif et non conservatif ;

– d'utiliser la deuxième loi de Kepler et d'en démontrer la troisième.

Quiz

Cochez la (ou les) bonne(s) réponse(s) :

1. Le vecteur quantité de mouvement :

☐ **a.** est un vecteur colinéaire à la vitesse.

☐ **b.** dépend de la masse du système.

☐ **c.** s'exprime en $kg \cdot m \cdot s^{-1}$.

2. L'énergie mécanique :

☐ **a.** se conserve si les forces dissipatives comme les frottements ne travaillent pas.

☐ **b.** est la somme de l'énergie cinétique et de toutes les énergies potentielles.

☐ **c.** est telle que sa variation est égale à la somme des travaux des forces exercées sur le système.

3. Soit K la constante de la troisième loi de Kepler pour les planètes du système solaire. On a alors $T^2 = Kd^3$ avec d la distance Terre-Lune et T la période de rotation de la Lune autour de la Terre.

☐ **a.** Vrai ☐ **b.** Faux

→ Réponses p. 492

EXERCICE 1

Déterminer les vecteurs $\overrightarrow{OM}$, $\vec{v}$ et $\vec{a}$

Énoncé

On étudie le mouvement d'un projectile, dans un champ de pesanteur uniforme, lancé d'une hauteur H avec une vitesse initiale $\vec{v}_0$ faisant un angle α avec l'horizontale. Déterminer les expressions des vecteurs accélération, vitesse et position dans le référentiel terrestre galiléen.

Méthode

1 On applique la seconde loi de Newton dans un référentiel galiléen muni d'un repère $(O, \vec{i}, \vec{j}, \vec{k})$ afin d'obtenir l'expression du vecteur accélération.

2 $\vec{a} = \dfrac{d\vec{v}}{dt}$, donc le vecteur vitesse est une primitive du vecteur accélération. On obtient chaque composante séparément en cherchant la primitive de la composante correspondante du vecteur accélération. On détermine ensuite les constantes d'intégration en fonction des conditions du problème.

3 On applique la même méthode pour obtenir le vecteur position $\overrightarrow{OM}$ tel que $\vec{v} = \dfrac{d\overrightarrow{OM}}{dt}$. Les constantes d'intégration sont fonctions des conditions du problème.

Corrigé

1. Le projectile n'est soumis qu'à son poids en négligeant les frottements de l'air.
Dans ce cas, la seconde loi de Newton s'écrit :

$$m\vec{g} = \frac{d\vec{p}}{dt} = m\frac{d\vec{v}}{dt} = m\vec{a}$$

car la masse du projectile est constante.
On en déduit le vecteur accélération :

$$\vec{a} = \vec{g} = -g\vec{k}$$

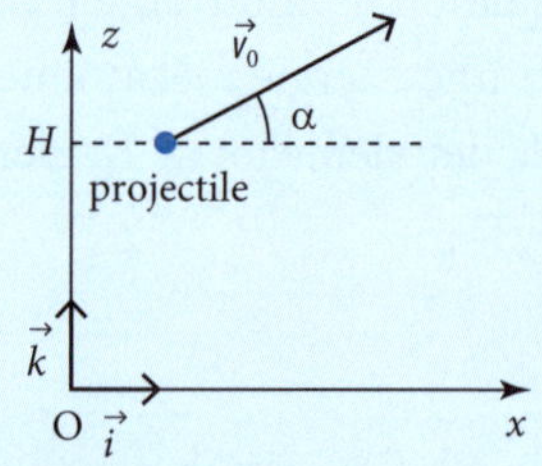

2. $\vec{a} = \dfrac{d\vec{v}}{dt}$, soit par intégration $\vec{v} = -gt\vec{k} + \vec{v}_0$ soit encore, en explicitant les composants du vecteur $\vec{v}_0$, $\vec{v} = v_0\cos\alpha\vec{i} + (-gt + v_0\sin\alpha)\vec{k}$ car $\vec{v}_0 = v_0\cos\alpha\vec{i} + v_0\sin\alpha\vec{k}$.

3. Le vecteur position s'obtient par intégration du vecteur vitesse :

$$\overrightarrow{OM} = v_0\cos\alpha \cdot t\vec{i} + \left(-\frac{1}{2}gt^2 + v_0\sin\alpha \cdot t\right)\vec{k} + \overrightarrow{OM}_0$$

Réflexe à avoir
Bien penser à ajouter $\vec{v}_0$, la vitesse initiale, et $\overrightarrow{OM}_0$, la position initiale.

Avec $\overrightarrow{OM}_0 = H\vec{k}$, on a :

$$\overrightarrow{OM} = v_0\cos\alpha \cdot t\vec{i} + \left(-\frac{1}{2}gt^2 + v_0\sin\alpha \cdot t + H\right)\vec{k}$$

EXERCICE 2

Déterminer la vitesse constante d'un satellite

Énoncé

La Lune est un satellite de la Terre. En supposant son orbite circulaire, montrer que son mouvement est uniforme, et calculer sa vitesse de rotation dans le référentiel géocentrique supposé galiléen.

Données : $G = 6{,}67 \times 10^{-11}\ \text{N}\cdot\text{m}^2\cdot\text{kg}^{-2}$; $M_T = 5{,}98 \times 10^{24}$ kg ; $d = 3{,}84 \times 10^5$ km.

Méthode

1 La Lune est soumise à la force gravitationnelle exercée par la Terre. En considérant cette force comme l'unique force exercée sur la Lune, appliquer la seconde loi de Newton et en déduire l'expression du vecteur accélération.

2 Dans la base de Frenet, montrer que l'accélération tangentielle est nulle et en déduire que v = constante.

3 Identifier l'accélération exprimée en **1.** à l'accélération radiale et en déduire l'expression de la valeur v de la vitesse de la Lune. Faire l'application numérique.

Corrigé

1. La Lune est soumise à la force gravitationnelle exercée par la Terre. Dans le repère de Frenet attaché à la Lune, on a $\vec{F}_{\text{Terre/Lune}} = G\dfrac{M_T \cdot M_L}{d^2}\vec{n}$, avec d la distance du centre de la Terre au centre de la Lune. La seconde loi de Newton permet d'écrire :

$$\frac{d\vec{p}}{dt} = M_L\vec{a} = \vec{F}_{\text{Terre/Lune}} = G\frac{M_T \cdot M_L}{d^2}\vec{n}$$

soit :

$$\vec{a} = G\frac{M_T}{d^2}\vec{n}$$

2. De manière générale, les composantes tangentielle et normale du vecteur accélération dans la base de Frenet sont : $a_\tau = \dfrac{dv}{dt}$ et $a_n = \dfrac{v^2}{d}$.

À la question précédente, on a montré que le vecteur accélération n'a pas de composante tangentielle, car $\vec{a}$ est suivant $\vec{n}$.

On en déduit que $a_\tau = \dfrac{dv}{dt} = 0$, soit v = constante : le mouvement de la Lune dans le référentiel géocentrique est circulaire uniforme.

3. Par identification, on a :

$$a_n = \frac{v^2}{d} = G\frac{M_T}{d^2}$$

soit :

$$v = \sqrt{G\frac{M_T}{d}}$$

> **Réflexe à avoir**
> Bien penser à mettre les distances en mètres et non en kilomètres dans l'application numérique.

A. N. : $v = \sqrt{6{,}67 \times 10^{-11} \times \dfrac{5{,}98 \times 10^{24}}{3{,}84 \times 10^{8}}} = 1{,}02 \times 10^3\ \text{m}\cdot\text{s}^{-1} = 1{,}02\ \text{km}\cdot\text{s}^{-1}$.

Chapitre 12 Modéliser l'écoulement d'un fluide

1 Poussée d'Archimède

De quoi s'agit-il ? À partir d'un bilan des forces pressantes appliquées à un système, on établit le théorème d'Archimède et on explicite ainsi la poussée d'Archimède qui s'exerce sur un fluide.

1 Origine de la poussée d'Archimède

Remarque
Parmi les fluides, on distingue souvent les liquides des gaz par leur compressibilité. Un liquide est un fluide considéré comme incompressible, c'est-à-dire à masse volumique constante.

- Un **fluide** est un **milieu continu** : il est formé d'un grand nombre de molécules libres les unes par rapport aux autres et de très faible taille devant la dimension du fluide observé. Un fluide est ainsi un **milieu déformable** et sans rigidité.
- Afin d'expliquer l'origine de la poussée d'Archimède, considérons, pour simplifier, un parallélépipède solide de volume V totalement immergé dans un fluide de masse volumique ρ. On s'intéresse aux forces pressantes $\vec{F_1}$ et $\vec{F_2}$ exercées par le fluide sur le solide, ces forces étant de même direction.
- La loi fondamentale de la statique des fluides est telle que la différence de pression $P_2 - P_1$ entre les points M_1 et M_2 est :

$$P_2 - P_1 = \rho g(z_1 - z_2)$$

la variation de pression ne dépendant que de z.

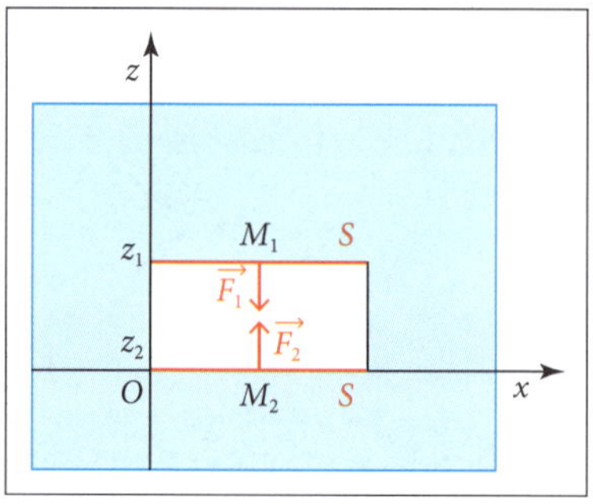

- Or, en considérant la surface S du solide parallélépipédique dans le plan (xOy), on peut expliciter la différence des valeurs des forces pressantes s'exerçant en M_1 et M_2 :

$$F_2 - F_1 = (P_2 - P_1)S = \rho g(z_1 - z_2)S = \rho gV$$

soit : $$\boldsymbol{F_2 - F_1 = mg}$$

avec m la masse de fluide qui pourrait être contenu dans le volume V.

2 Théorème d'Archimède

Le cas précédent est un cas particulier très simple qui peut être généralisé :

- $F_2 - F_1$ correspond à la norme de la somme des forces $\vec{F_1}$ et $\vec{F_2}$;
- mg correspond à la norme du poids du fluide qui pourrait occuper la place du solide, appelé encore poids du fluide déplacé ;
- vectoriellement, la relation établie précédemment peut s'écrire : $\sum \vec{F} = -m\vec{g}$, le signe « – » étant dû au fait que la résultante des forces pressantes exercées sur le solide $\sum \vec{F}$ est verticale vers le haut, alors que $\vec{P} = m\vec{g}$, le poids du liquide déplacé, est vertical vers le bas.

Théorème d'Archimède : La résultante des forces de pression exercées sur un solide totalement immergé dans un fluide est opposée au poids du fluide déplacé.

3 Expression vectorielle de la poussée d'Archimède

- On appelle **poussée d'Archimède**, que l'on note $\vec{\Pi}$ ou $\vec{P}_A$, la résultante des forces de pression exercées sur un système solide immergé dans un fluide. Comme toutes les forces, la poussée d'Archimède s'exprime en newtons (N).

- Les caractéristiques de la poussée d'Archimède sont les suivantes :
  - point d'application : centre d'inertie du système si le fluide est homogène et le solide totalement immergé ;
  - direction et sens : verticale du lieu et vers le haut ;
  - norme : égale au poids du fluide déplacé, soit $\Pi = mg = \rho V g$ avec m la masse du fluide déplacé (en kg), ρ sa masse volumique (en $kg \cdot m^{-3}$), V le volume du système (en m^3) et g l'intensité de pesanteur (en $N \cdot kg^{-1}$).

Exercice résolu

Représenter la poussée d'Archimède

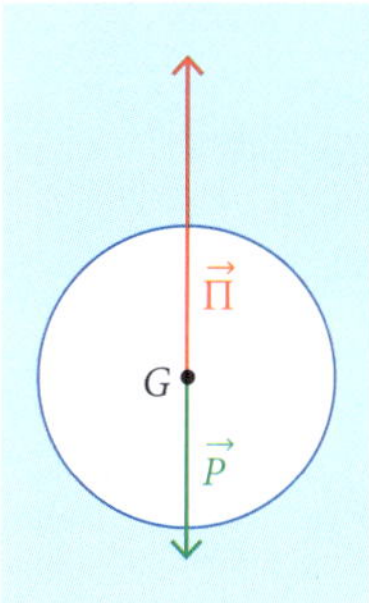

ÉNONCÉ

Un solide de 1,0 L et de masse $m = 500$ g est immergé dans de l'eau. Représenter les forces s'exerçant sur lui.

CORRIGÉ

Le poids du solide est $P = mg = 0{,}500 \times 9{,}8 = 4{,}9$ N, et la poussée d'Archimède s'exerçant sur lui est

$$\Pi = \rho V g = 1{,}0 \times 1{,}0 \times 9{,}8 = 9{,}8 \text{ N}$$

Piège à éviter

La masse volumique de l'eau est de $1{,}0 \; kg \cdot L^{-1}$, le volume étant exprimé en litres.

2 Écoulement d'un fluide en régime permanent

De quoi s'agit-il ? On étudie ici l'écoulement d'un fluide en déterminant son débit volumique.

1 Fluide incompressible en régime permanent

- Un fluide incompressible est un fluide dont la masse volumique ρ est constante, c'est-à-dire indépendante de la pression P et de la température T.

- Un liquide peut, avec une bonne approximation, être considéré comme un fluide incompressible. En revanche, un gaz a son volume et donc sa masse volumique qui dépend de la pression. Par conséquent, on ne pourra considérer qu'un gaz est un fluide incompressible que lorsque les variations relatives de pression sont assez faibles et donc que ρ est constante.

- On appelle régime permanent, un régime dont les grandeurs physiques caractéristiques sont indépendantes du temps.

2 Débit volumique d'un fluide incompressible

- Le débit volumique d'un fluide, noté D, est le volume de fluide traversant une section de tuyau de surface S par unité de temps.

En régime permanent, le débit volumique D (en $m^3 \cdot s^{-1}$) d'un fluide est :

$$D = \frac{V}{\Delta t}$$

avec V (en m^3) le volume du fluide traversant la section S pendant la durée Δt (en s).

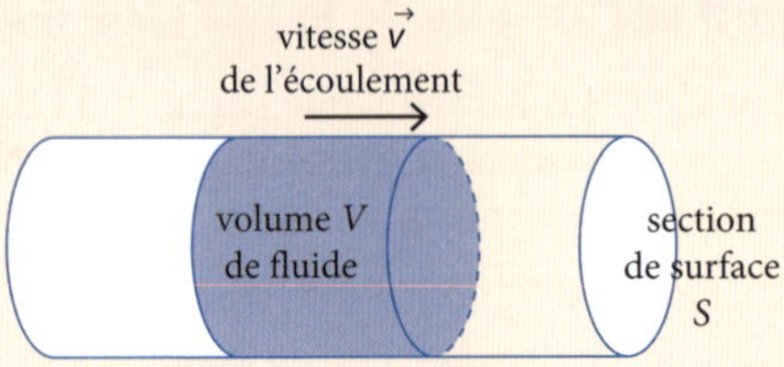

• Or $V = SL$ avec L la longueur parcourue à la vitesse v pendant la durée Δt. On en déduit alors que $L = v\Delta t$ et $V = Sv\Delta t$.

On peut alors obtenir une seconde expression pour le débit volumique d'un fluide en régime permanent :

$$\boldsymbol{D = Sv} \text{ avec } \begin{cases} S : \text{surface de la section de tuyau (en m}^2\text{)}, \\ v : \text{vitesse constante de l'écoulement (en m}\cdot\text{s}^{-1}\text{)}. \end{cases}$$

3 Conservation du débit volumique

• Le fluide étant incompressible, le volume de fluide entrant pendant une durée donnée est égal au volume sortant pendant la même durée. Il y a ainsi **conservation du débit volumique d'un fluide incompressible**.

• Soit un tuyau de section d'entrée de surface S_A et de section de sortie de surface S_B, les vitesses du fluide étant respectivement $\vec{v}_A$ et $\vec{v}_B$.

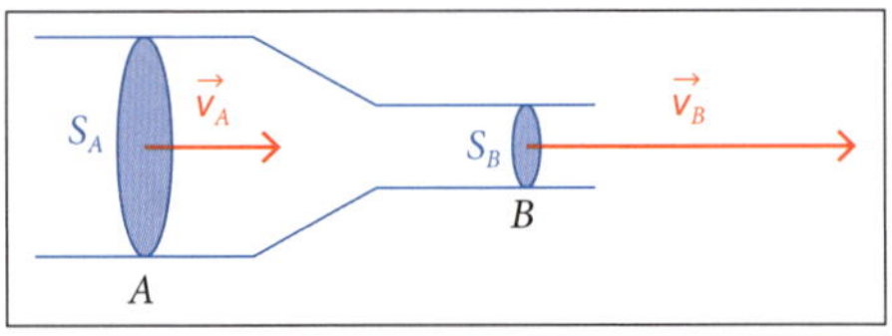

La conservation du débit volumique du fluide supposé incompressible est alors telle que : $\boldsymbol{S_A v_A = S_B v_B}$

• Connaissant les valeurs des surfaces en A et B et l'une des deux vitesses d'écoulement, par exemple v_A, on peut en déduire la vitesse v_B en B.

Exercice résolu

Déterminer la vitesse d'un écoulement

ÉNONCÉ

Une cuisine est alimentée avec un réseau d'arrivée d'eau de tuyau cylindrique de 16 mm² de diamètre. L'évier possède en revanche un robinet de diamètre 18 mm². Sachant que la vitesse d'écoulement dans le réseau d'alimentation est de 1,4 m·s⁻¹, en déduire la vitesse d'écoulement à la sortie du robinet.

CORRIGÉ

L'eau étant un fluide supposé incompressible, on peut supposer la conservation du débit volumique :

$$S_{\text{tuyau}} v_{\text{tuyau}} = S_{\text{robinet}} v_{\text{robinet}} = \pi R^2_{\text{tuyau}} v_{\text{tuyau}} = \pi R^2_{\text{robinet}} v_{\text{robinet}}$$

On en déduit que $R^2_{\text{tuyau}} v_{\text{tuyau}} = R^2_{\text{robinet}} v_{\text{robinet}}$ et que $v_{\text{robinet}} = \dfrac{R^2_{\text{tuyau}} v_{\text{tuyau}}}{R^2_{\text{robinet}}}$.

A. N. : $v_{\text{robinet}} = \dfrac{(16 \times 10^{-6})^2}{(18 \times 10^{-6})^2} \times 1{,}4 = 1{,}1 \text{ m}\cdot\text{s}^{-1}$.

Gagnez des points !

Bien vérifier que plus la section est grande, et plus l'écoulement est lent.

3 Relation de Bernoulli

De quoi s'agit-il ? **La conservation de l'énergie sur une ligne de courant se traduit par la relation de Bernoulli.**

1 Conservation de l'énergie sur une ligne de courant

- On considère un fluide incompressible en régime stationnaire. On s'intéresse à un volume V de fluide de masse volumique ρ constante entre deux points de l'écoulement. La figure ci-dessous récapitule les notations utilisées et déjà vues précédemment.

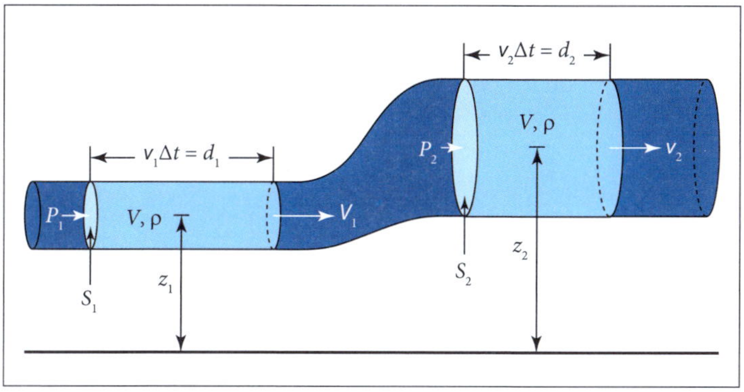

- On appelle ligne de courant, une ligne tangente au vecteur vitesse.
- Dans le cas qui nous intéresse, le système étant fermé entre les deux sections de surface S_1 et S_2, l'énergie totale E du fluide se conserve. Cette dernière est la somme de trois types d'énergie :
  - le travail des forces pressantes W le long du déplacement $d = v\Delta t$;
  - l'énergie potentielle de pesanteur : $E_{pp} = mgz$ en prenant la référence des énergies au sol par exemple et m la masse de fluide du cylindre de volume V ;
  - l'énergie cinétique : $E_c = \frac{1}{2}mv^2$ avec v la vitesse du fluide.
- On peut écrire le travail des forces pressantes $W = Fd$ avec F la force pressante exercée sur la surface S de fluide, ou encore $F = PS$ avec P la pression exercée sur cette surface S. On en déduit alors :

$$W = PS\,v\Delta t = PV$$

avec V le volume de fluide considéré.
En introduisant la masse volumique constante ρ du fluide, on a finalement :

$$W = P \times \frac{m}{\rho}$$

- Le bilan énergétique entre les deux points considérés de l'écoulement s'écrit alors :

$$E_1 = W_1 + E_{pp1} + E_{c1} = W_2 + E_{pp2} + E_{c2} = E_2$$

$$P_1\frac{m}{\rho} + mgz_1 + \frac{1}{2}mv_1^2 = P_2\frac{m}{\rho} + mgz_2 + \frac{1}{2}mv_2^2$$

soit en divisant par la masse, non nulle, de la portion de fluide et en multipliant membre à membre par la masse volumique constante ρ :

$$P_1 + \rho g z_1 + \frac{1}{2}\rho v_1^2 = P_2 + \rho g z_2 + \frac{1}{2}\rho v_2^2$$

2 Relation de Bernoulli pour un fluide incompressible

Relation de Bernoulli :
Pour un fluide incompressible en régime permanent, l'énergie se conserve sur une ligne de courant :

$$\boldsymbol{P + \rho g z + \frac{1}{2}\rho v^2 = \text{constante}} \text{ avec } \begin{cases} P : \text{pression (en Pa)}, \\ \rho : \text{masse volumique du fluide (en kg} \cdot \text{m}^{-3}), \\ z : \text{altitude (en m)}, \\ v : \text{vitesse (en m} \cdot \text{s}^{-1}), \\ g : \text{intensité de pesanteur (en N} \cdot \text{m}^{-1}). \end{cases}$$

- Le terme $P + \rho g z$, souvent noté P^*, est appelé **pression statique**.
- Le terme $\frac{1}{2}\rho v^2$ est dû au mouvement du fluide, c'est la **pression dynamique**.

Exercice résolu

Vérifier l'homogénéité

ÉNONCÉ

Montrer que chaque terme de la relation de Bernoulli pour un fluide incompressible en écoulement permanent $P + \rho g z + \frac{1}{2}\rho v^2 = \text{constante}$ est homogène à une pression.

CORRIGÉ

Le membre de gauche de la relation de Bernoulli comporte trois termes :
- P qui est une pression, homogène à une force/S, soit $[P] = \text{MLT}^{-2} \times \text{L}^{-2} = \text{ML}^{-1}\text{T}^{-2}$;
- $\rho g z$ tel que $[\rho g z] = \text{ML}^{-3} \times \text{LT}^{-2} \times \text{L} = \text{ML}^{-1}\text{T}^{-2}$;
- $\frac{1}{2}\rho v^2$ tel que $\left[\frac{1}{2}\rho v^2\right] = [\rho v^2] = \text{ML}^{-3} \times (\text{LT}^{-1})^2 = \text{ML}^{-1}\text{T}^{-2}$.

Les trois membres de gauche sont bien homogènes à $\text{ML}^{-1}\text{T}^{-2}$, dimension de P.

À retenir
Une force est homogène à une masse × accélération, donc $[F] = \text{MLT}^{-2}$ et g est homogène à une accélération.

4 Effet Venturi

De quoi s'agit-il ? La conservation du débit volumique et l'application de la relation de Bernoulli permettent de démontrer l'effet Venturi.

1 Conservation du débit volumique et relation de Bernoulli

- Considérons une conduite avec un rétrécissement au point B :

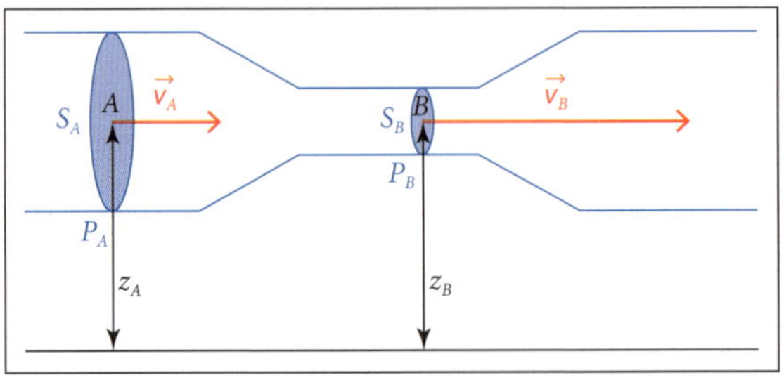

Les points A et B sont situés à la même hauteur de référence. On notera S_A et S_B les surfaces des sections de conduite en A et B. Soit P_A et P_B les pressions et v_A et v_B les vitesses d'écoulement en A et B.

- En régime permanent, le fluide étant incompressible, on peut écrire la **conservation du débit volumique** entre les points A et B : $D = S_A v_A = S_B v_B$, relation que l'on peut aussi écrire sous la forme $\frac{S_A}{S_B} = \frac{v_B}{v_A}$.

Or la surface S_A de la section en A est supérieure à S_B en B, soit $\frac{S_A}{S_B} = \frac{v_B}{v_A} > 1$. On en déduit alors que $\frac{v_B}{v_A} > 1$: $v_B > v_A$ la vitesse de l'écoulement augmente lorsque le fluide s'écoule du point A vers le B. On en conclut qu'un **rétrécissement dans une conduite provoque une augmentation de la vitesse**. Inversement, un élargissement entraîne une diminution de la vitesse du fluide.

- En appliquant la **relation de Bernoulli** entre les points A et B, au fluide incompressible de masse volumique ρ dans un écoulement permanent, on a :

$$P_A + \rho g z_A + \frac{1}{2}\rho v_A^2 = P_B + \rho g z_B + \frac{1}{2}\rho v_B^2$$

Dans le cas présent, la conduite étant horizontale et $z_A = z_B$, la relation de Bernoulli devient : $P_A + \frac{1}{2}\rho v_A^2 = P_B + \frac{1}{2}\rho v_B^2$, soit $P_A - P_B = \frac{1}{2}\rho(v_B^2 - v_A^2)$.

Or les vitesses en A et B sont telles que $v_B > v_A$ d'où $v_B^2 > v_A^2$, et ainsi $v_B^2 - v_A^2 > 0$.

On en déduit alors que $P_A - P_B = \frac{1}{2}\rho(v_B^2 - v_A^2) > 0$ et $P_A > P_B$.

On en conclut qu'**un rétrécissement dans une conduite provoque une diminution de la pression**. Inversement, un élargissement permet une augmentation de la pression du fluide.

2 Effet Venturi et applications

L'effet Venturi : un rétrécissement dans une conduite provoque une dépression locale avec une accélération de l'écoulement du fluide. Inversement, un élargissement crée une surpression avec ralentissement de l'écoulement.

- Les applications de l'effet Venturi sont nombreuses. Elles permettent soit l'accélération de l'écoulement du fluide, soit une variation locale de pression.

- Un goulot d'étranglement à la sortie des gaz d'échappement des tuyères des moteurs à réaction permet, par effet Venturi, d'accélérer les gaz de sortie et par là même, d'augmenter la poussée.

- Un étranglement dans un écoulement permet aussi par effet Venturi de créer une dépression et donc une aspiration du fluide. Ce phénomène est utilisé par exemple :
  - dans une pompe à vide de laboratoire de chimie branchée sur robinet ;
  - dans un mélangeur comme celui des lances à mousse des sapeurs-pompiers (un des deux liquides est en dépression afin d'aspirer l'autre liquide pour effectuer efficacement le mélange) ;
  - dans le carburateur d'un moteur ;
  - dans un appareil pour mesurer le débit volumique par aspiration.

➔ Révision express

Les points importants à retenir

- Apprenez par cœur :
– les définitions d'un fluide incompressible en régime permanent et du débit volumique ;
– l'énoncé du théorème d'Archimède et de la relation de Bernoulli ;
– la relation traduisant la conservation du débit volumique en fonction des vitesses de l'écoulement et de la surface des sections de tuyau.

- Retenez :
– que la relation de Bernoulli est la traduction de la conservation de l'énergie sur une ligne de courant pour un fluide incompressible en régime permanent ;
– quelques applications de l'effet Venturi.

- Soyez capable :
– de représenter le vecteur force de la poussée d'Archimède et d'en calculer la norme ;
– d'expliquer l'effet Venturi.

Quiz

Cochez la (ou les) bonne(s) réponse(s) :

1. La relation de Bernoulli :

☐ **a.** traduit la conservation de l'énergie le long d'une ligne de courant pour un fluide incompressible en régime permanent.

☐ **b.** tient compte du travail des forces pressantes.

☐ **c.** dépend de la nature du fluide.

2. L'effet Venturi :

☐ **a.** tient compte de la conservation du débit volumique et de la relation de Bernoulli.

☐ **b.** montre qu'un rétrécissement dans une conduite provoque des modifications de l'écoulement en termes de pression et de vitesse.

☐ **c.** permet d'augmenter la pression par rétrécissement.

3. La poussée d'Archimède :

☐ **a.** est égale au vecteur poids.

☐ **b.** est une force dont la norme s'exprime en newtons.

☐ **c.** est toujours verticale vers le haut.

4. La poussée d'Archimède est une force égale au vecteur poids de fluide déplacé par le système d'étude.

☐ **a.** Vrai ☐ **b.** Faux

5. Pour un fluide incompressible, la valeur de la poussée d'Archimède est proportionnelle au volume du système.

☐ **a.** Vrai ☐ **b.** Faux

➔ Réponses p. 492

EXERCICE 1

Déterminer la valeur de la poussée d'Archimède

Énoncé

On considère une balle de ping-pong de rayon $r = 1{,}9$ cm et de masse $m = 2{,}3$ g. Calculer la valeur de la poussée d'Archimède qui s'exerce sur elle et conclure.

Données : masse volumique de l'air $\rho_{air} = 1{,}3\ g \cdot L^{-1}$; $g = 9{,}8\ N \cdot kg^{-1}$.

Méthode

1 Calculer le volume V de la balle, considérée comme une sphère de rayon r, soit :

$$V = \frac{4}{3}\pi r^3$$

2 Calculer la valeur de la poussée d'Archimède égale au poids de l'air déplacé :

$$\Pi = \rho_{air} V g$$

3 Calculer le poids de la balle $P = mg$.

4 Calculer le rapport entre le poids de la balle et la poussée d'Archimède. La poussée d'Archimède est négligeable par rapport au poids lorsque le rapport est supérieur à 100.

Corrigé

1. Le volume de la balle est :

$V = \frac{4}{3}\pi r^3 = \frac{4}{3}\pi(1{,}9 \times 10^{-2})^3 = 2{,}9 \times 10^{-5}\ m^3$.

2. La masse volumique de l'air est :

$\rho_{air} = 1{,}3\ g \cdot L^{-1} = 1{,}3\ kg \cdot m^{-3}$.

La valeur de la poussée d'Archimède est égale au poids de l'air déplacé par la balle de ping-pong, soit $\Pi = m_{air}g$ d'où $\Pi = \rho_{air}V_{air}g$. Or le volume d'air déplacé correspond au volume V de la balle de ping-pong :

$$\Pi = \rho_{air}Vg$$

On en déduit :

$\Pi = 1{,}3 \times 2{,}9 \times 10^{-5} \times 9{,}8 = 3{,}7 \times 10^{-4}$ N.

Réflexe à avoir
Faire l'application numérique de la poussée d'Archimède avec des unités compatibles : ρ en $kg \cdot m^{-3}$ et V en m^3, ou ρ en $kg \cdot L^{-1}$ et V en L par exemple.

3. Le poids de la balle de ping-pong est :

$P = mg = 2{,}3 \times 10^{-3} \times 9{,}8 = 2{,}3 \times 10^{-2}$ N.

4. Le rapport R s'écrit :

$$R = \frac{P}{\Pi} = \frac{2{,}3 \times 10^{-2}}{3{,}7 \times 10^{-4}} = 62.$$

On peut en conclure que le poids est très supérieur à la poussée d'Archimède. Cette dernière est ainsi quasiment négligeable devant le poids. Si R était supérieur à 100, la poussée serait de deux ordres de grandeur inférieure au poids, et on pourrait alors parfaitement la négliger.

EXERCICE 2

Déterminer la pression en un point d'un écoulement

Énoncé

On considère une conduite dans laquelle s'écoule de l'eau, fluide incompressible. Le régime d'écoulement est permanent, et le schéma p. 112 précise les différentes grandeurs et montre un étranglement en B de la conduite.

Déterminer la pression du fluide au niveau de l'étranglement.

Données : $S_A = 1,2\ \text{m}^2$; $S_B = 0,40\ \text{m}^2$; $P_A = 4,0$ bar ; $v_A = 1,5\ \text{m} \cdot \text{s}^{-1}$.

Méthode

1. Écrire la conservation du débit volumique entre les points A et B.
2. En déduire une expression de la vitesse de l'écoulement au point B.
3. Écrire la relation de Bernoulli entre les points A et B.
4. En déduire l'expression de la pression en B.
5. Faire l'application numérique.

Corrigé

1. Entre les points A et B, la conservation du débit volumique est :

$$D = S_A v_A = S_B v_B$$

pour l'eau, sur la ligne de courant (AB).

2. On en déduit que la vitesse de l'écoulement en B est :

$$v_B = \frac{S_A}{S_B} \times v_A$$

3. La relation de Bernoulli est alors :

$$P_A + \rho g z_A + \frac{1}{2}\rho v_A^2 = P_B + \rho g z_B + \frac{1}{2}\rho v_B^2$$

Or les points A et B sont tels que $z_A = z_B$, d'où :

$$P_A + \frac{1}{2}\rho v_A^2 = P_B + \frac{1}{2}\rho v_B^2$$

Piège à éviter
En **5.**, faire l'application numérique avec une pression en Pa et une masse volumique en $\text{kg} \cdot \text{m}^{-3}$.

4. On a ainsi :

$$P_B = P_A + \frac{1}{2}\rho(v_A^2 - v_B^2) = P_A + \frac{1}{2}\rho v_A^2\left(1 - \left(\frac{S_A}{S_B}\right)^2\right)$$

5. A. N. : $P_B = 4,0 \times 10^5 + \frac{1}{2} \times 1,0 \times 10^3 \times 1,5^2 \times \left(1 - \left(\frac{1,2}{0,40}\right)^2\right) = 3,9 \times 10^5$ Pa ou 3,9 bar.

Chapitre 13

Décrire un système thermodynamique : exemple du gaz parfait

PHYS.-CHIMIE

1 Modèle du gaz parfait (GP)

De quoi s'agit-il ? **Le modèle du gaz parfait est le modèle le plus simple possible d'un gaz irréel dont les particules sont ponctuelles et sans interaction entre elles.**

1 Gaz réel et gaz parfait

- Un gaz est un état de la matière. La masse volumique d'un gaz correspond à la masse de l'ensemble des particules qui le constituent par unité de volume. Elle est très faible en comparaison de celle de l'état solide ou liquide, et dépend des conditions de pression et de température.

Exemple

La masse volumique de l'air est de l'ordre de 1,2 $kg \cdot m^{-3}$ à 20 °C et 1 bar.

- Les molécules – ou atomes pour les gaz rares – qui constituent un gaz sont : déformables ; faiblement dépendantes les unes des autres ; situées à de grandes distances de leurs voisines au regard de leurs propres dimensions ; en perpétuelle agitation les unes par rapport aux autres dans un mouvement désordonné et sujettes à des collisions non élastiques entre elles ou avec les autres entités constituant les parois du volume qui les contient.

- L'étude d'un gaz réel est complexe. Pour la simplifier et comprendre dans une bonne approximation le comportement d'un gaz réel, on définit un modèle de gaz parfait ou gaz idéal.
Dans ce modèle, les molécules du gaz :
– sont des sphères **rigides** et **indépendantes** les unes des autres ;
– occupent un volume important au regard de leurs propres dimensions et sont donc relativement **éloignées** les unes des autres ;
– subissent des **chocs élastiques** lors de leur déplacement désordonné.

Remarque
Le libre parcours moyen est différent de la distance moyenne *d* entre les particules du gaz à un instant *t* quelconque.

2 Marche au hasard

- Une particule de gaz parfait est animée d'un mouvement désordonné : les trajectoires sont des portions de lignes droites dont les directions changent au moment des collisions élastiques. Les vitesses des particules du gaz sont quelconques.

- Le mouvement d'une particule est appelé « marche au hasard ».

La distance moyenne parcourue par une particule de gaz entre deux collisions est appelée **libre parcours moyen**. On le note ℓ et il s'exprime en mètres (m).

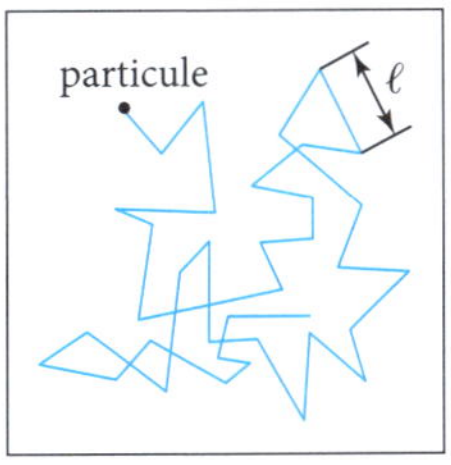

3 Agitation thermique et température, collisions et pression

Remarque
La température absolue se mesure en kelvins (K) et 0 K correspond à l'immobilité de toutes les molécules de gaz.

- Le mouvement des particules d'un gaz parfait pourrait être décrit microscopiquement par l'ensemble des positions et des vitesses des particules. Cependant, le traitement de cet ensemble de données est gigantesque !

● On définit alors une vitesse moyenne des particules de gaz et ainsi une énergie cinétique moyenne. En thermodynamique, on associe à cette grandeur microscopique la grandeur macroscopique qu'est la température absolue T du gaz : **la température d'un gaz est d'autant plus importante que son énergie cinétique est grande**, c'est-à-dire que l'agitation thermique du gaz est importante.

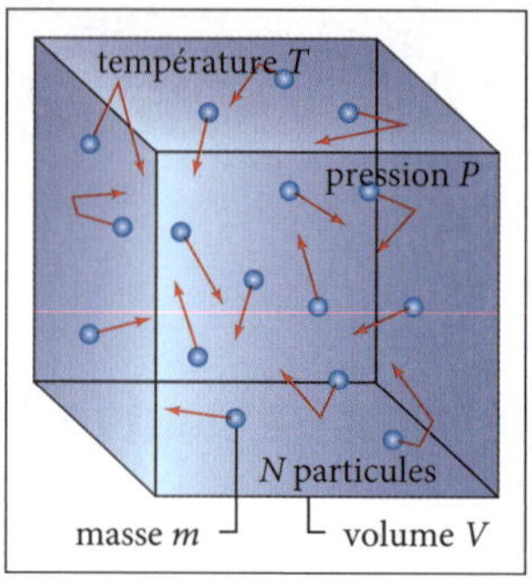

● De même, on associe à la force pressante moyenne due aux différentes collisions des particules entre elles ou sur les parois, la grandeur macroscopique qu'est la pression P du gaz : **la pression est d'autant plus importante que le nombre de collisions est grand**.

● Le tableau ci-après résume bien les liens entre microscopique et macroscopique.

Grandeur microscopique	Grandeur macroscopique
Énergie cinétique moyenne	Température absolue
Force pressante moyenne	Pression

● La pression et la température d'un gaz parfait ou réel ne sont pas indépendantes l'une de l'autre : microscopiquement, le nombre moyen de collisions dépend de l'agitation thermique des molécules, et inversement. La pression est d'autant plus importante que la température est importante, car le nombre de chocs augmente avec l'agitation.

2 Équation du gaz parfait

De quoi s'agit-il ? **L'équation d'état du gaz parfait est la relation entre les différents paramètres macroscopiques dont dépend le gaz, soit n, T, P et V.**

1 Dépendance des grandeurs macroscopiques : équation d'état

● Dans un corps pur sous une phase, ici la phase gazeuse, il existe une relation entre les grandeurs macroscopiques (paramètres d'état, que sont la pression P, le volume V et la température T du corps) appelée **équation d'état**, soit $f(P, V, T) = 0$.

Remarque
Les grandeurs macroscopiques sont liées entre elles par l'équation d'état, elles ne sont donc pas indépendantes.

Équation d'état du gaz parfait (GP) :

$\boldsymbol{PV = n\mathrm{R}T}$ avec
- P : pression (en Pa),
- V : volume (en m^3),
- n : quantité de matière (en mol),
- T : température du gaz parfait (en K) : $T(\mathrm{K}) = \theta(°\mathrm{C}) + 273{,}15$,
- R : **constante des gaz parfaits** (R = 8,314 dans les unités du système international, soit en $\mathrm{Pa \cdot m^3 \cdot mol^{-1} \cdot K^{-1}}$).

2 Comportement d'un gaz

● L'équation d'état du gaz parfait permet de décrire les comportements de ce gaz idéal. Cependant, ces derniers sont aussi ceux qui peuvent être observés pour les gaz réels, dans des conditions de faible pression et de faible densité.

- Le chapitre 2 donnait déjà un aperçu des comportements du gaz parfait, les grandeurs macroscopiques étant dépendantes les unes des autres :
  - à pression et quantité de matière constantes, $\boldsymbol{V = k_1 T}$ avec k_1 une constante : le volume V du gaz augmente proportionnellement à la température T. Cette loi porte le nom de **loi de Gay-Lussac** ;
  - à volume et quantité de matière constants, $\boldsymbol{P = k_2 T}$ avec k_2 une constante : l'augmentation de la pression agite les molécules, ce qui fait augmenter la température. La pression varie proportionnellement à la température ;
  - à température et quantité de matière constantes, $\boldsymbol{PV = k_3}$ avec k_3 une constante : la pression P augmente si le volume V diminue, la pression est inversement proportionnelle au volume. C'est la **loi de Boyle-Mariotte** ;
  - à pression et température constantes, $\boldsymbol{V = k_4 n}$ avec k_4 une constante : le volume augmente proportionnellement à la quantité de matière, c'est la **loi d'Avogadro**.

3 Limites du modèle du gaz parfait

- Pour expliquer le comportement des gaz réels, il faut prendre en compte le volume des molécules et les forces intermoléculaires ou forces de Van Der Waals qui s'exercent entre les molécules du gaz (ces interactions sont d'autant plus fortes que le gaz est dense).

- L'équation de Van Der Waals, tout en restant une équation d'état simplifiée, prend en compte ces limites.

On introduit un terme $\dfrac{an^2}{V^2}$ d'interaction (homogène à une pression en Pa) et un terme nb appelé co-volume (en m^3), provenant du volume non nul des molécules, avec a et b des constantes dimensionnées.

Équation de Van Der Waals :

$$\left(P + \frac{an^2}{V^2}\right)(V - nb) = n\mathrm{R}T$$

Exercice résolu

Retrouver l'état du gaz parfait

ÉNONCÉ

À partir de l'équation d'état de Van Der Waals, retrouver l'équation d'état du gaz parfait à l'ordre 1.

CORRIGÉ

Si on développe les deux facteurs du membre de gauche, on obtient :

$$\left(P + \frac{an^2}{V^2}\right)(V - nb) = PV + \frac{an^2}{V} - Pnb - \frac{abn^3}{V^2} = n\mathrm{R}T$$

En réarrangeant et en factorisant à nouveau, on obtient :

$$PV = n\mathrm{R}T - \frac{an^2}{V} + Pnb + \frac{abn^3}{V^2} = n\mathrm{R}T\left(1 - \frac{an}{\mathrm{R}TV} + \frac{Pb}{\mathrm{R}T} + \frac{abn^2}{\mathrm{R}TV^2}\right)$$

qui, à l'ordre 1, donne $PV = n\mathrm{R}T$, l'équation du gaz parfait.

Méthode

Retrouver la formule $PV = n\mathrm{R}T(1 + \ldots)$ qui donne $PV = n\mathrm{R}T$ à l'ordre 1.

➜ Révision express

Les points importants à retenir

- Apprenez par cœur :

– les définitions du gaz parfait, du libre parcours moyen ;

– l'équation d'état du gaz parfait avec l'unité appropriée pour chacune des grandeurs, la valeur de la constante des gaz parfaits et son unité dans le système international, et l'équation de Van Der Waals ;

– les lois de Gay-Lussac, de Boyle-Mariotte et d'Avogadro.

- Retenez :

– que le modèle du gaz parfait est un modèle de gaz idéal ;

– que le modèle de Van Der Waals prend en compte le volume des molécules et les forces intermoléculaires.

- Soyez capable :

– de décrire un gaz parfait et d'expliciter les limites du modèle ;

– de mobiliser les équations d'état du gaz parfait ou de Van Der Waals pour calculer la valeur d'une grandeur macroscopique connaissant celles des autres paramètres.

Quiz

Cochez la (ou les) bonne(s) réponse(s) :

1. On considère une quantité n d'un gaz parfait de pression P, de volume V à la température T :

☐ **a.** sa pression P double si le volume V double, les autres grandeurs restant constantes.

☐ **b.** sa pression P double si la température T double, les autres grandeurs restant constantes.

☐ **c.** son volume V double si la quantité de matière n double, les autres grandeurs restant constantes.

2. Le comportement de ce gaz parfait est régi par :

☐ **a.** la loi de Boyle-Mariotte à température et quantité de matière constantes.

☐ **b.** la loi d'Avogadro à quantité de matière et volume variables.

☐ **c.** la loi de Gay-Lussac à pression et quantité de matière constantes.

3. Le modèle de Van Der Waals :

☐ **a.** est un modèle plus proche de la réalité que le modèle du gaz parfait.

☐ **b.** permet de retrouver, à partir de l'équation d'état de Van Der Waals, la loi $PV = nRT$.

☐ **c.** prend en compte le volume des particules de gaz.

4. Un gaz parfait est un gaz rare.

☐ **a.** Vrai ☐ **b.** Faux

➜ **Réponses p. 492**

EXERCICE 1

Exploiter l'équation d'état d'un gaz parfait

Énoncé

Une bouteille de plongée contient 50 litres d'air sous 200 bar.

La température étant de 20 °C, calculer la quantité de matière de gaz qu'elle contient.

Méthode

1 Identifier les différentes grandeurs physiques données dans l'énoncé et l'inconnue à déterminer.

2 Convertir dans les unités usuelles de l'équation d'état des gaz parfaits les valeurs numériques des différentes grandeurs : la pression en pascals (Pa), la température en kelvins (K), le volume en mètres cubes (m^3) et la quantité de matière en moles (mol). On rappelle que T (en K) = θ (en °C) + 273,15.

3 À partir de l'équation d'état, en déduire l'expression de la grandeur inconnue en fonction des grandeurs physiques identifiées et de R, la constante des gaz parfaits.

4 Faire l'application numérique avec R = 8,314 unités du système international.

5 Donner le résultat en tenant compte de la précision des différentes grandeurs : le résultat doit être donné avec le nombre de chiffres significatifs correspondant à celui de la donnée la moins précise.

Corrigé

1. Les grandeurs physiques connues sont :
- le volume $V = 50$ L ;
- la pression $P = 200$ bar
- la température $\theta = 20$ °C.

La grandeur à déterminer est la quantité de matière d'air dans la bouteille n.

2. Le volume est :
$V = 50 \text{ L} = 50 \text{ dm}^3 = 50 \times 10^{-3} \text{ m}^3 = 5{,}0 \times 10^{-2} \text{ m}^3$.
La pression est :
$P = 200 \text{ bar} = 200 \times 10^5 \text{ Pa} = 2{,}00 \times 10^7 \text{ Pa}$.
La température est :
$T = \theta + 273{,}15 = 20 \text{ °C} + 273 = 293 \text{ K}$.

Piège à éviter
La précision de 5 chiffres significatifs sur le facteur 273,15 est illusoire ici : la température de 20 °C n'a que 2 chiffres significatifs, la conversion ne peut donc pas augmenter la précision au-delà du degré.

3. L'équation d'état est $PV = n\text{R}T$, donc on en déduit que la quantité de gaz contenu dans la bouteille de plongée est :

$$n = \frac{PV}{\text{R}T}$$

4. et **5.** A. N. : $n = \dfrac{2{,}00 \times 10^7 \times 5{,}0 \times 10^{-2}}{8{,}314 \times 293} = 410{,}51$ mol, soit $n = 4{,}1 \times 10^2$ mol avec 2 chiffres significatifs.

EXERCICE 2

Exploiter le comportement du gaz parfait

Énoncé

Une bouteille de plongée contient 50 litres d'air sous 200 bar.

Quel volume d'air peut-on extraire de cette bouteille à une pression atmosphérique de 1,0 bar ?

Méthode

1 Identifier les différentes grandeurs physiques données dans l'énoncé et l'inconnue à déterminer. Ne pas hésiter à mettre des indices si nécessaire.

2 Identifier la loi régissant le comportement du gaz parfait et l'énoncer : loi de Boyle-Mariotte, loi de Gay-Lussac, loi d'Avogadro, etc.

3 En déduire l'expression de la grandeur inconnue en fonction des grandeurs physiques identifiées, les autres grandeurs étant supposées constantes.

4 Faire l'application numérique en tenant compte des unités de l'énoncé sans forcément réaliser de conversion à ce niveau de raisonnement.

5 Donner le résultat en tenant compte de la précision des différentes grandeurs : le résultat doit être donné avec le nombre de chiffres significatifs correspondant à celui de la donnée la moins précise.

6 Convertir éventuellement dans l'unité du système international la valeur numérique obtenue : la pression en pascals (Pa), la température en kelvins (K), le volume en mètres cubes (m^3) et la quantité de matière en moles (mol).

Corrigé

1. Une bouteille de plongée contient $V_1 = 50$ litres d'air sous $P_1 = 200$ bar.
On cherche le volume V_2 d'air extrait de la bouteille pour la pression $P_2 = 1{,}0$ bar.

2. La quantité de matière n d'air et la température sont constantes. La loi régissant le comportement de l'air est la loi de Boyle-Mariotte, soit :

$$PV = \text{constante}$$

3. On a donc, en appliquant la loi de Boyle-Mariotte :

$$P_1V_1 = P_2V_2$$

On en déduit le volume V_2 d'air contenu dans la bouteille après une détente à la pression $P_2 = 1{,}0$ bar :

$$V_2 = \frac{P_1V_1}{P_2}$$

4. et 5. A. N. : $V_2 = \dfrac{200 \times 50}{1{,}0} = 1{,}0 \times 10^4$ L avec 2 chiffres significatifs.

6. $V_2 = 1{,}0 \times 10^4$ L $= 1{,}0 \times 10^4$ dm^3 ou $V_2 = 10$ m^3.

Gagnez des points !
Le rapport de deux grandeurs identiques est sans unité si les grandeurs sont exprimées elles-mêmes dans la même unité.

Chapitre 14 Effectuer des bilans d'énergie : premier principe de la thermodynamique

1 Énergie interne

De quoi s'agit-il ? L'énergie totale d'un système est la somme de son énergie mécanique macroscopique E_m et d'une énergie microscopique U appelée énergie interne.

1 Pendule pesant dans une enceinte fermée

- On considère un pendule pesant, constitué d'une masse m suspendue à un fil inélastique, dans une enceinte remplie d'air à faible pression. Le système considéré est l'ensemble {pendule + air}. L'enceinte est isolée thermiquement, c'est-à-dire qu'il n'y a pas de transfert thermique entre l'enceinte et l'extérieur, et fermée, c'est-à-dire qu'elle n'échange pas de matière avec le milieu extérieur.
- L'état initial correspond à l'état dans lequel le pendule fait un angle non nul avec la verticale du lieu. Le pendule est alors lâché sans vitesse initiale et oscille pendant un certain temps jusqu'à retrouver sa position d'équilibre. L'état final est donc l'état pour lequel le pendule est en position verticale et statique.
- L'énergie mécanique E_m du système est la somme de l'énergie cinétique du pendule, car l'air est un fluide au repos macroscopiquement, et de l'énergie potentielle du pendule.

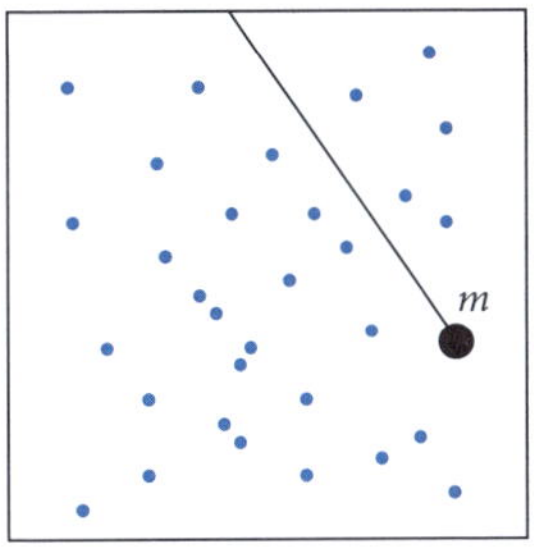

État initial

La variation d'énergie mécanique entre l'état initial et l'état final est :

$$E_{mf} - E_{mi} = (E_{cf} + E_{pf}) - (E_{ci} + E_{pi})$$

avec $E_{ci} = E_{cf} = 0$, car les vitesses initiale et finale sont nulles. On a donc :

$$E_{mf} - E_{mi} = E_{pf} - E_{pi} \neq 0$$

> Pour un système isolé et fermé, l'énergie mécanique E_m peut **diminuer** et ne pas se conserver.

- La variation d'énergie mécanique est en fait associée à l'existence de forces dissipatives que sont les frottements, à l'échelle macroscopique, des interactions entre la masse m du pendule et l'air. Si l'on note W_f le travail de ces forces de frottement, le bilan énergétique s'écrit : $E_{mf} - E_{mi} = W_f$.
- Si l'on mesure la température initiale puis finale dans l'enceinte, on observe que celle-ci a augmenté : il y a donc conversion de l'énergie mécanique du pendule en énergie cinétique des molécules contenues dans l'air.

2 Énergie interne et bilan énergétique

> De manière générale, on définit l'énergie interne d'un système, notée U, comme la somme des énergies cinétiques et potentielles d'interaction des différents constituants internes au système. L'énergie interne est alors la somme des énergies cinétiques et potentielles microscopiques :
>
> $$\boldsymbol{U = E_{c\ micro} + E_{p\ micro} = \sum E_{c\ int} + \sum E_{p\ int}}$$

- L'énergie interne U :
  - s'exprime en joules (J) comme toutes les énergies ;
  - est une grandeur algébrique : elle peut donc être négative, nulle ou positive ;
  - est une grandeur extensive : l'énergie interne U d'un système S, union de deux systèmes S_1 et S_2, est égale à la somme des énergies internes U_1 et U_2 des systèmes S_1 et S_2, soit $U = U_1 + U_2$.

- Si l'on reprend le cas précédent du système {pendule + air} dans une enceinte fermée et isolée, le bilan énergétique s'écrit :

$$\Delta E_m = E_{mf} - E_{mi} = W_f = \sum E_{c\ int} = \Delta U$$

avec, dans ce cas, une énergie interne réduite au terme d'énergie cinétique microscopique.

- Ainsi, la somme de l'énergie mécanique et de l'énergie interne d'un **système isolé et fermé** se conserve :

$$\mathbf{E_m + U = constante}$$

2 Premier principe de la thermodynamique

De quoi s'agit-il ? Le premier principe de la thermodynamique explicite le lien entre la variation d'énergie interne d'un système, la somme des travaux des forces qui s'exercent sur lui et le transfert thermique.

1 Transferts d'énergie

- Considérons une certaine quantité n d'air enfermée dans une enceinte de volume V variable contrôlé par un piston. L'enceinte est supposée sans échange de matière avec l'extérieur : le système {air} est donc un système fermé.

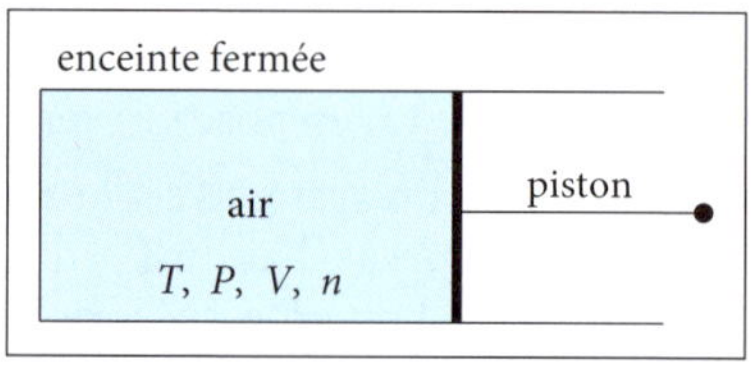

- **Expérience 1** : On déplace le piston afin de réduire le volume de gaz. Lors du déplacement du piston :
  - il y a transfert d'énergie aux molécules de fluide. Ce transfert est dû au travail W des forces pressantes ;
  - on constate que la température T du fluide augmente : l'agitation thermique est donc plus importante. Les énergies microscopiques des molécules de gaz augmentent et ainsi, on constate une augmentation de l'énergie interne U du système.

  De plus, la variation d'énergie mécanique E_m est nulle puisque le système {air} ne s'est pas déplacé (l'énergie cinétique macroscopique est nulle) et qu'il n'y a pas eu de variation d'énergie potentielle macroscopique.

  Le bilan énergétique du système s'écrit alors, dans le cas de cette expérience :

$$\Delta E_m + \Delta U = \Delta U = W$$

- **Expérience 2** : On bloque le piston et on place l'enceinte dans une température T' plus importante que la température T initiale. À l'équilibre, la température du gaz est égale à T'. On constate ainsi que :
  - l'énergie mécanique du système {air} n'a pas varié, car il n'y a eu aucune modification de l'énergie cinétique macroscopique ou de l'énergie potentielle macroscopique ;
  - l'énergie thermique de l'air augmente, ce qui se traduit macroscopiquement par une augmentation de la température et microscopiquement par une augmentation de l'énergie cinétique microscopique des molécules du gaz.

  Le système {air} a donc reçu du milieu extérieur de l'énergie. Ce transfert thermique est noté Q, et comme toute énergie, s'exprime en joules (J).

  Le bilan énergétique du système s'écrit alors, dans le cas de cette expérience :

$$\Delta E_m + \Delta U = \Delta U = Q$$

- Les deux expériences précédentes montrent qu'il existe deux formes de transferts énergétiques : le travail, noté W, et le transfert thermique aussi appelé par abus de langage « chaleur », noté Q.
- Les quantités W et Q, exprimées en joules (J), sont des quantités algébriques.

Convention du « banquier » : un transfert d'énergie est compté positivement s'il est cédé par le milieu extérieur au système et négativement dans le cas contraire, c'est-à-dire lorsqu'il « sort » du système.

2 Énoncé du premier principe de la thermodynamique

Énoncé du premier principe :
Un système évoluant entre deux états et recevant algébriquement un transfert énergétique sous forme de travail W et de transfert thermique Q possède une énergie totale $E_m + U$ dont la variation entre les deux états est égale à la somme

$$W + Q : \boldsymbol{\Delta E = \Delta E_m + \Delta U = W + Q}$$

- Le plus souvent, la variation d'énergie mécanique du système est nulle, et le premier principe de la thermodynamique se résume à : $\Delta U = W + Q$.
- Le premier principe de la thermodynamique a historiquement porté le nom de « principe d'équivalence ». En effet, il fait apparaître les deux types de transferts énergétiques W et Q de manière équivalente.
- Pour un système tel que $W = 0$ et $Q = 0$, la relation mathématique du premier principe se réduit à : $\Delta E = \Delta E_m + \Delta U = W + Q = 0$. On retrouve ainsi la conservation de l'énergie d'un système fermé et isolé : $E = E_m + U$ constante.

Exercice résolu

Déterminer une variation d'énergie interne

ÉNONCÉ

Un gaz dans une enceinte immobile produit un travail de 340 J et augmente sa température de telle manière que le transfert thermique est de 160 J. Calculer ΔU.

Piège à éviter
L'énergie reçue par le système est positive, et l'énergie produite est négative.

CORRIGÉ

$\Delta U = W + Q = -340 + 160 = -180$ J.

3 Capacité thermique

De quoi s'agit-il ? Dans le cas d'un système isolé, fermé et immobile, sans apport de type travail, la variation d'énergie interne ne dépend que de la variation de température du système.

1 Capacité thermique molaire

- Soit un système constitué de n particules de fluide incompressible, de volume V à pression P. Lors d'une variation de température $\Delta T = T_F - T_I$, le système évolue entre un état initial (EI) et un état final (EF) : il échange de l'énergie avec le milieu extérieur.

Le transfert énergétique est un transfert thermique Q qui est :
- proportionnel à la quantité de matière n de fluide ;
- proportionnel à la variation ΔT de température.

De manière générale, le **transfert thermique** Q (en J) est :

$$\mathbf{Q = nC\Delta T} \text{ avec } \begin{cases} n : \text{quantité du corps considéré (en mol),} \\ C : \text{capacité thermique molaire (en J}\cdot\text{K}^{-1}\cdot\text{mol}^{-1}\text{),} \\ \Delta T : \text{variation de température (en K).} \end{cases}$$

- Le coefficient de proportionnalité C est appelé capacité thermique molaire ou chaleur spécifique molaire.

La **capacité thermique molaire** C d'un corps est l'énergie nécessaire pour élever $n = 1$ mole de ce corps de $\Delta T = 1$ K à pression donnée. Cette énergie s'exprime en $\text{J}\cdot\text{K}^{-1}\cdot\text{mol}^{-1}$.

- La convention veut que l'énergie reçue du [resp. cédée au] milieu extérieur par le système soit comptée positivement [resp. négativement].

2 Capacité thermique massique

- On peut aussi exprimer le transfert thermique en fonction de la masse m de fluide incompressible dans l'enceinte :

$$Q = nC\Delta T \times \frac{M}{M} = m\frac{C}{M}\Delta T$$

avec $m = n \times M$ et M la masse molaire du fluide. Il apparaît alors un nouveau coefficient de proportionnalité $\frac{C}{M}$ ou capacité thermique massique.

- Malheureusement, les thermodynamiciens utilisent le même symbole C pour deux grandeurs différentes que sont les capacités thermiques molaire et massique. La différence se fait sur l'unité de C.

En utilisant la capacité thermique massique, le **transfert thermique** Q (en J) est :

$$\mathbf{Q = mC\Delta T} \text{ avec } \begin{cases} m : \text{masse du corps considéré (en g),} \\ C : \text{capacité thermique molaire (en J}\cdot\text{K}^{-1}\cdot\text{g}^{-1}\text{),} \\ \Delta T : \text{variation de température (en K).} \end{cases}$$

- La capacité thermique massique s'exprime alors en $\text{J}\cdot\text{K}^{-1}\cdot\text{g}^{-1}$, alors que la capacité thermique molaire s'exprime en $\text{J}\cdot\text{K}^{-1}\cdot\text{mol}^{-1}$.

La **capacité thermique massique** C d'un corps est l'énergie nécessaire pour élever $m = 1$ g de ce corps de $\Delta T = 1$ K à pression donnée.

3 Application du premier principe de la thermodynamique

- Dans le cas d'un corps qui subit une variation ΔT de température, sans apport algébrique de travail, le premier principe de la thermodynamique s'écrit :

$$\Delta U = Q = nC\Delta T \text{ ou } \Delta U = Q = mC\Delta T$$

- La variation d'énergie interne ne dépend que de la variation de température et de la quantité ou masse du corps.

Exercice résolu

Calculer la variation d'énergie interne

ÉNONCÉ

Calculer l'énergie nécessaire pour faire chauffer 100 g d'eau de 22 °C à 85 °C avec $C_{eau} = 4{,}18\ kJ \cdot K^{-1} \cdot kg^{-1}$.

CORRIGÉ

La capacité thermique est massique : $C_{eau} = 4{,}18\ kJ \cdot K^{-1} \cdot kg^{-1} = 4{,}18\ J \cdot K^{-1} \cdot g^{-1}$.
Le système {eau} reçoit de l'énergie du milieu extérieur pour augmenter sa température, donc l'énergie est comptée positivement.
$\Delta U = Q = mC\Delta T = 100 \times 4{,}18 \times (85 - 22) = + 2{,}6 \times 10^4$ J ou 26 kJ.

Piège à éviter
La valeur de la température exprimée en kelvins est différente de celle exprimée en degrés Celsius. En revanche, les variations de température ont la même valeur dans les deux unités.

4 Modes de transfert thermique

De quoi s'agit-il ? **Il existe trois modes de transfert thermique : la conduction, la convection et le rayonnement.**

1 Conduction thermique ou diffusion

- La **conduction** ou **diffusion** est un mode de transfert thermique pouvant avoir lieu entre deux systèmes immobiles S_1 et S_2 : le mouvement d'agitation thermique microscopique des molécules se transmet de proche en proche et se traduit macroscopiquement par un transfert de chaleur de S_1 vers S_2, ou inversement.

Exemple

Un glaçon dans un verre d'eau fond par transfert thermique de l'eau liquide vers le solide. Il n'y a pas de mouvements macroscopiques du glaçon ou de l'eau.

- Le mode de transfert par conduction est le seul ayant lieu dans les systèmes solides opaques au rayonnement électromagnétique.
- Les autres modes de transfert, convection et rayonnement, peuvent se superposer à la conduction en fonction des systèmes d'étude.

2 Convection

- Ce type de transfert nécessite un intermédiaire, appelé **fluide caloporteur**. Au contact d'un solide « plus chaud » par exemple, le fluide caloporteur reçoit de la chaleur qu'il transporte vers un endroit « plus froid ». Une convection fait donc appel aux **mouvements macroscopiques** d'un fluide pour effectuer le transfert thermique. Ces mouvements peuvent être créés par des différences de masse volumique du fluide (convection libre ou naturelle) ou par des moyens mécaniques (convection forcée).
- Ce mode de transfert est le plus important et le plus **rapide** entre une surface solide et un gaz ou un liquide : le fluide en contact avec le solide chaud reçoit de la chaleur, ce qui fait augmenter son énergie interne et sa température. Ces molécules de fluide vont ensuite se mélanger à d'autres molécules moins agitées, situées dans une région de plus faible température (mouvement macroscopique du fluide) et leur transférer leur excédent d'énergie.

Exemple

La circulation d'air lorsque l'on chauffe une pièce à l'aide d'un chauffage (convecteurs électriques créant des mouvements de convection forcée), celle des masses d'air de la planète ou les mouvements magmatiques d'un volcan (convection naturelle) correspondent à des convections.

- La convection s'accompagne d'un transfert de type conduction entre le fluide et le solide (première étape du transfert) : on parle souvent de transferts conducto-convectifs. La plupart du temps, les phénomènes convectifs masquent les phénomènes de conduction.

3 Rayonnement

Le rayonnement est le troisième mode de transfert thermique entre deux systèmes séparés par du vide ou de la matière transparente à ce rayonnement électromagnétique.

Exemple

L'exemple le plus évident est peut-être celui du transfert thermique par rayonnement solaire lorsque la Terre est réchauffée par les rayons électromagnétiques émis par le Soleil.

Exercice résolu

Modéliser la convection thermique

ÉNONCÉ

Un convecteur électrique est utilisé pour chauffer une petite chambre.
Sachant, comme son nom l'indique, que le mode de transfert largement majoritaire est la convection, schématiser les transferts thermiques.

CORRIGÉ

Le mode de transfert étant la convection, il faut représenter les mouvements des masses d'air du chauffage.

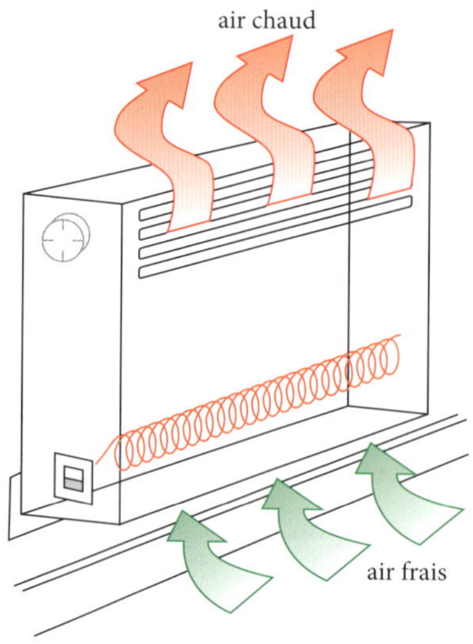

Rappel
Les masses d'air chaud montent dans la pièce.

5 Flux et résistance thermiques

De quoi s'agit-il ? Par analogie avec les phénomènes électriques (loi d'Ohm), le flux thermique est proportionnel à la variation de température.

1 Flux thermique ϕ et conductivité thermique λ

- Le **flux thermique** ϕ à travers une paroi plane de surface S est la quantité de chaleur traversant S par unité de temps. φ s'exprime en watts (W).

- Considérons une barre cylindrique de section S et de longueur L dont les températures extrêmes T_1 et T_2 sont fixées ($T_1 > T_2$). Le profil du champ de température à l'intérieur de la barre est :

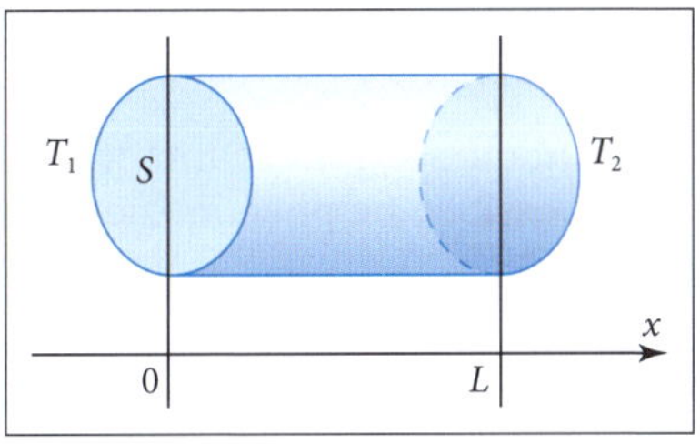

$$T(x) = \frac{T_2 - T_1}{L} x + T_1$$

Le **flux thermique conductif** à travers toute section S de la barre est alors proportionnel à la différence des températures :

$$\phi = \lambda \frac{T_1 - T_2}{L} S$$ avec
- T_1 et T_2 : températures extrêmes (en K),
- L : longueur de la barre (en m),
- S : surface de la section (en m^2),
- λ : conductivité thermique du matériau (en W · m^{-1} · K^{-1}).

Exemples

Pour un matériau conducteur tel que le cuivre $\lambda_{cuivre} = 380$ W · m^{-1} · K^{-1} ; pour un isolant tel que le bois $\lambda_{bois} = 1$ W · m^{-1} · K^{-1}. De manière générale, les métaux sont plus conducteurs de la chaleur que les matériaux non métalliques.

2 Résistance thermique R

On associe au cylindre précédent une **résistance thermique** notée R, s'exprimant en K · W^{-1}, telle que :

$$R = \frac{T_1 - T_2}{\phi} = \frac{L}{\lambda S}$$ avec
- T_1 et T_2 : températures extrêmes (en K),
- φ : flux thermique (en W),
- S : surface de la section (en m^2),
- L : longueur de la barre (en m),
- λ : conductivité thermique (en W · m^{-1} · K^{-1}).

- Cette relation a été établie par analogie avec la loi d'Ohm $U = RI$: l'intensité du courant électrique I s'apparente au flux thermique ϕ, et la différence de potentiel entre deux points A et B d'un circuit (tension U_{AB}) à la différence de température entre deux points d'une barre $T_2 - T_1$.

- La **conductance thermique** G (en W · K^{-1}) est l'inverse de la résistance :

$$G = \frac{1}{R}$$

- En utilisant la même analogie électrique, on peut en déduire les lois d'association de résistances thermiques :
  - si deux conducteurs sont traversés par le même flux thermique, la résistance de l'ensemble est la somme des résistances thermiques (conducteurs en série) ;
  - si deux conducteurs sont soumis à la même différence de température, la résistance de l'ensemble est l'inverse de la somme des conductances thermiques (conducteurs en parallèles).

3 Un phénomène irréversible

Les transferts thermiques se font spontanément de la source chaude vers la source froide, l'inverse étant impossible. Le phénomène de diffusion est donc **irréversible** : il n'évolue que dans un sens.

Exercice résolu

Calculer une résistance thermique

ÉNONCÉ

Calculer la résistance thermique d'une barre de cuivre de 20,0 cm et de section droite de 1,0 cm².

Donnée : $\lambda_{cuivre} = 390\ W \cdot m^{-1} \cdot K^{-1}$.

CORRIGÉ

$$R = \frac{L}{\lambda S} \text{ d'où } R = \frac{20{,}0 \times 10^{-2}}{390 \times 1{,}0 \times 10^{-4}} = 5{,}1\ K \cdot W^{-1}.$$

Méthode

Convertir les valeurs de L et S en unités du système international.

6 Bilan thermique Terre-atmosphère, effet de serre

De quoi s'agit-il ? **Un corps chauffé produit de l'énergie jusqu'à l'équilibre thermique. Le rayonnement émis est modélisé par la loi de Stefan-Boltzmann.**

1 Loi de Stefan-Boltzmann

- Tout corps éclairé reçoit de l'énergie sous forme de rayonnement électromagnétique. Une grande partie de cette énergie est absorbée par le corps, et dans la majorité des cas, cette dernière augmente l'agitation thermique et ainsi la température du corps.
- Tout corps à une température T émet aussi un rayonnement électromagnétique dont la puissance surfacique est proportionnelle à T^4.

Loi de Stefan-Boltzmann :

$\boldsymbol{P = \sigma T^4}$ avec
- P : puissance surfacique rayonnée (en $W \cdot m^{-2}$),
- T : température (en K),
- σ : constante de Boltzmann ($\sigma = 5{,}67\ W \cdot m^{-2} \cdot K^{-4}$).

- Ainsi, plus un corps est éclairé, plus il chauffe, et plus il émet de l'énergie.

Rappel

On appelle albédo le rapport entre l'énergie réfléchie et l'énergie absorbée. Le sol assimilé à un corps noir a un albédo de 0 et la neige un albédo de 1.

Rappel

La loi de Wien permet de déterminer la longueur λ_{max} d'onde du maximum d'émission du rayonnement $\lambda_{max} T \approx 3\,000\ \mu m \cdot K$.

2 Température d'équilibre d'un corps

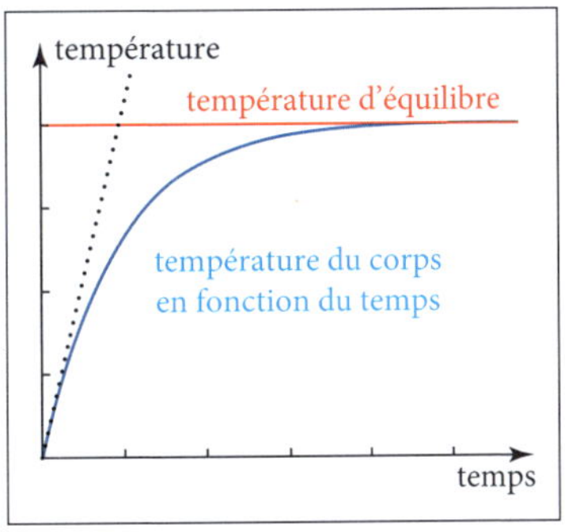

- Lorsqu'un corps reçoit de l'énergie électromagnétique, par exemple par rayonnement solaire, l'agitation thermique augmente, ainsi que la température du corps. Ce dernier produit alors de l'énergie proportionnellement à la puissance quatrième de sa température. Tant que la température augmente, l'énergie produite par le corps augmente.
- Lorsqu'un corps émet autant d'énergie qu'il en reçoit, alors sa température se stabilise à une température dite d'équilibre.
- L'émission électromagnétique du Soleil sur un corps céleste correspond à une puissance totale $P_{\text{émise}}$ sur une surface $S = 4\pi d^2$ avec d la distance Soleil-corps. La puissance reçue par unité de surface du corps est $\frac{P_{\text{émise}}}{4\pi d^2}$. Cependant, le corps céleste émet aussi une puissance surfacique en σT^4 et est à l'équilibre lorsque la puissance émise est égale à la puissance reçue : $\frac{P_{\text{émise}}}{4\pi d^2} = \sigma T^4$, soit $T = \sqrt[4]{\frac{P_{\text{émise}}}{4\pi\sigma d^2}}$.
- On constate que les valeurs numériques obtenues sont en accord avec celles observées pour les planètes et satellites du système solaire, à l'exception de Vénus, Mars, la Terre et Titan, les seuls corps ayant une atmosphère.

3 Effet de serre

- En appliquant la relation mathématique précédente et en corrigeant avec les effets d'albédo, on obtient une température moyenne terrestre de $\theta = -18$ °C, alors que celle observée est de 15 °C. Cette différence est due à l'effet de serre produit par l'atmosphère terrestre.

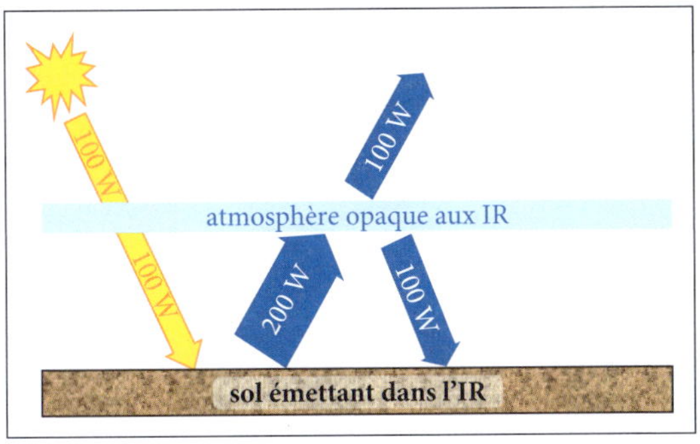

- Les gaz contenus dans l'atmosphère sont transparents à la lumière visible, mais les gaz à effet de serre (GES), comme le dioxyde de carbone, la vapeur d'eau ou le méthane, sont opaques aux rayonnements infrarouges (IR) et les absorbent. On peut montrer que pour une puissance de 100 W visible émise par le Soleil, le bilan thermique est le suivant : sans atmosphère, le sol émet 100 W, alors qu'avec atmosphère – supposée parfaite – et effet de serre, il émet 200 W, soit 2 fois plus d'énergie.
- Avec un modèle d'atmosphère parfaite, la température moyenne est donc plus importante d'un facteur $\sqrt[4]{2} = 1{,}19$ soit une augmentation de 19 %. En réalité, l'atmosphère étant non parfaite, le coefficient multiplicateur est plutôt de l'ordre de 1,13 ce qui explique une température moyenne de la Terre de 15 °C.
- Les GES contribuent donc à un effet de serre naturel, de l'ordre de 155 $W \cdot m^{-2}$ s'ajoutant aux 341 $W \cdot m^{-2}$ reçus du Soleil. En revanche, l'augmentation des quantités de dioxyde de carbone et de méthane contribue à un effet de serre supplémentaire de l'ordre de 3 $W \cdot m^{-2}$.

7 Loi phénoménologique de Newton

De quoi s'agit-il ? L'évolution de la température d'un système à la température T en contact avec un thermostat est proportionnelle à la différence de température entre T et la température du thermostat.

1 Loi de Newton

- On considère un système homogène et incompressible à une température initiale T_0 en contact avec un thermostat, c'est-à-dire un milieu extérieur homogène de température T_T constante.
  - Si $T_0 < T_T$, alors le système va se « réchauffer » jusqu'à atteindre la température T_T du thermostat. Il va donc recevoir de l'énergie par transfert thermique de la part du thermostat ($Q > 0$).
  - Si $T_0 > T_T$, alors le système va se « refroidir » jusqu'à atteindre la température T_T du thermostat. Il va donc céder de l'énergie par transfert thermique au thermostat ($Q < 0$).

Loi phénoménologique de Newton :
Dans le cas d'un système à une température initiale T_0 en contact avec un thermostat à température T_T constante, le taux de perte ou de gain par transfert thermique du système est proportionnel à la différence entre la température du système $T(t)$ et celle du thermostat T_T :

$$\frac{\mathrm{d}T(t)}{\mathrm{d}t} = -k(T(t) - T_T)$$

- Dans le cas où $T_0 < T_T$, alors la température $T(t)$ du système évolue de T_0 à T_T. On en déduit que $T(t) \leqslant T_T$, $T(t) - T_T \leqslant 0$ et $\frac{\mathrm{d}T(t)}{\mathrm{d}t} \geqslant 0$. Le système se réchauffe.

Dans le cas contraire où $T_0 < T_T$, alors $T(t) \geqslant T_T$, $T(t) - T_T \geqslant 0$ et $\frac{\mathrm{d}T(t)}{\mathrm{d}t} \leqslant 0$. Le système se refroidit.

- Le coefficient k est homogène à l'inverse d'un temps ; il s'exprime en s^{-1}.

2 Expression de la température

- La loi de Newton s'écrit $\frac{\mathrm{d}T}{\mathrm{d}t} = -k(T - T_T) = -kT + kT_T$ ou encore $\frac{\mathrm{d}T}{\mathrm{d}t} + kT = kT_T$.

Par dérivation par rapport au temps t, on obtient alors :

$$\frac{\mathrm{d}^2T}{\mathrm{d}t^2} + k\frac{\mathrm{d}T}{\mathrm{d}t} = 0$$

- La solution à cette équation différentielle du premier ordre est une fonction exponentielle du type : $T(t) = A + B\exp(-kt)$. Les coefficients A et B sont définis par les conditions initiales du fluide incompressible :
  - À $t = 0$, instant initial, la température est $T(t = 0) = T_0$:
    $T(t = 0) = A + B\exp(-k \times 0) = A + B = T_0$
    donc $B = T_0 - A$.
  - À l'équilibre, lorsque t tend vers l'infini, la température est celle du réservoir, donc $T(t \to \infty) = T_T$ d'où $T(t \to \infty) = A = T_T$.
    Finalement, la solution est :

$$\boldsymbol{T(t) = T_T + (T_0 - T_T)\exp(-kt)}$$

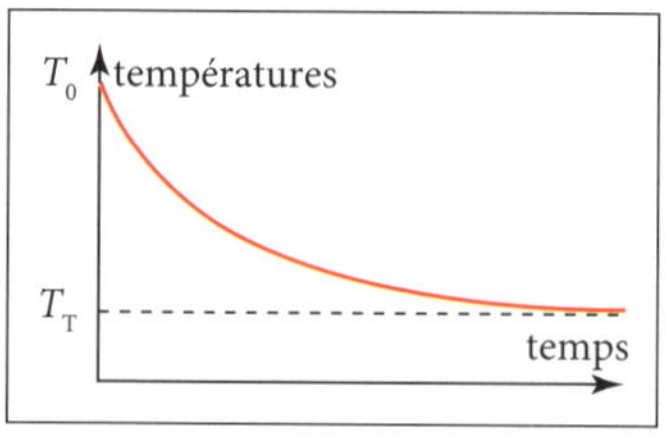

Exercice résolu

Déterminer un temps de refroidissement

ÉNONCÉ

Un gâteau sortant du four à 180 °C est placé sur la table. Une demi-heure après sa sortie du four, sa température est de 100 °C.
Au bout de combien de temps le gâteau sera-t-il à 25 °C, sachant que la température de l'air ambiant est de 20 °C ?

CORRIGÉ

$T(t) = T_{air} + (T_{four} - T_{air})\exp(-kt)$ ou, en exprimant k en fonction du temps et des températures :

$$k = -\frac{1}{t}\ln\left(\frac{T - T_{air}}{T_{four} - T_{air}}\right)$$

A. N. : $T = 100$ °C ; $T_{air} = 20$ °C ; $T_{four} = 180$ °C et $t = 30$ min.

$k = -\frac{1}{30}\ln\left(\frac{100 - 20}{180 - 20}\right)$ alors $k = 0{,}023\ \text{min}^{-1}$.

En exprimant t' en fonction de k et des températures, on a :

$$t' = -\frac{1}{k}\ln\left(\frac{T' - T_{air}}{T_{four} - T_{air}}\right)$$

A. N. : $T' = 25$ °C ; $T_{air} = 20$ °C ; $T_{four} = 180$ °C et $k = 0{,}023\ \text{min}^{-1}$.

$t' = -\frac{1}{0{,}023}\ln\left(\frac{25 - 20}{180 - 20}\right)$, alors $t' = 151$ min soit environ 2 h 30.

Méthode

Déterminer k avant toute autre application numérique, sachant que la fonction inverse de $y = \exp(x)$ est $x = \ln(y)$.

Révision express

Les points importants à retenir

- Apprenez par cœur :

– les définitions de l'énergie interne, des capacités thermiques, du flux thermique, de la résistance ou de la conductance thermiques, et de l'albédo ;

– l'énoncé du premier principe de la thermodynamique, de la loi de Stefan-Boltzmann et de la loi de Wien ;

– les expressions mathématiques de la quantité de chaleur Q ou transfert thermique, du flux thermique à travers une paroi et de la résistance thermique d'un matériau ;

– les lois d'associations de résistances thermiques.

- Retenez :

– qu'un transfert d'énergie est compté positivement s'il est cédé par le milieu extérieur au système et négativement dans le cas contraire (convention du banquier) ;

– qu'il existe trois modes de transfert thermique : la conduction ou diffusion, la convection et le rayonnement.

- Soyez capable :

– d'identifier le mode de transfert thermique ;

– de calculer la valeur algébrique d'un transfert thermique et d'un flux conductif ;

– d'exprimer et de calculer la résistance de plusieurs parois accolées et d'en déduire leur conductance ;

– d'utiliser l'analogie électrique dans des problèmes thermiques.

Quiz

Cochez la (ou les) bonne(s) réponse(s) :

1. Le transfert thermique d'un système thermodynamique :

☐ **a.** est toujours positif.

☐ **b.** est sous forme de variation d'énergie interne lorsque le système est sans mouvement global et qu'il ne travaille pas.

☐ **c.** est noté Q, aussi appelé « chaleur » dans le langage courant.

2. Le flux thermique entre A et B :

☐ **a.** s'exprime en watts (en W).

☐ **b.** dépend de la variation de température entre A et B.

☐ **c.** dépend du (ou des) matériau(x) entre A et B.

3. La diffusion est un mode de transfert thermique par mouvement macroscopique des masses de fluide.

☐ **a.** Vrai ☐ **b.** Faux

→ Réponses p. 493

EXERCICE 1

Représenter le profil de température d'une paroi

Énoncé

On considère un mur en béton d'une maison, de conductivité thermique λ, d'épaisseur e et de surface S.

Représenter le profil de température, sachant que l'on note T_e la température extérieure et T_i la température intérieure, avec $T_e > T_i$.

Méthode

1 Faire l'hypothèse que le profil de température est indépendant du temps et linéaire, et prendre une loi du type $T(x) = ax + b$.

2 Rechercher les expressions des coefficients a et b en explicitant les conditions de température à chaque extrémité du mur.

3 En supposant les températures extérieure et intérieure constantes, représenter la courbe $T = T_e$ à l'extérieur du mur, $T(x) = ax + b$ dans le mur et $T = T_i$ à l'intérieur de la maison.

Corrigé

1. On suppose que la température est indépendante du temps et que le profil à l'intérieur du matériau est linéaire. Soit $T(x) = ax + b$.

Réflexe à avoir
Vérifier que la courbe obtenue est bien continue.

2. Les conditions aux limites sont :
– en $x = 0$, $T = T_e = b$. On en déduit que $b = T_e$;
– en $x = e$, $T = T_i = ae + T_e$. On en déduit que :

$$a = \frac{T_i - T_e}{e} < 0$$

3. Pour $x < 0$, la température extérieure est constante, soit $T = T_e$.
Pour $0 < x < e$, la température décroît de manière linéaire, soit :

$$T = \frac{T_i - T_e}{e}x + T_e$$

Pour $x > e$, la température intérieure est constante, soit :

$$T = T_i$$

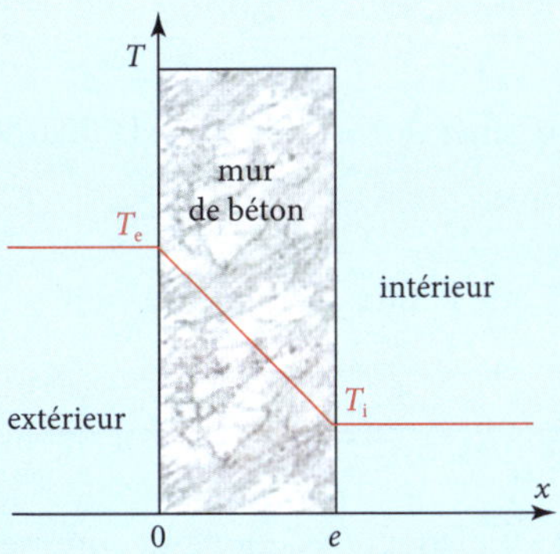

EXERCICE 2

Calculer la résistance thermique d'un ensemble de matériaux

Énoncé

Un système de double vitrage comprend deux vitres de verre d'épaisseur e entre lesquelles on emprisonne une épaisseur e' de diazote. Soit λ_v et λ_{N2} les conductivités thermiques, respectivement du verre et du diazote.

Déterminer la résistance thermique équivalente au double vitrage. On note T_e la température extérieure et T_i la température intérieure avec $T_e < T_i$.

Méthode

1 Donner l'expression de chacune des résistances thermiques, en ne considérant que les phénomènes de conduction. Exprimer R en fonction du flux et de l'épaisseur.

2 Faire l'hypothèse que le flux est conservé (il est le même dans chaque partie de l'assemblage de matériaux) et en déduire que la résistance équivalente est la somme des résistances de chaque matériau.

3 Proposer alors une expression de R en fonction de l'épaisseur de chaque partie et de la surface S commune traversée par le flux thermique.

Corrigé

Réflexe à avoir
Penser à utiliser l'analogie électrique.

1. Par définition de la résistance thermique, en notant T_1 et T_2 les températures à la jonction verre/diazote et à la jonction diazote/verre, on a :

$$R_1 = \frac{T_1 - T_e}{\phi_1} = \frac{e}{\lambda_v S} \; ; \; R_2 = \frac{T_2 - T_1}{\phi_2} = \frac{e'}{\lambda_{N2} S} \; ; \; R_3 = \frac{T_i - T_2}{\phi_3} = \frac{e}{\lambda_v S}.$$

2. De manière générale, on considère le flux global ϕ tel que :

$$R = \frac{T_i - T_e}{\phi}$$

En supposant que le flux se conserve, soit $\phi_1 = \phi_2 = \phi_3 = \phi$, on peut alors écrire :

$$R_1 + R_2 + R_3 = \frac{T_1 - T_e}{\phi} + \frac{T_2 - T_1}{\phi} + \frac{T_i - T_2}{\phi} = \frac{T_i - T_e}{\phi} = R$$

La résistance équivalente est donc la somme des résistances thermiques.

3. On en déduit :

$$R = \frac{e}{\lambda_v S} + \frac{e'}{\lambda_{N2} S} + \frac{e}{\lambda_v S} = 2\frac{e}{\lambda_v S} + \frac{e'}{\lambda_{N2} S}$$

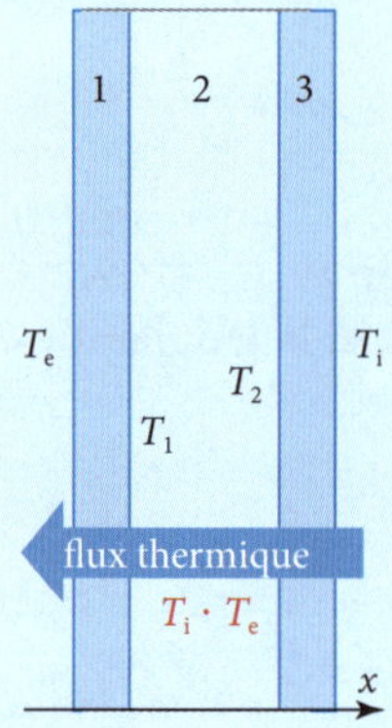

Chapitre 15

Caractériser les phénomènes ondulatoires

1 Ondes sonores

De quoi s'agit-il ? **Une onde sonore est une onde acoustique audible. Elle est caractérisée par son intensité ou son niveau sonore et son atténuation.**

1 Propriétés

- Une **onde acoustique** est une onde longitudinale qui se propage par compression/dilatation de l'air.
- Notre récepteur, l'oreille, est sensible aux ondes acoustiques de fréquence comprise **entre 20 Hz et 20 kHz** : les **ondes sonores**.

Remarque

Les ondes acoustiques non audibles de basses fréquences sont appelées infrasons, alors que les ondes acoustiques non audibles de hautes fréquences sont appelées ultrasons.

2 Intensité et niveau sonores

On définit l'**intensité acoustique** $\boldsymbol{I}$ s'exprimant en $\mathrm{W \cdot m^{-2}}$ comme la puissance acoustique P reçue par un récepteur, par unité de surface S :

$$I = \frac{P}{S} \text{ avec } \begin{cases} P : \text{puissance (en W)}, \\ S : \text{surface (en m}^2\text{)}. \end{cases}$$

- Cette intensité acoustique est liée à la sensation de notre récepteur. Pour l'oreille humaine, l'intensité acoustique minimale perçue est $I_0 = 10^{-12}\ \mathrm{W \cdot m^{-2}}$, et le seuil de douleur se situe à $I = 25\ \mathrm{W \cdot m^{-2}}$.

Exemples

L'intensité acoustique d'une conversation normale se situe autour de $10^{-6}\ \mathrm{W \cdot m^{-2}}$; le bruit d'un marteau-piqueur, qualifié de dangereux, autour de $10^{-2}\ \mathrm{W \cdot m^{-2}}$; le bruit d'une fusée au décollage, qualifié de douloureux, autour de $10^{2}\ \mathrm{W \cdot m^{-2}}$.

- Le physiologiste allemand G. Fechner (1801-1887) a remarqué que les sensations variaient de manière logarithmique.

Le **niveau d'intensité sonore** $\boldsymbol{L}$, exprimé en décibels (dB), est défini par :

$$L = 10 \log\left(\frac{I}{I_0}\right) \text{ avec } \begin{cases} \log : \text{fonction logarithme décimal}, \\ I : \text{intensité acoustique (en W} \cdot \text{m}^{-2}\text{)}, \\ I_0 : \textbf{intensité de référence } (I_0 = 10^{-12}\ \text{W} \cdot \text{m}^{-2}). \end{cases}$$

3 Atténuation

L'**atténuation** caractérise l'affaiblissement du signal transmis au cours de sa propagation.

- Les raisons de l'atténuation d'un signal sont multiples : phénomènes de diffusion, absorption par le milieu de propagation, phénomène de réflexions parasites…
- On définit généralement un **facteur d'atténuation acoustique** α ou facteur d'affaiblissement acoustique exprimé en décibels (dB).

Le lien entre les puissances d'entrée et de sortie s'écrit :

$$\alpha = \frac{P_s}{P_e} = \frac{I_s}{I_e}$$ avec P_e et P_s : puissances d'entrée et de sortie (en W), I_e et I_s : intensités acoustiques d'entrée et de sortie (en $W \cdot m^{-2}$) du signal à transmettre.

- On peut aussi définir un **niveau d'atténuation acoustique** comme $\log \alpha = \log \frac{P_s}{P_e}$.

Exercice résolu

Calculer un niveau sonore ou une intensité sonore

ÉNONCÉ

1. Calculer le niveau sonore d'un restaurant scolaire dont l'intensité acoustique est de l'ordre de 10^{-4} $W \cdot m^{-2}$.
2. Exprimer et calculer l'intensité sonore du passage d'une voiture de Formule 1 sur un circuit F1 dont le niveau sonore atteint 120 dB.

CORRIGÉ

1. $L = 10\log\left(\frac{I}{I_0}\right)$.

A. N. : $L = 10\log\left(\frac{10^{-4}}{10^{-12}}\right) = 10\log(10^8) = 10 \times 8 = 80$ dB.

2. Si $L = 10\log\left(\frac{I}{I_0}\right)$, alors $\frac{L}{10} = \log\left(\frac{I}{I_0}\right)$ et $\frac{I}{I_0} = 10^{\frac{L}{10}}$, soit $I = I_0 10^{\frac{L}{10}}$.

A. N. : $I = 10^{-12} \times 10^{120/10} = 10^{-12} \times 10^{12} = 10^0$, d'où finalement $I = 1$.

Remarque
Ce niveau sonore est qualifié de « fatigant » pour l'oreille humaine.

2 Diffraction

De quoi s'agit-il ? **Le phénomène de diffraction apparaît lorsqu'une onde traverse un objet dont les dimensions sont de l'ordre de la longueur d'onde ou inférieures à elle.**

1 Conditions d'observation et caractéristiques

- Lorsqu'une onde (un signal acoustique ou lumineux) rencontre un objet de petites dimensions ou une ouverture de petites dimensions, si ces dimensions sont de l'ordre de grandeur de la longueur d'onde du signal, le principe de propagation rectiligne de l'onde progressive n'est plus respecté. On parle alors de **diffraction du signal par l'objet ou l'ouverture**.

• En TP, on peut mettre en évidence le phénomène de diffraction dans le cas de la lumière monochromatique par le passage d'un laser dans une fente verticale par exemple. Le faisceau lumineux, après passage par la fente, est récupéré sur un écran perpendiculaire au faisceau laser incident.

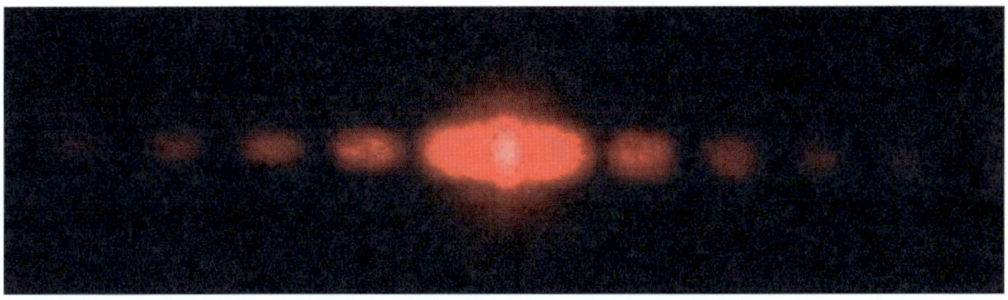

Figure de diffraction d'une fente verticale

On observe une figure horizontale alors que l'obstacle est vertical : la figure obtenue est perpendiculaire à l'obstacle. Elle se compose d'une série de petits traits de longueur identique à l'exception de celui du centre, appelé **tache centrale de diffraction**, de longueur double. L'intensité lumineuse diminue au fur et à mesure que l'on s'éloigne de la tache centrale.

• Dans le cas d'une lumière polychromatique ou d'une lumière blanche, on observe en plus des **irisations** de la figure de diffraction : le trajet des rayons lumineux dépend de la longueur d'onde du signal.

2 Angle caractéristique de diffraction

Reprenons l'expérience de la diffraction de l'onde monochromatique du laser par une fente. Soit $2d$ la largeur de la tache centrale de diffraction, D la distance entre l'ouverture et l'écran, et a la dimension de l'ouverture.

L'**ouverture angulaire** θ (en rad) d'un faisceau diffracté par un obstacle est telle que :

$$\tan\theta \simeq \theta = \frac{d}{D} = \frac{\lambda}{a}$$ avec d, D et λ définies par le schéma ci-après (en m)

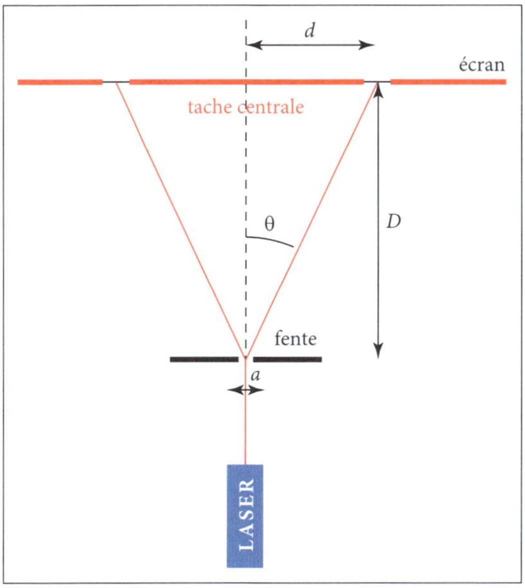

Remarque
Cette relation définissant l'ouverture angulaire d'un faisceau diffracté se généralise pour les petites ouvertures.

Exercice résolu

Déterminer la longueur d'onde

ÉNONCÉ

La figure de diffraction d'un fil calibré de 122 μm de diamètre donne une figure de diffraction dont la tache centrale mesure 4,2 cm pour une distance fil-écran de 3,90 m. Déterminer la longueur d'onde de la diode laser utilisée.

CORRIGÉ

L'énoncé précise que $a = 122 \times 10^{-6}$ m, $2d = 4{,}2 \times 10^{-2}$ m et $D = 3{,}90$ m.

La relation de l'ouverture angulaire est telle que $\theta = \frac{d}{D} = \frac{\lambda}{a}$ soit $\lambda = \frac{ad}{D}$.

A. N. : $\lambda = \frac{122 \times 10^{-6} \times (4{,}2 \times 10^{-2}/2)}{3{,}90} = 66 \times 10^{-8}$ m, soit environ 0,66 μm, valeur appartenant bien au spectre de la lumière visible.

Méthode

Bien identifier les différentes distances de l'énoncé.

3 Interférences à deux ondes

De quoi s'agit-il ? **Lorsqu'une onde traverse un dispositif multi-ouvertures, on observe un phénomène d'interférence.**

1 Conditions d'observation

En TP, on peut mettre en évidence le phénomène d'interférences avec des ultrasons par exemple : on place côte à côte deux émetteurs ultrasonores E_1 et E_2 identiques. On déplace ensuite un récepteur R en face des émetteurs, suivant une droite parallèle à (E_1E_2). On observe alors, à l'aide d'un oscilloscope relié à R, qu'en certains points de l'espace, l'amplitude du signal reçu **peut être maximale** et qu'en d'autres, elle **peut être nulle**. On note d_1 la distance émetteur E_1-R et d_2 la distance émetteur E_2-R.

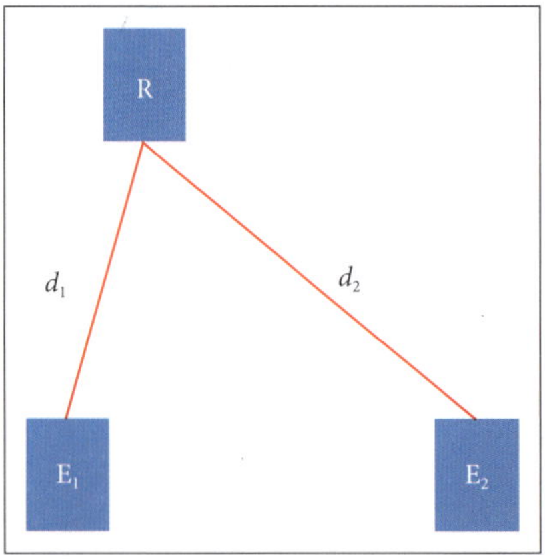

Dans le cas de deux signaux cohérents, souvent produits à partir d'une même source S primaire, on peut observer des **franges d'interférence,** soit une succession de franges sombres (intensité nulle) et de franges très brillantes (maxima d'intensité).

2 Différence de marche, interférences constructives et destructives

- Dans le cas de l'expérience ci-avant, on définit la **différence de marche**, notée δ et s'exprimant en mètres, comme la différence entre les distances d_1 et d_2 parcourues :

$$\delta = d_2 - d_1$$

Remarque

Dans un milieu homogène d'indice $n \neq 1$, on définit plus généralement la différence de marche comme $\delta = n(d_2 - d_1)$.

Lorsque la différence de marche δ est un multiple de la longueur d'onde, les interférences sont dites **constructives : $\delta = k\lambda$** avec $k \in \mathbb{Z}$. Les signaux sont alors en phase.
En revanche, lorsque $\boldsymbol{\delta = \left(k + \frac{1}{2}\right)\lambda}$ avec $k \in \mathbb{Z}$, **les interférences sont destructives**. Les signaux sont alors en opposition de phase.

Exercice résolu

Montrer que le centre correspond à des interférences constructives

ÉNONCÉ

À la surface de l'eau, une source ponctuelle génère une onde de surface. On place un obstacle percé de 2 trous.
Montrer qu'en O, les interférences sont constructives.

CORRIGÉ

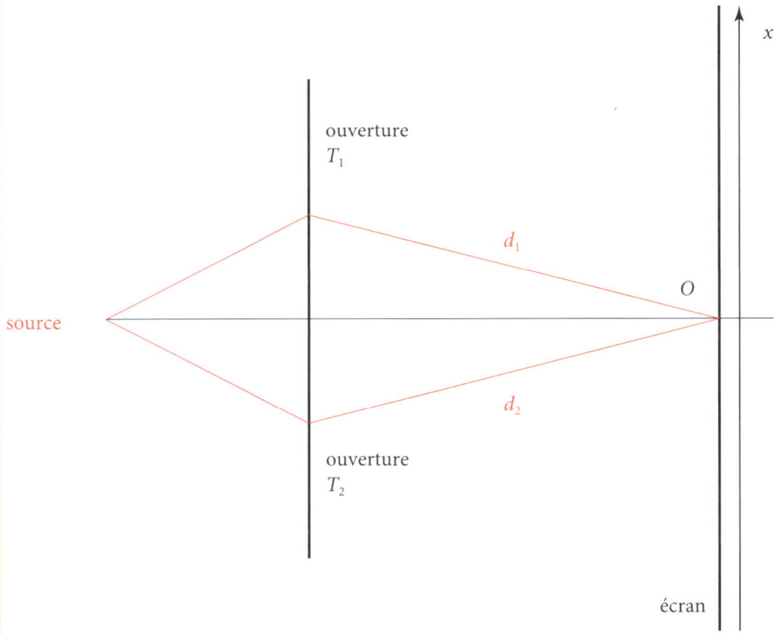

Méthode

Calculer la différence de marche pour démontrer que les interférences sont constructives ou destructives.

Dans le cas de ce dispositif, les ondes interférant au centre O de la figure d'interférence sont des rayons symétriques : les chemins optiques sont donc identiques. On a ainsi $d_1 = d_2$ et finalement $\delta = d_2 - d_1 = 0$.
La condition d'interférence constructive étant de la forme $\delta = k\lambda$ avec $k \in \mathbb{Z}$, la valeur $k = 0$ correspond bien à la situation présente.

4 Cas des interférences lumineuses

De quoi s'agit-il ? **On traite le cas des interférences lumineuses dans un dispositif de fentes d'Young.**

1 Expérience des trous ou des fentes d'Young

- Le dispositif des **fentes d'Young** est le suivant : un faisceau de lumière monochromatique est émis en direction d'une plaque opaque percée de deux fentes F_1 et F_2 très fines. Derrière la plaque, on observe sur un écran une répartition d'intensité lumineuse $I(x)$.

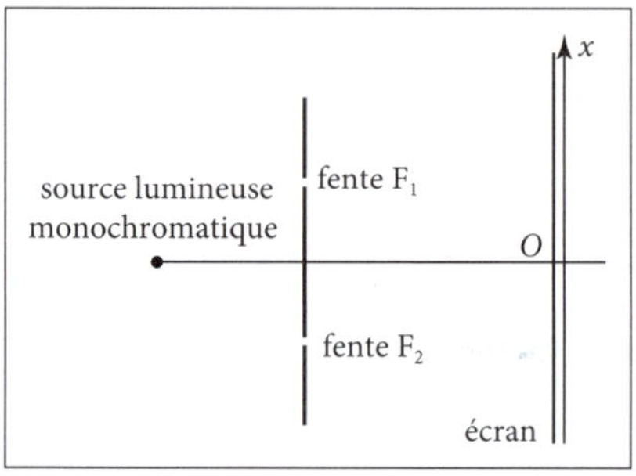

- On peut alors observer que :
  - si l'une des deux fentes est obstruée, par exemple F_2, l'écran présente la figure de diffraction de la fente ouverte d'intensité $I_1(x)$;
  - si les deux fentes sont ouvertes, l'écran présente des franges d'interférence, et $I(x)$ ne correspond pas à la somme des intensités produites par F_1 et F_2 séparément : $I(x) \neq I_1(x) + I_2(x)$;
  - si l'on diminue l'intensité lumineuse de la source, afin que les photons arrivent un à un sur la plaque, chaque photon produit un impact localisé sur l'écran, passant aléatoirement par l'une ou l'autre des fentes et reconstruisant les franges d'interférence ;
  - si l'on place un détecteur sur l'une des fentes, on n'obtient pas de franges d'interférence, mais la figure de diffraction de l'autre fente.

- Dans le cas des ondes lumineuses monochromatiques, l'expérience des fentes d'Young présente une série de franges dites **franges d'interférence**. Certains endroits M de l'écran présentent aussi des points d'intensité lumineuse maximale (franges brillantes) et des points d'intensité nulle (franges sombres).

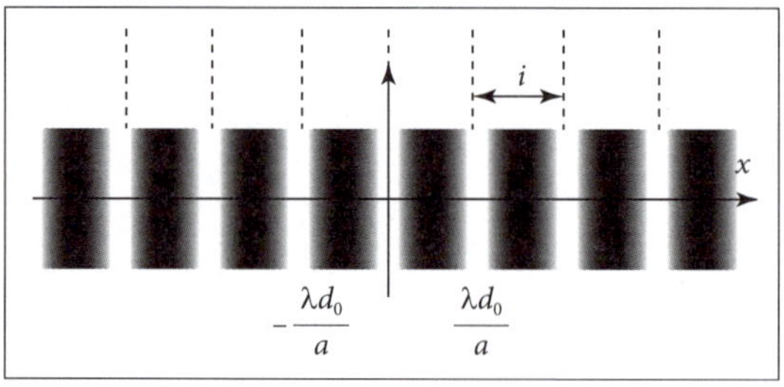

- Dans le cas d'une lumière polychromatique ou d'une lumière blanche, les figures d'interférence dues à chaque longueur d'onde se **superposent** sur l'écran, créant des franges de plus en plus irisées au fur et à mesure que l'on s'éloigne du centre de la figure.

2 Interfrange

L'**interfrange** i (en m) est la distance entre deux franges brillantes [resp. sombres] consécutives :

$$\boldsymbol{i = \frac{\lambda d_0}{a}} \text{ avec } \begin{cases} a : \text{distance entre les fentes (en m),} \\ d_0 : \text{distance fente-écran (en m),} \\ \lambda : \text{longueur de la source (en m).} \end{cases}$$

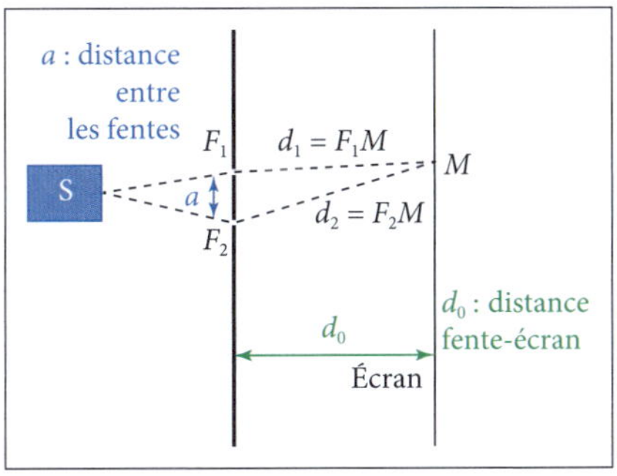

Exercice résolu

Déterminer la position d'un point M de la figure d'interférence

ÉNONCÉ

On utilise le dispositif des trous d'Young avec un laser de fréquence $f = 4{,}74 \times 10^{14}$ Hz. En un point M de l'écran, la différence de marche est $\delta = 6{,}33$ µm. En déduire la position de M dans la figure d'interférence.

CORRIGÉ

La longueur d'onde de l'onde lumineuse est $\lambda = \dfrac{c}{f}$, avec c la célérité de la lumière. On en déduit la valeur de λ : $\lambda = \dfrac{3{,}00 \times 10^{8}}{4{,}74 \times 10^{14}} = 6{,}33 \times 10^{-7}$ m.

Or $\dfrac{\delta}{\lambda} = \dfrac{6{,}33 \times 10^{-6}}{6{,}33 \times 10^{-7}} = 10$. On est dans le cas d'une condition d'interférence constructive : M appartient donc à une frange brillante.

Méthode

Calculer la valeur de la longueur d'onde, puis le rapport δ/λ afin d'identifier une condition d'interférence constructive ou destructive.

5 Effet Doppler

De quoi s'agit-il ? Lorsqu'une source émettrice est en mouvement par rapport à un récepteur, la fréquence du signal émis varie relativement au rapport de la vitesse relative émetteur-récepteur et de celle de l'onde.

1 Décalage en fréquence dans le cas de faibles vitesses

- Pour comprendre le phénomène, imaginons une source qui lance des balles à la vitesse c avec un temps entre deux balles, ou période d'émission, noté T_e. Supposons, de plus, que le récepteur des balles se déplace parallèlement à la direction des lancers à la vitesse v.

Le temps qui sépare deux réceptions de balle est noté T_r : il est plus grand que T_e, car entre deux balles, le récepteur s'est éloigné davantage de la source.

Pendant ce temps supplémentaire, la balle a parcouru une distance correspondant à $c(T_r - T_e)$, et le récepteur s'est reculé d'une même distance correspondant à vT_r.

Finalement, on a $c(T_r - T_e) = vT_r$, soit $T_r = \dfrac{1}{1 - \dfrac{v}{c}} T_e$.

La relation sur les fréquences correspondante est :

$$f_r = \left(1 - \frac{v}{c}\right) f_e, \text{ soit } \frac{f_e - f_r}{f_e} = \frac{v}{c}$$

Remarque

On peut généraliser à tout signal de fréquence f_e reçu à la fréquence f_r. En général, on s'intéresse au cas des ondes acoustiques et électromagnétiques.

- On peut aussi considérer un récepteur s'approchant de la source à la vitesse v, l'expression précédemment établie se retrouve en changeant v en $-v$:

$$f_r = \left(1 + \frac{v}{c}\right) f_e \quad \text{soit} \quad \frac{f_r - f_e}{f_e} = \frac{v}{c}$$

Lorsqu'un signal de fréquence f est reçu par un récepteur en mouvement à la vitesse v par rapport à la source, la variation de fréquence Δf est telle que :

$$\frac{\Delta f}{f} = \frac{v}{c} \text{ avec}$$

- f : fréquence du signal lors de l'émission (en Hz),
- v : vitesse de déplacement du récepteur par rapport à la source (en $m \cdot s^{-1}$),
- c : célérité du signal (en $m \cdot s^{-1}$).

- Si le récepteur se rapproche de la source, la fréquence perçue est plus grande, alors que s'il s'éloigne, la fréquence perçue est plus petite.

Exemple

Dans le cas des ondes acoustiques, l'effet Doppler est perceptible lors du passage d'un véhicule de pompiers ou d'une ambulance : la fréquence du signal sonore change entre son approche (son plus aigu) et son éloignement (son plus grave).

2 Décalage Doppler

- **Exemple 1** : Lorsqu'une **source acoustique** se rapproche ou s'éloigne de l'observateur fixe, la variation relative de fréquence est égale au rapport v/c. Connaissant la célérité des sondes c, on en déduit la vitesse v. Ce principe est utilisé avec des ondes ultrasonores, par exemple dans le cas des sonars.

- **Exemple 2** : Lorsqu'une **source lumineuse** se rapproche de la Terre, la fréquence apparente de son rayonnement augmente, et sa lumière se déplace vers la partie bleue du spectre. Inversement, si la source s'éloigne, la fréquence apparente de l'onde émise diminue, et la lumière est décalée vers le rouge.

On appelle **Redshift**, noté z, sans unité, le décalage vers le rouge d'une source astronomique s'éloignant de nous :

$$z = \frac{\Delta f}{f} = \frac{v}{c}$$

Exercice résolu

Déterminer la vitesse d'éloignement

ÉNONCÉ

Un des quasars les plus célèbres chez les astronomes amateurs est le quasar 3C 273, situé dans la constellation de la Vierge. Son Redshift est de $z = 0{,}158$.
Déterminer sa vitesse d'éloignement.

CORRIGÉ

Le Redshift est défini comme $z = \frac{\Delta f}{f} = \frac{v}{c}$, soit $v = zc$.

A. N. : $v = 0{,}158 \times 3{,}00 \times 10^8 = 0{,}474 \times 10^8\ m \cdot s^{-1}$ ou $v = 4{,}74 \times 10^7\ m \cdot s^{-1}$.

Rappel

Le signal reçu est un signal électromagnétique, donc c correspond à la vitesse de la lumière dans le vide.

Révision express

Les points importants à retenir

- Apprenez par cœur :
  - les relations mathématiques définissant l'intensité sonore et le niveau sonore, l'ouverture angulaire lors d'un phénomène de diffraction, l'interfrange, la différence de marche lors d'un phénomène d'interférences et la variation relative de fréquence lors d'un effet Doppler ;
  - les conditions d'interférences constructives et destructives.

- Retenez :
  - que le phénomène de diffraction est observable lorsque l'objet ou l'ouverture diffractant ont des dimensions de l'ordre de grandeur de la longueur d'onde du rayonnement ;
  - que lors d'un effet Doppler, si le récepteur se rapproche de la source, la fréquence perçue est plus grande, alors que s'il s'éloigne, la fréquence perçue est plus petite.

- Soyez capable :
  - d'identifier le type d'interférence ;
  - de schématiser un dispositif de diffraction et d'interférence ;
  - d'identifier une onde longitudinale et une onde transversale.

Quiz

Cochez la (ou les) bonne(s) réponse(s) :

1. Le niveau acoustique L d'un signal :

☐ **a.** s'exprime en dB.

☐ **b.** est une grandeur additive.

☐ **c.** est proportionnel à l'intensité I.

2. Deux franges brillantes d'interférence :

☐ **a.** ont une distance d'une ou de plusieurs interfranges sur l'écran.

☐ **b.** ont une différence de marche nulle.

☐ **c.** sont de même intensité.

3. Considérant un effet Doppler :

☐ **a.** le signal sonore est plus aigu lorsque la source se rapproche du récepteur.

☐ **b.** la fréquence diminue lors de l'éloignement de la source.

☐ **c.** le décalage est défini comme la variation relative de fréquence.

4. La figure de diffraction d'un fil par un faisceau laser est la même que celle d'une fente de même dimension, au point d'impact du laser près.

☐ **a.** Vrai ☐ **b.** Faux

5. Les interférences lumineuses ne peuvent être créées qu'à partir de deux sources secondaires issues d'une même source primaire pour des questions de cohérence.

☐ **a.** Vrai ☐ **b.** Faux

→ Réponses p. 493

EXERCICE

Déterminer expérimentalement le diamètre d'un fil

Énoncé

En TP, un élève mesure la largeur L (en cm) de la tache centrale de la figure de diffraction d'un laser passant à travers une série de fils calibrés.

Le tableau récapitulatif des résultats obtenus est donné ci-après, D représentant le diamètre du fil. L'élève mesure également avec le même dispositif la largeur L de la figure de diffraction obtenue grâce à un cheveu mis dans le rayon laser.

Déterminer le diamètre de ce cheveu tel que $L_{cheveu} = 4{,}5$ cm.

D (µm)	56	80	100	133	162	200
L (cm)	6	4,2	3,5	2,5	2	1,5

Méthode

1 Tracer la courbe représentative du diamètre D en fonction de l'inverse de la largeur de la tache centrale de diffraction après avoir calculé les valeurs de $\frac{1}{L}$ (en cm^{-1}).

En TP, on peut utiliser un logiciel permettant de créer la variable inv$L = \frac{1}{L}$ par exemple et d'afficher la courbe $D = f(\text{inv}L)$.

2 Modéliser ensuite la courbe obtenue par une droite passant par l'origine.

3 Utiliser alors cette droite comme abaque : pour $L_{cheveu} = 4{,}5$ cm, calculer $\frac{1}{L_{cheveu}}$ et repérer le point d'abscisse $\frac{1}{L_{cheveu}}$ sur la droite. L'ordonnée de ce point correspond alors à la valeur du diamètre recherché.

Corrigé

1. Les valeurs de inv$L = \frac{1}{L_{cheveu}}$ (en m^{-1} ou 1/m) sont telles que :

D (µm)	56	80	100	133	162	200
L (cm)	6	4,2	3,5	2,5	2	1,5
inv*L* (1/m)	16,7	23,8	28,6	40	50	66,7

On trace ensuite la courbe représentative $D = f(\text{inv}L)$.

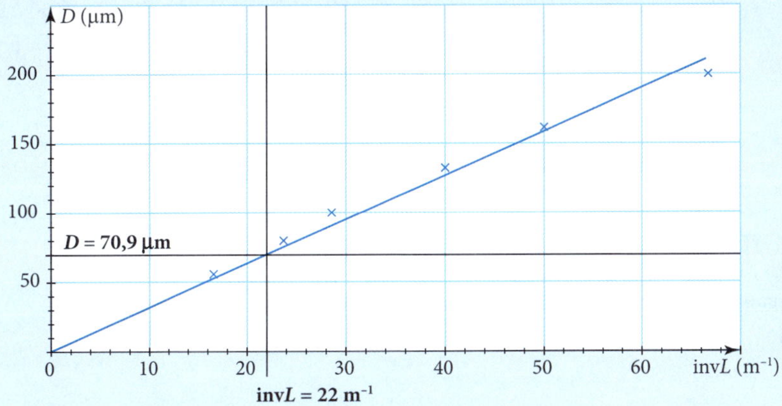

Réflexe à avoir
Pour tracer la courbe $D = f(\text{inv}L)$, il faut mettre le diamètre D en ordonnée et inv$L$ en abscisse.

2. Il faut modéliser le nuage de points obtenu par une fonction linéaire, soit faire passer le plus proche possible de tous ces points une droite passant par l'origine.
Ici, le logiciel utilisé en séance de TP propose une droite dont l'écart type est d'environ 5 %.

3. La largeur de la tache centrale de diffraction obtenue avec le cheveu inconnu et sans toucher au dispositif expérimental est :

$$L_{\text{cheveu}} = 4{,}5 \text{ cm, soit } L_{\text{cheveu}} = 4{,}5 \times 10^{-2} \text{ m}$$

On en déduit alors :

$$\frac{1}{L_{\text{cheveu}}} = \frac{1}{4{,}5 \times 10^{-2}} = 22{,}2 \text{ m}^{-1}$$

On reporte ensuite cette valeur en inv$L$ sur la courbe précédente : elle correspond à l'abscisse d'un point dont l'ordonnée est $D_{\text{cheveu}} = 70{,}9$ µm, soit environ 71 µm.
En séance de TP, la fonction « réticule » permet, comme le montre la figure précédente, d'obtenir cette valeur.
Finalement, on en déduit que le cheveu a un diamètre de l'ordre de **70 µm** en tenant compte de la précision des mesures de l'élève et du pourcentage d'erreur du logiciel.

Chapitre 16 Former des images

1 Lentilles minces

De quoi s'agit-il ? L'image d'un objet à travers une lentille se détermine géométriquement ou de manière analytique.

1 Lentilles minces convergentes

- Une lentille mince est un objet en matériau transparent ayant un axe de symétrie et un centre O appelé **centre optique**.

Parmi les lentilles minces, il existe des lentilles dites **convergentes.** Un faisceau de lumière parallèle dont la trajectoire est perpendiculaire à l'axe de la lentille convergente (rayons provenant de l'infini) converge en un point unique derrière la lentille appelé **foyer focal image**. On le note F'.

- La distance focale f' d'une lentille se définit alors comme la distance entre le centre O de la lentille et le foyer focal image F' : $f' = \overline{OF'} > 0$, la notation $\overline{OF'}$ signifiant « valeur algébrique » de la distance entre le centre optique O et le foyer focal image F' de la lentille.
- Les distances sont algébriques et comptées positivement dans le sens de la propagation de la lumière.

La vergence C, exprimée en dioptries (en δ), est l'inverse de la distance focale f'(en m) : $$C = \frac{1}{f'}$$

2 Rayons principaux

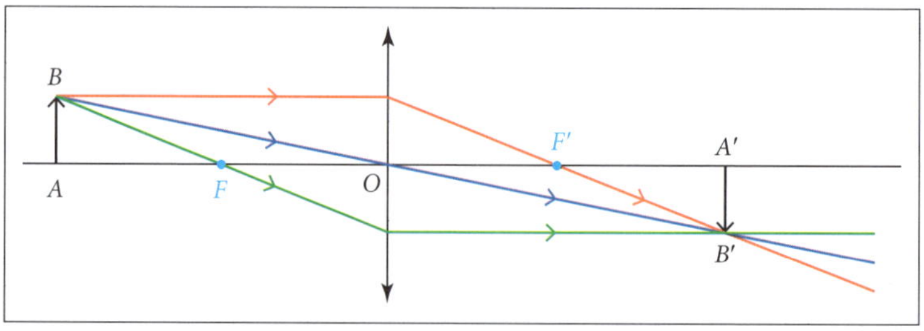

Il existe trois rayons particuliers, appelés rayons principaux, qui permettent d'obtenir l'image $A'B'$ d'un objet AB à travers une lentille convergente :
– le rayon passant par le centre optique O de la lentille qui n'est jamais dévié (tracé bleu) ;
– avant la lentille, le rayon passant par le foyer focal objet F, symétrique de F' par rapport à cette dernière, qui repart parallèle à l'axe optique après la lentille (tracé vert) ;
– avant la lentille, le rayon parallèle à l'axe optique qui converge après la lentille en F' (tracé orange).

3 Relations de conjugaison et du grandissement

- Avec la notation algébrique, les relations de conjugaison et du grandissement permettent de calculer la position de l'image $\overline{OA'}$ par rapport à la lentille, ainsi que sa taille $\overline{A'B'}$.

- La position de A', point image conjugué du point objet A à travers la lentille de centre optique O et de foyer focal image F', est telle que :

> **Remarque**
> Bien penser à mettre toutes les distances algébriques en mètres avant une application numérique et à vérifier leur signe ! C'est la source de toutes les erreurs…

$$\frac{1}{\overline{OA'}} - \frac{1}{\overline{OA}} = \frac{1}{\overline{OF'}} = C$$ avec
- $\overline{OA'}$: distance algébrique de O à A' (en m),
- $\overline{OA}$: distance algébrique de O à A (en m),
- $\overline{OF'}$: distance focale de la lentille (en m),
- C : vergence de la lentille (en δ).

- La taille de l'image $A'B'$ est telle que $\frac{\overline{A'B'}}{\overline{AB}} = \frac{\overline{OA'}}{\overline{OA}}$, les grandeurs algébriques sont comptées positivement lorsqu'elles sont orientées de bas en haut.

- Le grandissement, noté γ sans unité, est le rapport algébrique entre la taille de l'image et celle de l'objet :

$$\gamma = \frac{\overline{A'B'}}{\overline{AB}} = \frac{\overline{OA'}}{\overline{OA}}$$ avec
- γ : grandissement (sans unité),
- $\overline{A'B'}$, $\overline{AB}$, $\overline{OA'}$ et $\overline{OA}$: distances algébriques (en m).

- Si $\gamma > 0$, l'image est dite droite par rapport à l'objet ; elle est renversée dans le cas contraire.

- Si $|\gamma| > 1$, l'image est agrandie par rapport à l'objet ; elle est réduite dans le cas contraire.

2 Modèle d'une lunette astronomique

De quoi s'agit-il ? **Une lunette astronomique est un instrument d'optique composé de deux lentilles.**

1 Constitution d'une lunette astronomique

- Une lunette astronomique est un instrument optique généralement destiné à effectuer des observations vers le ciel et de nuit. Elle peut être utilisée en vision diurne dans la mesure où l'observateur ne regarde pas directement un objet céleste très lumineux.

- La lunette est un instrument de type **réfracteur** : les rayons lumineux traversent l'instrument optique par une première lentille convergente sans réflexion.

- Une lunette est constituée d'un tube portant une lentille (ou un groupe de lentilles) à chaque extrémité. Les deux lentilles ou systèmes convergents sont alignés sur le même axe optique :
  - la plus grosse lentille, appelée **objectif**, est de grande distance focale. Elle capte les rayons issus d'un objet céleste situé à l'infini ou à très grande distance et permet d'en donner une image intermédiaire dans son plan focal image ;
  - la plus petite lentille, appelée **oculaire**, est la lentille proche de l'œil de courte distance focale. Elle permet d'observer l'image intermédiaire afin que l'œil n'accommode pas.

> **Remarque**
> L'oculaire transforme l'image intermédiaire en image à l'infini : les rayons lumineux arrivent parallèles au niveau de la rétine, l'œil n'a pas besoin d'accommoder, et la vision est confortable, ne demandant aucun effort.

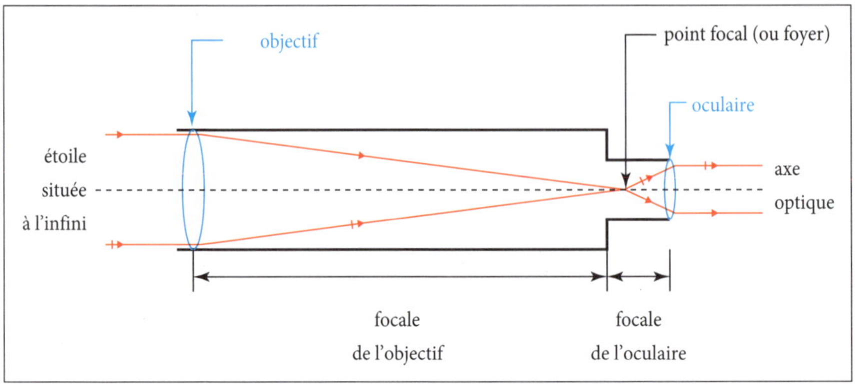

2 Accommodation

- Un œil normal voit sans effort des objets éloignés. On dit que l'œil est au **repos**. La distance cristallin-rétine est alors égale à la **distance focale** $f' = \overline{OF'}$ de la lentille convergente.

- En revanche, un œil normal doit effectuer un effort pour voir nettement les objets proches : les muscles de l'œil agissent alors sur le cristallin, qui se bombe pour former une image sur la rétine, la distance rétine-cristallin étant fixée. Ce changement de la courbure du cristallin est appelé **accommodation**.

3 Schéma d'une lunette afocale

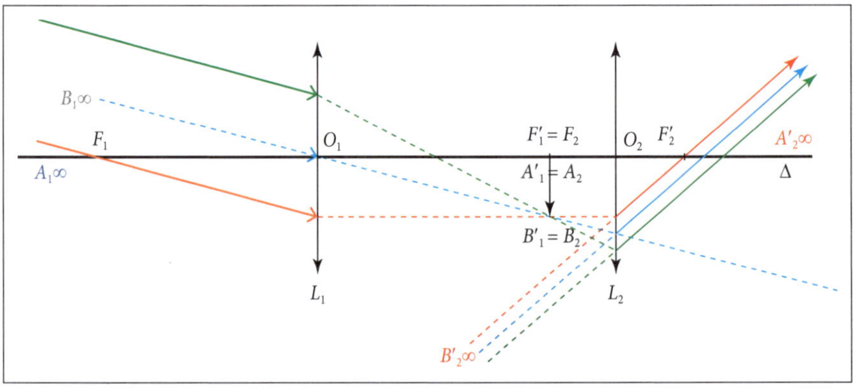

- L'objet A_1B_1 est à l'infini, les rayons traversant l'objectif L_1 sont parallèles. Ils convergent dans le plan focal image de l'objectif en $A'_1B'_1$, image intermédiaire.

- $A'_1B'_1$ devient alors objet A_2B_2 pour l'oculaire L_2 : l'image intermédiaire étant aussi dans le plan focal objet de L_2, son image $A'_2B'_2$ est à l'infini.

> Une lunette est **afocale** lorsque, d'un objet situé à l'infini, elle donne une image à l'infini.

- Dans ce cas, le plan focal image de l'objectif est confondu avec le plan focal objet de l'oculaire. Ces deux plans correspondent au plan dans lequel se situe l'image intermédiaire. Il en résulte que le foyer focal image F'_1 de l'objectif, le foyer focal objet F_2 de l'oculaire et le point situé sur l'axe optique de l'image intermédiaire sont confondus.

3 Grossissement d'une lunette afocale

De quoi s'agit-il ? Le grossissement est caractéristique de la lunette.

1 Expression du grossissement *G*

Le **grossissement** d'une lunette, grandeur sans unité, est le rapport entre l'angle β sous lequel est vu l'objet à travers la lunette et l'angle α sous lequel il est vu à l'œil nu :

$$G = \frac{\beta}{\alpha}$$ avec α et β en radians (en rad) ou en degrés (en °)

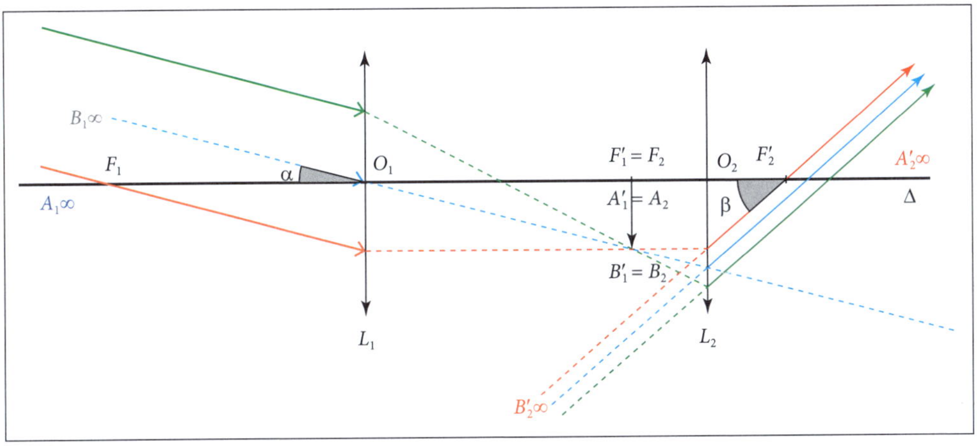

On peut démontrer (voir exercice résolu) que le grossissement d'une lentille afocale est le rapport des distances focales de l'objectif sur l'oculaire. La vergence étant l'inverse de la distance focale, le grossissement correspond aussi au rapport de la vergence de l'oculaire sur celui de l'objectif.

Dans le cas de petits angles, pour une lunette afocale :

$$G = \frac{f'_1}{f'_2} = \frac{C_2}{C_1}$$ avec f'_1 et f'_2 : distances focales des lentilles L_1 objectif et L_2 oculaire (en m), C_1 et C_2 : vergence (en dioptries δ).

2 Données caractéristiques d'une lunette commerciale

Les données caractéristiques d'une lunette sont :
- le diamètre de l'objectif et sa distance focale (en mm) : une lunette 60/700 correspond à un instrument dont le diamètre de l'objectif est de 60 mm et la distance focale de 700 mm ;
- les distances focales des oculaires (en mm) : une lunette a généralement plusieurs oculaires dont les distances focales peuvent être 20 mm, 12,5 mm et 4 mm ;
- le grossissement maximal : 140 fois par exemple ;
- d'autres données telles que la hauteur du trépied, la présence d'un prisme, les caractéristiques d'un réticule, etc.

Exercice résolu

Établir la formule du grossissement d'une lunette afocale

ÉNONCÉ

En se basant sur le schéma de la lunette afocale ci-avant et dans le cas de petits angles, montrer que le grossissement est égal au rapport des vergences.

CORRIGÉ

Considérons le rayon passant par le centre optique O_1 de l'objectif (en pointillés bleus ci-avant). Après la lentille, il se prolonge sans déviation en B_1' appartenant au plan focal image de L_1.

Dans le cas de petits angles, on a :

$$\alpha \approx \tan\alpha = \frac{A_1'B_1'}{O_1F_1'} = \frac{A_1'B_1'}{f_1'}$$

L'astuce du prof

Dans le cas de petits angles, un angle θ peut être assimilé à sa tangente : $\theta \approx \tan\theta$.

À la sortie de l'oculaire, les rayons sont parallèles et tels que, toujours dans le cas de petits angles, on a :

$$\beta \approx \tan\beta = \frac{A_2'B_2'}{O_2F_2'} = \frac{A_1'B_1'}{O_1F_2'} = \frac{A_1'B_1'}{f_2'}$$

Le grossissement est alors :

$$G = \frac{\beta}{\alpha} = \frac{\dfrac{A_1'B_1'}{f_2'}}{\dfrac{A_1'B_1'}{f_1'}} = \frac{f_1'}{f_2'}$$

Or la vergence d'une lentille convergente est l'inverse de sa distance focale :

$$C = \frac{1}{f'}$$

donc on en déduit aussi que :

$$G = \frac{C_2}{C_1}$$

Révision express

Les points importants à retenir

- Apprenez par cœur :
– les définitions du centre optique, de l'axe optique, de la vergence, de la distance focale, de l'espace objet, de l'espace image, d'une lunette afocale ;
– les relations de conjugaison et du grandissement ;
– les expressions mathématiques du grossissement d'une lunette, en particulier dans le cas de la lunette afocale.

- Retenez :
– que les distances sont algébriques et comptées positivement dans le sens de propagation de la lumière et de bas en haut ;
– que le plan focal image de l'objectif d'une lunette afocale est confondu avec le plan focal objet de l'oculaire.

- Soyez capable :
– de placer sur une feuille de papier millimétré l'ensemble des éléments d'un problème optique ;
– de tracer les trois rayons principaux afin de construire l'image d'un objet à travers une lentille.

Quiz

Cochez la (ou les) bonne(s) réponse(s) :

1. Concernant un montage optique :
☐ **a.** *F′* est le foyer focal objet de la lentille.
☐ **b.** *A* est le point objet appartenant à l'axe optique.
☐ **c.** *O* est le centre optique de la lentille, il appartient à l'axe optique.

2. Considérons les rayons principaux d'une construction graphique.
☐ **a.** Ce sont des rayons particuliers de construction de l'image *B′* de *B* à travers une lentille.
☐ **b.** Le rayon passant par le centre optique de la lentille n'est jamais dévié.
☐ **c.** Ils sont tous convergents en *B′*, point image de *B* à travers la lentille.

3. Une lunette astronomique afocale a :
☐ **a.** une distance focale nulle.
☐ **b.** une distance focale égale à la somme de ses distances focales.
☐ **c.** une distance entre l'objectif et l'oculaire égale à la somme de leur distance focale.

4. Le grossissement d'une lunette afocale dépend de la vergence de chacune de ses lentilles.
☐ **a.** Vrai ☐ **b.** Faux

5. Un dispositif afocal permet de regarder un objet sans accommoder.
☐ **a.** Vrai ☐ **b.** Faux

→ Réponses p. 493

EXERCICE

Déterminer géométriquement l'image $A'B'$ de AB

Énoncé

On modélise, en activité expérimentale, une lunette afocale par deux lentilles convergentes L_1 pour l'objectif ($C_1 = 5{,}0\ \delta$) et L_2 pour l'oculaire ($C_2 = 20\ \delta$) de même axe optique.

Déterminer, par une construction géométrique, l'image définitive $A'B'$ à travers ce système optique, d'un objet AB situé à l'infini et tel que l'image intermédiaire $\overline{A_1B_1} = -1{,}0$ cm.

Méthode

1 Déterminer la distance focale f_1' et f_2' de chacune des lentilles et la distance entre les deux centres optiques $f_1' + f_2'$ pour une lunette afocale.

2 Déterminer l'échelle pertinente pour la situation en respectant les données du problème.

3 Faire un schéma à l'échelle en plaçant les deux lentilles, leurs foyers et l'image intermédiaire A_1B_1.

4 À partir de l'image intermédiaire A_1B_1 :
– tracer le rayon particulier passant par le centre optique O_1 de L_1 et le point image B_1. Avant l'objectif, ce rayon donne l'angle sous lequel est vu le point objet B_∞ ;
– tracer le rayon particulier parallèle à l'axe optique, passant par B_1 après L_1 et passant par le foyer image F_2' après L_2. Après l'oculaire, ce rayon donne l'angle sous lequel est vu le point image B_∞' par la lunette.

5 Terminer la construction des rayons parallèles issus de B_∞ avant l'objectif, convergeant en B_1 entre les lentilles et ressortant parallèles à celui obtenu précédemment, projetant B_∞' à l'infini après l'oculaire.

6 Compléter le schéma par les points A_∞ et A_∞' sur l'axe optique, respectivement avant l'objectif et après l'oculaire.

Corrigé

1. Les distances focales sont : $f_1' = \dfrac{1}{C_1}$ et $f_2' = \dfrac{1}{C_2}$. La lunette étant afocale, la somme de ces distances correspond à la distance entre les centres optiques de chaque lentille :

$$\overline{O_1O_2} = f_1' + f_2'$$

A. N. : $C_1 = 5{,}0\ \delta$ et $C_2 = 20\ \delta$.

$f_1' - \dfrac{1}{5{,}0} = 0{,}20$ m ou 20 cm.

$f_2' = \dfrac{1}{20} = 0{,}050$ m ou 5,0 cm.

$\overline{O_1O_2} = 25$ cm.

2. Au vu des dimensions de la situation, on peut prendre une échelle verticale réelle (1 carreau sur le schéma correspond à 1 cm) et une échelle horizontale de 1/2 (1 carreau sur le schéma correspond à 2 cm dans la réalité).

Méthode
Il est possible de proposer une échelle verticale différente de l'échelle horizontale si cela permet d'éviter de trop petits angles.

3. à **6.** On place sur le même axe optique les deux lentilles à 25 cm l'une de l'autre (soit ici 12,5 carreaux), leur centre optique, leurs foyers et l'image intermédiaire.

Réflexe à avoir
Les points A_1, F_1' et F_2 doivent être confondus.

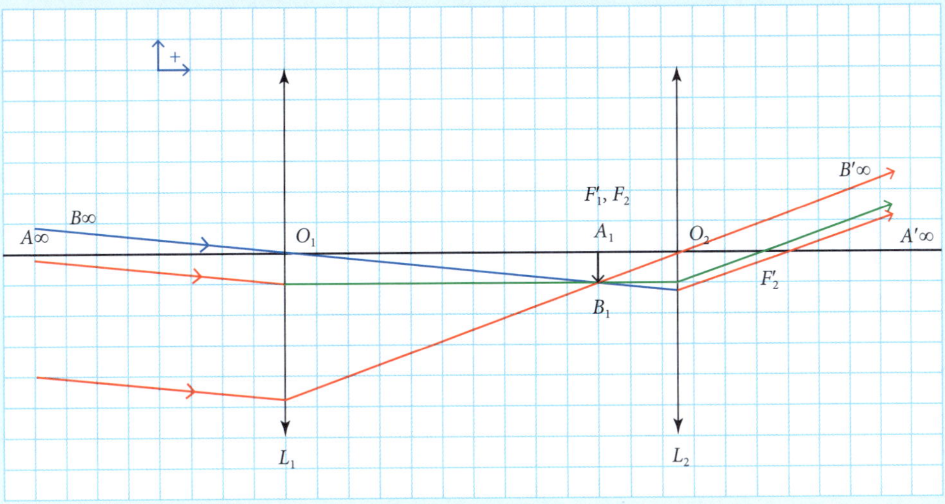

On trace le rayon particulier passant par O_1 et B_1 (tracé bleu). Avant l'objectif, ce rayon permet d'obtenir la direction de $B\infty$.

Ensuite, on trace le rayon parallèle à l'axe optique, passant par B_1 après L_1 (tracé vert). Il ressort de L_2 par F'_2 et permet d'obtenir la direction de $B'\infty$.

On complète les deux rayons précédents et on peut ajouter le rayon non dévié passant par B_1 et O_2 (tracé rouge).

Les deux points $A\infty$ et $A'\infty$ correspondant à $B\infty$ et $B'\infty$ se trouvent sur l'axe optique.

Remarque

Les rayons avant l'objectif et après l'oculaire sont respectivement parallèles entre eux. Ils passent tous par B_1.

Chapitre 17 Décrire la lumière par un flux de photons

1 Effet photoélectrique

De quoi s'agit-il ? Lorsqu'on irradie un matériau, de type métallique le plus souvent, on observe dans certaines conditions l'émission d'un courant d'électrons. Ce phénomène est l'effet photoélectrique.

1 Dispositifs expérimentaux

- L'effet photoélectrique peut se mettre simplement en évidence en posant une plaque de zinc sur un électroscope chargé et en éclairant cette plaque avec une lampe spectrale à mercure (source d'ondes électromagnétiques dont la fréquence se situe dans l'ultraviolet). Si l'électroscope est chargé positivement, on n'observe aucun changement à l'irradiation. En revanche, s'il est chargé négativement, il va se décharger progressivement.

- On peut compléter cette expérience historique (Halbwachs, 1888) en interposant une plaque de verre ou de plexiglas entre l'électroscope et le zinc, afin de constater qu'il n'y a aucune décharge de l'électroscope dans la plaque de zinc sous effet de l'irradiation UV, absorbée par le verre.

- Une étude plus systématique, sous irradiation, permet de conclure, entre autres :
  - qu'il existe une fréquence seuil ν_s de l'onde électromagnétique pour laquelle l'effet photoélectrique ne se produit pas. Cette fréquence ν_s dépend du matériau constituant la plaque métallique ;
  - qu'en plaçant la plaque métallique sous vide et en récoltant les charges négatives arrachées, on peut les identifier comme des électrons (Lenard, 1899).

- En utilisant un dispositif sous vide avec un système de cellule constituée d'une anode collectrice des électrons portée à un potentiel V positif et d'une photocathode correspondant à la plaque métallique, on observe un courant traversant la cellule.

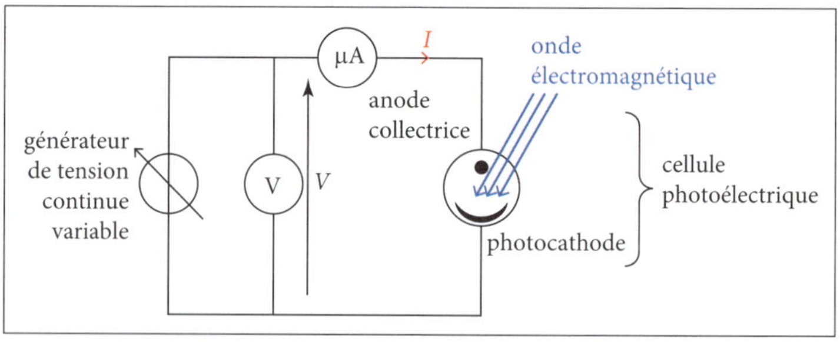

Lorsque la tension positive est suffisamment élevée, l'intensité I du courant prend une valeur constante et maximale I_s aussi appelée courant de saturation.
De plus, lorsque la tension V diminue, le courant diminue et ne s'annule pas pour $V = 0$, mais pour une tension V_0 négative. La valeur de cette tension $|V_0|$ est appelée contre-tension maximale : il s'agit de la tension au-delà de laquelle aucun courant ne passe plus, car l'électrode repousse les électrons.

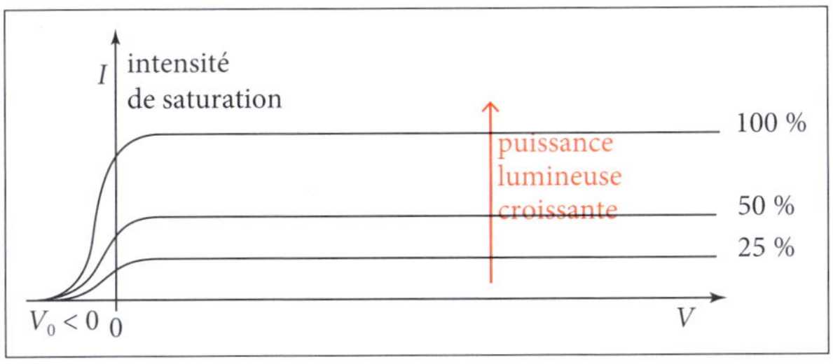

2 Interprétation classique et travail d'extraction W_s

● Lors de l'irradiation de la photocathode, les électrons sont arrachés à cette plaque et s'accumulent à son voisinage s'ils ne sont pas collectés rapidement par l'anode. Ces électrons forment alors une charge d'espace négative qui freine le passage des électrons suivants. Lorsque V est assez importante, la charge d'espace disparaît, et l'anode collecte la totalité des électrons générés, expliquant ainsi le courant de saturation. Le nombre d'électrons émis dépend de la puissance de l'éclairement : plus la puissance est importante, et plus l'intensité du courant est grande.

● Les électrons sont liés au métal : pour les arracher, il faut vaincre des forces de rappel qui s'y opposent. Il faut donc fournir à l'électron une énergie sous forme de travail appelée travail d'extraction ou travail de sortie W_s. Ce travail d'extraction est caractéristique du métal ou de l'alliage utilisé.

● Il est en revanche impossible d'expliquer la contre-tension maximale $|V_0|$ et la fréquence seuil ν_s photoélectrique avec les lois de la physique classique.

2 Interaction photon-matière

De quoi s'agit-il ? Le modèle particulaire de la lumière permet de considérer une onde électromagnétique comme un flux de photons. Les échanges rayonnement-matière sont quantifiés.

1 Bilan énergétique : interprétation du seuil photoélectrique

● On peut interpréter la contre-tension maximale et la fréquence seuil de l'effet photoélectrique à l'aide du modèle particulaire de l'onde électromagnétique constituée d'un flux de photons et en admettant les échanges d'énergies quantifiés entre le rayonnement et la matière (Einstein, 1905).

● En effet, pour arracher un électron à un métal, il faut fournir une énergie supérieure ou égale au travail d'extraction W_s de l'électron, cette énergie étant celle du photon absorbé par le métal lors de son irradiation.

● La fréquence seuil photoélectrique ν_s correspond à celle du photon possédant l'énergie minimale E_{min}, qui est exactement égale au travail d'extraction W_s, d'où :

$$\mathbf{E_{min} = h\nu_s = W_s} \text{ avec } \begin{cases} \nu_s : \text{fréquence seuil (en Hz),} \\ W_s : \text{travail d'extraction (en J),} \\ h : \text{constante de Planck } (h = 6{,}62 \times 10^{-34}\ \text{J}\cdot\text{s}). \end{cases}$$

L'énergie d'un photon de fréquence ν permet d'arracher un électron au métal de la photocathode d'une cellule photoélectrique si :

$$\mathbf{E_{photon} = h\nu \geqslant W_s = h\nu_s} \text{ avec } \nu \text{ la fréquence du photon (en Hz).}$$

• Dans le cas où $h\nu > W_s = h\nu_s$, l'énergie excédentaire du photon est emportée sous forme d'énergie cinétique par l'électron arraché : $\Delta E = h(\nu - \nu_s) = E_c = \frac{1}{2}mv^2$.

Remarque
E_c est l'énergie cinétique maximale de l'électron arraché si l'on considère qu'aucune charge d'espace n'est susceptible de le freiner.

Équation d'Einstein de l'effet photoélectrique :

$$\mathbf{h\nu = W_s + \frac{1}{2}mv^2 = W_s + E_c} \text{ avec } \begin{cases} \nu : \text{fréquence du photon (en Hz),} \\ W_s : \text{travail d'extraction (en J),} \\ m : \text{masse de l'électron (en kg),} \\ v : \text{vitesse de l'électron (en m·s}^{-1}\text{) ;} \\ E_c : \text{énergie cinétique de l'électron (en J),} \\ \text{h : constante de Planck.} \end{cases}$$

2 Énergie cinétique : interprétation de la contre-tension

• L'énergie cinétique de l'électron arraché lui permet d'atteindre l'anode collectrice : $e|V_0| = E_c = \frac{1}{2}mv^2 = h(\nu - \nu_s)$ avec e la charge élémentaire (en C).

• La contre-tension maximale est une fonction linéaire de la fréquence ν du photon, qui s'annule pour le seuil photoélectrique $\nu = \nu_s$. Le coefficient directeur est une constante absolue : $\frac{h}{e}$.

$$\mathbf{|V_0| = \frac{h}{e}(\nu - \nu_s)} \text{ avec } \begin{cases} |V_0| : \text{contre-tension maximale (en } V\text{),} \\ \nu_s : \text{fréquence seuil (en Hz),} \\ \nu : \text{fréquence du photon (en Hz),} \\ e = 1{,}6 \times 10^{-19} \text{ C : charge élémentaire (en C),} \\ \text{h : constante de Planck (h} = 6{,}62 \times 10^{-34} \text{ J·s).} \end{cases}$$

Exercice résolu

Déterminer les grandeurs mesurables d'un effet photoélectrique

ÉNONCÉ

On éclaire une photocathode en zinc par une radiation UV de longueur d'onde $\lambda = 0{,}25$ µm. Le travail d'extraction d'un électron du zinc est $W_s = 3{,}3$ eV.
Calculer la fréquence seuil et la longueur d'onde seuil du zinc, l'énergie cinétique maximale de sortie des électrons et leur vitesse.

CORRIGÉ

Le travail d'extraction est $W_s = h\nu_s$ d'où une fréquence seuil $\nu_s = \frac{W_s}{h}$ et une longueur d'onde seuil $\lambda_s = \frac{c}{\nu_s} = \frac{hc}{W_s}$.

L'énergie cinétique est $E_{cmax} = E_{photon} - W_s = \frac{hc}{\lambda} - W_s$.

Or $E_{cmax} = \frac{mv^2}{2} = \frac{hc}{\lambda} - W_s$, soit $v = \sqrt{\frac{2}{m}E_{cmax}}$.

A. N. : $\nu_s = 8{,}0 \times 10^{14}$ Hz ; $\lambda_s = 3{,}8 \times 10^{-7}$ m ; $E_{cmax} = 2{,}7 \times 10^{-19}$ J et $v = 7{,}7 \times 10^5$ m·s^{-1}.

Piège à éviter
1 eV = $1{,}6 \times 10^{-19}$ J.

3 Applications

De quoi s'agit-il ? **Quelques applications de l'effet photoélectrique sont traitées avec, en particulier, l'effet photovoltaïque.**

1 Absorption et émission de photons

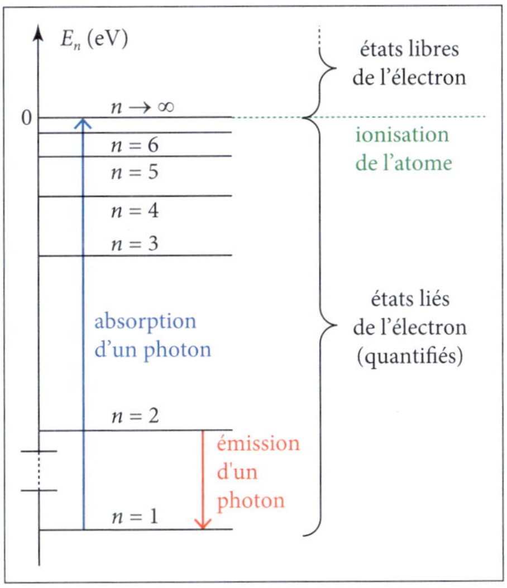

- L'effet photoélectrique correspond à une absorption de photons par un métal dont l'énergie permet d'ioniser les atomes et de transformer la différence d'énergie entre celle du photon et le travail d'extraction en énergie cinétique pour l'électron.
- Une lampe spectrale est constituée d'un gaz monoatomique pouvant effectuer des transitions atomiques grâce à l'énergie cédée par les électrons lors de la décharge électrique dans l'ampoule. Dans ce cas, il s'agit d'une transition correspondant à l'émission de photons.

2 Applications mettant en jeu l'interaction photon-matière

Il existe de nombreuses applications mettant en jeu des interactions photon-matière. Les capteurs de lumière et les diodes électroluminescences en sont deux exemples.

- Les capteurs de lumière ont un principe de fonctionnement basé sur l'effet photoélectrique : les photons sont absorbés par la matière, et des électrons sont arrachés d'une photocathode métallique. Le photomultiplicateur (PM) est l'exemple d'instrument de physique qui permet d'amplifier le micro-courant généré et de pouvoir ainsi compter les photons un à un. Il est sensible à un spectre relativement large s'étalant de l'UV à l'IR proche, avec un temps de réponse de l'ordre de la nanoseconde.
- Les diodes électroluminescentes (DEL ou LED) sont des composants semi-conducteurs produisant des photons lorsqu'elles sont traversées par un courant électrique. Elles constituent le moyen d'éclairage qui pourrait représenter 75 % du marché dans la prochaine décennie. Une diode électroluminescente a l'avantage de très peu chauffer. Son spectre d'éclairage est large, allant de l'UV à l'IR.

3 Cas particulier de la cellule photovoltaïque

- Une cellule photovoltaïque est une cellule constituée de silicium, semi-conducteur relativement abondant sur Terre. Elle permet de transformer les photons reçus de la lumière du Soleil en courant électrique. Une cellule photovoltaïque se présente sous la forme d'un panneau de plusieurs couches dopées afin de produire une tension entre les couches, créant ainsi le courant électrique alimentant un circuit externe.
- Le dopage se fait de la manière suivante :
  - la couche exposée à la lumière du Soleil est dopée en phosphore qui possède davantage d'électrons que le silicium. Cette couche avec un excès d'électrons constitue le pôle négatif (N) de la cellule ;
  - la couche inférieure est dopée en bore qui possède moins d'électrons que le silicium. Cette couche constitue donc le pôle positif (P) de la cellule.

● De manière simplifiée, la cellule photovoltaïque se comporte alors comme une « pile » lorsqu'elle est éclairée : les photons transfèrent leur énergie aux électrons du silicium qui, grâce à la tension entre les pôles (P) et (N), génèrent un courant électrique pouvant alimenter un circuit extérieur.

Remarque
Le rendement peut tout aussi bien être défini en énergie ou en puissance surfacique.

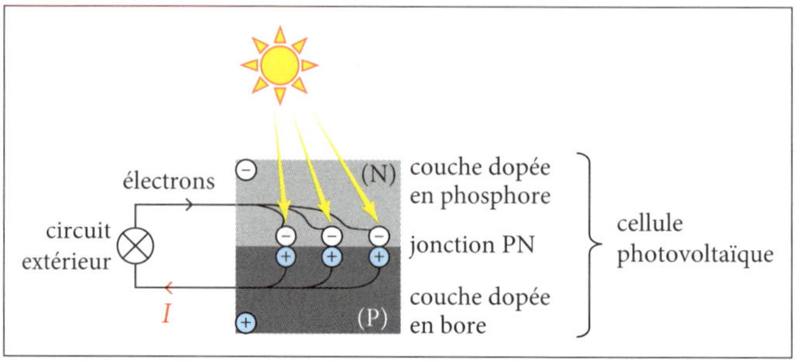

Le rendement η d'une cellule photovoltaïque est le rapport entre la puissance électrique produite par la cellule et la puissance lumineuse reçue :

$$\eta = \frac{P_{\text{électrique}}}{P_{\text{lumineuse}}}$$

les puissances étant généralement exprimées en watts.

● Le rendement maximal d'une cellule photovoltaïque est de l'ordre de 15 à 20 %.

● Le rendement réel dépend de la couverture nuageuse, du niveau d'ensoleillement du lieu, de l'inclinaison du support, etc.

Révision express

Les points importants à retenir

- Apprenez par cœur :
- la valeur de l'électronvolt : 1 eV = $1{,}6 \times 10^{-19}$ J ;
- la valeur de la constante de Planck ;
- l'expression de la contre-tension ;
- la définition du rendement ;
- les définitions de la fréquence-seuil, du travail d'extraction et de la contre-tension ;
- l'équation d'Einstein.

- Retenez :
- qu'au-delà de la fréquence-seuil, on observe un courant traversant la cellule ;
- que les énergies en jeu s'expriment en J ou en eV.

- Soyez capable :
- de décrire le dispositif de l'effet photoélectrique et d'en expliquer le fonctionnement.
- de calculer une énergie en eV à partir d'une valeur exprimée en J, et inversement ;
- d'identifier une absorption ou une émission de photon dans une interaction rayonnement-matière ;
- de proposer une application de l'effet photoélectrique et d'en expliquer le fonctionnement ;
- de calculer et commenter le rendement d'un dispositif.

Quiz

Cochez la (ou les) bonne(s) réponse(s) :

1. Dans un dispositif classique d'expérience d'effet photoélectrique :
- ☐ **a.** la cathode collecte les photons.
- ☐ **b.** l'anode collecte les électrons.
- ☐ **c.** on irradie la totalité de la cellule photoélectrique.

2. Soit un photon de fréquence ν absorbé par une photocathode :
- ☐ **a.** l'énergie du photon est proportionnelle à sa fréquence ν.
- ☐ **b.** le photon est absorbé par la photocathode.
- ☐ **c.** l'énergie cinétique de l'électron arraché est positive.

3. Un photon :
- ☐ **a.** est une particule de lumière visible ou invisible.
- ☐ **b.** a une énergie déterminée et finie.
- ☐ **c.** dépend des caractéristiques de l'onde électromagnétique.

4. Dans un dispositif d'effet photoélectrique, l'énergie du photon E :
- ☐ **a.** permet de mettre en mouvement l'électron arraché d'énergie cinétique inférieure à E.
- ☐ **b.** correspond à la différence entre travail d'extraction et énergie cinétique de l'électron.
- ☐ **c.** doit être supérieure au travail d'extraction pour arracher l'électron.

→ Réponses p. 493

EXERCICE 1

Déterminer la vitesse d'un électron

Énoncé

On éclaire une photocathode en tungstène par une radiation UV de longueur d'onde $\lambda = 0{,}25\ \mu m$. Le travail d'extraction est $W_s = 4{,}5$ eV.

Calculer la vitesse maximale de sortie des électrons arrachés à la photocathode.

Données : célérité de la lumière dans le vide $c = 3{,}00 \times 10^8\ m \cdot s^{-1}$; constante de Planck $h = 6{,}62 \times 10^{-34}\ J \cdot s$; masse de l'électron $m = 9{,}1 \times 10^{-31}$ kg ; 1 eV $= 1{,}60 \times 10^{-19}$ J.

Méthode

1 Écrire la relation d'Einstein de l'effet photoélectrique.

2 Exprimer la fréquence ν du photon en fonction de sa longueur d'onde λ.

3 Remplacer cette dernière expression dans la relation d'Einstein pour en déduire l'expression de la vitesse maximale v de l'électron.

4 Convertir le travail d'extraction en joules et faire l'application numérique avec une longueur d'onde en mètres.

Corrigé

1. La relation d'Einstein de l'effet photoélectrique est :

$$E(\text{photon}) = h\nu(\text{photon}) = W_s + E_c(\text{électron}) = W_s + \frac{1}{2}mv^2$$

2. Or la fréquence du photon est :

$$\nu(\text{photon}) = \frac{c}{\lambda(\text{photon})}$$

3. En remplaçant dans la relation d'Einstein, on obtient :

$$\frac{hc}{\lambda(\text{photon})} = W_s + \frac{1}{2}mv^2$$

soit finalement :

$$v = \sqrt{\frac{2}{m}\left(\frac{hc}{\lambda} - W_s\right)}$$

4. A. N. : $W_s = 4{,}5 \times 1{,}60 \times 10^{-19} = 7{,}2 \times 10^{-19}$ J.

La vitesse maximale de sortie de l'électron est :

$$v = \sqrt{\frac{2}{9{,}1 \times 10^{-31}}\left(\frac{6{,}62 \times 10^{-34} \times 3{,}00 \times 10^8}{0{,}25 \times 10^{-6}} - 7{,}2 \times 10^{-19}\right)},$$

soit $v = 4{,}0 \times 10^5\ m \cdot s^{-1}$.

Réflexe à avoir
Penser à exprimer le résultat avec la bonne précision ou le bon nombre de chiffres significatifs.

EXERCICE 2

Déterminer le rendement d'une cellule photovoltaïque

Énoncé

Le test d'une cellule photovoltaïque au silicium de surface *S* est réalisé dans des conditions d'ensoleillement de 1,0 kW·m^{-2} à 25 °C. On mesure la tension à puissance maximale V_{Pmax}, ainsi que l'intensité correspondante I_{Pmax}.

Calculer le rendement de la cellule.

Données : surface de la cellule $S = 243$ cm^2 ; tension à puissance maximale $V_{Pmax} = 0{,}521$ *V* ; intensité à puissance maximale $I_{Pmax} = 8{,}090$ A.

Méthode

1 Exprimer la puissance électrique $P_e = UI$ en fonction des données de l'énoncé.

2 Exprimer la puissance lumineuse $P_l = ES$ en fonction de l'éclairement et de la surface de la cellule.

3 Convertir les valeurs numériques dans les unités du système international : *U* en *V*, *I* en A, *S* en m^2 et *E* en W·m^{-2}.

4 Donner l'expression du rendement η de la cellule en fonction de P_e et P_l, puis en fonction des données du problème.

5 Faire l'application numérique.

Corrigé

1. La puissance électrique est le produit de la tension à puissance maximale et de l'intensité à puissance maximale :

$$P_e = V_{Pmax} \times I_{Pmax}$$

2. La puissance lumineuse reçue par la cellule photovoltaïque dans les conditions de test est le produit de l'éclairement *E* par la surface *S* de la cellule :

$$P_l = E \times S$$

3. On identifie l'éclairement dans l'énoncé en W·m^{-2} : $E = 1{,}0$ kW·m^{-2}, d'où $E = 1{,}0 \times 10^3$ W·m^{-2}. La surface de la cellule doit être $S = 243$ cm$^2 = 2{,}43 \times 10^{-2}$ m^2.

4. Le rendement η d'une cellule photovoltaïque est défini comme :

$$\eta = \frac{P_{\text{électrique}}}{P_{\text{lumineuse}}}$$

soit ici :

$$\eta = \frac{P_e}{P_l} = \frac{V_{Pmax} I_{Pmax}}{ES}$$

5. A. N. : $E = 1{,}0 \times 10^3$ W·m^{-2} ; $S = 2{,}43 \times 10^{-2}$ m^2 ; $V_{Pmax} = 0{,}521$ *V* et $I_{Pmax} = 8{,}090$ A.

$$\eta = \frac{0{,}521 \times 8{,}090}{2{,}43 \times 10^{-2} \times 1{,}0 \times 10^3}$$ soit η = 0,17 soit 17 %.

Réflexe à avoir
Le rendement d'une cellule photovoltaïque est de l'ordre de 15 % à 20 %.

Chapitre 18 Étudier la dynamique d'un système électrique

1 Modèle du condensateur

De quoi s'agit-il ? **Un condensateur est un récepteur électrique permettant le stockage et le déstockage de l'énergie électrique. La capacité est caractéristique du condensateur.**

1 Intensité d'un courant en régime variable

- Le courant électrique dans un circuit est une circulation de porteurs de charges dans une section de conducteur.

> La circulation de charges est caractérisée par l'intensité i (en A) : $\boldsymbol{i = \frac{dq}{dt}}$ avec dq la quantité d'électricité ou quantité de charge électrique (en C) traversant la section de conducteur pendant la durée dt (en s).

- Le terme $\frac{dq}{dt}$ apparaît comme un **débit de charges**.
- En **régime continu**, l'intensité du courant en chaque point du circuit ne dépend pas du temps. En revanche, l'intensité du courant peut dépendre, en fonction de la configuration, de chaque point du circuit.
- En dehors d'un régime continu, l'intensité du courant dans un circuit dépend du temps : il s'agit alors d'un **régime variable**, comme dans le cas de courants sinusoïdaux ou dans le cas d'un **régime transitoire** précédant l'établissement d'un régime continu.

2 Condensateur

- Un condensateur est un dipôle électronique constitué de deux armatures conductrices séparées par un isolant appelé diélectrique. C'est un récepteur permettant de stocker et déstocker de l'énergie électrique. Un condensateur plan possède deux armatures planes parallèles entre elles.
- Le symbole normalisé d'un condensateur est représenté ci-contre, la convention courant-tension utilisée étant une convention récepteur.

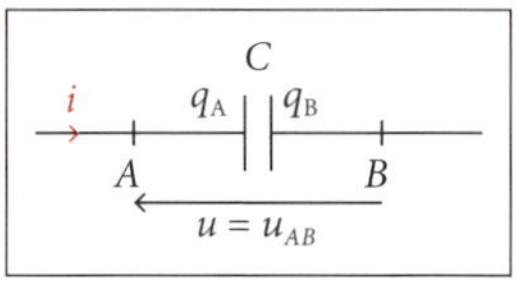

- Le fonctionnement d'un condensateur est le suivant : le courant qui circule dans le circuit comportant un condensateur crée un déficit d'électrons sur l'armature A et un excédent d'électrons en B, soit $q = q_A = -q_B$.

L'intensité du courant est donc : $i = \frac{dq_A}{dt} = -\frac{dq_B}{dt} = \frac{dq}{dt}$.

- La tension u_{AB} augmente au cours du temps, du fait de la différence de charges accumulées sur chaque armature, et de manière proportionnelle à la charge $q = q_A$. On peut alors dire, à l'inverse, que la charge du condensateur est proportionnelle à la tension à ses armatures.

Remarque
Les sous-multiples du farad sont le millifarad ($1\ mF = 1 \times 10^{-3}\ F$), le microfarad ($1\ \mu F = 1 \times 10^{-6}\ F$), le nanofarad ($1\ nF = 1 \times 10^{-9}\ F$) et le picofarad ($1\ pF = 1 \times 10^{-12}\ F$).

On définit la capacité C d'un condensateur, exprimée en farads de symbole F, comme le coefficient de proportionnalité entre la charge d'un condensateur et la tension à ses bornes :

$$q = q_A = Cu_{AB}$$

avec q la charge du condensateur (en C) et u la tension (en V).

- Le schéma ci-après résume bien les lois des tension et courant d'un condensateur :

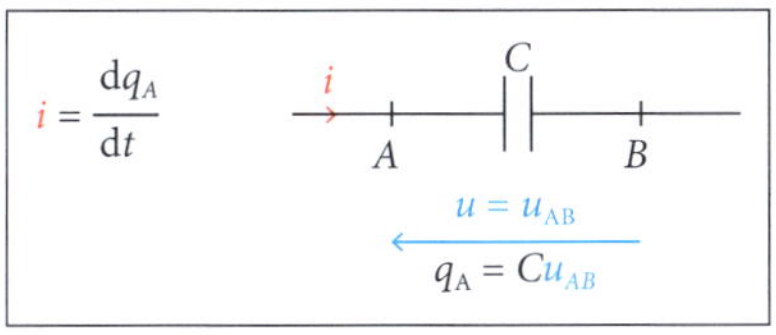

3 Ordre de grandeur et situations usuelles

- Les condensateurs que l'on trouve dans les moteurs par exemple sont de l'ordre de quelques microfarads à quelques centaines de microfarads ; les condensateurs d'appareil de sono sont de l'ordre du nanofarad ; les supercondensateurs permettant le stockage d'énergie de grande capacité dans les systèmes embarqués sont de l'ordre de quelques centaines de farads.

- On peut modéliser un phénomène électrique par un condensateur chaque fois que l'on peut mettre en évidence des accumulations de charges sur des surfaces en regard.

Exemple

Dans le cas d'un orage, le sol est chargé positivement, alors que la partie inférieure d'un cumulonimbus est chargée négativement, ce qui constitue ainsi un « condensateur naturel ».

2 Modèle du circuit RC série

De quoi s'agit-il ? **Un circuit *RC* série est un circuit électrique dont la maille comporte un générateur idéal de tension, un conducteur ohmique de résistance *R* et un condensateur de capacité *C* dont on étudie généralement le comportement en fonction du temps.**

1 Circuit RC série

- Une source idéale de tension délivre une tension constante E quel que soit le circuit électrique branché à ses bornes. Sa caractéristique tension-courant est une droite horizontale de tension à vide ou force électromotrice (fém) E. La fém ne dépend donc pas de l'intensité du courant débité.

- On réalise le circuit série comportant un générateur idéal de tension de force électromotrice E, un conducteur ohmique de résistance R et un condensateur de capacité C. Le circuit est traversé par un courant d'intensité $i(t)$.

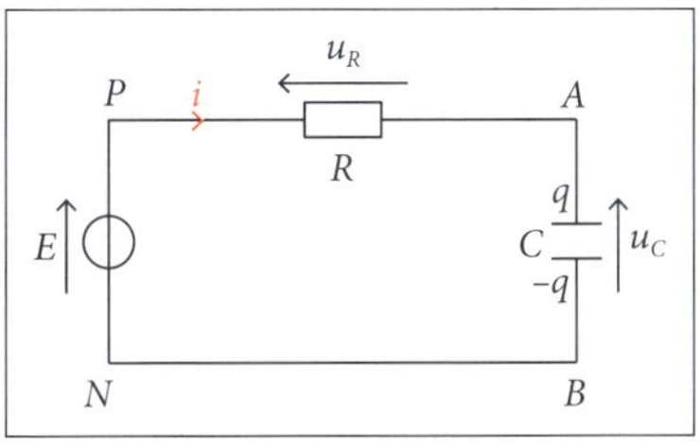

2 Équation régissant l'évolution de $q(t)$

- Soit $q(t)$ la charge de l'armature en « amont » du condensateur. L'intensité $i(t)$ du courant traversant le circuit est : $i(t) = \frac{dq(t)}{dt}$.

La loi d'Ohm appliquée au conducteur ohmique, en convention récepteur, s'écrit : $u_R(t) = Ri(t)$.
La tension $u_C(t)$ aux bornes du condensateur est : $u_C(t) = \frac{q(t)}{C}$.

Enfin, dans le circuit série, en appliquant la loi de Chasles, la loi des tensions s'écrit :
$E = u_{PN} = u_{PA} + u_{AB} + u_{BN}$ avec $u_{PA} = u_R(t) = Ri(t)$; $u_{AB} = u_C(t) = \frac{q(t)}{C}$ et $u_{BN} = 0$, car la tension aux bornes d'un fil de connexion est nulle.
On en déduit la loi des mailles : $E = Ri(t) + \frac{q(t)}{C} = R\frac{dq(t)}{dt} + \frac{q(t)}{C}$.

Remarque
Cette équation est linéaire, du premier ordre, à coefficients constants, avec second membre.

Dans un circuit série RC, l'**équation différentielle** régissant l'évolution de la charge $q(t)$ est :

$$\frac{\mathbf{d}q(t)}{\mathbf{d}t} + \frac{q(t)}{RC} = \frac{E}{R}$$ avec
- q : charge de l'armature du condensateur (en C),
- R : résistance du conducteur ohmique (en Ω),
- C : capacité du condensateur (en F),
- E : tension constante ou fém du générateur idéal de tension (en V).

3 Constante de temps du circuit RC

- On appelle constante de temps d'un circuit RC, notée τ (en s), le temps caractéristique des phénomènes de charge et de décharge d'un condensateur, ces dernières n'étant pas instantanées, soit $\tau = RC$.
- L'équation différentielle régissant l'évolution de la charge est ainsi :

$$\frac{dq(t)}{dt} + \frac{q(t)}{\tau} = \frac{CE}{\tau}$$

Exercice résolu

Exploiter l'homogénéité de l'équation différentielle

ÉNONCÉ

1. Montrer, en utilisant l'équation différentielle régissant l'évolution de la charge, que $\tau = RC$ est homogène à un temps.
2. En utilisant la loi d'Ohm, retrouver la dimension de la charge q.

Méthode
Plutôt que de raisonner sur les unités, utiliser les dimensions du système international : *T* pour la dimension d'un temps et *I* pour la dimension d'un courant par exemple.

CORRIGÉ

1. Les deux facteurs de l'équation sans second membre sont homogènes, leurs dimensions sont donc identiques : $\left[\frac{dq(t)}{dt}\right] = \left[\frac{q(t)}{RC}\right]$.

Or $\left[\frac{dq(t)}{dt}\right] = [q]\cdot T^{-1}$ et on peut écrire que $\left[\frac{q(t)}{RC}\right] = [q][RC]^{-1}$. Par identification, on en déduit que $\tau = RC$ est homogène à un temps.

•••

2. La loi d'Ohm peut s'écrire $E = Ri$. Ainsi, $E/R = i$ et sa dimension vaut $[E/R] = \mathrm{I}$.
Or, à partir de l'équation différentielle de l'évolution de la charge, on a :
$\left[\frac{\mathrm{d}q(t)}{\mathrm{d}t}\right] = [q] \cdot \mathrm{T}^{-1} = [E/R] = \mathrm{I}$ d'où $[q] \cdot \mathrm{T}^{-1} = \mathrm{I}$ ou $[q] = \mathrm{I} \cdot \mathrm{T}$.

Gagnez des points !
Par définition, $i = \frac{\mathrm{d}q}{\mathrm{d}t}$, soit $[i] = \mathrm{I} = \left[\frac{\mathrm{d}q}{\mathrm{d}t}\right] = [q] \cdot \mathrm{T}^{-1}$ et finalement $[q] = \mathrm{IT}$.

3 Charge et décharge d'un condensateur

De quoi s'agit-il ? **Un circuit *RC* série permet l'étude de la charge et de la décharge d'un condensateur de capacité *C*.**

1 Charge par une source idéale de tension

- À $t = 0$, le condensateur est déchargé, les armatures sont telles que $q_A = q_B = 0$, et le circuit est ouvert. À $t \geqslant 0$, on ferme le circuit précédent.
- On peut établir que la solution générale est : $q(t) = CE[1 - \exp(-t/RC)]$.

L'intensité du courant traversant le circuit est : $i(t) = \frac{\mathrm{d}q(t)}{\mathrm{d}t} = \frac{E}{R}\exp(-t/RC)$.

La tension est : $u_C(t) = \frac{q(t)}{C} = E[1 - \exp(-t/RC)]$ aux bornes du condensateur et $u_R(t) = Ri(t) = E\exp(-t/RC)$ aux bornes du conducteur ohmique.

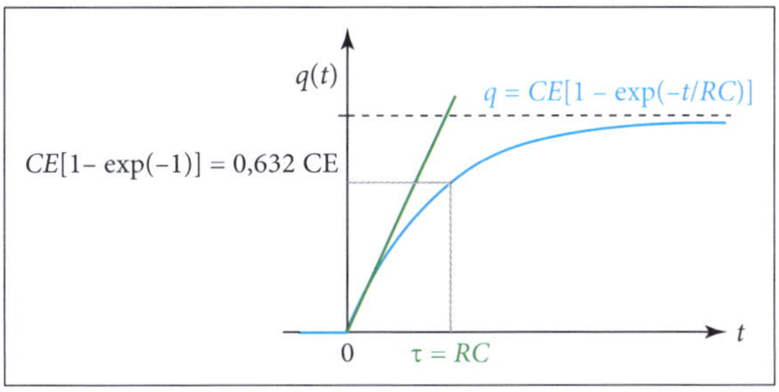

Remarque
Toutes ces solutions peuvent être écrites en utilisant la constante de temps $\tau = RC$.

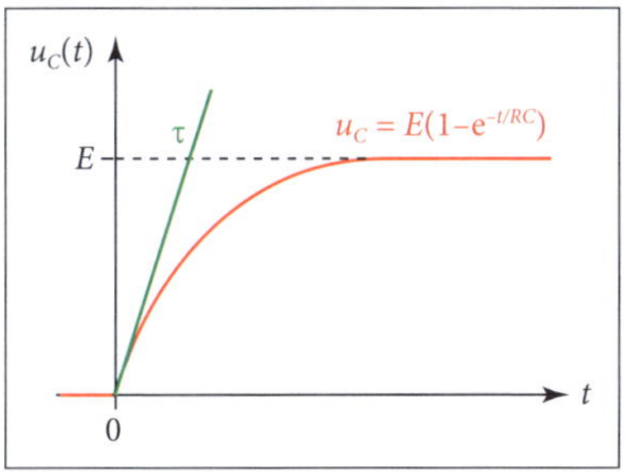

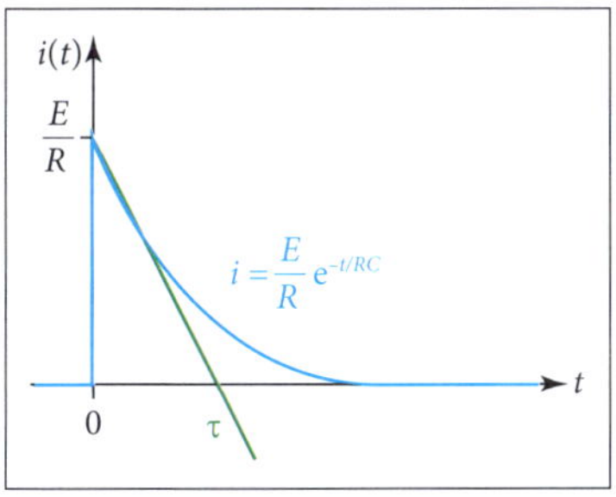

2 Décharge du condensateur dans le circuit

- Utilisons le même circuit série que précédemment, mais sans le générateur de tension. À $t = 0$, le condensateur est chargé avec $q = CE$.
- À $t > 0$, l'équation qui régit l'évolution de la charge est : $\frac{\mathrm{d}q(t)}{\mathrm{d}t} + \frac{q(t)}{RC} = \frac{E}{R} = 0$ puisque le générateur est absent du circuit ($E = 0$).

- On peut établir que la solution générale est : $q(t) = CE\exp(-t/RC)$.

L'intensité du courant traversant le circuit est $i(t) = \frac{dq(t)}{dt} = -\frac{E}{R}\exp(-t/RC)$.

Le signe moins indique que le courant de décharge est dans le sens inverse du courant de charge.

- La tension est $u_C(t) = \frac{q(t)}{C} = E\exp(-t/RC)$ aux bornes du condensateur et $u_R(t) = Ri(t) = -E\exp(-t/RC)$ aux bornes du conducteur ohmique.

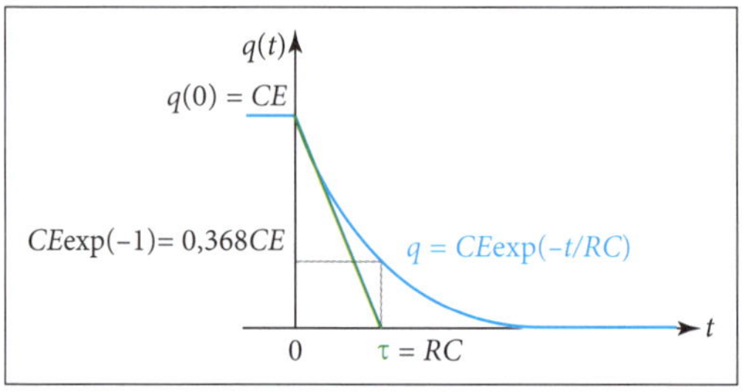

Remarque
Dans tous les graphes de charge ou de décharge, les tangentes à l'origine interceptent les axes des abscisses au temps $\tau = RC$.

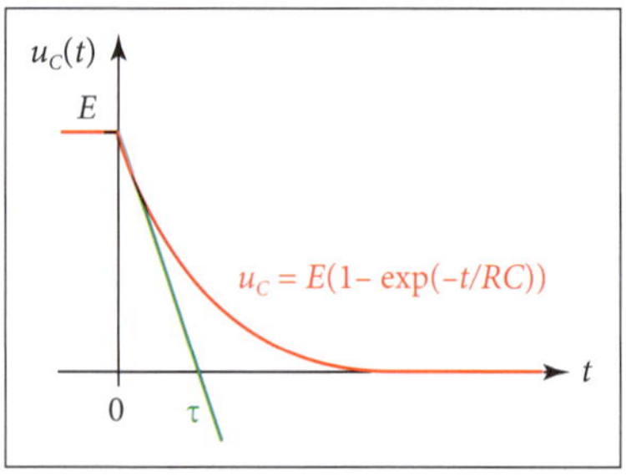

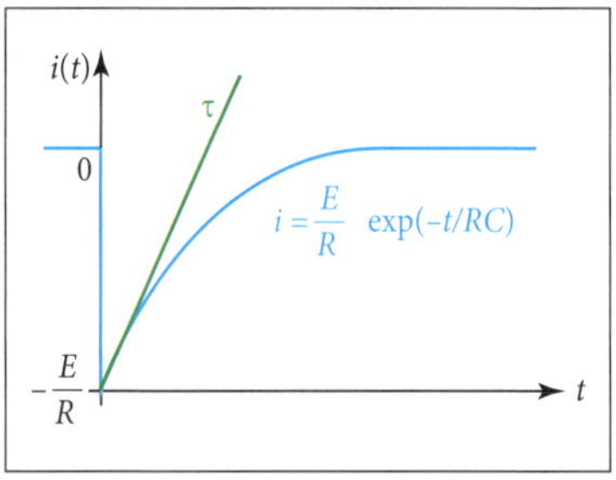

3 Montage de charge et décharge

Le montage ci-contre peut être utilisé, par basculement de l'interrupteur de la position 1 (charge) à la position 2 (décharge), pour charger le condensateur avant de le laisser se décharger dans le conducteur ohmique.

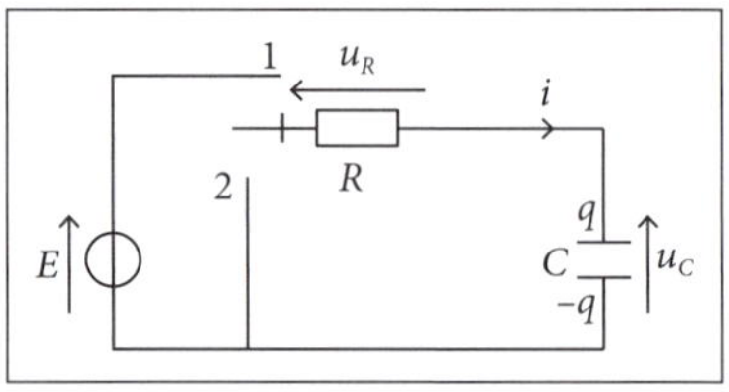

4 Capteurs capacitifs

De quoi s'agit-il ? Un capteur capacitif comporte un condensateur. La modification de la capacité de ce dernier permet de transformer une grandeur d'entrée du capteur en grandeur électrique.

1 Principe de fonctionnement d'un capteur capacitif

- Un capteur est un élément qui transforme un signal d'entrée (une grandeur physique telle que la pression, la température, le taux d'humidité, le flux lumineux, etc.) en **signal de sortie de nature électrique**. Un capteur est un transducteur.

- Si l'on considère par exemple un capteur de pression, il en existe trois types que sont les capteurs de pression **absolue, relative et différentielle**. Un capteur de pression absolue mesure la pression par rapport à la pression du vide, alors qu'un capteur de pression relative a comme référence la pression atmosphérique. Le capteur de pression différentielle mesure une différence entre deux pressions.

- Un capteur capacitif transforme une grandeur physique en grandeur électrique par modification de la capacité d'un condensateur. Cette modification se fait souvent par une variation de la distance entre les armatures du condensateur.

- Les caractéristiques d'un capteur sont :
  - l'**étendue de mesure** : l'intervalle de valeurs de la grandeur physique que peut mesurer le capteur ;
  - la **résolution** : la plus petite différence de valeurs de la grandeur mesurable que le capteur peut détecter ;
  - la **sensibilité** : la fidélité de la variation du signal de sortie par rapport à la variation du signal d'entrée ;
  - la **précision** : la capacité du capteur à donner une mesure de la grandeur physique proche de la « valeur vraie » ;
  - la **rapidité** : le temps de réaction ou de réponse du capteur.

2 Capteurs capacitifs pour écran tactile

- Les écrans tactiles de tablettes ou de smartphones actuels possèdent des capteurs capacitifs. Ainsi, lorsqu'on touche l'écran, la capacité des condensateurs est modifiée, et le point de contact est alors connu du système d'acquisition.

- Le principe de fonctionnement est simple : lorsqu'un doigt touche un écran tactile, des charges lui sont transférées, et l'écran subit une perte de charge. Chaque coin de l'écran est équipé d'un capteur permettant de détecter cette perte de charge, et la comparaison entre les quatre capteurs permet de déterminer le point de contact du doigt sur l'écran.

- L'avantage de tels capteurs capacitifs est leur précision et une meilleure transparence que les autres systèmes. En revanche, la conduction se faisant aussi par contact avec la peau légèrement humide, l'utilisation de stylet est impossible. De plus, cette technologie rend l'écran du smartphone relativement cher.

3 Capteurs capacitifs de proximité ou de déplacement

- Un capteur capacitif de proximité ou de déplacement permet de reconnaître sans contact des objets, des niveaux de fluides dans des réservoirs opaques ou de matériaux en vrac, etc. de manière très fiable.

- La présence d'un objet dans le champ électrique d'un capteur capacitif de proximité ou de déplacement provoque une variation du champ électrique. La modification de ce champ, qui sans objet est constant, entraîne celle du condensateur et confirme la détection d'un objet, la mesure d'un niveau de remplissage ou l'évaluation d'une distance.

- Les capteurs capacitifs de déplacement ou de mobilité ont de nombreux avantages tels que :
  - une grande sensibilité ;
  - une utilisation très large dans de nombreux domaines : l'agroalimentaire, la chimie, l'automobile ou encore la manutention ;
  - une détection de très nombreuses matières (métaux, fluides de toutes sortes, verres, etc.) ;
  - une insensibilité aux perturbations extérieures et aux impuretés ou pollutions ;
  - une grande résistance et une utilisation sans contact d'où une durée de vie importante.

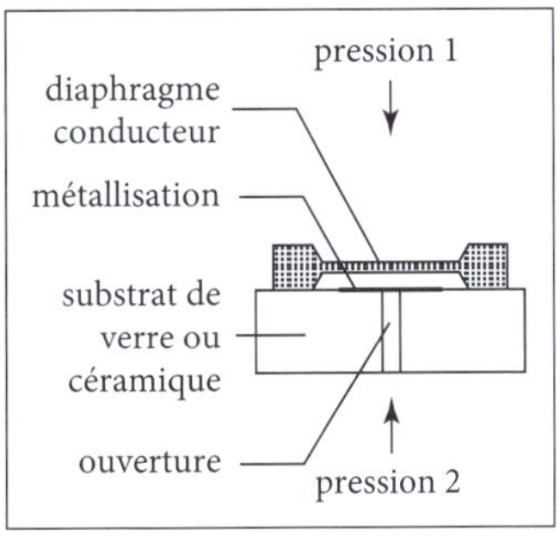

➔ Révision express

Les points importants à retenir

- Apprenez par cœur :

– les définitions d'un condensateur, d'une source idéale et réelle de tension, et de la constante de temps d'un circuit de charge et de décharge ;
– la relation entre la charge de l'armature positive d'un condensateur et la tension à ses bornes, la constante de proportionnalité étant la capacité du condensateur.

- Retenez :

– qu'un condensateur est un récepteur permettant de stocker et de déstocker de l'énergie électrique ;
– que la caractéristique tension-courant d'une source idéale de tension est une droite horizontale de tension à vide ou force électromotrice (f.é.m.) E ;
– que la constance de temps d'un circuit RC est $\tau = RC$;
– que la convention récepteur veut que le sens conventionnel du courant soit opposé à celui de la tension aux bornes d'un récepteur.

- Soyez capable :

– d'établir l'équation différentielle régissant l'évolution de la charge d'un condensateur en charge et en décharge ;
– d'expliciter la solution de l'équation différentielle et d'en déduire les expressions des différentes tensions dans le circuit et de l'intensité du courant qui le traverse.

Quiz

Cochez la (ou les) bonne(s) réponse(s) :

1. Dans un circuit *RC* de décharge :

☐ **a.** le temps τ caractéristique du système est le temps au bout duquel la charge totale est divisée par 2.

☐ **b.** la charge diminue.

☐ **c.** la tension initiale est nulle.

2. Concernant l'équation différentielle de l'évolution de l'état de charge d'un condensateur :

☐ **a.** elle dépend de la résistance du circuit *RC*.

☐ **b.** elle ne dépend pas des caractéristiques du générateur de charge.

☐ **c.** elle dépend uniquement de la capacité du condensateur.

3. Un condensateur est un composant électrique permettant de stocker de l'énergie électrique.

☐ **a.** Vrai ☐ **b.** Faux

4. La loi d'Ohm correspond à la relation entre la tension aux bornes du condensateur et l'intensité du courant qui le traverse. Cette relation est une relation de proportionnalité.

☐ **a.** Vrai ☐ **b.** Faux

➔ **Réponses p. 494**

EXERCICE

Résoudre une équation différentielle

Énoncé

L'équation différentielle d'évolution de la charge d'un condensateur dans un circuit RC série alimenté par un générateur idéal de tension E est :

$$\frac{\mathrm{d}q(t)}{\mathrm{d}t} + \frac{q(t)}{RC} = \frac{E}{R}$$

En déduire une solution dans le cas d'une charge du condensateur et la représenter.

On supposera le condensateur déchargé à $t = 0$.

Méthode

L'équation différentielle est une équation linéaire du premier ordre à coefficients constants à second membre constant. Du fait de la linéarité, la solution générale est la somme d'une solution générale sans second membre et d'une solution particulière.

1 Écrire l'équation différentielle sans second membre.

2 Poser une solution générale de l'équation différentielle sans second membre de la forme $q(t) = A\exp(-t/B)$, A et B constantes, et la dériver par rapport à t.

3 Introduire $q(t)$ et $\frac{\mathrm{d}q(t)}{\mathrm{d}t}$ dans l'équation sans second membre.

4 En déduire l'expression de B et réécrire $q(t)$.

5 Déterminer la solution particulière en supposant un régime permanent.

6 Écrire $q(t)$ en fonction de A et des grandeurs des composants comme la somme de la solution générale sans second membre et de la solution particulière.

7 À l'aide des conditions initiales, en déduire A.

8 Proposer une expression de $q(t)$.

9 Identifier les comportements asymptotiques et la forme de la courbe.

10 Tracer l'allure de l'évolution de la charge en fonction du temps.

Corrigé

1. L'équation différentielle sans second membre est :

$$\frac{\mathrm{d}q(t)}{\mathrm{d}t} + \frac{q(t)}{RC} = 0$$

2. On suppose la solution générale de cette équation sans second membre de la forme $q_g(t) = A\exp(-t/B)$ avec A et B constantes.
On en déduit que la dérivée de la charge est :

$$\frac{\mathrm{d}q(t)}{\mathrm{d}t} = -\frac{A}{B}\exp(-t/B)$$

Réflexe à avoir
La dérivée d'une fonction exponentielle est une fonction exponentielle : $f(t) = \exp(at)$, alors sa dérivée par rapport au temps est $f'(t) = a\exp(at)$.

3. En remplaçant les expressions de $q(t)$ et $\frac{\mathrm{d}q(t)}{\mathrm{d}t}$ dans l'équation sans second membre, on obtient :

$$-\frac{A}{B}\exp(-t/B) + \frac{A}{RC}\exp(-t/B) = 0$$

4. Soit $\left(-\frac{A}{B}+\frac{A}{RC}\right)\exp(-t/B)=0$.

Quel que soit t fini, $\exp\left(-\frac{t}{B}\right)\neq 0$, donc $-\frac{A}{B}+\frac{A}{RC}=0$. On en déduit que $B = RC$.

On a ainsi $q_g(t) = A\exp(-t/RC)$, solution générale de l'équation sans second membre.

5. La solution particulière est celle obtenue en supposant le régime permanent, c'est-à-dire pour laquelle $\frac{dq(t)}{dt}=0$. L'équation devient $\frac{q(t)}{RC}=\frac{E}{R}$ et on en déduit une solution particulière :

$$q_p(t) = \frac{E}{R}\times RC = CE$$

6. La solution générale est :

$$q(t) = q_g(t) + q_p(t) = A\exp(-t/RC) + CE$$

7. À $t = 0$, le condensateur est déchargé (conditions initiales), soit $q(t = 0) = 0$. On a alors :

$$q(t = 0) = A\exp(0/RC) + CE = A + CE = 0$$

Réflexe à avoir
$\exp(0) = 1$
et $\exp(t \to -\infty) = 0$.

On en déduit :

$$A = -CE$$

8. La solution générale est :

$$q(t) = -CE\exp(-t/RC) + CE$$

ou :

$$q(t) = CE[1 - \exp(-t/RC)]$$

9. On a les valeurs suivantes : $q(t = 0) = 0$ et $q(t \to \infty) = CE$.

10. On peut alors donner l'allure de la charge en fonction du temps :

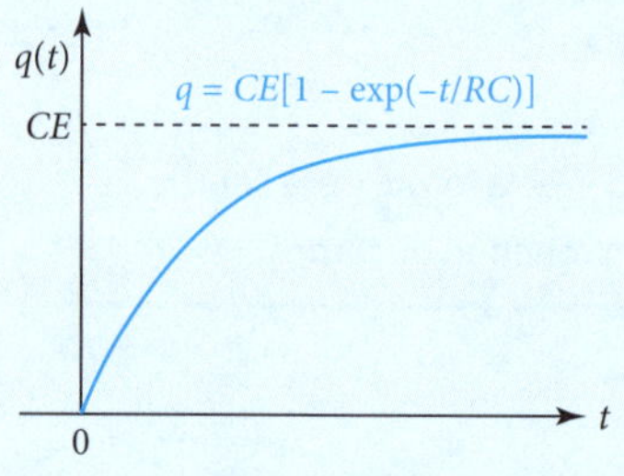

SVT

1 L'origine du génotype des individus ... 180
➜ Révision express ... 188
››› Cap sur le bac ... 189

2 Diversification des êtres vivants et évolution ... 191
➜ Révision express ... 199
››› Cap sur le bac ... 200

3 Le temps et les roches ... 202
➜ Révision express ... 208
››› Cap sur le bac ... 209

4 Les traces du passé mouvementé de la Terre ... 211
➜ Révision express ... 217
››› Cap sur le bac ... 218

5 Organisation fonctionnelle des plantes à fleurs ... 220
➜ Révision express ... 229
››› Cap sur le bac ... 230

6 La reproduction des plantes ... 232
➜ Révision express ... 238
››› Cap sur le bac ... 239

7 La domestication des plantes ... 241
➜ Révision express ... 245
››› Cap sur le bac ... 246

8 Les climats de la Terre ... 248
➜ Révision express ... 257
››› Cap sur le bac ... 258

9 Comportements, mouvement et système nerveux ... 260
➜ Révision express ... 271
››› Cap sur le bac ... 272

10 Contraction musculaire et apport d'énergie ... 274
➜ Révision express ... 282
››› Cap sur le bac ... 283

11 Le contrôle des flux de glucose ... 285
➜ Révision express ... 290
››› Cap sur le bac ... 291

12 Comportement et stress ... 293
➜ Révision express ... 300
››› Cap sur le bac ... 301

SVT

Chapitre 1 L'origine du génotype des individus

1 La conservation des génomes

De quoi s'agit-il ? **La mitose produit des clones de cellules qui conservent l'information génétique, y compris lorsque celles-ci sont affectées par des mutations.**

1 Une production de clones

• La mitose est une division affectant les cellules au cours de laquelle les chromatides de chaque chromosome sont réparties équitablement dans les deux cellules filles. Celles-ci possèdent donc une information génétique identique, c'est-à-dire les mêmes allèles.

• Comme la mitose est précédée de la réplication de l'ADN, la quantité de matériel génétique est elle aussi maintenue constante entre générations.

• Les deux cellules filles issues d'une cellule mère sont identiques, comme le seront les générations de cellules filles suivantes. Toutes ces cellules forment un clone.

• Dans l'organisme, une lignée de cellules issues d'une cellule mère peut former un clone de cellules, séparées (cellules sanguines) ou associées au sein d'un tissu (**Doc. 1**).

Vocabulaire

- **Chromosome :** élément constitué d'une ou deux molécules d'ADN et de protéines.
- **Cellule fille :** cellule issue d'une division.
- **Allèle :** version d'un gène.
- **Clone :** ensemble de cellules génétiquement identiques.
- **Lignée de cellules :** groupe de cellules issues d'une même cellule mère.

Doc. 1 **Lignées cellulaires et devenir des mutations**

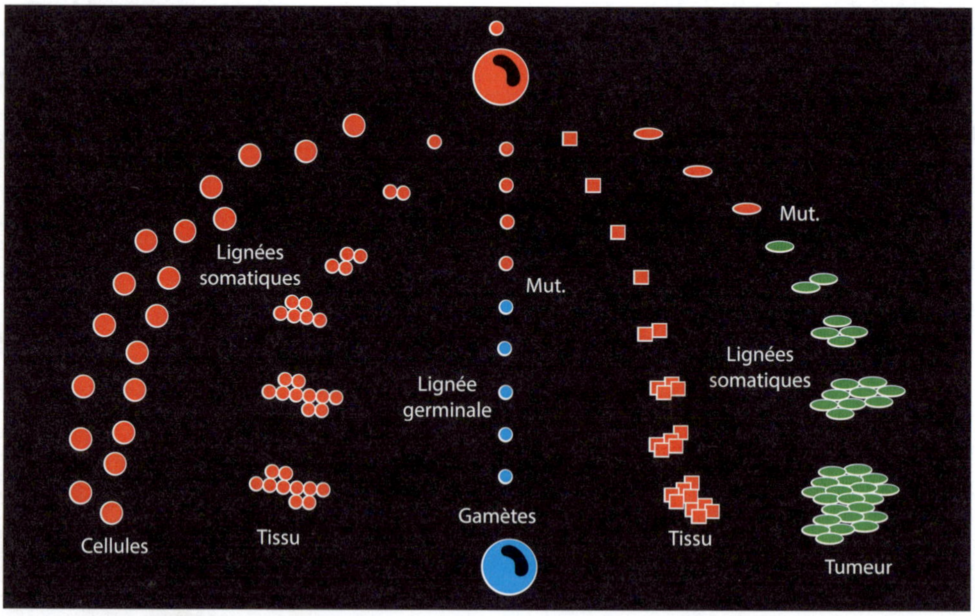

Les cellules de la lignée somatique peuvent rester indépendantes ou s'associer en tissu. Les cellules de la lignée germinale à l'origine des cellules sexuelles restent toujours à l'état indépendant.
Quand une mutation affecte une cellule, les cellules qui en sont issues porteront toutes cette mutation. Un clone de cellules mutées peut évoluer en cellules cancéreuses et former une tumeur.

- Les cellules d'un clone possèdent le même génotype, mais aussi le même phénotype, si leur environnement et les constituants de leur cytoplasme sont identiques. Par exemple, les lymphocytes B (LB) sélectionnés contre un antigène et tous issus de la division d'un même LB ont le même génotype et le même phénotype, c'est-à-dire qu'ils produisent le même anticorps.
- Il existe donc une stabilité génétique à l'intérieur d'un clone.

Vocabulaire

- **Génotype** : ensemble des allèles correspondant au(x) gène(s) d'une cellule ou d'un organisme.
- **Phénotype** : caractère(s) d'une cellule ou d'un organisme.

2 Les mutations, conservées dans les lignées cellulaires

- Une mutation peut perturber la stabilité génétique. Elle entraîne une variation de la séquence en nucléotides de l'ADN et donc; de l'information génétique qui se retrouvera à l'intérieur de toutes les cellules d'un clone.
- Comme les mutations (modifications de la séquence de l'ADN) se produisent au hasard, elles s'accumulent au cours du temps dans les lignées cellulaires. Il se forme alors des sous-clones, chacun de génotype et de phénotype différents.

2 Reproduction sexuée et brassage des génomes

De quoi s'agit-il ? **La reproduction sexuée crée de la diversité par la fécondation et par la méiose qui brassent les allèles.**

1 La fécondation et le brassage des génomes

- La fusion de gamètes haploïdes aboutit à la formation d'une cellule œuf diploïde.
- Deux génomes d'origine différente, paternel et maternel, apportant chacun un lot d'allèles différents sont réunis, ce qui forme une combinaison particulière d'allèles.
- Si pour un gène donné, les deux allèles paternel et maternel sont identiques, l'individu est homozygote pour ce gène. Dans le cas contraire, il est hétérozygote.

Vocabulaire

- **Haploïde** : cellule dans laquelle chaque type de chromosome existe en un seul exemplaire.
- **Diploïde** : cellule dans laquelle chaque type de chromosome existe en deux exemplaires.
- **Génome** : ensemble des gènes d'un individu.

2 La méiose et le brassage des génomes

- La méiose permet la formation de gamètes haploïdes : ils ne contiennent qu'un seul des deux chromosomes de chaque paire d'homologues et donc un seul des deux allèles de chaque gène porté par ceux-ci.
- Lors de la séparation des chromosomes homologues à l'anaphase de la première division de méiose, les couples d'allèles se séparent et chacun d'eux migre au hasard, porté par son homologue, à un pôle ou à l'autre de la cellule.
- Soit une cellule de génotype (A//a D//d), avec deux gènes indépendants A et D portés par des chromosomes différents, présents sous deux formes alléliques A et a, D et d (**Doc. 2**). Après la disjonction (séparation) des chromosomes homologues, l'allèle A peut migrer aussi bien avec l'allèle D qu'avec l'allèle d, et réciproquement. La ségrégation des allèles est indépendante : les deux cas sont équiprobables.

Vocabulaire

- **Ségrégation des allèles** : séparation des allèles au cours de la méiose.

Doc. 2 Le brassage interchromosomique

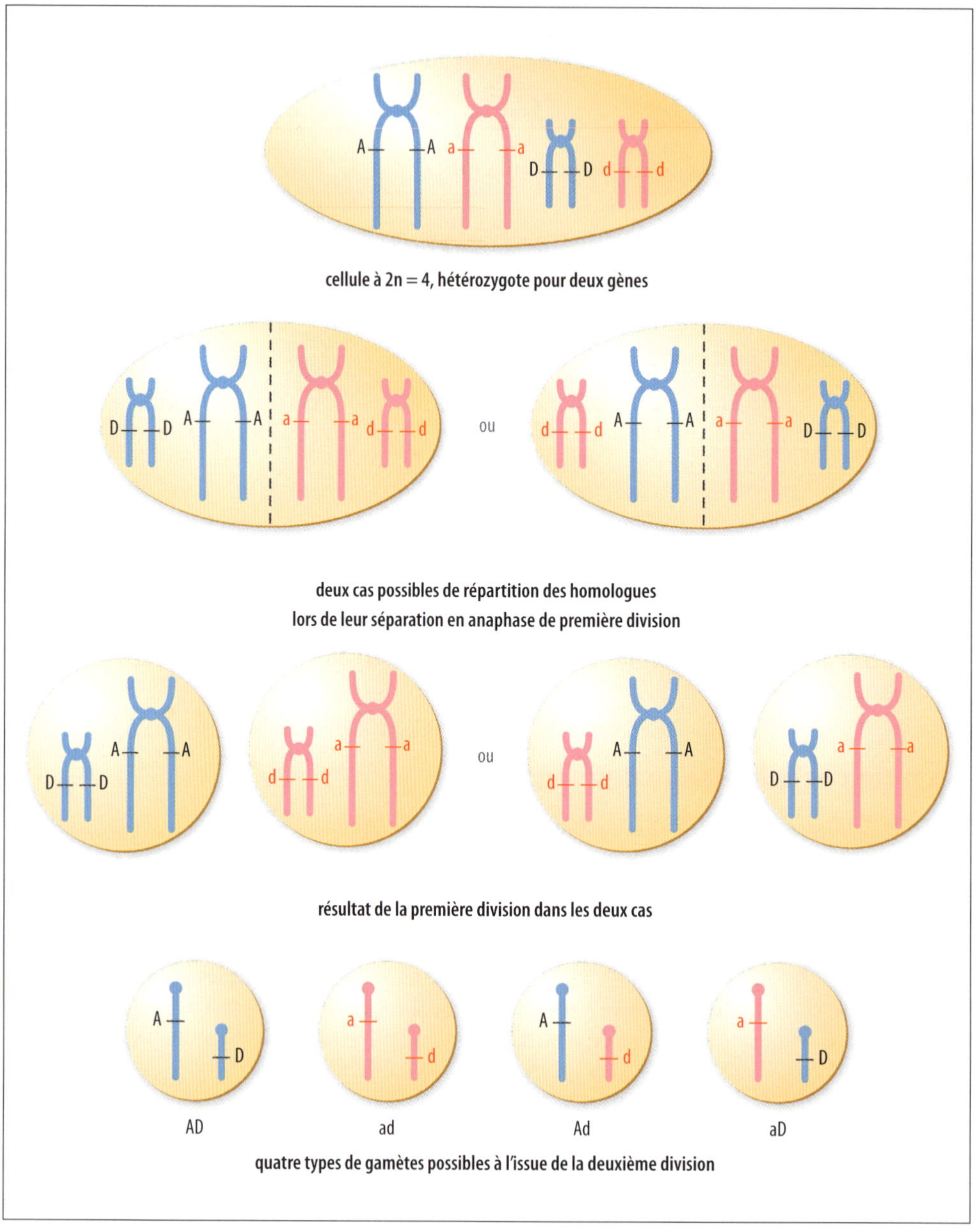

- La méiose aboutit à quatre types équiprobables de gamètes différents : deux gamètes parentaux AD et ad (mêmes combinaisons d'allèles que dans les gamètes à l'origine de la cellule initiale) et deux gamètes recombinés Ad et aD (combinaisons alléliques différentes).

- Ce brassage de chromosomes différents ou « brassage interchromosomique » produit des combinaisons d'allèles différentes seulement pour des gènes hétérozygotes. Dans une cellule à l'origine des gamètes, plus le nombre de gènes à l'état hétérozygote est élevé, plus le nombre de combinaisons qu'ils peuvent former dans les gamètes le sera aussi.

Vocabulaire

- **Brassage interchromosomique :** recombinaison des allèles portés par des chromosomes différents.

3 Le brassage intrachromosomique

De quoi s'agit-il ? Les gènes liés subissent également un brassage qui amplifie le brassage interchromosomique et celui de la fécondation.

1 La formation de *crossing-over* durant la méiose

• Pendant la prophase de première division de méiose, les chromosomes homologues s'apparient et leurs chromatides s'enchevêtrent : il se forme ainsi un ou plusieurs chiasmas (**Doc. 3**), point de contact entre chromosomes.

• À ce niveau, des portions de chromatides peuvent s'échanger entre deux homologues : c'est le *crossing-over*.

Vocabulaire

- **Chiasma :** zone de croisement et de contact entre deux homologues au cours de la prophase 1 de méiose.
- ***Crossing-over* :** échange de fragments de chromatide et d'allèle au cours de la prophase 1 de méiose.

Doc. 3 Observation cytologique dans une cellule mère de gamète

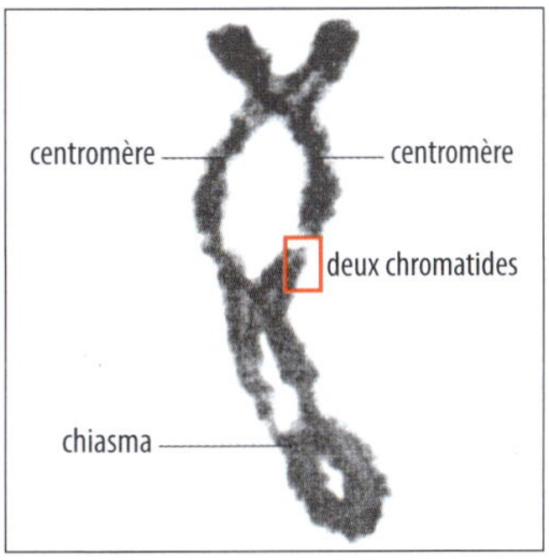

Ces deux chromosomes homologues à deux chromatides en prophase 1 de méiose mesurent quelques micromètres.
Le chiasma est une zone d'accolement.

2 La formation de nouvelles combinaisons d'allèles

• Après un *crossing-over*, lorsque les chromosomes homologues se séparent à l'anaphase et migrent vers des pôles opposés, ils portent alors des chromatides remaniées. Ainsi, deux gènes liés (gènes portés par le même chromosome) peuvent être séparés par un *crossing-over*.

• Soit une cellule hétérozygote de génotype (AB // ab) : les deux gènes A et B sont liés et présents sous deux allèles différents. Un chromosome porte les allèles A et B, l'autre chromosome homologue porte les allèles a et b aux mêmes *loci* (un *locus* est l'emplacement d'un gène sur un chromosome).

• Si un *crossing-over* a lieu entre les deux gènes A et B, à l'issue de la première division, les deux chromatides d'un même chromosome porteront alors des allèles différents (**Doc. 4**).

• La méiose aboutit alors à quatre types de gamètes différents : deux gamètes parentaux AB et ab (mêmes combinaisons d'allèles que la cellule initiale) et deux gamètes recombinés Ab et aB (combinaisons alléliques différentes).

• En remaniant les chromosomes, ce brassage intrachromosomique est à l'origine de nouvelles combinaisons d'allèles. Si le *crossing-over* concerne forcément chaque paire d'homologues, il n'affecte pas systématiquement deux gènes liés. Pour cette raison, le nombre de gamètes recombinés est inférieur au nombre de gamètes parentaux. En absence de *crossing-over*, seuls se forment en effet des gamètes parentaux.

• Le caractère non systématique du brassage intrachromosomique distingue celui-ci du brassage interchromosomique. Cette différence est utilisée dans les études génétiques pour déterminer si deux gènes sont portés par des chromosomes identiques ou différents (voir exercice p. 189).

Vocabulaire

- **Chromatide :** molécule d'ADN condensée qui constitue le chromosome ou une moitié de celui-ci.
- **Brassage intrachromosomique :** recombinaison des allèles de gènes portés par une même paire d'homologues.

Doc. 4 Les conséquences du brassage intrachromosomique

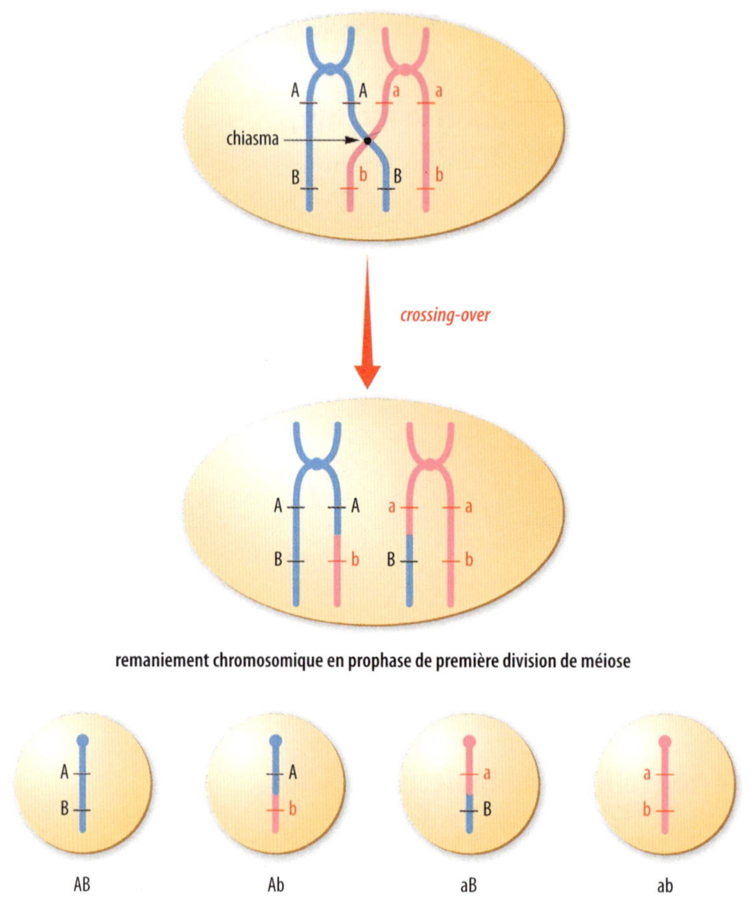

4 Transmission des caractères dans l'espèce humaine

De quoi s'agit-il ? **Un arbre généalogique permet de déterminer la dominance d'un allèle responsable d'un caractère, ainsi que le type de chromosome, sexuel ou non, qui le porte.**

1 La construction d'arbres généalogiques

- L'étude d'arbres généalogiques (**Doc. 5**) permet de comprendre le mode de transmission d'une maladie génétique entre plusieurs générations d'une même famille. Dans ces arbres généalogiques, seuls les phénotypes des individus sont représentés.
- Il s'agit alors de déduire, à partir de ces phénotypes, les génotypes des individus. Des génotypes pourront être déterminés de façon certaine, tandis que d'autres le seront avec un caractère hypothétique et donneront lieu à un raisonnement probabiliste.

Vocabulaire

- **Arbre généalogique :** représentation permettant d'étudier la transmission d'une maladie génétique au sein d'une famille.
- **Raisonnement probabiliste :** raisonnement avec incertitude.

Doc. 5 **Arbre généalogique pour une maladie autosomique récessive**

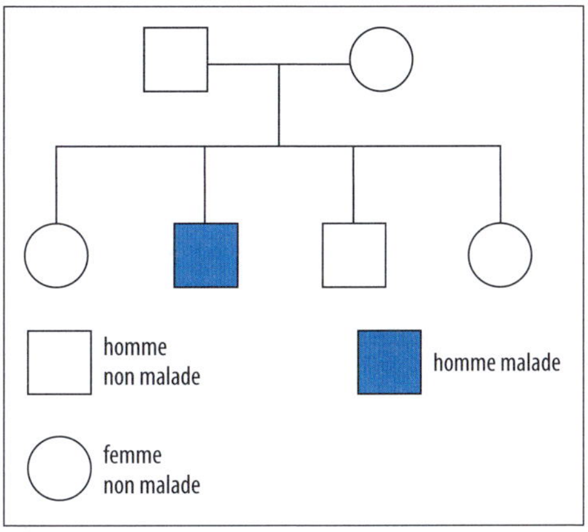

2 L'étude d'arbres généalogiques

- L'allèle responsable de la maladie peut être récessif. Dans ce cas, pour s'exprimer chez un individu, il doit être présent en double exemplaire (individu homozygote).
- Ceci suppose que chacun de ses parents lui a fourni un allèle défectueux. Les parents ont transmis cet allèle sans être malades. Ils sont vecteurs de la maladie.
- Si l'allèle responsable est dominant, un individu homozygote comme un individu hétérozygote exprimera la maladie.

Vocabulaire

- **Récessif :** qui ne s'exprime pas.
- **Vecteur :** agent de transmission.
- **Dominant :** qui s'exprime.

- Un gène peut être porté par un autosome (chromosome non sexuel) ou un gonosome (chromosome sexuel : XY chez l'homme, XX chez la femme). Dans le premier cas, les individus des deux sexes sont atteints par la maladie dans les mêmes proportions.
- Lorsque le gène est porté par un gonosome (**Doc. 6**), on parle d'hérédité liée au sexe. Les chromosomes X et Y ne sont pas homologues et portent donc des gènes différents, sauf pour quelques *loci* qu'ils ont en commun.

Doc. 6 **Arbre généalogique pour une maladie portée par un gonosome**

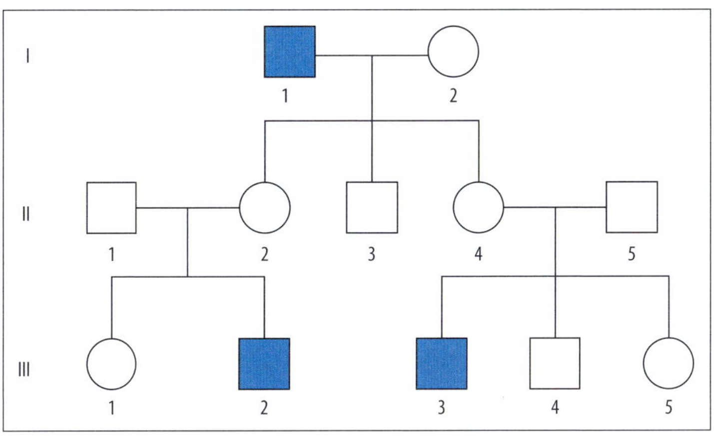

• Si le gène est porté sur la partie spécifique de Y (celle qui n'a pas d'équivalent sur X), la maladie n'apparaît que chez les hommes et se transmet obligatoirement de père en fils.

• Si le gène est porté par la partie spécifique de X, il s'exprimera chez toutes les femmes porteuses de l'allèle muté s'il est dominant, et chez les femmes homozygotes s'il est récessif. Chez l'homme, l'allèle muté s'exprimera dans tous les cas.

5 Les accidents génétiques au cours de la méiose

De quoi s'agit-il ? **Les anomalies de répartition des chromosomes au cours de la méiose peuvent être à l'origine d'innovations génétiques.**

1 Des migrations anormales de chromosomes

• La trisomie 21 est une anomalie du caryotype marquée par la présence de trois chromosomes 21. Elle résulte de la réunion d'un gamète normal avec un gamète anormal, produit par une anomalie de méiose.

Vocabulaire

▪ Caryotype : garniture chromosomique d'une cellule.

• La migration de la paire d'homologues 21 à un même pôle lors de la première division entraîne la formation de deux gamètes anormaux, l'un sans chromosome 21 et non viable, l'autre muni de deux chromosomes 21.

• De même, l'absence de séparation des chromatides en deuxième division de méiose conduit à la formation d'un gamète contenant deux chromosomes 21.

• Ce type d'anomalie de méiose peut se produire chez toutes les espèces. La modification du caryotype qui s'ensuit peut isoler génétiquement une population et conduire à la spéciation, c'est-à-dire à la formation d'une nouvelle espèce.

2 La duplication de gène et la formation d'une famille multigénique

• La cassure de deux homologues au cours de la prophase 1 de méiose, puis leur soudure avec un décalage aboutissent à deux chromosomes inégaux. C'est un *crossing-over* inégal. À l'issue de la méiose, un des chromosomes perdra un ou plusieurs gènes, que gagnera son homologue. Le *crossing-over* inégal aboutit ainsi à une duplication génique pour l'un des homologues (**Doc. 7**).

Doc. 7 **La duplication d'un gène**

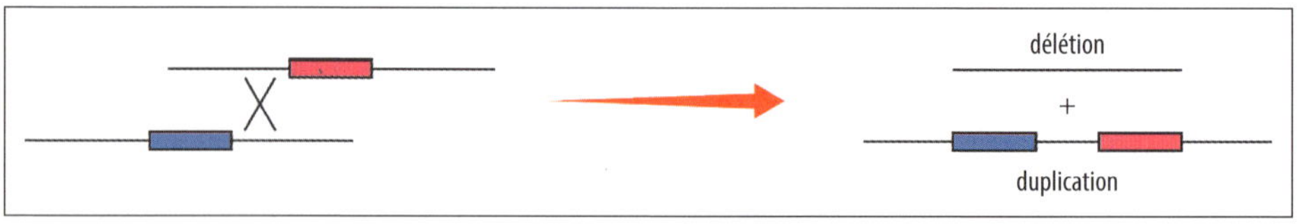

• Le gène surnuméraire est transposé dans un nouveau *locus* où il évolue indépendamment du gène d'origine, chacun subissant des mutations différentes. Ils constituent alors une famille multigénique (**Doc. 8**).

Vocabulaire

▪ Famille multigénique : ensemble de gènes issus d'un gène ancestral commun.

• Ce mécanisme accroît les possibilités de diversification car les mutations peuvent être létales et entraîner la mort de l'individu qui les porte. Or, dans le cas d'une famille multigénique, puisque le gène existe en deux exemplaires, si une mutation létale affecte un exemplaire, l'autre exemplaire continue de fonctionner correctement et permet la viabilité de l'individu.

• À l'origine de la formation de nouveaux gènes, les anomalies de méiose participent à la complexification du génome et à l'évolution.

Doc. 8 **La formation d'une famille multigénique**

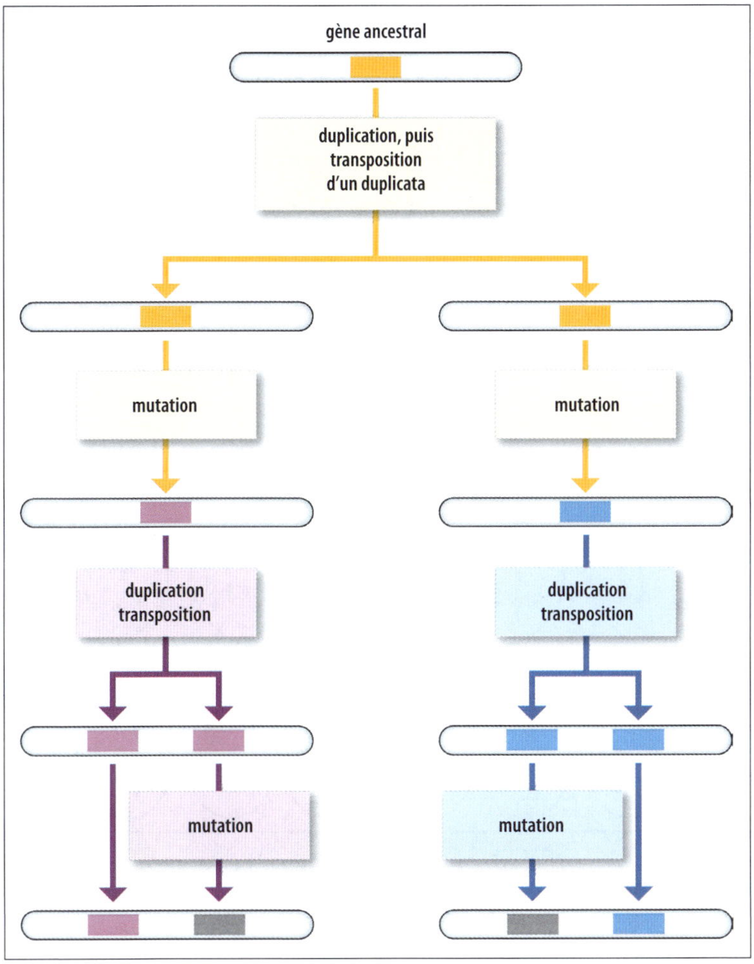

Révision express

Le schéma à retenir

Les brassages intra et interchromosomiques

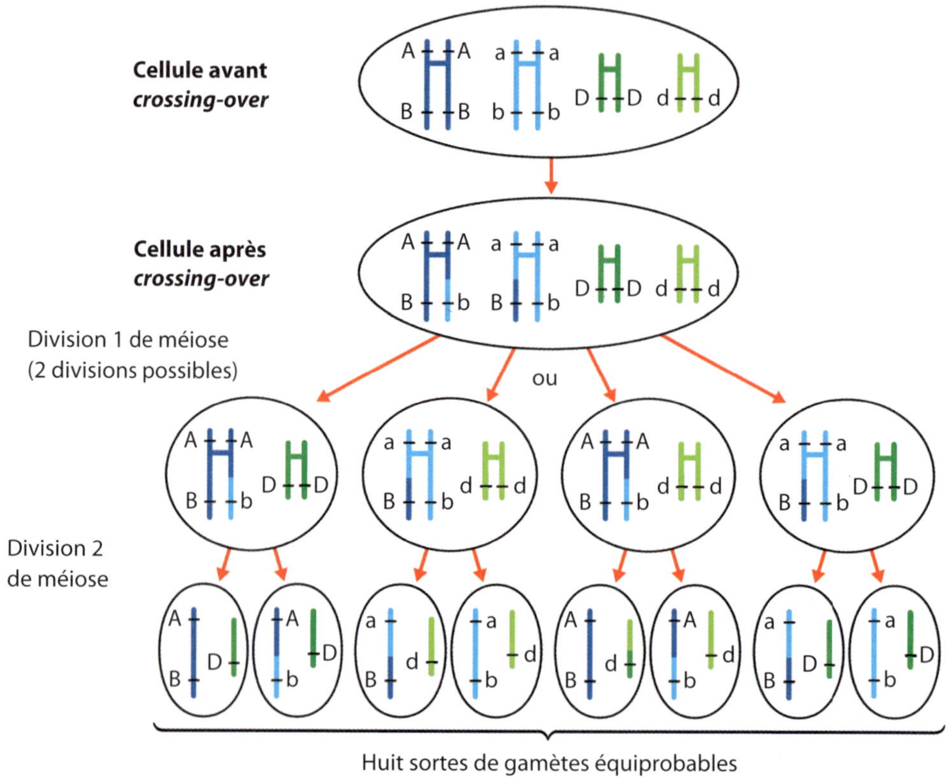

Quiz

Cochez la bonne réponse :

1. Le brassage interchromosomique remanie les chromatides.
   ☐ **a.** Vrai ☐ **b.** Faux
2. Des gènes liés sont situés sur un même chromosome.
   ☐ **a.** Vrai ☐ **b.** Faux
3. Le brassage interchromosomique n'a pas de conséquences chez un homozygote.
   ☐ **a.** Vrai ☐ **b.** Faux
4. La duplication d'un gène peut résulter d'une anomalie de méiose.
   ☐ **a.** Vrai ☐ **b.** Faux
5. En fin de méiose, chaque cellule reçoit deux allèles d'un même gène.
   ☐ **a.** Vrai ☐ **b.** Faux

→ Réponses p. 494

EXERCICE

Analyser un croisement génétique

Énoncé

L'étude de la transmission des caractères se fait le plus souvent chez des animaux modèles en génétique comme la drosophile. On peut étudier la transmission de deux caractères à la fois, ce qui permet de savoir si les gènes les contrôlant sont liés ou indépendants.

Chez la drosophile, un gène présent sous deux allèles « eb+ » et « eb » détermine la couleur du corps : gris-jaune pour le premier et noir-ébène pour le second. Deux allèles d'un autre gène, « vg+ » et « vg », déterminent la présence d'ailes longues pour le premier et celle d'ailes vestigiales (courtes) pour le second.

On croise deux souches pures (homozygotes) P1 et P2 (génération parentale) de phénotypes différents :

Tous les individus F1 (génération fille) issus de ce croisement sont de même phénotype : [corps gris, ailes longues].

On réalise dans un second temps un *test cross* : des individus F1 sont croisés avec des homozygotes récessifs P2 [corps noir, ailes vestigiales].

Les individus F2 issus de ce croisement présentent quatre phénotypes différents dans les mêmes proportions : ¼ de [eb+ vg+], ¼ de [eb vg], ¼ de [eb+ vg] et ¼ de [eb vg+].

Analysez ces deux croisements pour en déduire le mode de transmission des deux gènes étudiés.

Méthode

- Les parents sont homozygotes : leur génotype se déduit de leur phénotype et ils ne produisent donc qu'un seul type de gamètes.
- Le génotype des individus F1 correspond à l'association d'un gamète de P1 et d'un gamète de P2.
- On peut déduire de la F1 quels sont les allèles récessifs et les allèles dominants.
- Pour interpréter le résultat du *test cross*, on part de l'hypothèse que les gènes considérés sont indépendants. Dans ce cas, les proportions des phénotypes résultant du croisement sont prévisibles.
- On confronte ensuite les résultats réels obtenus et ceux attendus dans le cadre de l'hypothèse. S'ils correspondent, l'hypothèse est validée.

Corrigé

Remarque
En l'absence d'information, on suppose les deux gènes indépendants, portés par deux chromosomes différents ;
// symbolise alors la paire de chromosomes portant chaque gène.

- Les souches pures P1 et P2 sont homozygotes. Elles ont pour génotypes :

P1 (eb+//eb+, vg+// vg+)
P2 (eb//eb, vg//vg)

- Chacun des parents ne produit donc qu'un seul type de gamètes :
– gamète de P1 (eb+/ vg+/),
– gamète de P2 (eb/ vg/).

- Le génotype des individus F1 résulte de la réunion des gamètes de P1 et de P2.
Il s'écrit (eb+//eb, vg+// vg).
Seuls eb+ et vg+ s'expriment dans le phénotype. Ils sont dominants.

- Les gamètes des individus F1 résultent de la méiose. Si les gènes considérés sont indépendants, il y a ségrégation indépendante des allèles et formation de quatre types de gamètes équiprobables : ¼ de (eb+/, vg+/), ¼ de (eb/, vg/) soit des gamètes parentaux ; ¼ de (eb+/, vg/) et ¼ de (eb/, vg+/) soit des gamètes recombinés.
P2 produit un seul type de gamètes porteurs des allèles récessifs eb et vg. Seuls les allèles des gamètes de F1 s'expriment donc dans le phénotype des descendants.

- Si les gènes sont indépendants, on attend donc quatre phénotypes dans les mêmes proportions : ¼ de [eb+ vg+], ¼ de [eb vg], ¼ de [eb+ vg] et ¼ de [eb vg+]. Puisque c'est le cas, on peut en déduire que les gènes considérés sont bien portés par des chromosomes différents.

Chapitre 2 Diversification des êtres vivants et évolution

SVT

1 Des transferts horizontaux de gènes

De quoi s'agit-il ? En dehors de la reproduction sexuée, des échanges de gènes peuvent avoir lieu entre espèces différentes, soit directement chez les bactéries, soit indirectement par l'intermédiaire d'un virus.

1 Des échanges de gènes chez les bactéries

• Lors de la conjugaison (**Doc. 1**), des échanges de gènes, en particulier ceux portés par un plasmide, se produisent entre bactéries (d'espèces différentes ou non).

Vocabulaire

- **Conjugaison** : mécanisme d'échange génétique entre bactéries.
- **Plasmide** : fragment d'ADN circulaire qui peut s'échanger entre bactéries.

Doc. 1 Conjugaison bactérienne

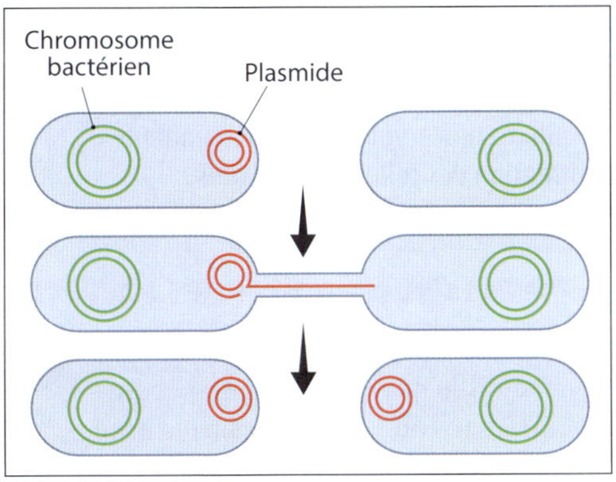

• Le matériel génétique n'est pas forcément conservé par le receveur, sauf s'il lui procure un avantage sélectif. On parle alors de transfert horizontal de gènes, indépendant de la reproduction sexuée.

• Le gène ainsi transféré peut être à l'origine d'une nouvelle fonction (comme la résistance aux antibiotiques) et se répand peu à peu dans la population.

• Ainsi, le transfert horizontal de gènes participe à l'évolution des espèces.

Vocabulaire

- **Avantage sélectif** : caractère qui permet à un individu de voir la fréquence de son phénotype et de son génotype augmenter de génération en génération.
- **Transfert horizontal de gènes** : échange de gènes hors de la reproduction sexuée.

2 Des transferts à partir des virus

• Les virus jouent le rôle de vecteurs capables de transférer du matériel génétique. Ce sont des parasites intracellulaires qui injectent leur matériel génétique dans une cellule, laquelle produit alors des constituants viraux.

• Quand les nouveaux virus s'échappent de la cellule et recommencent un nouveau cycle, ils peuvent emporter par erreur une partie du matériel génétique de la cellule infectée ou encore lui laisser des fragments d'ADN viral.

• Ainsi, d'après les homologies de séquence, 8 à 10 % du génome humain serait d'origine virale. Ces fragments d'ADN viraux sont parfois intégrés dans le fonctionnement cellulaire. La syncytine par exemple (**Doc. 2**), une molécule d'origine virale, participe chez les mammifères à la formation du placenta.

Vocabulaire

- **Homologie de séquence :** similarité de séquence indiquant une relation de parenté.

Doc. 2 Comparaison de la syncytine humaine et de la protéine virale MSRV

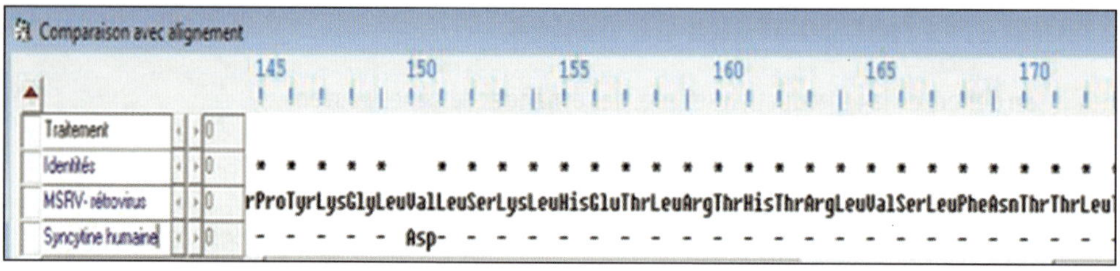

• Ainsi, lorsqu'un virus infecte différentes espèces, il peut transférer des gènes d'une espèce à une autre.

2 Les endosymbioses

De quoi s'agit-il ? Des symbioses entre cellules procaryotes, indépendamment de la reproduction sexuée, ont permis la formation des cellules eucaryotes.

1 Des similarités entre procaryotes et organites des eucaryotes

• La cellule eucaryote se distingue de la cellule procaryote par la présence d'organites parmi lesquels on peut citer le noyau. Pourtant, la comparaison d'organites comme les mitochondries ou les chloroplastes avec des procaryotes montre des ressemblances.

• Les organites :
- sont de taille semblable à celle des bactéries (1 à quelques µm) ;
- possèdent un ADN circulaire et dépourvu d'histones, comme celui des bactéries ;
- contiennent des ribosomes, semblables à ceux des bactéries ;
- se divisent par étranglement médian, comme les bactéries, et à un rythme indépendant de la cellule qui les contient.

Vocabulaire

- **Organite :** compartiment cellulaire délimité par une membrane et spécialisé dans une fonction.
- **Histone :** protéine qui compacte l'ADN.
- **Ribosome :** assemblage moléculaire intervenant dans la synthèse protéique.

• Ainsi, la cellule eucaryote peut être considérée comme une chimère, comportant des constituants caractéristiques de la cellule eucaryote (noyau) et des constituants aux propriétés de procaryotes (chloroplastes, mitochondries).

2 La théorie endosymbiotique

• Ces ressemblances entre organites et procaryotes sont trop nombreuses pour être dues au hasard. On les interprète comme résultant d'une étape de l'évolution au cours de laquelle les organites se seraient installés dans les cellules à partir de bactéries (**Doc. 3**). En effet, ceux-ci possèdent une double membrane, dont une membrane externe proche de la membrane cellulaire, ce qui semble indiquer qu'ils ont été englobés par une cellule initiale.

Doc. 3 **Établissement de l'endosymbiose cellulaire**

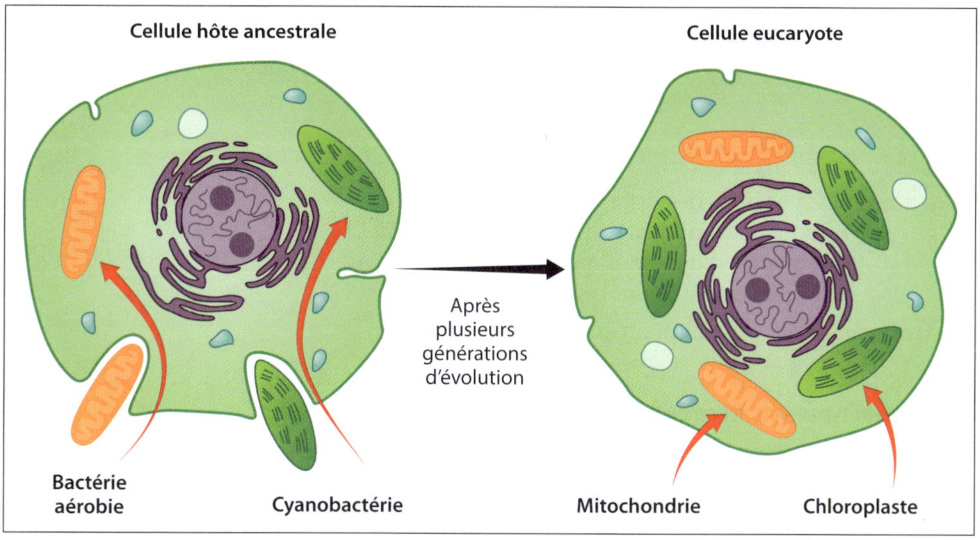

Des bactéries ont colonisé une cellule hôte ancestrale et s'y sont établies de façon définitive. La cellule hôte est devenue une cellule eucaryote.

- La mitochondrie dériverait d'une bactérie aérobie (qui ne vit qu'en présence de dioxygène) ; le chloroplaste dériverait d'une cyanobactérie, bactérie autotrophe capable de réaliser la photosynthèse.
- Selon cette théorie endosymbiotique, des procaryotes auraient d'abord colonisé d'autres procaryotes, soit en établissant une symbiose, soit en les parasitant.
- Des échanges définitifs de gènes ont eu lieu entre les deux cellules, des constituants de l'une étant synthétisés par l'autre. L'association étant devenue obligatoire, il s'est établi une endosymbiose.

Vocabulaire

- **Théorie endosymbiotique :** théorie selon laquelle les organites des cellules eucaryotes proviennent de cellules procaryotes.
- **Endosymbiose :** symbiose établie à l'intérieur d'une cellule.

SVT

3 Évolution des génomes au sein des populations

De quoi s'agit-il ? **Le modèle théorique de Hardy-Weinberg prévoit la stabilité des fréquences alléliques dans une population. Toutefois, les conditions de cet équilibre sont rarement réunies dans les populations réelles.**

1 Le modèle de Hardy-Weinberg

- En 1908, Hardy et Weinberg établissent un modèle théorique selon lequel, dans une population, la fréquence des allèles d'un gène, sous certaines conditions, reste constante au cours des générations. Ce modèle permet de calculer des fréquences de génotypes à partir des fréquences des allèles. Les fréquences de ces génotypes restent également constantes.
- Soit deux allèles A1 et A2 d'un même gène, avec p (compris entre 0 et 1) fréquence de l'allèle A1, q (compris entre 0 et 1) fréquence de l'allèle A2, et $p + q = 1$. On peut calculer la fréquence des génotypes possibles à l'aide d'un échiquier de croisement (**Doc. 4**).

Vocabulaire

- **Fréquence d'un allèle :** proportion d'un allèle dans une population.
- **Fréquence d'un génotype :** proportion d'un génotype dans une population.

Doc. 4 Les génotypes possibles et leurs fréquences respectives suite au croisement de deux hétérozygotes

Gamètes mâles / Gamètes femelles	A1 (p)	A2 (q)
A1 (p)	A1A1 (p^2)	A1A2 (pq)
A2 (q)	A1A2 (pq)	A2A2 (q^2)

- Les fréquences des génotypes issus des différents croisements sont :

$p^2 \rightarrow$ fréquence d'un génotype homozygote A1//A1
$q^2 \rightarrow$ fréquence d'un génotype homozygote A2//A2
$2pq \rightarrow$ fréquence d'un génotype hétérozygote A1//A2

Puisqu'il existe trois génotypes possibles, on en déduit que (**Doc. 5**) :

$$p^2 + q^2 + 2\,pq = 1$$

Doc. 5 Fréquence des génotypes en fonction de la fréquence des allèles (pour 2 allèles)

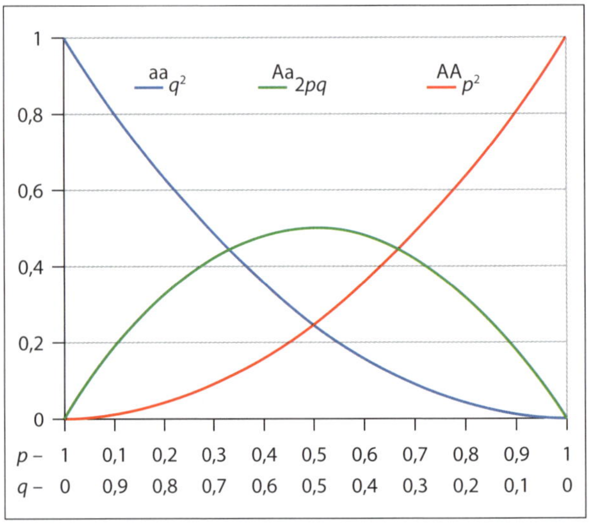

- On peut alors en déduire la fréquence de chaque allèle à la génération suivante :

$$f\,(A1) = p^2 + pq = p\,(p + q) = p$$
$$f\,(A2) = q^2 + pq = q\,(p + q) = q$$

- Dans cette nouvelle génération, la fréquence de A1 est toujours p et celle de A2 est toujours q.

2 Les conditions d'application du modèle de Hardy-Weinberg

- Ce modèle n'est vérifié que pour les conditions suivantes :
  - une population de grande taille,
  - des espèces diploïdes avec reproduction sexuée,
  - des croisements aléatoires entre individus pour lesquels les gamètes sont produits en proportion égale et se rencontrent au hasard.
- De plus, l'allèle étudié n'a pas subi de mutation et les individus n'ont pas subi de migration, de sélection naturelle ou de dérive génétique.
- Dans de nombreux cas, on constate que la transmission des allèles ne respecte pas le modèle de Hardy-Weinberg.

Vocabulaire

- **Sélection naturelle :** modification de la fréquence d'allèles sous la pression de l'environnement.
- **Dérive génétique :** variation de la fréquence d'allèles, du fait du hasard, dans une population de faible effectif.

● En effet, les allèles mutent, les individus sont sélectionnés ou subissent la dérive génétique et par conséquent, la fréquence des allèles est modifiée au cours des générations. Les populations se différencient génétiquement les unes des autres. Les échanges de gènes entre populations se raréfient, et les espèces apparaissent comme des ensembles hétérogènes de populations, en évolution permanente.

4 L'évolution au sein des populations : la spéciation

De quoi s'agit-il ? **Par le biais de la sélection naturelle ou de la dérive génétique, les populations sont soumises à des variations génétiques qui favorisent la formation de nouvelles espèces.**

1 Des changements génétiques au sein des populations

● Dans une population, les chances de survie sont inégales selon les caractères portés par les individus. La sélection naturelle favorise les phénotypes avantageux et diminue la proportion des autres. Elle agit ainsi en augmentant la fréquence des allèles avantageux et en diminuant celle des autres.

Vocabulaire

- **Population :** ensemble d'individus d'une espèce, vivant en même temps dans un même endroit.

● Des différences génétiques s'accumulent au cours du temps chez des populations élevées séparément mais dans des milieux aux caractéristiques identiques. La sélection naturelle n'est donc pas responsable de cette divergence.

● En effet, chez les populations à petits effectifs, la divergence génétique par rapport à la population de départ est plus importante. Tous les individus ne se reproduisent pas et les différents gamètes formés par la méiose ne participent pas tous à la fécondation. Ainsi, tous les allèles présents chez une génération ne sont pas forcément transmis à la suivante. Dans ces conditions, la fréquence des allèles varie au hasard. C'est la dérive génétique.

2 Une conséquence : la spéciation

● Des changements géographiques (relief, bras de mer…) peuvent scinder en deux une population. Soumises à la sélection naturelle ou à la dérive génétique, les deux sous-populations s'éloignent génétiquement et perdent leur interfécondabilité. Il se forme alors une nouvelle espèce (**Doc. 6**) : c'est la spéciation géographique.

● D'autres mécanismes peuvent être responsables d'une spéciation. Ainsi, chez les oiseaux, la mutation d'un gène contrôlant la nature du chant ou la coloration du plumage peut empêcher la reconnaissance des partenaires.

Vocabulaire

- **Interfécondabilité :** capacité pour des individus à se reproduire entre eux.
- **Spéciation géographique :** formation de nouvelles espèces à partir de populations séparées géographiquement.

● Une modification de l'habitat, du mode de vie (nocturne, diurne) ou des modifications anatomiques rendant l'accouplement impossible aboutissent aussi à la spéciation.

● La disparition du milieu de vie d'une espèce entraîne la disparition des individus qui la composent et donc, de l'espèce elle-même (**Doc. 7**). Elle disparaît aussi lorsque les individus qui la composent ne sont plus isolés mais réalisent avec d'autres des échanges génétiques auparavant impossibles.

Doc. 6 Spéciation par isolement géographique (a) ou non (b)

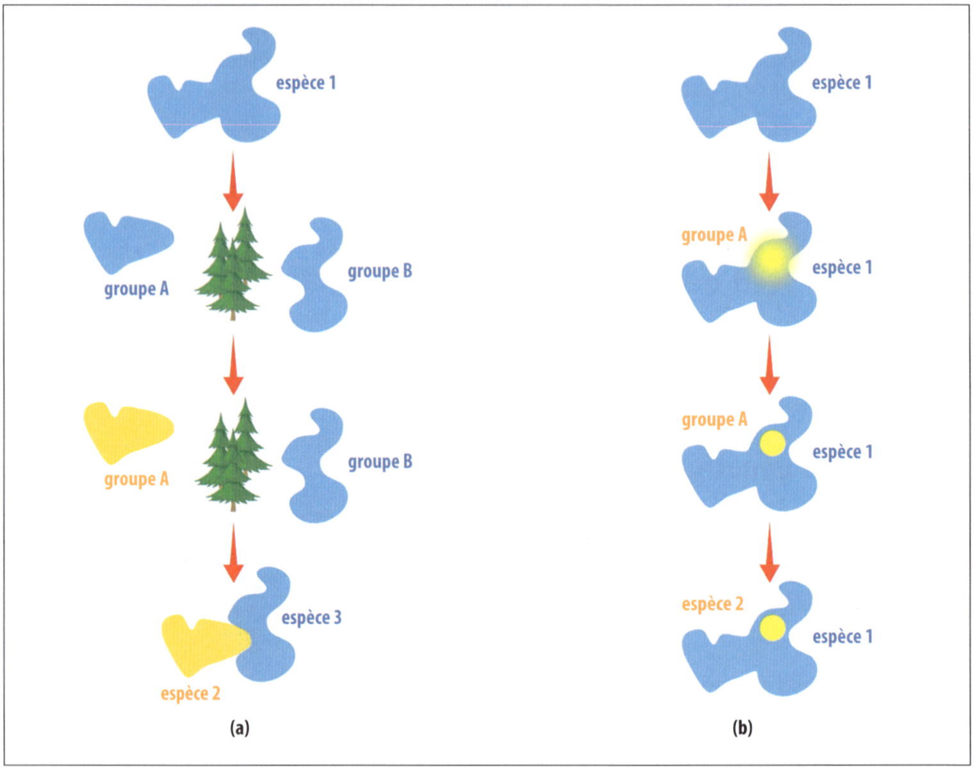

Doc. 7 Takahe Porphyrio hochstetteri : espèce d'oiseau néozélandais en voie de disparition

5 Diversification sans modification du génome

De quoi s'agit-il ? **L'établissement de relations entre espèces différentes ou encore l'acquisition de comportements font apparaître de nouveaux phénotypes sans modification du génome.**

1 Les symbioses, des associations entre êtres vivants

- Des espèces établissent des symbioses, relations durables et obligatoires, à bénéfices réciproques. Par exemple, certains cnidaires qui s'entourent d'un squelette calcaire et forment les coraux, hébergent dans leurs cellules des algues microscopiques. Celles-ci fournissent des glucides au cnidaire et profitent de ses déchets azotés ainsi que d'un milieu de vie stable.

- De nombreux exemples de symbioses existent aussi chez les plantes. Des bactéries qui fixent l'azote de l'air s'établissent dans les racines des plantes de la famille des légumineuses (**Doc. 8**). En favorisant la synthèse des protéines, elles permettent un meilleur développement de la plante, laquelle fournit des glucides aux bactéries.

Vocabulaire

- **Génome :** ensemble du matériel génétique d'un organisme.
- **Cnidaire :** groupe d'animaux auquel appartiennent les coraux, les méduses et les anémones de mer.
- **Légumineuse :** famille de plantes herbacées comprenant, entre autres, les pois et les lentilles.

Doc. 8 **Des racines de plants de soja cultivés en champ normal (a) ou stérile (b)**

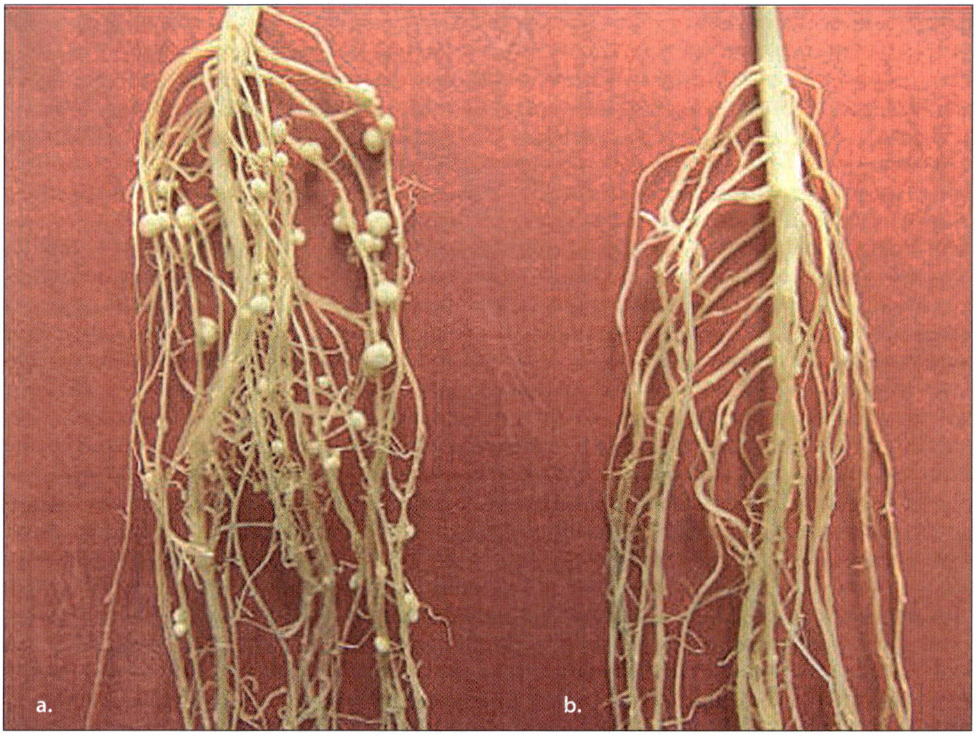

Les racines de soja possèdent, en milieu naturel (a), des nodosités : petites masses contenant des bactéries du genre Rhizobium. Une culture expérimentale en milieu stérile (b) empêche le développement des nodosités. Les racines sont alors moins développées, ce qui montre le bénéfice de cette association pour la plante.

- Chaque espèce conserve son génome (en général) mais l'association confère à chacune des espèces des propriétés nouvelles. Grâce à ces symbioses, les espèces évoluent à génome constant.

2 L'acquisition de nouveaux comportements

- Chez des oiseaux, la rencontre des partenaires nécessite la reconnaissance du chant du mâle par la femelle. L'apprentissage du chant se fait durant la première période de la vie, par le jeune oisillon encore au nid.

- Or, un oisillon élevé en entendant le chant d'une autre espèce n'est plus capable de reconnaître celui de son espèce. Il existe donc une transmission du comportement des parents aux jeunes.

- Cette transmission du chant diffère aussi selon le lieu. Ainsi, d'une région à l'autre, le comportement transmis varie, ce qui participe à l'évolution.

- D'autres comportements dans les populations animales, comme l'utilisation des outils, peuvent être transmis de génération en génération. On connaît ainsi des populations de chimpanzés qui, pour se nourrir, utilisent des méthodes différentes d'une population à l'autre. Elles sont acquises par les jeunes qui, à leur tour, les transmettront à la génération suivante (**Doc. 9**).

Doc. 9 Chimpanzé s'entraînant à attraper des termites

Le chimpanzé s'entraîne à attraper des termites avec une brosse fabriquée à partir d'une tige, ce qui indique une transmission de savoir-faire.

Révision express

Le schéma à retenir

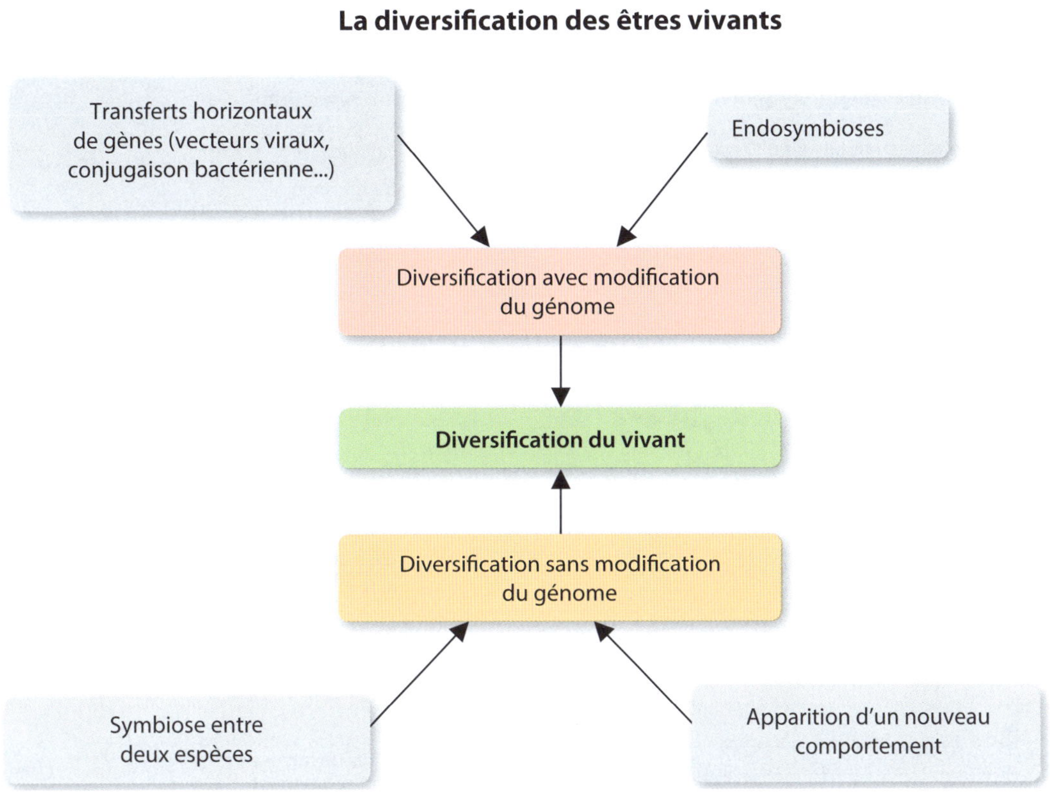

Quiz

Cochez la bonne réponse :

1. Les symbioses sont sources de diversité.
☐ **a.** Vrai ☐ **b.** Faux

2. Lors de la reproduction sexuée, un transfert vertical de gènes s'effectue.
☐ **a.** Vrai ☐ **b.** Faux

3. Selon le modèle de Hardy-Weinberg, la fréquence d'un allèle diminue au cours du temps.
☐ **a.** Vrai ☐ **b.** Faux

4. Les comportements sont transmis génétiquement chez les vertébrés.
☐ **a.** Vrai ☐ **b.** Faux

5. Le chant des oiseaux est uniquement d'origine génétique.
☐ **a.** Vrai ☐ **b.** Faux

→ Réponses p. 494

EXERCICE

Comprendre l'origine d'un nouveau comportement

Énoncé

En 1980, un spécialiste des baleines a découvert l'existence chez cet animal d'un comportement de *lobtail feeding* consistant à frapper violemment la surface de l'eau avec sa queue afin de produire un rideau de bulles qui regroupe les poissons, ce qui facilite leur capture.

Les documents suivants fournissent des informations sur ce nouveau comportement.

Doc. 1 Développement du *lobtail feeding* au sein de plusieurs groupes de baleines

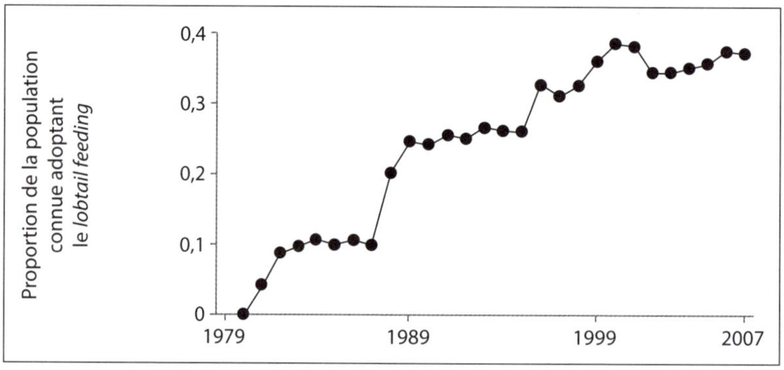

À partir de 1979, suite à la disparition des harengs dans le golfe du Maine, les baleines à bosse se mettent à consommer des lançons, proies plus difficiles à regrouper.

Doc. 2 Taux comparés d'apprentissage du *lobtail feeding* chez la baleine à bosse

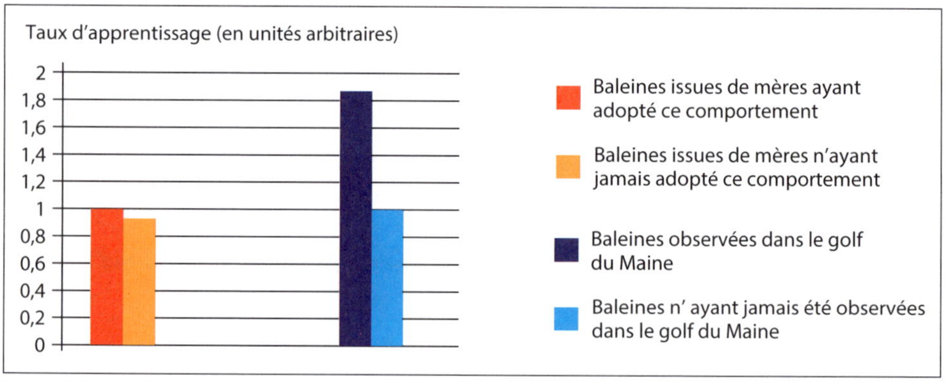

Les individus adoptent d'autant plus ce comportement qu'ils ont de liens sociaux.

Exploitez les documents pour expliquer comment ce nouveau comportement de chasse a pu apparaître chez les baleines, et surtout comment il s'est dispersé à l'intérieur de l'espèce.

Méthode

- Le **doc. 1** permet d'établir une relation entre l'apparition du comportement et une modification des conditions du milieu. Il faut se poser la question de savoir si l'apparition de ce comportement est liée à une transformation du génome. Dans ce cas, il faudrait trouver des arguments confirmant qu'il se transmet héréditairement. Dans le cas contraire, il faut expliquer comment un comportement peut se transmettre sans faire intervenir le génome.
- Le **doc. 2** permet de répondre à cette question.

Corrigé

• D'après le **doc. 1**, le *lobtail feeding* n'existait pas avant 1980 chez les baleines. Il est apparu peu après le changement de proies, lequel a posé problème puisque la nouvelle proie, le lançon, est plus difficile à capturer.
En 2007, presque 40 % de la population des baleines avaient adopté ce comportement. Celui-ci s'est donc transmis en moins de trois décennies.

• Le **doc. 2** montre que le *lobtail feeding* n'est pas plus répandu chez des individus dont la mère a adopté ce comportement que chez d'autres. Il n'est donc pas transmis génétiquement, de la mère à la progéniture. Par conséquent, il ne s'agit pas d'un comportement déterminé génétiquement mais d'un comportement acquis.
Par contre, l'importance de ce comportement varie significativement (du simple au double) selon que l'individu est issu d'une population ayant séjourné ou non dans le golfe du Maine. Or, c'est dans le golfe du Maine que ce comportement a été observé pour la première fois. De plus, les individus ayant adopté ce comportement sont ceux qui ont les liens sociaux les plus nombreux.

L'astuce du prof
Pensez à relier les informations fournies par les deux documents !

• On peut donc penser que face au problème de la nourriture plus difficile à capturer, un individu a acquis un nouveau comportement (sans doute par hasard). Ce comportement augmentant la prise de nourriture, il a été reproduit et transmis aux autres individus. Ainsi, ce comportement a été sélectionné et la proportion d'individus l'adoptant a augmenté au cours du temps.

Chapitre 3 Le temps et les roches

1 La chronologie relative

De quoi s'agit-il ? Des relations géométriques permettent de reconstituer la chronologie relative de structures ou d'événements géologiques.

1 Des principes géométriques

- La chronologie relative consiste à dater des roches ou des événements les uns par rapport aux autres. Elle se fonde sur des principes géométriques.

- Les roches sédimentaires se forment par dépôts successifs de couches. Ainsi, selon le principe de superposition, une couche de roche sédimentaire (ou une coulée de lave) est plus récente que celle qu'elle recouvre (**Doc. 1**).

Vocabulaire

Chronologie relative : datation des roches et événements géologiques les uns par rapport aux autres.

Doc. 1 Les principes de datation relative

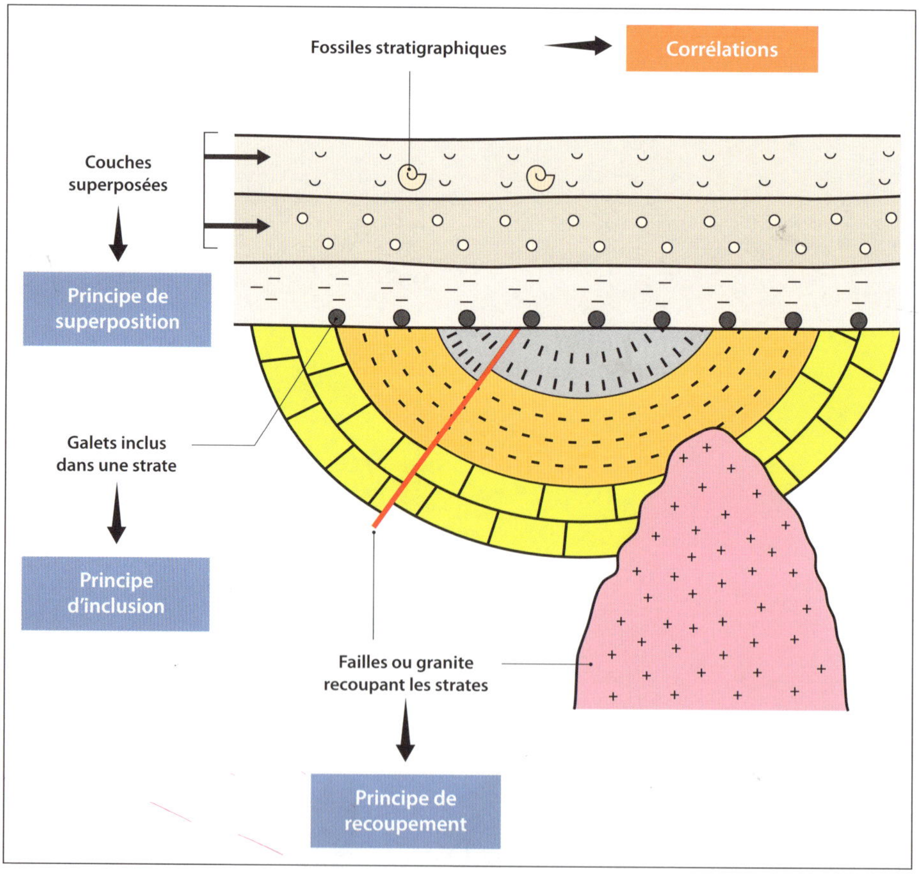

• Selon le principe de recoupement, toute structure qui en recoupe une autre (ou toute déformation qui l'affecte) lui est postérieure. Par exemple, un pluton de granite qui traverse un ensemble de couches sédimentaires est postérieur à la plus récente des strates qu'il recoupe. Les roches qui sont métamorphisées au contact du granite lui sont antérieures (au contact d'un pluton de granite, sous l'effet de la chaleur, les roches sont transformées).

• De même, lorsqu'une déformation (faille, pli) affecte une couche de roche, elle est postérieure au dépôt de celle-ci. En revanche, si elle n'affecte pas les couches qui reposent sur les roches déformées, elle est antérieure à celles-ci.

Vocabulaire

- **Pluton de granite** : massif de granite qui se forme en profondeur à la suite d'une remontée de magma.
- **Strate** : couche de roche.
- **Métamorphisée (roche)** : roche qui a subi des transformations minéralogiques.

• Enfin, si un fragment A est inclus dans B, alors A était initialement présent avant d'être englobé par B, et il est donc antérieur à ce dernier. Ce principe d'inclusion s'applique aux roches et aux minéraux.

SVT

2 Des corrélations à distance

• Les principes géométriques ne s'appliquent que lorsque les roches sont en contact. Dans le cas contraire, on utilise le principe de continuité : une couche donnée a le même âge sur toute son étendue. Ainsi, si elle a pu être datée en un endroit, on connaîtra son âge sur toute sa longueur.

• Les corrélations établies entre couches éloignées reposent le plus souvent sur leur contenu en fossiles. C'est le principe d'identité paléontologique.

2 Les fossiles stratigraphiques et l'échelle des temps

De quoi s'agit-il ? **Les fossiles sont des marqueurs du temps utilisés pour construire un calendrier géologique : l'échelle stratigraphique.**

1 Des fossiles marqueurs du temps

• Les fossiles sont des traces ou des restes d'êtres vivants partiellement conservés dans les roches. Ils ont donc l'âge de la roche qui les contient.

• Les espèces se sont succédé au cours du temps. Une fois l'âge d'un fossile connu, il permet de dater les roches qui le contiennent. Les fossiles permettent ainsi d'établir une chronologie relative.

• Un fossile a un intérêt dans la datation si son espèce avait eu un vaste domaine de répartition, une durée d'existence brève et une abondance suffisante. Il constitue alors un fossile stratigraphique.

• Pour dater plus précisément les roches à partir des fossiles, on y recherche la présence simultanée de plusieurs espèces dont les durées d'existence se chevauchent et qui forment une biozone.

2 L'établissement d'une échelle stratigraphique

• Le renouvellement des espèces et des groupes de plus grande taille permet de créer des divisions et sous-divisions stratigraphiques.

Vocabulaire

- **Fossile stratigraphique** : fossile utilisé pour la datation d'une roche.
- **Biozone** : ensemble de couches défini par son contenu en fossiles.
- **Division stratigraphique** : ensemble de couches correspondant à une période.

• L'étage, d'une durée de 5 à 6 Ma en moyenne, est la division de base de la stratigraphie. C'est une formation (un ensemble de couches) caractérisée par la roche et surtout les fossiles qu'elle contient. Plusieurs étages sont regroupés en systèmes (ex. : le Crétacé est un système), eux-mêmes regroupés en ères (Précambrien, Primaire, Secondaire, Tertiaire).

• On a ainsi progressivement construit une échelle des temps géologiques (**Doc. 2**). Les grandes divisions, notamment les limites des ères géologiques, ont été établies à partir des crises biologiques.

Vocabulaire

- **Étage :** division de base de la stratigraphie.
- **Stratigraphie :** science qui étudie la succession des différentes couches géologiques dans le temps.
- **Crise biologique :** extinction de masse des espèces et groupes, se produisant de façon brutale et sur toute la planète.

Doc. 2 Échelle des temps géologiques

Eon	Ère	Période	Époque	Date (millions d'années)
Phanérozoïque	Cénozoïque	Quaternaire	Holocène	0,01
			Pleistocène	1,8
		Tertiaire	Pliocène	5,3
			Miocène	23
			Oligocène	34
			Eocène	56
			Paléocène	65
	Mésozoïque	Crétacé		145
		Jurassique		199
		Trias		251
	Paléozoïque	Permien		299
		Carbonifère		359
		Dévonien		416
		Silurien		443
		Ordovicien		488
		Cambrien		542
Précambrien	Protérozoïque			2500
	Archéen			4600

• Les crises biologiques sont des modifications brutales (à l'échelle des temps géologiques) de toute la biosphère. Elles sont liées à des événements planétaires (météorites…) qui provoquent des extinctions de masse et la disparition de grands groupes, comme celui des dinosaures à la fin de l'ère secondaire.

3 Les principes de la chronologie absolue

De quoi s'agit-il ? La désintégration des isotopes radioactifs est utilisée comme chronomètre pour dater les roches.

1 La désintégration des éléments radioactifs

- Les roches renferment des isotopes radioactifs (« éléments pères ») qui se désintègrent au cours du temps en émettant une particule, comme un électron ou un neutron. Cela aboutit alors à la formation d'un élément radiogénique stable (« élément fils »).
- La décroissance d'un élément radioactif est une fonction du temps, telle que le nombre d'éléments dP disparaissant en un intervalle de temps dt est $dP/dt = -\lambda P$ où λ est une constante de désintégration propre à chaque élément. Elle témoigne de la vitesse de désintégration de l'élément.
- On appelle « période » (ou « demi-vie ») la durée pendant laquelle une masse initiale d'éléments pères se transforme de moitié en éléments fils (**Doc. 3**).

Vocabulaire

- **Isotope radioactif :** élément instable qui se désintègre au cours du temps pour devenir un élément stable.
- **Élément père :** isotope instable à l'origine de la désintégration.
- **Élément fils :** isotope stable qui résulte de la désintégration.
- **Période :** temps nécessaire pour qu'une masse d'éléments radioactifs se désintègre de moitié.

Doc. 3 La décroissance des éléments radioactifs

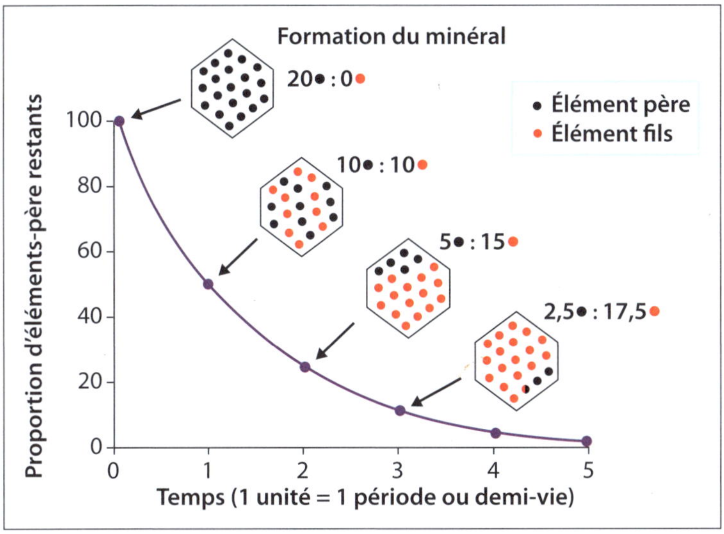

- Pour connaître l'âge d'une roche, le principe est simple : il faut mesurer le rapport entre la masse de l'élément père au départ par rapport à la masse actuelle de l'élément fils. Ce rapport est d'autant plus faible que la roche est ancienne, c'est-à-dire que les éléments radioactifs ont eu de temps pour se désintégrer. Comme on connaît les constantes de désintégration et les valeurs des périodes pour un grand nombre d'isotopes, on peut alors évaluer, plus ou moins directement, l'âge de la roche.

2 Une désintégration à vitesse constante

- La désintégration se fait, pour un isotope donné, à la même vitesse quelles que soient les conditions du milieu (pression, température…).

- Ainsi, à partir du moment où une roche intègre un élément radioactif, il commence à se désintégrer de la même façon, qu'il soit présent dans la croûte, le manteau ou le noyau. Le nombre d'éléments pères diminue proportionnellement au nombre d'éléments fils formés.

- Plusieurs conditions sont nécessaires pour la validité des mesures :
  - L'élément père doit être incorporé à la roche au moment de sa formation et non pas après.
  - La roche doit former un système clos et ne pas laisser « fuir » les éléments radioactifs.
  - Enfin, il faut connaître le nombre d'éléments pères au moment de la formation de la roche.

Vocabulaire

- **Système clos :** système qui ne réalise aucun échange avec son environnement.

4 Différents chronomètres pour dater les roches

De quoi s'agit-il ? **Le choix de l'élément radioactif utilisé pour dater une roche dépend de l'âge supposé de celle-ci, lequel peut être appréhendé par chronologie relative.**

1 Des conditions d'utilisation particulières

La méthode de datation absolue s'applique aux roches magmatiques ou métamorphiques dont les cristaux se forment en profondeur et non aux roches sédimentaires qui se forment à partir d'éléments préexistants. La datation au carbone^{14} peut être utilisée pour des restes fossiles contenant du carbone. Si le principe de datation reste le même quel que soit l'âge de la roche, les caractéristiques de chaque chronomètre isotopique font que chacun a des applications particulières.

Vocabulaire

- **Chronomètre isotopique :** couple formé par un isotope père radioactif et un isotope fils radiogénique, permettant de mesurer un âge absolu.

2 Des périodes de désintégration différentes

- Le carbone^{14} est produit en permanence dans la haute atmosphère à partir de l'azote. Il est utilisé pour dater les fossiles. En effet, l'incorporation du carbone cesse à la mort de l'organisme (fermeture du système) et le carbone^{14} commence à se désintégrer. Connaissant le rapport $^{14}C/^{12}C$ actuel, celui du fossile, ainsi que la constante de désintégration, il est alors possible de calculer l'âge du fossile. Toutefois, comme sa période est courte (5 730 ans), il permet de dater des objets de quelques centaines à quelques milliers d'années seulement.

- Le potassium^{40} se désintègre en argon^{40} avec une période de 1,3 Ga. L'argon provient en théorie exclusivement de la désintégration du potassium. Pour déterminer l'âge de la roche, on calcule le rapport entre la quantité de potassium et celle de l'argon, ce qui revient à calculer le rapport élément père/élément fils.

- Le rubidium^{87} se transforme en strontium^{87}. Avec sa période longue (48,8 Ga), il peut être utilisé pour dater les roches les plus anciennes. Toutefois, le ^{87}Sr est présent dans la roche au moment de sa formation et sa quantité est inconnue. Or, il existe un autre isotope, le ^{86}Sr, qui est stable. Comme dans une roche donnée, le rapport initial $^{87}Sr/^{86}Sr$ est le même pour tous les minéraux (c'est celui du magma), on peut établir l'équation suivante : $(^{87}Sr/^{86}Sr)$ actuel = $(^{87}Rb/^{86}Sr)$ actuel × λt + $(^{87}Sr/^{86}Sr)$ initial.

- En mesurant pour chacun des minéraux d'une roche (le granite par exemple, **Doc. 4**) les rapports $^{87}Sr/^{86}Sr$ et $^{87}Rb/^{86}Sr$, on peut établir une droite isochrone obéissant à cette équation (**Doc. 5**). La mesure de son coefficient directeur (λt) permet de déterminer t, soit l'âge de la roche.

Vocabulaire

- **Droite isochrone :** droite construite à partir de mesures effectuées sur des minéraux de même âge, de coefficient directeur proportionnel à cet âge.

Doc. 4 Granite observé au microscope en lumière polarisée analysée

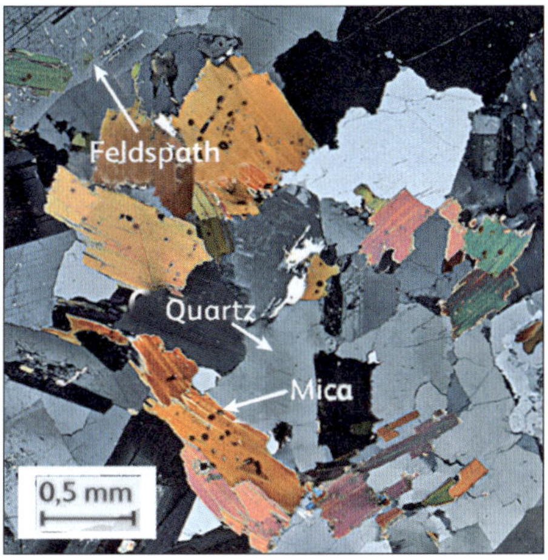

Doc. 5 Datation du granite par le couple rubidium strontium

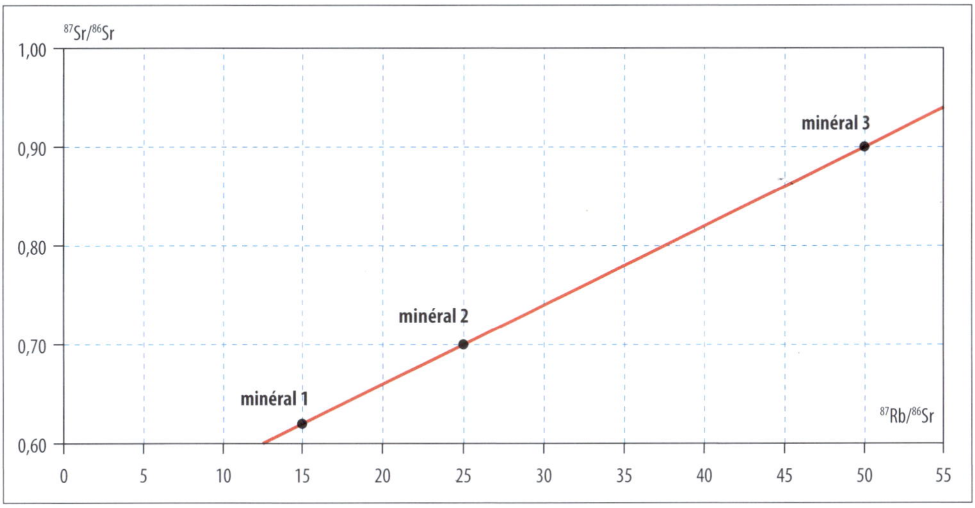

Révision express

Le schéma à retenir

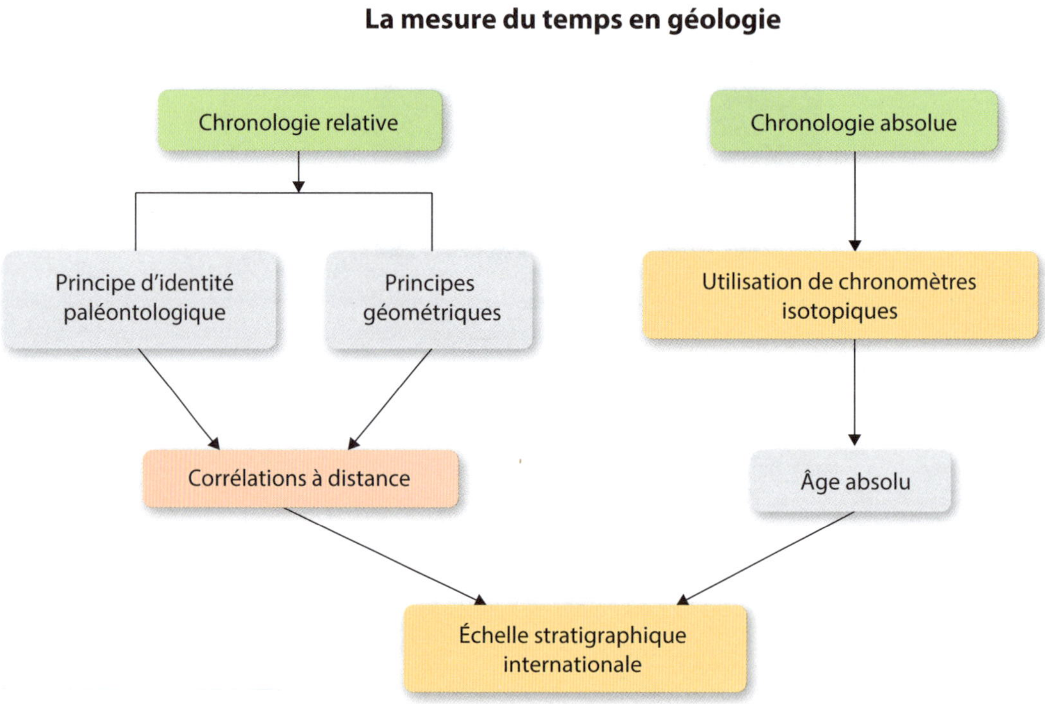

Quiz

Cochez la bonne réponse :

1. Lorsqu'une roche est affectée par une déformation, celle-ci lui est postérieure.
☐ **a.** Vrai ☐ **b.** Faux

2. L'âge de la Terre a pu être établi grâce à l'utilisation du carbone[14].
☐ **a.** Vrai ☐ **b.** Faux

3. Les fossiles ont l'âge des roches qui les contiennent.
☐ **a.** Vrai ☐ **b.** Faux

4. Si A est inclus dans B, B est antérieur à A.
☐ **a.** Vrai ☐ **b.** Faux

5. La vitesse de désintégration d'un élément radioactif est aussi appelée « période ».
☐ **a.** Vrai ☐ **b.** Faux

→ Réponses p. 494

EXERCICE

Utiliser des méthodes de datation

Énoncé

La coupe géologique présentée par le **doc. 1** met en évidence les relations entre des roches sédimentaires (couches 1 à 5) et magmatiques ayant subi différents événements.

Le **doc. 2** est un graphique établi à partir des dosages de différents isotopes sur les minéraux du granite présent sur la coupe du **doc. 1**.

Doc. 1 Coupe géologique

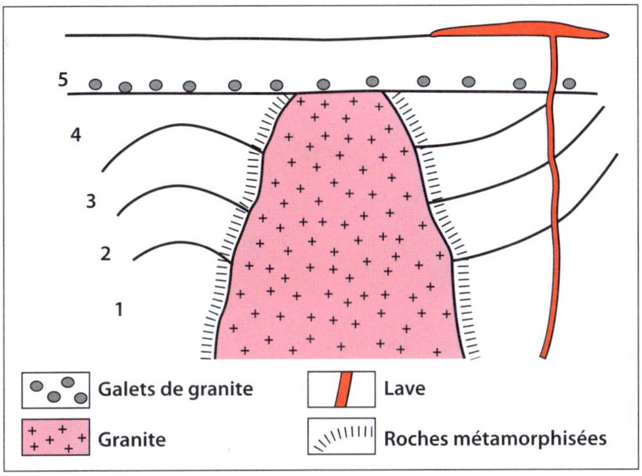

Doc. 2 Droite isochrone correspondant aux minéraux du granite

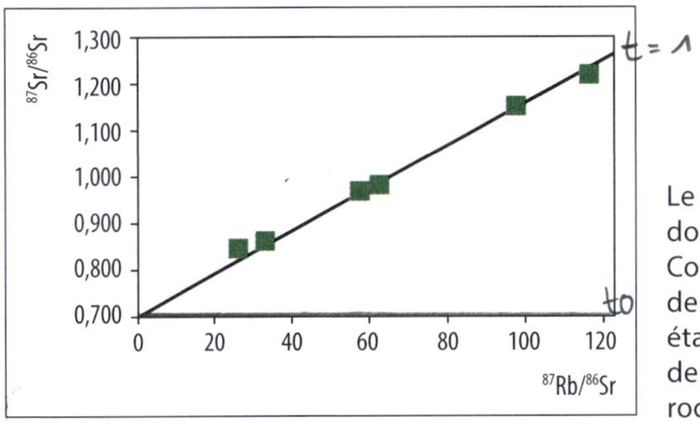

Le rubidium^{87} est un élément radioactif qui donne du strontium^{87} en se désintégrant. Comme les quantités initiales de rubidium et de strontium dans la roche sont inconnues, on a établi une relation entre les quantités connues de différents isotopes afin de pouvoir dater la roche.

$(^{87}Sr/^{86}Sr)$ actuel = $(^{87}Rb/^{86}Sr)$ actuel × λt + $(^{87}Sr/^{86}Sr)$ initial avec $\lambda = 1{,}42 \times 10^{-11}$.

Exploitez le doc. 1 pour établir une chronologie relative des roches et des événements, puis précisez l'âge absolu du granite et des roches associées (doc. 2).

Méthode

- La coupe du **doc. 1** doit être exploitée en appliquant les principes géométriques de superposition, de recoupement et d'inclusion.
- La droite représentée sur le **doc. 2** est d'équation :

$$(^{87}Sr/^{86}Sr) \text{ actuel} = (^{87}Rb/^{86}Sr) \text{ actuel} \times \lambda t + (^{87}Sr/^{86}Sr) \text{ initial}$$

Son coefficient directeur est égal à λt. Comme on connait λ, la détermination du coefficient directeur permet de connaître t.

Corrigé

- Les roches sédimentaires se formant par dépôt, selon le principe de superposition, la couche 5 du **doc. 1** qui recouvre toutes les autres est la plus récente, l'âge des couches 4 à 1 est de plus en plus ancien.

- Les couches 1 à 4 sont affectées d'un pli, mais pas la 5. Selon le principe de recoupement, le pli est donc postérieur à la couche 4, mais antérieur à la couche 5.
Un pluton de granite traverse les couches 1 à 4 qui se sont métamorphisées à son contact. La couche 5, au contact du granite, n'est pas métamorphisée. On peut donc en déduire que la remontée de magma est postérieure à la couche 4 et antérieure à la couche 5.
La couche 5, horizontale, s'est déposée sur une surface plane. Il y a donc eu une érosion qui a affecté le granite et la couche 4.

- La couche 5 renferme des galets de granite. Selon le principe d'inclusion, tout élément inclus dans une roche lui est antérieur. La couche 5 est donc bien postérieure au granite. Enfin, l'ensemble des couches est surmonté par une couche de lave qui est postérieure à toutes les roches.

- À partir du **doc. 2**, il est possible de déterminer l'âge du granite.
Pour déterminer le coefficient directeur a de la droite, on prend deux points éloignés : soit $x_1 = 20$ et $y_1 = 0{,}8$; $x_2 = 100$ et $y_2 = 1{,}16$.

$$a = a = \frac{y_2 - y_1}{x_2 - x_1} \text{ soit } \lambda t = \frac{0{,}36}{80}$$

$$\text{d'où } t = \frac{0{,}36}{80} \times 1{,}42 \times 10^{-11}$$

$t = 316 \times 10^6$ ans = 316 Ma

Ainsi, la couche 4 est antérieure à 316 Ma, tandis que la couche 5 est postérieure à 316 Ma.

L'astuce du prof
Tous les minéraux utilisés pour construire cette droite ont le même âge : c'est pourquoi on l'appelle « droite isochrone ».

Chapitre 4 Les traces du passé mouvementé de la Terre

1 Des domaines continentaux d'âges variés

De quoi s'agit-il ? **Plusieurs indices géologiques permettent de retrouver les traces d'anciennes chaînes de montagnes pourtant démantelées aujourd'hui.**

1 Deux types de chaînes de montagnes

- Des formations géologiques comme le Massif armoricain, le Massif central ou les Vosges présentent, malgré leur altitude modeste, des caractéristiques de chaînes de montagnes : déformations (plis, failles inverses et chevauchements), présence d'ophiolites (roches issues de la lithosphère océanique, voir p. 212).
- Elles se distinguent néanmoins d'autres chaînes de montagnes comme les Alpes ou l'Himalaya par la moindre épaisseur de leur couverture sédimentaire. En revanche, les roches plutoniques et métamorphiques (comprenant des minéraux repères de haute pression comme le grenat) avec des traces de fusion ou « migmatites » y sont plus abondantes (**Doc. 1**).

Vocabulaire

- **Faille inverse :** cassure et coulissement des roches le long d'un plan de fracture. Elle indique une compression.
- **Chevauchement :** recouvrement d'un terrain par un autre, plus âgé.
- **Minéraux repères :** minéraux permettant de reconstituer les conditions dans lesquelles s'est formée une roche.

Doc. 1 Carte géologique du sud de la France au $1/10^6$

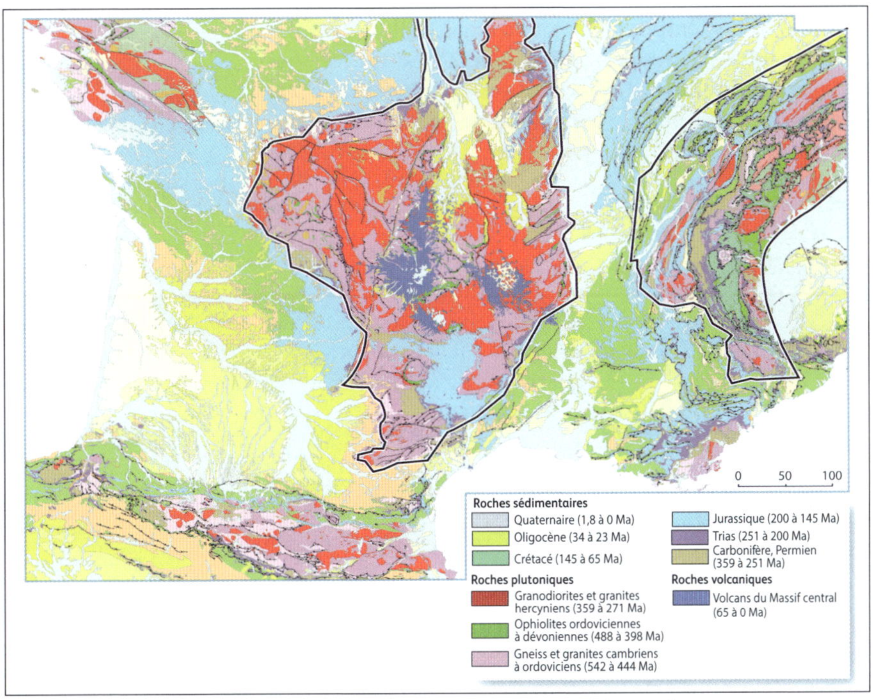

Dans les chaînes de montagnes anciennes comme le Massif central, les roches magmatiques et métamorphiques formées en profondeur affleurent.
Dans les chaînes récentes (Alpes), la couverture sédimentaire est importante.

• Or, ces dernières se forment en profondeur. Leur affleurement témoigne d'une intense érosion qui a fait disparaître les roches qui les recouvraient auparavant.

• Par ailleurs, leurs roches ont des âges supérieurs à 300 Ma, contre pas plus de 100 Ma dans les Alpes, par exemple. Ainsi, ce sont des chaînes de montagnes anciennes qui ont été démantelées après leur formation.

2 Des ceintures orogéniques mondiales

• À l'échelle mondiale, ces chaînes de montagnes anciennes forment des bandes allongées appelées ceintures orogéniques.

• Le Massif armoricain, le Massif central ou les Vosges appartenaient à une vaste chaîne qui s'étendait du sud de l'Espagne jusqu'au Caucase, sur 5 000 km de long : la chaîne hercynienne (– 420 à – 250 Ma). Aujourd'hui érodée, elle renferme des roches métamorphiques et des granites. Ces roches, qui constituaient autrefois la racine profonde de la chaîne, sont les témoins d'une collision entre plaques.

Vocabulaire

▪ **Ceinture orogénique :** zone étroite de terrains qui ont été soumis à des plissements et autres déformations.

2 La recherche d'océans disparus

De quoi s'agit-il ? **Dans les chaînes de montagnes, la lithosphère océanique ancienne témoigne de la présence d'un océan aujourd'hui disparu, à la suite d'une subduction.**

1 Les ophiolites, fragments de lithosphère océanique

• Les chaînes de collision comme les Alpes renferment des ophiolites, associations constituées d'un empilement de roches telles que des basaltes en coussin, des gabbros et des péridotites (**Doc. 2**). Cette séquence caractéristique, de la surface vers la profondeur de la lithosphère océanique, se retrouve aujourd'hui à plusieurs milliers de mètres d'altitude sur les continents.

Vocabulaire

▪ **Chaîne de collision :** chaîne de montagnes formée par la collision de deux lithosphères continentales.

▪ **Ophiolite :** fragment émergé de la lithosphère océanique.

▪ **Lithosphère :** couche la plus superficielle de la Terre, constituée de la croûte et de la partie supérieure du manteau.

Doc. 2 **Coupe simplifiée d'une ophiolite**

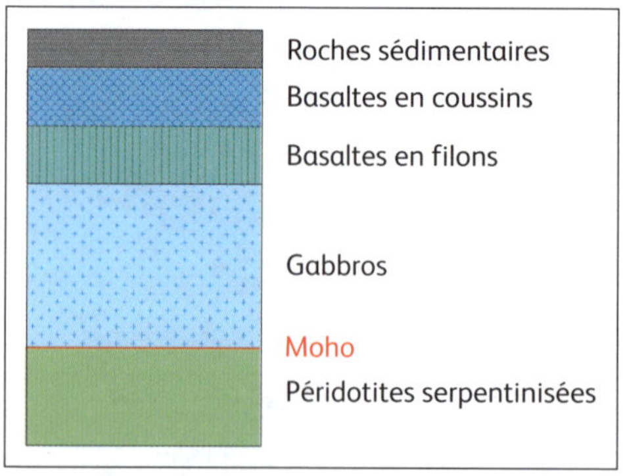

• On trouve, associées aux ophiolites, des radiolarites, roches sédimentaires composées de fossiles d'animaux marins microscopiques. Les radiolarites se forment aujourd'hui en milieu océanique à grande profondeur.

• La présence des ophiolites et des roches associées prouve qu'un océan aujourd'hui disparu se trouvait autrefois à l'emplacement actuel de la chaîne de montagnes.

2 Les ophiolites, témoins d'une fermeture océanique

• Les données cartographiques montrent que les ophiolites sont disposées dans l'axe de la chaîne de montagnes, comme c'est le cas par exemple dans la région du Tsang Po, dans l'Himalaya (**Doc. 3**). Elles correspondent à la zone de suture entre deux lithosphères continentales, après la fermeture d'un océan par subduction.

Doc. 3 Carte géologique simplifiée de l'Himalaya

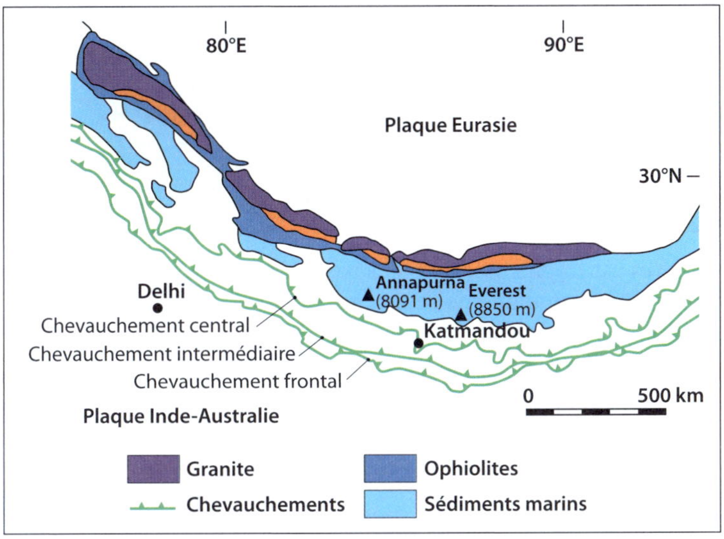

• Une fois la lithosphère océanique subduite, les deux lithosphères continentales se sont affrontées et sont entrées en collision à l'endroit où se trouvent aujourd'hui les ophiolites.

• La subduction étant bloquée, une partie de la lithosphère océanique échappe alors à l'enfouissement et passe par-dessus le continent. C'est le phénomène d'obduction.

• La lithosphère océanique a pu aussi remonter en surface, par des phénomènes complexes, après la subduction.

Vocabulaire

■ **Obduction :** chevauchement d'une croûte continentale par une lithosphère océanique.

• Les plus vieilles ophiolites datent de plus de 2 milliards d'années, ce qui indique que le phénomène de subduction, et plus généralement la tectonique des plaques, existait déjà à cette époque.

3 Les marques de la fragmentation continentale et de l'ouverture océanique

De quoi s'agit-il ? **Une marge continentale renferme les témoins géologiques de la fragmentation d'un continent et de la naissance d'un océan.**

1 Les marges passives, des structures en distension

• Dans l'océan Atlantique, la croûte continentale s'amincit progressivement avant de se raccorder à la croûte océanique au niveau d'une marge continentale passive, c'est-à-dire dépourvue d'activité sismique ou volcanique (**Doc. 4**).

Vocabulaire

■ **Marge continentale :** zone de transition entre la lithosphère océanique et la lithosphère continentale.

Doc. 4 **Une marge passive**

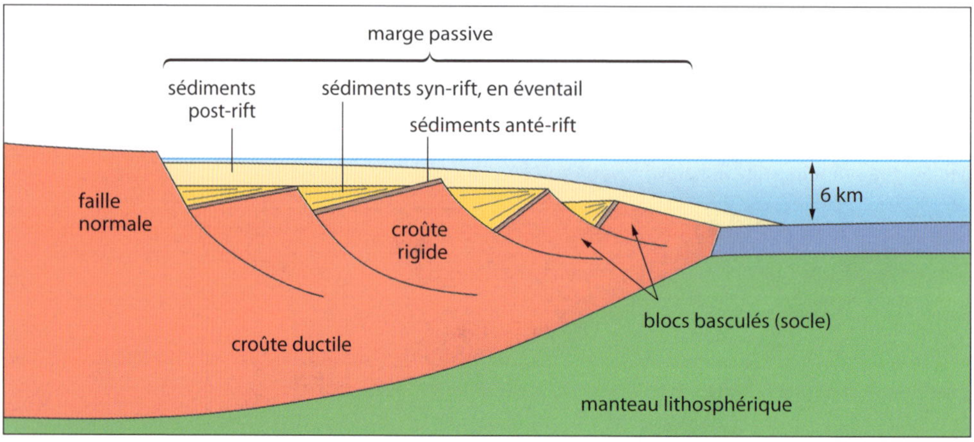

- La croûte des marges passives est fragmentée en blocs basculés le long de failles normales. Cette structure témoigne de l'existence de forces de distension ayant provoqué l'étirement de la croûte continentale.
- La surface de la croûte est recouverte de plusieurs couches de roches sédimentaires. Les plus profondes sont affectées par les failles normales, ce qui indique qu'elles ont été déposées avant (sédiments pré-rift) ou pendant le basculement des blocs (sédiments syn-rift).
- Les roches sédimentaires les plus superficielles, disposées horizontalement, ne sont pas affectées par les failles : elles se sont déposées après le basculement des blocs (sédiments post-rift).

Vocabulaire

Faille normale : faille dont le jeu est responsable d'un allongement des terrains concernés.

2 Les marges passives et la formation des océans

- Si l'on réunit virtuellement les deux marges passives d'un océan, on retrouve le stade correspondant au début de sa formation. Il s'agit d'un rift continental : une structure constituée par une croûte amincie, fracturée par des failles normales (**Doc. 5**).

Vocabulaire

Rift continental : fossé d'effondrement dans la croûte continentale, structuré par des failles normales.

Doc. 5 **Un rift continental**

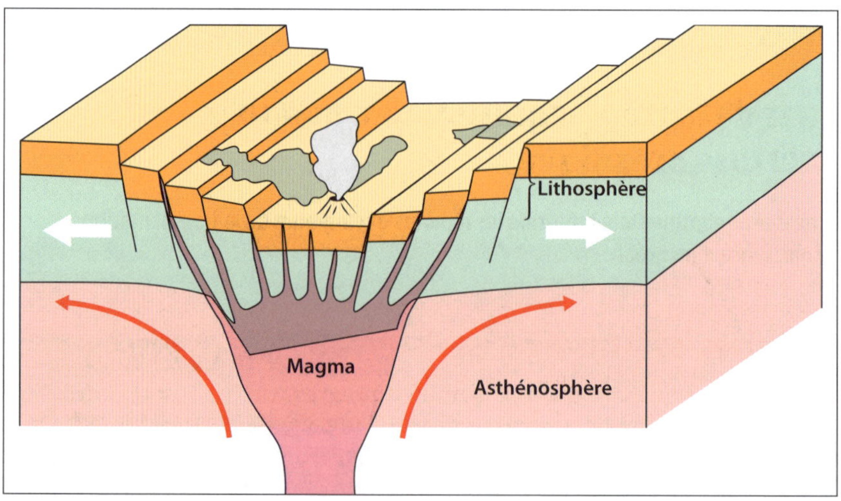

• Un rift continental se forme lors d'une remontée de l'asthénosphère qui réchauffe et distend la lithosphère sus-jacente. La croûte se fracture alors et du magma remonte. Du fait de son effondrement, le rift continental est progressivement envahi par la mer.

Vocabulaire
- **Asthénosphère :** enveloppe rocheuse ductile située sous la lithosphère.

• La poursuite de la distension entraîne l'éloignement des deux moitiés du rift. De la croûte océanique basaltique se met en place, un océan se forme et grandit. C'est l'expansion océanique. Chaque moitié du rift est devenue une marge passive. Au niveau de la dorsale océanique, l'extension se poursuit ; elle conserve une structure de rift (**Doc. 6**).

Doc. 6 Rift océanique en Islande (portion émergée de la dorsale atlantique)

4 Une dynamique cyclique de la lithosphère

De quoi s'agit-il ? Les chaînes de montagnes se forment et disparaissent de façon répétée au cours de l'histoire de la Terre.

1 Des cycles orogéniques

• Un cycle orogénique correspond à la succession d'événements au cours desquels une chaîne de montagnes se forme puis disparaît, c'est-à-dire :
- fracturation d'un continent, puis ouverture d'un océan, et sédimentation ;
- orogenèse avec déformation des sédiments et élévation de reliefs ;
- pénéplanation (aplanissement) de la chaîne, notamment par érosion.

Vocabulaire
- **Orogenèse :** formation d'une chaîne de montagnes.
- **Pénéplanation :** aplanissement d'une zone continentale.

• Il se double d'un cycle de la matière au cours duquel les roches sont érodées, métamorphisées et renouvelées totalement lorsqu'elles fondent pour donner un magma, lequel cristallisera à nouveau.

• Au cours de l'histoire de la Terre, des cycles orogéniques d'une durée d'environ 200 Ma se sont succédé, déterminant ainsi plusieurs périodes paléogéographiques.

• Leur succession a permis la construction des continents, chaque cycle orogénique permettant leur accroissement.

Vocabulaire

- **Paléogéographique (période) : période de l'histoire de la Terre durant laquelle la répartition des masses continentales et des océans était différente de la répartition actuelle.**

2 Le cycle des supercontinents

• La dynamique de la lithosphère obéit aussi à des cycles de plus grande durée (incluant les cycles orogéniques) et qui comportent :
- une phase de distension entraînant la fragmentation d'un supercontinent (**Doc. 7**) et l'apparition d'un rift, puis la formation d'un océan ;
- une phase de convergence des plaques, avec subduction de la lithosphère océanique qui, plus âgée, est devenue plus dense. Celle-ci est suivie de la collision de deux continents et de l'édification d'une chaîne de montagnes ;
- une phase d'érosion des reliefs qui conduit à la remontée des roches profondes, magmatiques et métamorphiques. Des sédiments s'accumulent dans un bassin sédimentaire et un nouveau cycle peut recommencer.

• Ce cycle est appelé « cycle de Wilson » ou « cycle des supercontinents ». D'une durée de 400 à 600 Ma, il s'est reproduit, selon les modélisations, de 8 à 12 fois au cours de l'histoire de la Terre.

Doc. 7 Un supercontinent, la Pangée : reconstitution au Carbonifère supérieur (– 300 Ma)

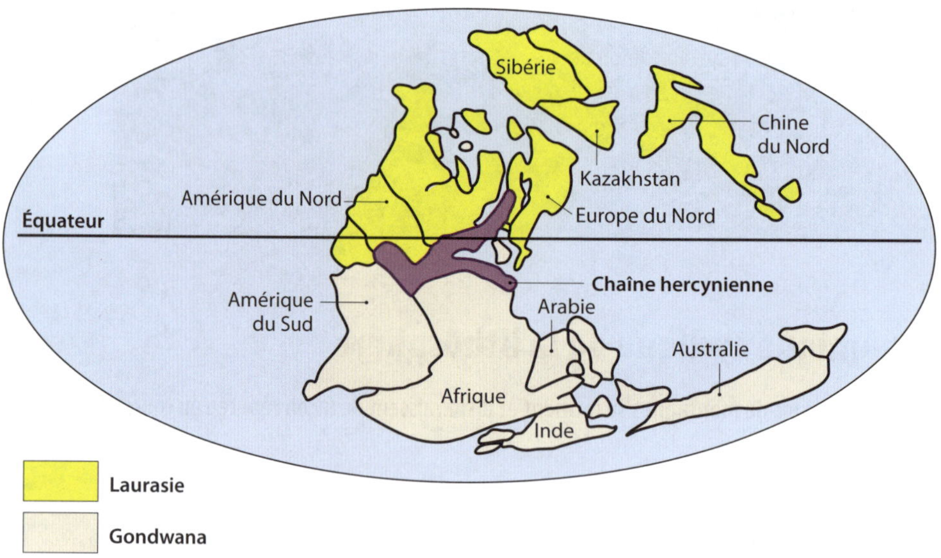

D'après *Science de la Terre et de l'Univers*, Vuibert.

Il y a 300 Ma, la collision de deux blocs continentaux lors de l'orogenèse hercynienne aboutit à la formation d'un supercontinent, la Pangée. Sa dislocation commence il y a 175 Ma avec l'ouverture de l'Atlantique central, suivie par celle de l'Atlantique sud, puis celle de l'Atlantique nord.

Révision express

Le schéma à retenir

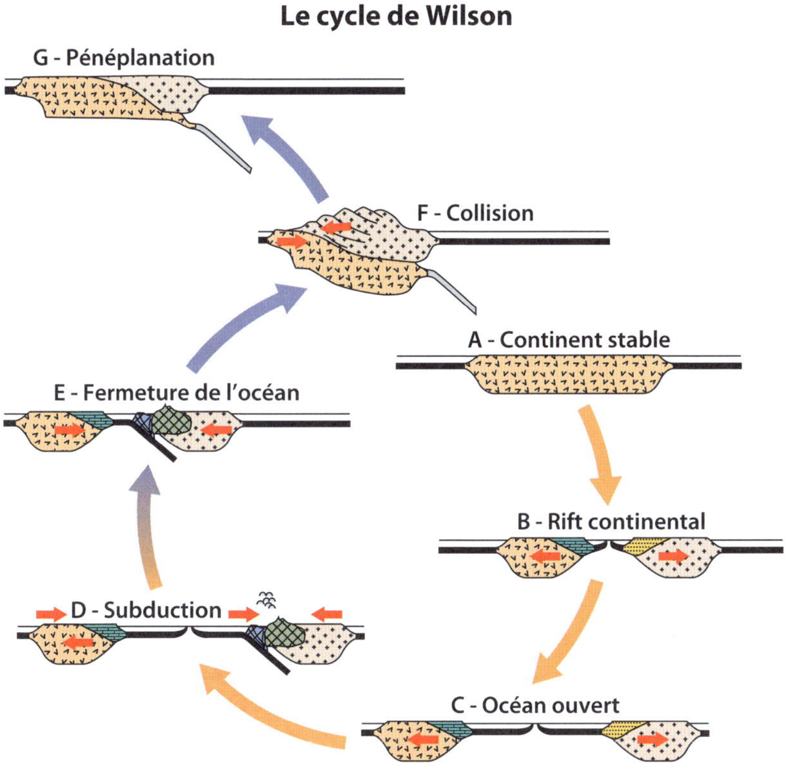

Quiz

Cochez la bonne réponse :

1. Les ophiolites témoignent de la subduction d'une lithosphère océanique sous une autre, de même nature.
☐ **a.** Vrai ☐ **b.** Faux

2. Les marges continentales passives sont affectées de failles normales.
☐ **a.** Vrai ☐ **b.** Faux

3. Au niveau d'une chaîne de collision, la lithosphère continentale est subduite sous la lithosphère océanique.
☐ **a.** Vrai ☐ **b.** Faux

4. La Pangée est un supercontinent.
☐ **a.** Vrai ☐ **b.** Faux

5. Un cycle orogénique comprend une phase d'ouverture océanique.
☐ **a.** Vrai ☐ **b.** Faux

→ Réponses p. 494

EXERCICE

Étudier une carte géologique

Énoncé

Le document suivant représente un extrait simplifié de la carte géologique de la région de Condé-sur-Noireau (en Normandie).

Doc. **Extrait simplifié de carte géologique**

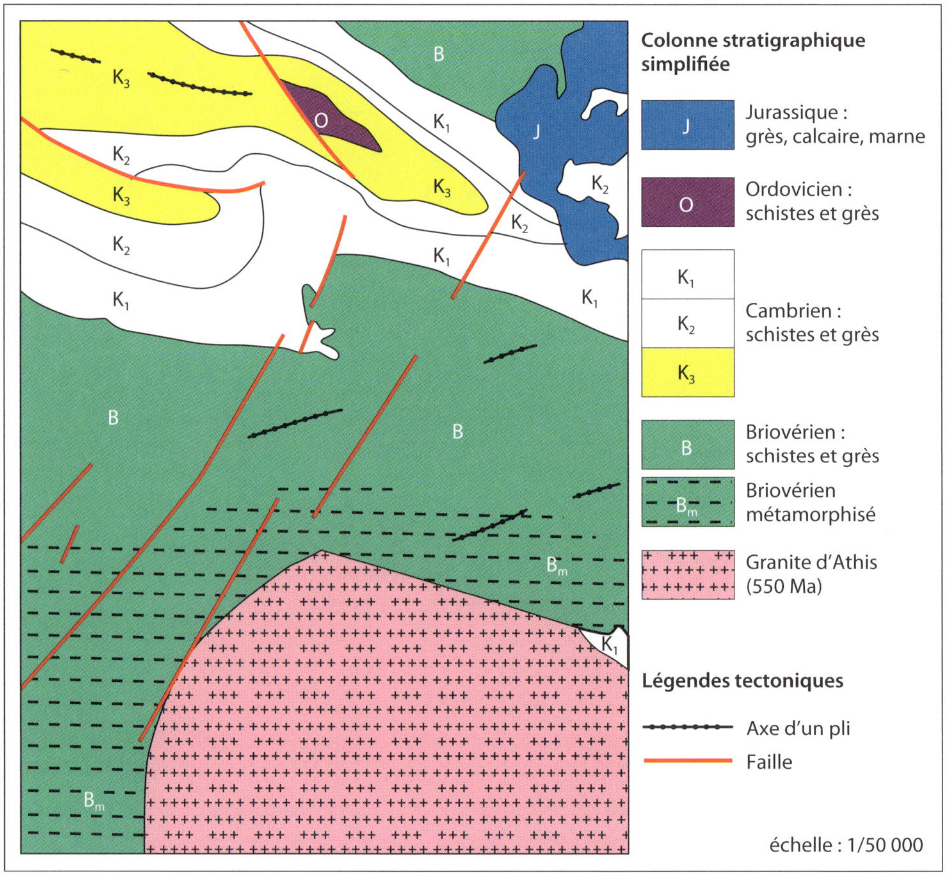

Exploitez les informations fournies par cette carte pour montrer que la région a été le témoin de plusieurs orogenèses que vous daterez.

Méthode

- Une carte géologique représente les terrains à l'affleurement. Il faut reconstituer la disposition des couches en observant leurs relations géométriques.
- La colonne stratigraphique indique l'âge des roches sédimentaires. Du haut vers le bas, les âges sont de plus en plus anciens.
- L'étude des relations géométriques entre les terrains d'âge différents permet de dater les événements géologiques (failles, plis, intrusions de granite).

Corrigé

- Au nord-est de la carte, on observe, du nord au sud, une série de couches : briovérien, K_1, K_2, K_3, O, puis, K_3, K_2, K_1 et briovérien. Cette disposition symétrique de part et d'autre d'une zone axiale témoigne d'un plissement.
- D'après le principe de recoupement (selon lequel un événement tectonique est plus récent que les couches qu'il affecte), le pli est postérieur à la couche la plus récente affectée, c'est-à-dire l'ordovicien.

On observe par ailleurs que les terrains plissés sont affectés par des failles. D'après le principe de recoupement, les failles sont donc post-ordovicien et postérieures au pli. Failles et plis attestent donc d'une phase tectonique liée à une orogenèse, postérieure à l'ordovicien.

- Au nord de la carte, on observe qu'une couche datée du Jurassique recouvre deux couches plus anciennes (le briovérien et K_1). Elle repose en discordance sur les couches antérieures et n'est affectée ni par le pli, ni par les failles. On peut donc en déduire que la phase tectonique est antérieure au Jurassique. Le dépôt du Jurassique s'est donc produit après l'érosion des terrains plissés.

Remarque
Deux couches sont discordantes lorsqu'elles ont des dispositions différentes. Sur une carte, la plus récente en recouvre deux autres d'âges différents.

- Au sud de la carte, on observe un massif de granite. Les terrains du briovérien sont métamorphisés à son contact.

D'après le principe de recoupement, l'intrusion de granite est donc postérieure au briovérien. On constate par ailleurs que les couches K_1 du cambrien inférieur ne sont pas métamorphisées au contact du granite. Elles reposent en discordance sur celui-ci (après érosion). Le granite est donc antérieur à K_1.

- En conclusion, la région a été témoin d'au moins deux orogenèses : l'une responsable de l'intrusion de granite, post-briovérien et ante-cambrien ; l'autre postérieure à l'ordovicien et antérieure au jurassique. Celle-ci est responsable des plis et failles observés dans la région. Chaque orogénèse est suivie d'une phase d'érosion.

Chapitre 5 Organisation fonctionnelle des plantes à fleurs

1 Des surfaces d'échanges en relation avec le milieu

De quoi s'agit-il ? **Le mode de vie dite « fixée » des plantes à fleurs les a contraintes à développer des surfaces d'échanges.**

1 Les feuilles à l'interface avec l'air

- La structure aplanie de la feuille constitue une vaste surface d'échange, favorable à la capture de la lumière et du CO_2 nécessaires à la photosynthèse.
- Grâce à l'énergie lumineuse, de la matière organique (glucose, acides aminés) est produite à partir de matière minérale (eau, CO_2, ions minéraux). La photosynthèse se déroule à l'intérieur des chloroplastes des cellules chlorophylliennes.
- La lumière est captée par la face supérieure de la feuille, par les cellules du parenchyme chlorophyllien palissadique (**Doc. 1**). Allongées, accolées et riches en chloroplastes, elles offrent une vaste surface favorable à la capture lumineuse.

Vocabulaire

- **Chloroplaste :** organite de la photosynthèse.
- **Parenchyme chlorophyllien palissadique :** tissu constitué de cellules allongées et riches en chlorophylle.

Doc. 1 **Coupe transversale de feuille vue au microscope optique**

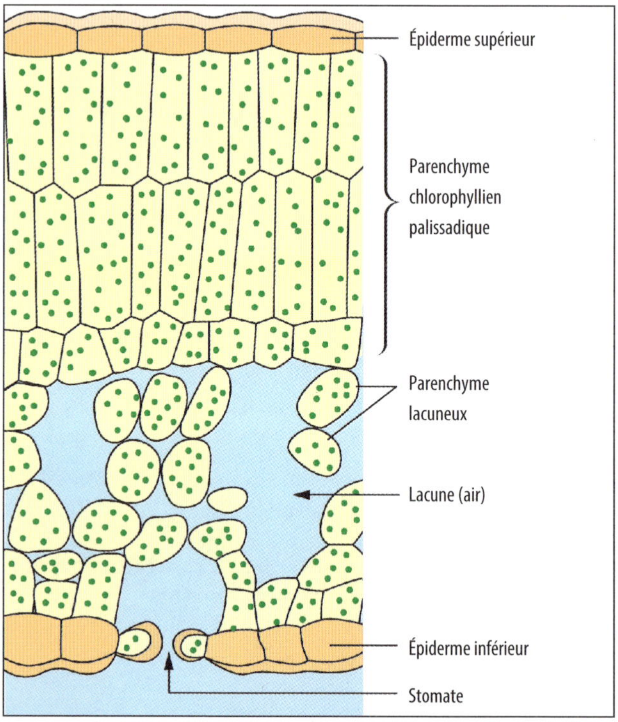

• Le CO_2 pénètre dans les feuilles par les stomates (**Doc. 2**), concentrés sur l'épiderme inférieur. Chaque stomate est formé de deux cellules ménageant un orifice capable de s'ouvrir ou de se fermer. Les stomates communiquent avec des cavités remplies d'air délimitées par des cellules formant le parenchyme lacuneux.

Doc. 2 Stomate ouvert (a) et partiellement fermé (b)

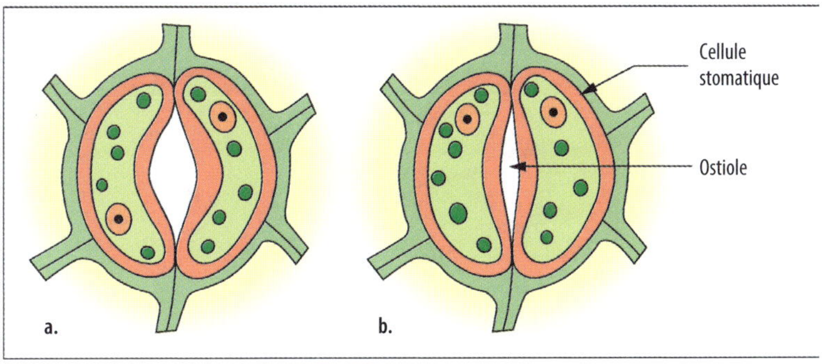

Vocabulaire

- **Stomate** : structure constituée de deux cellules ménageant un orifice dans l'épiderme des feuilles et permettant les échanges gazeux entre la plante et l'air.
- **Parenchyme lacuneux** : tissu constitué de petites cellules entre lesquelles se trouvent des espaces remplis d'air.

2 Les racines à l'interface avec le sol

• La racine ancre la plante dans le sol et absorbe l'eau et les sels minéraux nécessaires à la photosynthèse. À son extrémité, la zone pilifère porte des poils absorbants, dont l'ensemble constitue une surface d'échange considérable, parfois de plusieurs centaines de m^2.

• Les racines peuvent s'associer à un champignon microscopique du sol et former des mycorhizes. Les filaments mycéliens, nombreux et entourés chacun d'une fine paroi constituent un réseau de grande surface autour de la racine et favorisent, tout comme les poils, l'absorption de l'eau et des sels minéraux.

Vocabulaire

- **Poil absorbant** : cellule différenciée absorbant l'eau et les sels minéraux dans le sol.
- **Mycorhize** : association symbiotique entre les racines d'une plante et un champignon.
- **Filaments mycéliens** : filaments microscopiques constituant le champignon.

2 La circulation de matière dans la plante

De quoi s'agit-il ? **La plante est le siège d'un double système de circulation véhiculant deux types de sèves.**

1 La sève brute et son transport

• L'eau et les sels minéraux forment la solution du sol, absorbée par les poils absorbants (**Doc. 3**) ainsi que par les mycorhizes à leur contact.

• Une fois dans la racine, elle constitue la sève brute qui est prise en charge par des cellules conductrices assemblées en vaisseaux conducteurs. L'ensemble de ces vaisseaux constitue le xylème.

• Les vaisseaux du xylème sont constitués d'un empilement de cellules mortes dont il ne reste que les parois longitudinales ornées d'épaississements de lignine (anneaux, spires) ou de ponctuations (**Doc. 4**).

Vocabulaire

- **Solution du sol** : eau et sels minéraux présents dans le sol.
- **Sève brute** : liquide composé d'eau et de sels minéraux et distribué dans la plante par les vaisseaux du xylème.
- **Xylème** : ensemble des vaisseaux conducteurs de sève brute.

Doc. 3 **Coupe transversale de racine au niveau de la zone pilifère**

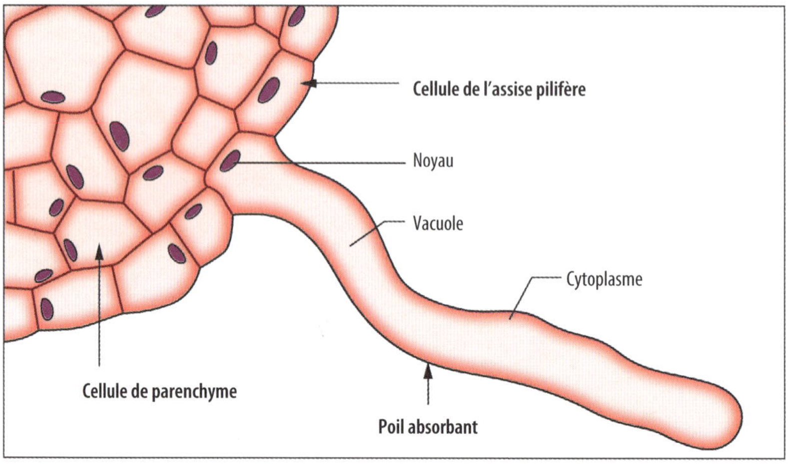

Doc. 4 **Xylème (trois premiers vaisseaux) et phloème (à droite) – vue longitudinale**

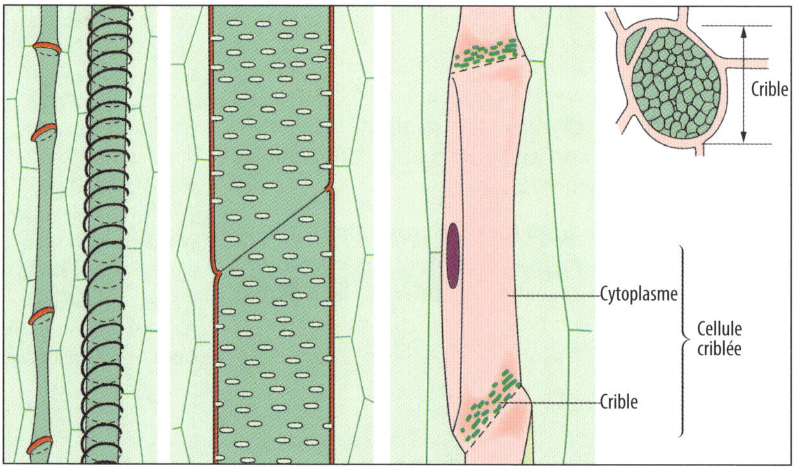

• Dans le xylème, la sève brute circule de façon ascendante pour être distribuée dans toute la plante. Arrivée dans les feuilles, une partie de l'eau s'évapore par les stomates. La transpiration des feuilles crée ainsi un appel d'eau qui entretient la montée de sève brute, depuis les organes souterrains jusqu'aux organes aériens.

2 La production de sève élaborée et son transport

• En passant dans les feuilles, la sève brute se charge en substances organiques produites par la photosynthèse et se transforme en sève élaborée.

• La circulation de la sève élaborée est réalisée par l'intermédiaire du phloème (ensemble de tubes criblés, eux-mêmes formé par un empilement de cellules vivantes séparées par des parois transversales criblées de pores, **Doc. 4**).

• La sève élaborée produite dans les feuilles est distribuée dans toute la plante et permet la croissance des feuilles plus jeunes, des tiges, des bourgeons, des racines et des fruits. Elle participe également à la formation de réserves dans des organes souterrains (tubercules) ou dans les graines.

Vocabulaire

- **Sève élaborée :** liquide riche en molécules organiques synthétisées dans les feuilles et distribué dans la plante par le phloème.
- **Phloème :** tissu conducteur assurant le transport de la sève élaborée.
- **Tubes criblés :** files de cellules permettant la circulation de la sève élaborée grâce aux perforations de leurs parois transversales.

3 Croissance et développement de la plante

De quoi s'agit-il ? Le développement de la plante dépend de phénomènes cellulaires (division, croissance, différenciation) qui conditionnent son organisation.

1 Les phénomènes du développement

- La plante se forme à partir de la germination d'une graine contenant un embryon. Au cours du développement, en même temps que les organes (tige, feuilles, racines, fleurs et fruits) se mettent en place, la taille du végétal augmente.

- La croissance des organes résulte d'une augmentation du nombre et de la taille des cellules. Ainsi, l'extrémité de la racine renferme des territoires spécialisés, les méristèmes, dont les cellules se divisent activement. Elles repoussent les cellules issues des divisions précédentes et en s'éloignant, celles-ci augmentent de taille dans le territoire situé au-dessus du méristème : la zone d'élongation cellulaire (**Doc. 5**).

Vocabulaire
- **Méristème :** ensemble de cellules en division.
- **Zone d'élongation (de la racine) :** partie de la racine au niveau de laquelle les cellules sont en croissance et s'allongent.

Doc. 5 Structure et croissance de la racine

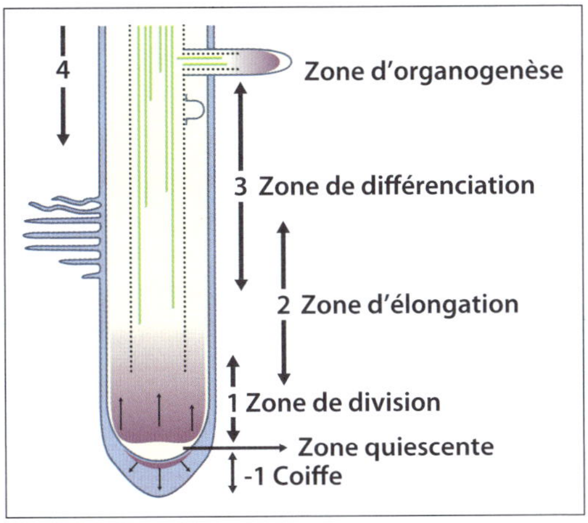

- Les cellules méristématiques sont totipotentes, c'est-à-dire qu'elles conservent des caractères de cellules embryonnaires et sont capables d'évoluer vers des types cellulaires différents. Elles renferment de petites vacuoles et le volume de leur noyau par rapport à celui du cytoplasme est élevé (**Doc. 6**). La croissance du végétal est indéfinie car les méristèmes fonctionnent durant toute la vie de la plante.

Vocabulaire
- **Totipotente (cellule) :** capable de donner différents types cellulaires.
- **Vacuole :** organite dont l'un des rôles est le stockage de l'eau et des molécules.

Doc. 6 Une cellule méristématique

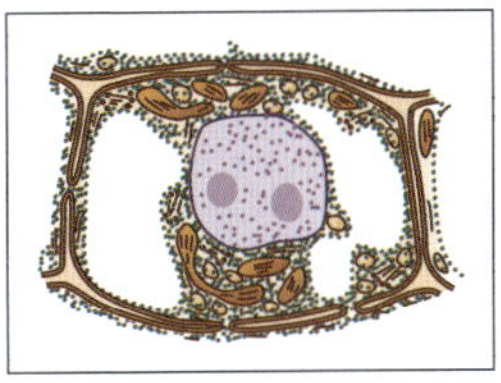

- Enfin, les cellules se différencient. Contrairement aux cellules méristématiques, elles acquièrent une structure particulière, leur permettant de réaliser une fonction. Par exemple, les cellules conductrices de sève sont allongées et creuses, comme des tubes, tandis que les cellules captant l'énergie solaire sont riches en chlorophylle.

2 Une organisation en phytomères

• Dans la tige, des bourgeons apicaux (terminaux) et axillaires renferment des méristèmes responsables de l'édification des feuilles et des rameaux (**Doc. 7**). Le port du végétal (sa forme) dépend du fonctionnement des bourgeons.

Vocabulaire
- **Bourgeon apical** : bourgeon situé à l'extrémité de la tige.
- **Bourgeon axillaire** : bourgeon situé au niveau des nœuds.

Doc. 7 Organisation d'une tige feuillée

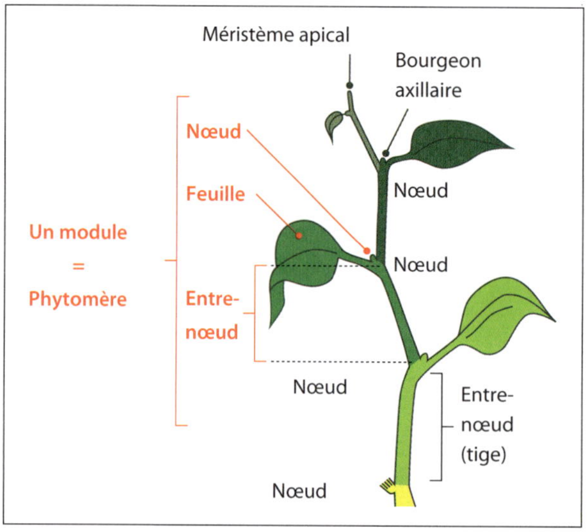

• La plante est organisée en une succession de phytomères, ensembles d'unités fonctionnelles. Chaque phytomère est constitué typiquement d'un nœud (zone de division cellulaire) à partir duquel se développe une feuille, d'un entrenœud (segment compris entre deux nœuds successifs) et d'un bourgeon axillaire à la base de la feuille.

Vocabulaire
- **Phytomère** : unité fonctionnelle constitutive d'une plante.
- **Nœud** : zone de division cellulaire, point d'attache d'une feuille ou d'un rameau.
- **Entrenœud** : intervalle entre deux nœuds successifs.

4 Les hormones végétales et le développement

De quoi s'agit-il ? **À l'intérieur de la plante, les organes communiquent par l'intermédiaire de messagers chimiques, les hormones végétales.**

1 Hormones et organogenèse

• Différentes hormones végétales ont été identifiées, comme l'auxine, les cytokinines et les gibbérellines.

• Les différentes étapes de la morphogenèse sont contrôlées par l'action des hormones. Elles agissent sur les cellules méristématiques, en stimulant leur division ou, au contraire, en les entraînant vers la différenciation.

• Selon les hormones, les cellules méristématiques se différencient en une catégorie de cellules ou en une autre. Par exemple, l'auxine favorise l'apparition de racines, tandis que les cytokinines sont responsables de la formation de tiges.

• Les hormones permettent ainsi l'organogenèse.

Vocabulaire
- **Hormone végétale** : messager chimique circulant à l'intérieur de la plante.
- **Morphogenèse** : acquisition de sa forme par la plante.
- **Organogenèse** : développement des organes de la plante.

2 Hormones et port de la plante

• Les hormones sont aussi responsables du port de la plante. Le bourgeon apical d'une tige sécrète de l'auxine qui inhibe le développement des bourgeons axillaires, situés en dessous le long de la tige (**Doc. 8**).

Doc. 8 Mise en évidence de la dominance apicale

L'ablation du bourgeon apical entraîne le développement des axillaires. L'inhibition des axillaires peut être restaurée par l'application d'auxine dans la zone apicale. Ainsi, l'auxine libérée par le bourgeon apical empêche le développement des axillaires.

• Ainsi, la croissance se fait principalement par le bourgeon apical. Elle est alors verticale comme chez les pins. Si la dominance apicale est faible, l'arbre prend au contraire l'aspect d'une boule.

3 Hormones et environnement

• L'action des hormones est modulée par l'environnement. Si une plante reçoit un éclairage latéral, elle grandit plus vite du côté non éclairé. Cette croissance inégale s'explique par la migration de l'auxine, sous l'action de la lumière, vers le côté non éclairé, ce qui provoque une plus forte croissance de ce dernier (**Doc. 9**).

Doc. 9 Effet de la lumière sur la répartition de l'auxine à l'apex d'un coléoptile*

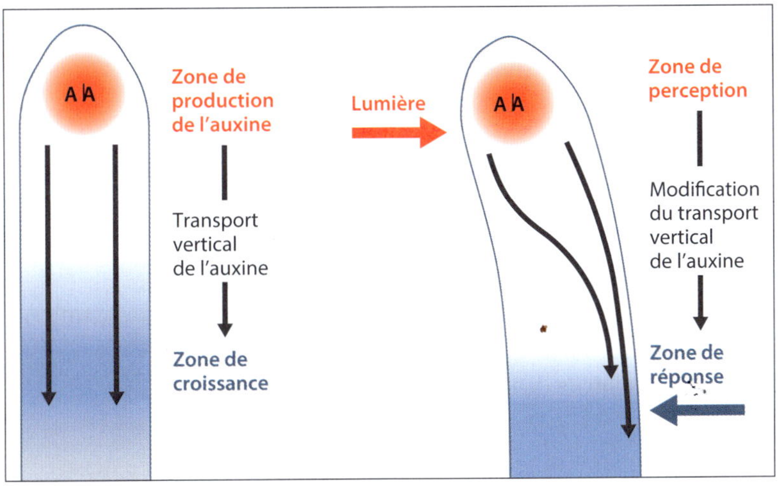

* Étui creux enveloppant les premières feuilles d'une jeune plantule de graminée.

• L'environnement module la répartition des hormones et donc leur effet sur le port et la croissance du végétal.

• Cela montre que le phénotype résulte de l'expression du génotype sous le contrôle de l'environnement.

5 La photosynthèse et la production de matière

De quoi s'agit-il ? Les végétaux sont autotrophes, c'est-à-dire capables de réaliser la synthèse de matière organique à partir de matière minérale grâce à l'énergie lumineuse.

1 Une capture de la lumière par la chlorophylle

• L'énergie lumineuse est captée par la chlorophylle contenue dans les chloroplastes, organites présents dans les cellules chlorophylliennes.

• La chlorophylle présente un maximum d'absorption dans le rouge (680 nm) et le bleu (440 nm) mais n'absorbe pas le vert. Or, l'intensité de la photosynthèse est maximale pour les radiations rouge et bleu (**Doc. 10**). L'énergie lumineuse captée par la chlorophylle est utilisée par la plante au cours de la photosynthèse. Elle permet la photolyse de l'eau au cours de laquelle H_2O est dissociée en O_2 et $H^+ + e^-$.

Vocabulaire

- **Chloroplaste :** organite de la photosynthèse.
- **Photolyse de l'eau :** dissociation de la molécule d'eau sous l'action de la lumière captée par la chlorophylle.

Doc. 10 Spectre d'absorption de la chlorophylle et spectre d'action de la photosynthèse

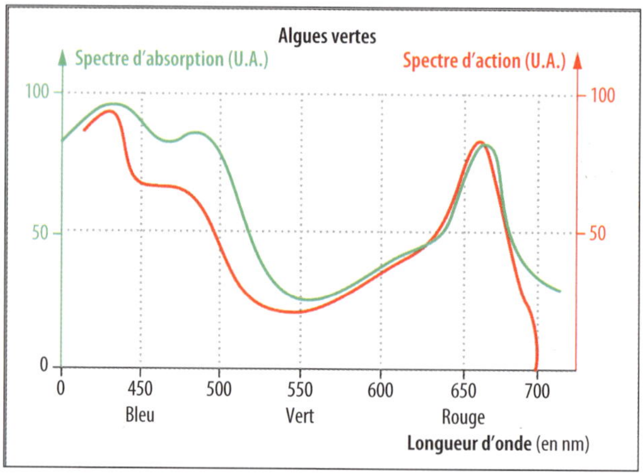

Le spectre d'absorption de la chlorophylle représente les variations de l'absorption de la chlorophylle en fonction de la longueur d'onde des radiations lumineuses.
Le spectre d'action de la photosynthèse représente les variations de l'intensité de la photosynthèse selon le type de radiations reçues.

• Parallèlement, le dioxyde de carbone est absorbé par la feuille. La réduction du CO_2 aboutit à la formation de molécules organiques sous forme de glucides dans un premier temps, notamment le glucose.

• Ainsi, on peut écrire la réaction globale de la photosynthèse de la façon suivante :

$$6\,CO_2 + 6\,H_2O \rightarrow C_6H_{12}O_6 + 6\,O_2$$

• L'intensité de la photosynthèse peut être mesurée par la quantité de dioxygène dégagée ou par celle de dioxyde de carbone absorbée.

2 Distribution et métabolisme des molécules organiques

• Les glucides issus de la photosynthèse sont transportés dans la plante sous forme de saccharose. Ce sucre à 12 atomes de carbone est fabriqué dans le cytoplasme des cellules chlorophylliennes, à partir du glucose et du fructose, tous deux de formule $C_6H_{12}O_6$.

$$2\ C_6H_{12}O_6 \rightarrow (C_6H_{10}O_5)_2 + H_2O$$

• Une enzyme, la saccharose synthétase, catalyse cette réaction.

• Des acides aminés sont synthétisés dans la feuille à partir des glucides de la photosynthèse et d'ammoniac (NH_3), source d'azote.

• L'ammoniac peut être formé à partir de la réduction des nitrates (NO_3^-) prélevés dans le sol. Il peut aussi provenir de la fixation de l'azote atmosphérique par des micro-organismes vivant en symbiose ou non avec les plantes.

Vocabulaire

- **Saccharose** : glucide à 12 atomes de carbone.
- **Enzyme** : substance qui catalyse une réaction chimique.
- **Acide aminé** : molécule élémentaire constituant une protéine.

SVT

6 Le devenir des produits de la photosynthèse

De quoi s'agit-il ? **Les molécules organiques synthétisées lors de la photosynthèse sont transformées en différents produits qui assurent des fonctions biologiques variées.**

1 La croissance et le développement

• La croissance de la plante résulte d'une augmentation du nombre et de la taille des cellules qui s'accompagne de la synthèse des constituants cellulaires.

• Les cellules végétales sont limitées par une paroi rigide et perméable à l'eau, composée principalement de cellulose (**Doc. 11**). Cette macromolécule se forme par polymérisation de molécules simples de glucose, produit par la photosynthèse (**Doc. 12**). Des enzymes spécifiques catalysent cette synthèse.

Vocabulaire

- **Cellulose** : macromolécule constituée par l'association de nombreuses molécules de glucose.
- **Macromolécule** : molécule de grande taille constituée de l'association de nombreuses molécules simples.
- **Polymérisation** : association de plusieurs molécules entre elles.

Doc. 11 La paroi cellulaire

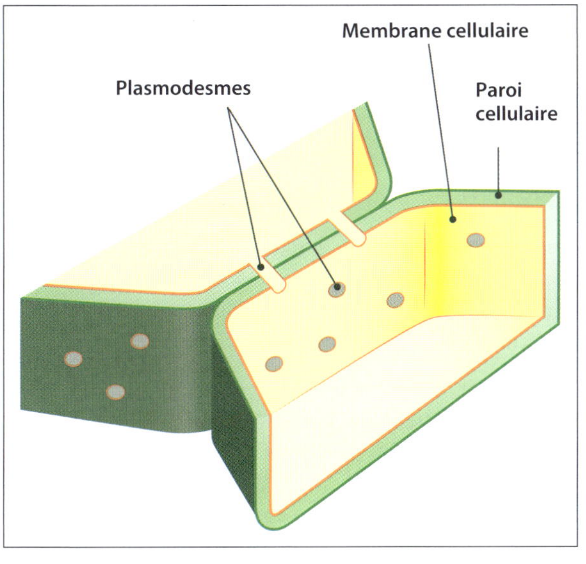

Doc. 12 **Synthèse de la molécule de cellulose**

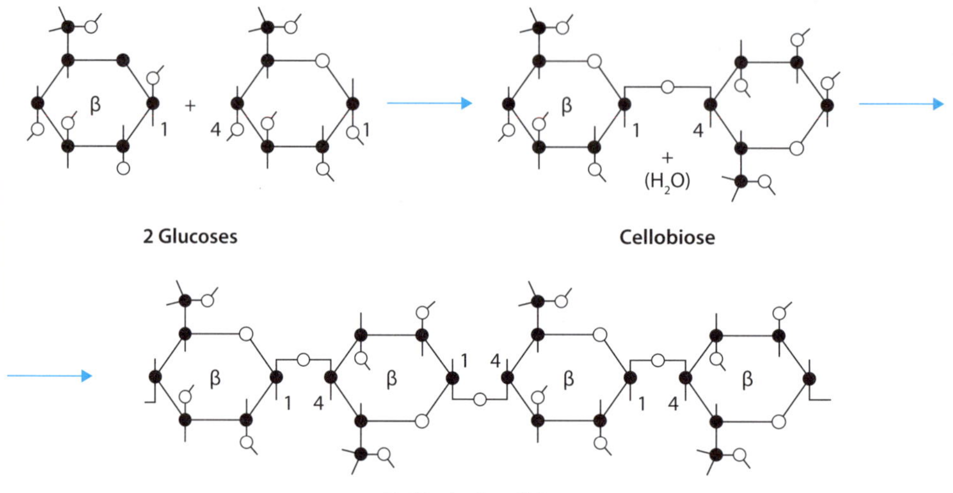

Deux glucoses s'associent entre eux pour former des molécules intermédiaires (« cellobioses ») qui à leur tour s'associent et forment une molécule de cellulose.

• Les vaisseaux du xylème doivent leur rigidité à la présence de lignine, une macromolécule formée à partir d'un acide aminé. C'est, avec la cellulose, l'un des principaux constituants du bois.

2 La mise en réserve

• D'autres enzymes assurent la mise en réserve des produits de la photosynthèse. Dans les organes de réserve, les molécules simples de glucose sont polymérisées pour former l'amidon, une autre macromolécule elle aussi constituée de glucose.

• Ces organes permettent à la plante de passer l'hiver en subsistant grâce aux parties enfouies dans le sol, en vie ralentie, à l'abri des basses températures.

• Au printemps, les molécules de réserve sont hydrolysées, en glucose notamment, et redistribuées par les tissus conducteurs aux parties aériennes qui reprennent leur vie active et leur croissance.

Vocabulaire

■ **Vie ralentie :** période de la vie d'un organisme pendant laquelle les activités métaboliques (réactions chimiques) sont temporairement arrêtées.

3 La synthèse des constituants de la vie de relation

• La plante synthétise des anthocyanes, des pigments naturels présents dans les feuilles, pétales et fruits. Ces molécules complexes jouent un rôle important dans la pollinisation, dans la dispersion des graines, ainsi que dans la protection des plantes contre les agressions du milieu (froid, lumière, ravageurs, etc.).

• Les tanins sont aussi des substances végétales complexes utilisées comme moyen de défense chimique contre les microbes pathogènes et les herbivores.

Vocabulaire

■ **Anthocyanes :** pigments des végétaux, constitués de molécules complexes (même si ce ne sont pas des macromolécules).

Révision express

Le schéma à retenir

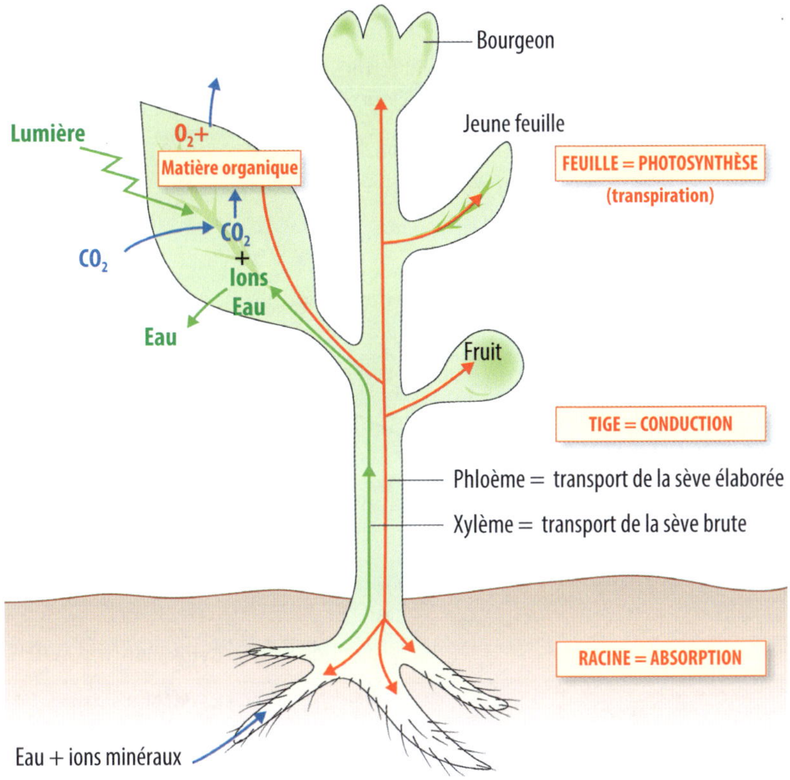

Quiz

Cochez la bonne réponse :

1. La sève brute est constituée d'eau et de matière organique.
☐ **a.** Vrai ☐ **b.** Faux

2. Un méristème est composé de cellules totipotentes.
☐ **a.** Vrai ☐ **b.** Faux

3. La photosynthèse comporte une phase d'oxydation du CO_2.
☐ **a.** Vrai ☐ **b.** Faux

4. L'absorption de l'eau et de sels minéraux s'effectue par l'intermédiaire du xylème.
☐ **a.** Vrai ☐ **b.** Faux

5. Le port d'un végétal est influencé par son environnement.
☐ **a.** Vrai ☐ **b.** Faux

→ Réponses p. 494

EXERCICE

Étudier les interactions entre hormones végétales

Énoncé

Pour tester expérimentalement l'effet des hormones végétales, des fragments de tige de tabac sont cultivés *in vitro* sur un milieu contenant : d'une part, des concentrations croissante de cytokinines ; d'autre part, des concentrations différentes d'auxine.

On mesure alors le nombre de bourgeons nouvellement formés dans chacune de ces conditions. Le document suivant indique les résultats obtenus après 35 jours de culture.

Doc. **Effets de l'auxine et des cytokinines sur la néoformation de bourgeons**

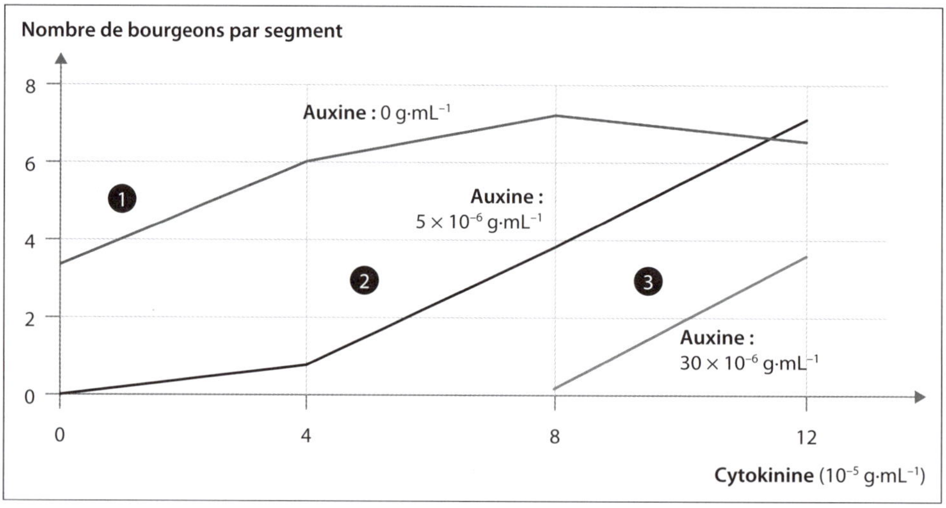

Expérience de Miller et Skoog, 1953.

À partir de l'exploitation des résultats de cette expérience, dégagez les principales caractéristiques de ces deux hormones végétales.

Méthode

- La courbe ❶ sert de témoin, la culture étant réalisée sans auxine. Les résultats fournis montrent donc le rôle des cytokinines.
- Il faut ensuite étudier les courbes ❷ et ❸ par comparaison avec la courbe ❶ pour mettre en évidence le rôle de l'auxine.
- Il faut enfin déterminer comment ces deux hormones interagissent.

Corrigé

- L'analyse de la courbe 1 montre qu'en l'absence d'auxine comme de cytokinines, des bourgeons peuvent se former (un peu plus de trois bourgeons par segment). La présence de ces deux hormones n'est donc pas indispensable à la formation de bourgeons.
- L'apport de cytokinines entraîne une augmentation du nombre de bourgeons, de plus en plus nombreux au fur et à mesure que la concentration en cytokinines s'élève jusqu'à un maximum de 8×10^{-5} mg·mL^{-1} avec un développement d'environ 7 bourgeons par segment.
Ainsi, jusqu'à une certaine concentration, les cytokinines stimulent le développement des bourgeons. Au-delà de cette concentration, le nombre de bourgeons diminue au fur et à mesure que la concentration en cytokinines augmente.
- On peut ensuite évaluer les effets d'un apport d'auxine (par comparaison de la courbe 1 et des courbes 2 et 3).
On observe qu'avec un ajout d'auxine et en absence de cytokinines, le nombre de bourgeons passe de 3 à 0. De ce fait, l'auxine inhibe le développement des bourgeons.
Lorsque l'on ajoute des cytokinines, des bourgeons peuvent se former malgré l'apport d'auxine. Mais plus la dose d'auxine est élevée, plus celle de cytokinines doit être importante pour permettre la formation de bourgeons (elle doit être supérieure à 4×10^{-5} g·mL^{-1} pour une concentration d'auxine de 5×10^{-6} g·mL^{-1}, et supérieure à 8×10^{-5} g·mL^{-1} pour une concentration d'auxine de 30×10^{-6} g·mL^{-1}). Ainsi, l'effet stimulateur des cytokinines compense l'action inhibitrice de l'auxine.
- Par conséquent, ces deux hormones ont des effets antagonistes. Selon le rapport de leur concentration, l'une ou l'autre exerce son effet.

Chapitre 6 La reproduction des plantes

1 Reproduction asexuée, totipotence et clonage

De quoi s'agit-il ? La reproduction asexuée des plantes repose sur la totipotence des cellules végétales et les capacités de croissance indéfinie des plantes à partir de n'importe quel fragment végétal.

1 Les modalités de reproduction asexuée

- Dans les conditions naturelles, un fragment de plante, de tige, de feuille ou de racine est capable de former par lui-même une plante entière avec tous ses organes.
- Les cellules du fragment se sont d'abord dédifférenciées (elles sont redevenues des cellules méristématiques), puis multipliées avant de se différencier à nouveau en autant de types cellulaires qu'en contient une plante.
- Une cellule végétale différenciée conserve donc toutes les potentialités génétiques d'origine, ce qui lui permet de donner naissance à autant de types cellulaires spécialisés qu'il en existe dans une plante adulte. Elle est donc totipotente.

Vocabulaire

- **Dédifférenciée (cellule) :** cellule ayant perdu ses caractères particuliers permettant d'assurer une fonction.

- La reproduction asexuée produit, par la mitose, des individus génétiquement identiques. Cela peut être un avantage pour une population lorsque le milieu lui est favorable. Par ailleurs, elle produit massivement des individus qui, en concurrence avec d'autres espèces, peuvent envahir et exploiter leur milieu.
- Par contre, la multiplication végétative ne permet pas de brassage génétique. Les individus formés constituent un clone et si l'un d'eux, par exemple, se révèle sensible à un parasite, les autres le seront aussi avec le risque d'une élimination totale de la population.

2 L'utilisation de la reproduction asexuée par l'Homme

- Avec la technique de bouturage, l'Homme utilise la reproduction asexuée pour produire de nombreuses plantes à partir d'un seul fragment.
- Le bouturage peut être réalisé à partir d'un simple fragment de plante ou d'organes spécialisés. Parmi ceux-ci, les stolons (fraisier) sont des tiges rampantes terminées par un bourgeon capable de s'enraciner et de produire un nouveau pied qui finira par s'isoler de la plante mère. Les rhizomes sont des tiges souterraines horizontales qui produisent régulièrement des parties aériennes (muguet). Les tubercules (pomme de terre) sont des tiges souterraines transformées, remplies de réserve. Après l'hiver, les bourgeons qu'ils portent germent et donnent de nouveaux individus.

Vocabulaire

- **Bouturage :** mode de reproduction asexuée consistant à produire un nouvel individu à partir d'un organe ou d'un fragment d'organe isolé.
- **Culture *in vitro* :** technique permettant de produire une plante entière à partir de cellules ou de tissus en milieu nutritif.

- La culture *in vitro* (**Doc. 1**), qui repose aussi sur la reproduction asexuée, est pratiquée en laboratoire (pour les premières étapes). Les conditions stériles et la maîtrise des facteurs du milieu permettent d'optimiser la production. Par ailleurs, l'ajout d'hormones végétales favorise la formation des organes.

Doc. 1 La culture *in vitro* des plantes

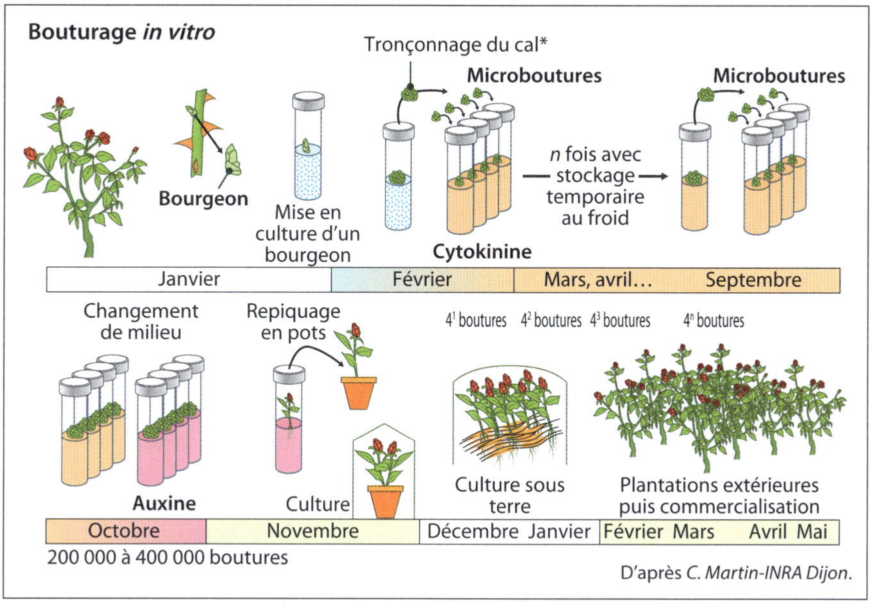

* Le cal est un petit massif de cellules indifférenciées résultant de la prolifération.

SVT

2 La fleur et la fécondation

De quoi s'agit-il ? **La reproduction sexuée est assurée par la fleur, qui porte les organes reproducteurs de la plante. Elle est le siège de la fécondation.**

1 La production et le rapprochement des gamètes

• La fleur constitue l'appareil reproducteur des végétaux angiospermes. Elle est formée de pièces florales organisées en verticilles (couronnes) emboîtés les uns dans les autres. De l'extérieur vers l'intérieur, on trouve : les sépales, les pétales, les étamines et le pistil. Sépales et pétales sont des pièces protectrices stériles (**Doc. 2**).

Doc. 2 L'organisation de la fleur

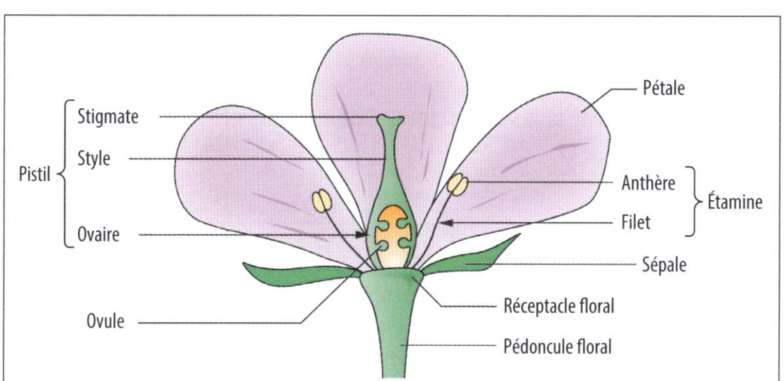

Vocabulaire

- **Angiospermes :** groupe de plantes dont les ovules sont contenus dans des ovaires et dont les organes reproducteurs sont condensés en une fleur.
- **Étamine :** organe reproducteur mâle chez les végétaux supérieurs qui porte les grains de pollen.
- **Pistil :** organe reproducteur femelle chez les végétaux supérieurs qui porte l'ovaire.

• À l'extrémité des étamines, les grains de pollen renferment les gamètes mâles. L'organe sexuel femelle ou « pistil » est constitué de l'ovaire qui porte les ovules contenant les gamètes femelles. Il se prolonge par un filament, le style, dont l'extrémité ou « stigmate » capte les grains de pollen. Le plus souvent, une même fleur porte des organes mâles et des organes femelles.

• Une fois sur le stigmate, le grain de pollen émet un tube pollinique qui croît jusqu'à l'ovule. Il libère alors un gamète mâle qui emprunte ce tube pour féconder le gamète femelle de l'ovule et former une cellule-œuf (**Doc. 3**).

• Après la fécondation, la fleur se transforme. L'ovule fécondé devient une graine, tandis que l'ovaire qui l'entourait devient le fruit. La graine contient un embryon et des réserves.

Doc. 3 La croissance du tube pollinique et la fécondation

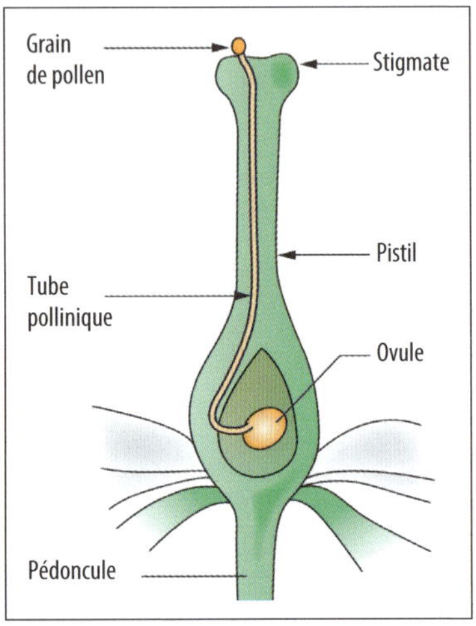

2 Autofécondation et fécondation croisée

• Les plantes portent le plus souvent des fleurs hermaphrodites et, selon les espèces, les angiospermes pratiquent la fécondation croisée ou l'« autofécondation ».

• Les espèces chez qui la fleur ne s'ouvre pas ou peu pratiquent l'autofécondation, comme c'est souvent le cas chez celles pour lesquelles les stigmates sont en contact direct avec les étamines.

• Mais la fécondation croisée est la plus répandue. Un décalage dans la période de maturité des gamètes mâles et des gamètes femelles ou des caractères anatomiques peut rendre incompatible la rencontre des gamètes. Il peut aussi exister des incompatibilités génétiques entre gamètes mâles et gamètes femelles.

• Cette fécondation croisée favorise le brassage génétique mais rend nécessaire le transport du grain de pollen d'une fleur à l'autre.

Vocabulaire

- **Hermaphrodite :** qui présente à la fois des organes reproducteurs mâle et femelle.
- **Fécondation croisée :** fécondation nécessitant l'intervention de deux partenaires.

3 La pollinisation

De quoi s'agit-il ? La dispersion du pollen nécessite le plus souvent une relation étroite et ancienne entre la plante et un animal jouant le rôle de vecteur.

1 Le transport du pollen

• Le mode de vie dite « fixée » de la plante empêche les partenaires sexuels de se rapprocher pour réunir leurs gamètes. Or, la majorité des plantes à fleurs pratiquent la fécondation croisée. Un transport du pollen de l'étamine d'une première fleur jusqu'à l'extrémité du pistil d'une seconde fleur est donc nécessaire.

• Ce transport peut être assuré par le vent ou par l'eau mais le plus souvent, il fait intervenir des animaux pollinisateurs, surtout des insectes. Ces derniers sont attirés par la fleur grâce à ses couleurs, sa forme, ses substances odorantes et par la possibilité de se nourrir du nectar qu'elle produit.

• Différents dispositifs favorisent la pollinisation par les insectes. Les grains de pollen sont plus gros que ceux dispersés par le vent et ornés de crochets. Les glandes à nectar enfouies au fond de la fleur obligent l'insecte à entrer en contact avec les étamines (**Doc. 4**).

Vocabulaire

- **Nectar :** liquide sucré produit par la fleur.
- **Pollinisation :** transport des grains de pollen depuis les étamines vers les stigmates.

Doc. 4 Insecte se chargeant de pollen

2 Une coévolution

• Les plantes ont développé des caractéristiques pour attirer les animaux, comme la production d'un nectar sucré. Les insectes ont développé des adaptations morphologiques pour prélever le nectar et faciliter la pollinisation.

• L'animal pollinisateur et sa fleur sont souvent liés l'un à l'autre de façon spécifique, et tous deux présentent des caractères morphologiques particuliers. Par exemple, l'insecte possède une trompe pour aspirer le nectar lui permettant d'être le seul à atteindre le pollen et/ou le nectar. Dans d'autres cas, l'insecte est attiré par les couleurs, les formes ou le parfum émis par la fleur.

• Cette relation s'explique par une évolution conjointe de l'insecte et de la plante : chaque espèce exerce une influence sur l'autre en renforçant l'avantage sélectif des adaptations développées. On parle de coévolution.

Vocabulaire

- **Coévolution :** transformations qui se produisent simultanément chez deux espèces du fait de leur pression de sélection réciproque.

4 La dispersion et la germination des graines

De quoi s'agit-il ? **La dispersion et la germination des graines permettent aux plantes de peupler de nouveaux milieux.**

1 La dispersion des graines

• Les plantes ont développé des mécanismes de dispersion des graines qui limitent la compétition entre générations qui se produirait si celles-ci se développaient au même endroit comme leur mode de vie fixé a tendance à l'imposer. Ainsi, la dispersion des graines favorise la colonisation de nouveaux milieux.

• Les principaux vecteurs de dispersion sont l'eau, le vent et les animaux. Selon son mode de dispersion, la graine présente des caractéristiques de structure qui favorisent son transport.

Vocabulaire

- **Dispersion (des graines) :** ensemble de mécanismes qui permet le peuplement de nouveaux milieux.
- **Samare :** fruit sec comportant une seule graine et muni d'une aile membraneuse.

• Les graines dispersées par l'eau flottent (noix de coco). Celles dispersées par le vent (90 % des espèces végétales) sont légères et dotées de dispositifs augmentant leur portance : poils (aigrettes du pissenlit) ou ailes membraneuses comme les samares de l'érable et du frêne (**Doc. 5**).

Doc. 5 **Les samares de l'érable**

• Les graines dispersées par les animaux sont munies de dispositifs d'accrochage aux poils ou aux plumes, tels que des crochets ou des aiguillons.

• Elles sont aussi ingérées lors de la consommation du fruit (**Doc. 6**) mais étant indigestes, elles sont rejetées avec les excréments, parfois à des dizaines de kilomètres. Enfin, après avoir été prélevées par d'autres animaux, les graines sont mises en réserve dans des abris et germeront avant d'avoir été consommées.

Doc. 6 Dispersion des baies du gui par la grive draine

Rejetée dans les excréments de l'oiseau, la graine est enduite d'une substance collante et prête à germer.

2 La graine, à l'origine d'une nouvelle plante

- La graine contient l'embryon d'une future plante, protégé grâce à des enveloppes résistantes. L'embryon est en vie ralentie, son métabolisme est nul.

- Lorsque les conditions redeviennent favorables, et souvent après une période nécessaire de dormance, l'embryon sort de la vie ralentie. C'est la germination.

Vocabulaire

- **Dormance :** inactivité biologique durant laquelle la croissance est stoppée.

- Une racine, puis une tige se forment et grandissent, en puisant dans les réserves contenues dans la graine. Lorsque la jeune plante atteint une taille suffisante et que la tige produit des feuilles chlorophylliennes, la photosynthèse démarre. La plante est devenue autonome.

Révision express

Le schéma à retenir

De la fleur au fruit

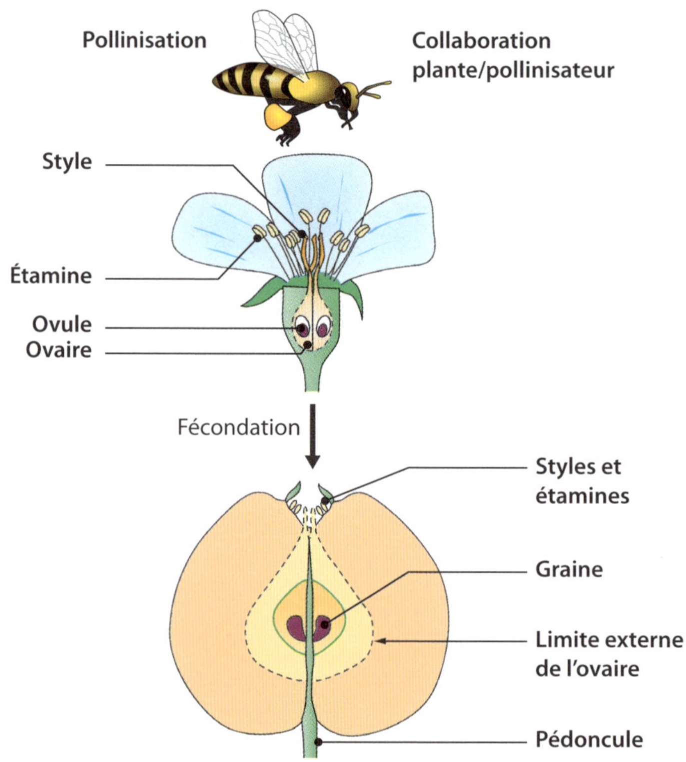

Quiz

Cochez la bonne réponse :

1. Le pistil est formé de l'ovaire et du style.
☐ **a.** Vrai ☐ **b.** Faux

2. Lors de la fécondation, l'ovule se transforme en graine.
☐ **a.** Vrai ☐ **b.** Faux

3. Les insectes pollinisateurs assurent la dispersion des graines.
☐ **a.** Vrai ☐ **b.** Faux

4. Le bouturage est une forme de reproduction asexuée.
☐ **a.** Vrai ☐ **b.** Faux

5. La fécondation croisée implique une mobilité des graines.
☐ **a.** Vrai ☐ **b.** Faux

→ Réponses p. 494

EXERCICE

Analyser une expérience sur la germination

Énoncé

Les grains de blé contiennent des réserves glucidiques sous forme d'amidon accumulées dans un tissu spécifique : l'albumen. Au cours de la germination, ces réserves sont utilisées pour permettre le développement de la jeune plante à partir de l'embryon qui ne possède encore ni racines ni feuilles fonctionnelles.

Pour comprendre le mécanisme qui permet l'utilisation de ces réserves lorsque la germination débute, on réalise l'expérience suivante : sur deux boîtes de Pétri remplies de gélose additionnée d'empois d'amidon, on place des grains de blé ayant ou non commencé à germer. Ceux-ci sont sectionnés en deux moitiés et la surface coupée est placée au contact de la gélose. Après quelques jours, un test à l'eau iodée est réalisé sur la gélose.

Les résultats obtenus avec des grains de blé en germination figurent sur le schéma suivant.

Doc. **Résultats de l'expérience**

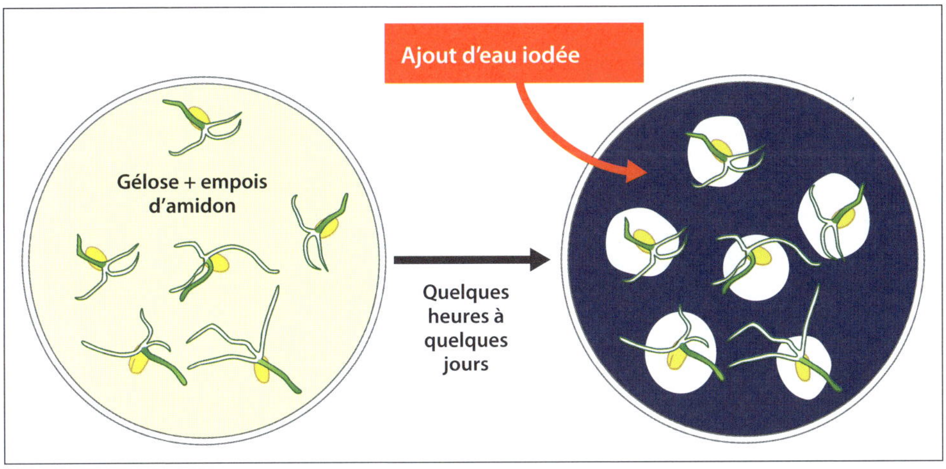

Lorsque les grains de blé n'ont pas commencé à germer, on n'observe pas d'auréole décolorée autour de ceux-ci ; la gélose est uniformément colorée en bleu après ajout d'eau iodée.

Analysez les résultats de cette expérience pour expliquer comment la graine peut utiliser ses réserves lors de la germination.

Méthode

- Dans un premier temps, il faut relever la différence de résultat entre la boîte contenant les grains germés et celle contenant les grains non germés.
- Il faut également expliquer ce que signifie l'absence de la coloration bleue autour des grains de blé germés.
- De plus, il faut comprendre la signification de l'auréole formée autour des grains de blé.
- Il faut alors établir une relation entre le début de la germination et le phénomène observé.

Corrigé

- On observe qu'autour des grains de blé germés, la gélose n'est pas colorée en bleu par l'eau iodée. Au contraire, au contact des grains non germés, la gélose est uniformément colorée en bleu en présence d'eau iodée.
- La coloration bleue en présence d'eau iodée témoigne de la présence d'amidon. Ainsi, autour des grains de blé germés, il n'y a plus d'amidon. Il a donc été transformé.
On peut expliquer l'auréole formée autour des grains de blé germés par la diffusion d'une substance soluble tout autour de ceux-ci, capable de transformer l'amidon. On peut supposer qu'il s'agit d'une enzyme produite par les grains de blé lors de la germination.

Remarque
On peut montrer par d'autres expériences que c'est une hormone produite par l'embryon qui déclenche la production de cette enzyme.

- Par conséquent, c'est seulement lorsque la germination débute que le grain de blé produit une enzyme capable de digérer l'amidon, et ainsi de mobiliser les réserves accumulées dans la graine.

Chapitre 7 La domestication des plantes

1 De la plante sauvage à la plante cultivée

De quoi s'agit-il ? **Les plantes cultivées sont issues de la sélection de plantes sauvages qui se sont progressivement transformées.**

1 Une transformation de la plante sauvage

• Les plantes cultivées proviennent d'espèces sauvages transformées. Les céréales cultivées, par exemple, présentent des caractères spécifiques qui les distinguent des plantes sauvages. Ainsi, chez le maïs (**Doc. 1**), la taille de l'épi comme celle des grains est supérieure à celle de l'épi et des grains de son ancêtre, la téosinte (**Doc. 2**). Les grains parviennent tous en même temps à maturité et ont perdu leur capacité d'égrenage. Enfin, la germination des grains est synchrone, contrairement à celle des plantes sauvages.

Vocabulaire

- **Épi** : inflorescence femelle qui porte les grains après la fécondation.
- **Égrenage** : capacité du grain à se détacher spontanément de l'épi une fois arrivé à maturité.
- **Synchrone (germination)** : germination qui se produit en même temps pour tous les grains.

Doc. 1 **Comparaison du maïs et de la plante sauvage dont il est issu, la téosinte**

	Téosinte	Maïs
Longueur de l'épi	5 cm	30 cm
Masse moyenne d'un grain par épi	0,12 g	0,3 g
Nombre de rangées de grains	1	12 à 16
Nombre moyen de grains par épi	40	300 à 1 000
Masse d'un épi	10 g	190 à 300 g

Doc. 2 **Plant et graines de téosinte**

• Toutes ces caractéristiques rendent la plante incapable de pousser seule dans la nature. Elle est devenue dépendante de l'Homme.

SVT

● Les plantes cultivées nécessitent un entretien régulier : irrigation, désherbage, lutte contre les ravageurs des cultures. De plus, la germination synchrone accroît la compétition entre jeunes plantules.

2 Une transformation sélectionnée

● La transformation des plantes cultivées s'est d'abord faite de façon empirique. À chaque récolte, les grains aux caractères les plus favorables (taille, égrenage…) étaient conservés, puis semés à la saison suivante.

● La mise en culture des plantes a favorisé leur transformation. Dans un champ, la plus forte densité de végétaux stimule la compétition et sélectionne les individus les plus vigoureux. Seuls les grains ayant perdu leur capacité d'égrenage (par mutation) sont récoltés puisque les autres sont déjà tombés. Les grains à maturité tardive sont éliminés.

● Comme ces caractères sont déterminés génétiquement, ils sont renforcés de génération en génération. Au total, la culture transforme et homogénéise la variété cultivée. Ces différences avec les plantes sauvages sont le résultat de la sélection humaine.

Vocabulaire

- **Empirique :** basé uniquement sur l'expérience et non sur des connaissances théoriques.

2 Des techniques modernes de transformation des plantes

De quoi s'agit-il ? Les plantes cultivées ont été modifiées par des croisements contrôlés, s'appuyant sur les lois de la génétique, et par des techniques de transgenèse.

1 L'hybridation

● Pour obtenir de nouveaux caractères, on pratique artificiellement des fécondations croisées entre individus de variétés différentes (**Doc. 3**). Le croisement donne des individus hybrides dont les graines seront ensuite semées.

Vocabulaire

- **Variété :** population artificielle utilisée en agriculture, reproductible, homogène et stable dans ses caractéristiques génétiques.
- **Hybride :** individu provenant du croisement de deux variétés différentes.

Doc. 3 Le croisement de deux variétés différentes

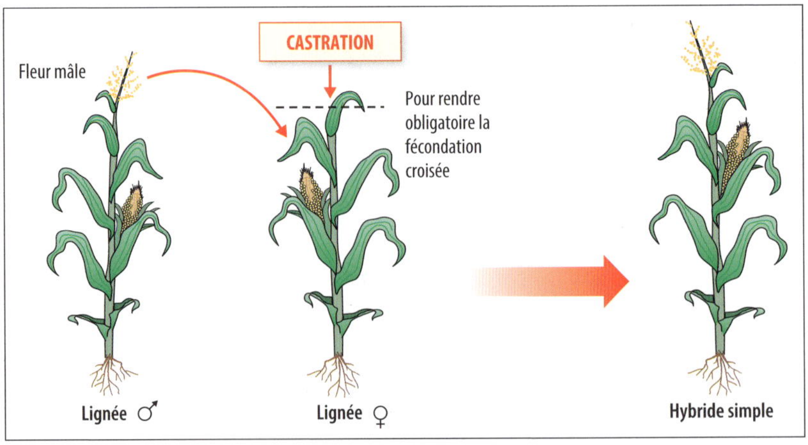

Pour éviter l'autofécondation, on enlève (castration) la fleur mâle située à l'extrémité de l'épi. Les fleurs femelles d'un pied sont alors saupoudrées avec du pollen d'un autre pied. Ainsi, les graines produites seront bien le résultat d'une fécondation croisée, mélangeant les allèles des deux variétés.

- En croisant deux variétés différentes de la même espèce, on obtient une nouvelle variété hybride présentant un mélange des caractères parentaux. Ces croisements ont pour but de réunir dans une même variété les caractères avantageux présents séparément chez les parents. Les caractères de l'hybride sont ainsi supérieurs à ceux des parents. On parle alors de « vigueur hybride ». L'agriculture produit des hybrides pour améliorer les caractères des plantes cultivées.

- Le croisement de deux variétés homozygotes différentes associe chez un individu de nouvelles combinaisons d'allèles. Les hybrides F1 sont hétérozygotes car les parents sont homozygotes. La génération F1 est toujours homogène en raison de la dominance ou de la récessivité des allèles. Par contre, les graines issues du croisement entre individus F1 correspondent à des génotypes différents, y compris avec des caractères désavantageux. Elles ne sont donc pas réutilisables.

Vocabulaire

- **Hybride F1 :** individu de première génération issu de parents homozygotes.

2 L'obtention de plantes transgéniques

- Seuls les individus appartenant à la même espèce ou à des espèces proches peuvent être croisés entre eux afin d'échanger des allèles et de produire de nouveaux génotypes. Néanmoins, en raison de l'universalité de l'ADN, le gène d'une espèce peut s'exprimer chez une autre espèce, même éloignée.

- La transgénèse consiste à prélever, insérer et faire s'exprimer le gène d'intérêt d'une espèce chez une autre espèce. Elle modifie le patrimoine génétique de l'organisme receveur devenu alors un OGM. L'insertion du gène confère un phénotype nouveau, transmissible à la descendance. Contrairement à l'hybridation, il n'y a pas échange mais transfert dans un seul sens. Par ailleurs, seul un ou quelques gènes sont transférés et non pas la totalité du matériel génétique.

Vocabulaire

- **Transgénèse :** transfert de gènes entre deux espèces différentes.
- **OGM :** Organisme Génétiquement Modifié.

- La méthode s'applique entre des groupes très éloignés, comme une plante cultivée et un procaryote, une bactérie.

3 La biodiversité des espèces cultivées

De quoi s'agit-il ? Comme dans toute population, il existe une biodiversité des espèces cultivées. Mais devant son appauvrissement, on tente de la restaurer.

1 Un risque d'appauvrissement de la biodiversité

- Une espèce cultivée présente souvent de nombreuses variétés. On dénombre par exemple 20 000 variétés de pommes, sans doute toutes issues d'un ancêtre commun originaire d'Asie.

- Cette diversité résulte de mutations de gènes particuliers. Le croisement entre variétés différentes permet d'obtenir de nouvelles combinaisons de caractères et donc, de nouvelles variétés.

- Seuls les caractères jugés intéressants sont conservés dans les variétés cultivées, ce qui a pour conséquence un appauvrissement global de la diversité allélique de l'espèce (**Doc. 4**).

Doc. 4 Ressources en graines en 1903 et en 1983

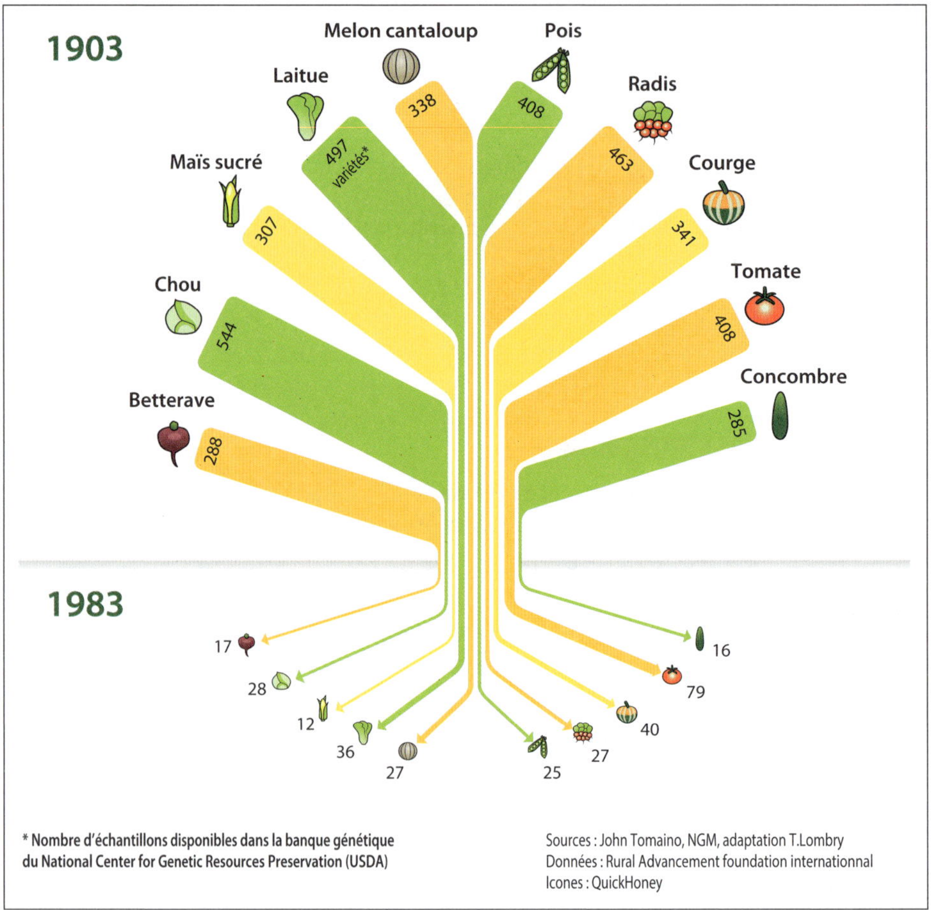

• La perte de certaines caractéristiques des plantes sauvages (comme des défenses chimiques ou des capacités de dissémination) et l'extension de leur culture favorisent le développement des maladies infectieuses végétales. Des pratiques culturales spécifiques, telles que l'utilisation de produits phytosanitaires, ont pour but de compenser ces fragilités.

• La biodiversité des espèces cultivées a permis la sélection de certains caractères chez les populations humaines. Par exemple, la domestication des céréales a favorisé la duplication du gène de l'amylase salivaire, nécessaire à la digestion de l'amidon abondant dans les grains de céréales.

Vocabulaire

- **Produit phytosanitaire :** produit utilisé pour traiter ou prévenir les maladies des organismes végétaux et pour contrôler les plantes, les insectes ou les champignons dans les cultures.

2 Restaurer la biodiversité

• Devant le risque induit par l'homogénéisation génétique des variétés cultivées (sensibilité aux maladies en cas d'uniformité de la culture), on recherche aujourd'hui des moyens d'accroître leur diversité.

• L'exploitation des ressources génétiques de variétés anciennes ou de variétés sauvages, si elles existent, tend à réintroduire dans les variétés cultivées des allèles d'intérêt, par exemple ceux de la résistance aux ravageurs. À cette fin, des banques de semences sont constituées et leurs ressources génétiques susceptibles d'être utilisées.

Vocabulaire

- **Homogénéisation génétique :** phénomène tendant à uniformiser les allèles dans une variété.

Révision express

Le schéma à retenir

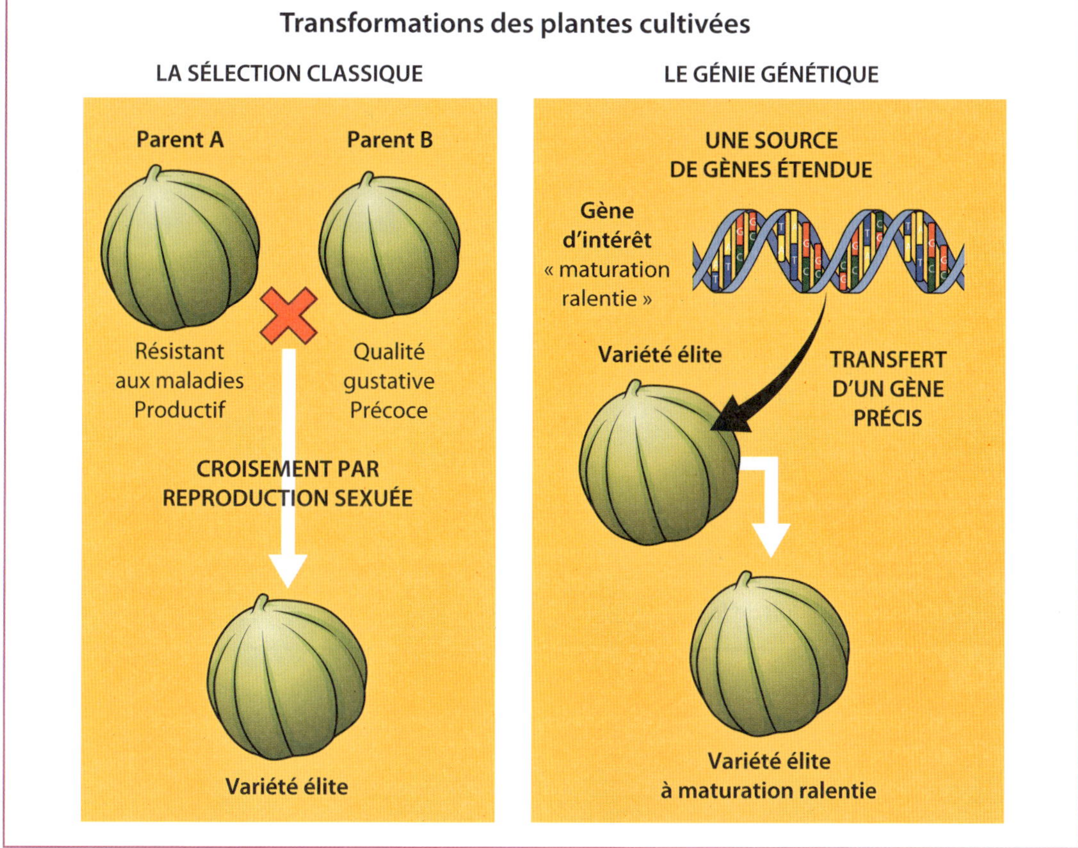

Quiz

Cochez la bonne réponse :

1. Un hybride est une plante dont la descendance est hétérogène.
☐ **a.** Vrai ☐ **b.** Faux

2. La diversité des plantes cultivées résulte de la sélection naturelle.
☐ **a.** Vrai ☐ **b.** Faux

3. La domestication des plantes a contribué à la sélection de caractères génétiques humains.
☐ **a.** Vrai ☐ **b.** Faux

4. La variété des plantes cultivées est une forme de biodiversité.
☐ **a.** Vrai ☐ **b.** Faux

5. Les caractères acquis par transgénèse ne sont pas transmissibles.
☐ **a.** Vrai ☐ **b.** Faux

→ Réponses p. 494

EXERCICE

Interpréter les résultats de croisements

Énoncé

Un horticulteur dispose de deux variétés de rosiers : une variété P1 à fleurs rouges et non remontante* et une variété P2 remontante à fleurs blanches. Il cherche à obtenir de nouvelles variétés et, pour cela, il réalise différentes sortes de pollinisations.

Il réalise une autopollinisation sur des plantes de P1 et n'obtient que des rosiers non remontants à fleurs rouges. De même, avec une autopollinisation sur des plantes de P2, il n'obtient que des rosiers remontants à fleurs blanches.

L'horticulteur réalise alors une pollinisation croisée entre P1 et P2 en déposant du pollen de rosiers P1 sur le pistil de rosiers P2. Il obtient une génération de rosiers F1, tous non remontants à fleurs roses.

L'horticulteur réalise ensuite une pollinisation croisée entre F1 et P2 et obtient les rosiers suivants (génération F2) :
- 248 rosiers non remontants à fleurs blanches,
- 253 rosiers non remontants à fleurs roses,
- 249 rosiers remontants à fleurs blanches,
- 250 rosiers remontants à fleurs roses.

*__Remontant :__ capable de fleurir plusieurs fois par an.

À partir de l'analyse des résultats de ces croisements, indiquez si l'horticulteur peut créer une variété de rosier « remontant à fleurs roses » qui conserve ce phénotype d'une génération à l'autre lorsqu'elle se reproduit de façon naturelle.

Méthode

- Les résultats des autopollinisations doivent être analysés pour déterminer si les variétés P1 et P2 sont pures (homozygotes).
- On déduit quels sont les allèles dominants et récessifs à partir du croisement entre P1 et P2.
- Les résultats de la F2 peuvent alors être exploités pour répondre à la question.

Corrigé

- Après l'autopollinisation, chaque variété, P1 comme P2, produit des descendants tous identiques entre eux et identiques à la plante de départ. Ce sont donc des variétés pures. Si on admet que chaque caractère est contrôlé par un seul gène, pour chaque caractère, les deux exemplaires de chacun de ces gènes sont identiques.
- La pollinisation croisée entre P1 et P2 aboutit à une génération F1 constituée à 100 % de rosiers non remontants à fleurs roses. Seul le caractère « non remontant » s'exprime dans le phénotype. Il est donc codé par un allèle dominant.
Les fleurs sont de couleur rose. Les caractères « rouges » et « blancs » s'exprimant simultanément, ils sont codés par des allèles codominants.

Remarque
Deux allèles peuvent s'exprimer en même temps pour donner un caractère intermédiaire.

- L'hybridation entre F1 et P2 fournit quatre types de phénotypes dans les mêmes proportions (25 %). P2 est porteur de l'allèle récessif « remontant ». Les individus F2 exprimant ce caractère sont donc homozygotes pour ce gène. En revanche, les individus à fleurs roses sont obligatoirement porteurs d'un allèle « blanc » et d'un allèle « rouge » et donc hétérozygotes.
Parmi les résultats de ce croisement, la variété recherchée (rosier remontant à fleurs roses) est obtenue.
- Une telle variété produit deux types de gamètes : (Rem/b/) et (Rem/r/) avec Rem = allèle « remontant », b = allèle « blanc » et r = allèle « rouge ».
Les résultats d'une autopollinisation sont donnés par le tableau suivant :

	Rem /b/	**Rem /r/**
Rem /b/	[Rem blanc]	[Rem rose]
Rem /r/	[Rem rose]	[Rem rouge]

Ainsi, par autopollinisation, la variété ne fournira que des rosiers remontants. Cependant, étant hétérozygote pour la couleur des fleurs, elle donnera ¼ de rosiers à fleurs blanches, ¼ de rosiers à fleurs rouges et à ½ de rosiers à fleurs roses.

- Il est donc impossible d'obtenir une variété stable de rosier remontant à fleurs roses, cette variété étant hétérozygote (hybride).

Chapitre 8 Les climats de la Terre

1 Des périodes glaciaires et interglaciaires

De quoi s'agit-il ? Le Quaternaire est marqué par une alternance de périodes glaciaires et de périodes interglaciaires.

1 La glaciation du Würm

- Au Quaternaire, plusieurs indices témoignent de l'existence d'une période glaciaire (glaciation du Würm) entre – 120 000 et – 11 000 ans.
- Un glacier qui prend naissance au pôle Nord recouvre alors toute l'Europe du Nord jusqu'en Angleterre et en Allemagne. Sa progression peut être reconstituée par les traces laissées sur son passage. En effet, le déplacement des glaciers laisse des stries sur les roches. En se déplaçant, les glaciers arrachent des blocs de toutes tailles qui se déposent sur leur front et leurs flancs et forment des moraines (**Doc. 1**). Enfin, ils modèlent le relief en donnant aux vallées une forme en U caractéristique.

Vocabulaire
- **Quaternaire** : période débutée il y a 2,6 Ma et se poursuivant jusqu'à aujourd'hui.
- **Glaciation** : période de refroidissement marquée par une extension des glaciers.
- **Glacier** : surface de glace permanente qui s'écoule lentement.
- **Moraine** : amas de blocs rocheux de toutes tailles, transportés et déposés par les glaciers.

Doc. 1 Un affleurement de moraines

- Les peintures rupestres (**Doc. 2**) des Hommes préhistoriques témoignent par ailleurs de la présence d'une faune adaptée au froid (mammouths, rhinocéros laineux…) durant cette période.

Vocabulaire
- **Rupestre (peinture)** : réalisée sur les parois des grottes.

Doc. 2 Peintures rupestres de rhinocéros laineux dans la grotte de Chauvet (– 36 000 ans)

• Les pollens, fossilisés dans les sols, indiquent qu'alors les zones non glacées étaient peuplées d'une végétation de type steppe et toundra.

2 Des variations climatiques périodiques

• À l'échelle du Quaternaire, plusieurs données (voir p. 250) font apparaître une alternance de glaciations et de réchauffements (périodes interglaciaires) avec une périodicité proche de 100 000 ans.

• Ainsi, il y a plus de 120 000 ans, le territoire français est couvert d'arbres à feuilles caduques et les reliefs élevés (Alpes…) sont peuplés de conifères. La faune est celle des régions chaudes (éléphants, hippopotames…), les glaciers sont cantonnés aux hautes altitudes et le niveau des mers est semblable à celui d'aujourd'hui.

Vocabulaire

- **Steppe** : formation végétale composée d'étendues herbeuses et dépourvues d'arbres.
- **Toundra** : végétation basse, caractéristique des milieux autour des pôles.
- **Caduques (feuilles)** : qui tombent chaque année à la même période, selon les espèces.
- **Conifère** : arbre à aiguilles.

• Après la glaciation du Würm, l'Holocène (qui débute il y a 11 000 ans et se poursuit actuellement) correspond aussi à une période de réchauffement.

SVT

2 Les marqueurs des paléotempératures

De quoi s'agit-il ? **Les variations climatiques du passé peuvent être reconstituées en utilisant des marqueurs comme les isotopes de l'oxygène ou les pollens fossilisés.**

1 Les isotopes de l'oxygène

• L'oxygène existe sous deux formes isotopiques stables : ^{18}O (0,2 % sur Terre) et ^{16}O (99,8 %). Il existe une corrélation entre le rapport $^{18}O/^{16}O$ et la température moyenne annuelle. Ce rapport, après avoir été corrigé en fonction d'une valeur standard, est appelé « delta ^{18}O » et constitue un thermomètre isotopique (**Doc. 3**).

Vocabulaire

- **Thermomètre isotopique** : outil de reconstitution des températures du passé à partir des rapports isotopiques de l'oxygène.

Doc. 3 **Le thermomètre isotopique de la glace**

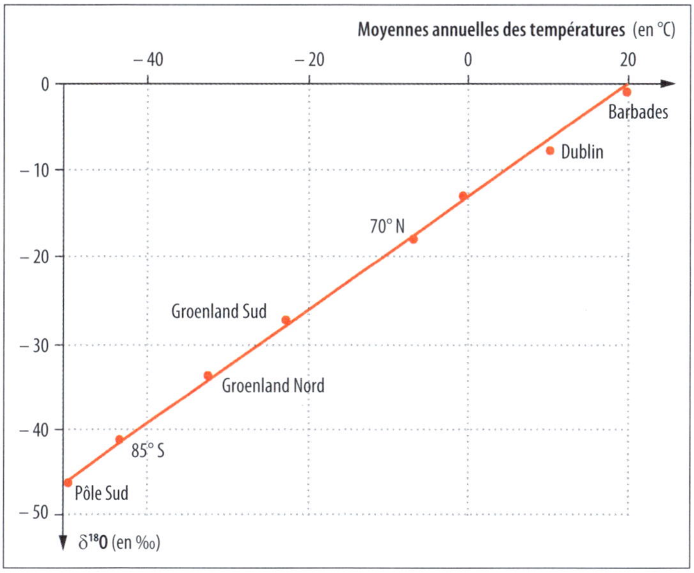

• En mesurant le δ ¹⁸O dans la glace des calottes polaires ou encore dans les sédiments océaniques, et en datant ceux-ci, on peut reconstituer les températures du passé.

• L'analyse des variations du δ ¹⁸O montre qu'il y a eu, au cours des 700 000 dernières années, des alternances de périodes froides (périodes glaciaires) et de réchauffement (périodes interglaciaires). Entre ces deux périodes, les écarts entre les températures moyennes annuelles peuvent dépasser 10 °C aux pôles (**Doc. 4**).

Doc. 4 Les variations du Delta ^{18}O dans une carotte de glace en Antarctique

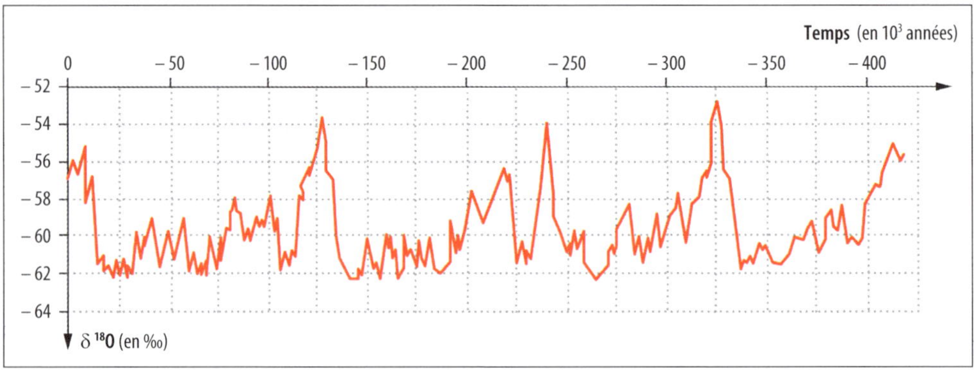

2 L'analyse des pollens

• Les végétaux ne fossilisent pas mais leurs grains de pollen, produits en grand nombre et entourés d'une enveloppe résistante, se conservent dans les sols anciens. De plus, leur ornementation spécifique permet de déterminer l'espèce à laquelle ils appartiennent. Ainsi, il est possible d'établir des diagrammes polliniques (voir p. 258).

• Les végétaux ont des exigences climatiques spécifiques (le chêne a besoin de plus de chaleur que le sapin, par exemple). Aussi, selon le principe de l'actualisme, la succession des pollens fossiles au cours du temps permet de reconstituer les paléoclimats.

Vocabulaire

- **Diagramme pollinique :** abondance relative des espèces végétales au cours du temps.
- **Actualisme :** principe selon lequel les êtres vivants du passé avaient le même mode de vie que les êtres vivants actuels qui leur ressemblent.

• La prédominance des arbres par rapport aux plantes herbacées sous les latitudes moyennes de l'Europe témoigne ainsi de l'existence d'une période interglaciaire.

• À l'inverse, quand les arbres plus sensibles au froid laissent la place aux plantes herbacées, cela indique le début d'une période glaciaire.

3 Les causes des variations climatiques du passé

De quoi s'agit-il ? Les variations climatiques initiées par des facteurs astronomiques peuvent être amplifiées ou diminuées par des boucles de rétroactions.

1 Des variations de paramètres orbitaux

• La Terre effectue en un an une révolution autour du Soleil et une rotation sur elle-même en 24 heures selon un axe incliné. Trois paramètres orbitaux (**Doc. 5**) varient périodiquement selon des cycles décrits par Milankovitch entre 1920 et 1941.

Doc. 5 **Variation de l'excentricité de l'orbite terrestre et de l'obliquité de la planète**

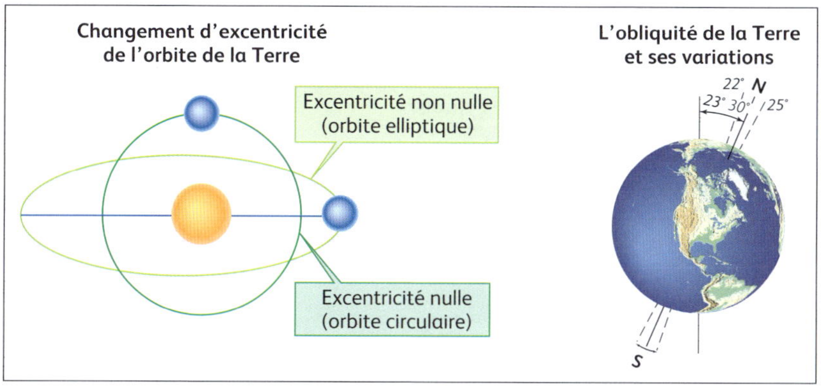

- L'excentricité : le degré d'aplatissement de l'orbite elliptique varie selon une période d'environ 100 000 ans, modifiant ainsi la distance Terre-Soleil.
- L'obliquité : l'inclinaison de l'axe de rotation de la Terre varie selon une période de 40 000 ans et avec elle les contrastes entre saisons.
- La précession des équinoxes : chaque année, l'équinoxe se produit plus tôt que celui de l'année précédente, ce qui s'explique par le changement de direction de l'axe de rotation de la Terre (avec une périodicité de 26 000 ans). La durée des saisons est alors modifiée.

Vocabulaire

- **Excentricité** : degré d'aplatissement de l'orbite terrestre.
- **Obliquité** : inclinaison de l'axe de rotation de la Terre par rapport au plan de l'orbite.
- **Précession des équinoxes** : changement de direction de l'axe de rotation de la Terre.

• Ces variations entraînent une modification de l'insolation selon les saisons. Lors de faibles écarts entre l'hiver et l'été, la glace accumulée en hiver n'a pas le temps de fondre. Les glaciers avancent progressivement, le climat se refroidit et une période glaciaire débute.

2 Des rétroactions

• Une diminution de la température initiée par les paramètres orbitaux entraîne une augmentation de la surface des glaciers. L'albédo (**Doc. 6**) global de la Terre augmente alors, avec pour conséquence une diminution de la température par rétroaction positive.

Vocabulaire

- **Albédo** : rapport de l'énergie lumineuse réfléchie sur l'énergie lumineuse incidente.
- **Rétroaction positive** : action en retour d'un effet sur sa propre cause, en l'amplifiant.

Doc. 6 **Albédo de l'hémisphère nord de la Terre mesuré par satellite au cours de deux mois de l'année**

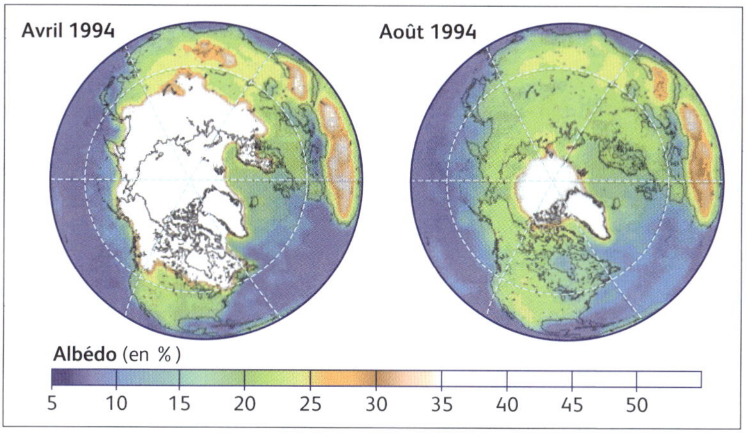

• Le CO_2 se dissout alors plus facilement dans l'océan, sa teneur atmosphérique diminue et avec elle l'effet de serre, ce qui amplifie encore la baisse de température par rétroaction positive.

• En revanche, une élévation de température, en accentuant l'évaporation, élève la teneur atmosphérique en vapeur d'eau, avec formation de nuages.

• Ceux-ci, bien que participant à l'effet de serre, font globalement perdre de l'énergie à la Terre en réfléchissant le rayonnement solaire. Une augmentation de l'effet de serre pourrait être corrigée (en partie) par l'action des nuages : c'est dans ce cas une rétroaction négative.

Vocabulaire

Rétroaction négative : action en retour d'un effet sur sa propre cause, en l'atténuant.

4 Une baisse de température depuis la fin de l'ère secondaire

De quoi s'agit-il ? **Après les températures élevées enregistrées au Crétacé, différents indices montrent une tendance générale à la baisse de température moyenne du globe à partir du Cénozoïque.**

Vocabulaire

Cénozoïque : période appelée aussi « ère tertiaire » qui débute il y a 65 Ma et se poursuit actuellement.

1 Le Crétacé, une période chaude

• L'utilisation du thermomètre isotopique et la répartition des fossiles indiquent pour le Crétacé des températures au pôle Nord supérieures de 30 °C aux températures actuelles. Le Crétacé est sans doute l'une des périodes les plus chaudes de toute l'histoire de la Terre.

• L'expansion océanique, particulièrement importante à cette époque (**Doc. 7**), est due à un intense volcanisme au niveau des dorsales, avec une forte émission de CO_2.

Doc. 7 Variation de l'activité des dorsales océaniques depuis 150 Ma

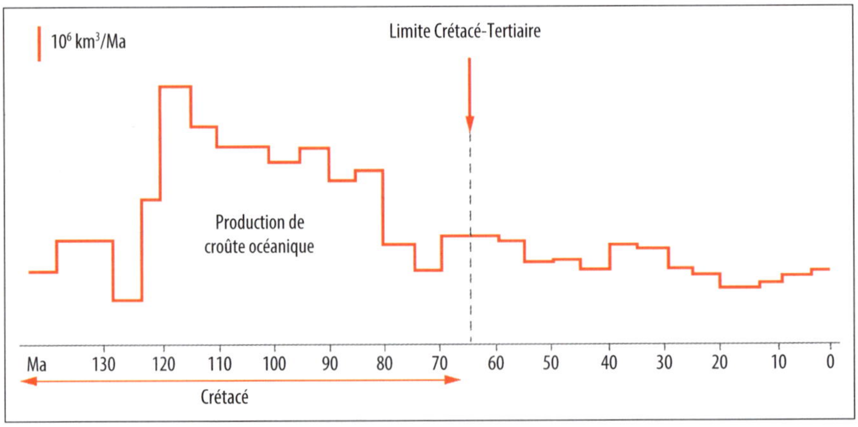

• L'accentuation de l'effet de serre a entraîné une hausse de la température, amplifiée par des rétroactions positives comme la baisse de la solubilité du CO_2 dans l'océan.

2 Un refroidissement au cours du Tertiaire

• Au début de l'ère tertiaire, la température a diminué. Ce phénomène s'explique d'abord par une baisse de la concentration atmosphérique de CO_2 en relation avec l'altération des matériaux continentaux.

- En effet, le Cénozoïque est une période d'intense orogénèse, avec la formation de chaînes de montagnes comme les Alpes et l'Himalaya, puis leur érosion.
- L'altération de minéraux comme les silicates ($CaSiO_3$) consomme du CO_2 selon la réaction : $CaSiO_3 + 2\ CO_2 + H_2O \rightarrow SiO_2 + Ca^{2+} + 2\ HCO_3^-$.
- Par ailleurs, des événements tectoniques ont modifié à cette époque la circulation océanique. Notamment, l'ouverture d'un passage entre l'Antarctique et l'Afrique du Sud (puis son élargissement) impose au courant d'eaux froides et profondes sortant de l'Atlantique de se diriger vers l'océan Indien et le Pacifique. L'établissement progressif d'un courant circumpolaire isole l'Antarctique et ses eaux périphériques froides du reste de l'océan mondial et participe à l'extension des glaciers. Des rétroactions positives ont ensuite accentué le refroidissement.

Vocabulaire

- **Silicate :** minéral formé à partir d'un motif élémentaire constitué de SiO_4 (quartz, feldspaths, pyroxènes et olivines).
- **Circulation océanique :** déplacement des masses d'eau à l'origine des courants. Ceux-ci dépendent des différences de température et de salinité entre les eaux polaires et équatoriales.

SVT

5 Des variations climatiques à l'ère primaire

De quoi s'agit-il ? Durant la période Carbonifère-Permien, la Terre est soumise à un refroidissement de longue durée et de grande ampleur aux causes variées.

1 Les signes d'une période glaciaire

- Au Carbonifère-Permien (– 320 à – 280 Ma), la présence de tillites sur des continents aujourd'hui éloignés (sud de l'Afrique, Amérique du Sud, Australie) témoigne de l'existence d'une vaste calotte glaciaire recouvrant la partie sud d'un bloc continental unique (la Pangée), situé à cette période plus près du pôle Sud (**Doc. 8**). L'étendue et la durée des dépôts glaciaires attestent d'une glaciation de grande ampleur.

Vocabulaire

- **Tillite :** moraine consolidée.

Doc. 8 Localisation de tillites (dépôts glaciaires) et de charbons formés au cours du Carbonifère

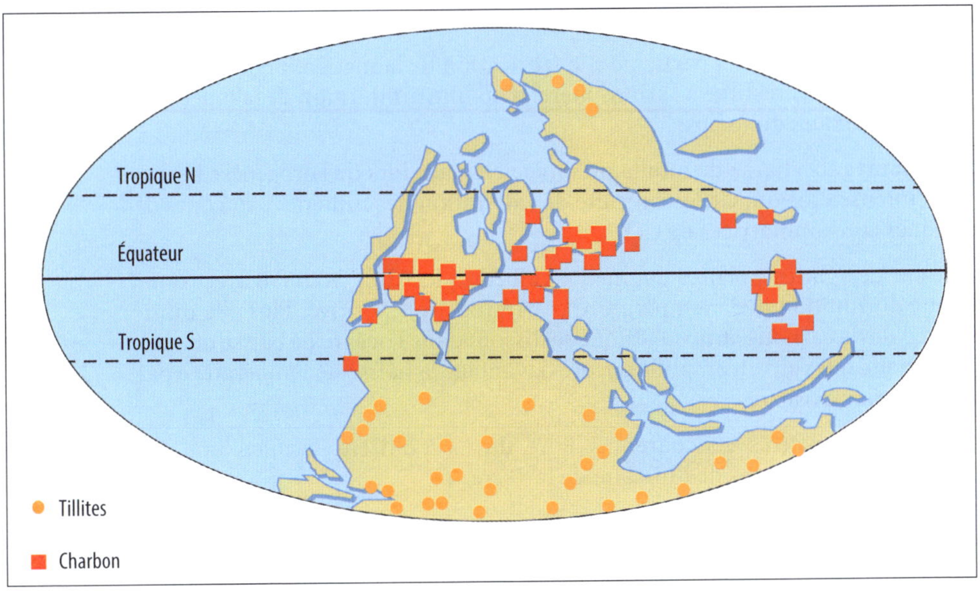

• Différentes méthodes (analyse des paléosols, des fossiles ou des isotopes) indiquent un faible taux de CO_2 atmosphérique à cette époque. Il s'ensuit alors une diminution de l'effet de serre et, par conséquent, une baisse de température.

Vocabulaire
- **Paléosol** : sol ancien.

2 Les causes de la glaciation du Carbonifère-Permien

• Au Carbonifère, de vastes forêts marécageuses se développent. Après la mort des végétaux, le piégeage de la matière organique dans des sols marécageux dépourvus d'oxygène la soustrait à la respiration des micro-organismes. Elle n'est donc pas entièrement dégradée mais transformée en charbon (**Doc. 8** et **9**).

Vocabulaire
- **Piégeage** : enfouissement à l'abri de l'air.

Doc. 9 **Évolution estimée du piégeage du carbone organique au cours des temps géologiques**

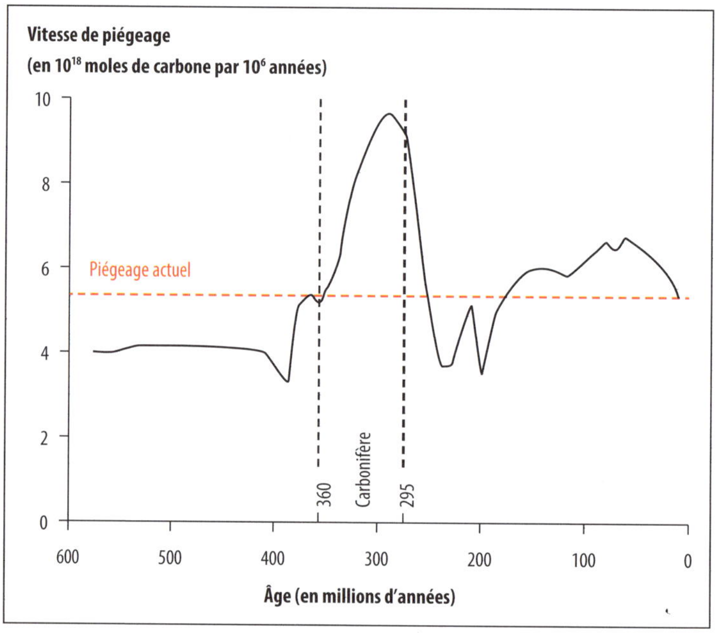

• Ainsi, le dioxyde de carbone qui a participé à la fabrication de la matière organique lors de la photosynthèse n'est pas restitué à l'atmosphère, d'où une diminution de la teneur en CO_2 atmosphérique au cours du temps.

• Par ailleurs, l'importante chaîne de montagnes mise en place lors de l'orogénèse hercynienne subit une intense érosion. Celle-ci résulte de l'altération des minéraux au cours de réactions chimiques consommatrices de CO_2.

• Enfin, l'extension des glaces polaires augmente l'albédo global de la Terre avec, pour conséquence, une diminution de la température par rétroaction positive. Plus elle diminue, et plus le dioxyde de carbone atmosphérique se dissout dans l'océan. La baisse du taux de CO_2 atmosphérique qui s'ensuit amplifie encore davantage la baisse de température par une nouvelle rétroaction positive.

• L'ensemble de ces paramètres concourent à faire du Carbonifère-Permien une des périodes glaciaires les plus longues de l'histoire de la Terre.

6 Les enjeux du réchauffement climatique actuel

De quoi s'agit-il ? **Pour contrer les conséquences du réchauffement climatique actuel, plusieurs actions peuvent être entreprises.**

1 Des conséquences prévisibles

- Le réchauffement climatique (près de 1 °C en 150 ans), lié à la perturbation du cycle géochimique du carbone par les activités humaines, devrait se poursuivre selon les modèles climatiques, avec plusieurs conséquences.

- Ses effets abiotiques (fonte des glaces, montée des eaux, désertification) modifient la biodiversité et ont des conséquences sur la population humaine et sa santé (**Doc. 10**).

Vocabulaire
- **Abiotique** : de nature physique ou chimique.

Doc. 10 **Variation de la superficie mondiale de la glace de mer en millions de km²**

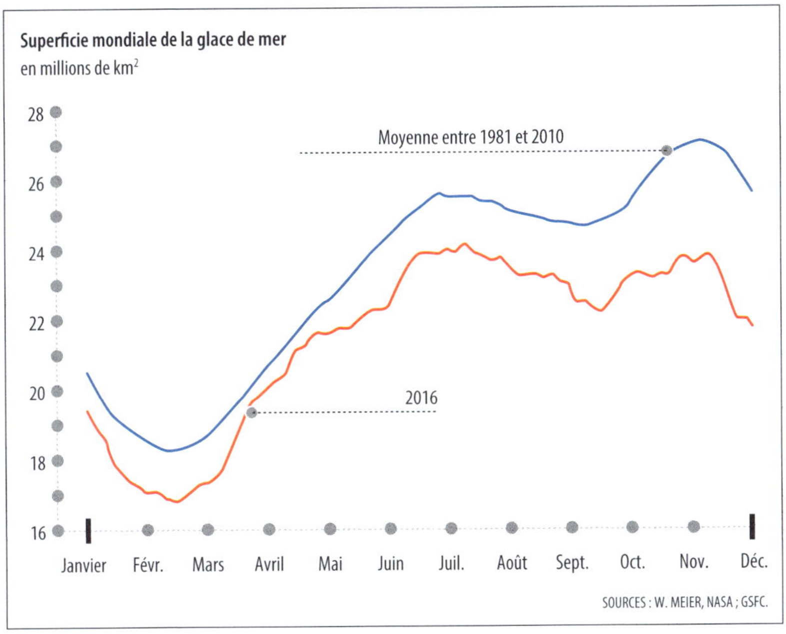

- Ainsi, la réduction des terres agricoles disponibles, à l'origine de difficultés pour la nutrition des populations, est une source de conflits.

- L'approvisionnement en eau devenu difficile dans certaines régions du globe pose des problèmes de santé et d'hygiène, favorisant la diffusion de pathogènes.

- Les migrations de populations humaines, suite à la désertification ou à la montée des eaux, sont également des sources de conflits potentiels.

- Enfin, la réduction de la biodiversité s'accompagne de bouleversements à l'intérieur des écosystèmes, entraînant parfois le développement de certaines espèces invasives. Les équilibres naturels sont ainsi menacés (**Doc. 11**).

Doc. 11 Proportion des espèces selon leur niveau de vulnérabilité

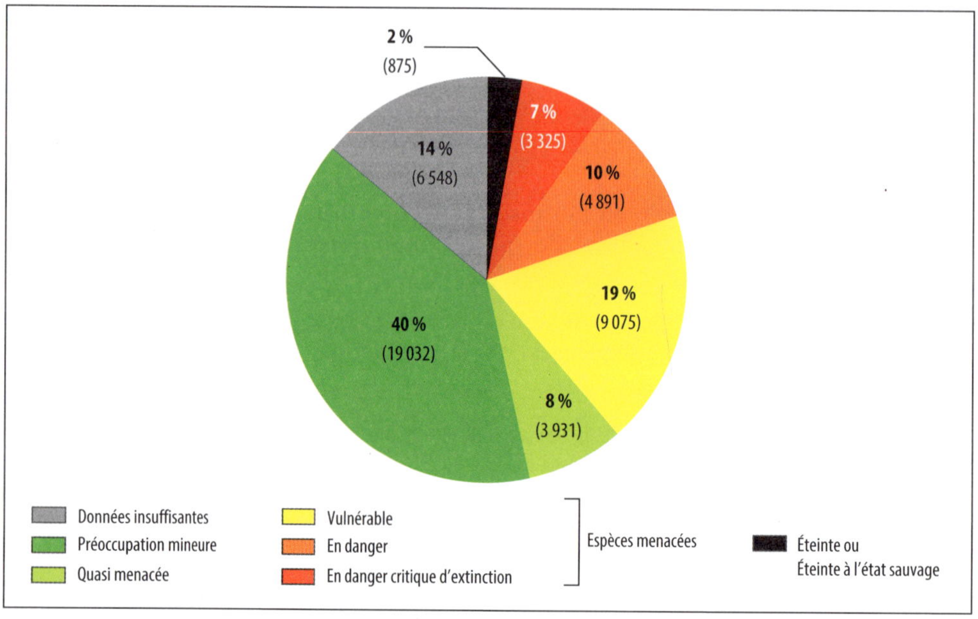

2 Des possibilités d'action

- L'objectif mis en avant par le GIEC est de maintenir la hausse des températures mondiales en dessous de 1,5 °C d'ici la fin du siècle.
- Pour cela, la limitation des rejets de gaz à effet de serre est la priorité développée pour lutter contre le réchauffement climatique. Cette politique passe par l'abandon progressif de l'utilisation des hydrocarbures fossiles, remplacés par d'autres sources énergétiques, et par la mise en place d'économies énergétiques (développement de l'isolation, par exemple, pour limiter les pertes thermiques).
- La lutte contre la déforestation, qui s'accompagne de la combustion du bois et de rejets massifs de dioxyde de carbone dans l'atmosphère, est aussi une priorité.

Vocabulaire

- **GIEC : groupe d'experts intergouvernemental sur l'évolution du climat.**

Révision express

Le schéma à retenir

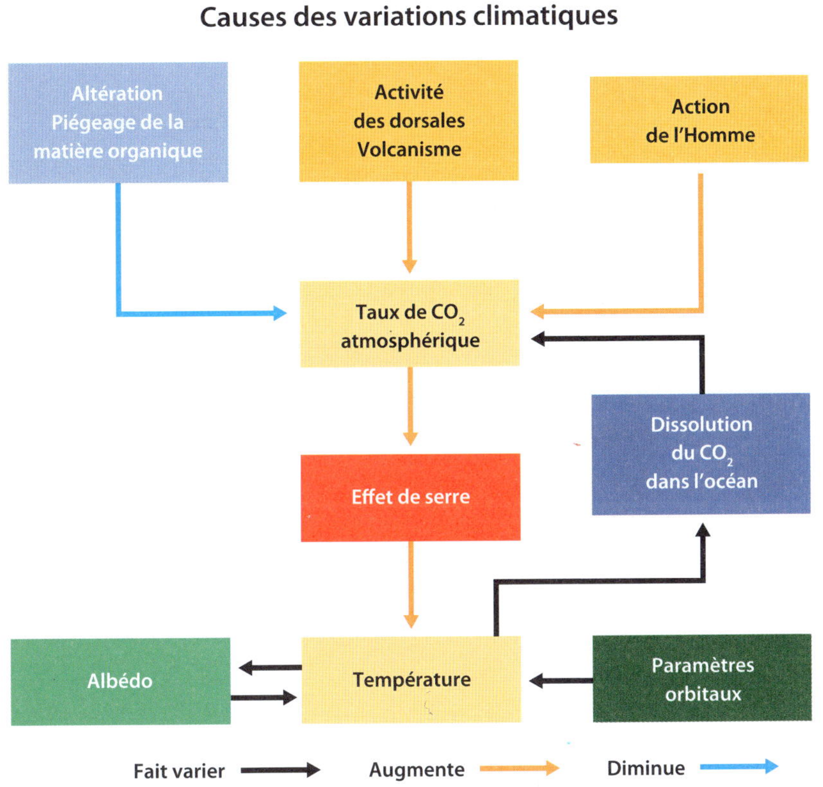

Quiz

Cochez la bonne réponse :

1. L'altération des silicates libère du CO_2 dans l'atmosphère.
   ☒ **a.** Vrai ☐ **b.** Faux
2. Le piégeage de la matière organique peut influer sur le climat.
   ☒ **a.** Vrai ☐ **b.** Faux
3. Les variations des paramètres orbitaux modifient la puissance solaire reçue.
   ☐ **a.** Vrai ☒ **b.** Faux
4. Une diminution de l'albédo terrestre amplifie une baisse de température.
   ☐ **a.** Vrai ☒ **b.** Faux
5. Une augmentation de l'effet de serre est amplifiée par une diminution de la solubilité du CO_2 dans l'océan.
   ☒ **a.** Vrai ☐ **b.** Faux

→ Réponses p. 494

EXERCICE

Exploiter un diagramme pollinique

Énoncé

À partir d'une carotte de tourbe prélevée en Haute-Saône (France), des pollens fossiles ont été extraits, puis identifiés. L'ensemble des résultats obtenus a permis d'établir le diagramme pollinique suivant qui correspond à une période allant de – 140 000 ans à aujourd'hui.

Doc. **Diagramme pollinique de la tourbière de la Grande Pile en Haute-Saône (d'après G. Woillard)**

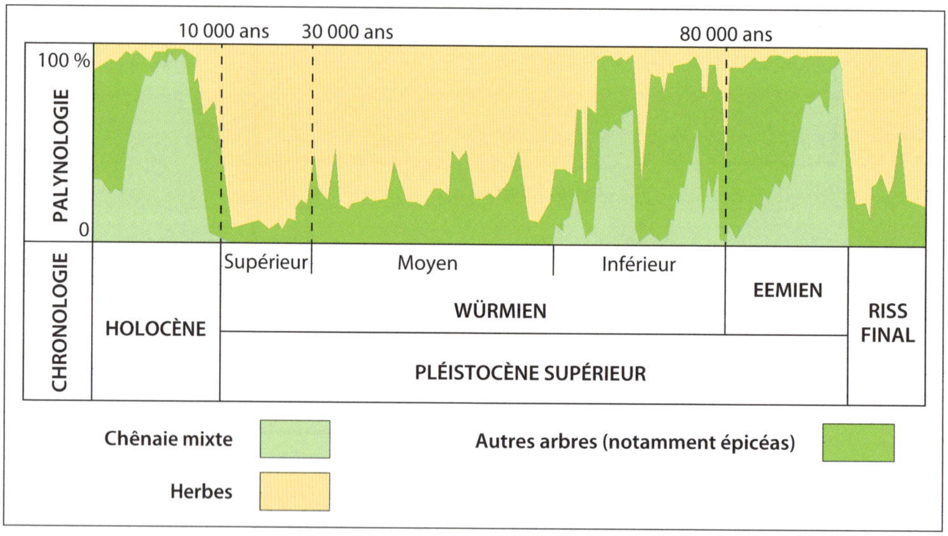

On connaît par ailleurs les préférences climatiques de certains végétaux :
– préférence climatique du chêne pédonculé → 10 °C à 15 °C ;
– préférence climatique de l'épicéa → 5 °C à 8 °C ;
– préférence climatique des herbes → < – 3 °C.

Exploitez ce document pour reconstituer les variations climatiques au cours des derniers 140 000 ans.

Méthode

- Un diagramme pollinique représente l'abondance des végétaux au cours du temps en un lieu donné.
- Comme on connaît les préférences climatiques des espèces, les variations du climat au cours du temps peuvent être reconstituées.
- Pour chaque période, il faut déterminer les proportions des différents types de végétaux et, selon leur variation au cours du temps, en déduire comment fluctue la température.

Corrigé

• On distingue plusieurs périodes :

– Durant le Riss final, les plantes herbacées sont majoritaires (environ 75 %) et parmi les arbres, seuls les épicéas sont présents. Il s'agit donc majoritairement d'une végétation type « steppe » qui se développe en climat froid (la température moyenne varie entre – 3 °C et 8 °C). Cette période correspond donc à une période glaciaire.

L'astuce du prof
Il faut analyser le document en partant du passé et en remontant jusqu'à l'actuel.

– Jusqu'à la limite du Würmien inférieur et moyen, les arbres dominent par rapport aux plantes herbacées, ce qui indique un climat tempéré (la température varie de 5 à 15 °C en moyenne). Un réchauffement a donc eu lieu. D'une période à l'autre, la chênaie mixte ou les épicéas sont plus ou moins abondants, ce qui témoigne de variations de température de plus petite échelle.

– De la limite du Würmien inférieur et moyen à la fin du Würmien supérieur (– 10 000 ans), les plantes herbacées dominent. Cela indique un nouveau refroidissement.

– De – 10 000 à l'époque actuelle (Holocène), les arbres sont majoritaires et parmi eux, le chêne. C'est une période de réchauffement : la forêt est l'association végétale principale, le climat est tempéré.

• Ainsi, on peut reconstituer une alternance de périodes glaciaires et interglaciaires au cours du temps, la dernière glaciation s'étant achevée il y a près de 10 000 ans.

SVT

Chapitre 9 Comportements, mouvement et système nerveux

1 Le réflexe myotatique

De quoi s'agit-il ? **Lors du réflexe myotatique, le muscle se contracte en réponse à son propre étirement. Différents éléments constituant l'arc réflexe sont mis en jeu.**

1 Une réponse à l'étirement du muscle

• Un coup porté sur le tendon d'Achille provoque l'extension du pied. Ce mouvement s'effectue, de façon involontaire et stéréotypée (toujours la même), en réponse à une stimulation. Il s'agit d'un réflexe : le réflexe achilléen (**Doc. 1**).

Vocabulaire

- **Réflexe** : réaction involontaire, stéréotypée et prévisible.

• La percussion étire le tendon d'Achille reliant le muscle extenseur du pied à l'os du pied. Le muscle alors étiré s'allonge légèrement puis, en réaction, se contracte : le pied se tend.

Doc. 1 Le réflexe achilléen

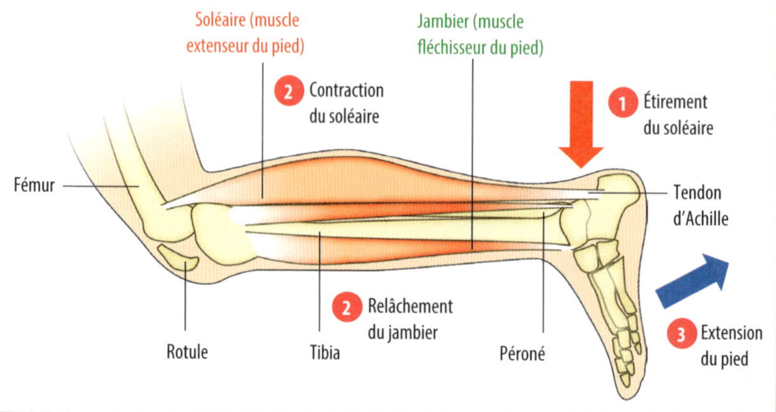

• Comme ce réflexe tend à maintenir constante la longueur du muscle, on le qualifie de « réflexe myotatique ».

2 Une réponse musculaire sous contrôle nerveux

• Des expériences (section, lésion) et des observations cliniques ont permis de déterminer les organes impliqués dans le réflexe myotatique.

• À l'intérieur du muscle, les fuseaux neuromusculaires (récepteurs sensoriels constitués d'une fibre musculaire modifiée reliée à une fibre nerveuse) détectent ses variations de longueur. Ce sont des récepteurs sensoriels sensibles à un stimulus : l'étirement du muscle. Ils sont reliés à la moelle épinière par l'intermédiaire d'un nerf sensitif.

Vocabulaire

- **Réflexe myotatique** : contraction du muscle en réponse à son propre étirement.
- **Récepteur sensoriel** : structure capable de produire un message nerveux en réponse à un stimulus.
- **Nerf sensitif** : nerf véhiculant des messages provenant de récepteurs sensoriels.

- La moelle épinière est elle-même reliée au muscle impliqué par un nerf moteur. Le message nerveux véhiculé par ce nerf moteur provoque la contraction du muscle. Le muscle est donc l'organe effecteur, celui qui effectue une réponse en réaction au stimulus.
- La moelle épinière assure donc la communication entre les récepteurs sensoriels et les effecteurs : c'est un centre nerveux.
- La mise en relation des différents organes (récepteurs sensoriels, voies nerveuses, centres nerveux, effecteurs) constitue un arc réflexe (**Doc. 2**).

Vocabulaire

- **Nerf moteur :** nerf conduisant le message du centre nerveux vers le muscle.
- **Centre nerveux :** partie du système nerveux capable de traiter des informations et d'élaborer des réponses adaptées.

SVT

Doc. 2 L'arc réflexe

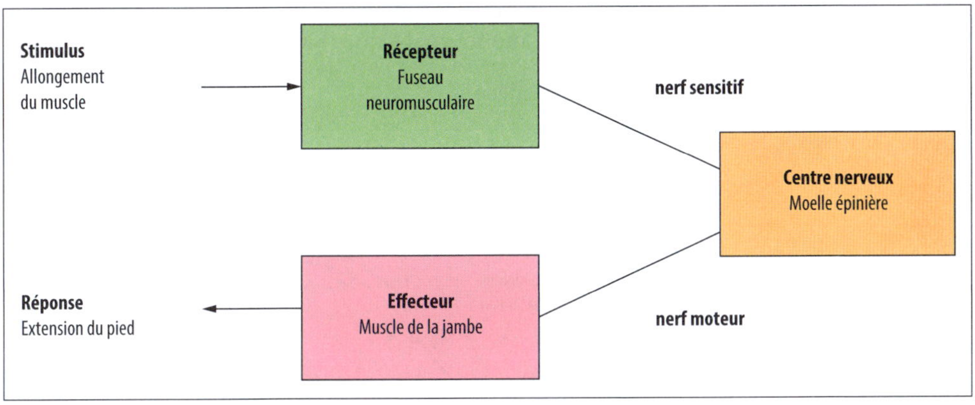

2 Les neurones impliqués dans le réflexe myotatique

De quoi s'agit-il ? **Au cours du réflexe myotatique, le message nerveux se propage le long d'un circuit de neurones.**

1 Une boucle monosynaptique

- Le système nerveux est constitué de neurones (cellules nerveuses), composés chacun d'un corps cellulaire et de fibres nerveuses : axone et dendrites. L'axone peut être entouré d'une gaine isolante et discontinue de myéline. (**Doc. 3**).

Doc. 3 Un neurone

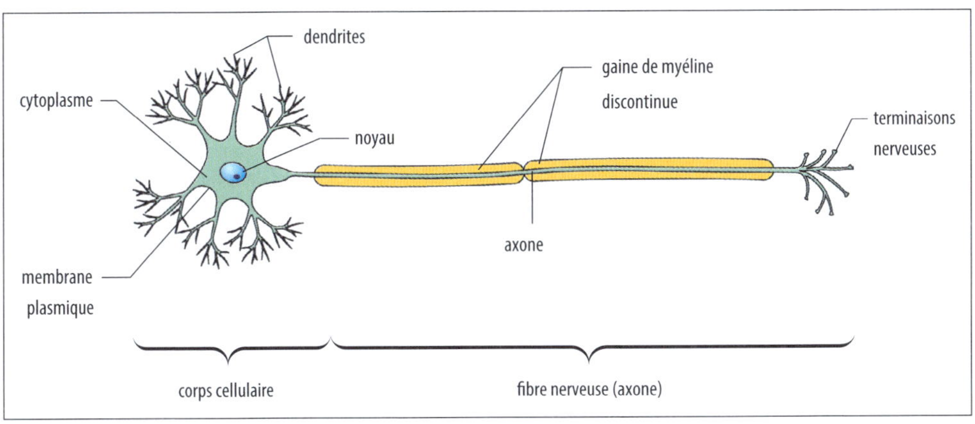

• Des neurones sensitifs véhiculent des messages provenant des récepteurs sensoriels, tandis que des neurones moteurs (ou motoneurones) transmettent des messages aux muscles. Les messages circulent le long des fibres nerveuses, dont l'ensemble constitue un nerf.

• Les fibres sensitives, véhiculant un message afférent, entrent dans la moelle par une racine dorsale. Elles se connectent dans la substance grise au corps cellulaire d'un motoneurone par une synapse excitatrice, permettant la formation d'un message efférent. Ce dernier quitte la moelle par la racine ventrale et, une fois parvenu au muscle, déclenche sa contraction.

• Le circuit de neurones qui permet la contraction du muscle extenseur comporte une seule synapse : c'est une boucle réflexe monosynaptique (**Doc. 4**).

Vocabulaire

- **Neurone sensitif :** neurone conduisant le message nerveux du récepteur sensoriel vers le centre nerveux.
- **Neurone moteur :** neurone qui commande la contraction du muscle.
- **Synapse excitatrice :** synapse permettant la transmission du message nerveux.

Doc. 4 Les circuits neuroniques impliqués dans le réflexe myotatique

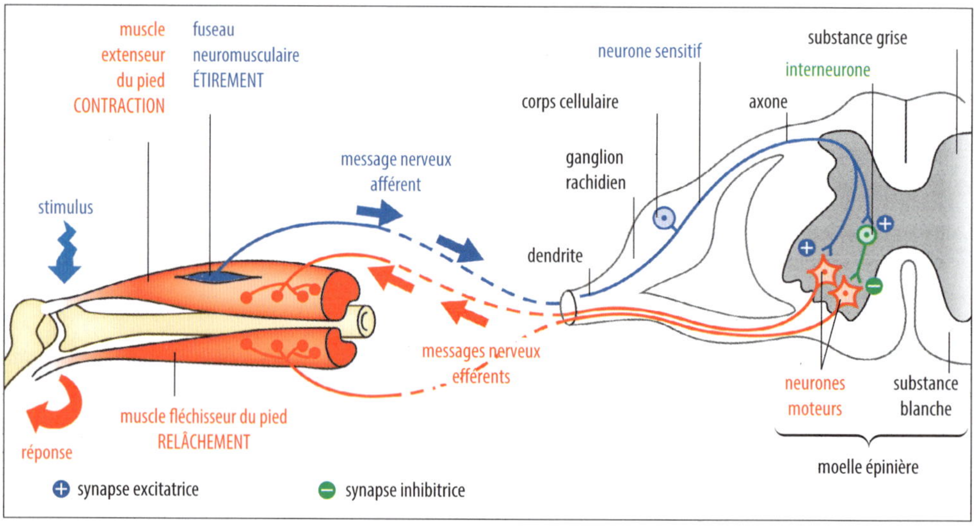

2 Un fonctionnement coordonné des muscles antagonistes

• L'extension du pied n'est possible que si le muscle fléchisseur (antagoniste de l'extenseur) se relâche. Or, ce dernier reçoit en permanence, via ses motoneurones, des messages nerveux qui le maintiennent contracté.

• Dans la moelle épinière, une ramification du neurone sensitif provenant du muscle extenseur est connectée à un interneurone, lui-même connecté au motoneurone du fléchisseur par une synapse inhibitrice (**Doc. 4**). De cette façon, lorsqu'un message arrive depuis le neurone sensitif de l'extenseur, l'interneurone inhibe le motoneurone du muscle fléchisseur et ce dernier se relâche.

• La moelle épinière prend en compte les différentes informations reçues et élabore une réponse cohérente. C'est l'intégration nerveuse, réalisée grâce au fonctionnement des synapses, établies dans la substance grise.

Vocabulaire

- **Synapse inhibitrice :** synapse modulant la transmission du message nerveux.
- **Intégration nerveuse :** élaboration d'un message nerveux à partir du traitement de différentes informations.

3 Le message nerveux, propriétés et codage

De quoi s'agit-il ? Un message nerveux de nature électrique se propage le long des neurones. Il est codé selon l'intensité de la stimulation.

1 Le potentiel d'action : signal élémentaire du message nerveux

• Au repos, la membrane plasmique du neurone est électriquement polarisée, c'est-à-dire caractérisée par un potentiel électrique, soit une différence dans la répartition des charges électriques entre deux compartiments. Le potentiel de repos (d'environ – 70 mV) est dû à une inégale répartition des ions positifs et négatifs entre les compartiments extra et intracellulaires.

• Une stimulation du neurone génère une brève variation du potentiel membranaire, le potentiel d'action (PA), qui se propage en gardant son amplitude, sans atténuation.

• Le PA correspond à une dépolarisation suivie d'une inversion du potentiel, puis d'une repolarisation de la membrane du neurone (**Doc. 5**).

Vocabulaire

- **Potentiel de repos (ou de membrane) :** différence de potentiel électrique (tension) de part et d'autre de la membrane.
- **Potentiel d'action :** brève variation de tension constituant le signal élémentaire du message nerveux.

Doc. 5 Le potentiel d'action

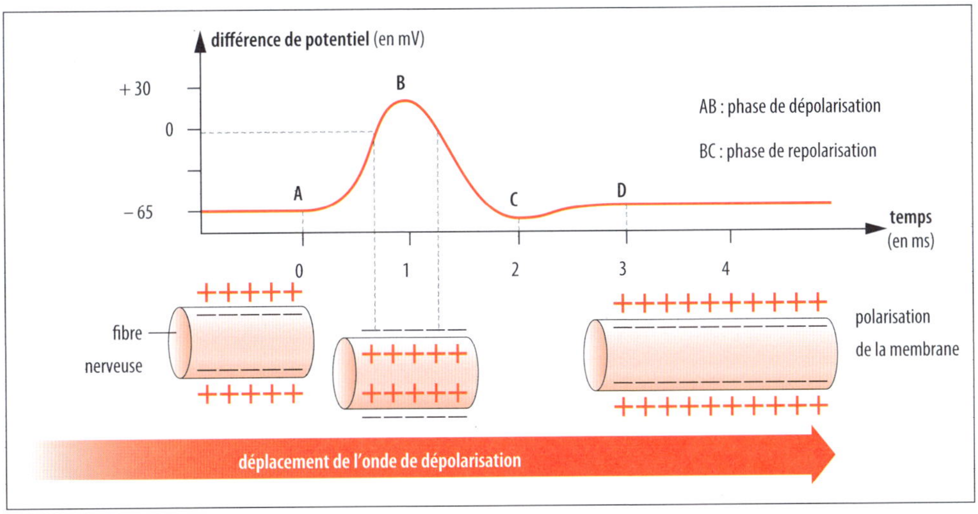

• Ces variations électriques dépendent de mouvements d'ions de part et d'autre de la membrane plasmique rendus possibles par la présence de canaux voltage dépendants (qui s'ouvrent et se ferment en fonction de l'état électrique de la cellule).

2 Le codage du message nerveux

• Au niveau d'une fibre nerveuse, le message nerveux se traduit par une succession de potentiels d'action d'amplitude constante mais de fréquence variable (**Doc. 6**). L'intensité d'une stimulation est codée en modulation de fréquence des PA : plus elle est élevée, plus leur fréquence augmente. Par exemple, plus l'étirement détecté au niveau du fuseau neuromusculaire est important, plus la fréquence des PA du message nerveux afférent augmente.

• Au niveau du nerf, le message enregistré est un potentiel global d'amplitude variable (**Doc. 6**). Le nerf étant constitué de plusieurs fibres, le potentiel global ne correspond pas, contrairement au PA, à une différence de potentiel membranaire.

Doc. 6 Le codage du message nerveux soumis à des stimulations d'intensité croissante (i1, i2, i3 et i4) dans une fibre (A) et dans un nerf (B)

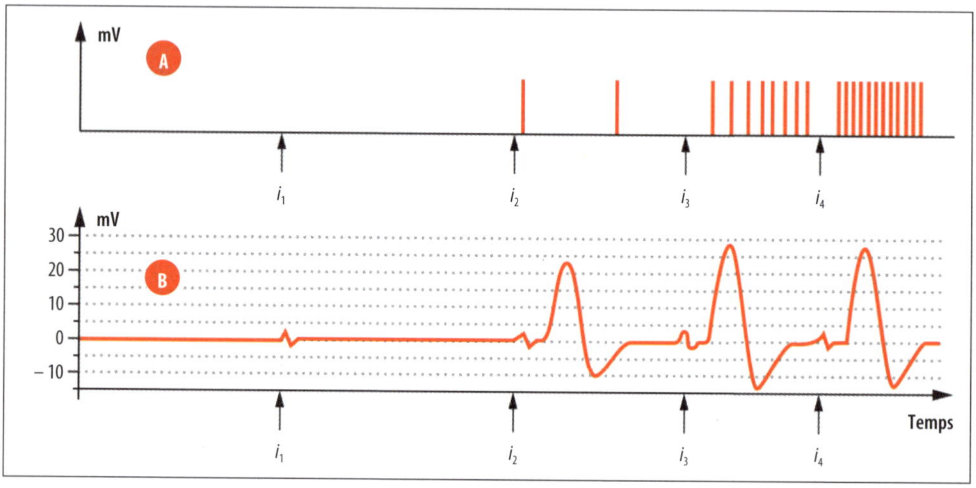

• La variation de la réponse du nerf est due au recrutement progressif des fibres qui n'ont pas toutes le même seuil d'excitabilité. Plus l'intensité de la stimulation augmente et plus un grand nombre de fibres répondent. Ainsi, le potentiel global correspond à la somme des réponses de chaque fibre. Son amplitude augmente jusqu'à une valeur maximale qui reste constante quand toutes les fibres sont recrutées, autrement dit quand elles émettent une réponse. Au niveau du nerf, le message nerveux est codé en amplitude.

Vocabulaire

■ **Seuil d'excitabilité :** valeur de la stimulation à partir de laquelle un potentiel d'action est généré.

4 La transmission synaptique

De quoi s'agit-il ? **En raison de la discontinuité entre deux neurones, le message nerveux change de nature pour traverser la synapse.**

1 Une structure asymétrique

• La synapse neuroneuronale est constituée de la terminaison de l'axone d'un neurone présynaptique (situé en amont de la synapse) et du corps cellulaire d'un neurone postsynaptique (situé en aval de la synapse), séparés tous deux par une fente synaptique. Il existe aussi des synapses neuromusculaires.

• Les structures pré et postsynaptiques présentent des différences notables (**Doc. 7** et **8**) : vésicules contenant un neurotransmetteur dans la terminaison présynaptique, récepteurs spécifiques du neurotransmetteur sur la membrane du neurone postsynaptique ou celle de la fibre musculaire.

Vocabulaire

■ **Neurotransmetteur :** molécule qui assure la transmission du message nerveux au niveau d'une synapse.

Doc. 7 Fonctionnement d'une synapse

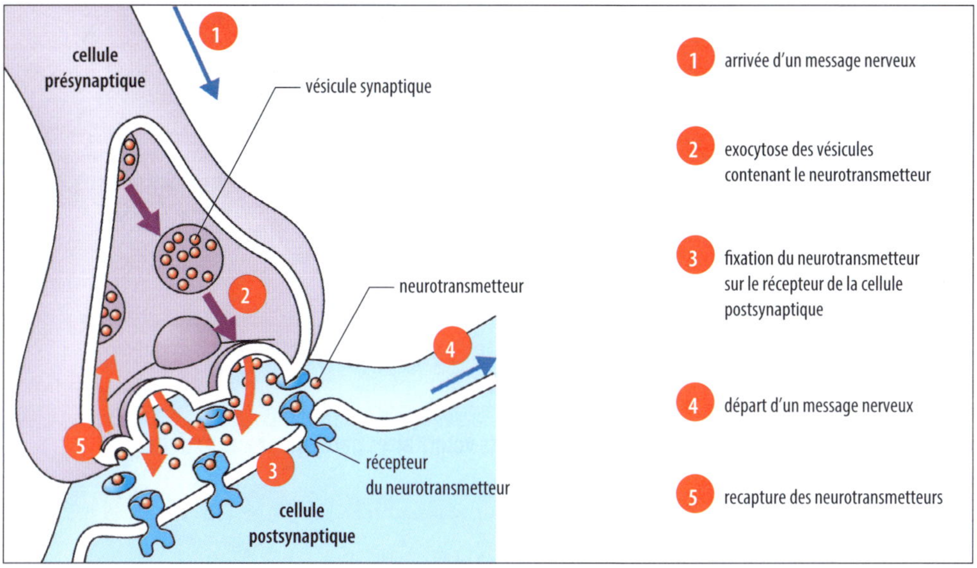

Doc. 8 Organisation de la synapse neuromusculaire ou « plaque motrice »

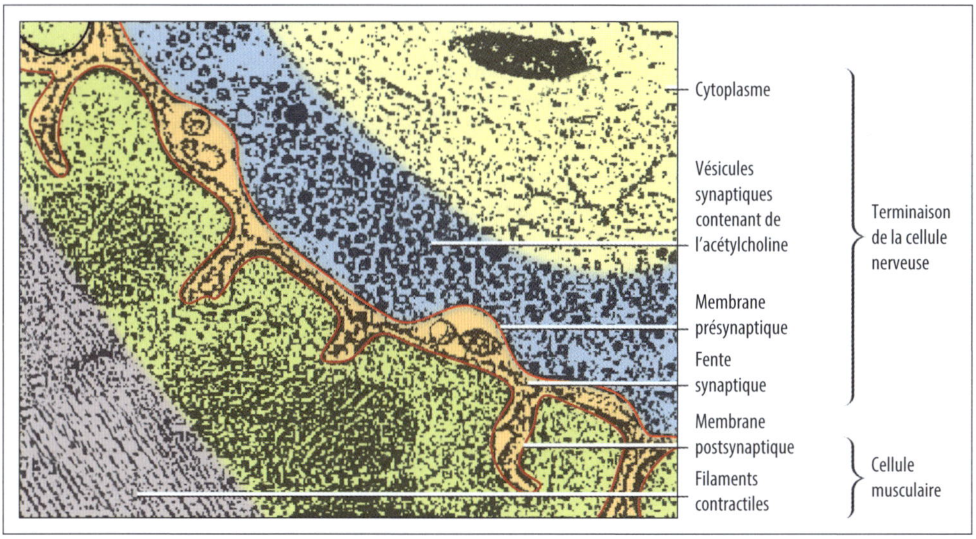

2 Un fonctionnement unidirectionnel

- À l'arrivée de potentiels d'action (PA), les vésicules migrent vers la membrane présynaptique, fusionnent avec elle et libèrent leur neurotransmetteur dans la fente synaptique. Les molécules de neurotransmetteur se fixent alors sur les récepteurs postsynaptiques de forme complémentaire, ce qui déclenche une variation du potentiel de membrane et donne éventuellement naissance à des PA (**Doc. 7**).

- La quantité de neurotransmetteur libérée dépend de la fréquence des PA arrivant à l'extrémité présynaptique. Le message nerveux présynaptique, codé en fréquence de PA, est alors converti en un message chimique, lui-même codé en concentration de neurotransmetteur.

• La synapse neuromusculaire (appelée aussi « plaque motrice ») fonctionne sur le même principe. Le neurotransmetteur contenu dans une vésicule présynaptique est toujours de l'acétylcholine.

• La formation, puis la propagation d'un PA dans la cellule musculaire déclenchent l'ouverture de canaux calciques. L'entrée d'ions calcium qui s'ensuit modifie l'état électrique de la cellule et provoque la libération des réserves de calcium du réticulum sarcoplasmique dans le cytoplasme.

• Cela induit une suite de réactions qui aboutit à la contraction musculaire, c'est-à-dire à la réponse motrice au stimulus (voir le chapitre 10).

Vocabulaire

- **Réticulum sarcoplasmique :** compartiment cytoplasmique de la cellule musculaire constituant une réserve d'ions Ca^{2+}.

5 Cerveau et mouvements volontaires

De quoi s'agit-il ? Parallèlement aux réflexes, des mouvements volontaires participent aux activités motrices de l'organisme.

1 Des aires cérébrales spécialisées

• Le cerveau est composé de neurones et de cellules gliales qui leur assurent un bon fonctionnement en apportant nutriments et oxygène.

• La réalisation d'un mouvement est commandée par une région du cortex cérébral, l'aire motrice, divisée en différentes zones contrôlant chacune une partie du corps. La répartition de ces différentes zones constitue la carte motrice.

• La surface de chaque zone du cortex moteur n'est pas proportionnelle à celle de la partie du corps correspondante mais dépend de la précision et de la variété des mouvements réalisés par les muscles commandés (**Doc. 9**).

Vocabulaire

- **Cortex :** partie superficielle du cerveau constituée de plusieurs couches de neurones.
- **Carte motrice :** disposition des zones corticales contrôlant les différentes parties du corps.
- **Cortex moteur :** région cérébrale spécialisée dans la commande des muscles.

Doc. 9 La carte motrice de l'aire motrice primaire

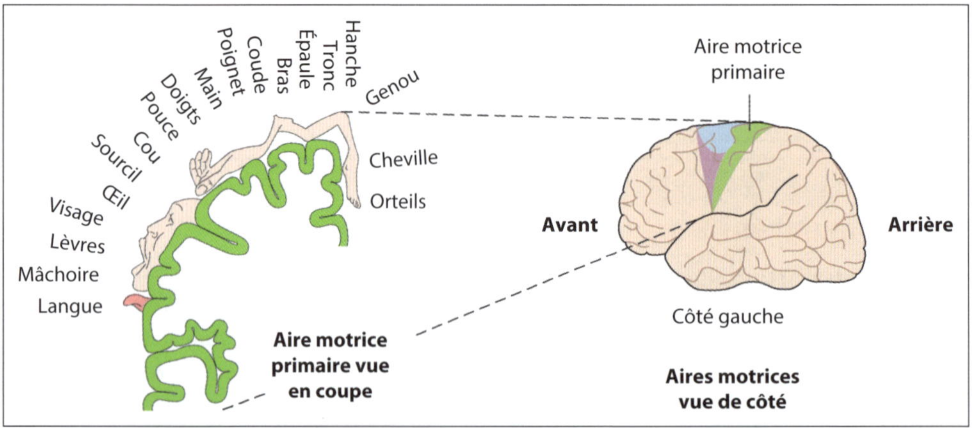

• À l'avant de l'aire motrice, l'aire prémotrice permet la coordination et la programmation du mouvement.

2 Une intégration nerveuse

• Les fibres des neurones issues de l'aire motrice franchissent le plan de symétrie de l'organisme et se croisent avant d'atteindre la moelle épinière.

• Là, elles établissent des synapses avec le corps cellulaire des motoneurones. Ces derniers sont également connectés aux neurones sensitifs provenant des récepteurs sensoriels, ainsi qu'à des interneurones (**Doc. 10**).

Doc. 10 Quelques synapses d'un motoneurone

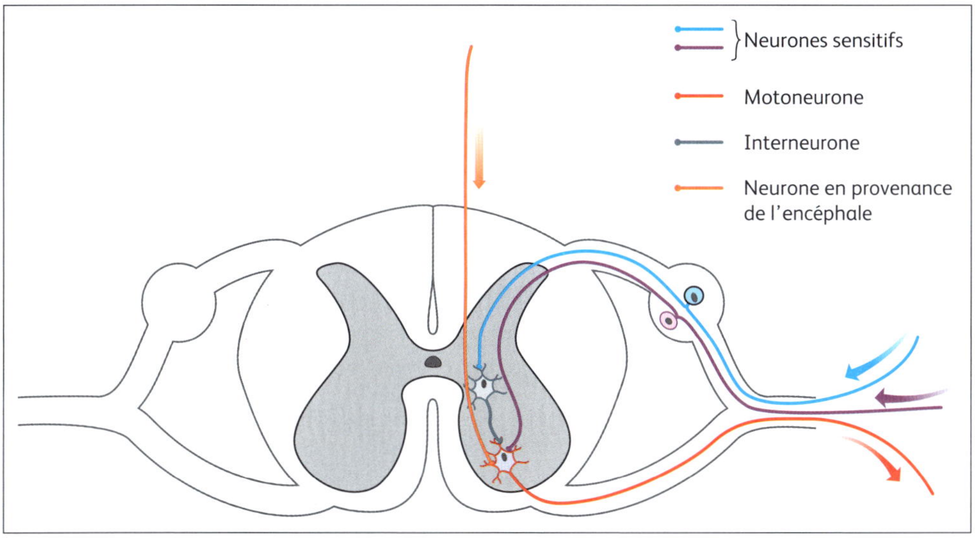

• Ces connexions se font par des synapses excitatrices ou inhibitrices. Ainsi, un motoneurone reçoit plusieurs informations qu'il traite afin d'élaborer un message unique en direction du muscle.

• Il réalise la somme des informations provenant de différentes synapses (sommation spatiale) ou de celles qui se succèdent plus ou moins rapidement dans le temps au niveau d'une même synapse (sommation temporelle).

• L'intégration nerveuse consiste à prendre en compte les différents messages nerveux reçus afin d'élaborer en réponse un message adapté. Elle se produit dans les centres nerveux, là où se trouvent les synapses neuroneuronales.

6 Motricité et plasticité cérébrale

De quoi s'agit-il ? Les aires corticales motrices ont la capacité d'évoluer en fonction de l'environnement.

1 Apprentissage et plasticité du cortex moteur

• L'organisation du cortex moteur est déterminée génétiquement mais, d'un individu à l'autre, les différentes zones de la carte motrice sont plus ou moins développées en fonction des expériences individuelles (**Doc. 11**). L'apprentissage d'un instrument de musique, par exemple, entraîne le développement des aires corticales les plus sollicitées au détriment des autres.

• Ces modifications, qui reposent sur l'établissement de nouvelles synapses, peuvent s'acquérir rapidement mais ne sont pas forcément durables. Elles demandent à être entretenues. On parle alors de plasticité cérébrale.

Vocabulaire

▪ **Plasticité cérébrale :** capacité du cortex à se modifier en fonction de l'environnement.

Doc. 11 Apprentissage et carte motrice

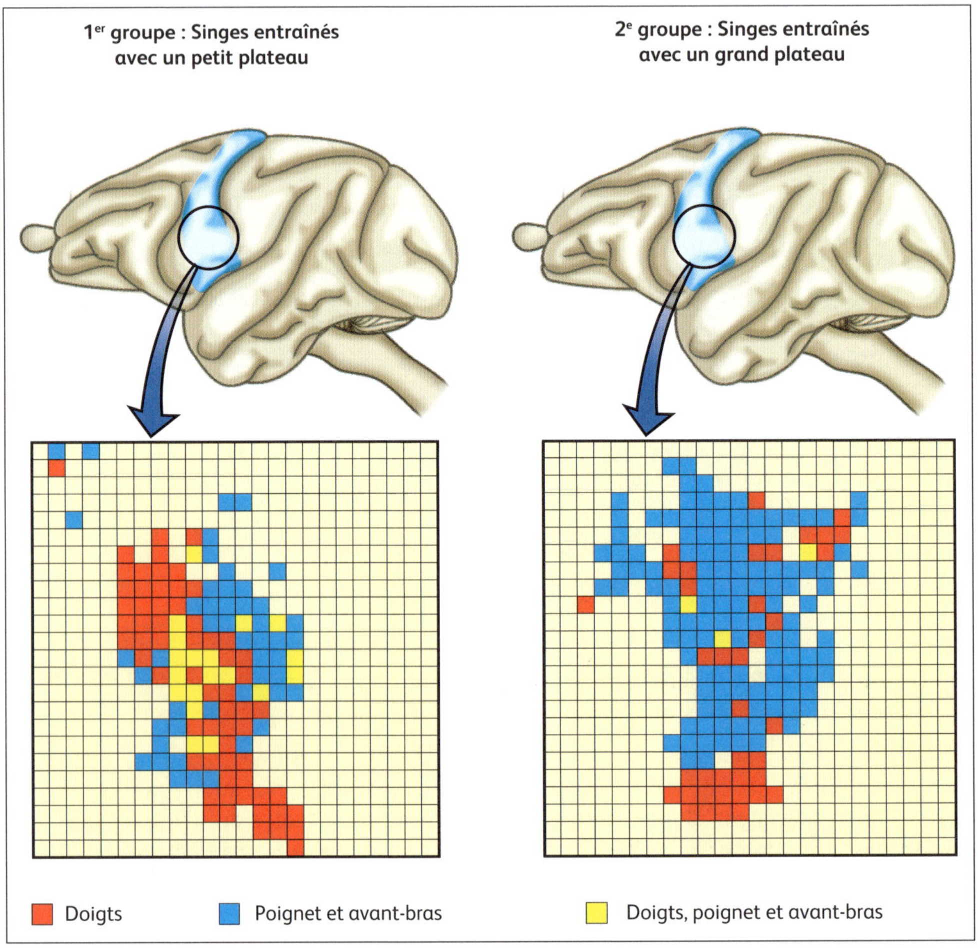

Deux groupes de singes ont été entraînés à saisir des croquettes sur un plateau : le premier groupe sur un petit plateau avec un ou deux doigts seulement, le deuxième groupe avec la main entière sur un grand plateau.
Après 12 000 récupérations de croquettes pour chacun des groupes, les chercheurs ont établi les cartes motrices correspondant aux doigts, au poignet et à l'avant-bras.
Les cartes motrices des deux groupes de singes figurent ci-dessus.

2 Des capacités de récupération liées à la plasticité cérébrale

• Un accident vasculaire cérébral (AVC) peut, en privant de dioxygène une zone du cortex moteur, entraîner sa nécrose ainsi que la paralysie des muscles correspondants.

• La destruction irréversible de zones corticales n'empêche pas une récupération partielle de la motricité après une rééducation sollicitant les

Vocabulaire

▪ **Accident vasculaire cérébral :** dommage cérébral lié à l'obstruction ou la rupture d'un vaisseau sanguin dans le cerveau.

▪ **Nécrose :** destruction d'un tissu du fait de la mort des cellules qui le constituent.

muscles paralysés. En effet, la plasticité cérébrale permet le remaniement de la carte motrice. Grâce à l'établissement de nouvelles synapses, les zones intactes de l'aire motrice (ou des zones proches) compensent la déficience de la région détruite.

- Le cerveau humain perd de 5 à 10 % de son poids entre l'âge de 20 et 90 ans. Néanmoins, au cours du vieillissement non pathologique, la mort des neurones a des conséquences limitées du fait de la plasticité au niveau des synapses.
- En revanche, des maladies neurodégénératives peuvent accroître la mortalité des neurones ou altérer leur fonctionnement, ce qui entraîne des troubles comportementaux, sensoriels et moteurs.
- La plasticité cérébrale est amoindrie au cours de maladies dégénératives comme la maladie d'Alzheimer. Le cortex perd sa capacité à modifier les connexions entre neurones pour rendre certains circuits nerveux plus efficaces. Les dégénérescences ne sont donc pas compensées.

Vocabulaire

- **Maladie neurodégénérative :** maladie provoquée par la dégradation progressive des neurones.

SVT

7 L'action des drogues sur le système nerveux

De quoi s'agit-il ? **La prise de substances exogènes (alcool, drogues) peut entraîner la perturbation des messages nerveux et provoquer des comportements addictifs.**

1 Un exemple : le LSD

- L'usage de psychotropes comme le LSD entraîne des hallucinations visuelles. Le LSD, en raison de sa forme tridimensionnelle en partie semblable à celle du neurotransmetteur impliqué dans les synapses des voies visuelles, la sérotonine, peut se fixer sur les récepteurs postsynaptiques et générer un message nerveux en direction du cortex visuel, malgré l'absence de messages provenant de la rétine (**Doc. 12**).

Vocabulaire

- **Psychotrope :** substance modifiant le fonctionnement du système nerveux central.
- **Hallucination :** altération de la perception.

Doc. 12 **Comparaison de molécules**

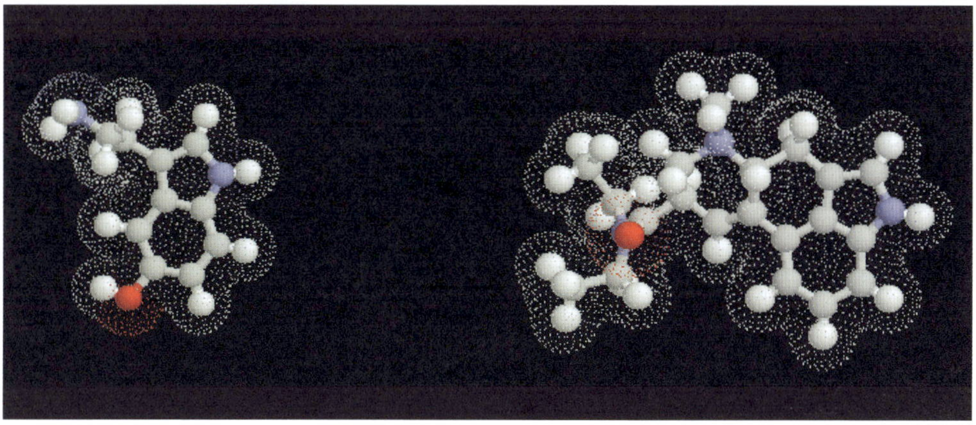

À gauche la sérotonine, à droite le LSD.

- La sérotonine intervient dans d'autres synapses de l'encéphale, notamment celles impliquées dans l'émotivité, l'humeur. En agissant sur celles-ci, le LSD modifie le comportement et les sensations jusqu'à créer un état dépressif grave.

2 Le développement d'un comportement addictif

- La consommation de LSD entraîne une diminution du renouvellement des récepteurs à la sérotonine. Par conséquent, pour continuer à ressentir le même effet, le toxicomane doit augmenter sa dose. C'est le phénomène d'accoutumance.

- D'autres drogues provoquent un phénomène de dépendance. La consommation de drogue augmente le taux d'un neurotransmetteur, la dopamine, dans des synapses du « système de récompense », ce qui produit un sentiment de plaisir. L'idée de la consommation de drogue stimule elle aussi la libération de dopamine, d'où le phénomène d'accoutumance.

- La morphine et ses dérivés de synthèse comme l'héroïne peuvent se fixer sur les récepteurs à enképhalines (un neurotransmetteur intervenant dans différents mécanismes de modulation dans le cerveau, ainsi que dans la moelle) et mimer leur action. Cela a pour effet d'accroître la quantité de dopamine sécrétée (**Doc. 13**) et, par conséquent, de générer une sensation de plaisir.

Vocabulaire

- **Accoutumance :** phénomène par lequel la sensation ressentie devient moins forte.
- **Dépendance :** besoin irrépressible de consommer un produit stupéfiant, caractérisée par la sensation de manque.
- **Système de récompense :** circuit de neurones dont l'activation génère une sensation de plaisir.

Doc. 13 Opiacés et système de récompense

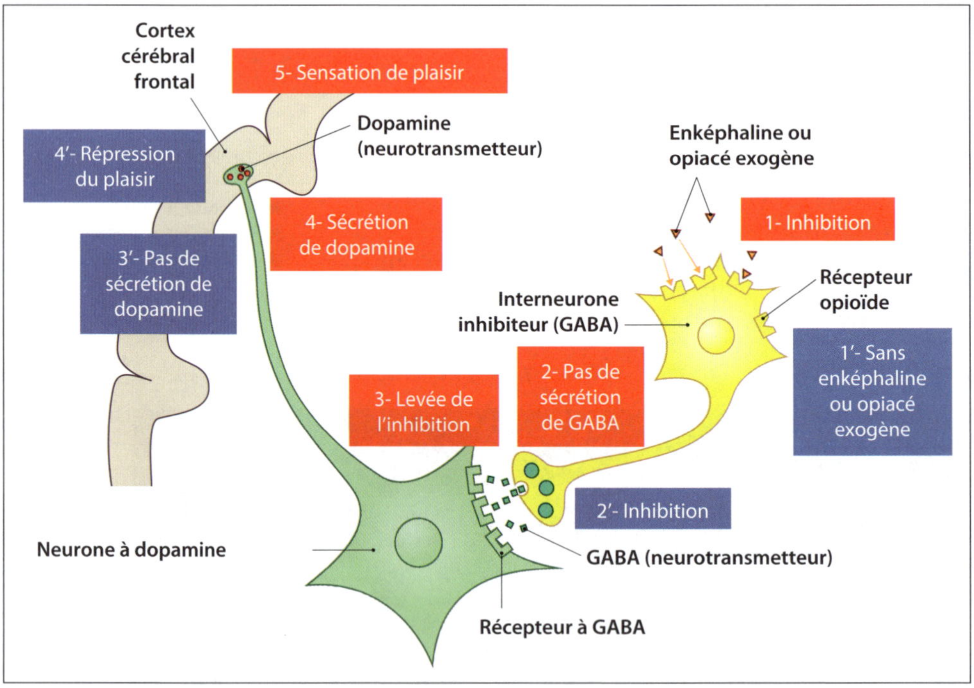

- La cocaïne freine la recapture de dopamine par la terminaison présynaptique ; d'autres drogues, comme les amphétamines ou l'ecstasy, stimulent directement sa libération par le neurone.

SVT

Révision express

Le schéma à retenir

Système nerveux et motricité

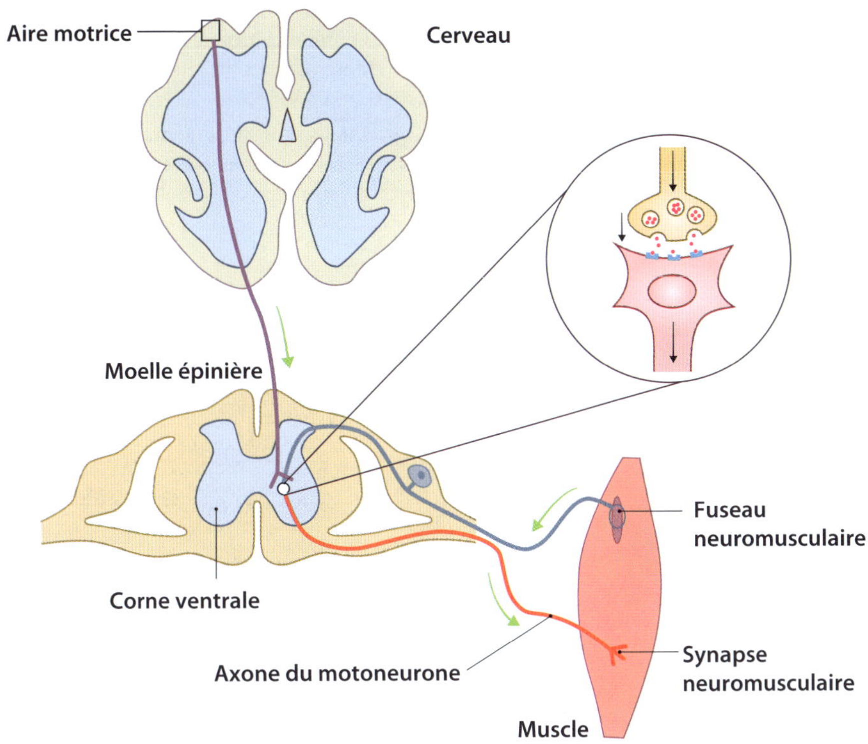

Quiz

Cochez la bonne réponse :

1. La synapse ne fonctionne que dans un sens.
☐ **a.** Vrai ☐ **b.** Faux

2. Un mouvement volontaire est déclenché au niveau de la moelle épinière.
☐ **a.** Vrai ☐ **b.** Faux

3. Le neurotransmetteur de la plaque motrice est l'acétylcholine.
☐ **a.** Vrai ☐ **b.** Faux

4. Le réflexe myotatique fait intervenir le cortex moteur.
☐ **a.** Vrai ☐ **b.** Faux

5. La contraction musculaire est commandée par un message afférent.
☐ **a.** Vrai ☐ **b.** Faux

→ Réponses p. 494

EXERCICE

Déterminer le trajet du message nerveux dans la moelle épinière

Énoncé

Au cours d'un réflexe, une stimulation captée par un organe sensoriel déclenche la réaction d'un organe effecteur. Le réflexe met par ailleurs en jeu des nerfs, ainsi qu'un centre nerveux : la moelle épinière.

Pour comprendre comment circule le message nerveux entre ces différents organes, on réalise des expériences de sections et de stimulations, accompagnées d'enregistrements électrophysiologiques.

Après section de la racine ventrale, on stimule successivement le nerf situé à proximité du muscle (A), puis la racine ventrale (B). En même temps, on enregistre la présence éventuelle d'un message dans l'une ou l'autre racine.

Les résultats obtenus figurent sur les schémas ci-dessous.

Doc. Résultats des expériences

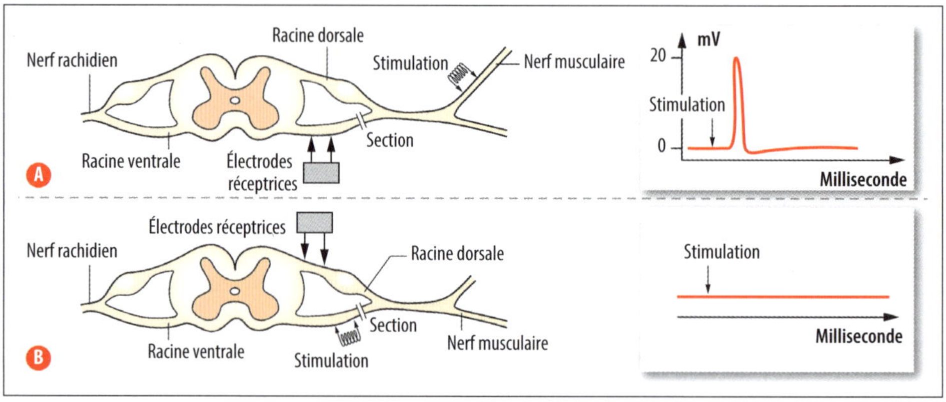

Exploitez méthodiquement les résultats de ces expériences pour déterminer quels sont le trajet et le sens de circulation du message nerveux dans la moelle.

Méthode

- Il s'agit de retrouver le trajet du message nerveux emprunté au cours de l'arc réflexe, non pas en restituant des connaissances mais en analysant des expériences. Toutefois, la maîtrise des connaissances permet d'éviter les erreurs d'interprétation.
- Les stimulations font naître un message nerveux qui peut être enregistré sous forme d'une variation de tension (mesurée en mV) par des électrodes réceptrices.
- Il faut raisonner avec logique : une section empêche le passage du message nerveux. Si on l'enregistre après la section, il a donc emprunté une autre voie.
- Enfin, il faut bien comprendre que le nerf musculaire, connecté au muscle, renferme à la fois des fibres sensitives en provenance des récepteurs sensoriels et des fibres motrices, celles des motoneurones.

Corrigé

- L'expérience A montre que la stimulation du nerf musculaire donne naissance à un message qui peut être enregistré dans la racine ventrale. En raison de la section, il a forcément transité par la racine dorsale pour parvenir à la racine ventrale.
- L'expérience B montre qu'après stimulation de la racine ventrale, aucun message n'est enregistré dans la racine dorsale.
- Le message, né dans la racine ventrale, est donc incapable de traverser la moelle épinière pour ensuite atteindre la racine dorsale.

Remarque
Le message enregistré ici est un potentiel global qui correspond à la réponse d'un ensemble de fibres.

- Par conséquent, on peut conclure que le message ne se déplace que dans un seul sens : de la racine dorsale vers la racine ventrale. Un message véhiculé par un neurone sensitif arrive à la moelle par la racine dorsale : c'est un message afférent (circulant vers la moelle).
- Un message moteur repart par la racine ventrale : c'est un message efférent (qui quitte la moelle) qui déclenchera la contraction du muscle.

Chapitre 10 Contraction musculaire et apport d'énergie

1 Le muscle, organe du mouvement

De quoi s'agit-il ? **Les mouvements sont réalisés grâce aux muscles squelettiques qui, en se contractant, tirent sur les os et font jouer les articulations.**

1 La contraction du muscle

• Les mouvements volontaires sont réalisés par la contraction des muscles squelettiques, sous le contrôle du système nerveux central.

• Le muscle est constitué de cellules allongées, les fibres musculaires. Plusieurs fibres sont regroupées à l'intérieur d'une membrane élastique et forment un faisceau musculaire (**Doc. 1**). Les fibres d'un faisceau se contractent de façon synchrone.

Vocabulaire

- **Muscle squelettique :** muscle attaché au squelette.
- **Fibre musculaire :** cellule musculaire capable de contraction.
- **Faisceau musculaire :** ensemble de fibres musculaires.

Doc. 1 **Anatomie du muscle**

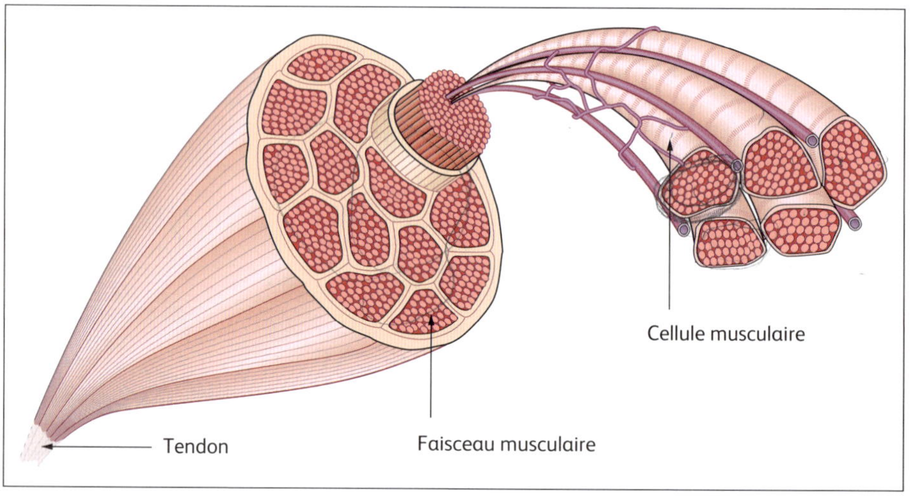

• Le muscle est innervé et irrigué. Il est excitable, contractile et élastique. Ces propriétés lui permettent de répondre à une stimulation, de se raccourcir et de retrouver ses dimensions d'origine à la fin de la contraction. Le muscle est aussi extensible : s'il est relâché, il peut être étiré au-delà de sa longueur au repos.

• Dans la situation la plus courante, la contraction du muscle s'accompagne de son raccourcissement et de son épaississement.

2 L'action sur les os

• Le muscle est fixé à l'os au niveau d'une articulation par l'intermédiaire d'un tendon solide et élastique (**Doc. 2**). Composé de fibres de collagène, le tendon résiste aux fortes tractions.

Vocabulaire

- **Articulation :** zone de jonction entre deux os, plus ou moins mobile.
- **Tendon :** cordon de tissu fibreux reliant un muscle à un os.

Doc. 2 Contraction du muscle et mouvement articulaire

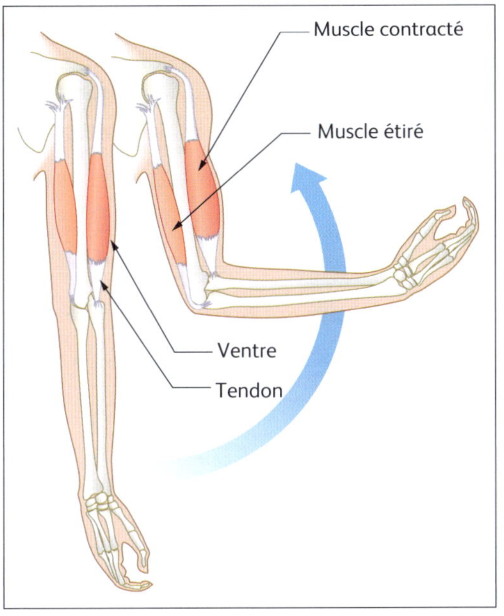

• Lorsque le muscle se contracte, il tire sur le tendon qui transmet les forces musculaires à l'os sur lequel il est fixé. Ce dernier peut alors se déplacer par rapport à l'autre os auquel il est articulé. La forme souvent complémentaire de l'extrémité des os au niveau des articulations permet leur emboîtement et leur mouvement.

• Le membre est capable de mouvements de flexion et d'extension, produits par deux types de muscles antagonistes (fléchisseurs et extenseurs) qui s'insèrent au niveau de l'os à des endroit différents.

2 La cellule musculaire et sa contraction

De quoi s'agit-il ? La cellule musculaire contient des filaments d'actine et de myosine qui, en glissant les uns par rapport aux autres, assurent sa contraction.

1 Une cellule différenciée

• Les cellules musculaires sont des fibres allongées, disposées parallèlement les unes aux autres, et alignées dans le grand axe du muscle. Ce sont des cellules géantes plurinucléées qui résultent de la fusion de plusieurs cellules.

• Elles renferment un assemblage de myofibrilles, chacune formée d'une suite de sarcomères. Les stries du muscle strié délimitent les sarcomères.

• Chaque sarcomère est capable de se raccourcir. L'addition de ces raccourcissements est responsable de la contraction du muscle.

• Pour certaines myopathies, des anomalies génétiques entraînent un défaut de structure du collagène VI, une molécule de l'enveloppe musculaire qui fait le lien entre l'intérieur et l'extérieur de la cellule en s'ancrant à la matrice extra-cellulaire. L'enveloppe ne peut plus jouer son rôle de soutien pour le muscle et suite aux contractions répétées, la membrane, puis la cellule musculaire, sont dégradées.

Vocabulaire

- **Myofibrille :** succession de sarcomères.
- **Sarcomère :** unité contractile du muscle.
- **Myopathie :** maladie dégénérative du muscle.

SVT

2 Le mécanisme de la contraction

● Chaque sarcomère renferme deux types de myofilaments disposés en alternance et formés d'actine et de myosine, des protéines responsables de la contraction. Le glissement de l'actine par rapport à la myosine entraîne une diminution de la longueur du sarcomère et, par conséquent, la contraction musculaire (**Doc. 3**).

Doc. 3 La contraction musculaire à l'échelle du sarcomère

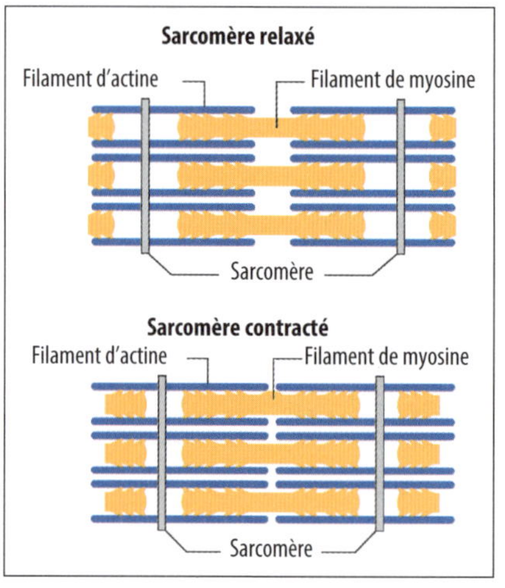

● La tête de la myosine possède un site de fixation pour l'ATP, une molécule capable de libérer de l'énergie. L'hydrolyse de l'ATP en ADP provoque un changement de position de la tête de la myosine qui, en présence de calcium, se fixe à l'actine (**Doc. 4**, phases 1 et 4).

Doc. 4 Le mécanisme moléculaire de la contraction musculaire

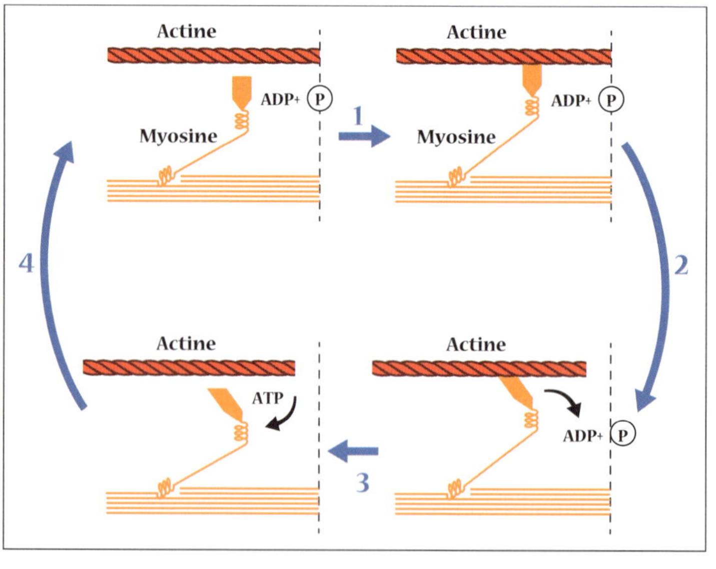

Vocabulaire
■ **Tête de la myosine** : extrémité globuleuse de la molécule de myosine.

● En libérant l'ADP, la tête de la myosine retrouve sa position initiale, ce qui entraîne le glissement de l'actine et le raccourcissement du sarcomère (**Doc. 4**, phase 2). La fixation d'une nouvelle molécule d'ATP permet la séparation de l'actine et de la myosine (**Doc. 4**, phase 3). Ainsi, l'énergie contenue dans la molécule d'ATP est convertie en énergie mécanique.

3 L'ATP, utilisation et production

De quoi s'agit-il ? L'énergie utilisée dans les réactions cellulaires est fournie à partir d'ATP, une molécule elle-même formée lors de la dégradation des molécules organiques.

1 L'ATP, un intermédiaire énergétique

• La molécule d'ATP est un nucléotide triphosphate composé d'une base azotée (l'adénine), d'un sucre (le ribose) et de trois groupements phosphates (**Doc. 5**).

Doc. 5 La molécule d'ATP

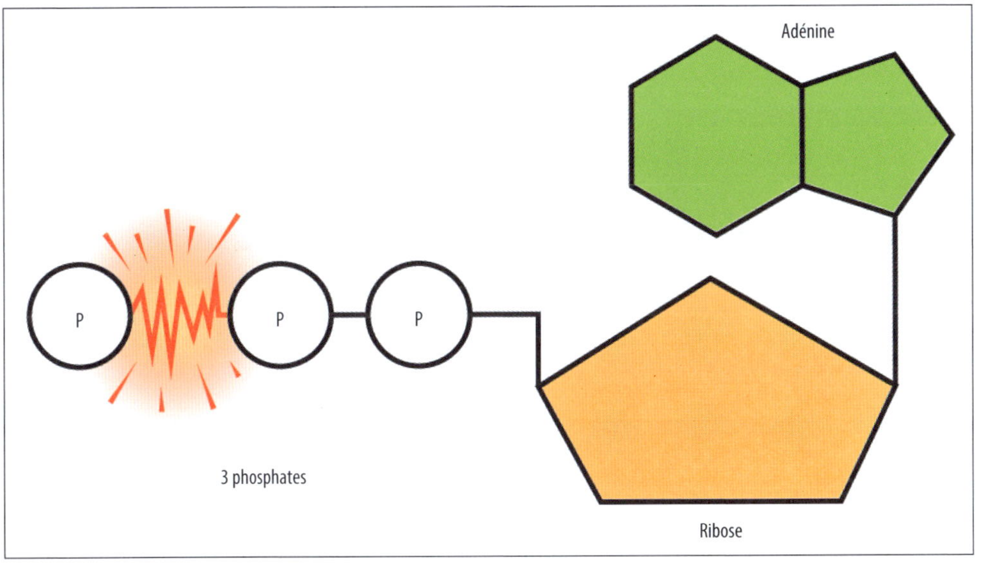

• L'hydrolyse de l'ATP est une réaction exoénergétique (elle libère 30 kJ) :

$$ATP + H_2O \rightarrow ADP + Pi \text{ (phosphate inorganique)}$$

• Elle peut être couplée aux réactions consommatrices d'énergie (synthèses, contraction…). Ainsi, l'ATP joue un rôle majeur dans le fonctionnement des cellules. Bien que l'ATP soit en permanence utilisée, sa quantité reste constante malgré l'absence de stock d'ATP dans les cellules. L'ATP est sans cesse régénérée selon la réaction :

$$ADP + Pi \rightarrow ATP + H_2O$$

Vocabulaire
- **Réaction exoénergétique :** réaction qui libère de l'énergie.
- **Aérobie :** en présence d'O_2.
- **Anaérobie :** en absence d'O_2.

• La synthèse d'ATP consomme de l'énergie (30 kJ) et doit donc être couplée avec une réaction exoénergétique. Elle est réalisée au cours de la respiration, par voie aérobie, ou de la fermentation, par voie anaérobie.

SVT

2 Deux modes de régénération de l'ATP

• En milieu aérobie, les cellules consomment de l'O_2 et rejettent du CO_2 en présence de glucose (**Doc. 6**). C'est la respiration, qui se déroule en partie dans la mitochondrie. La dégradation complète du glucose libère de l'énergie et forme des molécules minérales, CO_2 et H_2O, selon l'équation bilan :

$$C_6H_{12}O_6 + 6\ O_2 \rightarrow 6\ CO_2 + 6\ H_2O$$

Vocabulaire
- **Mitochondrie :** organite de la respiration cellulaire.

Doc. 6 Deux modes de dégradation du glucose

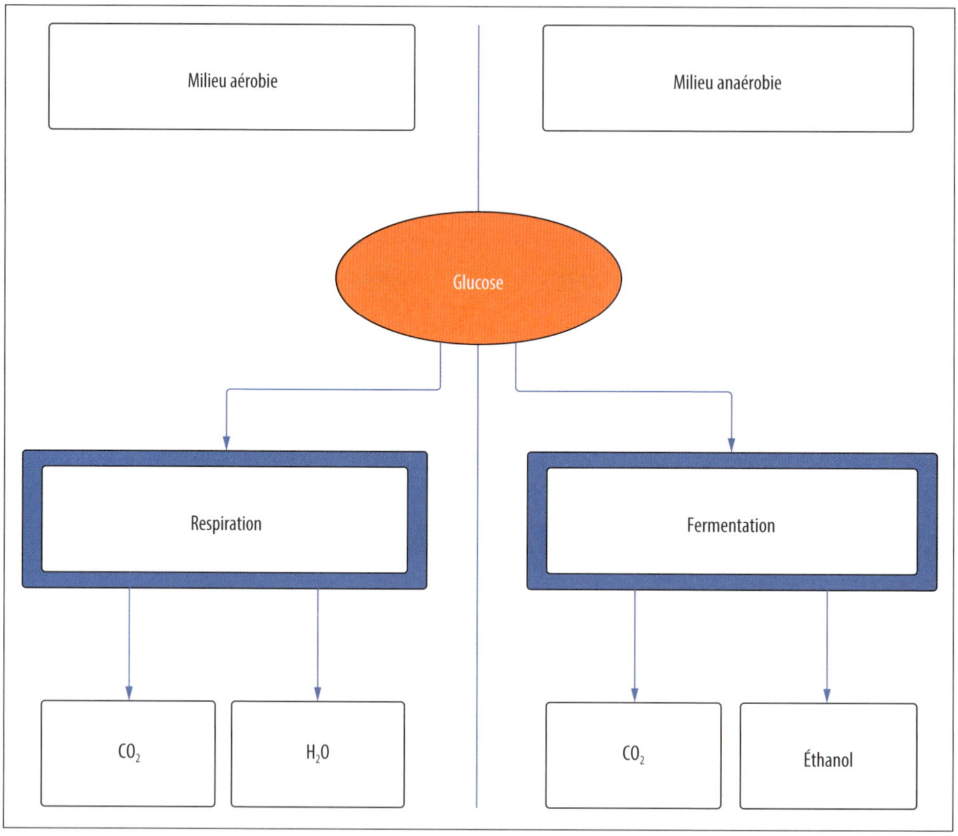

- En milieu anaérobie, des cellules s'engagent dans la voie de la fermentation, à l'intérieur du cytoplasme. Au cours de la fermentation alcoolique (**Doc. 6**), le glucose consommé et partiellement dégradé est transformé en éthanol et en CO_2.
- L'éthanol, une molécule organique, renferme encore de l'énergie. La fermentation libère donc moins d'énergie que la respiration. Le bilan de la fermentation alcoolique est :

$$C_6H_{12}O_6 \rightarrow 2\ C_2H_5OH + 2\ CO_2$$

- Les cellules musculaires pratiquent un autre type de fermentation : la fermentation lactique (voir p. 280).

4 Des réactions couplées à la synthèse d'ATP

De quoi s'agit-il ? **Respiration et fermentation produisent de l'ATP à partir d'une voie commune, la glycolyse, puis divergent ensuite vers deux voies spécifiques.**

1 Une étape commune : la glycolyse

- Au cours des étapes de la glycolyse dans le cytoplasme, l'oxydation d'une molécule de glucose forme deux molécules de pyruvate (CH_3CO-$COOH$). Cette réaction est couplée à la réduction d'un oxydant, le NAD^+, en $NADH, H^+$. Pour une molécule de glucose oxydé, deux molécules de $NADH, H^+$ sont formées.

Vocabulaire

- **Glycolyse** : ensemble de réactions au cours desquelles la dégradation partielle du glucose aboutit à la formation de pyruvate.
- **Oxydation** : réaction chimique caractérisée par une perte d'électrons.

- La glycolyse est une oxydo-réduction dont le bilan est :

$$C_6H_{12}O_6 + 2\ NAD^+ \rightarrow 2\ CH_3COCOOH + 2\ NADH,\ H^+$$

- Par ailleurs, la rupture de liaisons covalentes entraîne une libération d'énergie qui permet la synthèse de deux ATP (à partir de l'ADP).

2 Deux voies spécifiques de production d'ATP

- En aérobie, dans la matrice de la mitochondrie, le pyruvate est décarboxylé et oxydé par des enzymes au cours du cycle de Krebs (**Doc. 7**). Du dioxyde de carbone est libéré et pour un glucose, dix molécules de NADH, H⁺ et deux molécules d'ATP sont formées.

Vocabulaire

- **Matrice :** compartiment de la mitochondrie délimité par sa membrane interne.
- **Décarboxylé :** qui perd un groupement carboxyle (COOH).

Doc. 7 Le cycle de Krebs dans la matrice de la mitochondrie

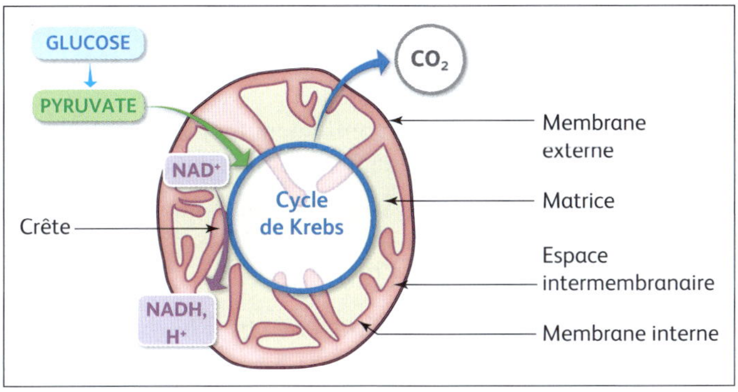

- Ces NADH, H⁺ ainsi que ceux provenant de la glycolyse (douze au total) sont oxydés au niveau de la membrane interne mitochondriale. Des protons ainsi que des électrons sont transférés par l'intermédiaire d'une série de transporteurs intégrés dans la membrane interne mitochondriale (la chaîne respiratoire) depuis les NADH, H⁺ jusqu'au dioxygène, qualifié d'accepteur final d'électrons et de protons. Ainsi, la réduction du dioxygène aboutit à la formation de molécules d'eau. L'ensemble de ces réactions conduit à la synthèse de 32 molécules d'ATP, elle-même catalysée par une enzyme : l'ATP synthase (**Doc. 8**).

Doc. 8 Le fonctionnement de la chaîne respiratoire

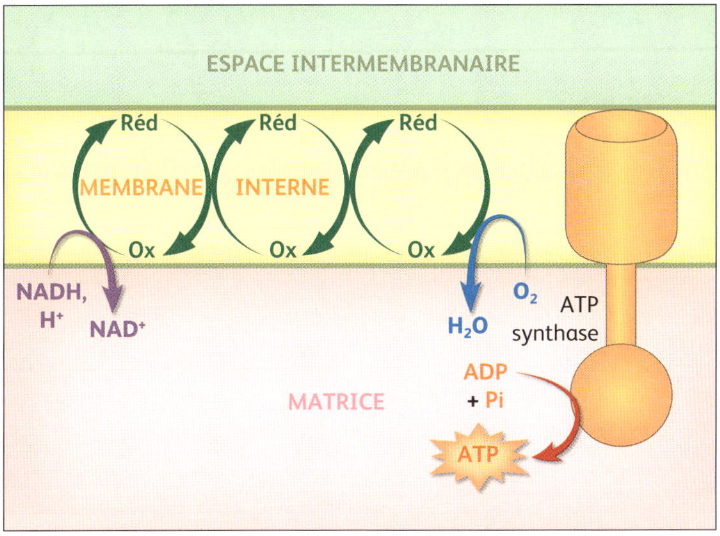

• Le bilan de la respiration est : $C_6H_{12}O_6 + 6\ O_2 \rightarrow 6\ CO_2 + 6\ H_2O + 36$ ATP.

• En anaérobie, au cours de la fermentation alcoolique (et lactique), le pyruvate est réduit en éthanol (ou en acide lactique) et les deux NADH, H^+ formés par la glycolyse sont oxydés en NAD^+. Aussi, la production d'ATP est limitée à la glycolyse (deux ATP pour un glucose), ce qui explique le faible rendement de la fermentation par rapport à la respiration.

5 Effort physique et besoins des muscles

De quoi s'agit-il ? Le muscle peut adopter un métabolisme aérobie ou anaérobie selon le type d'effort à fournir. Des substances exogènes peuvent faciliter l'effort.

1 Deux types de fibres

• Les fibres musculaires existent sous deux types principaux qui se distinguent par leurs performances. Les fibres « lentes », endurantes, se contractent à vitesse relativement lente, tandis que les fibres « rapides » se fatiguent vite mais se contractent rapidement. Ces différences s'expliquent par la voie métabolique préférentiellement utilisée par chacune.

• Les fibres « lentes », riches en mitochondries et bien vascularisées, sont riches en myoglobine, un pigment rouge capable de capter le dioxygène apporté par le sang. Elles utilisent essentiellement la respiration pour régénérer l'ATP.

• Les fibres « rapides » sont plus riches en réserves énergétiques comme le glycogène. Elles utilisent une voie anaérobie : la fermentation lactique (**Doc. 9**). La production d'ATP est rapide mais moins importante, et l'accumulation d'acide lactique serait à l'origine de la fatigue musculaire.

Doc. 9 La fermentation lactique

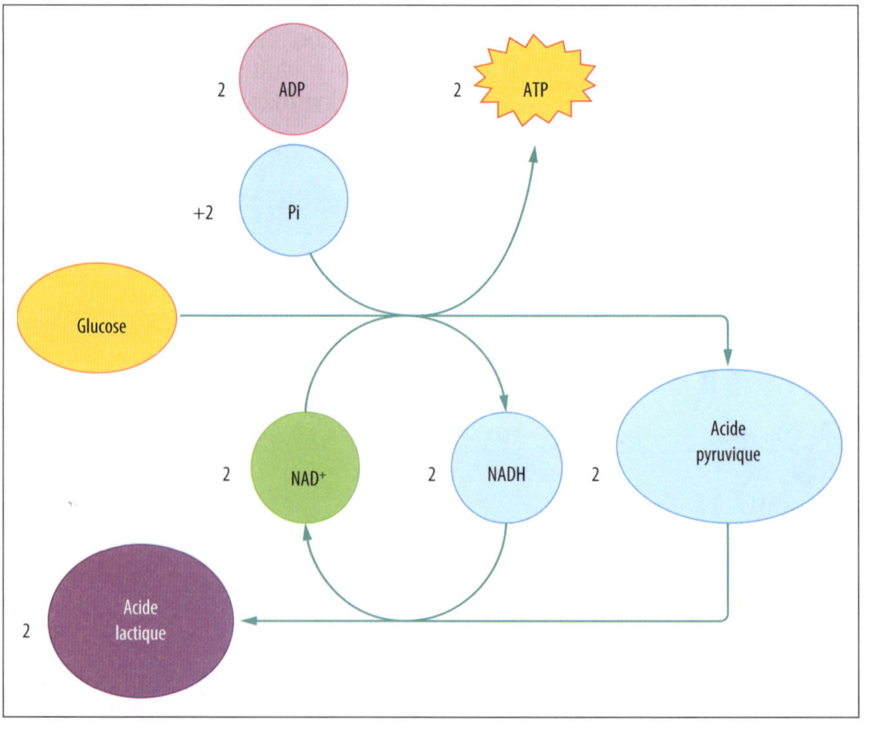

• Selon le sport pratiqué, la proportion de fibres lentes ou rapides varie dans les muscles utilisés (**Doc. 10**).

Doc. 10 Proportion de fibres lentes et rapides en fonction de l'activité

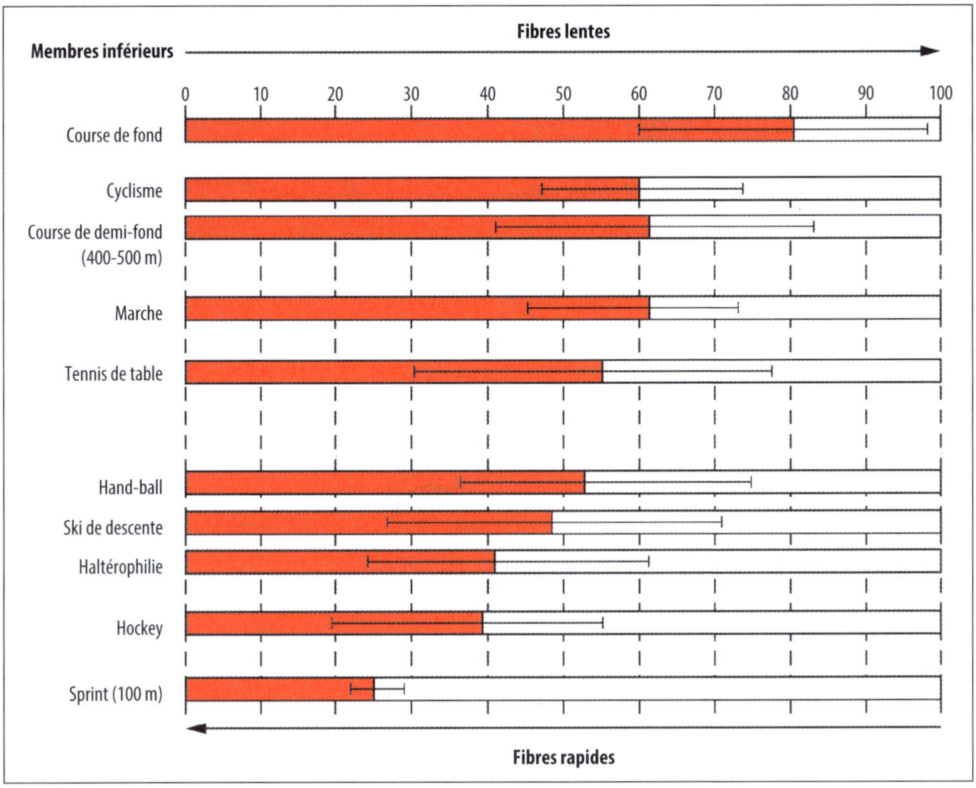

2 Des produits dopants utilisés pour faciliter l'effort

• Pour améliorer leurs performances, les sportifs utilisent parfois des produits dopants comme les stéroïdes ou l'EPO.

• Les stéroïdes sont des anabolisants et psychostimulants car ils diminuent la sensation de fatigue. Leur utilisation peut avoir des effets néfastes sur le système cardiovasculaire, sur le système nerveux, sur les tissus musculaires et osseux (dégénérescence de la fibre musculaire). Elle perturbe aussi le fonctionnement de l'appareil reproducteur et peut être à l'origine de cancers.

• L'EPO est une hormone qui stimule la production de globules rouges et donc la capacité à transporter le dioxygène jusqu'aux muscles. Elle peut augmenter la viscosité du sang, avec formation de caillots sanguins à l'origine d'accidents vasculaires ou cardiaques.

Vocabulaire

- **Stéroïdes :** produits dérivés du cholestérol parmi lesquels on peut citer la testostérone.
- **EPO (érythropoïétine) :** hormone fabriquée par le rein qui agit sur la moelle osseuse pour stimuler la production de globules rouges.
- **Anabolisant :** produit qui augmente la masse musculaire.
- **Psychostimulant :** produit qui agit sur le système nerveux.

➜ Révision express

Le schéma à retenir

Métabolisme et contraction de la cellule musculaire

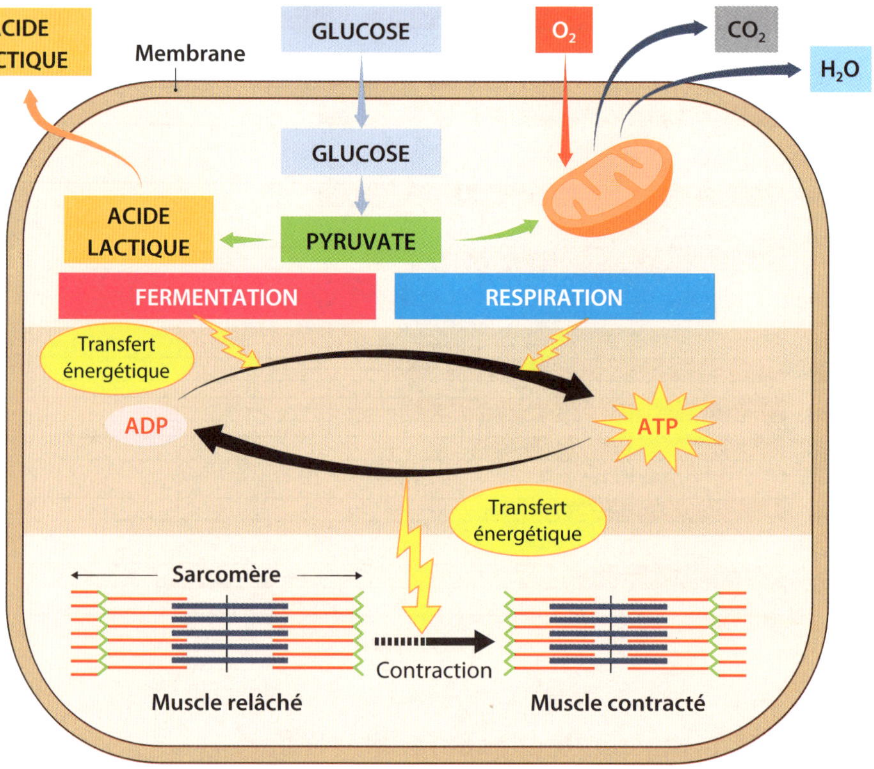

Quiz

Cochez la bonne réponse :

1. La fibre musculaire est une cellule plurinucléée.
☐ **a.** Vrai ☐ **b.** Faux

2. Un myofilament est formé d'une succession de sarcomères.
☐ **a.** Vrai ☐ **b.** Faux

3. La fermentation lactique s'accompagne de la production d'ATP.
☐ **a.** Vrai ☐ **b.** Faux

4. En aérobie, l'ATP est fournie au muscle par la respiration.
☐ **a.** Vrai ☐ **b.** Faux

5. Le muscle renferme des réserves importantes d'ATP.
☐ **a.** Vrai ☐ **b.** Faux

→ Réponses p. 495

EXERCICE

Comparer deux types de fibres musculaires

Énoncé

La contraction des cellules musculaires consomme de l'ATP, une molécule qui doit être régénérée en permanence. Les muscles sont constitués de deux grands types de cellules : des fibres de type I et des fibres de type II.

Doc. 1 Quelques caractéristiques des fibres musculaires

	Fibres de type I	Fibres de type II
Nombre de capillaires sanguins par fibre	4-5	3
Molécules de myoglobine fixatrices d'O_2	+ + +	+
Quantité de mitochondries	+ + +	+
Réserves en substrat (glycogène-lipides)	+ + +	+ + +

Remarque : Le nombre de signes + est proportionnel à la quantité de produit ou d'organites cellulaires.

Doc. 2 Puissance énergétique fournie par le muscle et voie métabolique sollicitée en fonction de la durée de l'exercice

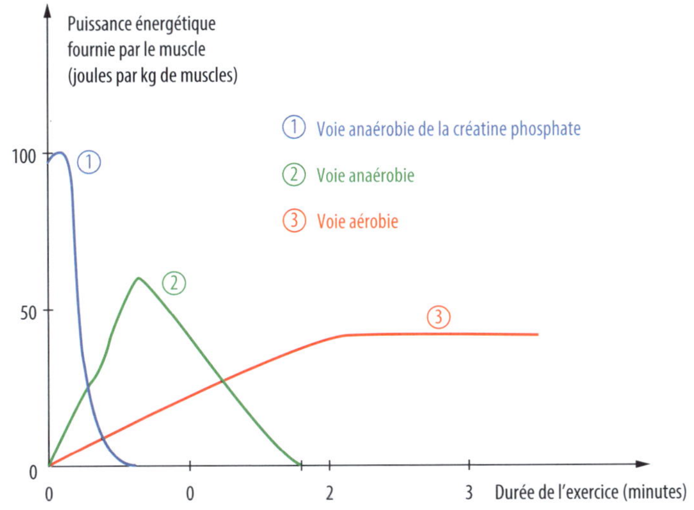

La voie ① (appelée voie de la créatine phosphate) produit très rapidement de l'ATP.

En exploitant le doc. 1 et le doc. 2, comparez les deux types de fibres et montrez que, selon le type de pratique sportive, l'une ou l'autre est plus ou moins adaptée.

Méthode

- L'analyse du **doc. 1** permet d'identifier le type de métabolisme utilisé préférentiellement par chaque type de fibre. Les caractéristiques qui les différencient sont d'abord relevées, puis interprétées.
- En exploitant le **doc. 2**, on comprend que selon la puissance et la durée de l'effort, l'un ou l'autre de ces métabolismes est plus ou moins adapté.

Corrigé

• D'après le **doc. 1**, les fibres de type I sont plus riches en capillaires (1,5 fois plus), en myoglobine et en mitochondries que celles de type II. Or, le sang apporte de l'O_2 qui peut être mis en réserve par la myoglobine. Par ailleurs, la mitochondrie est l'organe de la respiration (qui consomme de l'O_2).
Les fibres de type I pratiquent donc essentiellement un métabolisme aérobie : la respiration. À l'inverse, les fibres de type II pratiquent un métabolisme anaérobie : la fermentation lactique. Les fibres de type I produisent donc plus d'ATP que celles de type II.

• Pour un effort très bref mais très puissant (**Doc. 2**), le système de la créatine phosphate permet l'essentiel de la régénération de l'ATP mais il est épuisé en 20 secondes. La fermentation lactique atteint son maximum d'efficacité vers 30 à 40 secondes. Au-delà, elle ne permet que des efforts moins intenses et ne peut se prolonger plus de deux minutes. Les fibres de type I, avec leur métabolisme anaérobie, sont donc adaptées à un effort intense mais de courte durée.

Remarque
Les fibres II sont les fibres « rapides » ; les fibres I sont les fibres « lentes ».

• L'efficacité maximale du métabolisme aérobie est atteinte après un délai de deux minutes environ mais ensuite, il peut assurer la régénération de l'ATP pendant un temps prolongé à forte intensité de l'effort. En revanche, la puissance maximale permise par le mécanisme aérobie de la respiration est inférieure à la puissance maximale permise par les mécanismes anaérobies de régénération de l'ATP.

• Les fibres de type I sont donc plus adaptées à un effort moins intense mais de longue durée, autrement dit, elles sont adaptées aux sports d'endurance.

Chapitre 11 Le contrôle des flux de glucose

1 Une consommation et des échanges de glucose

De quoi s'agit-il ? **Le glucose est échangé entre cellules via le sang afin de satisfaire les besoins de l'organisme.**

1 Des réserves en glucose

- Les besoins en nutriments des cellules musculaires (glucose et dioxygène principalement) augmentent avec l'activité physique.
- Le foie et les muscles stockent du glucose, ce qui permet de satisfaire ces besoins à tout moment. La forme de stockage est un polymère du glucose : le glycogène.
- Lorsque la glycémie dépasse une valeur seuil, les cellules hépatiques (du foie) et musculaires prélèvent du glucose dans le sang pour fabriquer du glycogène lors de la glycogénogenèse selon la réaction :

$$C_6H_{12}O_6 + \ldots + C_6H_{12}O_6 \rightarrow (C_6H_{10}O_5)_n + n\,H_2O$$

- La glycémie tend ainsi à rester constante. La position centrale du foie favorise le stockage du glucose (**Doc. 1**).

Vocabulaire

- **Polymère** : macromolécule constituée de l'enchaînement de molécules élémentaires.
- **Glycogène** : polymère de glucose.
- **Glycémie** : taux de glucose sanguin.
- **Glycogénogenèse** : synthèse du glycogène à partir du glucose.

Doc. 1 **La position du foie dans la circulation sanguine**

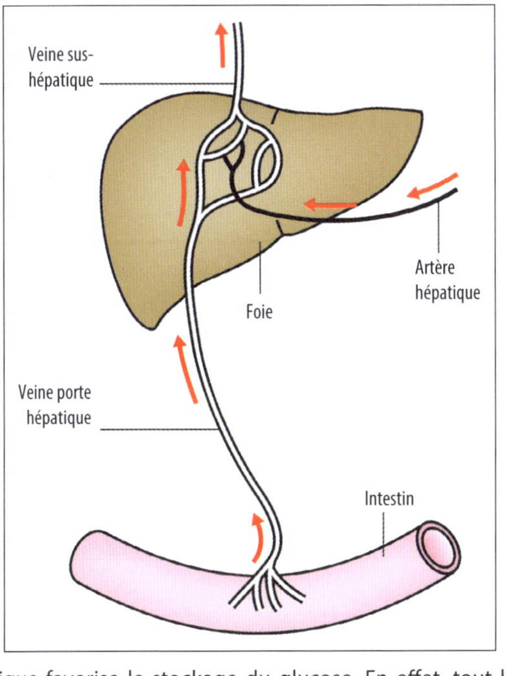

La vascularisation hépatique favorise le stockage du glucose. En effet, tout le glucose provenant de l'intestin après la digestion passe par le foie avant de rejoindre la circulation sanguine générale.

SVT

2 Une libération du glucose

- Pour assurer ses besoins, le muscle puise dans ses réserves en glycogène. L'hydrolyse du glycogène (glycogénolyse) libère du glucose selon la réaction :

$$(C_6H_{10}O_5)_n + n\,H_2O \rightarrow C_6H_{12}O_6 + \ldots + C_6H_{12}O_6$$

Vocabulaire

- **Glycogénolyse : hydrolyse du glycogène formant du glucose.**

- Le glucose produit est alors consommé par la respiration pour libérer de l'énergie. Les réserves de glycogène musculaire sont rapidement épuisées au cours d'un effort. Aussi, une autre source est nécessaire.

- Dans les cellules hépatiques, du glucose produit par glycogénolyse est libéré dans le sang, puis capté et utilisé par les cellules musculaires au cours d'un effort.

- Ainsi, un flux de glucose, variable selon l'activité, permet des échanges entre les organes sources (intestin et foie) et les organes consommateurs (dont les muscles). Le glucose issu de la glycogénolyse musculaire est par contre toujours utilisé sur place par le muscle.

2 La glycémie, une variable réglée

De quoi s'agit-il ? Malgré les nombreuses circonstances favorisant ses fluctuations, la glycémie est maintenue constante grâce un système de régulation hormonale.

1 Une glycémie plus ou moins constante

- Après un exercice physique qui consomme du glucose, ou après un repas qui en apporte, la glycémie subit une légère variation, puis retrouve rapidement une valeur constante (environ 1 g·L^{-1}).

- Si l'on fait ingérer une forte quantité de glucose à un individu (test d'hyperglycémie provoquée), la glycémie retrouve aussi sa valeur normale après deux heures (**Doc. 2**). La glycémie reste constante également en cas de jeûne modéré.

Doc. 2 Variation de la glycémie après un test d'hyperglycémie provoquée

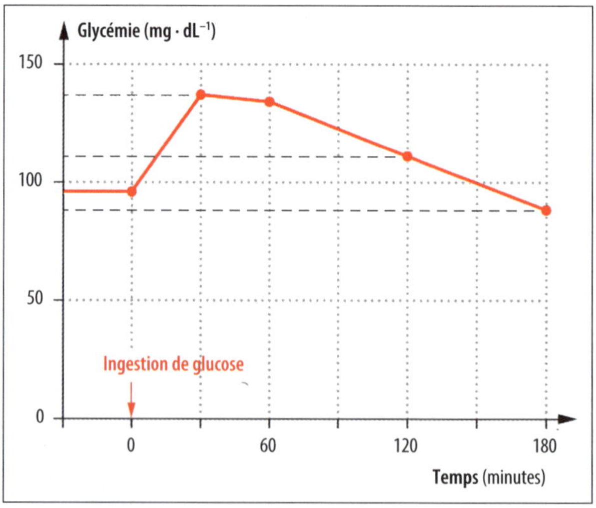

- L'organisme est donc capable de réguler la glycémie. Le sang arrivant aux cellules délivre toujours la même quantité de glucose.

2 Un système de régulation

- L'ablation du pancréas provoque une hyperglycémie. La greffe du pancréas ou une injection d'extraits pancréatiques restaure la glycémie. Le pancréas exerce donc une régulation de la glycémie par voie hormonale. C'est une glande endocrine.
- Les cellules β des îlots de Langerhans sécrètent de l'insuline, une hormone hypoglycémiante (qui fait baisser la glycémie). Les cellules α des îlots de Langerhans sécrètent une hormone hyperglycémiante (qui élève la glycémie) : le glucagon.

Vocabulaire

- **Pancréas** : organe situé sous l'estomac. Il produit des enzymes digestives ainsi que des hormones.
- **Glande endocrine** : organe sécrétant des hormones.
- **Îlots de Langerhans** : amas de cellules pancréatiques richement vascularisés.

- Les cellules β détectent une augmentation de la glycémie et y répondent en sécrétant de l'insuline. Les cellules α détectent une diminution de la glycémie et y répondent en augmentant leur sécrétion de glucagon (**Doc. 3**).

Doc. 3 Concentration plasmatique de l'insuline et du glucagon en fonction de la glycémie

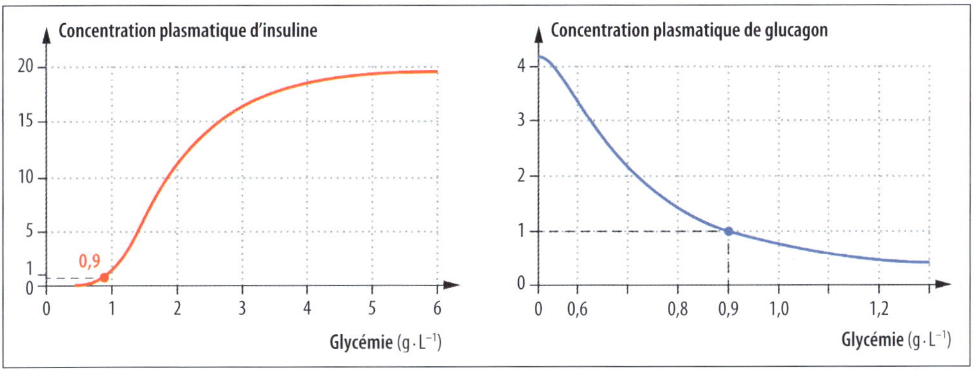

- Les cellules des îlots de Langerhans sont des capteurs du glucose, c'est-à-dire des cellules capables de détecter la variation de glycémie.
- L'activité des cellules bêta et des cellules alpha est coordonnée, une augmentation de la sécrétion d'insuline étant associée à une diminution de la sécrétion de glucagon, et inversement.
- La réponse à une variation de la glycémie est cohérente et efficace.

3 Le mode d'action des hormones pancréatiques

De quoi s'agit-il ? **Les hormones pancréatiques agissent sur des cellules cibles, notamment par l'intermédiaire de transporteurs du glucose.**

1 Des cellules cibles

- Insuline et glucagon sont véhiculés par le sang et peuvent atteindre toutes les cellules de l'organisme. Seules certaines cellules répondent en modifiant leur métabolisme : ce sont des cellules cibles. Elles possèdent des récepteurs membranaires spécifiques à ces hormones (**Doc. 4**).

Vocabulaire

- **Cellule cible** : cellule sensible à l'action d'une hormone.
- **Récepteur** : molécule capable de fixer une molécule circulante.

Doc. 4 Les récepteurs des cellules cibles

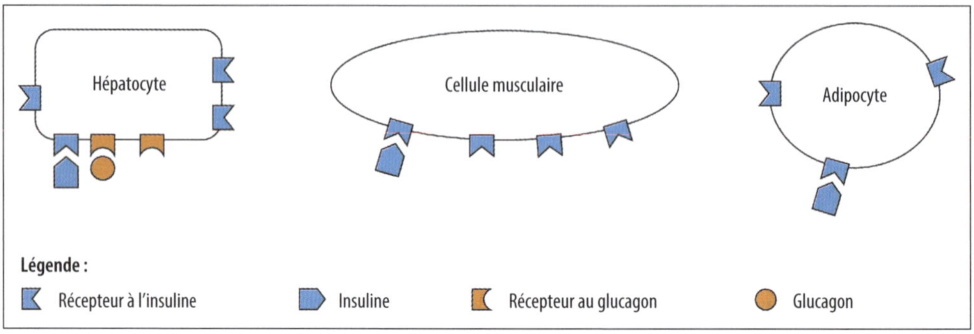

• La liaison récepteur-insuline entraîne l'activation des enzymes nécessaires à la synthèse du glycogène dans le foie et dans le muscle. Elle stimule aussi la mise en place des transporteurs GLUT4, spécifiques du glucose. Présents à l'intérieur de vésicules dans le cytoplasme, ils intègrent la membrane plasmique lorsque l'insuline se fixe sur son récepteur (**Doc. 5**). L'absorption du glucose est alors augmentée.

Doc. 5 Mise en place des transporteurs GLUT4

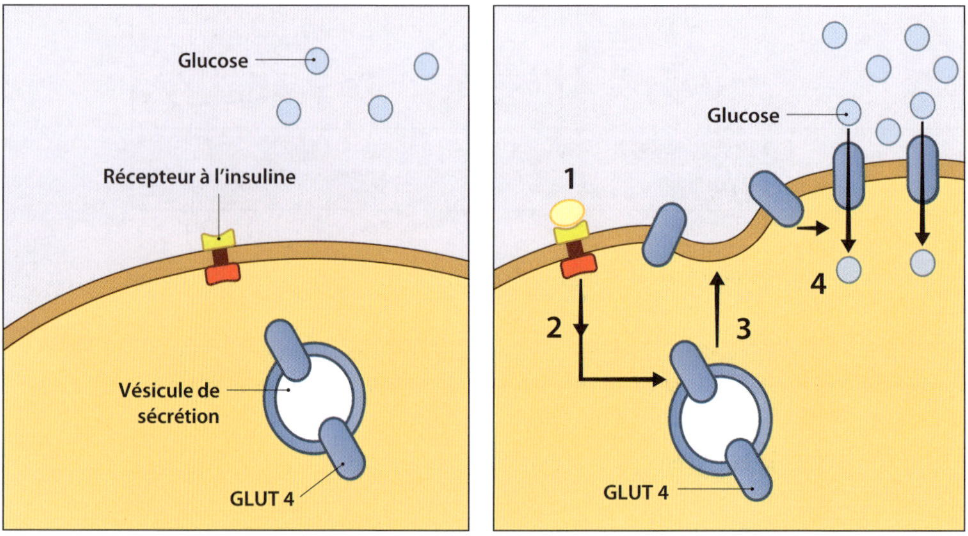

Lorsque l'insuline se fixe au récepteur (1), un signal est transmis (2) et les transporteurs GLUT4 sont amenés sur la membrane plasmique (3). Le glucose peut alors entrer dans la cellule (4).

- Le glucagon provoque l'activation des enzymes de la glycogénolyse et la sortie de glucose dans les cellules hépatiques.

- La réaction de la cellule cible à ces deux hormones varie selon leur concentration. Le message hormonal est codé en variation de concentration.

2 Des dysfonctionnements

- Dans les cas de diabète, la régulation de la glycémie ne s'effectue pas normalement avec, pour conséquence, une hyperglycémie.

- L'arrêt de la production d'insuline provoque un diabète de type I, diabète insulino-dépendant (DID) traité par des injections d'insuline. Il provient d'une destruction des cellules bêta du pancréas par le système immunitaire. C'est une maladie auto-immune. Ce déficit en insuline empêche la mise en place des récepteurs GLUT4.

- Dans le cas du diabète de type II, les cellules cibles deviennent insensibles à l'insuline malgré un taux d'insuline normal ou élevé (**Doc. 6**). C'est un diabète non insulino-dépendant (DNID). Toutefois, avec l'évolution de la maladie, le taux d'insuline finit par diminuer.

Vocabulaire

- **Diabète** : maladie caractérisée par une hyperglycémie prolongée.
- **Maladie auto-immune** : destruction des cellules de l'organisme par le système immunitaire.

Doc. 6 Test d'hyperglycémie provoquée chez un individu diabétique (DNID) ou non

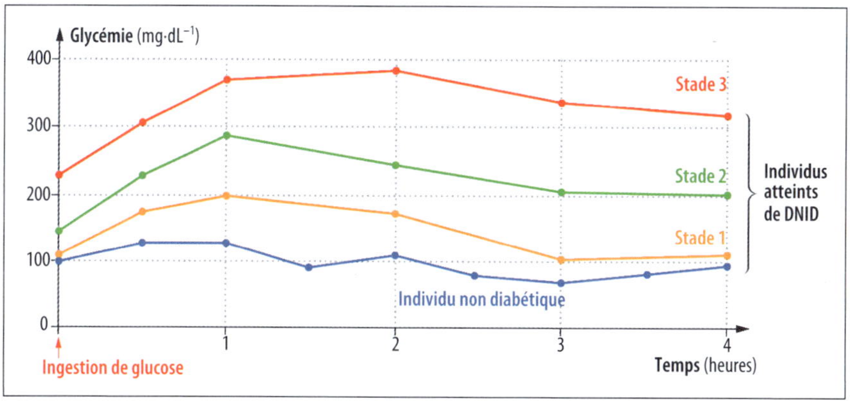

- Le DNID s'explique par une anomalie de liaison de l'insuline à son récepteur et à un défaut de l'activité du transport transmembranaire du glucose en réponse à la liaison insuline/récepteur.

➔ Révision express

Le schéma à retenir

Régulation de la glycémie

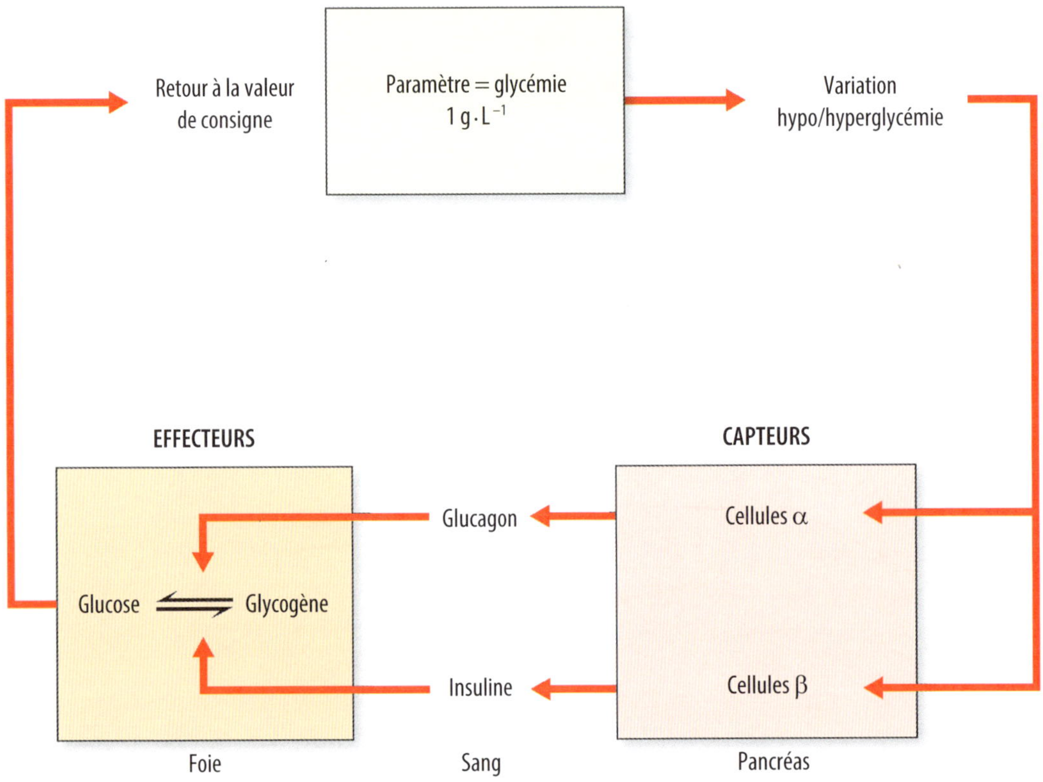

Quiz

Cochez la bonne réponse :

1. Le glucagon est une hormone hypoglycémiante.
☐ **a.** Vrai ☐ **b.** Faux

2. La glycogénogenèse assure le stockage du glucose.
☐ **a.** Vrai ☐ **b.** Faux

3. En cas d'hypoglycémie, le muscle libère du glucose dans le sang.
☐ **a.** Vrai ☐ **b.** Faux

4. Les cellules musculaires réalisent la glycogénolyse.
☐ **a.** Vrai ☐ **b.** Faux

5. L'insuline stimule la pénétration du glucose dans les cellules cibles.
☐ **a.** Vrai ☐ **b.** Faux

➔ **Réponses p. 495**

EXERCICE

Analyser une série d'expériences

Énoncé

L'ablation du pancréas chez un chien entraîne des troubles graves parmi lesquels les symptômes du diabète de type 1 : hyperglycémie, présence de glucose dans l'urine, faim insatiable, amaigrissement considérable. La survie après l'opération dure environ un mois.

Le tableau ci-dessous indique les valeurs de la teneur du sang en glucose (glycémie) chez un chien, quelques heures avant et après l'ablation du pancréas. Les mesures ont été réalisées toutes les heures.

Doc. 1 Évolution de la glycémie chez un chien après l'ablation du pancréas

Glycémie (g/L)	1	1	1	1,2	1,5	1,8	2,4	2,8	3,0	3,2	3,2	3,3	3,4

Chez un chien « dépancréaté », on intercale sur la circulation carotido-jugulaire un pancréas prélevé chez un autre chien. Ce pancréas est par la suite supprimé.

Doc. 2 Variation de la glycémie au cours de l'expérience du « pancréas au cou »

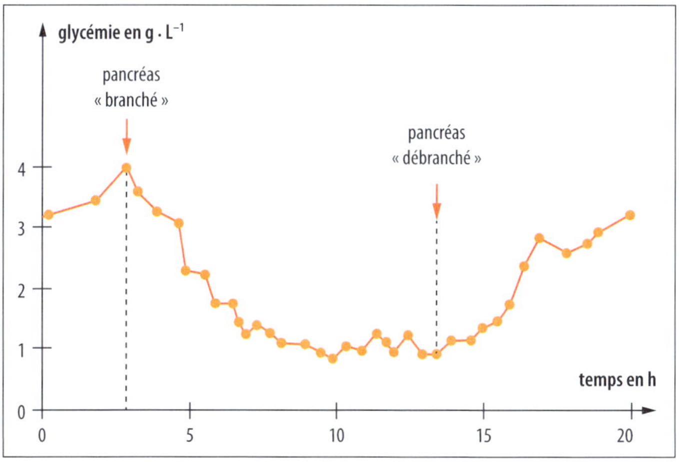

Doc. 3 Injection d'extraits pancréatiques

Si l'on injecte à un chien « dépancréaté » des extraits pancréatiques, on constate que les troubles du diabète disparaissent à condition que les injections soient faites régulièrement. Par contre, si ces mêmes extraits sont injectés à un chien normal, on constate après quelques heures que sa glycémie est de 0,5 g/L.

Exploitez ces expériences pour dégager le rôle et le mode d'action du pancréas dans la régulation de la glycémie.

Méthode

- Il s'agit d'expériences classiques consistant à mettre en évidence le rôle d'un organe en procédant à son ablation. Il faut comparer les effets de l'ablation à la situation précédant cette ablation.
- On se pose ensuite la question du mode d'action de cet organe. Un organe peut exercer un contrôle à distance sur d'autres organes effecteurs soit par voie hormonale, soit par voie nerveuse.
- L'injection d'extraits d'un organe contient une substance produite par ce dernier et permet de confirmer l'hypothèse d'une action par voie hormonale.

Corrigé

• Un chien soumis à une ablation du pancréas présente les symptômes du diabète, et notamment une élévation de sa glycémie (**Doc. 1**). Or, avant l'ablation du pancréas, sa glycémie restait à une valeur stable de $1\ g \cdot L^{-1}$. On peut donc en déduire que le pancréas, quand il est présent, intervient dans la régulation de la glycémie en jouant un rôle hypoglycémiant.

• Chez un chien « dépancréaté », la glycémie diminue lorsqu'une connexion sanguine est établie avec le pancréas d'un autre animal (**Doc. 2**). En revanche, dès que la connexion est interrompue, la glycémie augmente à nouveau. Ainsi, le pancréas fait baisser la glycémie par l'intermédiaire d'une substance circulant dans le sang, c'est-à-dire par l'intermédiaire d'une hormone.

Remarque
L'insuline est la seule hormone hypoglycémiante. Aussi, l'ablation du pancréas a un effet hyperglycémiant malgré l'absence de sécrétion du glucagon.

• L'injection d'extraits pancréatiques (**Doc. 3**) confirme cette conclusion. En effet, l'injection de ces extraits fait disparaître l'hyperglycémie chez le chien diabétique et entraîne une hypoglycémie chez un chien non diabétique.

• On peut donc en conclure que le pancréas sécrète une hormone hypoglycémiante (l'insuline) qui, en agissant sur des organes cibles effecteurs, fait baisser la glycémie.

Chapitre 12

Comportement et stress

SVT

1 Une réponse adaptative immédiate

De quoi s'agit-il ? **L'organisme réagit de façon automatique et rapide aux agressions stressantes auxquelles il est soumis.**

1 Des modifications physiologiques

• Face à une agression physique (brûlure, hémorragie, choc…) ou émotionnelle (peur, colère…), l'organisme déclenche des réactions physiologiques (modifiant le fonctionnement des organes) telles que :
- une augmentation de la ventilation pulmonaire, améliorant le renouvellement de l'air dans les voies respiratoires ;
- une augmentation du débit cardiaque, c'est-à-dire du volume de sang expulsé par le cœur par unité de temps ;
- une modification de la circulation sanguine, les vaisseaux irriguant les muscles se dilatent tandis que ceux irriguant d'autres organes comme la peau ou le tube digestif se contractent ;
- une élévation de la glycémie (le taux de glucose sanguin).

Vocabulaire
- **Ventilation pulmonaire :** mécanisme permettant le renouvellement de l'air dans les poumons.
- **Débit cardiaque :** volume de sang expulsé par le cœur par unité de temps.

• Ces modifications, qui mobilisent les ressources en dioxygène et en glucose, permettent d'intensifier la libération d'énergie et ainsi la contraction musculaire. Elles préparent l'organisme à fuir ou à résister à l'agression. Elles constituent le stress aigu.

2 Une libération d'adrénaline

• Ces réactions sont déclenchées par une hormone, l'adrénaline, libérée par les glandes médullosurrénales (partie interne des glandes surrénales). Elle se fixe sur les récepteurs des cellules cibles (cellules du cœur, des bronches, de la paroi des artères…) et modifie leur fonctionnement (**Doc. 1**).

• La sécrétion d'adrénaline est contrôlée par voie nerveuse. En cas d'agression, des signaux provenant de l'environnement sont interprétés par l'encéphale comme dangereux et le système limbique est stimulé, en particulier les zones impliquées dans les émotions telles que l'amygdale.

• Des fibres nerveuses du système sympathique issues de l'encéphale stimulent à leur tour les glandes médullosurrénales auxquelles elles sont connectées, ce qui déclenche la sécrétion d'adrénaline.

• La voie nerveuse est le moyen de communication le plus rapide dans l'organisme, cette réaction fondée sur l'adrénaline est la première à se mettre en place en cas de stress. Elle constitue une réaction adaptative immédiate.

Vocabulaire
- **Système limbique :** ensemble des structures profondes de l'encéphale intervenant dans les émotions.
- **Amygdale :** noyau situé dans la région du lobe temporal de l'encéphale.
- **Système sympathique :** système nerveux autonome, fonctionnant indépendamment de la volonté.

Doc. 1 Réponses physiologiques à un stress

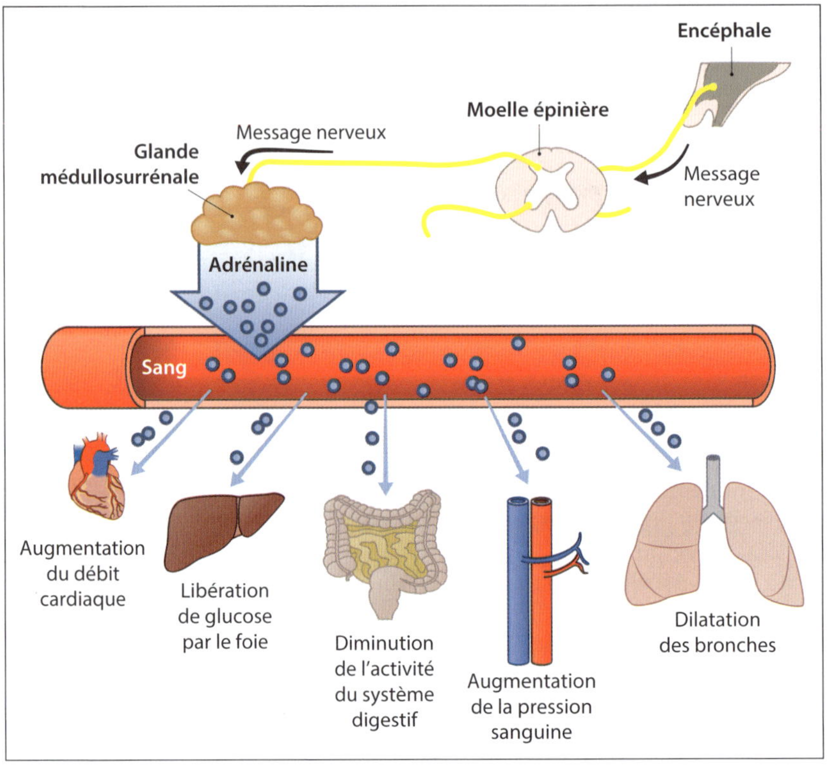

2 Une réponse adaptative plus lente

De quoi s'agit-il ? **Au cours de la réaction de stress, du cortisol sécrété par la glande corticosurrénale renforce l'action de l'adrénaline.**

1 Une libération de cortisol

- Après la libération d'adrénaline, si la réaction de stress se maintient, une autre hormone, le cortisol, est libérée par les glandes corticosurrénales. C'est la phase de résistance, qui survient après la phase d'alarme (**Doc. 2**).

- Le cortisol prolonge l'action de l'adrénaline en favorisant la mobilisation des métabolites et l'augmentation du glucose sanguin. Pour cela, il stimule la dégradation des protéines et des graisses ainsi que la conversion de ces molécules en glucose par le foie (néoglucogenèse). Il active également la synthèse des enzymes intervenant dans la dégradation du glucose et la libération d'énergie.

- Le cortisol inhibe par ailleurs certaines fonctions, dont le système immunitaire. Il provoque par exemple la diminution des lymphocytes circulants, en déclenchant le processus de mort cellulaire programmée (« apoptose »).

Vocabulaire

- **Glande corticosurrénale :** partie périphérique de la glande surrénale.
- **Métabolite :** molécule participant au métabolisme.
- **Néoglucogenèse :** formation de glucose à partir de substances non glucidiques.

Doc. 2 Stress et sécrétion d'adrénaline et de cortisol

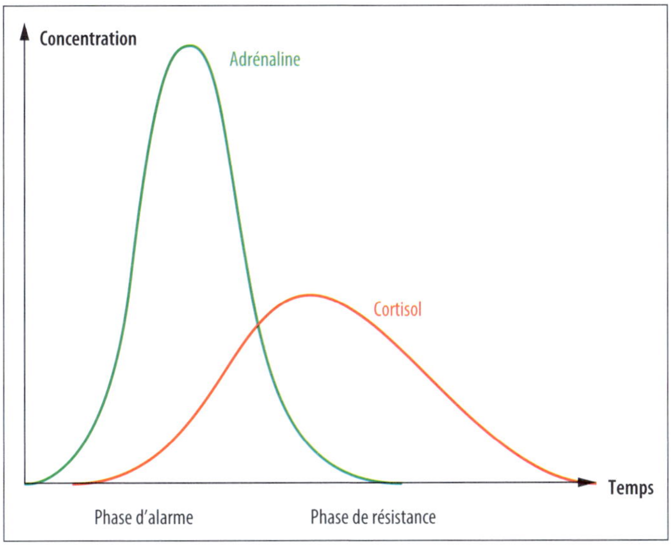

• Une hormone, l'ACTH, produite par l'hypophyse (une petite glande fixée à la base de l'encéphale) stimule la sécrétion de cortisol. Sa libération est elle-même sous le contrôle du CRH, une neuro-hormone sécrétée par l'hypothalamus (**Doc. 3**).

Vocabulaire

■ **Neuro-hormone :** hormone sécrétée par une cellule nerveuse.

Doc. 3 Régulation de la sécrétion de cortisol

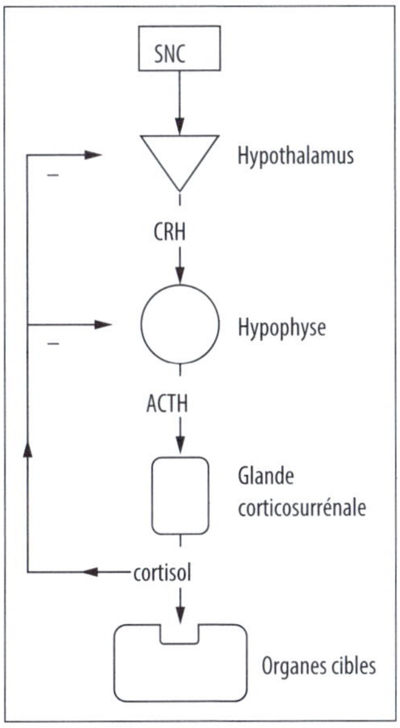

• La voie du cortisol est moins rapide que celle de l'adrénaline, la glande surrénale étant alors stimulée par voie hormonale, à la vitesse de la circulation sanguine, plus lente que celle du message nerveux qui intervient dans le cas de l'adrénaline.

2 Un rétrocontrôle négatif

• Le taux sanguin de cortisol est contrôlé par un système de rétroaction. En effet, le cortisol inhibe la sécrétion de CRH par l'hypothalamus et celle de l'ACTH par l'hypophyse. Il s'ensuit une baisse de la sécrétion du cortisol par la corticosurrénale.

• Ce rétrocontrôle négatif (**Doc. 3**) évite une élévation trop importante et durable du taux de cortisol dans le sang, avec les effets négatifs connus de celui-ci (voir ci-dessous). Il favorise le rétablissement des conditions de fonctionnement durable de l'organisme et permet la résilience.

> **Vocabulaire**
> ■ **Résilience** : capacité à surmonter un choc traumatique.

• Les réactions d'un organisme soumis à un stress sont coordonnées, notamment en ce qui concerne les voies nerveuses et endocrines. Cette coordination est commandée par le système nerveux central. On parle d'« intégration neuro-hormonale ».

3 Le stress chronique

De quoi s'agit-il ? **Quand l'action des agents stresseurs est trop intense ou prolongée, les mécanismes physiologiques sont débordés et le système se dérègle.**

1 Des conséquences physiologiques

• L'exposition prolongée à des situations de stress provoque des dysfonctionnements de l'organisme. C'est le stress chronique. Le maintien d'un taux élevé de cortisol entraîne des troubles cardiaques, une pression artérielle et un taux de cholestérol élevés ou encore du diabète de type II. Également, les risques de dépression augmentent.

> **Vocabulaire**
> ■ **Stress chronique** : stress résultant de l'exposition prolongée et répétée à des situations agressives.

• Les réserves énergétiques s'épuisent, le système immunitaire est en partie inhibé, le vieillissement des cellules s'accélère. Le stress chronique aboutit à une phase d'épuisement au cours de laquelle le cortisol finit par ne plus être sécrété.

• Alors que les phases d'alarme et de résistance permettaient de répondre à l'agression, la phase d'épuisement inhibe les capacités de réaction de l'organisme.

2 Des conséquences sur les structures nerveuses

• L'exposition prolongée des structures nerveuses au cortisol conduit à des changements structurels du cerveau, notamment du système limbique (hippocampe) et du cortex préfrontal.

• Le stress chronique par l'augmentation du cortisol plasmatique réduit la formation de nouveaux neurones dans l'hippocampe. Il peut entraîner la mort neuronale. Une diminution du volume de l'hippocampe est alors constatée.

• On remarque par ailleurs une réduction des arborisations dendritiques des neurones de l'hippocampe, responsable également d'une diminution du volume de cet organe (**Doc. 4**). Ces régressions sont associées, en cas de stress prolongé, à des troubles cognitifs et de la mémoire spatiale.

• On parle, pour ces remaniements cérébraux, de « plasticité cérébrale mal-adaptative ». Elle se traduit par des perturbations de l'attention, de la mémoire et des performances cognitives.

> **Vocabulaire**
> ■ **Hippocampe** : partie du système limbique intervenant dans le stress et la mémoire spatiale.
> ■ **Cortex préfrontal** : partie antérieure du cortex cérébral siège de différentes fonctions cognitives supérieures.
> ■ **Plasticité cérébrale mal-adaptative** : modifications du cerveau suite à une situation d'agression.

• Quelques mois après la disparition des conditions stressantes, les neurones peuvent retrouver leur conformation d'origine. Cela confirme l'existence d'une plasticité cérébrale.

Doc. 4 Les effets du stress sur l'hippocampe

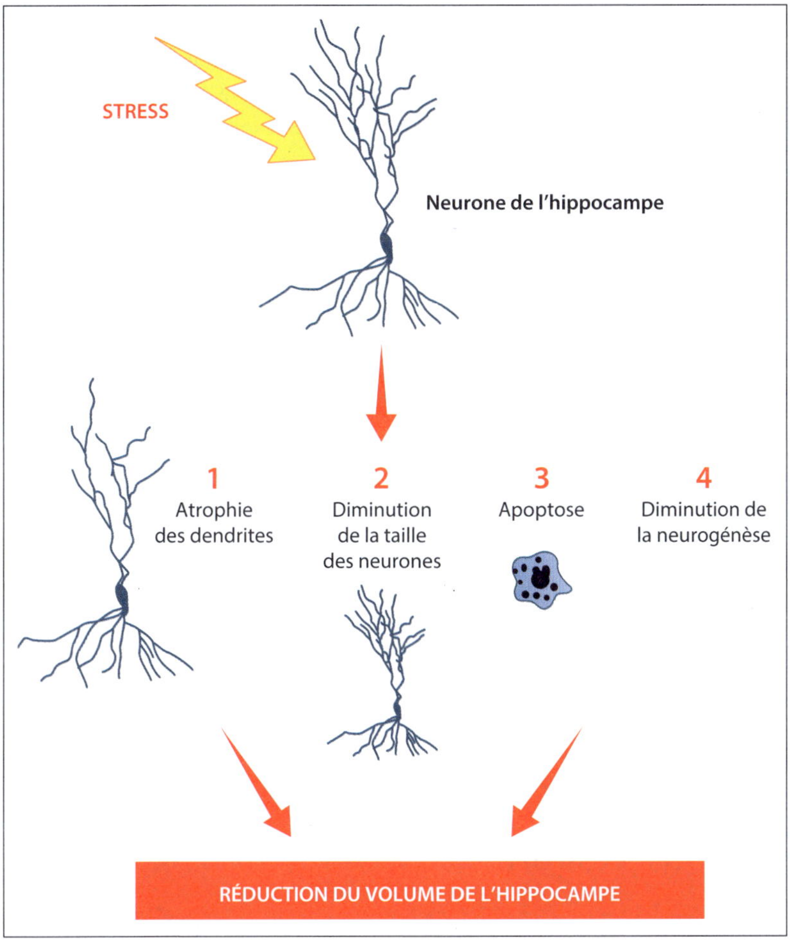

4 Les traitements contre le stress et leurs effets

De quoi s'agit-il ? **Des substances conçues pour limiter les effets néfastes du stress chronique agissent au niveau des synapses du système nerveux central.**

1 Moduler les effets du stress

- Les anxiolytiques les plus utilisés appartiennent à la catégorie des benzodiazépines. Ces substances ont un effet sédatif, anxiolytique, anticonvulsivant et myorelaxant, ce qui rend leur utilisation pertinente en cas de stress chronique.
- Leur succès s'explique par une efficacité rapide et une faible toxicité. Néanmoins, leur prescription est limitée dans le temps au risque sinon d'entraîner une dépendance. De plus, certaines d'entre elles peuvent avoir des effets secondaires, notamment l'amnésie antérograde, d'où leur surnom de « drogues du violeur ».

Vocabulaire

- **Anxiolytique** : substance visant à réduire l'anxiété.
- **Anticonvulsivant** : substance qui empêche les contractions musculaires involontaires (convulsions).
- **Amnésie antérograde** : incapacité à se souvenir d'événements qui suivent le début de l'amnésie.

2 Le mode d'action des benzodiazépines

● Le GABA est un neurotransmetteur inhibiteur qui module la transmission du message nerveux. Il évite ainsi l'épuisement du système nerveux et de l'organisme. En se fixant sur son récepteur post-synaptique, le GABA déclenche l'ouverture d'un canal qui permet l'entrée de chlore dans le neurone, limitant ainsi la formation de messages nerveux.

● En se fixant sur le récepteur au GABA, les benzodiazépines augmentent l'ouverture de ce canal et ainsi l'entrée des ions chlore (**Doc. 5**). Il se produit une hyperpolarisation qui renforce l'effet inhibiteur du GABA (**Doc. 6**).

Vocabulaire

■ **Hyperpolarisation : état électrique défavorable à la naissance d'un message nerveux.**

Doc. 5 **Le mécanisme d'action des benzodiazépines**

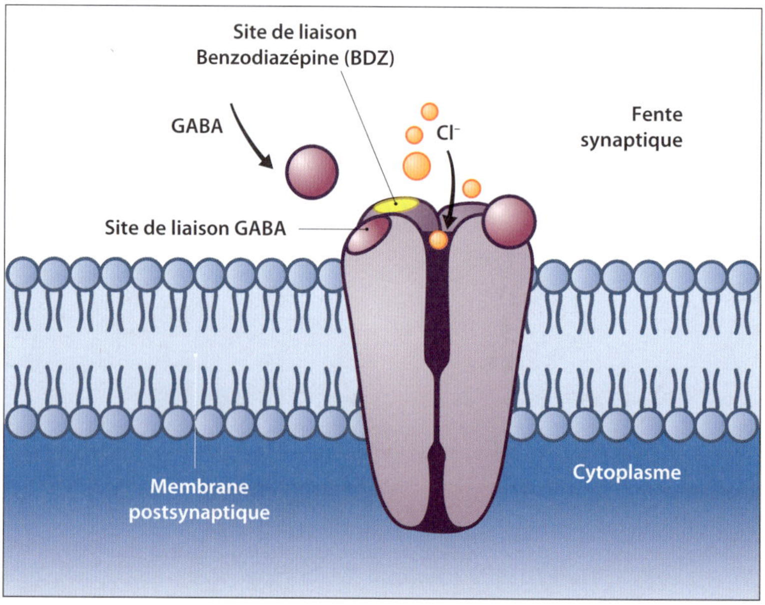

Doc. 6 **Effet du GABA et des benzodiazépines sur la polarisation membranaire du neurone postsynaptique**

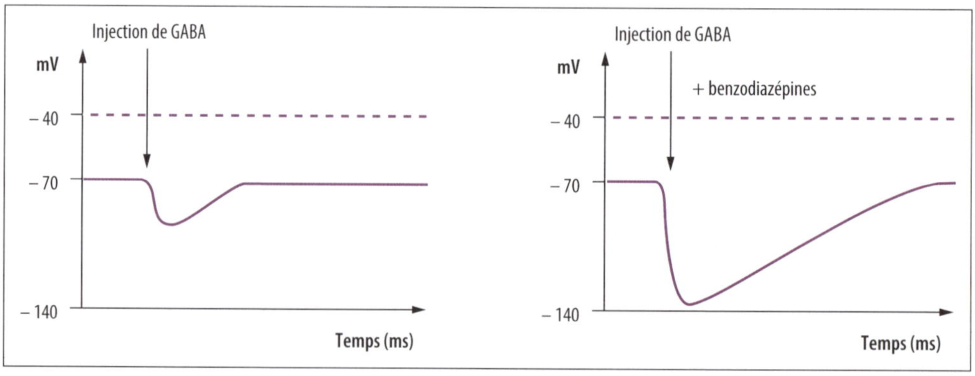

● De fait, les benzodiazépines diminuent l'excitabilité du système nerveux central et, par conséquent, les effets du stress.

3 D'autres effets anti-stress

• Une activité physique régulière diminue l'état d'anxiété (**Doc. 7**). Elle entraîne en particulier la libération par le foie de tryptophane, un acide aminé nécessaire à la synthèse d'un neurotransmetteur, la sérotonine, impliqué dans la régulation de nombreux comportements, dont l'humeur et le sommeil.

Doc. 7 L'activité physique, un moyen de diminuer le stress

• Néanmoins, chaque individu est différent et les réponses individuelles face aux agents stresseurs sont influencées par de nombreux facteurs.

➔ Révision express

Le schéma à retenir

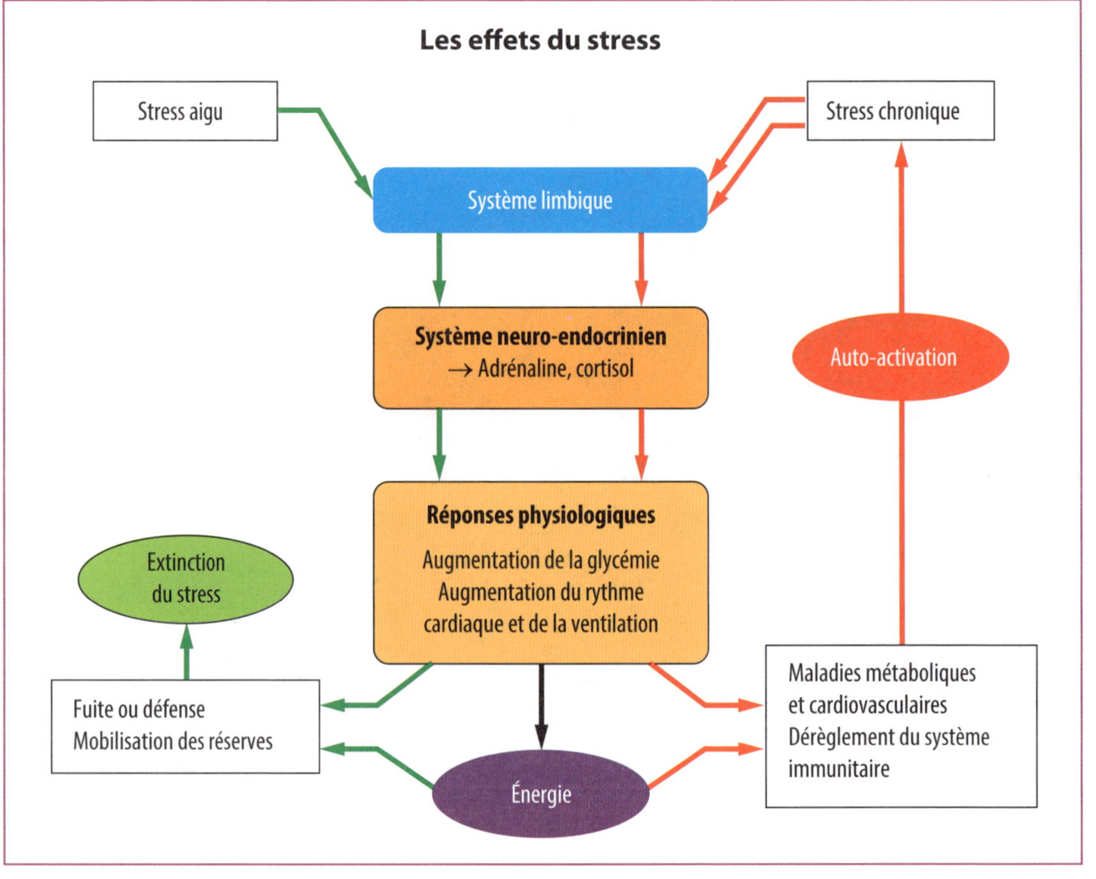

Quiz

Cochez la bonne réponse :

1. Le cortisol est une neuro-hormone hypothalamique.
☐ **a.** Vrai ☐ **b.** Faux

2. Le stress aigu est une réponse adaptative.
☐ **a.** Vrai ☐ **b.** Faux

3. Le GABA est un neurotransmetteur excitateur.
☐ **a.** Vrai ☐ **b.** Faux

4. Le cortisol exerce un rétrocontrôle négatif sur l'hypophyse.
☐ **a.** Vrai ☐ **b.** Faux

5. En cas de stress, la glycémie augmente.
☐ **a.** Vrai ☐ **b.** Faux

→ Réponses p. 495

EXERCICE

Analyser une série d'expériences

Énoncé

Des chats mis en présence de chiens qui aboient présentent des réactions de stress, caractérisées notamment par une élévation du taux de cortisol sanguin. Ce taux diminue après la disparition des chiens.

Pour comprendre les mécanismes à l'origine de cette réaction, différentes expériences ont été menées. Leurs résultats figurent dans le tableau ci-après.

Expériences	Résultats
Destruction de l'hypophyse antérieure.	Réduction du volume des glandes corticosurrénales et baisse du taux de cortisol sanguin.
Destruction, puis greffe de l'ante-hypophyse.	Retour à l'état initial seulement si la greffe est pratiquée au voisinage de l'hypothalamus.
Injection d'un extrait hypophysaire marqué par un isotope radioactif (après destruction de l'ante-hypophyse).	Rétablissement du volume des surrénales et localisation de la radioactivité au niveau des protéines membranaires des cellules du cortex surrénalien.
Réalisation d'une ligature entre l'hypothalamus et l'hypophyse.	Arrêt de la sécrétion d'une hormone hypophysaire, l'ACTH.
Ablation des corticosurrénales.	Hypersécrétion de CRH par l'hypothalamus et d'ACTH par l'hypophyse.
Ablation des corticosurrénales, puis injection de cortisol.	Rétablissement d'une sécrétion normale d'ACTH et de CRH.

Interprétez ces différentes expériences pour expliquer les mécanismes à l'origine de la réaction observée.

Méthode

- Il faut analyser successivement ces différentes expériences. Chacune fournit une explication, celle-ci pouvant être précisée par l'interprétation de la suivante. La démarche explicative doit être construite.
- L'ablation d'un organe permet de mettre en évidence le rôle qu'il exerce lorsqu'il est présent. Il faut se poser ensuite la question de son mode d'action, par voie nerveuse ou sanguine.
- Une greffe rétablit des connexions sanguines, tandis qu'une ligature entre deux organes interdit la communication sanguine entre eux.

Corrigé

• La destruction de l'hypophyse antérieure entraîne une réduction du volume des glandes corticosurrénales et une baisse du taux de cortisol sanguin. Ainsi, l'hypophyse antérieure agit à distance sur les corticosurrénales pour stimuler la libération de cortisol dans le sang.

Remarque
La neuro-hormone libérée par les neurones de l'hypothalamus atteint directement l'hypophyse par un système particulier de capillaires sanguins.

• L'activité des surrénales est rétablie après une greffe d'hypophyse : celle-ci agit donc sur les surrénales par l'intermédiaire d'une hormone circulant dans le sang. Néanmoins, la greffe n'a d'effet que si elle est pratiquée au voisinage de l'hypothalamus. Par conséquent, celui-ci contrôle donc l'activité de l'hypophyse. L'injection d'un extrait hypophysaire marqué confirme l'action de l'hypophyse sur les corticosurrénales via une hormone. La radioactivité localisée au niveau des protéines membranaires des cellules du cortex surrénalien témoigne qu'il s'agit de cellules cibles munies de récepteurs à cette hormone.

• L'interruption d'une connexion sanguine entre l'hypothalamus et l'hypophyse met fin à la sécrétion d'ACTH. On en déduit que l'hypothalamus stimule la libération hypophysaire d'ACTH par le biais d'une neuro-hormone, identifiée dans l'expérience qui suit : la CRH.

• Les résultats d'une ablation des surrénales, puis d'une injection de cortisol, montrent que ce dernier limite les sécrétions de CRH, puis d'ACTH. Le cortisol exerce un rétrocontrôle négatif sur l'hypothalamus et sur l'hypophyse, permettant un retour à la normale une fois la cause du stress supprimée.

Maths complémentaires

Partie 1 – Analyse

1 Suites 304
→ Révision express 311
››› Cap sur le bac 312

2 Limites et continuité des fonctions 315
→ Révision express 322
››› Cap sur le bac 323

3 Compléments sur la dérivation 326
→ Révision express 329
››› Cap sur le bac 330

4 Fonction logarithme népérien 332
→ Révision express 335
››› Cap sur le bac 336

5 Fonctions convexes 339
→ Révision express 343
››› Cap sur le bac 344

6 Primitives et équations différentielles 346
→ Révision express 351
››› Cap sur le bac 352

7 Calcul intégral 355
→ Révision express 360
››› Cap sur le bac 361

Partie 2 – Probabilités

8 Lois discrètes 364
→ Révision express 369
››› Cap sur le bac 370

9 Lois à densité 373
→ Révision express 378
››› Cap sur le bac 379

10 Statistiques à deux variables quantitatives 382
→ Révision express 385
››› Cap sur le bac 386

Maths complémentaires

Chapitre 1 Suites

1 Limite finie ou infinie

De quoi s'agit-il ? On introduit la notion de limite d'une suite, c'est-à-dire que l'on étudie le comportement du terme u_n d'une suite pour des valeurs de n infiniment grandes.

1 Suite convergente

- Une **suite *u* converge** lorsqu'il existe un réel ℓ tel que tout intervalle ouvert I centré en ℓ contient tous les termes de la suite à partir d'un certain rang. On écrit : $\lim\limits_{n \to +\infty} u_n = \ell$.
- **Illustration graphique**

Pour $n \geqslant p$, tous les termes de la suite sont dans l'intervalle $]\ell - \varepsilon\,;\,\ell + \varepsilon[$.

- **Limites de référence**

- $\lim\limits_{n \to +\infty} \dfrac{1}{n} = 0$
- $\lim\limits_{n \to +\infty} \dfrac{1}{n^2} = 0$
- $\lim\limits_{n \to +\infty} \dfrac{1}{\sqrt{n}} = 0$
- $\lim\limits_{n \to +\infty} e^{-n} = 0$

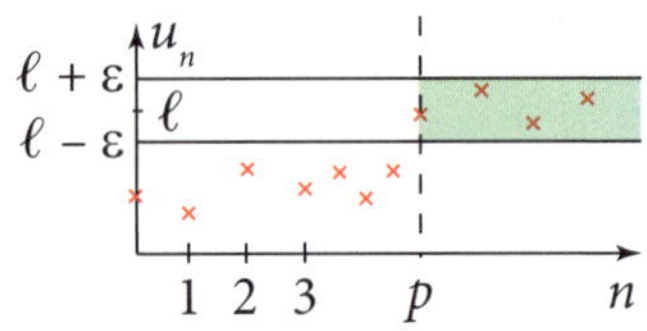

2 Suite divergente

- Une suite u **diverge vers** $+\infty$ (resp. $-\infty$) si, pour tout réel $A > 0$ (resp. $B < 0$), il existe un rang p à partir duquel tous les termes de la suite sont plus grands que A (resp. plus petits que B).

Remarque

Certaines suites comme $((-1)^n)$, $(\cos n)$, $(\sin n)$… n'admettent pas de limite.
On dit aussi qu'elles divergent.

- **Illustrations graphiques**

$\lim\limits_{n \to +\infty} u_n = +\infty$

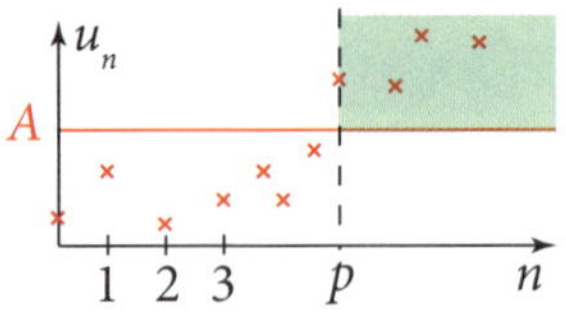

Pour $n \geqslant p$, $u_n > A$.

$\lim\limits_{n \to +\infty} v_n = -\infty$

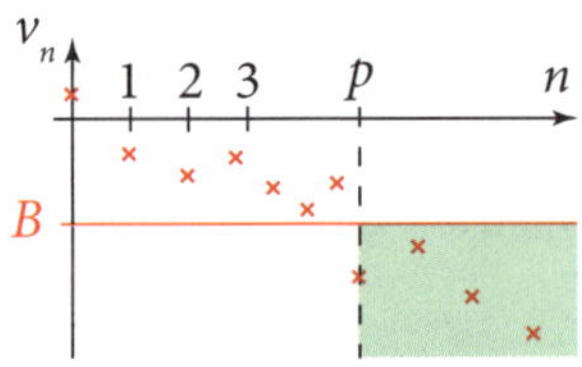

Pour $n \geqslant p$, $v_n < B$.

- **Limites de référence**

- $\lim\limits_{n \to +\infty} n = +\infty$
- $\lim\limits_{n \to +\infty} n^2 = +\infty$
- $\lim\limits_{n \to +\infty} \sqrt{n} = +\infty$
- $\lim\limits_{n \to +\infty} e^n = +\infty$

Exercice résolu

Lire la limite d'une suite à la calculatrice

ÉNONCÉ

u est la suite définie sur $\mathbb{N}$ par $\begin{cases} u_0 = 2 \\ u_{n+1} = 2u_n - 3 \end{cases}$

1. Représenter la suite (u_n) à la calculatrice.
2. Lire sa limite.

Remarque

Une suite peut se noter u ou (u_n).

CORRIGÉ

1. **Casio**

MENU 8) RECUR puis compléter

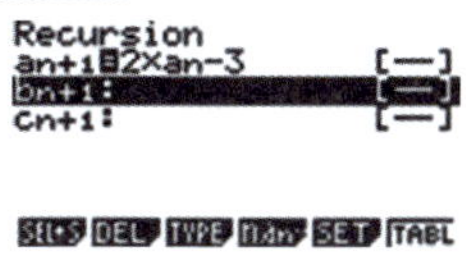

SET puis compléter avec le rang de départ et u_0

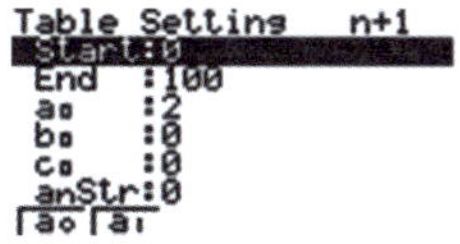

F6 TABL pour le tableau de valeurs et EXE pour le graphique après avoir adapté la fenêtre.

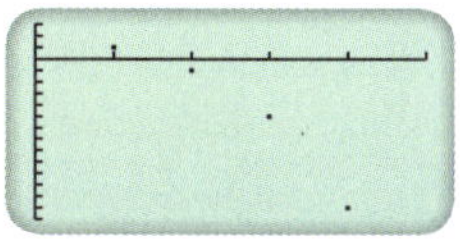

T. I.

MODE SUITE 2nde quitter

$f(x)$

puis compléter :

2nde 7 pour u et X, T, θ, n pour n

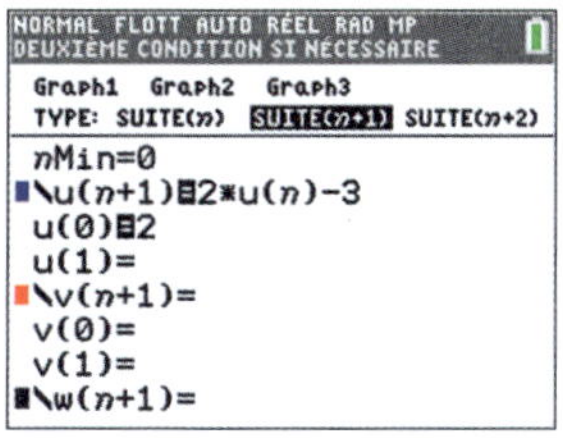

2. On conjecture que : $\lim\limits_{n \to +\infty} u_n = -\infty$.
La suite (u_n) diverge vers $-\infty$.

2 Limites et comparaison

De quoi s'agit-il ? À l'aide de suites dont on connaît la limite, on utilise des critères de comparaison (des inégalités) pour en déduire la limite d'autres suites.

- **Propriétés**

p est un entier naturel.
u et v sont deux suites telles que, pour tout entier naturel $n \geqslant p$, $u_n \leqslant v_n$.
- Si $\lim\limits_{n \to +\infty} u_n = +\infty$ alors $\lim\limits_{n \to +\infty} v_n = +\infty$.
- Si $\lim\limits_{n \to +\infty} v_n = -\infty$ alors $\lim\limits_{n \to +\infty} u_n = -\infty$.

MATHS COMP.

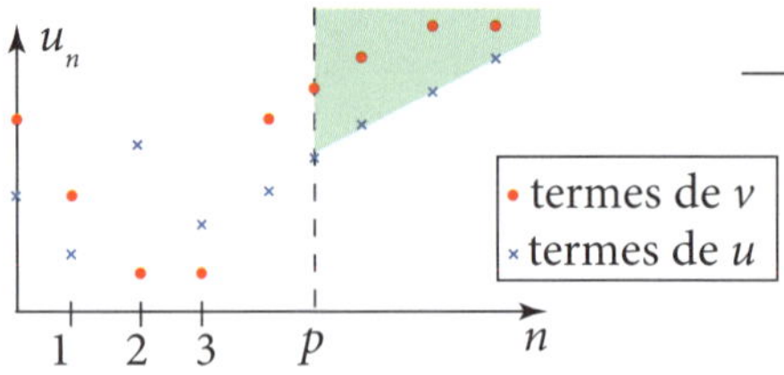

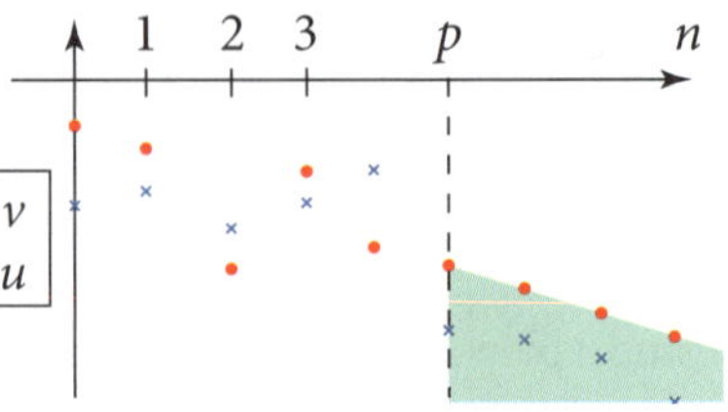

Exemple

Pour tout n de $\mathbb{N}$, $\sqrt{n^2+3} \geqslant \sqrt{n^2}$. Or $\sqrt{n^2} = n$, donc $\sqrt{n^2+3} \geqslant n$.
Puisque $\lim\limits_{n \to +\infty} n = +\infty$, on en déduit que $\lim\limits_{n \to +\infty} \sqrt{n^2+3} = +\infty$.

- **Théorème des gendarmes**

p est un entier naturel.
Si u, v et w sont trois suites telles que, pour tout entier $\boldsymbol{n \geqslant p}$, $\boldsymbol{u_n \leqslant v_n \leqslant w_n}$ et $\boldsymbol{\lim\limits_{n \to +\infty} u_n} = \boldsymbol{\lim\limits_{n + \infty} w_n} = \ell$, alors $\lim\limits_{n \to +\infty} v_n = \ell$.

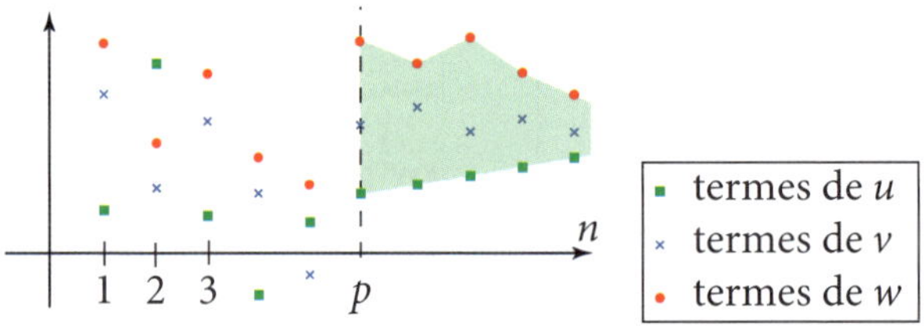

Exemple

Pour tout n de $\mathbb{N}^*$, $-1 \leqslant (-1)^n \leqslant 1$ donc $-\dfrac{1}{n} \leqslant \dfrac{(-1)^n}{n} \leqslant \dfrac{1}{n}$.

Or $\lim\limits_{n \to +\infty} -\dfrac{1}{n} = 0$ et $\lim\limits_{n \to +\infty} \dfrac{1}{n} = 0$, donc $\lim\limits_{n \to +\infty} \dfrac{(-1)^n}{n} = 0$.

Exercices résolus

1. Suite divergente

ÉNONCÉ

Étudier la limite de la suite u définie sur $\mathbb{N}$ par $u_n = (-1)^n - 3n$.

CORRIGÉ

À l'aide de la calculatrice on conjecture que u diverge vers $-\infty$.
On cherche donc une suite v telle que $u \leqslant v$, avec $\lim\limits_{n \to +\infty} v_n = -\infty$.

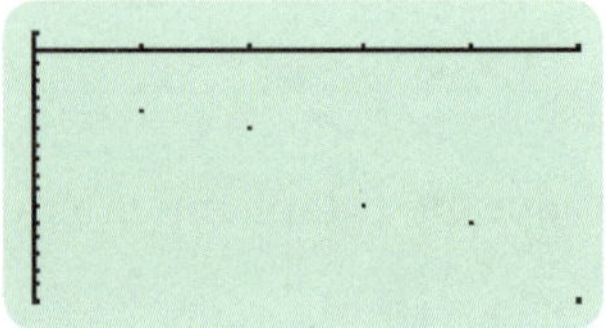

Conseil
Utiliser la calculatrice pour conjecturer la limite.

Pour tout entier n, $-1 \leqslant (-1)^n \leqslant 1$, donc on choisit $v_n = 1 - 3n$.
On a, pour tout entier n, $u_n \leqslant v_n$ de plus $\lim\limits_{n \to +\infty} 1 - 3n = -\infty$, donc $\lim\limits_{n \to +\infty} u_n = -\infty$ et la suite u diverge vers $-\infty$.

2. Utiliser le théorème des gendarmes

ÉNONCÉ

u, v et w sont trois suites définies sur $\mathbb{N}^*$ par $u_n = -\dfrac{2}{n}$, $w_n = \dfrac{2}{n}$ et $v_n = \dfrac{2\cos n}{n}$.
Montrer que la suite v converge vers 0.

CORRIGÉ

Pour tout entier naturel n non nul, on a :
$-1 \leqslant \cos n \leqslant 1 \Leftrightarrow -2 \leqslant 2\cos n \leqslant 2$

$\Leftrightarrow -\dfrac{2}{n} \leqslant \dfrac{2\cos n}{n} \leqslant \dfrac{2}{n}$.

Donc, pour tout entier naturel n non nul, $u_n \leqslant v_n \leqslant w_n$.
De plus, $\lim\limits_{n\to+\infty} u_n = \lim\limits_{n\to+\infty} w_n = 0$.

On en déduit, d'après le théorème des gendarmes, que $\lim\limits_{n\to+\infty} v_n = 0$ et que v converge vers 0.

Piège à éviter

Diviser une inégalité par un nombre :
- négatif, change le sens de l'inégalité ;
- positif, ne change pas le sens de l'inégalité.

MATHS COMP.

3 Limites et opérations

De quoi s'agit-il ? On présente des tableaux permettant de traiter un grand nombre de cas de limites de suites.

1 Limite d'une somme

u et v sont deux suites.

Si $\lim\limits_{n\to+\infty} u_n = \ldots$	ℓ	ℓ	ℓ	$+\infty$	$-\infty$	$+\infty$
et $\lim\limits_{n\to+\infty} v_n = \ldots$	ℓ'	$+\infty$	$-\infty$	$+\infty$	$-\infty$	$-\infty$
alors, $\lim\limits_{n\to+\infty} (u_n + v_n) = \ldots$	$\ell + \ell'$	$+\infty$	$-\infty$	$+\infty$	$-\infty$	FI

FI : signifie « Forme Indéterminée ». Dans ce cas, on ne peut pas conclure avec cette opération et toutes les réponses sont possibles. Il faut lever l'indétermination.

2 Limite d'un produit

u et v sont deux suites.

Si $\lim\limits_{n\to+\infty} u_n = \ldots$	ℓ	$\ell > 0$	$\ell > 0$	$\ell < 0$	$\ell < 0$	$+\infty$	$+\infty$	$-\infty$	0
et $\lim\limits_{n\to+\infty} v_n = \ldots$	ℓ'	$+\infty$	$-\infty$	$+\infty$	$-\infty$	$+\infty$	$-\infty$	$-\infty$	$+\infty$ ou $-\infty$
alors, $\lim\limits_{n\to+\infty} (u_n v_n) = \ldots$	$\ell\ell'$	$+\infty$	$-\infty$	$-\infty$	$+\infty$	$+\infty$	$-\infty$	$+\infty$	FI

3 Limite d'un quotient

u et v sont deux suites ; v est telle que pour tout entier n, $v_n \neq 0$.

- Si $\lim\limits_{n \to +\infty} v_n \neq 0$:

Si $\lim\limits_{n\to+\infty} u_n = \ldots$	ℓ	ℓ	$+\infty$	$+\infty$	$-\infty$	$-\infty$	$+\infty$ ou $-\infty$
et $\lim\limits_{n\to+\infty} v_n = \ldots$	$\ell' \neq 0$	$+\infty$ ou $-\infty$	$\ell' > 0$	$\ell' < 0$	$\ell' > 0$	$\ell' < 0$	$+\infty$ ou $-\infty$
alors, $\lim\limits_{n\to+\infty} \dfrac{u_n}{v_n} = \ldots$	$\dfrac{\ell}{\ell'}$	0	$+\infty$	$-\infty$	$-\infty$	$+\infty$	FI

- Si $\lim\limits_{n \to +\infty} v_n = 0$:

Si $\lim\limits_{n\to+\infty} u_n = \ldots$	$\ell > 0$ ou $+\infty$	$\ell < 0$ ou $-\infty$	$\ell > 0$ ou $+\infty$	$\ell < 0$ ou $-\infty$	0
et $\lim\limits_{n\to+\infty} v_n = \ldots$	0 en restant positif	0 en restant positif	0 en restant négatif	0 en restant négatif	0
alors, $\lim\limits_{n\to+\infty} \dfrac{u_n}{v_n} = \ldots$	$+\infty$	$-\infty$	$-\infty$	$+\infty$	FI

Exercices résolus

1. Déterminer la limite d'une somme

Conseil
Penser à utiliser la calculatrice pour conjecturer ou pour vérifier la limite.

ÉNONCÉ

Déterminer la limite de la suite a définie sur $\mathbb{N}$ par $a_n = \mathrm{e}^{-n} + n^2$.

CORRIGÉ

$a_n = u_n + v_n$, avec $u_n = \mathrm{e}^{-n} = \dfrac{1}{\mathrm{e}^n}$ et $v_n = n^2$.

On sait que $\lim\limits_{n\to+\infty} u_n = \lim\limits_{n\to+\infty} \dfrac{1}{\mathrm{e}^n} = 0$ et $\lim\limits_{n\to+\infty} v_n = +\infty$.

Donc, par somme, $\lim\limits_{n\to+\infty} a_n = +\infty$.

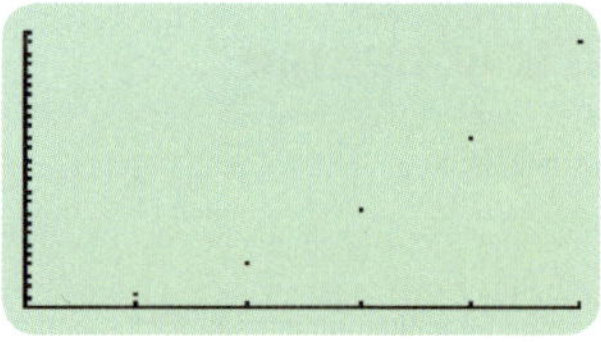

2. Déterminer la limite d'un produit, d'un quotient

ÉNONCÉ

Déterminer les limites des suites (u_n) et (v_n) définies sur $\mathbb{N}$ par :

1. $u_n = (n^2 - 1)(2 + \mathrm{e}^n)$ **2.** $v_n = \dfrac{3 - \mathrm{e}^n}{1 + \mathrm{e}^{-n}}$

CORRIGÉ

1. $\lim\limits_{n\to+\infty} n^2 = +\infty$ donc $\lim\limits_{n\to+\infty} n^2 - 1 = +\infty$.

$\lim\limits_{n\to+\infty} \mathrm{e}^n = +\infty$ donc $\lim\limits_{n\to+\infty} 2 + \mathrm{e}^n = +\infty$.

Ainsi, par produit, on en déduit que $\lim\limits_{n\to+\infty} u_n = +\infty$.

2. $\lim\limits_{n\to+\infty} \mathrm{e}^n = +\infty$ donc $\lim\limits_{n\to+\infty} -\mathrm{e}^n = -\infty$ et $\lim\limits_{n\to+\infty} 3 - \mathrm{e}^n = -\infty$.

$\lim\limits_{n\to+\infty} \mathrm{e}^{-n} = 0$ donc $\lim\limits_{n\to+\infty} 1 + \mathrm{e}^{-n} = 1$.

Ainsi, par quotient, on en déduit que $\lim\limits_{n\to+\infty} v_n = -\infty$.

4 Limites et suites géométriques

De quoi s'agit-il ? On rappelle les différentes propriétés des suites géométriques (vues en Première) et on les complète avec des propriétés sur les limites.

1 Rappels sur les suites géométriques

● **Définition**

Une **suite** (u_n) est dite **géométrique de raison q** lorsqu'on passe d'un terme u_n au terme suivant u_{n+1} en multipliant par q.
Ainsi, pour tout n de $\mathbb{N}$, $u_{n+1} = q \times u_n$.

● **Propriété** (formule explicite)

(u_n) est une suite géométrique de raison q et de premier terme u_0.
Pour tout n de $\mathbb{N}$, $u_n = u_0 \times q^n$.

● **Propriété** (somme de termes consécutifs)

(u_n) est une suite géométrique de raison q et de premier terme u_0, avec $q \neq 1$.
Pour tout n de $\mathbb{N}$, $u_0 + u_1 + \ldots + u_n = u_0 \times \dfrac{1-q^{n+1}}{1-q}$.

2 Suites géométriques et limites

● **Propriété** (limite de q^n)

Si $0 < q < 1$, alors $\lim\limits_{n \to +\infty} q^n = 0$. Si $q > 1$, alors $\lim\limits_{n \to +\infty} q^n = +\infty$.

● **Propriété** (limite d'une somme de termes)

(u_n) est une suite géométrique de raison q avec $0 < q < 1$ et de premier terme u_0.

$$\lim_{n \to +\infty}(u_0 + u_1 + \ldots + u_n) = u_0 \times \frac{1}{1-q}$$

Exercices résolus

1. Étudier la limite d'une suite géométrique

ÉNONCÉ

(u_n) est la suite géométrique de raison 0,5 et de premier terme $u_0 = -3$.
Déterminer l'expression de u_n en fonction de n, puis la limite de (u_n).

CORRIGÉ

Pour tout n de $\mathbb{N}$, $u_n = u_0 \times q^n = -3 \times 0{,}5^n$.
Or, $0 < 0{,}5 < 1$, donc $\lim\limits_{n \to +\infty} 0{,}5^n = 0$ et $\lim\limits_{n \to +\infty} -3 \times 0{,}5^n = 0$.
Finalement, u converge vers 0.

Rappel
On utilise la formule $u_n = u_0 \times q^n$.

2. Étudier la limite d'une somme de termes

ÉNONCÉ

(v_n) est la suite géométrique de raison $\frac{\sqrt{2}}{2}$ et de premier terme $v_0 = 5$.

1. Déterminer la limite de (v_n).
2. Exprimer la somme S_n ci-dessous en fonction de n :

$$S_n = v_0 + v_1 + \ldots + v_n$$

3. Déterminer la limite de cette somme.

CORRIGÉ

1. Pour tout n de $\mathbb{N}$, $v_n = v_0 \times q^n = 5 \times \left(\frac{\sqrt{2}}{2}\right)^n$.

Or $0 < \frac{\sqrt{2}}{2} < 1$, donc $\lim\limits_{n \to +\infty} \left(\frac{\sqrt{2}}{2}\right)^n = 0$ et $\lim\limits_{n \to +\infty} v_n = 0$.

2. Pour tout n de $\mathbb{N}$:

$$S_n = v_0 \times \frac{1-q^{n+1}}{1-q} = 5 \times \frac{1-\left(\frac{\sqrt{2}}{2}\right)^{n+1}}{1-\frac{\sqrt{2}}{2}}$$

$$S_n = 5 \times \frac{1-\left(\frac{\sqrt{2}}{2}\right)^{n+1}}{\frac{2-\sqrt{2}}{2}} = 10 \times \frac{1-\left(\frac{\sqrt{2}}{2}\right)^{n+1}}{2-\sqrt{2}}$$

3. Puisque $0 < \frac{\sqrt{2}}{2} < 1$, on en déduit que :

$$\lim_{n \to +\infty} S_n = 5 \times \frac{1}{1-\frac{\sqrt{2}}{2}} = 5 \times \frac{1}{\frac{2-\sqrt{2}}{2}}$$

d'où :

$$\lim_{n \to +\infty} S_n = \frac{10}{2-\sqrt{2}}$$

Révision express

Les réflexes à avoir

- Reprendre les cours de 1re pour connaître la définition et les formules des suites arithmétiques et des suites géométriques.
- Connaître par cœur les tableaux du paragraphe 3. Limites et opérations.
- Avoir en tête les limites des suites usuelles : $\frac{1}{n}$, n^2, e^n, $\sqrt{n}$, etc.
- Comprendre et savoir utiliser les comparaisons pour déduire des limites et, pour le théorème des gendarmes, savoir que, pour tout n de $\mathbb{N}$, $-1 \leqslant (-1)^n \leqslant 1$; $-1 \leqslant \cos n \leqslant 1$ et $-1 \leqslant \sin n \leqslant 1$.

Les pièges à éviter

- Ne pas confondre une suite définie par une formule explicite (par exemple $u_n = 2n^2 + 3n - 1$) et une suite définie par récurrence (par exemple, $u_0 = 3$ et $u_{n+1} = 2u_n^2 + 3u_n - 1$).
- Dans le théorème des gendarmes, il y a deux gendarmes (u_n et w_n) qui encadrent une même suite (v_n) et qui convergent vers la même limite.
- La limite d'une suite s'étudie toujours quand n tend vers $+\infty$.

Quiz

*Pour chaque question, une seule réponse proposée (**a**, **b** ou **c**) est exacte.*

1. La suite u définie sur $\mathbb{N}$ par $u_n = n^2 + 5e^n$:
☐ **a.** tend vers $-\infty$ ☐ **b.** converge vers 0 ☐ **c.** tend vers $+\infty$

2. La suite v définie sur $\mathbb{N}^*$ par $v_n = \frac{2}{n^2} - e^{-n}$:
☐ **a.** tend vers $-\infty$ ☐ **b.** converge vers 0 ☐ **c.** tend vers $+\infty$

3. w est la suite géométrique de premier terme $w_0 = 5$ et de raison $q = 2$.
On pose $S = w_0 + w_1 + \ldots w_{15}$.
☐ **a.** $S = 327\,675$ ☐ **b.** $S = 163\,835$ ☐ **c.** $S = 65\,535$

4. t est la suite définie sur $\mathbb{N}$ par $t_n = \sqrt{n^2 + 1}$. Par comparaison, on peut en déduire que :
☐ **a.** $\lim\limits_{n \to +\infty} t_n = +\infty$ ☐ **b.** $\lim\limits_{n \to +\infty} t_n = 1$ ☐ **c.** $\lim\limits_{n \to +\infty} t_n = 0$

5. $\lim\limits_{n \to +\infty} (\sqrt{2} - 1)^n$ est égale à :
☐ **a.** $-\infty$ ☐ **b.** $+\infty$ ☐ **c.** 0

→ Réponses p. 495

EXERCICE 1

Savoir représenter une suite définie par récurrence

Énoncé

(u_n) est la suite définie sur $\mathbb{N}$ par $\begin{cases} u_0 = 4{,}8 \\ u_{n+1} = 0{,}2u_n^2 \end{cases}$

1. Représenter dans un repère les six premiers termes de la suite (u_n).

2. Conjecturer la limite de la suite (u_n).

Méthode

Pour représenter graphiquement une suite (u_n) définie par u_0 et $u_{n+1} = f(u_n)$:

- tracer la courbe $\mathscr{C}$ représentative de f sur $[0\,;+\infty[$;
- tracer la droite Δ d'équation $y = x$;
- suivre le procédé indiqué sous le graphique.

Corrigé

1.

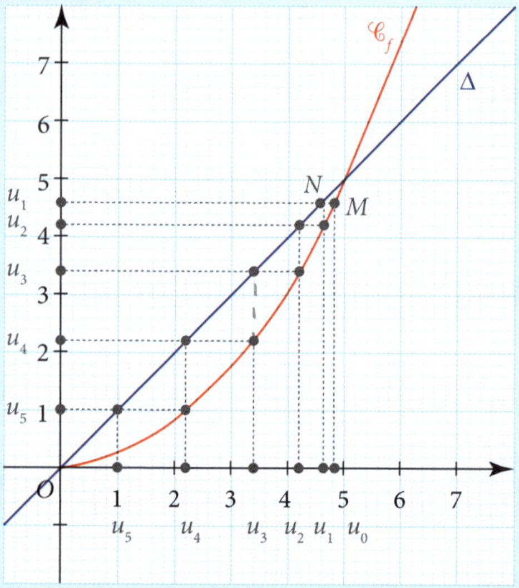

❶ On place u_0 sur l'axe des abscisses, puis on « monte » jusqu'à la courbe $\mathscr{C}_f$ au point $M(u_0\,;u_1)$ et on se reporte sur l'axe des ordonnées pour placer u_1.
À partir de l'axe des ordonnées, on part de u_1, on se déplace jusqu'à la droite Δ, au point $N(u_1\,;u_1)$ et on se reporte sur l'axe des abscisses pour placer u_1.

❷ On itère le procédé du ❶.

Attention :
Ce sont les valeurs marquées sur l'axe des abscisses qui représentent la suite u. La courbe $\mathscr{C}_f$ représente la fonction f.

2. On conjecture que $\lim\limits_{n \to +\infty} u_n = 0$.

EXERCICE 2

Savoir déterminer la limite d'une suite par comparaison

Énoncé

Déterminer la limite de la suite v définie sur $\mathbb{N}$ par $v_n = n + n\cos^2 n$, puis la limite de la suite w définie sur $\mathbb{N}^*$ par $w_n = \dfrac{\sin n}{n}$.

Méthode

Pour déduire la limite d'une suite par comparaison, il faut :

- reconnaître une suite usuelle, que l'on sait majorer ou minorer, dans l'expression donnée ;
- utiliser les propriétés de comparaison données p. 305-306 du cours.

Corrigé

- On va comparer la suite v à la suite u définie sur $\mathbb{N}$ par $u_n = n$.

Pour tout $n \in \mathbb{N}^*$, $0 \leqslant \cos^2 n \leqslant 1$ et donc

$$\cos^2 n \geqslant 0$$
$$\Leftrightarrow n\cos^2 n \geqslant 0$$
$$\Leftrightarrow n + n\cos^2 n \geqslant n$$
$$\Leftrightarrow v_n \geqslant u_n.$$

Rappels
- $-1 \leqslant \cos n \leqslant 1$.
- $\cos^2 n = (\cos n)^2$.

De plus, $\lim\limits_{n \to +\infty} u_n = +\infty$, donc $\lim\limits_{n + \infty} v_n = +\infty$.

- On va comparer la suite w aux suites a et b définies sur $\mathbb{N}^*$ par $a_n = -\dfrac{1}{n}$ et $b_n = \dfrac{1}{n}$.

Pour tout $n \in \mathbb{N}^*$, $-1 \leqslant \sin n \leqslant 1$.

Comme n est un entier strictement positif, $-\dfrac{1}{n} \leqslant \dfrac{\sin n}{n} \leqslant \dfrac{1}{n}$.

Donc, pour tout $n \in \mathbb{N}^*$, $a_n \leqslant w_n \leqslant b_n$, de plus $\lim\limits_{n \to +\infty} a_n = \lim\limits_{n \to +\infty} b_n = 0$.

On en déduit, d'après le théorème des gendarmes, que $\lim\limits_{n \to +\infty} w_n = 0$ et donc que w converge aussi vers 0.

EXERCICE 3

Savoir déterminer la limite d'une suite

Énoncé

Déterminer la limite de la suite (u_n) définie sur $\mathbb{N}$ par : $u_n = \dfrac{n^2 + 1}{5e^{-n}}$.

Méthode

Pour déterminer la limite d'une suite :

- on utilise les limites des fonctions de référence ;
- on applique les tableaux d'opérations sur les limites (paragraphe 3 du cours).

Corrigé

$\lim\limits_{n \to +\infty} n^2 = +\infty$ et $\lim\limits_{n \to +\infty} 1 = 1$, donc par somme, $\lim\limits_{n \to +\infty} n^2 + 1 = +\infty$.

$\lim\limits_{n \to +\infty} e^{-n} = 0$ et $\lim\limits_{n \to +\infty} 5 = 5$, donc par produit, $\lim\limits_{n \to +\infty} 5e^{-n} = 0$.

Ainsi, par quotient (puisque $5e^{-n} > 0$), on en déduit que $\lim\limits_{n \to +\infty} u_n = +\infty$.

EXERCICE 4

Savoir utiliser les suites géométriques

Énoncé

1. Déterminer les limites des suites géométriques définies sur $\mathbb{N}$ par :

a. $u_n = -5 \times \sqrt{3}^n$ **b.** $v_n = 100 \times 0{,}2^n$

2. Déterminer la limite de la somme $S_n = v_0 + v_1 + \ldots + v_n$.

Méthode

1 Appliquer la première propriété du paragraphe 4.2 du cours, en étant attentif au fait que $0 < q < 1$ ou que $q > 1$.

2 Appliquer la seconde propriété du paragraphe 4.2 du cours.

Corrigé

1. a. Pour la suite (u_n), la raison est $q = \sqrt{3}$.
Or $\sqrt{3} > 1$, donc $\lim\limits_{n \to +\infty} \sqrt{3}^n = +\infty$ et $\lim\limits_{n \to +\infty} u_n = -\infty$.

b. Pour la suite (v_n), la raison est $q = 0{,}2$.
Or $0 < 0{,}2 < 1$, donc $\lim\limits_{n \to +\infty} 0{,}2^n = 0$ et $\lim\limits_{n \to +\infty} v_n = 0$.

Rappel
Pour (u_n), suite géométrique de raison q et de premier terme u_0 : $u_n = u_0 \times q^n$.

2. $0 < 0{,}2 < 1$, et $v_0 = 100 \times 0{,}2^0 = 100$.
Donc, d'après la propriété du cours :

$$\lim_{n \to +\infty} v_0 + v_1 + \ldots + v_n = v_0 \times \frac{1}{1-q} = 100 \times \frac{1}{1-0{,}2} = \frac{100}{0{,}8} = 125$$

EXERCICE 5

Savoir étudier une suite arithmético-géométrique

Énoncé

(u_n) est la suite définie sur $\mathbb{N}$ par $u_{n+1} = 0{,}4\,u_n + 6$ et $u_0 = 12$ et (v_n) est la suite définie sur $\mathbb{N}$ par $v_n = u_n - 10$.

1. Démontrer que la suite (v_n) est géométrique. Préciser sa raison q et son premier terme v_0.

2. En déduire l'expression de v_n en fonction de n, puis de u_n en fonction de n.

3. Déterminer la limite de la suite (v_n), puis de la suite (u_n).

Méthode

Pour démontrer qu'une suite (v_n) est géométrique, on montre que $v_{n+1} = q\,v_n$.

Corrigé

1. Pour tout n de $\mathbb{N}$, $v_{n+1} = u_{n+1} - 10 = 0{,}4u_n - 4 = 0{,}4\,(u_n - 10) = 0{,}4v_n$.
Donc (v_n) est une suite géométrique de raison $q = 0{,}4$ et $v_0 = u_0 - 10 = 2$.

2. Pour tout n de $\mathbb{N}$, $v_n = v_0 \times q^n = 2 \times 0{,}4^n$ et $u_n = v_n + 10 = 2 \times 0{,}4^n + 10$.

3. $0 < 0{,}4 < 1$, donc $\lim\limits_{n \to +\infty} v_n = 0$ et $\lim\limits_{n \to +\infty} u_n = 10$.

Chapitre 2 Limites et continuité des fonctions

1 Limites de fonction et asymptotes

De quoi s'agit-il ? On s'intéresse aux limites des fonctions et à leurs conséquences graphiques.

1 Limites des fonctions de référence

Voici les différentes limites des fonctions de référence. Elles sont à connaître par cœur. n désigne un entier naturel non nul.

Limites en $+\infty$

- $\lim\limits_{x \to +\infty} x^n = +\infty$
- $\lim\limits_{x \to +\infty} \sqrt{x} = +\infty$
- $\lim\limits_{x \to +\infty} \dfrac{1}{x^n} = 0$
- $\lim\limits_{x \to +\infty} \mathrm{e}^x = +\infty$

Limites en $-\infty$

- $\lim\limits_{x \to -\infty} x^n = \begin{cases} +\infty \text{ si } n \text{ est pair} \\ -\infty \text{ si } n \text{ est impair} \end{cases}$
- $\lim\limits_{x \to -\infty} \mathrm{e}^x = 0$
- $\lim\limits_{x \to -\infty} \dfrac{1}{x^n} = 0$

Limites en 0

- $\lim\limits_{\substack{x \to 0 \\ x>0}} \dfrac{1}{x^n} = +\infty$
- $\lim\limits_{\substack{x \to 0 \\ x<0}} \dfrac{1}{x^n} = \begin{cases} +\infty \text{ si } n \text{ est pair} \\ -\infty \text{ si } n \text{ est impair} \end{cases}$

2 Asymptote à une courbe

- **Définitions**

Dire que la droite d'équation $y = \ell$ **est asymptote horizontale** à la courbe $\mathscr{C}$ représentant la fonction f dans un repère signifie que :

$$\lim_{x \to +\infty} f(x) = \ell \text{ ou } \lim_{x \to -\infty} f(x) = \ell$$

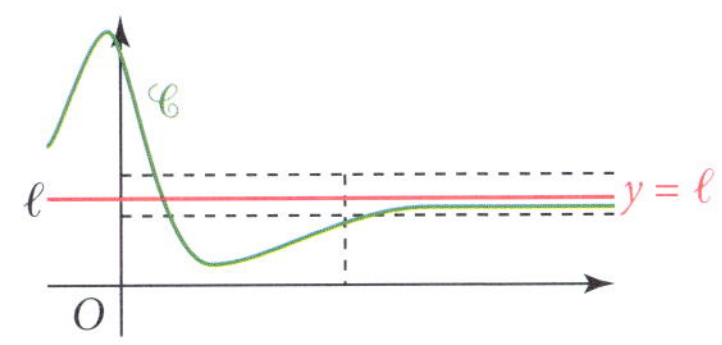

Dire que la droite d'équation $x = a$ est **asymptote verticale** à la courbe $\mathscr{C}$ représentant la fonction f signifie que :

$$\lim_{x \to a} f(x) = -\infty \text{ ou } \lim_{x \to a} f(x) = +\infty$$

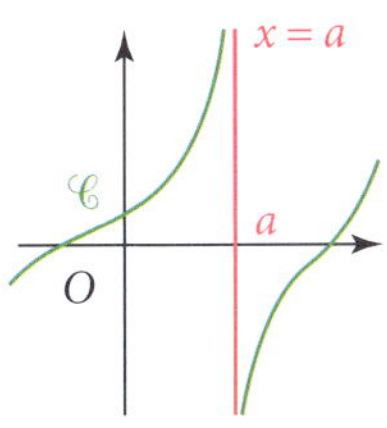

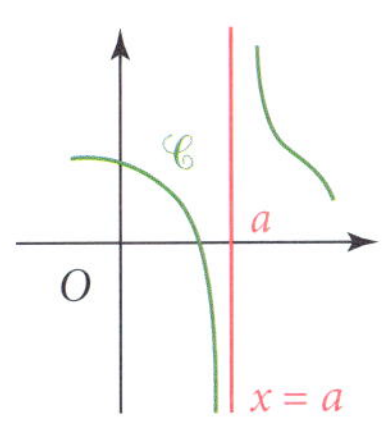

Exercice résolu

Déterminer les asymptotes de fonctions de référence

ÉNONCÉ

Déterminer les asymptotes éventuelles en $-\infty$, $+\infty$ et en 0 des fonctions de référence suivantes :

a. $f(x) = e^x$ b. $g(x) = \dfrac{1}{x^2}$

CORRIGÉ

a. $\lim\limits_{x \to -\infty} e^x = 0$ donc la droite d'équation $y = 0$ est asymptote horizontale à la courbe représentative de f en $-\infty$.

$\lim\limits_{x \to +\infty} e^x = +\infty$ donc, en $+\infty$, la courbe représentative de f n'a pas d'asymptote.

$\lim\limits_{x \to 0} e^x = e^0 = 1$ donc, en 0, la courbe représentative de f n'a pas d'asymptote.

b. $\lim\limits_{x \to -\infty} \dfrac{1}{x^2} = 0$ et $\lim\limits_{x \to +\infty} \dfrac{1}{x^2} = 0$ donc la droite d'équation $y = 0$ est asymptote horizontale à la courbe représentative de g en $-\infty$ et en $+\infty$.

$\lim\limits_{x \to 0} \dfrac{1}{x^2} = +\infty$ donc la droite d'équation $x = 0$ est asymptote verticale à la courbe représentative de g.

Remarque
On peut vérifier les réponses grâce aux courbes représentatives de f et g.

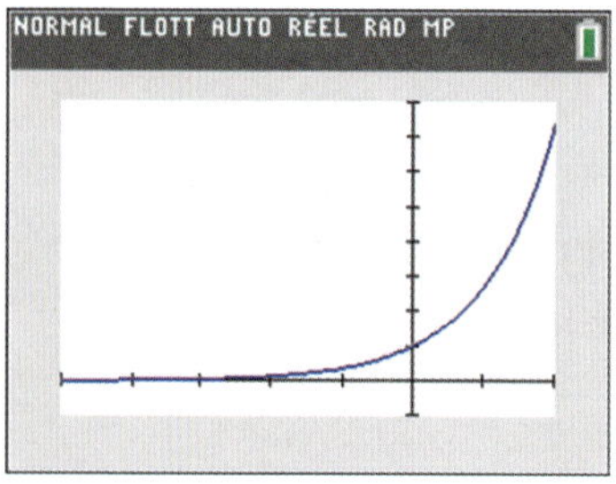

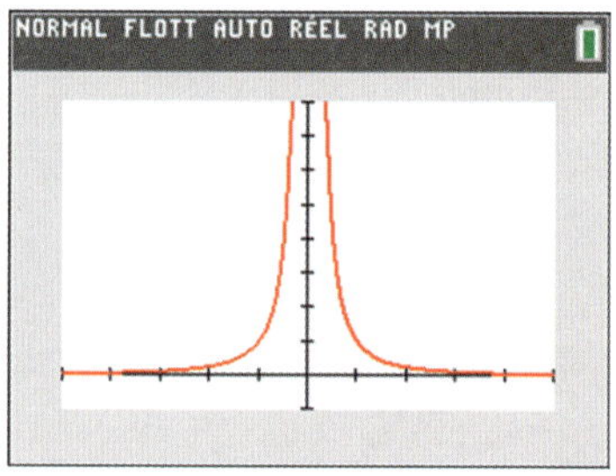

2 Opérations sur les limites

De quoi s'agit-il ? **Comme pour les limites de suites, on décrit à l'aide de tableaux les conséquences sur les limites des opérations usuelles : somme, produit, quotient.**

a désigne un réel ou $-\infty$ ou $+\infty$.

1 Limite de la somme de deux fonctions

$\lim\limits_{x \to a} u(x)$	ℓ	ℓ	ℓ	$+\infty$	$-\infty$	$+\infty$
$\lim\limits_{x \to a} v(x)$	ℓ'	$+\infty$	$-\infty$	$+\infty$	$-\infty$	$-\infty$
$\lim\limits_{x \to a} [u(x) + v(x)]$	$\ell + \ell'$	$+\infty$	$-\infty$	$+\infty$	$-\infty$	FI

Dans la situation notée FI (forme indéterminée), on ne peut pas conclure, toutes les réponses sont envisageables.

2 Limite du produit de deux fonctions

$\lim\limits_{x \to a} u(x)$	ℓ	$\ell \neq 0$	0	∞
$\lim\limits_{x \to a} v(x)$	ℓ'	∞	∞	∞
$\lim\limits_{x \to a} [u(x) \times v(x)]$	$\ell \times \ell'$	∞(*)	FI	∞(*)

Remarque
(*) Le signe de la limite s'obtient au moyen de la règle des signes de la multiplication.

3 Limite du quotient de deux fonctions

$\lim\limits_{x \to a} u(x)$	ℓ	$\ell \neq 0$	∞	ℓ	∞	0
$\lim\limits_{x \to a} v(x)$	$\ell' \neq 0$	0	ℓ'	∞	∞	0
$\lim\limits_{x \to a} \frac{u(x)}{v(x)}$	$\frac{\ell}{\ell'}$	∞(*)	∞(*)	0	FI	FI

Remarque
(*) Le signe de la limite s'obtient au moyen de la règle des signes de la division.

4 Limite en $-\infty$ ou en $+\infty$ de polynômes

• **Propriété**

En $-\infty$ ou en $+\infty$, une fonction polynôme se comporte comme son terme de plus haut degré.

Rappel
Une fonction polynôme s'écrit $f(x) = a_n x^n + a_{n-1} x^{n-1} + \ldots + a_0$.
n est le degré de f.

Exemples

- $\lim\limits_{x \to +\infty} 2x^3 - 3x^2 + 1 = \lim\limits_{x \to +\infty} 2x^3 = +\infty$.
- $\lim\limits_{x \to -\infty} \frac{2x+3}{5x-1} = \lim\limits_{x \to -\infty} \frac{2x}{5x} = \lim\limits_{x \to -\infty} \frac{2}{5} = \frac{2}{5}$.

MATHS COMP.

Exercice résolu

Appliquer les règles opératoires

ÉNONCÉ

1. f est la fonction définie sur $\mathbb{R}$ par $f(x) = e^x + x$.
Déterminer la limite de f en $+\infty$.
2. g est la fonction définie sur $]1\,;+\infty[$ par $g(x) = \frac{x+3}{x-1}$.
Déterminer la limite de g en 1.
3. h est la fonction définie sur $\mathbb{R}$ par $h(x) = \frac{15x^4 - 3x^2 + 1}{-3x^4 - 5}$.
Déterminer la limite de h en $-\infty$.

CORRIGÉ

1. $\lim\limits_{x \to +\infty} e^x = +\infty$ et $\lim\limits_{x \to +\infty} x = +\infty$, donc par somme, $\lim\limits_{x \to +\infty} e^x + x = +\infty$.
2. $\lim\limits_{\substack{x \to 1 \\ x > 1}} x + 3 = 4$

•••

x	$-\infty$		1		$+\infty$
$x-1$		$-$	0	$+$	

De ce tableau de signes, on déduit que $\lim\limits_{\substack{x \to 1 \\ x>1}} x - 1 = 0^+$,

donc par quotient, $\lim\limits_{\substack{x \to 1 \\ x>1}} \dfrac{x+3}{x-1} = +\infty$.

3. En $-\infty$, les fonctions polynômes $x \mapsto 15x^4 - 3x^2 + 1$ et $x \mapsto -3x^4 - 5$ se comportent comme leur terme de plus haut degré, donc :

$$\lim_{x\to-\infty} \frac{15x^4 - 3x^2 + 1}{-3x^4 - 5} = \lim_{x\to-\infty} \frac{15x^4}{-3x^4} = \lim_{x\to-\infty} \frac{15x^4 - 3x^2 + 1}{-3x^4 - 5} = \frac{15}{-3} = -5.$$

Réflexe à avoir

g est définie sur $]1\,;+\infty[$, donc on regarde la limite à droite de 1 : x tend vers 1 avec $x > 1$.

Piège à éviter

Cette règle sur les limites des fonctions polynômes n'est vraie qu'en $-\infty$ ou en $+\infty$, pas ailleurs !

3 Continuité d'une fonction

De quoi s'agit-il ? La notion de continuité d'une fonction est une propriété qui sera utile pour le paragraphe 4. Elle est décrite par les limites et graphiquement.

Dans tout ce paragraphe, f est une fonction définie sur un intervalle I et a un réel de I.

• Définitions

• f est continue en a lorsque f a une limite en a égale à $f(a)$.
Ainsi, $\lim\limits_{x\to a} f(x) = f(a)$.
• f est continue sur I lorsque f est continue en tout réel de I.

• Graphiquement

Une fonction est continue en a si en se déplaçant sur la courbe en s'approchant de a, il n'y a pas de « lever de crayon » en a.

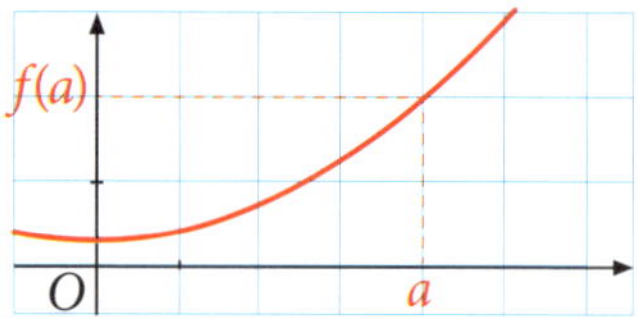

Il n'y a pas de rupture en a.
$\lim\limits_{x\to a} f(x) = f(a)$,
donc f est continue en a.

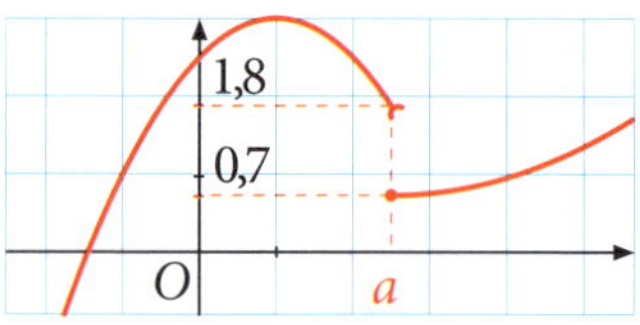

Il y a une rupture en a.
$\lim\limits_{\substack{x\to a \\ x<a}} f(x) = 1{,}8 \neq f(a) = 0{,}7$,
donc f n'est pas continue en a.

4 Théorème des valeurs intermédiaires

De quoi s'agit-il ? Ce théorème permet, sans calcul, de démontrer l'existence ou non de solution(s) d'une équation.

1 Théorème

f est une fonction **continue** sur un intervalle I, a et b sont deux réels de I.
Pour tout réel $\boldsymbol{k}$ **compris entre** $\boldsymbol{f(a)}$ **et** $\boldsymbol{f(b)}$, il existe **au moins** un réel c compris entre a et b tel que $f(c) = k$.

Remarque
Lorsque $a = -\infty$ ou $b = +\infty$, $f(a)$ ou $f(b)$ deviennent $\lim\limits_{x \to -\infty} f(x)$ ou $\lim\limits_{x \to +\infty} f(x)$.

2 Illustration graphique

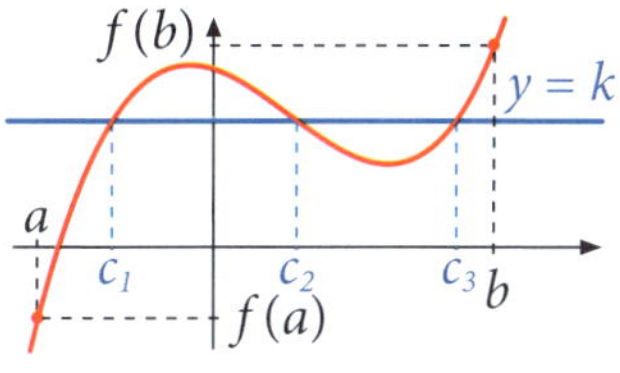

La droite d'équation $y = k$ coupe au moins une fois la courbe $\mathscr{C}$ représentant f sur $[a ; b]$.
Ici, $f(x) = k$ pour $x = c_1$ ou $x = c_2$ ou $x = c_3$.

MATHS COMP.

Exercice résolu

Étudier la continuité d'une fonction

ÉNONCÉ

f est la fonction définie sur $\mathbb{R}$ par $f(x) = \begin{cases} x+3 & \text{si } x < 1 \\ 2 & \text{si } 1 \leqslant x \leqslant 3. \\ -x+5 & \text{si } x > 3 \end{cases}$

1. Représenter f dans un repère.
2. Étudier la continuité de f sur $\mathbb{R}$.

CORRIGÉ

1. Sur $]-\infty ; 1[$, $f(x) = x + 3$. Elle est représentée par la droite de coefficient directeur 1 passant par le point de coordonnées $(0 ; 3)$.
De même sur $[1 ; 3]$, $f(x) = 2$ et sur $]3 ; +\infty[$, $f(x) = -x + 5$.

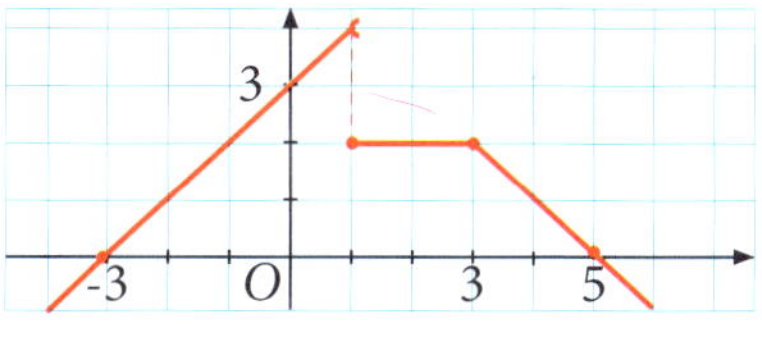

Remarque
On appelle cette fonction, une fonction affine par morceaux.

2. f est affine sur tous les intervalles ouverts $]-\infty ; 1[$, $]1 ; 3[$ et $]3 ; +\infty[$, donc f est continue sur ces intervalles. De plus :
• En $x = 1$: $\lim\limits_{\substack{x \to 1 \\ x < 1}} f(x) = \lim\limits_{\substack{x \to 1 \\ x < 1}} (x+3) = 4$ et $f(1) = 2$.
Ainsi, $\lim\limits_{x \to 1} f(x) \neq f(1)$.
Donc, f n'est pas continue en 1.

Rappels
• $\lim\limits_{\substack{x \to 1 \\ x < 1}} f(x)$ est également appelée limite à gauche en 1 de f ;
• $\lim\limits_{\substack{x \to 1 \\ x > 1}} f(x)$ est également appelée limite à droite en 1 de f.

• En $x = 3$: $f(3) = 2$ et $\lim\limits_{\substack{x \to 3 \\ x > 3}} f(x) = \lim\limits_{\substack{x \to 3 \\ x > 3}} (-x + 5) = 2$.

Ainsi $\lim\limits_{x \to 3} f(x) = f(3)$.

Donc, f est continue en 3.

5 Fonction continue et strictement monotone

De quoi s'agit-il ? **On présente ici une conséquence des théorèmes des valeurs intermédiaires qui permet de démontrer, sans la calculer, l'existence d'une unique solution d'une équation.**

1 Propriété

f est une fonction **continue et strictement monotone** sur l'intervalle $[a ; b]$.
Pour tout nombre réel k compris entre $f(a)$ et $f(b)$, l'équation $f(x) = k$ admet une **solution unique** c dans $[a ; b]$.

Ce résultat est illustré par l'un des tableaux de variation ci-dessous.

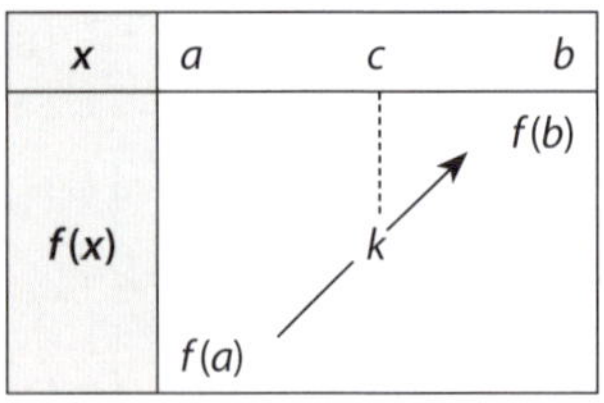

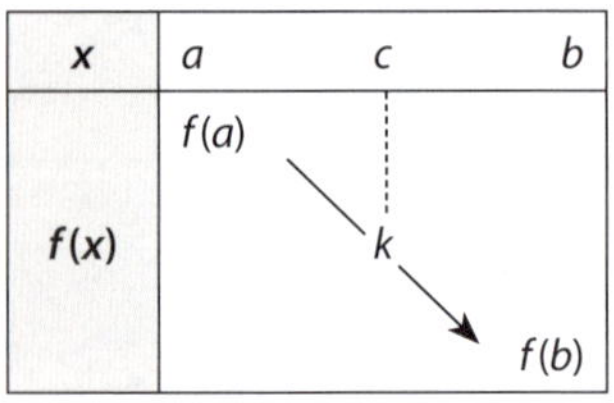

Remarque

Lorsque $a = -\infty$ ou $b = +\infty$, $f(a)$ et $f(b)$ deviennent $\lim\limits_{x \to -\infty} f(x)$ ou $\lim\limits_{x \to +\infty} f(x)$.

2 Exemple

f est une fonction définie sur $[-1 ; +\infty[$, dont le tableau de variation est :

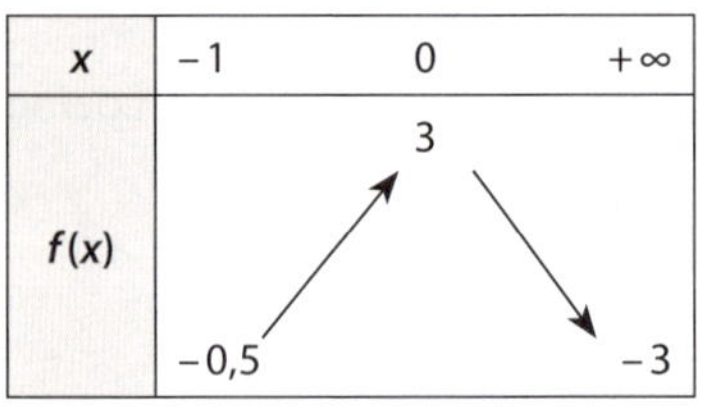

Montrer que l'équation $f(x) = 0$ admet exactement deux solutions dans $[-1 ; +\infty[$.

• **Sur $[-1 ; 0]$:**
D'après le tableau de variation, f est continue et strictement croissante.
De plus, $f(-1) = -0,5$ et $f(0) = 3$ sont de signes contraires, donc l'équation $f(x) = 0$ admet une unique solution $c_1 \in [-1 ; 0]$.

• **Sur $[0 ; +\infty[$:**
f est continue et strictement décroissante.
De plus, $f(0) = 3$ et $\lim\limits_{x \to +\infty} f(x) = -3$ sont de signes contraires, donc l'équation $f(x) = 0$ admet une unique solution $c_2 \in [0 ; +\infty[$.
Ainsi, l'équation $f(x) = 0$ admet exactement deux solutions c_1 et c_2 dans $[-1 ; +\infty[$.

Exercice résolu

Déterminer le nombre de solutions d'une équation

ÉNONCÉ

f est la fonction définie sur $\mathbb{R}$ par $f(x) = x^3 - 4x^2 + 3$.

1. Montrer que l'équation $f(x) = 0$ a une unique solution négative. On la note α.
2. Déterminer une valeur approchée au centième de α à l'aide de la calculatrice.

CORRIGÉ

1. f est une fonction polynôme, donc continue et dérivable sur $\mathbb{R}$.
Pour tout réel x, $f'(x) = 3x^2 - 8x = x(3x - 8)$.
$f'(x) = 0 \Leftrightarrow x = 0$ ou $3x - 8 = 0 \Leftrightarrow x = 0$ ou $x = \dfrac{8}{3}$.
$f'(x)$ est une expression du second degré, avec $a = 3$ (positif), d'où :

x	$-\infty$		0		$\frac{8}{3}$		$+\infty$
$f'(x)$		$+$	0	$-$	0	$+$	
$f(x)$	$-\infty$	$\nearrow$	3	$\searrow$	$-\frac{175}{27}$	$\nearrow$	$+\infty$

$$f\left(\frac{8}{3}\right) = \left(\frac{8}{3}\right)^3 - 4 \times \left(\frac{8}{3}\right)^2 + 3 = -\frac{175}{27}$$

$$\lim_{x \to +\infty} f(x) = \lim_{x \to +\infty} x^3 = +\infty$$

$$\lim_{x \to -\infty} f(x) = \lim_{x \to -\infty} x^3 = -\infty$$

Ainsi, f est strictement monotone, continue et change de signe sur chaque intervalle $]-\infty\,;0[\,;\ \left]0\,;\frac{8}{3}\right[$ et $\left]\frac{8}{3}\,;+\infty\right[$.

D'après la conséquence du théorème des valeurs intermédiaires, l'équation $f(x) = 0$ admet donc une unique solution sur chacun de ces intervalles.
Il n'y a donc qu'une seule solution négative, que l'on note $\alpha \in \,]-\infty\,;0]$.

2. À l'aide de la calculatrice, on obtient $\alpha \approx -0{,}79$.

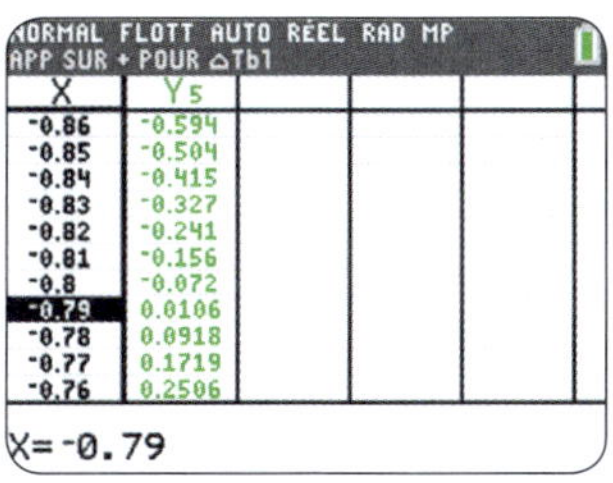

L'astuce du prof

Penser à vérifier le tableau de variation en affichant le graphique sur la calculatrice.

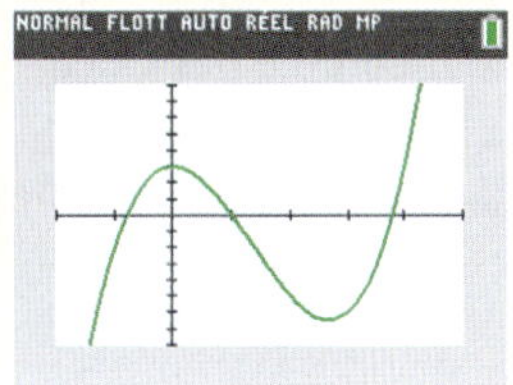

Révision express

Les réflexes à avoir

- Savoir lire les limites d'une fonction à partir de son tableau de variation ou de sa représentation graphique.
- Savoir lire et donner l'équation des éventuelles asymptotes (verticales ou horizontales) d'une fonction, à partir de son tableau de variation ou de sa représentation graphique.
- Avoir en tête les limites des fonctions usuelles $x \mapsto x^2, x \mapsto e^x, x \mapsto \frac{1}{x}$, etc.
- Connaître par cœur les tableaux du paragraphe « 2. Opérations sur les limites ».
- Comprendre graphiquement ce qu'est une fonction continue ou discontinue en a.
- Pour répondre à la question « Montrer qu'il existe **au moins** un réel c tel que $f(x) = k$… », utiliser le théorème des valeurs intermédiaires (paragraphe 4).
- Pour répondre à la question « Montrer qu'il existe **un unique** réel c tel que $f(x) = k$… », utiliser le corollaire du théorème des valeurs intermédiaires (paragraphe 5).

Le piège à éviter

Il faut parfois différencier la limite à gauche $\left(\lim\limits_{\substack{x \to a \\ x<a}} f(x)\right)$ de la limite à droite $\left(\lim\limits_{\substack{x \to a \\ x>a}} f(x)\right)$.

Quiz

*Pour chaque question, une seule réponse proposée (**a**, **b** ou **c**) est exacte.*

1. On sait que $\lim\limits_{x \to +\infty} f(x) = 3$. La courbe représentative de f possède une asymptote :

☐ **a.** horizontale d'équation $y = 3$ ☐ **b.** verticale d'équation $y = 3$
☐ **c.** verticale d'équation $x = 3$

2. Pour $x > 2$, $f(x) = \frac{5}{x-2}$. On en déduit que $\lim\limits_{\substack{x \to 2 \\ x>2}} f(x)$ est égale à :

☐ **a.** $-\infty$ ☐ **b.** $+\infty$ ☐ **c.** 5

3. $\lim\limits_{x \to -\infty} \frac{2x^2+3}{x-1}$ est égale à :

☐ **a.** $-\infty$ ☐ **b.** $+\infty$ ☐ **c.** 2

4. La fonction f définie sur $\mathbb{R}$ par $f(x) = \begin{cases} 2x+3 & \text{si } x \leqslant 1 \\ e^x & \text{si } x > 1 \end{cases}$ est :

☐ **a.** continue en 1 ☐ **b.** discontinue en 1 ☐ **c.** continue sur $\mathbb{R}$

5. L'équation $e^x + x = 0$ possède une unique solution sur :

☐ **a.** $[-1 ; 0]$ ☐ **b.** $[0 ; 1]$ ☐ **c.** $[1 ; 2]$

→ Réponses p. 495

EXERCICE 1

Savoir lire graphiquement des limites et des asymptotes

Énoncé

$\mathscr{C}$ est la courbe représentative d'une fonction f définie sur $]-\infty\,;-1[\cup]-1\,;+\infty[$.

Elle est tracée dans le repère ci-contre.

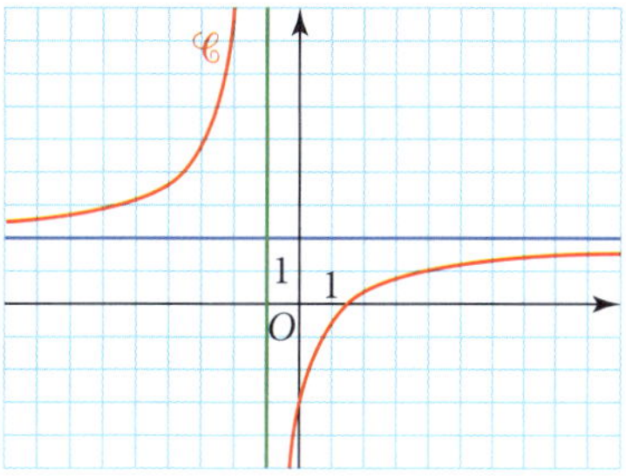

1. Lire les limites de f :

- en $-\infty$
- en 0
- en $+\infty$

2. En déduire d'éventuelles asymptotes de f.

Méthode

On se reporte aux définitions du paragraphe 1 du cours.

Corrigé

1. On lit que :

- $\lim\limits_{x \to -\infty} f(x) = 2$
- $\lim\limits_{\substack{x \to -1 \\ x < -1}} f(x) = +\infty$
- $\lim\limits_{\substack{x \to -1 \\ x > -1}} f(x) = -\infty$
- $\lim\limits_{x \to +\infty} f(x) = 2$

Remarque
$\lim\limits_{\substack{x \to -1 \\ x < -1}}$ se dit parfois « limite à gauche de -1 ».

2. D'après les limites ci-dessus, on en déduit que :

– la droite d'équation $y = 2$ est asymptote horizontale à $\mathscr{C}$ en $-\infty$ et en $+\infty$;

– la droite d'équation $x = -1$ est asymptote verticale à $\mathscr{C}$.

EXERCICE 2

Savoir calculer des limites

Énoncé

Calculer les limites suivantes.

1. $\lim\limits_{x \to +\infty} \dfrac{2}{x} - e^x$ **2.** $\lim\limits_{\substack{x \to 3 \\ x > 3}} \dfrac{5x^2+1}{x-3}$ **3.** $\lim\limits_{x \to +\infty} 4x^3 - 10x^2$ **4.** $\lim\limits_{x \to +\infty} \dfrac{7x^2-4x}{2x^3+3x^2-2}$

Méthode

Pour calculer des limites, on utilise :

- les limites des fonctions usuelles (paragraphe 1 du cours) ;
- les tableaux d'opérations sur les limites (paragraphes 2.1, 2.2 et 2.3 du cours) ;
- la propriété sur les limites en $-\infty$ et en $+\infty$ de fonctions polynômes.

Corrigé

1. $\lim\limits_{x \to +\infty} \dfrac{1}{x} = 0$ donc $\lim\limits_{x \to +\infty} \dfrac{2}{x} = 0$. De plus, $\lim\limits_{x \to +\infty} e^x = +\infty$, donc par somme, $\lim\limits_{x \to +\infty} \dfrac{2}{x} - e^x = -\infty$.

2. $\lim\limits_{\substack{x \to 3 \\ x > 3}} 5x^2 + 1 = 5 \times 3^2 + 1 = 46$.

De plus, d'après le tableau ci-contre, $\lim\limits_{\substack{x \to 3 \\ x>3}} x - 3 = 0^+$.

x	$-\infty$	3	$+\infty$
$x-3$	$-$	0	$+$

Donc par quotient, $\lim\limits_{\substack{x \to 3 \\ x>3}} \dfrac{5x^2+1}{x-3} = +\infty$.

3. $\lim\limits_{x \to +\infty} 4x^3 - 10x^2 = \lim\limits_{x \to +\infty} 4x^3 = +\infty$.

4. $\lim\limits_{x \to +\infty} \dfrac{7x^2 - 4x}{2x^3 + 3x - 2} = \lim\limits_{x \to +\infty} \dfrac{7x^2}{2x^3} = \lim\limits_{x \to +\infty} \dfrac{7}{2x} = 0$.

EXERCICE 3

Savoir étudier la continuité

Énoncé

f est la fonction définie sur $\mathbb{R}$ par $f(x) = \begin{cases} x^2+1 & \text{si } x \leqslant 0 \\ 1-x^2 & \text{si } x>0 \end{cases}$.

Étudier la continuité de f en 0.

Méthode

Pour étudier la continuité d'une fonction en a, il faut vérifier que :

$$f(a) = \lim_{\substack{x \to a \\ x<a}} f(x) \quad \text{ou} \quad f(a) = \lim_{\substack{x \to a \\ x>a}} f(x)$$

Corrigé

Pour $x \in]-\infty\,;0]$, $f(x) = x^2 + 1$, donc $f(0) = 0^2 + 1 = 1$.
De plus, $\lim\limits_{\substack{x \to 0 \\ x>0}} f(x) = \lim\limits_{\substack{x \to 0 \\ x>0}} 1 - x^2 = 1$.

Ainsi, $\lim\limits_{\substack{x \to 0 \\ x>0}} f(x) = f(0)$, donc f est continue en 0.

EXERCICE 4

Savoir utiliser le théorème des valeurs intermédiaires

Énoncé

f est la fonction définie sur $\mathbb{R}$ par $f(x) = 1 + xe^{-x}$.

Montrer que l'équation $f(x) = 0$ admet une unique solution $\alpha \in [-2\,;0]$.

Méthode

Pour résoudre une équation de type $f(x) = 0$:

- soit on peut résoudre cette équation par le calcul et trouver le nombre de solutions de l'équation ainsi que leur(s) valeur(s) exacte(s) ;
- soit on utilise le théorème des valeurs intermédiaires (paragraphes 4 et 5) pour montrer l'existence de solution(s) à cette équation ; puis à l'aide de la calculatrice ou d'un algorithme, on détermine la (ou les) valeur(s) approchée(s) de la (ou des) solution(s).

Corrigé

- La fonction f est continue sur $[-2\,;0]$.

On a $f(-2) = 1 + (-2)e^{-(-2)} = 1 - 2e^2$ et $1 - 2e^2 < 0$.
De plus, $f(0) = 1 + 0e^{-0} = 1 + 0 \times 1 = 1$, donc $f(1) > 0$.
f est continue sur $[-2\,;0]$, f change de signe sur $[-2\,;0]$, donc, d'après le théorème des valeurs intermédiaires, il existe au moins un réel $c \in [-2\,;0]$ tel que $f(c) = 0$.

- Pour tout x de $\mathbb{R}$, $f'(x) = 1 \times e^{-x} + x \times (-e^{-x}) = e^{-x} - xe^{-x} = (1 - x)e^{-x}$.

Or, $e^{-x} > 0$ et $1 - x > 0$ sur $[-2\,;0]$, on en déduit le tableau de variation ci-dessous.

x	-2		c		0
$f'(x)$		+		+	
$f(x)$	$1 - 2e^2$	↗	0	↗	1

Ainsi, l'équation $f(x) = 0$ admet une unique solution $c \in [-2\,;0]$.

EXERCICE 5

Savoir utiliser la calculatrice ou compléter un algorithme

Énoncé

On reprend l'équation $1 + xe^{-x} = 0$ étudiée dans la méthode précédente.

1. Utiliser la calculatrice pour déterminer une valeur arrondie à 0,01 près de c.

2. Le programme ci-contre est écrit en langage Python. Il permet d'obtenir une valeur de c arrondie à 0,01 près.

Compléter les cases vides de cet algorithme.

```
from math import *

x=-2
while [          ]<0:
    x=[        ]
print(x)
```

Méthode

À la calculatrice, pour déterminer une valeur approchée de c, on peut, par exemple, utiliser un tableau de valeurs en choisissant :

- Valeur de départ (ou Début Tbl) : -2
- Pas (ou ΔTbl) : 0.01

Corrigé

1. Grâce à l'écran de droite ci-dessous, on en déduit que $c \approx -0{,}57$.

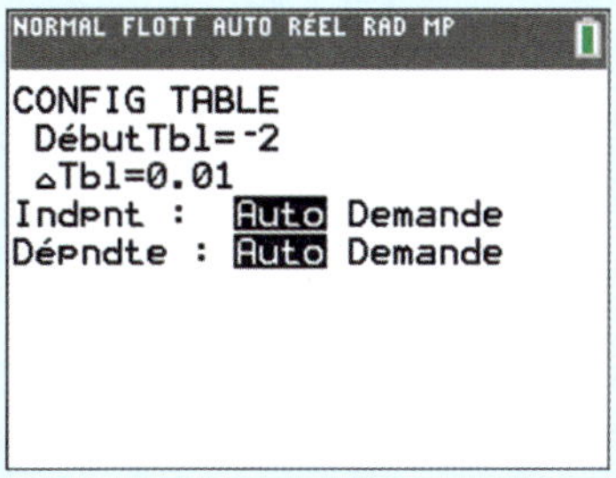

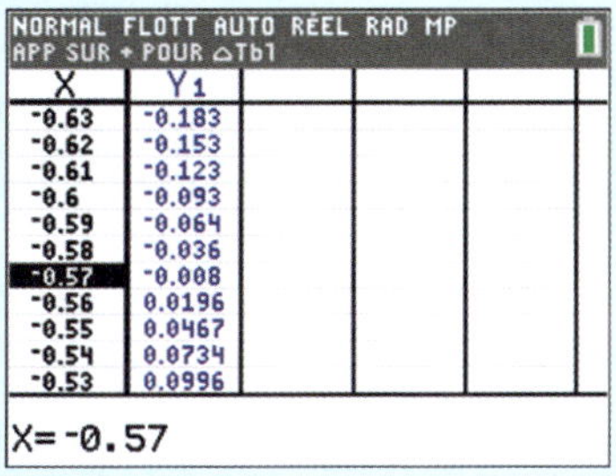

2. Dans la case rouge, il faut taper : $1 + x^{*}$ exp$(-x)$
Dans la case verte, il faut taper : $x + 0.01$

Chapitre 3 Compléments sur la dérivation

1 Nombre dérivé et tangente

De quoi s'agit-il ? On rappelle ici les notions de nombre dérivé d'une fonction et de tangente à une courbe, vues en classe de Première.

1 Nombre dérivé en *a*

• **Définition**

f est une fonction définie sur un intervalle I, a et $a + h$ appartiennent à I ($h \neq 0$).
f est dite **dérivable en *a*** lorsque $\lim\limits_{h \to 0} \dfrac{f(a+h) - f(a)}{h}$ tend vers un réel ℓ.
On note alors $\ell = f'(a)$. $f'(a)$ s'appelle **nombre dérivé de *f* en *a***.

• **Interprétation graphique**

Le nombre dérivé $f'(a)$ est égal au coefficient directeur de la tangente à $\mathscr{C}$ en A d'abscisse a.

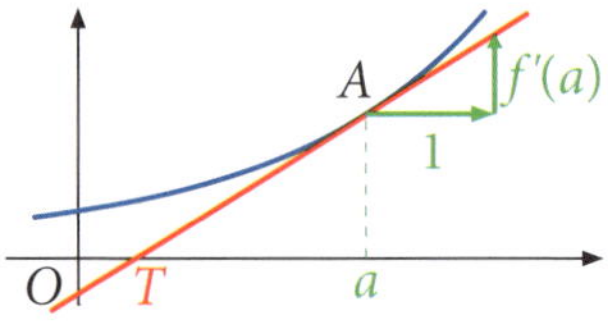

2 Équation de la tangente en *a*

Dans un repère, $\mathscr{C}$ est la courbe représentative d'une fonction f dérivable en a et T est la tangente en a à la courbe $\mathscr{C}$.

• **Propriété**

T a pour équation : $y = f'(a)(x - a) + f(a)$.

2 Théorème fondamental

De quoi s'agit-il ? On fait le lien entre les variations d'une fonction et le signe de sa dérivée.

• **Définitions**

Une **fonction** est dite **dérivable** sur un intervalle I de $\mathbb{R}$ lorsqu'elle est dérivable en toute valeur a de I.
On note f' la **fonction dérivée de *f***, elle est définie sur I par : $f' : x \mapsto f'(x)$.

• **Théorème**

I désigne un intervalle de $\mathbb{R}$ et f une fonction dérivable sur I.
• f est **croissante** sur I équivaut à, pour tout x de I, $\boldsymbol{f'(x) \geqslant 0}$.
• f est **décroissante** sur I équivaut à, pour tout x de I, $\boldsymbol{f'(x) \leqslant 0}$.
• f est **constante** sur I équivaut à, pour tout x de I, $\boldsymbol{f'(x) = 0}$.

Exercices résolus

1. Rechercher un nombre dérivé

ÉNONCÉ

f est la fonction définie sur $[0 ; +\infty[$ par $f(x) = x^2$.

1. Étudier la dérivabilité de f en 1 en utilisant la définition.
2. Déterminer l'équation de la tangente à la courbe de f en 1.

CORRIGÉ

1. On calcule, avec $h \neq 0$, $\dfrac{f(1+h)-f(1)}{h} = \dfrac{(1+h)^2-1^2}{h} = \dfrac{h^2+2h}{h} = h+2$.

Ainsi, $\lim\limits_{h\to 0} \dfrac{f(1+h)-f(1)}{h} = 2$, donc f dérivable en 1 et $f'(1) = 2$.

2. $T_1 : y = f'(1)(x-1) + f(1)$.
$T_1 : y = 2(x-1) + 1$, donc $T_1 : y = 2x - 1$.

Réflexe à avoir
Vérifier ce résultat en traçant $\mathscr{C}_f$ et T_1 à la calculatrice.

2. Déterminer graphiquement un nombre dérivé

ÉNONCÉ

La fonction f dérivable sur $[2 ; 8]$ est représentée par la courbe $\mathscr{C}$ ci-contre. T est la tangente en $A(4 ; 4)$ à $\mathscr{C}$.
Déterminer graphiquement le nombre dérivé $f'(2)$.

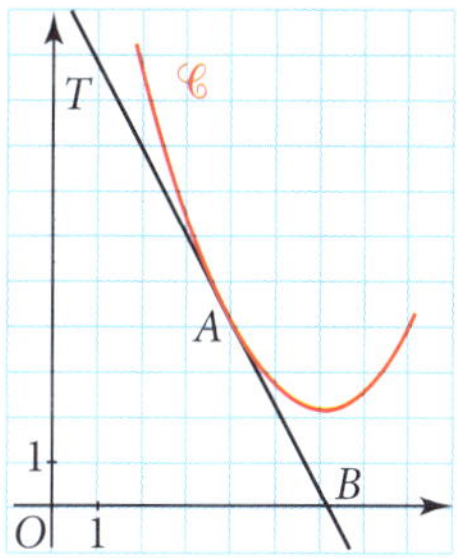

CORRIGÉ

Le coefficient directeur de la droite T est égal à :

$a = \dfrac{y_B - y_A}{x_B - x_A} = \dfrac{0-4}{6-4} = -2$. Donc $f'(2) = -2$.

3 Tableaux des dérivées

De quoi s'agit-il ? On présente les tableaux des dérivées des fonctions usuelles et des opérations sur les dérivées.

1 Dérivées des fonctions usuelles

a et b sont des réels fixés.

$f(x)$	f est dérivable sur	$f'(x)$
$ax+b$	$\mathbb{R}$	a
x^2	$\mathbb{R}$	$2x$
x^n ($n \in \mathbb{N}^*$)	$\mathbb{R}$	nx^{n-1}
$\dfrac{1}{x}$	$]-\infty ; 0[$ ou $]0 ; +\infty[$	$-\dfrac{1}{x^2}$
$\sqrt{x}$	$]0 ; +\infty[$	$\dfrac{1}{2\sqrt{x}}$
e^x	$\mathbb{R}$	e^x

2 Dérivées et opérations usuelles

u et v sont deux fonctions définies et dérivables sur un même intervalle I.

Fonction de la forme	Fonction dérivée	Condition d'application
$u+v$	$u'+v'$	
ku	ku'	$k \in \mathbb{R}$
$u \times v$	$u' \times v + u \times v'$	
$\frac{1}{v}$	$-\frac{v'}{v^2}$	$v(x) \neq 0$ sur I
$\frac{u}{v}$	$\frac{u' \times v - u \times v'}{v^2}$	$v(x) \neq 0$ sur I

3 Dérivées d'une fonction du type *f*(*u*)

a et b sont des réels fixés. u est une fonction définie sur I, de dérivée u'.

Fonction de la forme	Fonction dérivée	Condition d'application
$u(ax+b)$	$a \times u'(ax+b)$	
$\sqrt{u}$	$\frac{u'}{2\sqrt{u}}$	$u(x) > 0$ sur I
u^n	$n \times u' \times u^{n-1}$	n entier, $n \geqslant 1$
e^u	$u' \times e^u$	

Exercice résolu

Déterminer l'expression d'une dérivée

ÉNONCÉ

Déterminer l'expression des dérivées des fonctions f suivantes.

a. $f(x) = 4x^2 - 16x + 5$ b. $f(x) = \frac{x+1}{2x-5}$

c. $f(x) = (5x-4)^3$ d. $f(x) = 3e^{x^2-x+1}$

CORRIGÉ

a. $f'(x) = 4 \times 2x^{2-1} - 16 \times 1 + 0 = 8x - 16$.

b. On pose $u(x) = x + 1$ donc $u'(x) = 1$ et $v(x) = 2x - 5$ donc $v'(x) = 2$.

Ainsi, $f(x) = \frac{u(x)}{v(x)}$ et $f'(x) = \frac{1 \times (2x-5) - (x+1) \times 2}{(2x-5)^2} = \frac{2x - 5 - 2x - 2}{(2x-5)^2} = \frac{-7}{(2x-5)^2}$.

c. On pose $u(x) = 5x - 4$ donc $u'(x) = 5$.

Ainsi, $f(x) = u(x)^3$ et $f'(x) = 3 \times 5\,(5x-4)^{3-1} = 15\,(5x-4)^2$.

d. On pose $u(x) = x^2 - x + 1$ donc $u'(x) = 2x - 1$.

Ainsi, $f(x) = 3e^{u(x)}$ et $f'(x) = 3(2x-1)e^{x^2-x+1}$.

Astuce du prof

Si besoin, ne pas hésiter à poser $u(x) = \ldots$, $v(x) = \ldots$ afin d'écrire f comme une forme des tableaux 2 et 3.

Révision express

Les réflexes à avoir

- Savoir faire le lien : le nombre dérivé de f en a, $f'(a)$, est le coefficient directeur de la tangente $\mathscr{C}_f$ en a.
- Connaître la formule de l'équation de la tangente $\mathscr{C}_f$ en a : $y = f'(a)(x - a) + f(a)$.
- Penser à vérifier systématiquement, à la calculatrice, la cohérence entre les résultats obtenus par le calcul (tableau de variation, équation d'une tangente…) et le graphique.
- Connaître par cœur et savoir utiliser les tableaux des dérivées (paragraphe 3).

Les pièges à éviter

- Ne pas confondre tableau de variation et tableau de signes : pour étudier les variations de f, on étudie le signe de f'.
- Utiliser la bonne formule, par exemple, $(e^x)' = e^x$ mais $(e^{x^2})'$ est de la forme $(e^u)'$ donc $(e^{x^2})' = 2xe^{x^2}$.

Quiz

*Pour chaque question, une seule réponse proposée (**a**, **b** ou **c**) est exacte.*

1. f est la fonction définie sur $\mathbb{R}$ par $f(x) = 5x^2 - 5$. Le nombre dérivé de f en 1 est :

☐ **a.** 0 ☐ **b.** 1 ☐ **c.** 10

2. g est la fonction définie sur $\mathbb{R}$ par $g(x) = 4x^3 + x$. La tangente à $\mathscr{C}_g$ en 2 a pour équation :

☐ **a.** $y = 49x + 34$ ☐ **b.** $y = 49x - 64$ ☐ **c.** $y = 34x - 19$

3. h est la fonction définie sur $]1\,;+\infty[$ par $h(x) = \dfrac{5x+4}{x-1}$.

☐ **a.** $h'(x) = 5$ ☐ **b.** $h'(x) = \dfrac{10x-9}{(x-1)^2}$ ☐ **c.** $h'(x) = \dfrac{-9}{(x-1)^2}$

4. i est la fonction définie sur $\mathbb{R}$ par $i(x) = (3x^2 + 1)(1 - x)$.

☐ **a.** $i'(x) = -9x^2 + 6x - 1$ ☐ **b.** $i'(x) = -6x$ ☐ **c.** $i'(x) = -3x^3 + 3x^2 - x + 1$

5. j est la fonction définie sur $\mathbb{R}$ par $j(x) = 3e^{4x^2 - x}$.

☐ **a.** $j'(x) = 3e^{8x-1}$ ☐ **b.** $j'(x) = (24x - 3)e^{4x^2 - x}$ ☐ **c.** $j'(x) = 24xe^{4x^2 - x}$

6. k est la fonction définie sur $[-1\,;1]$ par $k(x) = e^x - x$. Le tableau de variation de k est :

☐ **a.**

x	-1		1
$k(x)$	$1 + e^{-1}$	↗	$e - 1$

☐ **b.**

x	-1		0		1
$k(x)$	$1 + e^{-1}$	↘	1	↗	$e - 1$

☐ **c.**

x	-1		0		1
$k(x)$	$1 + e^{-1}$	↗	1	↘	$e - 1$

→ Réponses p. 495

EXERCICE 1

Savoir lire un graphique

Énoncé

Dans les repères ci-dessous, $\mathscr{C}_f$ est la courbe représentative d'une fonction f définie et dérivable sur [-2,5 ; 3], tandis que $\mathscr{C}_{g'}$ est la courbe représentative de la dérivée g' d'une fonction g définie et dérivable sur [– 2,5 ; 3].

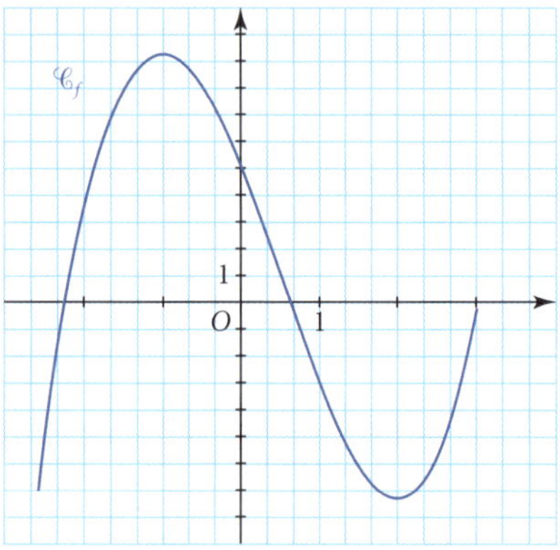

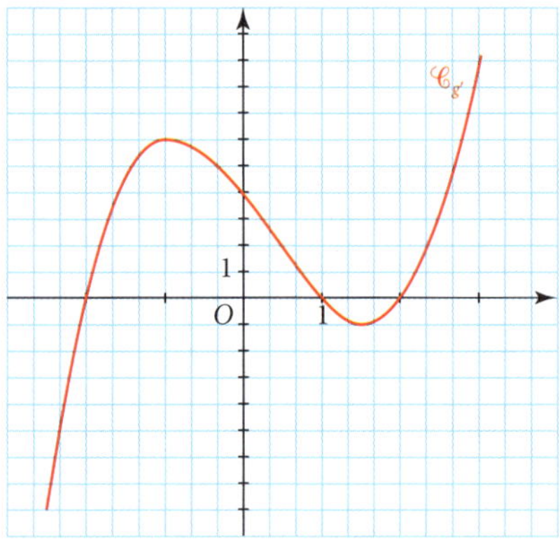

1. Déterminer graphiquement le signe de $f'(x)$ suivant les valeurs de x.

2. Déterminer graphiquement les variations de la fonction g.

Méthode

Suivant le graphique, utiliser le théorème fondamental du paragraphe 2 afin de déduire :

- le signe de $f'(x)$ suivant les variations de f ;
- ou les variations de f suivant le signe de $f'(x)$.

Corrigé

1. f est croissante sur [– 2,5 ; – 1] ∪ [2 ; 3], donc $f'(x) \geqslant 0$ pour tout x de [– 2,5 ; – 1] ∪ [2 ; 3]. f est décroissante sur [– 1 ; 2], donc $f'(x) \leqslant 0$ pour tout x de [– 1 ; 2].

2. $g'(x) \leqslant 0$ pour tout x de [– 2,5 ; – 2] ∪ [1 ; 2], donc g est décroissante sur [– 2,5 ; 2] ∪ [1 ; 2]. $g'(x) \geqslant 0$ pour tout x de [– 2 ; 1] ∪ [2 ; 3], donc g est croissante sur [– 2 ; 1] ∪ [2 ; 3].

EXERCICE 2

Savoir trouver l'expression d'une dérivée

Énoncé

f et g sont les fonctions définies sur $\mathbb{R}$ par :

a. $f(x) = \sqrt{3x^2 + 4}$ **b.** $g(x) = \dfrac{2x^4 - 5x^3}{x^2 + 1}$

Méthode

- Reconnaître la forme de $f\left(u \times v\,;\ \dfrac{u}{v}\,;\ \mathrm{e}^u\,;\ u^n\,;\ \ldots\right)$.
- Déceler les fonctions usuelles dans l'expression de f (x^n ; $\sqrt{x}$; e^x ; ...).
- Utiliser les tableaux du cours.

Corrigé

a. On reconnaît la forme usuelle $f(x) = \sqrt{u(x)}$, où $u(x) = 3x^2 + 4$ avec pour tout réel x, $u(x) > 0$.
Or, $u'(x) = 6x$, ainsi $\boldsymbol{f'(x)} = \dfrac{6x}{2 \times \sqrt{3x^2+4}} = \boldsymbol{\dfrac{3x}{\sqrt{3x^2+4}}}$.

Rappel
$(\sqrt{u})' = \dfrac{u'}{2\sqrt{u}}$.

b. On reconnaît la forme usuelle $g(x) = \dfrac{u(x)}{v(x)}$,
avec $u(x) = 2x^4 - 5x^3$ et $v(x) = x^2 + 1$.
Pour tout $x \in \mathbb{R}$, $x^2 \geqslant 0 \Leftrightarrow x^2 + 1 \geqslant 1 > 0$, donc $v(x) \neq 0$.
Or, $u'(x) = 8x^3 - 15x^2$ et $v'(x) = 2x$.
Ainsi, $\boldsymbol{g'(x)} = \dfrac{(8x^3 - 15x^2)(x^2+1) - (2x^4 - 5x^3)(2x)}{(x^2+1)^2} = \boldsymbol{\dfrac{4x^5 - 5x^4 + 8x^3 - 15x^2}{(x^2+1)^2}}$.

Rappel
$\left(\dfrac{u}{v}\right)' = \dfrac{u'v - uv'}{v^2}$.

EXERCICE 3

Savoir déterminer une équation de tangente

Énoncé

f est la fonction définie et dérivable sur $\mathbb{R}$ donnée par : $f(x) = (x + 1)e^x$.
Déterminer l'équation de la tangente T à la courbe $\mathscr{C}$ de f au point A d'abscisse 0.

Méthode

Pour déterminer l'équation $y = f'(a)(x - a) + f(a)$ de la tangente à $\mathscr{C}$ en a :
- on calcule $f(a)$;
- on détermine $f'(x)$, puis on calcule $f'(a)$;
- on en déduit l'équation de la tangente à l'aide de la formule.

Corrigé

$f(0) = (0 + 1)e^0 = 1$. Pour tout x de $\mathbb{R}$, $f'(x) = 1 \times e^x + (x + 1) \times e^x = (x + 2)e^x$.
Ainsi, $f'(0) = (0 + 2)e^0 = 2$. L'équation de T est $y = 2(x - 0) + 1$ soit $y = 2x + 1$.

EXERCICE 4

Savoir dresser un tableau de variation

Énoncé

On reprend la fonction f de la méthode ci-dessus. Dresser le tableau de variation de f.

Méthode

Pour dresser le tableau de variation d'une fonction f, on détermine $f'(x)$, puis on étudie le signe de $f'(x)$ pour en déduire les variations de f.

Corrigé

On a vu que, pour tout x de R, $f'(x) = (x + 2)e^x$.
Or, $e^x > 0$ et $x + 2 > 0$ pour $x > -2$ et $x + 2 < 0$ pour $x < -2$. De plus, $f(-2) = (-2 + 1)e^{-2} = -e^{-2}$.
On en déduit le tableau de variation de f ci-contre.

x	$-\infty$		-2		$+\infty$
$f'(x)$		$-$	0	$+$	
$f(x)$		↘	$-e^{-2}$	↗	

MATHS COMP.

Chapitre 4 Fonction logarithme népérien

1 La fonction logarithme népérien

De quoi s'agit-il ? On introduit une nouvelle fonction usuelle, la fonction logarithme népérien.

1 Définition et conséquence graphique

• Définition

La **fonction logarithme népérien**, notée ln, est la fonction réciproque de la fonction exponentielle. Cela signifie que, pour un réel $b > 0$, l'équation $e^x = b$ admet une unique solution $x = \ln b$.

• Conséquence graphique

Dans un repère orthonormé, les courbes représentatives des fonctions exponentielle et logarithme népérien sont symétriques par rapport à la droite d'équation $y = x$.

2 Étude de la fonction ln

• Propriétés :

- La fonction logarithme népérien $\ln : x \mapsto \ln x$ est continue et dérivable sur $]0 ; +\infty[$.
- Pour tout x de $]0 ; +\infty[$, $(\ln x)' = \dfrac{1}{x}$.
- $\lim\limits_{x \to +\infty} \ln x = +\infty$
- $\lim\limits_{x \to 0} \ln x = -\infty$

x	0		1		e		$+\infty$
$\ln x$	‖ $-\infty$	↗	0	↗	1	↗	$+\infty$

Remarque

$\ln 1 = 0$ et $\ln e = 1$.

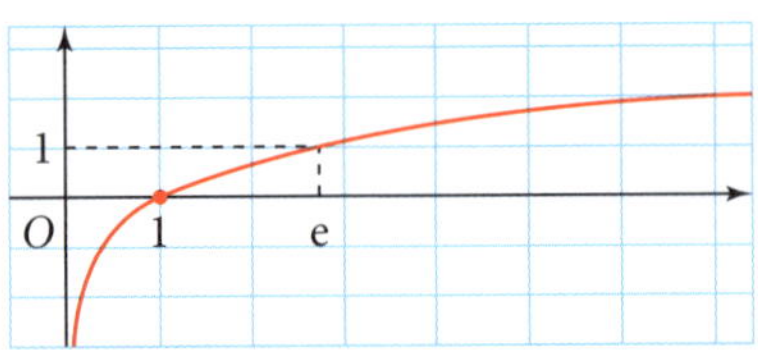

Remarques

- $\ln(x) < 0 \Leftrightarrow 0 < x < 1$ et
- $\ln(x) > 0 \Leftrightarrow x > 1$.
- L'axe des ordonnées est asymptote verticale à la courbe du ln.

3 Conséquences

• Propriétés

- Pour tout x de $\mathbb{R}$, $\ln(e^x) = x$.
- Pour tout $x > 0$, $e^{\ln x} = x$.
- Pour tout x de $\mathbb{R}$ et pour tout $y > 0$, $e^x = y$ équivaut à $x = \ln y$.

ln (1/a) = - ln(a)   ln(ab)   ln(a/b)

Exercices résolus

1. Résoudre une équation du type $\ln x = b$ ou $e^x = b$

ÉNONCÉ

Résoudre dans $\mathbb{R}$ les équations suivantes : **a.** $\ln x = -3$; **b.** $e^{5x} = 8$.

CORRIGÉ

a. Pour tout réel $x > 0$, $\ln x = -3 \Leftrightarrow e^{\ln x} = e^{-3} \Leftrightarrow x = e^{-3}$.
Donc, la solution de l'équation $\ln x = -3$ est e^{-3}.
b. Pour tout réel x, $e^{5x} = 8 \Leftrightarrow \ln(e^{5x}) = \ln 8 \Leftrightarrow 5x = \ln 8 \Leftrightarrow x = \dfrac{\ln 8}{5}$.
Donc, la solution de l'équation $e^{5x} = 8$ est $\dfrac{\ln 8}{5}$.

Piège à éviter
Attention, les équations sont à résoudre dans $\mathbb{R}$, mais l'équation du **a.** n'est valable que si $x > 0$.

2. Étudier une fonction comportant $\ln x$

ÉNONCÉ

f est la fonction définie sur $]0 ; +\infty[$ par $f(x) = 2x + \ln x$.
Dresser, en justifiant, le tableau de variation de f.

CORRIGÉ

- f est la somme de la fonction linéaire $x \mapsto 2x$ et de la fonction logarithme népérien $x \mapsto \ln(x)$, qui sont toutes deux strictement croissantes sur $]0 ; +\infty[$, donc f est strictement croissante sur $]0 ; +\infty[$.
- $\lim\limits_{\substack{x \to 0 \\ x>0}} (2x + \ln x) = \lim\limits_{\substack{x \to 0 \\ x>0}} 2x + \lim\limits_{\substack{x \to 0 \\ x>0}} \ln x = -\infty$.
- $\lim\limits_{x \to +\infty} (2x + \ln x) = \lim\limits_{x \to +\infty} 2x + \lim\limits_{x \to +\infty} \ln x = +\infty$.

On obtient ainsi le tableau de variation de f.

x	0	$+\infty$
$f(x)$	$-\infty$ ↗	$+\infty$

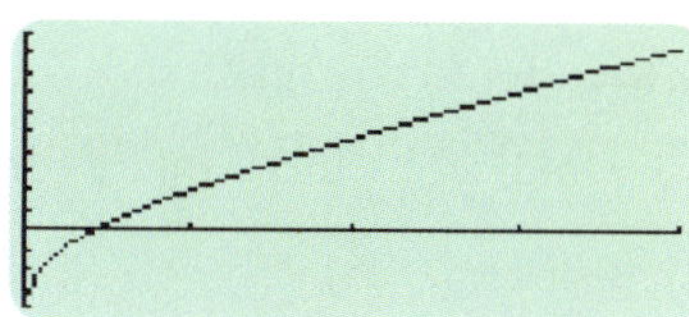

Réflexe à avoir
Vérifier la cohérence des résultats à la calculatrice.

2 Propriétés algébriques du ln

De quoi s'agit-il ? La fonction ln possède des propriétés de calcul très utiles qui sont exposées ici.

1 Relation fonctionnelle

Pour tous réels $a > 0$ et $b > 0$, $\ln(ab) = \ln(a) + \ln(b)$.

2 Propriétés

Pour tous réels $a > 0$ et $b > 0$ et tout entier naturel n, on a :
- $\ln\left(\dfrac{1}{a}\right) = -\ln(a)$ • $\ln\left(\dfrac{a}{b}\right) = \ln(a) - \ln(b)$ • $\ln(a^n) = n\ln(a)$ • $\ln(\sqrt{a}) = \dfrac{1}{2}\ln(a)$

3 Les fonctions de la forme ln u

De quoi s'agit-il ? On introduit une nouvelle formule de dérivation par les fonctions ln u lorsque u est une fonction strictement positive.

Si u est une fonction strictement positive sur un intervalle I, alors on peut définir la fonction $\ln u$ sur l'intervalle I.

- **Propriétés**

Si u est strictement positive et dérivable sur I, alors $\ln u$ est aussi dérivable sur I et on a, pour tout x de I, $\left(\ln(u(x))\right)' = \dfrac{u'(x)}{u(x)}$.

- **Remarque**

Comme u est strictement positive, u et $\ln u$ ont les mêmes variations.
En effet, $(\ln u)' = \dfrac{u'}{u}$ et $u > 0$, donc $(\ln u)'$ et u' sont de même signe.

Exercices résolus

1. Utiliser les propriétés algébriques de ln

ÉNONCÉ

Exprimer les nombres suivants en fonction de $\ln 2$:

a. $\ln\sqrt{32}$ b. $\ln\dfrac{1}{8}$ c. $\ln 12 - \ln 3$

CORRIGÉ

a. $\ln\sqrt{32} = \dfrac{1}{2}\ln(32) = \dfrac{1}{2}\ln(2^5) = \dfrac{5}{2}\ln 2$.

b. $\ln\dfrac{1}{8} = -\ln 8 = -\ln(2^3) = -3\ln 2$.

c. $\ln 12 - \ln 3 = \ln(2^2 \times 3) - \ln 3 = \ln(2^2) + \ln 3 - \ln 3 = 2\ln 2$.

2. Dériver une fonction du type ln u

ÉNONCÉ

1. Déterminer la dérivée de la fonction f définie sur $\mathbb{R}$ par $f(x) = \ln(e^x + 1)$.
2. En déduire les variations de la fonction f sur $\mathbb{R}$.

CORRIGÉ

1. La fonction f est de la forme $\ln u$.
La fonction u définie sur $\mathbb{R}$ par $u(x) = e^x + 1$ est strictement positive sur $\mathbb{R}$.
Donc, pour tout réel x, $f'(x) = \left(\ln(e^x + 1)\right)' = \dfrac{(e^x + 1)'}{e^x + 1}$.
Finalement, pour tout réel x, $f'(x) = \dfrac{e^x}{e^x + 1}$.

2. Puisque, pour tout réel x, $e^x > 0$ et $e^x + 1 > 0$, on en déduit que $f'(x) > 0$ et donc que f est croissante sur $\mathbb{R}$.

Révision express

Les réflexes à avoir

- Il faut connaître les propriétés de la fonction logarithme népérien : domaine de définition, limites, variations, courbe représentative.
- Penser à vérifier le domaine de validité des équations (ou inéquations) comportant des ln, avant de se lancer dans leur résolution.
- Connaître les propriétés algébriques du ln : $\ln(ab)$, $\ln(a^n)$, $\ln\left(\frac{1}{a}\right)$, etc. et ne pas les confondre avec celles de l'exponentielle.
- Savoir résoudre des équations du type $\ln x = b$ ou $e^x = b$ et des inéquations du type $\ln x > b$ ou $e^x > b$ ou $a^n > b$ (avec n entier naturel).
- Savoir dériver une fonction de la forme $\ln u$.

Les pièges à éviter

- L'égalité $\ln e^x = x$ est valable pour tout réel x, mais l'égalité $e^{\ln x} = x$ n'est valable que pour $x > 0$.
- L'expression $\ln(u(x))$ n'a de sens que pour $u(x) > 0$.
- Une vérification à l'aide de la calculatrice (limite, variations, tangente…) n'est jamais une perte de temps.

Quiz

*Pour chaque question, une seule réponse proposée (**a**, **b** ou **c**) est exacte.*

1. La représentation graphique de la fonction ln possède :
- ☐ **a.** une asymptote d'équation $y = 0$
- ☐ **b.** une asymptote d'équation $x = 0$
- ☐ **c.** deux asymptotes d'équations $x = 0$ et $y = 0$

2. La tangente en 1 à la courbe du ln a pour équation :
- ☐ **a.** $y = x - 1$
- ☐ **b.** $y = x$
- ☐ **c.** $y = ex - e$

3. $\ln\sqrt{8} - \ln 4$ est égal à :
- ☐ **a.** $\ln 2$
- ☐ **b.** $-\ln 2$
- ☐ **c.** $-\frac{1}{2}\ln 2$

4. L'équation $\ln(2x + 3) = 5$ a pour solution :
- ☐ **a.** $\frac{1}{2}(e^5 - 3)$
- ☐ **b.** $\frac{1}{2}(\ln 5 - 3)$
- ☐ **c.** 1

5. La plus petite valeur de n pour laquelle $2^n \geqslant 100\,000$ est :
- ☐ **a.** $n = 16$
- ☐ **b.** $n = 17$
- ☐ **c.** $n = 18$

6. f est la fonction définie sur $\mathbb{R}$ par $f(x) = \ln(e^x + e^{-x})$.
- ☐ **a.** $f'(x) = \frac{e^x - e^{-x}}{e^x + e^{-x}}$
- ☐ **b.** $f'(x) = \frac{1}{e^x + e^{-x}}$
- ☐ **c.** $f'(x) = \frac{-1}{e^x + e^{-x}}$

→ Réponses p. 495

EXERCICE 1

Savoir dresser le tableau de variation d'une fonction avec un ln

Énoncé

f est la fonction définie sur $]0\,;+\infty[$ par $f(x) = x - 2\ln x$.
Dresser le tableau de variation de f.

Méthode

Déterminer l'expression de la dérivée f' de f, puis étudier son signe.

Corrigé

Pour tout x de $]0\,;+\infty[$, $f'(x) = 1 - 2 \times \dfrac{1}{x} = 1 - \dfrac{2}{x} = \dfrac{x-2}{x}$.

x	0		2		$+\infty$
$x-2$		$-$	0	$+$	
x	0	$+$		$+$	
$f'(x)$	‖	$-$	0	$+$	
$f(x)$	‖	↘	$f(2)$	↗	

$f(2) = 2 - 2\ln 2$

EXERCICE 2

Savoir résoudre une équation dans $\mathbb{R}$

Énoncé

Résoudre dans $\mathbb{R}$ l'équation $\ln(3x) = 4 - \ln(2x)$.

Méthode

Pour résoudre une équation avec ln, il faut rechercher l'intervalle où cette équation ou inéquation est valable en utilisant le fait que $\ln u(x)$ a un sens si et seulement si $u(x) > 0$.

Corrigé

- L'équation $\ln(3x) = 4 - \ln(2x)$ a un sens lorsque $3x > 0$ et $2x > 0$, c'est-à-dire pour $x > 0$.
- $\ln(3x) = 4 - \ln(2x) \Leftrightarrow \ln(3x) + \ln(2x) = 4 \Leftrightarrow \ln(3x \times 2x) = 4 \Leftrightarrow \ln(6x^2) = 4 \Leftrightarrow e^{(\ln(6x^2))} = e^4$

$\Leftrightarrow 6x^2 = e^4 \Leftrightarrow x^2 = \dfrac{e^4}{6} \Leftrightarrow x = \sqrt{\dfrac{e^4}{6}}$ ou $x = -\sqrt{\dfrac{e^4}{6}} \Leftrightarrow x = \dfrac{e^2}{\sqrt{6}}$ ou $x = -\dfrac{e^2}{\sqrt{6}}$.

Or $-\dfrac{e^2}{\sqrt{6}} < 0$ donc en tenant compte de l'ensemble de validité de cette équation, on conclut que l'unique solution est $\dfrac{e^2}{\sqrt{6}}$.

EXERCICE 3

Savoir résoudre une inéquation dans $\mathbb{N}$

Énoncé

Résoudre dans $\mathbb{N}$ l'inéquation : $1{,}5^n \geqslant 200$.

Méthode

Pour résoudre ce type d'inéquation, il faut :

- utiliser la propriété $\ln(a^n) = n \times \ln a$ pour « descendre l'inconnue n de la puissance » ;
- isoler n en faisant attention au signe de $\ln a$ (si $\ln a < 0$, alors l'inégalité change de sens) ;
- se rappeler que n est un nombre entier naturel.

Corrigé

$1{,}5^n \geqslant 200$ équivaut à $\ln(1{,}5^n) \geqslant \ln 200$, c'est-à-dire $n \times \ln 1{,}5 \geqslant \ln 200$ soit $n \geqslant \dfrac{\ln 200}{\ln 1{,}5}$ (car $\ln 1{,}5 > 0$).

Or, $\dfrac{\ln 200}{\ln 1{,}5} \approx 13{,}07$ donc il faut choisir $n \geqslant 14$.

EXERCICE 4

Savoir simplifier une expression avec des ln

Énoncé

Simplifier les expressions suivantes :

$A = \ln 6 + 2\ln 3 - \ln 9 - \ln 2$.

$$B = \frac{\ln 10 + \ln\left(\frac{1}{2}\right)}{\ln 25}$$

Méthode

Pour simplifier ce type d'expression, on utilise les propriétés algébriques du paragraphe 2 du cours.

Corrigé

$A = \ln(2 \times 3) + 2\ln 3 - \ln(3^2) - \ln 2$

$A = \ln 2 + \ln 3 + 2\ln 3 - 2\ln 3 - \ln 2$

$A = \ln 3$.

$$B = \frac{\ln(5 \times 2) - \ln 2}{\ln(5^2)}$$

$$B = \frac{\ln 5 + \ln 2 - \ln 2}{2\ln 5}$$

$$B = \frac{\ln 5}{2\ln 5}$$

$$B = \frac{1}{2}.$$

MATHS COMP.

EXERCICE 5

Savoir trouver l'expression d'une dérivée

Énoncé

Dans chaque cas, déterminer l'expression de la dérivée f' de f.

1. f est définie sur $\mathbb{R}$ par $f(x) = \ln(1 + e^{x^2})$.

2. f est définie sur $\mathbb{R}$ par $f(x) = \ln(x^2 + x + 1)$.

Méthode

Utiliser la formule de dérivation du cours : si $u > 0$, $(\ln u)' = \frac{u'}{u}$.

Corrigé

1. f est du type $\ln u$ avec $u(x) = 1 + e^{x^2}$.
Or, pour tout x de $\mathbb{R}$, $1 + e^{x^2} > 0$, donc f est dérivable sur $\mathbb{R}$ et $f'(x) = \frac{u'(x)}{u(x)}$.
Puisque $u(x) = 1 + e^{x^2}$, $u'(x) = 2xe^{x^2}$.

Finalement, pour tout réel x, $f'(x) = \frac{2xe^{x^2}}{1 + e^{x^2}}$.

2. f est du type $\ln u$ avec $u(x) = x^2 + x + 1$.
Il faut déterminer sur quel intervalle $u(x) > 0$.
Cette inéquation du second degré se résout avec le discriminant, $\Delta = -3$ et $-3 < 0$.
Donc, $u(x)$ est toujours du signe de $a = 1$ sur $\mathbb{R}$, c'est-à-dire strictement positif.

Ainsi, f est dérivable sur $\mathbb{R}$ et $f'(x) = \frac{u'(x)}{u(x)}$.

Puisque $u(x) = x^2 + x + 1$, $u'(x) = 2x + 1$.

Finalement, pour tout réel x, $f'(x) = \frac{2x + 1}{x^2 + x + 1}$.

Chapitre 5 Fonctions convexes

1 Fonction convexe sur un intervalle

De quoi s'agit-il ? On introduit une nouvelle propriété relative à la courbe représentative de certaines fonctions (la convexité ou la concavité) puis on la relie à la dérivation.

1 Fonction convexe, fonction concave

● **Définitions**

f est une fonction définie sur un intervalle I de $\mathbb{R}$ et $\mathscr{C}$ est la courbe représentative de f dans un repère.

• La **fonction** f est **convexe** sur I lorsque, sur I, la courbe $\mathscr{C}$ est située au-dessus de chacune de ses tangentes.

• La **fonction** f est **concave** sur I lorsque, sur I, la courbe $\mathscr{C}$ est située au-dessous de chacune de ses tangentes.

Exemples

La fonction $x \mapsto x^2$ est convexe sur $\mathbb{R}$.

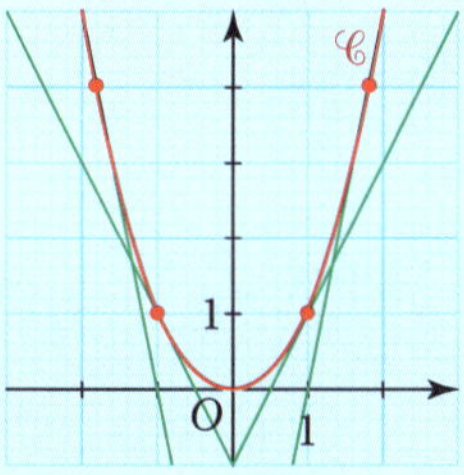

La fonction $x \mapsto \sqrt{x}$ est concave sur $[0\,;+\infty[$.

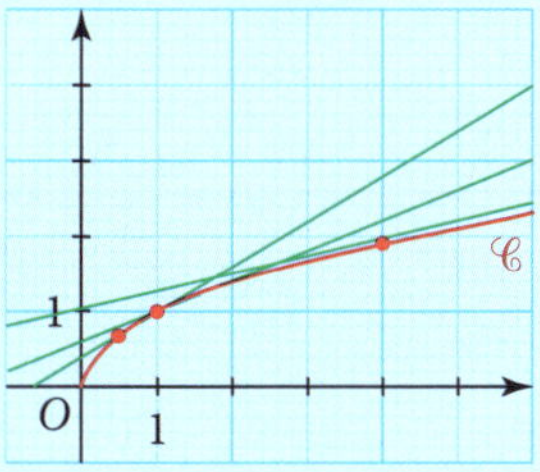

2 Convexité et sens de variation

● **Propriétés**

f est une fonction dérivable sur un intervalle I.

• f est convexe sur I si, et seulement si, f' est croissante sur I.

• f est concave sur I si, et seulement si, f' est décroissante sur I.

MATHS COMP.

Exercices résolus

1. Lire la convexité ou la concavité d'une fonction sur sa courbe

ÉNONCÉ

La courbe $\mathscr{C}$ ci-contre représente une fonction f définie sur $I = [-2\,;1]$.
Lire les intervalles sur lesquels :
- f est convexe ;
- f est concave.

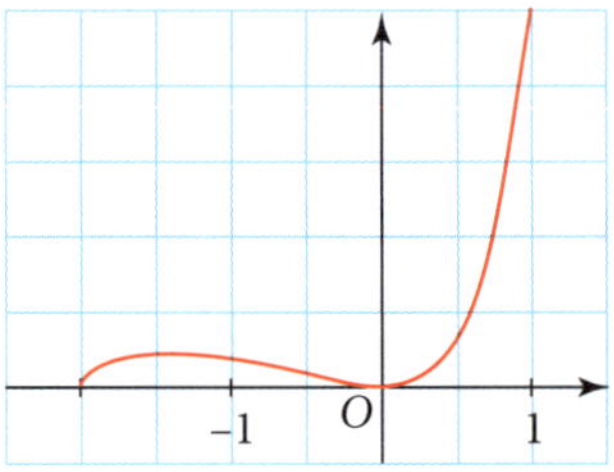

CORRIGÉ

On lit sur le graphique que :
- la courbe $\mathscr{C}$ est située au-dessus de ses tangentes sur l'intervalle $[0\,;1]$. Donc f est convexe sur $[0\,;1]$;
- la courbe $\mathscr{C}$ est située au-dessous de ses tangentes sur l'intervalle $[-2\,;0]$. Donc f est concave sur $[-2\,;0]$.

Remarque
Visualiser mentalement quelques tangentes à la courbe $\mathscr{C}$.

2. Utiliser le sens de variation de la dérivée

ÉNONCÉ

f est la fonction définie sur $\mathbb{R}$ par $f(x) = 3x^2 - 4x - 1$.
g est la fonction définie sur $]0\,;+\infty[$ par $g(x) = \ln x$.
Étudier la convexité des fonctions f et g.

CORRIGÉ

- Pour f :

Pour tout x de $\mathbb{R}$, $f'(x) = 6x - 4$.
Or la fonction affine $x \mapsto 6x - 4$ est croissante sur $\mathbb{R}$ (car $a = 6 > 0$), donc la fonction f est convexe sur $\mathbb{R}$.

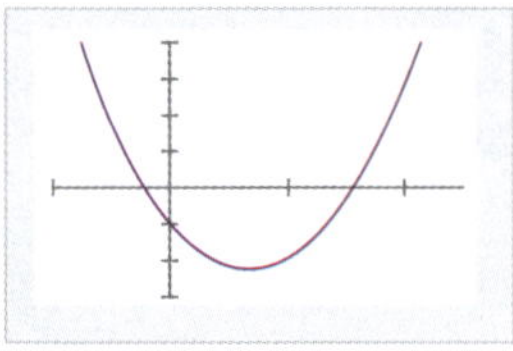

- Pour g :

Pour tout x de $]0\,;+\infty[$, $g'(x) = \dfrac{1}{x}$.

Or, la fonction inverse $x \mapsto \dfrac{1}{x}$ est décroissante sur $]0\,;+\infty[$, donc la fonction g est concave sur $]0\,;+\infty[$.

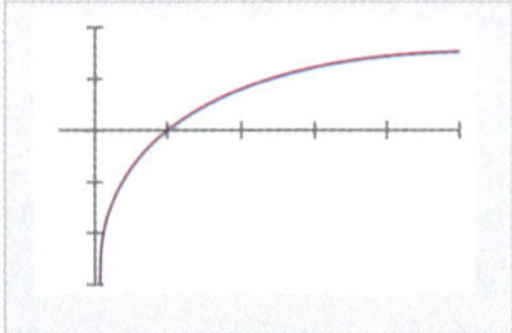

Réflexe à avoir
Penser à vérifier la cohérence des réponses à la calculatrice.

2 Dérivée seconde et point d'inflexion

De quoi s'agit-il ? On relie la notion de convexité au signe de la dérivée seconde, puis on définit le point d'inflexion d'une courbe.

1 Dérivée seconde et convexité

• Définitions

f est une fonction dérivable sur un intervalle I.
• On dit qu'une **fonction f** est **deux fois dérivable** sur I lorsque sa dérivée f' est dérivable sur I.
• La dérivée de f' est notée f'' et elle est appelée **dérivée seconde** de f.

• Propriétés

f est une fonction deux fois dérivable sur un intervalle I.
• f est convexe sur I si, et seulement si, pour tout x de $\mathbb{R}$, $f''(x) \geqslant 0$.
• f est concave sur I si, et seulement si, pour tout x de $\mathbb{R}$, $f''(x) \leqslant 0$.

Exemple

f est la fonction définie sur $\mathbb{R}$ par $f(x) = x^3$.
Ainsi, $f'(x) = 3x^2$ et $f''(x) = 6x$.
$f''(x) = 6x$, donc pour $x \in [0\,;+\infty[$, $f''(x) \geqslant 0$.
La fonction $f : x \mapsto x^3$ est convexe sur $[0\,;+\infty[$.

2 Point d'inflexion

Dans ce paragraphe, f est une fonction deux fois dérivable sur un intervalle I, $a \in$ I et $\mathscr{C}$ est la courbe représentative de f dans un repère.

• Définition

Dire que le point $A(a\,;f(a))$ est un **point d'inflexion** de $\mathscr{C}$ signifie qu'au point A, la courbe $\mathscr{C}$ traverse sa tangente.

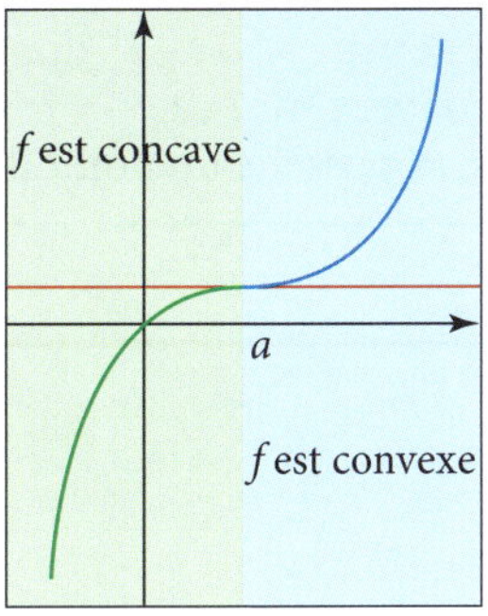

• Propriété

$A(a\,;f(a))$ est un point d'inflexion de $\mathscr{C}$ si, et seulement si, $f''(a)$ s'annule en changeant de signe.

• Remarque

Lorsque $A(a\,;f(a))$ est un point d'inflexion, f passe, en a, de convexe à concave ou de concave à convexe.

Exemple

On reprend l'exemple précédent.
$f''(x) \geqslant 0$ pour $x \in [0\,;+\infty[$ et $f''(x) \leqslant 0$ pour $x \in\,]-\infty\,;0]$.
Donc f est convexe sur $[0\,;+\infty[$ et concave sur $]-\infty\,;0]$.
Ainsi, f possède un point d'inflexion d'abscisse 0.
Or $f(0) = 0^3 = 0$, donc le point $O(0\,;0)$ est un point d'inflexion de la courbe $\mathscr{C}$ de f.

MATHS COMP.

Exercices résolus

1. Déterminer l'expression d'une dérivée seconde

ÉNONCÉ

Déterminer la dérivée seconde de la fonction g définie sur $\mathbb{R}$ par : $g(x)=2\,e^{x^2+1}$.

CORRIGÉ

Pour tout x de $\mathbb{R}$, $g(x) = 2e^{u(x)}$ avec $u(x) = x^2 + 1$, donc $u'(x) = 2x$.
Ainsi, $g'(x)=2u'(x)\,e^{u(x)}=4x\,e^{x^2+1}$.
Donc, $g'(x) = v(x)\,e^{u(x)}$ avec $v(x) = 4x$ et on a :
$g''(x)=v'(x)\,e^{u(x)}+v(x)(e^{u(x)})'=4\,e^{x^2+1}+4x\times 2xe^{x^2+1}$.
Finalement, $g''(x)=4(1+2x^2)\,e^{x^2+1}$.

2. Déterminer un point d'inflexion

ÉNONCÉ

f est la fonction définie sur $\mathbb{R}$ par $f(x) = x^3 + 6x^2 + 12x - 5$.
On note $\mathscr{C}$ sa courbe représentative dans un repère.
Démontrer que la courbe $\mathscr{C}$ possède un point d'inflexion. Préciser ses coordonnées.

CORRIGÉ

Pour tout x de $\mathbb{R}$, $f'(x) = 3x^2 + 12x + 12$ et $f''(x) = 6x + 12$.
$f''(x) = 0$ si, et seulement si, $6x + 12 = 0$ soit $x = -2$.
Il se peut que $\mathscr{C}$ ait un point d'inflexion en $x = -2$.
On étudie le signe de $f''(x)$ pour le savoir.

Réflexe à avoir
On applique les formules de dérivation (à connaître par cœur) vues dans les chapitres précédents.

x	$-\infty$		-2		$+\infty$
$f''(x) = 6x + 12$		$-$	0	$+$	

Ainsi, $f''(x) \leqslant 0$ sur $]-\infty\,;-2]$, donc f est concave sur $]-\infty\,;-2]$ et $f''(x) \geqslant 0$ sur $[-2\,;+\infty[$ donc f est convexe sur $[-2\,;+\infty[$.
Finalement, $\mathscr{C}$ possède un point d'inflexion $A(-2\,;-13)$ (car $f(-2) = -13$).

Révision express

Les réflexes à avoir

- Savoir traduire la convexité (ou la concavité) d'une fonction f par :
  - la position de sa courbe $\mathscr{C}_f$ par rapport à ses tangentes ;
  - le sens de variation de sa dérivée f' ;
  - le signe de sa dérivée f''.
- Savoir lire, sur un graphique, les intervalles sur lesquels une fonction est convexe ou concave.
- Avoir en tête la convexité ou la concavité des fonctions usuelles $x \mapsto x^2$, $x \mapsto x^3$, $x \mapsto \dfrac{1}{x}$, $x \mapsto e^x$, $x \mapsto \ln x$.
- Être capable de lire les coordonnées d'un point d'inflexion ou de les déterminer en étudiant le signe de $f''(x)$.

Les pièges à éviter

- Une fonction n'est pas soit convexe, soit concave ; elle peut être convexe sur un intervalle et concave sur un autre.
- Ne pas confondre : c'est le sens de variation de f' et le signe de f'' qui permettent d'étudier la convexité/concavité d'une fonction.
- Pour que $A(a\,;f(a))$ soit un point d'inflexion de $\mathscr{C}_f$, il faut que $f''(a) = 0$ **et** que $f''(x)$ change de signe autour de a.

Quiz

*Pour chaque question, une seule réponse proposée (**a**, **b** ou **c**) est exacte.*

1. Une fonction convexe est représentée sur l'écran :

☐ **a.**

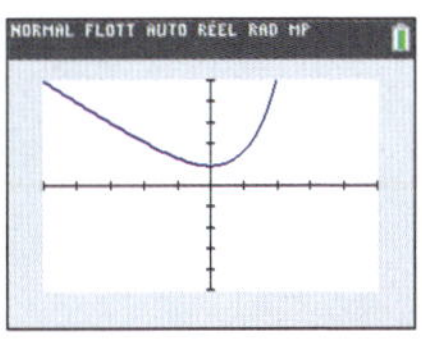

☐ **b.**

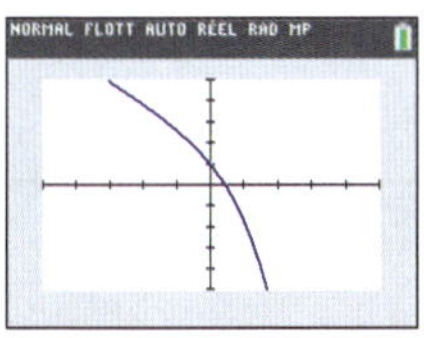

☐ **c.**

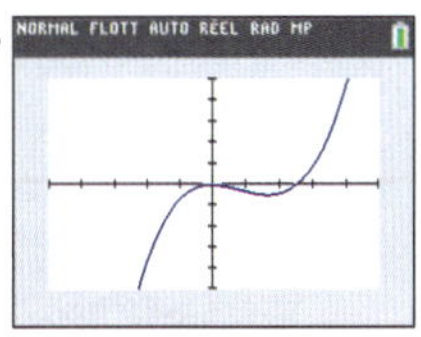

2. f est une fonction telle que f' est croissante sur $[2\,;+\infty[$.

☐ **a.** f est concave sur $\mathbb{R}$ ☐ **b.** f est concave sur $[2\,;+\infty[$ ☐ **c.** f est convexe sur $[2\,;+\infty[$

3. g est une fonction définie sur $\mathbb{R}$ et telle que $g(2) = 5$ et dont le tableau de signes de $g''(x)$ est donné ci-contre.

x	$-\infty$		2		$+\infty$
$g''(x)$		+	0	−	

☐ **a.** g est convexe sur $[2\,;+\infty[$ et concave sur $]-\infty\,;2]$

☐ **b.** g est convexe sur $]-\infty\,;2]$ et concave sur $[2\,;+\infty[$

☐ **c.** g n'est ni concave, ni convexe

4. On reprend la fonction g précédente. La courbe $\mathscr{C}_g$ possède :

☐ **a.** un point d'inflexion $A(2\,;0)$

☐ **b.** deux points d'inflexion $A(2\,;0)$ et $B(5\,;0)$

☐ **c.** un point d'inflexion $A(2\,;5)$

→ Réponses p. 496

EXERCICE 1

Savoir lire la convexité ou un point d'inflexion sur une courbe

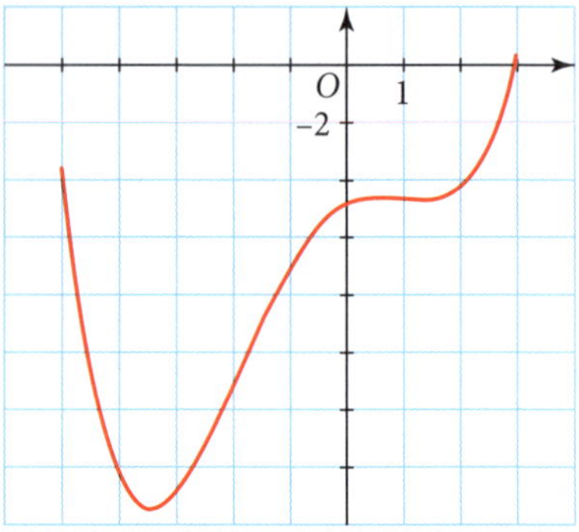

Énoncé

f est la fonction définie sur $[-5\,;3]$ et représentée par la courbe $\mathscr{C}$ dans le repère ci-contre.

1. Préciser sur quel intervalle la fonction f est :

• convexe • concave.

2. La courbe $\mathscr{C}$ possède-t-elle des points d'inflexion ? Si oui, préciser leurs coordonnées approximatives.

Méthode

- Revoir la définition de la convexité et de la concavité d'une fonction et celle d'un point d'inflexion.
- Tracer mentalement quelques tangentes à la courbe $\mathscr{C}$ afin de lire les différentes informations selon l'intervalle.

Corrigé

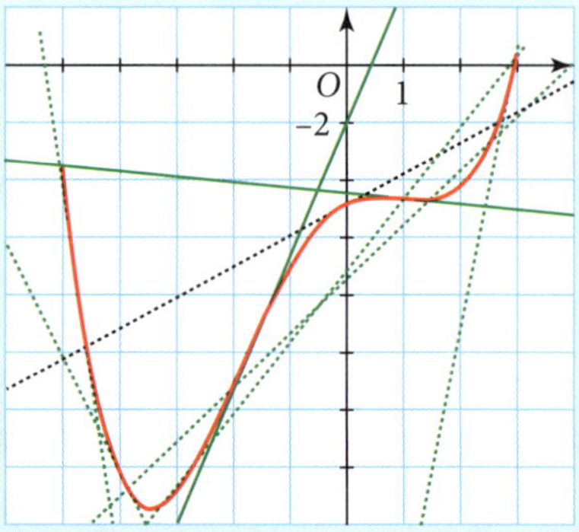

1. On lit, grâce aux tangentes tracées en vert, que f est convexe sur les intervalles $[-5\,;-2]$ et $[1\,;3]$.
On lit, grâce à la tangente tracée en noir, que f est concave sur l'intervalle $[-2\,;1]$.

2. On lit, grâce aux tangentes tracées et à ce qui précède que $\mathscr{C}$ possède deux points d'inflexion :
$A(-2\,;-11)$ et $B(1\,;-4{,}7)$ (car $f(1) \simeq -4{,}7$).

EXERCICE 2

Savoir déduire la convexité des variations de la dérivée

Énoncé

f est la fonction définie sur I par : $f(x) = -5x\ln x + 1 + 5x$, $\text{I} =]0\,;+\infty[$.

Étudier la convexité de f sur I.

Méthode

- Déterminer l'expression de la dérivée de la fonction f.
- Déterminer les variations de la fonction dérivée f' de f sur I, en utilisant, par exemple, les fonctions usuelles ($x \mapsto x^2\,; x \mapsto x^3\,; x \mapsto \dfrac{1}{x}\,; x \mapsto \text{e}^x\,; x \mapsto \ln x$).
- En déduire la convexité ou la concavité de f grâce à la propriété du paragraphe 1.2.

Corrigé

• Pour tout x de $]0\,;+\infty[$, on a :
$f'(x) = (-5x)'\ln x - 5x(\ln x)' + (1 + 5x)'$
$f'(x) = -5\ln x - 5x \times \dfrac{1}{x} + 5 = -5\ln x - 5 + 5 = -5\ln x.$
Or la fonction $x \mapsto \ln x$ est croissante sur $]0\,;+\infty[$, donc la fonction $f' : x \mapsto -5\ln x$ est décroissante sur $]0\,;+\infty[$.
Ainsi, la fonction f est concave sur $]0\,;+\infty[$.

Réflexes à avoir
• Étudier la convexité d'une fonction, c'est indiquer sur quel intervalle elle est convexe ou concave.
• Même si cela n'est pas demandé, penser à vérifier la cohérence des résultats à la calculatrice.

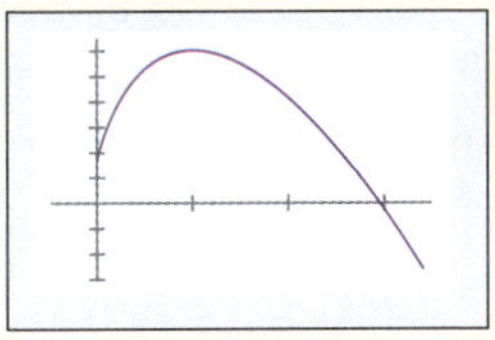

EXERCICE 3

Savoir utiliser la dérivée seconde

Énoncé

f est la fonction définie sur $\mathbb{R}$ par $f(x) = x^4 + 2x^3 - 36x^2 + 48x - 12$.

1. Étudier la convexité de f sur $\mathbb{R}$.

2. La courbe $\mathscr{C}$ représentative de f dans un repère admet-elle des points d'inflexion ? Si oui, préciser leurs coordonnées.

Méthode

- Utiliser les formules de dérivation vues dans les chapitres précédents afin de déterminer la dérivée f' de f, puis sa dérivée seconde f''.
- Étudier le signe de $f''(x)$ afin d'en déduire la convexité ou la concavité de f grâce à la propriété du paragraphe 2.1.
- Utiliser la propriété du paragraphe 2.2 pour étudier l'existence d'éventuels points d'inflexion.

Corrigé

1. Pour tout x de $\mathbb{R}$, $f'(x) = 4x^3 + 6x^2 - 72x + 48$ et $f''(x) = 12x^2 + 12x - 72$.
On étudie le signe de $f''(x)$ grâce au discriminant.
$\Delta = 12^2 - 4 \times 12 \times (-72) = 3\,600 > 0$
Donc l'équation $f''(x) = 0$ admet deux solutions :

$$x_1 = \frac{-12 - \sqrt{3\,600}}{2 \times 12} = -3 \text{ et } x_2 = \frac{-12 + \sqrt{3\,600}}{2 \times 12} = 2$$

On en déduit le signe de $f''(x)$.

x	$-\infty$		-3		2		$+\infty$
Signe de $f''(x)$		+	0	−	0	+	

Ainsi, $f''(x) \geqslant 0$ sur $]-\infty\,;-3] \cup [2\,;+\infty[$, donc f est convexe sur $]-\infty\,;-3] \cup [2\,;+\infty[$ et $f''(x) \leqslant 0$ sur $[-3\,;2]$, donc f est concave sur $[-3\,;2]$.

2. Grâce au tableau ci-dessus, on sait que $f''(x) = 0$ en changeant de signe lorsque $x = -3$ et lorsque $x = 2$. Or $f(-3) = -453$ et $f(2) = -28$.
Donc la courbe $\mathscr{C}$ admet deux points d'inflexion : $A(-3\,;-453)$ et $B(2\,;-28)$.

MATHS COMP.

Chapitre 6 Primitives et équations différentielles

1 Primitives d'une fonction

De quoi s'agit-il ? On introduit une nouvelle fonction F, obtenue à partir d'une fonction f, que l'on appelle primitive de f.

1 Solution d'une équation différentielle

• **Définitions**

f désigne une fonction continue sur un intervalle I.
• **Résoudre** sur I **l'équation différentielle** $y' = f$, d'inconnue y, c'est trouver toutes les fonctions y dérivables sur I telles que, pour tout x de I, $y'(x) = f(x)$.
• Une telle fonction y est appelée **solution de l'équation différentielle** $y' = f$.

2 Primitives d'une fonction

• **Définition**

f désigne une fonction continue sur un intervalle I.
On dit que la fonction F est une **primitive de f sur I** lorsque, F est dérivable sur I et que F est une solution de l'équation différentielle $y' = f$.

Exemple

f est la fonction définie sur $\mathbb{R}$ par $f(x) = 2x - 1$.
La fonction F définie sur $\mathbb{R}$ par $F(x) = x^2 - x + 3$ est une primitive de f sur $\mathbb{R}$. En effet, F est dérivable sur $\mathbb{R}$ et $F'(x) = 2x - 1$, donc F est solution de l'équation différentielle $y' = f$.

• **Propriété**

f désigne une fonction continue sur un intervalle I et F est une primitive de f sur I.
Toutes les primitives de f sur I sont les fonctions G définies sur I par :
$G(x) = F(x) + C$ où C est un nombre réel.

Exercices résolus

1. Vérifier qu'une fonction est solution d'une équation différentielle

ÉNONCÉ

(E) est l'équation différentielle donnée sur $]0\,;+\infty[$ par : $y'(x) = \ln x$.
Vérifier si les fonctions f et g ci-dessous sont solutions de (E).
a. $f(x) = x\ln x - x$ b. $g(x) = (1 + x)\ln x$

CORRIGÉ

a. Pour tout x de $]0;+\infty[$:

$f'(x)=1\times\ln x+x\times\frac{1}{x}-1=\ln x+1-1=\ln x.$

Ainsi, f est solution de (E) sur $]0;+\infty[$ puisqu'elle vérifie $y'=\ln x$.

b. Pour tout x de $]0;+\infty[$:

$g'(x)=1\times\ln x+(1+x)\times\frac{1}{x}=\ln x+\frac{1+x}{x}\neq\ln x.$

Donc, g n'est pas une solution de (E).

Remarque

$f=u\times v+w$
donc
$f'=u'v+uv'+w'$.

2. Vérifier qu'une fonction est une primitive

ÉNONCÉ

f est la fonction définie sur $\mathbb{R}$ par $f(x)=(2x+3)e^x$.

1. Vérifier que la fonction F définie sur $\mathbb{R}$ par $F(x)=(2x+1)e^x$ est une primitive de f sur $\mathbb{R}$.
2. En déduire toutes les primitives de f sur $\mathbb{R}$.
3. Déterminer la primitive de f qui prend la valeur 2 en 0.

CORRIGÉ

1. Pour tout x de $\mathbb{R}$, $F'(x)=2e^x+(2x+1)e^x=(2x+3)e^x$.
Ainsi, la fonction F est solution de l'équation différentielle $y'=f$; c'est donc une primitive de f sur $\mathbb{R}$.
2. D'après la propriété, les primitives de f sont de la forme :
$G(x)=F(x)+C$ avec $C\in\mathbb{R}$.
3. $G(0)=2$ équivaut à $(2\times0+1)e^0+C=2$ c'est-à-dire $1+C=2$ donc $C=1$.
La primitive cherchée est : $G(x)=(2x+1)e^x+1$.

Astuce du prof

G prend la valeur 2 en 0 signifie que $G(0)=2$.

MATHS COMP.

2 Tableaux des primitives

De quoi s'agit-il ? On décrit, à l'aide de tableaux, les primitives des fonctions usuelles et des formes usuelles.

• Propriétés

F et G sont des primitives sur I de deux fonctions f et g. $\alpha\in\mathbb{R}$.
- $F+G$ est alors une primitive sur I de la fonction $f+g$.
- αF est alors une primitive sur I de la fonction αf.

Exemples

$F(x)=\ln x$ est une primitive sur $]0;+\infty[$ de la fonction f définie par $f(x)=\frac{1}{x}$.

$G(x)=x^2$ est une primitive sur $\mathbb{R}$ de la fonction g définie par $g(x)=2x$.
Donc $F(x)+G(x)=\ln x+x^2$ est une primitive sur $]0;+\infty[$ de la fonction $f+g$ et $5F(x)=5\ln x$ est une primitive sur $]0;+\infty[$ de la fonction $5f$.

1 Primitives de fonctions de référence

Fonction : $f(x)$ =	Primitive : F(x) =	Intervalle I
k	$kx + C$	$\mathbb{R}$
x	$\frac{1}{2}x^2 + C$	$\mathbb{R}$
x^2	$\frac{1}{3}x^3 + C$	$\mathbb{R}$
x^n	$\frac{1}{n+1}x^{n+1} + C$	$\mathbb{R}$
$\frac{1}{x}$	$\ln x + C$	$]0\,;+\infty[$
$\frac{1}{x^2}$	$-\frac{1}{x} + C$	$]-\infty\,;0[$ ou $]0\,;+\infty[$
$\frac{1}{2\sqrt{x}}$	$\sqrt{x} + C$	$]0\,;+\infty[$
e^x	e^x	$\mathbb{R}$

2 Primitives de formes usuelles

u désigne une fonction dérivable sur un intervalle I.

Fonction : $f(x)$ =	Primitive : F(x) =	Condition
$2uu'$	$u^2 + C$	
$\frac{u'}{u}$	$\ln u + C$	$u > 0$ sur I
$u'e^u$	$e^u + C$	

Exercices résolus

1. Déterminer une primitive d'une fonction de référence

ÉNONCÉ

Déterminer une primitive sur $\mathbb{R}$ des fonctions f et g.

a. $f(x) = 7x^5 + \dfrac{3}{\sqrt{x}}$.

b. $g(x) = 5 + 2e^x$.

CORRIGÉ

a. Une primitive de $x \mapsto x^5$ est $x \mapsto \dfrac{1}{6}x^6$.

Une primitive de $x \mapsto \dfrac{1}{2\sqrt{x}}$ est $x \mapsto \sqrt{x}$.

Donc une primitive de $f : x \mapsto 7 \times x^5 + 6 \times \dfrac{1}{2\sqrt{x}}$ est $F : x \mapsto \dfrac{7}{6}x^6 + 6\sqrt{x}$.

...

•••

b. Une primitive de $x \mapsto 5$ est $x \mapsto 5x$. Une primitive de $x \mapsto e^x$ est $x \mapsto e^x$.
Donc une primitive de $f : x \mapsto 5 + 2e^x$ est $F : x \mapsto 5x + 2e^x$.

2. Déterminer une primitive d'une fonction

ÉNONCÉ

f est la fonction définie sur $\mathbb{R}$ par $f(x) = (2x - 3)(4x^2 - 12x + 3)$.
Déterminer une primitive F de f sur $\mathbb{R}$.

CORRIGÉ

On pose $u(x) = 4x^2 - 12x + 3$ donc $u'(x) = 8x - 12$. D'où $u'(x) = 4(2x - 3)$.
Ainsi, $f(x) = \frac{1}{4}u'(x)\,u(x)$.
La fonction F définie sur $\mathbb{R}$ par $F(x) = \frac{1}{4}\,u(x)^2 = \frac{1}{4}(4x^2 - 12x + 3)^2$ est donc une primitive de f sur $\mathbb{R}$.

3 Équations différentielles de la forme $y' = ay + b$

De quoi s'agit-il ? On détaille la résolution de deux équations différentielles particulières : $y' = ay$ et $y' = ay + b$.

1 Équations différentielles de la forme $y' = ay$

- **Propriété**

a désigne un nombre réel non nul.

Les solutions sur $\mathbb{R}$ de l'équation différentielle $y' = ay$ sont les fonctions définies sur $\mathbb{R}$ par $f_k(x) = ke^{ax}$ avec k un nombre réel.

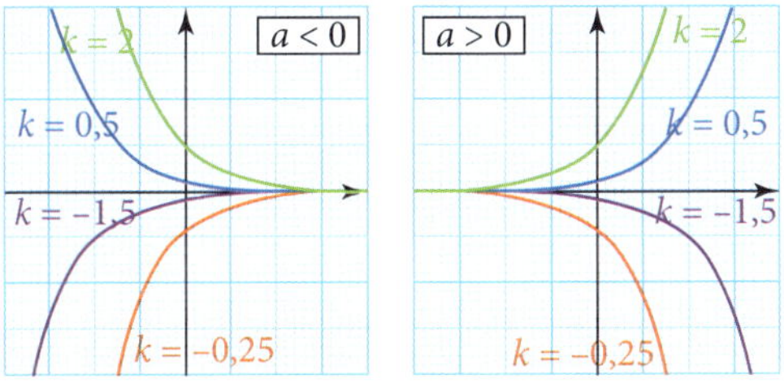

Allure des solutions

2 Équations différentielles de la forme $y' = ay + b$

- **Propriétés**

a et b désignent deux nombres réels non nuls.

- La fonction constante $f_c : x \mapsto -\frac{b}{a}$ est une solution particulière de l'équation différentielle $y' = ay + b$.

- Les solutions sur $\mathbb{R}$ de l'équation différentielle $y' = ay + b$ sont les fonctions $y_k = f_k + f_c$ où f_k sont les solutions sur $\mathbb{R}$ de l'équation différentielle $y' = ay$.

Ce sont donc les fonctions définies sur $\mathbb{R}$ par $y_k(x) = ke^{ax} - \dfrac{b}{a}$ avec $k \in \mathbb{R}$.

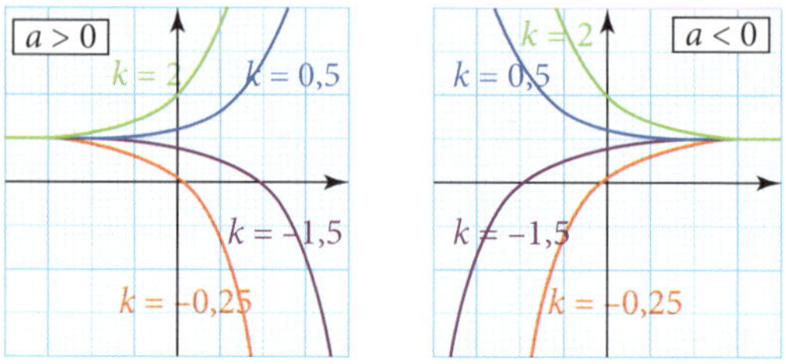

Allure des solutions

- **Propriété – Définition**

- Pour tout couple $(x_0 ; y_0)$ de nombres réels, l'équation différentielle $y' = ay + b$ admet une unique solution g sur $\mathbb{R}$ qui vérifie $y_0 = g(x_0)$.
- Le couple $(x_0 ; y_0)$ (ou la condition $y_0 = g(x_0)$) est appelé **condition initiale** de l'équation différentielle.

Exercice résolu

Résoudre une équation différentielle de la forme $y' = ay + b$

ÉNONCÉ

(E) est l'équation différentielle $y' = 2y - 6$.

1. Déterminer les solutions de l'équation différentielle (E') : $y' = 2y$.
2. Déterminer la solution particulière constante de (E).
3. En déduire les solutions de (E).
4. Déterminer la solution de (E) qui vérifie la condition initiale (0 ; 2).

CORRIGÉ

1. $a = 2$. Donc les solutions de (E') sont les fonctions :
$f_k : x \mapsto k\,e^{2x}$ avec $k \in \mathbb{R}$.

2. $a = 2$ et $b = -6$ donc $-\dfrac{b}{a} = 3$. Ainsi, la solution particulière constante de (E) est la fonction :

$$f_c : x \mapsto 3.$$

3. On déduit des réponses précédentes que les solutions de (E) sont les fonctions :

$$g_k : x \mapsto k\,e^{2x} + 3 \text{ avec } k \in \mathbb{R}.$$

4. On cherche k tel que $g(0) = 2$.
Or $g(0) = 2$ équivaut à $k\,e^0 + 3 = 2$ c'est-à-dire $k + 3 = 2$ d'où $k = -1$.
La solution cherchée est donc la fonction g définie sur $\mathbb{R}$ par $g(x) = -\,e^{2x} + 3$.

Remarque

Les questions 1. et 2. servent à déterminer toutes les solutions de (E) (voir la première propriété du paragraphe 3.2).

Révision express

Les réflexes à avoir

- Comprendre que F est une primitive de f signifie que $F' = f$.
- Pour déterminer la primitive de f qui vérifie la condition $y_0 = G(x_0)$, il faut :
  – déterminer une primitive F de f ;
  – en déduire que toutes les primitives de f sont de la forme $G = F + C$ avec $C \in \mathbb{R}$;
  – résoudre l'équation $G(x_0) = F(x_0) + C = y_0$ pour trouver C et conclure.
- Connaître par cœur les tableaux des primitives (paragraphe 2).
- Connaître par cœur les solutions des équations différentielles $y' = ay$ et $y' = ay + b$.
- Lorsqu'une équation différentielle est donnée dans un énoncé, la ramener (si ce n'est pas fait) à la forme $y' = ay$ ou à la forme $y' = ay + b$.

Les pièges à éviter

- Ne pas mélanger les tableaux des dérivées et les tableaux des primitives.
- Une fonction possède une seule dérivée f' et possède une infinité de primitives $F + C$ avec $C \in \mathbb{R}$.

Quiz

*Pour chaque question, une seule réponse proposée (**a**, **b** ou **c**) est exacte.*

1. (E) est l'équation différentielle $y' = 5x^2 + 4e^{2x}$. Une solution de (E) est définie par :

☐ **a.** $f(x) = 10x + 8e^{2x}$ ☐ **b.** $f(x) = \frac{5}{3}x^3 + 2e^{2x}$ ☐ **c.** $f(x) = 5x^2 + 4e^{2x}$

2. La courbe rouge représente une primitive F de la fonction f tracée en vert sur l'écran :

☐ **a.**
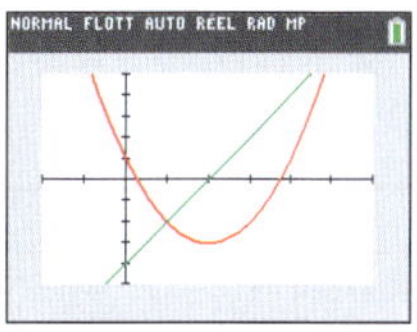

☐ **b.**
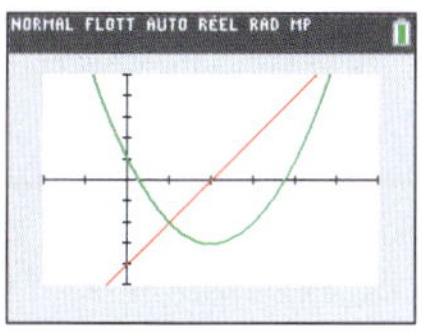

☐ **c.**
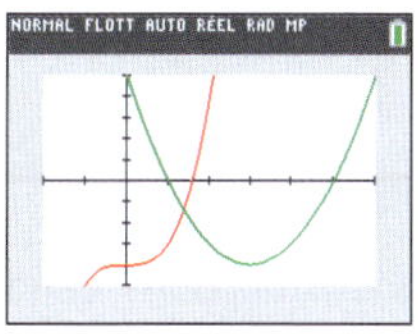

3. f est la fonction définie sur $\mathbb{R}$ par $f(x) = 2x^4 - x^3 + 4x^2 - 1$. Une primitive de f est donnée par :

☐ **a.** $F(x) = 8x^3 - 3x^2 + 8x$ ☐ **b.** $F(x) = \frac{1}{4}x^5 - \frac{1}{3}x + 2x^3 - x$

☐ **c.** $F(x) = \frac{2}{5}x^5 - \frac{1}{4}x^4 + \frac{4}{3}x^3 - x$

4. Une solution de l'équation différentielle $y' = -2y$ est donnée par :

☐ **a.** $f(x) = 5e^{-2x}$ ☐ **b.** $f(x) = -2e^{x}$ ☐ **c.** $f(x) = e^{2x}$

5. Les solutions de l'équation différentielle $2y' + y = 4$ sont de la forme :

☐ **a.** $f(x) = ke^{2x} + \frac{1}{4}$ avec $k \in \mathbb{R}$ ☐ **b.** $f(x) = ke^{-\frac{1}{2}x}$ avec $k \in \mathbb{R}$

☐ **c.** $f(x) = ke^{-\frac{1}{2}x} + 4$ avec $k \in \mathbb{R}$

→ Réponses p. 496

EXERCICE 1

Savoir justifier qu'une fonction est solution d'une équation différentielle $y' = f$

Énoncé

(E) est l'équation différentielle donnée sur $\mathbb{R}$ par : $y'(x) = 3x^2 + 6x + 2$.

Justifier que l'une des deux fonctions définies sur $\mathbb{R}$ ci-dessous est solution de (E).

- $g(x) = (x+1)^3 - x$
- $h(x) = x^3 + 3x^2 - x + 2$

Méthode

Pour justifier qu'une fonction g est solution d'une équation différentielle de la forme $y' = f$, il suffit de vérifier si, pour tout x, $g'(x) = f(x)$ (si, pour tout x, $g'(x) \neq f(x)$, c'est que g n'est pas solution).

Corrigé

- Pour tout x de $\mathbb{R}$, $g(x) = u(x)^3 - x$ donc $g'(x) = 3u'(x)u(x)^2 - 1$ d'où :
$g'(x) = 3 \times 1 \times (x+1)^2 - 1 = 3(x^2 + 2x + 1) - 1 = 3x^2 + 6x + 2 = f(x)$.
Ainsi, g est solution de (E).
- Pour tout x de $\mathbb{R}$, $h'(x) = 3x^2 + 6x - 1 \neq f(x)$.
Ainsi, h n'est pas solution de (E).

EXERCICE 2

Savoir justifier qu'une fonction F est une primitive d'une fonction f

Énoncé

f est la fonction définie sur $]2\,;+\infty[$ par $f(x) = 2x + \dfrac{1}{x-2}$.

Justifier que la fonction F définie sur $]2\,;+\infty[$ par $\mathrm{F}(x) = x^2 + \ln(2x-4)$ est une primitive de f sur $]2\,;+\infty[$.

Méthode

Pour justifier qu'une fonction F est une primitive d'une fonction f sur un intervalle I, il suffit de vérifier que, pour tout x de I, $\mathrm{F}'(x) = f(x)$.

Corrigé

Pour tout x de $]2\,;+\infty[$, $\mathrm{F}'(x) = 2x + \dfrac{2}{2x-4} = 2x + \dfrac{2}{2(x-2)} = 2x + \dfrac{1}{x-2} = f(x)$.

Donc F est une primitive de f sur $]2\,;+\infty[$.

EXERCICE 3

Savoir déterminer les primitives, puis la primitive d'une fonction *f*

Énoncé

On reprend la situation précédente.

1. Déterminer toutes les primitives sur $]2\,;+\infty[$ de la fonction *f*.

2. Déterminer la primitive de *f* qui vaut 10 en $\frac{5}{2}$.

Méthode

1 Lorsque F est une primitive de *f*, toutes les primitives de *f* sont de la forme :

$$G(x) = F(x) + C \text{ où C est une constante}$$

2 Pour déterminer la primitive de *f* qui vérifie $G(x_0) = y_0$, on résout l'équation $G(x_0) = y_0$, c'est-à-dire $F(x_0) + C = y_0$ afin de trouver la valeur de C.

Corrigé

1. Puisqu'on sait que la fonction F telle que $F(x) = x^2 + \ln(2x - 4)$ est une primitive de *f* sur $]2\,;+\infty[$, on en déduit que toutes les primitives de *f* sur $]2\,;+\infty[$ sont de la forme $G(x) = F(x) + C$ où $C \in \mathbb{R}$, c'est-à-dire : $G(x) = x^2 + \ln(2x - 4) + C$ où $C \in \mathbb{R}$.

2. La condition « qui vaut 10 en $\frac{5}{2}$ » se traduit par $G\left(\frac{5}{2}\right) = 10$, c'est-à-dire :

$$\left(\frac{5}{2}\right)^2 + \ln\left(2\left(\frac{5}{2}\right) - 4\right) + C = 10$$

ou encore $\frac{25}{4} + \ln(5 - 4) + C = 10$ d'où $\frac{25}{4} + C = 10$, et ainsi $C = \frac{15}{4}$.

La primitive cherchée est la fonction définie sur $]2\,;+\infty[$ par :

$$G(x) = x^2 + \ln(2x - 4) + \frac{15}{4}$$

EXERCICE 4

Savoir utiliser les tableaux des primitives

Énoncé

Déterminer une primitive sur $\mathbb{R}$ de chacune des fonctions suivantes.

a. $f(x) = 5x^2 - x + 2$ **b.** $g(x) = (x + 1)(x^2 + 2x - 3)$ **c.** $h(x) = (6x - 6)e^{x^2-2x+4}$

Méthode

Pour déterminer une primitive d'une fonction *f*, il faut écrire *f* sous la forme :

- d'une somme de fonctions de référence (tableau 1 paragraphe 2.1),
- d'une des formes usuelles : $2uu'$; $\frac{u'}{u}$; $u'e^u$ (tableau 2 paragraphe 2.2), quitte à adapter avec un coefficient multiplicatif.

MATHS COMP.

Corrigé

a. f s'écrit sous la forme d'une somme de puissances de x.

$F(x) = 5 \times \frac{1}{3}x^3 - \frac{1}{2}x^2 + 2x$ est une primitive de f sur $\mathbb{R}$.

b. g s'écrit presque sous la forme $2u'u$ avec $u(x) = x^2 + 2x - 3$ donc $u'(x) = 2x + 2$.

Ainsi, $g(x) = \frac{1}{4}2u'(x)u(x)$ donc $G(x) = \frac{1}{4}u(x)^2 = \frac{1}{4}(x^2 + 2x - 3)^2$ est une primitive de g sur $\mathbb{R}$.

c. h s'écrit presque sous la forme $u'e^u$ avec $u(x) = x^2 - 2x + 4$ donc $u'(x) = 2x - 2$.
Ainsi, $h(x) = 3u'(x)e^{u(x)}$ donc $H(x) = 3e^{u(x)} = 3e^{x^2-2x+4}$ est une primitive de h sur $\mathbb{R}$.

Remarque
Penser à adapter avec un coefficient multiplicatif ($k = \frac{1}{2}$ pour le **b**) ; et $k = 3$ pour le **c**) afin de donner la forme exacte de la fonction.

EXERCICE 5

Savoir déterminer les solutions d'une équation différentielle de la forme $y' = ay + b$

Énoncé

1. Résoudre l'équation différentielle (E) : $y' + 3y = -6$.

2. Déterminer la solution de (E) qui vérifie la condition initiale $y(0) = 2$.

Méthode

1 Si ce n'est pas le cas, commencer par écrire (E) sous la forme $y' = ay + b$ ou $y' = ay$.

2 Utiliser la propriété du paragraphe 3.1 pour donner les solutions de l'équation différentielle $y' = ay$: $f_k(x) = ke^{ax}$ avec $k \in \mathbb{R}$.

3 Si (E) est de la forme $y' = ay + b$, poursuivre le raisonnement en utilisant la première propriété du paragraphe 3.2 :
- donner la solution particulière constante de (E) : $f_c(x) = -\frac{b}{a}$,
- en déduire les solutions de (E) : $g_k(x) = ke^{ax} - \frac{b}{a}$ avec $k \in \mathbb{R}$.

4 Pour déterminer la solution qui vérifie $y(x_0) = y_0$, on résout l'équation $g_k(x_0) = y_0$ afin de trouver la valeur de k.

Corrigé

1. • (E) : $y' + 3y = -6$ équivaut à $y' = -3y - 6$.
Donc (E) est de la forme $y' = ay + b$ avec $a = -3$ et $b = -6$.
• Les solutions de $y' = -3y$ sont de la forme $f_k(x) = ke^{-3x}$ avec $k \in \mathbb{R}$.
• $-\frac{b}{a} = -\frac{-6}{-3} = -2$. La solution particulière constante de (E) est $f_c(x) = -2$.
• Les solutions de (E) sont donc de la forme $g_k(x) = ke^{-3x} - 2$ avec $k \in \mathbb{R}$.

2. La condition initiale $y(0) = 2$ se traduit par $g_k(0) = 2$, c'est-à-dire $ke^{-3\times 0} - 2 = 2$, soit $k - 2 = 2$ d'où $k = 4$.
Ainsi, la solution cherchée est la fonction définie sur $\mathbb{R}$ par $g(x) = 4e^{-3x} - 2$.

Chapitre 7

Calcul intégral

1 Intégrale d'une fonction continue et positive

De quoi s'agit-il ? On définit la notion d'intégrale d'une fonction et on la relie à l'aire située sous la courbe représentative de cette fonction.

1 Définition

Dans un repère orthogonal $(O\,;\overrightarrow{OI},\overrightarrow{OJ})$, on appelle **unité d'aire** l'aire du rectangle $OIKJ$ où $K(1\,;1)$. Elle est notée u.a.

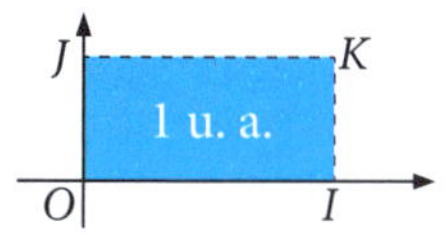

- f est une fonction continue, positive sur $[a\,;b]$ et $\mathscr{C}$ sa courbe représentative dans un repère orthogonal.

L'intégrale de a à b de la fonction f est l'aire, en unités d'aire, du domaine situé entre $\mathscr{C}$, l'axe des abscisses et limité par les droites verticales $x = a$ et $x = b$.

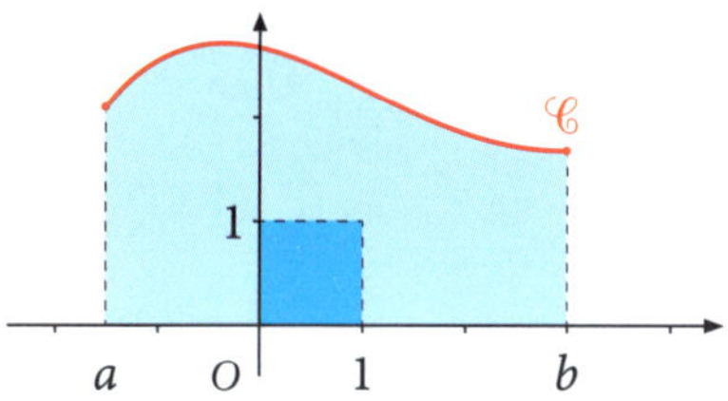

On note cette aire $\int_a^b f(x)\mathrm{d}x$.

On lit « intégrale de a à b de f » ou « intégrale de a à b de f de x dx ».

2 Propriétés

- $\int_a^a f(x)\mathrm{d}x = 0$.
- **Relation de Chasles**

Pour tous réels a, b et c tels que $a \leqslant c \leqslant b$,

$$\int_a^b f(x)\mathrm{d}x = \int_a^c f(x)\mathrm{d}x + \int_c^b f(x)\mathrm{d}x$$

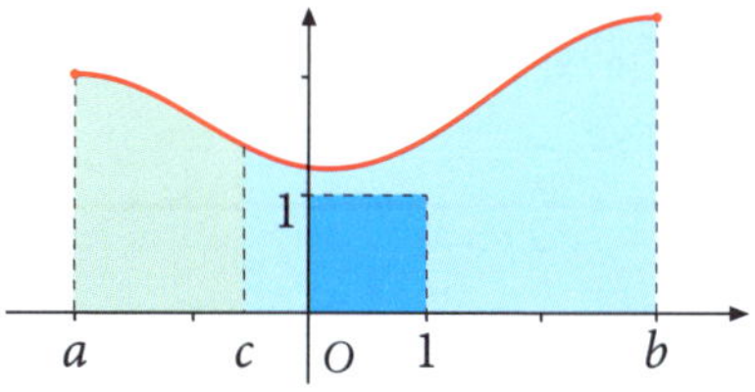

- **Conséquence :** $\int_a^b f(x)\mathrm{d}x = -\int_b^a f(x)\mathrm{d}x$.

Exercices résolus

1. Calculer une intégrale de fonction continue positive

ÉNONCÉ

f est la fonction définie sur $[-1\,;1]$ par $f(x) = -\dfrac{2}{3}x + 2$.

1. Représenter f dans un repère orthogonal.
2. Calculer $\int_{-1}^{1} f(x)\mathrm{d}x$.

...

MATHS COMP.

CORRIGÉ

1.

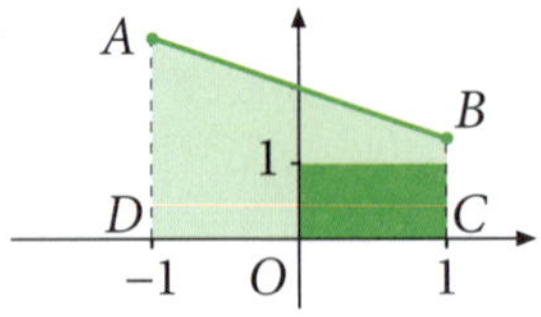

$f(-1) = -\frac{2}{3} \times (-1) + 2 = \frac{8}{3}$; $A\left(-1 ; \frac{8}{3}\right)$.

$f(1) = -\frac{2}{3} \times 1 + 2 = \frac{4}{3}$; $B\left(1 ; \frac{4}{3}\right)$.

2. f est définie, continue et positive sur $[-1 ; 1]$,

donc $\int_{-1}^{1} f(x)\mathrm{d}x$ est l'aire $\mathscr{A}$ du trapèze $ABCD$, en unités d'aire.

$\mathscr{A} = \frac{(\text{Petite base} + \text{Grande base})}{2} \times \text{Hauteur} = \frac{(BC + AD)}{2} \times DC = \frac{f(1) + f(-1)}{2} \times 2 = 4.$

Ainsi, $\int_{-1}^{1} \boldsymbol{f(x)\mathrm{d}x = 4}$ **u.a.**

2. Utiliser la relation de Chasles

ÉNONCÉ

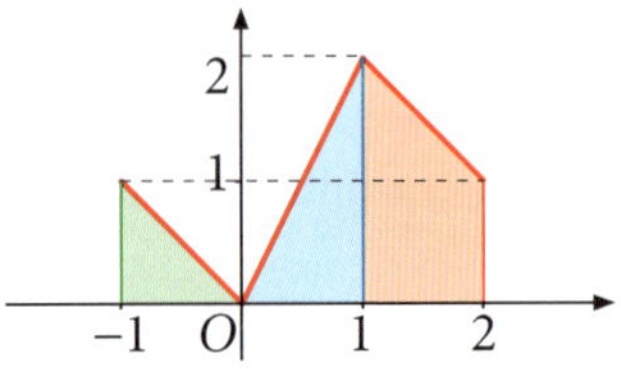

La fonction f représentée ci-contre est définie sur $[-1 ; 2]$.

Calculer $\int_{-1}^{2} f(x)\mathrm{d}x$.

CORRIGÉ

$\int_{-1}^{2} f(x)\mathrm{d}x = \int_{-1}^{0} f(x)\mathrm{d}x + \int_{0}^{1} f(x)\mathrm{d}x + \int_{1}^{2} f(x)\mathrm{d}x,$

donc $\int_{-1}^{2} \boldsymbol{f(x)\mathrm{d}x = \frac{1 \times 1}{2} + \frac{1 \times 2}{2} + \frac{(1+2)}{2} \times 1 = 3}$ **u.a.**

Rappel
L'aire d'un triangle est : $\frac{\text{Base} \times \text{Hauteur}}{2}$.

2 Approximation d'une intégrale par la méthode des rectangles

De quoi s'agit-il ? **On expose ici un principe permettant d'obtenir une valeur approchée de l'aire sous une courbe.**

Principe : pour déterminer une approximation de l'aire située sous une courbe et entre deux valeurs a et b, on découpe l'intervalle $[a ; b]$ en intervalles de même taille. On obtient ainsi des rectangles de même largeur et de longueurs différentes.

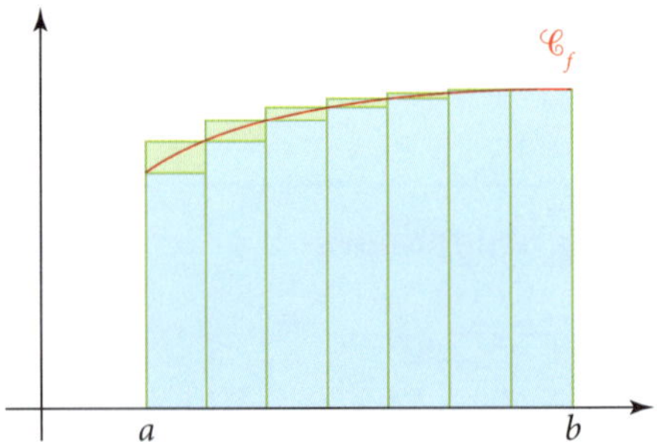

L'aire située sous la courbe $\mathscr{C}_f$ et entre a et b est alors comprise entre la somme des aires des petits rectangles bleus et la somme des aires des grands rectangles verts.

3 Valeur moyenne d'une fonction

De quoi s'agit-il ? On expose de quelle manière la notion de moyenne (vue en statistiques) peut être étendue dans le cadre des fonctions.

- **Définition**

On appelle **valeur moyenne d'une fonction f sur un intervalle** $[a\ ;\ b]$,

le réel μ égal à $\frac{1}{b-a}\int_a^b f(x)\mathrm{d}x$.

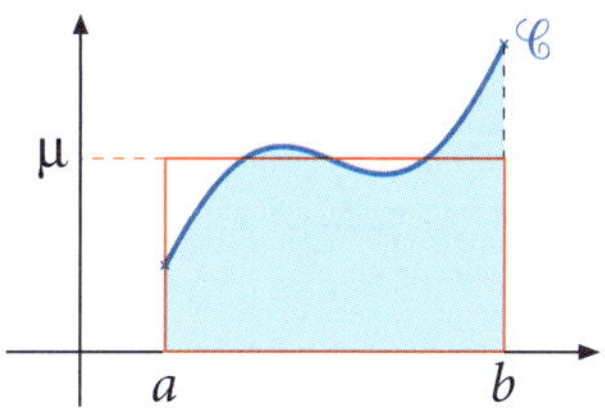

- **Interprétation graphique**

Pour une fonction f positive sur $[a\ ;\ b]$, l'aire du domaine coloré $\left(\int_a^b f(x)\mathrm{d}x\right)$ est égale à l'aire du rectangle de longueur $b-a$ et de largeur μ.

Exercices résolus

1. Donner l'approximation d'une aire

ÉNONCÉ

f est la fonction représentée par la courbe rouge ci-contre sur l'intervalle $[1\ ;\ 4]$.
Utiliser la méthode d'approximation des rectangles pour déterminer un encadrement de l'aire située sous la courbe de f.

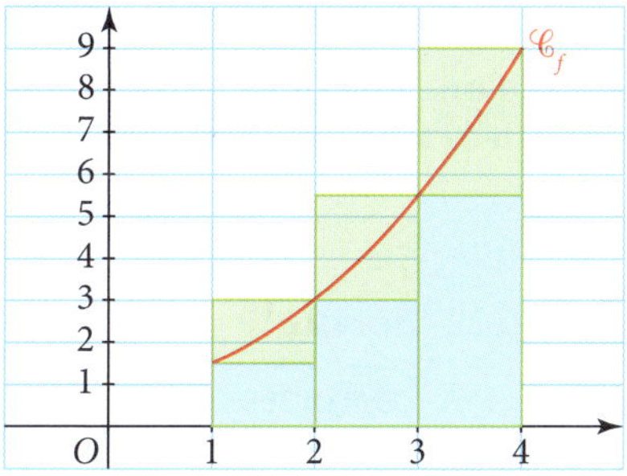

CORRIGÉ

L'aire $\mathscr{A}$ cherchée est encadrée par la somme s des aires des petits rectangles bleus et la somme S des aires des grands rectangles verts.
Or, $s = 1 \times 1{,}5 + 1 \times 3 + 1 \times 5{,}5 = 10$
et $S = 1 \times 3 + 1 \times 5{,}5 + 1 \times 9 = 17{,}5$. Ainsi, $10 < \mathscr{A} < 17{,}5$.

2. Déterminer une valeur moyenne par lecture graphique

ÉNONCÉ

f est la fonction représentée par la courbe rouge ci-contre.
Déterminer la valeur moyenne μ de f sur l'intervalle $[-1\ ;\ 3]$.

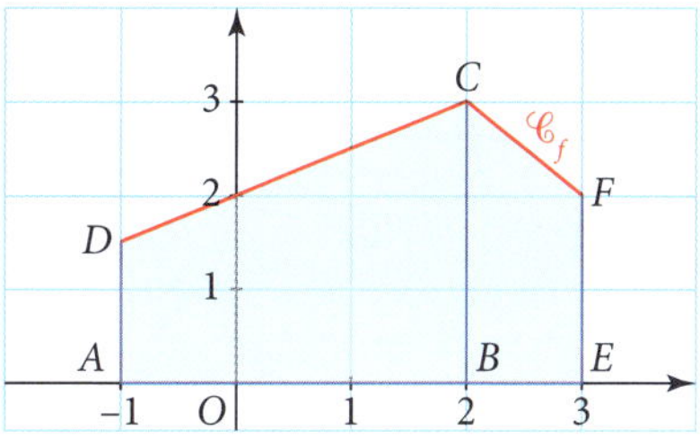

CORRIGÉ

L'intégrale $\int_{-1}^{3} f(x)\mathrm{d}x$ est la somme des aires des trapèzes $ABCD$ et $BEFC$.

Donc $\int_{-1}^{3} f(x)\mathrm{d}x = \frac{(1{,}5+3)\times 3}{2} + \frac{(2+3)\times 1}{2} = 6{,}75 + 2{,}5 = 9{,}25$.

Ainsi, la valeur moyenne de f est $\mu = \frac{1}{3-(-1)} \times \int_{-1}^{3} f(x)\mathrm{d}x = \frac{1}{4} \times 9{,}25 = 2{,}3125$.

4 Intégrale d'une fonction continue de signe quelconque

De quoi s'agit-il ? **On étend la notion d'intégrale aux fonctions de signe quelconque. On relie également intégrale et primitive.**

1 Théorème fondamental

f est une fonction continue sur $[a\,;b]$.

La fonction F définie par $\boldsymbol{x \mapsto \int_a^x f(t)\mathrm{d}t}$ est dérivable sur $[a\,;b]$ et sa dérivée est f.

2 Calcul d'une intégrale

- **Théorème**

f est une fonction continue et positive sur un intervalle $[a\,;b]$
F est une primitive de f sur $[a\,;b]$.

$$\int_a^b f(x)\mathrm{d}x = F(b) - F(a)$$

Remarque

On note
$\int_b^a f(x)\mathrm{d}x = [F(x)]_b^a = F(b) - F(a).$

- **Extension au cas d'une fonction continue et de signe quelconque sur $[a\,;b]$.**

L'intégrale de a à b de la fonction f est le nombre réel $F(b) - F(a)$, où F est une primitive de f sur $[a\,;b]$.

3 Propriétés de l'intégrale

f et g sont deux fonctions continues sur $[a\,;b]$.

- **Linéarité de l'intégration**

• $\int_a^b f(x)\mathrm{d}x + \int_a^b g(x)\mathrm{d}x = \int_a^b (f(x) + g(x))\mathrm{d}x.$

• Pour tout réel λ, $\lambda \int_a^b f(x)\mathrm{d}x = \int_a^b \lambda f(x)\mathrm{d}x.$

- **Relation de Chasles**

Pour tous réels c, d et e de l'intervalle $[a\,;b]$,
$\int_c^d f(x)\mathrm{d}x + \int_d^e f(x)\mathrm{d}x = \int_c^e f(x)\mathrm{d}x.$

Exercices résolus

1. Calcul d'une intégrale à l'aide d'une primitive

ÉNONCÉ

Calculer :

a. $I = \int_{-1}^{1} (x^2 + x + 1)\mathrm{d}x$

b. $J = \int_{0}^{1} \left(\frac{1}{1+x} + \mathrm{e}^x\right)\mathrm{d}x.$

CORRIGÉ

D'après le tableau des primitives vues au chapitre 6,

a. F définie sur $\mathbb{R}$ par $\mathrm{F}(x) = \frac{1}{3}x^3 + \frac{1}{2}x^2 + x$ est une primitive de f définie sur $\mathbb{R}$ par $f(x) = x^2 + x + 1$.

Donc $I = \left[\frac{1}{3}x^3 + \frac{1}{2}x^2 + x\right]_{-1}^{1} = \left(\frac{1}{3} \times 1^3 + \frac{1}{2} \times 1^2 + 1\right) - \left(\frac{1}{3} \times (-1)^3 + \frac{1}{2} \times (-1)^2 + (-1)\right).$

Ainsi, $I = \frac{11}{6} - \left(\frac{-5}{6}\right) = \frac{8}{3}.$

b. G définie sur $]-1\,;+\infty[$ par $\mathrm{G}(x) = \ln(1 + x) + \mathrm{e}^x$ est une primitive de g définie sur $]-1\,;+\infty[$ par $g(x) = \frac{1}{1+x} + \mathrm{e}^x$. Donc $J = \left[\ln(1 + x) + \mathrm{e}^x\right]_0^1 = (\ln 2 + \mathrm{e}^1) - (\ln 1 + \mathrm{e}^0).$

Ainsi, $J = \ln 2 + \mathrm{e} - 1.$

2. Utiliser la linéarité de l'intégrale

ÉNONCÉ

1. Calculer :

a. $\int_0^1 1\mathrm{d}x$

b. $\int_0^1 x\,\mathrm{d}x.$

2. a et b sont deux réels, exprimer $\int_0^1 (ax + b)\mathrm{d}x$ en fonction de a et b.

CORRIGÉ

1. a. $\int_0^1 1\mathrm{d}x = [x]_0^1 = 1 - 0 = 1.$

b. $\int_0^1 x\,\mathrm{d}x = \left[\frac{1}{2}x^2\right]_0^1 = \frac{1}{2} \times 1^2 - \frac{1}{2} \times 0^2 = \frac{1}{2}.$

2. $\int_0^1 (ax + b)\mathrm{d}x = a\int_0^1 x\,\mathrm{d}x + b\int_0^1 1\mathrm{d}x$, grâce à la linéarité de l'intégrale,

donc $\int_0^1 (ax + b)dx = \frac{1}{2}a + b.$

MATHS COMP.

Révision express

Les réflexes à avoir

- Les tableaux des primitives (vus au chapitre précédent) sont essentiels à connaître pour effectuer des calculs d'intégrales.
- Savoir relier une intégrale et une aire sous une courbe.
- Comprendre et savoir utiliser les propriétés des intégrales, en particulier la relation de Chasles.
- Penser à utiliser la calculatrice pour vérifier le résultat du calcul d'une intégrale.

Par exemple, $\int_0^1 (x^4+2)\mathrm{d}x = 2{,}2$.

Les pièges à éviter

- Ne pas oublier que les aires calculées sont exprimées en unités d'aires, c'est-à-dire en fonction de l'aire du rectangle *OIKJ*.
- Pour calculer une aire sous une courbe, penser à vérifier que la fonction considérée est positive.

Quiz

*Pour chaque question, une seule réponse proposée (**a**, **b** ou **c**) est exacte.*

1. La courbe d'une fonction f est représentée par la courbe rouge.

Ainsi, $\int_{-2}^{6} f(x)\mathrm{d}x$ est égale à :

☐ **a.** 20 ☐ **b.** 15 ☐ **c.** 10

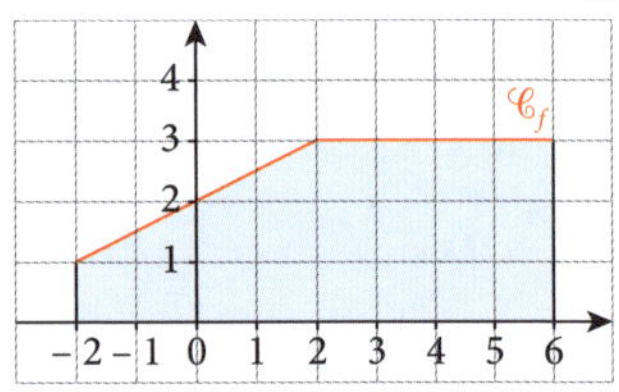

2. F est une primitive d'une fonction f sur $[a\,;b]$.

☐ **a.** $\int_a^b f(x)\mathrm{d}x = F(b)+F(a)$ ☐ **b.** $\int_a^b f(x)\mathrm{d}x = F(a)-F(b)$ ☐ **c.** $\int_a^b f(x)\mathrm{d}x = F(b)-F(a)$

3. $\int_{-1}^{2} (1+x^2)\mathrm{d}x$ est égale à :

☐ **a.** 5 ☐ **b.** 6 ☐ **c.** 7

4. $\int_0^1 \frac{1+\mathrm{e}^x}{x+\mathrm{e}^x}\mathrm{d}x$ est environ égale à :

☐ **a.** 1,313 ☐ **b.** 0,5 ☐ **c.** 2,351

5. Sur l'intervalle $[5\,;15]$, la valeur moyenne de la fonction f définie par $f(x) = \frac{3}{x^2}+1$ est égale à :

☐ **a.** 1,04 ☐ **b.** 10,4 ☐ **c.** 104

→ Réponses p. 496

EXERCICE 1

Savoir relier aire sous une courbe et intégrale

Énoncé

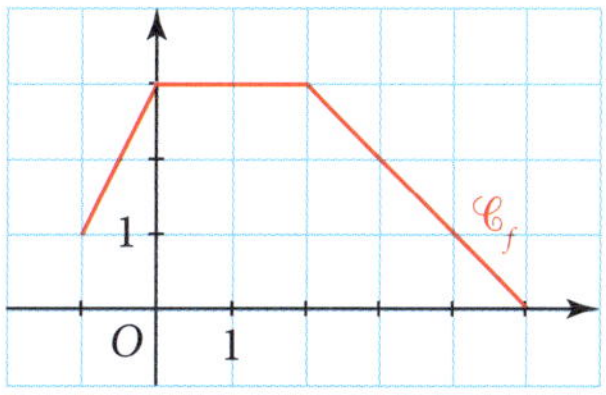

f est la fonction représentée par la courbe rouge ci-contre.

Déterminer la valeur de $\int_{-1}^{5} f(x)\mathrm{d}x$.

Méthode

- Lorsque f est une fonction positive sur $[a\,;b]$, $\int_a^b f(x)\mathrm{d}x$ est l'aire située sous la courbe de f et entre a et b.
- Aire d'un triangle $= \dfrac{\text{Base} \times \text{Hauteur}}{2}$

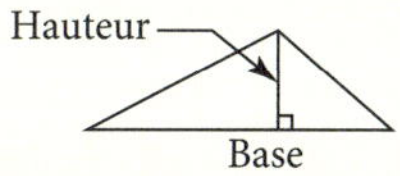

- Aire d'un trapèze $= \dfrac{(\text{Grande base} + \text{Petite base}) \times \text{Hauteur}}{2}$

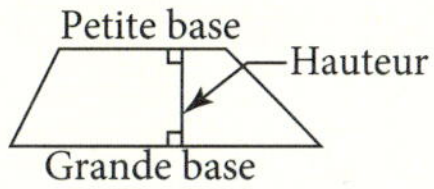

Corrigé

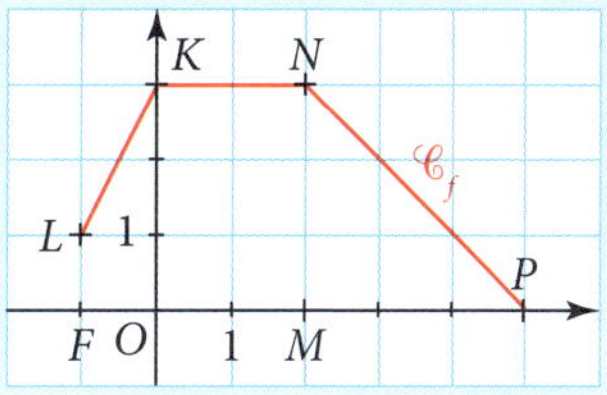

Le nombre $\int_{-1}^{5} f(x)\mathrm{d}x$ est la somme des aires du trapèze $FOKL$, du rectangle $OMNK$ et du triangle MNP.

Ainsi, $\int_{-1}^{5} f(x)\mathrm{d}x = \dfrac{(3+1)\times 1}{2} + 2\times 3 + \dfrac{3\times 3}{2} = 12{,}5.$

EXERCICE 2

Savoir déterminer une valeur moyenne à partir d'un graphique

Énoncé

On reprend la situation de la méthode précédente.

Déterminer la valeur moyenne de la fonction f sur l'intervalle $[-1\,;5]$.

Méthode

Appliquer la définition :

La valeur moyenne μ de f sur $[a\,;b]$ est : $\mu = \dfrac{1}{b-a} \times \int_a^b f(x)\mathrm{d}x.$

Corrigé

La valeur moyenne de f sur $[-1\,;5]$ est :

$$\mu = \frac{1}{5-(-1)} \times \int_{-1}^{5} f(x)\mathrm{d}x = \frac{1}{6} \times 12{,}5 = \frac{25}{12} \text{ (soit environ 2,08)}$$

EXERCICE 3

Savoir calculer une intégrale

Énoncé

Calculer $\int_{\frac{1}{2}}^{1} \frac{3}{2x+1}dx$.

Méthode

Pour calculer $\int_a^b f(x)dx$, il faut, en général :

- déterminer une primitive F de f sur $[a ; b]$;
- calculer le nombre $F(b) - F(a) = \int_a^b f(x)dx$.

Corrigé

D'après le chapitre 6, une primitive de $f(x) = \frac{3}{2x+1}$ sur $\left]-\frac{1}{2} ; +\infty\right[$ est F définie par :

$F(x) = \frac{3}{2}\ln(2x+1)$. Donc, une primitive de f sur $\left[\frac{1}{2} ; 1\right]$ est F.

Ainsi, $\int_{\frac{1}{2}}^{1} f(x)dx = \left[\frac{3}{2}\ln(2x+1)\right]_{\frac{1}{2}}^{1} = F(1) - F\left(\frac{1}{2}\right) = \frac{3}{2}\ln(2 \times 1 + 1) - \frac{3}{2}\ln\left(2 \times \frac{1}{2} + 1\right)$.

Finalement, $\int_{\frac{1}{2}}^{1} f(x)dx = \frac{3}{2}\ln 3 - \frac{3}{2}\ln 2 = \frac{3}{2}(\ln 3 - \ln 2) = \frac{3}{2}\ln\frac{3}{2}$.

EXERCICE 4

Savoir calculer une valeur moyenne

Énoncé

f est la fonction définie sur $[-5 ; 5]$ par $f(x) = 3x^2 + 4x - 5$.

Calculer la valeur moyenne de f sur $[-5 ; 5]$.

Méthode

Pour calculer la valeur moyenne d'une fonction f sur $[a ; b]$:

- déterminer une primitive F de f sur $[a ; b]$;
- calculer $\int_a^b f(x)dx$ à l'aide de la formule $\int_a^b f(x)dx = F(b) - F(a)$;
- appliquer la définition de la valeur moyenne de f sur $[a ; b]$: $\mu = \frac{1}{b-a}\int_a^b f(x)dx$.

Corrigé

$F(x) = x^3 + 2x^2 - 5x$ est une primitive de f sur $[-5 ; 5]$.

$\int_{-5}^{5} f(x)dx = [x^3 + 2x^2 - 5x]_{-5}^{5} = F(5) - F(-5) = 150 - (-50) = 200$.

Ainsi, la valeur moyenne de f sur $[-5 ; 5]$ est :

$\mu = \frac{1}{5-(-5)} \times \int_{-5}^{5} f(x)dx = \frac{1}{10} \times 200 = 20$.

EXERCICE 5

Savoir calculer une aire entre deux courbes

Énoncé

f et g sont les fonctions définies sur $[0\,;4]$ par $f(x)=x^2-4x+8$ et $g(x)=x+1$ et représentées par les courbes ci-contre.

Calculer l'aire du domaine coloré situé entre ces deux courbes.

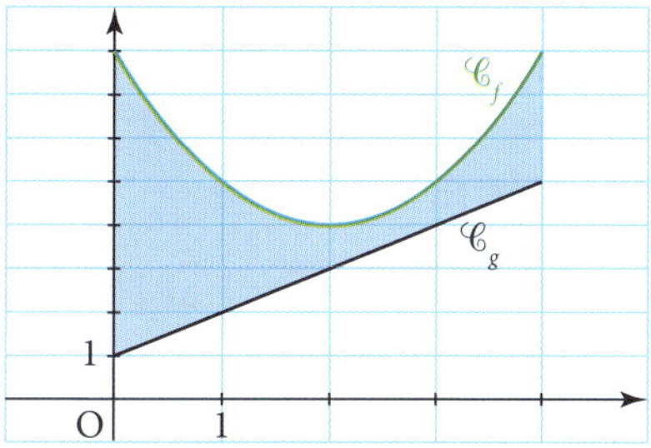

Méthode

On suppose que, sur un intervalle $[a\,;b]$, la courbe $\mathscr{C}_f$ représentative de f est située au-dessus de la courbe $\mathscr{C}_g$ représentative de g (ainsi, pour tout x de $[a\,;b]$, $f(x)-g(x)\geqslant 0$).

Pour calculer l'aire située entre $\mathscr{C}_f$ et $\mathscr{C}_g$ et entre a et b, on calcule $\int_a^b (f(x)-g(x))\mathrm{d}x$.

Corrigé

Pour tout x de $[0\,;4]$, $f(x)-g(x)=(x^2-4x+8)-(x+1)=x^2-5x+7$.

Une primitive de cette fonction $f-g$ est H donnée par $H(x)=\frac{1}{3}x^3-\frac{5}{2}x^2+7x$.

Ainsi, l'aire du domaine bleu situé entre $\mathscr{C}_f$ et $\mathscr{C}_g$ est :

$$\int_0^4 (f(x)-g(x))\mathrm{d}x = H(4)-H(0)=\frac{1}{3}\times 4^3-\frac{5}{2}\times 4^2+7\times 4-0=\frac{28}{3}\simeq 9{,}33.$$

EXERCICE 6

Savoir calculer une intégrale à l'aide de la calculatrice

Énoncé

Vérifier à l'aide de la calculatrice que $\int_0^1 x\sqrt{x}\,\mathrm{d}x \approx 0{,}4$.

Méthode

Casio

Dans le MENU de calcul :
- Taper **OPTN**
- Sélectionner **CALC** (**F4**)
- Sélectionner **∫dx**
- Saisir l'expression de $f(x)$ et les bornes a et b

TI

Dans le MENU de calcul :
- Taper **MATH**
- Sélectionner **9** : **INTÉGRFONCT(**
- Saisir l'expression de $f(x)$ et les bornes a et b

Corrigé

Casio

TI

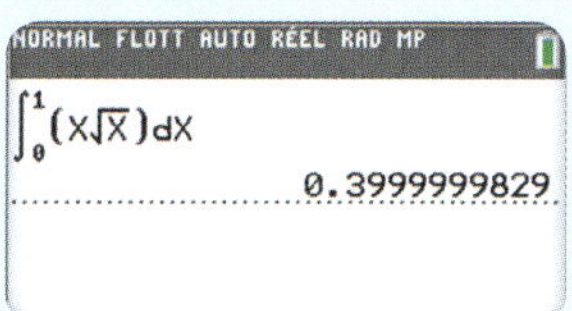

MATHS COMP.

Chapitre 8 Lois discrètes

1 Loi uniforme discrète

De quoi s'agit-il ? On expose une première loi de probabilité discrète : la loi uniforme discrète.

- **Définition – Propriété**

On dit qu'une variable aléatoire X suit la **loi uniforme discrète** sur l'ensemble $\{1 ; 2 ; \dots ; n\}$, avec $n \in \mathbb{N}^*$, lorsque X peut prendre toutes les valeurs entières de 1 à n, avec la même probabilité égale à $\frac{1}{n}$.
Ainsi, pour tout k entre 1 et n, $P(X = k) = \frac{1}{n}$.

- **Espérance**

X suit la loi uniforme discrète sur $\{1 ; 2 ; \dots ; n\}$.
L'espérance de X est alors donnée par : $E(X) = \frac{n+1}{2}$.

2 Schéma de Bernoulli

De quoi s'agit-il ? On introduit la notion de schéma de Bernoulli dont on se servira ensuite, dans le paragraphe 3, pour exposer la loi binomiale.

1 Loi de Bernoulli

- **Définition**

Une **épreuve de Bernoulli** est une expérience aléatoire comportant deux issues :
- l'une est appelée **succès** (et notée **S**) ;
- l'autre est appelée **échec** (et notée $\mathbf{E} = \overline{\mathbf{S}}$).

- **Loi de Bernoulli**

La **loi de Bernoulli** de paramètre p est la loi de probabilité associée à une épreuve de Bernoulli dont la probabilité de succès est p. Elle peut être décrite à l'aide du tableau ci-contre.

Issue	S	$\overline{S}$
Probabilité	p	q

Remarques
- $p = P(S)$; $q = P(\overline{S})$;
- $q = 1 - p$.

2 Schéma de Bernoulli

- **Définition**

Un **schéma de Bernoulli** est une expérience aléatoire qui consiste à répéter plusieurs fois, de manière identique et indépendante, une épreuve de Bernoulli.

Exercice résolu

Construire l'arbre pondéré associé à un schéma de Bernoulli

ÉNONCÉ

Lors d'un match de handball, un joueur est confronté trois fois à l'épreuve des penaltys. Il en réussit 9 sur 10 en moyenne. On suppose que ses trois tirs sont indépendants.

1. Expliquer pourquoi cet énoncé peut être associé à un schéma de Bernoulli.
2. Construire un arbre pondéré qui illustre ce schéma de Bernoulli.

CORRIGÉ

1. Chaque penalty peut être associé à une épreuve de Bernoulli car il donne lieu à deux issues. On associe un penalty réussi au succès et un penalty manqué à l'échec.

2.

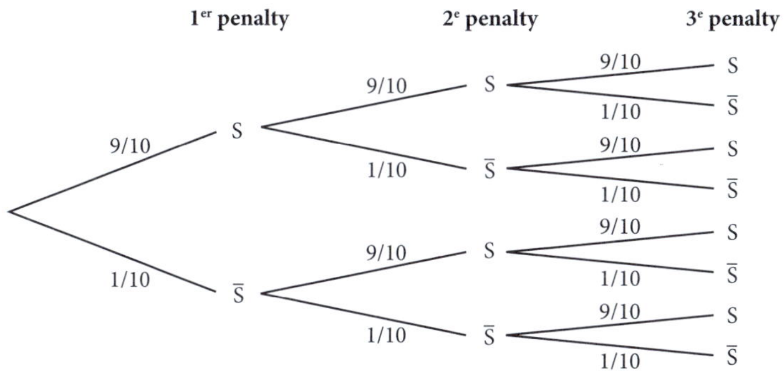

On peut ajouter que $p = P(S) = \dfrac{9}{10} = 0{,}9$ et $q = 1 - p = P(\overline{S}) = \dfrac{1}{10} = 0{,}1$.

3 Loi binomiale $\mathscr{B}\,(n\,;p)$

De quoi s'agit-il ? **On introduit une deuxième loi de probabilité discrète : la loi binomiale.**

1 Loi du nombre de succès

- **Principe**

On considère un schéma de Bernoulli de probabilité p et constitué de n épreuves. On note X **la variable aléatoire qui compte le nombre de succès** obtenus sur les n épreuves.

Remarque
Les issues possibles pour la variable aléatoire X sont tous les nombres entiers naturels entre 0 (aucun succès) et n (que des succès).

- **Définition**

La variable aléatoire X **suit la loi binomiale de paramètres n et p.**
On note $X \sim \mathscr{B}\,(n\,;p)$.

- **Paramètres de la loi $\mathscr{B}(n\,;p)$**

X est une variable aléatoire qui suit la loi binomiale $\mathscr{B}(n\,;p)$.

- **Espérance** : $E(X) = np$
- **Écart-type** : $\sigma(X) = \sqrt{npq}$.

2 Coefficient binomial

Un arbre pondéré étant associé à une loi binomiale $\mathscr{B}(n\,;\,p)$, le **coefficient binomial** $\binom{n}{k}$ est égal au nombre de chemins de l'arbre réalisant k succès sur les n épreuves.

Remarque

Lorsque l'arbre pondéré est de taille raisonnable, on trouve $\binom{n}{k}$ en comptant le nombre de chemins, sinon on utilise la calculatrice.

- **Propriété**

X est une variable aléatoire qui suit la loi binomiale $\mathscr{B}(n\,;\,p)$.
Pour tout nombre entier naturel k tel que $0 \leqslant k \leqslant n$:

$$P(X = k) = \binom{n}{k} \times p^k \times (1 - p)^{n-k}$$

3 Triangle de Pascal

Pour $n \in \mathbb{N}$, $k \in \mathbb{N}$ et $k \leqslant n$:

$$\binom{n}{k} + \binom{n}{k+1} = \binom{n+1}{k+1}$$

$\left(\text{ici } \binom{3}{2} + \binom{3}{3} = \binom{4}{3}\right)$

1				
1	1			
1	2	1		
1	3	3	1	
1	4	6	4	1
⋮	⋮	⋮	⋮	⋮ ⋱

Exercice résolu

Calculer une probabilité

ÉNONCÉ

On effectue trois tirages avec remise dans une urne contenant 4 boules rouges et 6 boules vertes. On associe au succès le fait d'obtenir une boule rouge. X est la variable aléatoire qui compte le nombre de succès obtenus sur les trois tirages.

1. Modéliser cette situation par une loi binomiale et construire l'arbre associé.
2. Quelle est la probabilité d'obtenir 2 boules rouges ?

CORRIGÉ

1. Pour chaque tirage, il y a deux issues : Rouge et Verte.
Chaque tirage est donc associé à une épreuve de Bernoulli.
On effectue 3 tirages avec remise. On peut donc modéliser cette situation par une loi binomiale de paramètres $n = 3$ et $p = P(\text{S}) = P(\text{Rouge}) = \frac{4}{10} = 0{,}4$, où X est la variable aléatoire qui compte le nombre de succès.

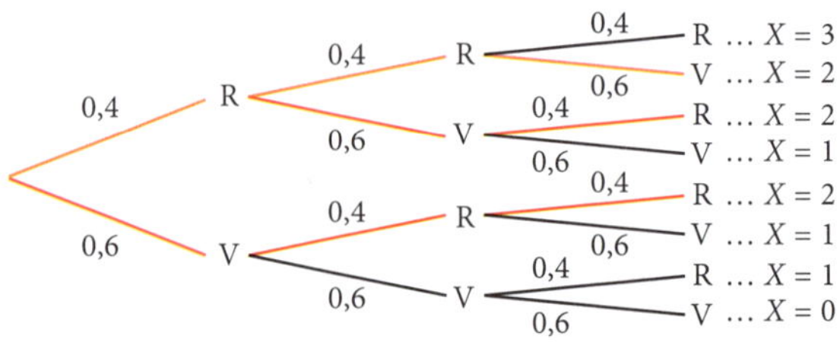

2. Sur l'arbre ci-dessus, il y a 3 chemins menant à 2 succès, donc $\binom{3}{2} = 3$.
Ainsi, $P(X = 2) = \binom{3}{2} p^2 q^{3-2} = 3 \times 0{,}4^2 \times 0{,}6 = 0{,}288$.
La probabilité d'obtenir 2 boules rouges est de 0,288.

4 Loi géométrique

De quoi s'agit-il ? On introduit une troisième loi de probabilité discrète : la loi géométrique.

1 Principe

On considère une expérience aléatoire qui n'a que deux issues : l'une notée S (succès) et l'autre notée $E = \overline{S}$ (échec). On note $p = P(S)$.
On répète cette expérience aléatoire n fois de manière identique et indépendante.

- **Définition**

On dit que la variable aléatoire X suit la **loi géométrique** de paramètre p lorsque X indique le rang du premier succès obtenu lorsqu'on répète cette expérience.
On note $X \sim \mathcal{G}(p)$.

- **Propriété**

X suit la loi géométrique $\mathcal{G}(p)$.
Pour tout nombre entier naturel k non nul :

$$P(X = k) = p(1 - p)^{k-1}$$

- **Illusration graphique** (exemple avec $p = 0,2$)

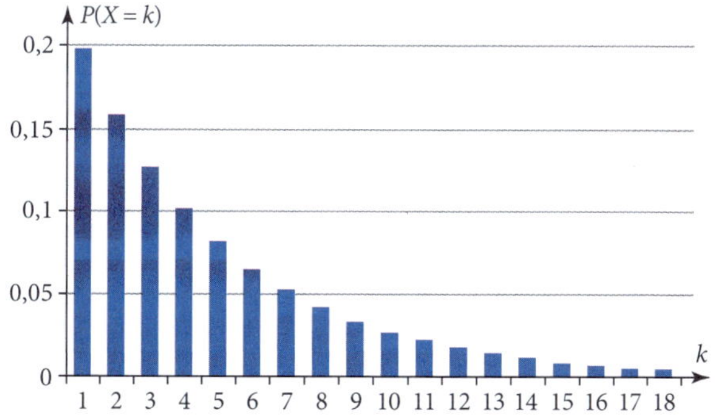

2 Espérance

- **Propriété**

Lorsque X suit la loi géométrique $\mathcal{G}(p)$, l'espérance de X est $E(X) = \dfrac{1}{p}$.

3 Propriété caractéristique

- **Propriété**

X suit la loi géométrique $\mathcal{G}(p)$.
Pour tous nombre entiers naturels n, k non nuls :

$$P_{(X \geqslant n)}(X \geqslant n + k) = P(X \geqslant k)$$

Remarque
Cette propriété illustre le fait que la loi géométrique est une loi sans mémoire.

MATHS COMP.

Exercice résolu

Comprendre la loi géométrique

ÉNONCÉ

Au casino, le jeu de la roulette comporte 37 numéros de 0 à 36. Un joueur mise à chaque fois sur le numéro 7.
Il décide de s'arrêter de jouer dès qu'il a gagné une fois.

1. Modéliser cette situation par une loi géométrique.
2. Représenter la situation jusqu'à la 4e partie.
3. Calculer la probabilité qu'il gagne pour la première fois lors de la 9e partie.

CORRIGÉ

1. Le succès est S : « Le joueur gagne la partie ».
Ainsi, $p = P(S) = \dfrac{1}{37}$.
On note X la variable aléatoire qui donne le rang du premier succès obtenu.
Ainsi, X suit la loi géométrique $\mathcal{G}\left(\dfrac{1}{37}\right)$.

2.

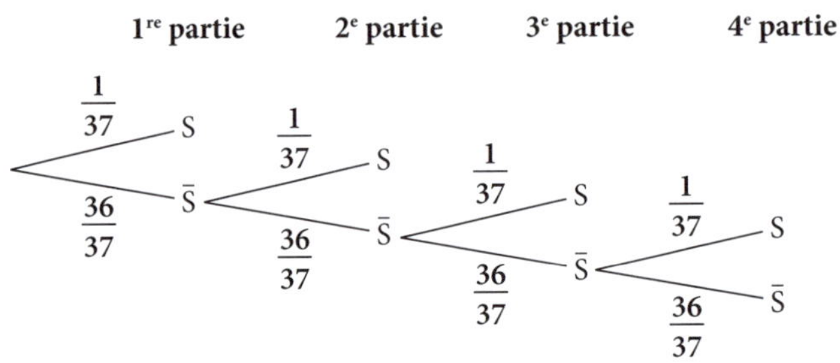

3. D'après la propriété du paragraphe 4.1 :

$$P(X = 9) = p(1 - p)^{9-1} = \frac{1}{37} \times \left(\frac{36}{37}\right)^8 \approx 0{,}022.$$

La probabilité qu'il gagne pour la première fois lors de la 9e partie est environ égale à 0,022.

Révision express

Les réflexes à avoir

- Commencer tout exercice en identifiant la loi de probabilité qui permet de modéliser la situation : loi uniforme discrète, loi binomiale ou loi géométrique.
- Connaître la formule de calcul de l'espérance pour chacune des trois lois et savoir interpréter l'espérance.
- Pour les lois binomiale et géométrique, savoir illustrer les situations par un arbre pondéré.
- Savoir que, dans la loi binomiale, le coefficient binomial $\binom{n}{k}$ est égal au nombre de chemins de l'arbre qui mènent à k succès sur les n épreuves.
- Être capable d'écrire les quelques premières lignes du triangle de Pascal.
- Savoir que, pour tout entier n, $\binom{n}{0}=\binom{n}{n}=1$ et $\binom{n}{1}=\binom{n}{n-1}=n$.
- Lorsque le calcul de la probabilité d'un événement du type $(X > k)$ est trop long, penser à l'événement contraire $(X \leqslant k)$.
- Savoir que $P(X \leqslant k) = P(X = 0) + P(X = 1) + \ldots + P(X = k)$.

Les pièges à éviter

- Pour les lois binomiale et géométrique, la probabilité $p = P(\text{succès})$ s'évalue sur une seule épreuve.
- L'événement $(X = 0)$ n'a pas de sens pour la loi géométrique.

Quiz

*Pour chaque question, une seule réponse proposée (**a**, **b** ou **c**) est exacte.*

1. X est une variable aléatoire qui suit la loi uniforme sur $\{1 ; 2 ; \ldots ; 10\}$. $P(3 \leqslant X \leqslant 6)$ est égale à :

☐ **a.** 0,4 ☐ **b.** 0,3 ☐ **c.** 0,6

2. X est une variable aléatoire qui suit la loi binomiale de paramètres $n = 8$ et $p = 0{,}1$.
$P(X = 3)$ est environ égale à :

☐ **a.** 0,005 ☐ **b.** 0,995 ☐ **c.** 0,033

3. X est une variable aléatoire qui suit la loi binomiale de paramètres $n = 10$ et $p = \frac{1}{4}$.
$P(X \geqslant 2)$ est environ égale à :

☐ **a.** 0,244 ☐ **b.** 0,756 ☐ **c.** 0,812

4. À l'aide du triangle de Pascal, on peut affirmer que $\binom{10}{4}+\binom{10}{5}$ est égal à :

☐ **a.** $\binom{11}{5}$ ☐ **b.** $\binom{10}{6}$ ☐ **c.** $\binom{20}{9}$

5. X est une variable aléatoire qui suit la loi géométrique de paramètre $p = 0{,}2$.
$P(2 \leqslant X \leqslant 4)$ est égale à :

☐ **a.** 0,488 ☐ **b.** 0,3904 ☐ **c.** 0,0576

→ Réponses p. 496

EXERCICE 1

Savoir reconnaître une loi uniforme sur $\{1 ; 2 ; \ldots ; n\}$

Énoncé

On tire au hasard une boule dans une urne contenant 10 boules numérotées de 1 à 10 et on note le numéro obtenu.

1. Modéliser cette situation par une loi uniforme.

2. Calculer et interpréter l'espérance.

Méthode

La loi uniforme sur $\{1 ; 2 ; \ldots ; n\}$ est utilisée lorsqu'on choisit au hasard un nombre entier naturel entre 1 et n.

Corrigé

1. La situation revient à choisir un nombre entier au hasard entre 1 et 10.
Il s'agit donc d'une loi uniforme sur $\{1 ; 2 ; \ldots ; 10\}$.

2. Si on note X la variable aléatoire qui indique le numéro de la boule, alors $E(X) = \frac{10+1}{2} = 5{,}5$.

Ainsi, sur un grand nombre de tirages, on obtient en moyenne, un résultat égal à 5,5 par tirage.

EXERCICE 2

Savoir calculer une probabilité avec une loi binomiale

Énoncé

X est une variable aléatoire qui suit la loi binomiale $\mathscr{B}(5 ; 0{,}3)$. Calculer $P(X = 2)$.

Méthode

Pour calculer une probabilité liée à une loi binomiale, il faut :

- si ce n'est pas précisé dans l'énoncé, identifier la loi binomiale ;
- construire un arbre pondéré ou utiliser la calculatrice pour trouver $\binom{n}{k}$;
- utiliser la formule du cours $P(X = k) = \binom{n}{k} p^k q^{n-k}$ et conclure.

Corrigé

La calculatrice donne $\binom{5}{2} = 10$.

$P(X = 2) = \binom{5}{2} p^2 q^{5-2} = 10 \times 0{,}3^2 \times 0{,}7^3 = 0{,}3087$.

La probabilité d'obtenir 2 succès sur les 5 épreuves est de 0,308 7.

EXERCICE 3

Savoir calculer une probabilité du type $P(X \leqslant k)$ ou $P(X > k)$ avec une loi binomiale

Énoncé

X est une variable aléatoire qui suit la loi binomiale $\mathscr{B}(10\,;0{,}2)$.

Calculer $P(X \leqslant 2)$, puis $P(X > 1)$.

Méthode

On reprend la méthode de l'exercice précédent et on peut, pour s'aider, visualiser sur une droite graduée les issues de X correspondantes.

Puisque $n = 10$, X peut prendre toutes les valeurs entières de 0 à 10.

Corrigé

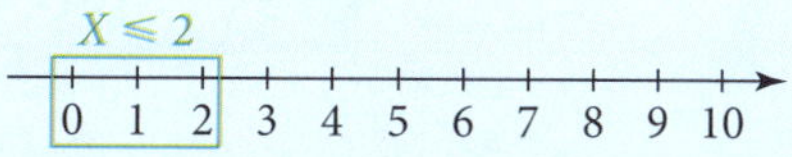

- $P(X \leqslant 2) = P(X = 0) + P(X = 1) + P(X = 2)$

$$= \binom{10}{0} \times 0{,}2^0 \times 0{,}8^{10} + \binom{10}{1} \times 0{,}2^1 \times 0{,}8^9 + \binom{10}{2} \times 0{,}2^2 \times 0{,}8^8$$

$$\approx 0{,}678.$$

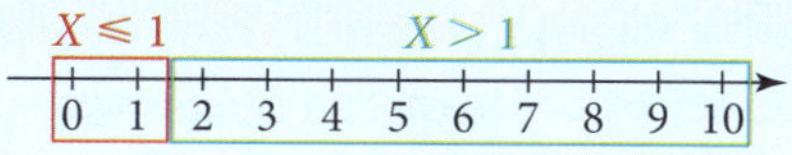

- $P(X > 1) = P(X = 2) + P(X = 3) + \ldots + P(X = 10)$

$$= 1 - P(X \leqslant 1)$$

$$= 1 - [P(X = 0) + P(X = 1)]$$

$$= 1 - \left[\binom{10}{0} \times 0{,}2^0 \times 0{,}8^{10} + \binom{10}{1} \times 0{,}2^1 \times 0{,}8^9\right]$$

$$\approx 0{,}624.$$

L'astuce du prof

Pour accélérer les calculs, il est parfois utile de penser à l'événement contraire. Ici le contraire de $X > 1$ est $X \leqslant 1$.

EXERCICE 4

Savoir reconnaître une loi binomiale et interpréter l'espérance

Énoncé

Modéliser l'énoncé ci-dessous à l'aide d'une loi binomiale, puis calculer et interpréter l'espérance.

Un opérateur de téléphonie mobile, noté A, dispose en France de 44 % de part de marché. On choisit, au hasard et avec remise, 200 abonnés français (tous opérateurs confondus).

X est la variable aléatoire qui compte le nombre d'abonnés chez cet opérateur A.

Méthode

1 Pour reconnaître une loi binomiale, il faut que :
- pour chaque tirage (épreuve), il n'y ait que deux issues ;
- chaque tirage (épreuve) soit indépendant des autres.

Préciser alors les paramètres $p = p(S)$ et n = le nombre d'épreuves.

2 L'espérance est le nombre moyen de succès obtenus sur n épreuves, quand on réalise l'expérience un grand nombre de fois.

Corrigé

- Pour chaque abonné français choisi au hasard, il y a deux issues : être abonné chez l'opérateur A ou pas. Puisqu'il y a remise, chaque tirage est indépendant des autres.

On associe au succès le fait d'être abonné chez l'opérateur A, donc $p = 0{,}44$ et l'épreuve est répétée $n = 200$ fois.

Ainsi, la variable aléatoire X, qui compte le nombre d'abonnés chez l'opérateur A sur les 200 abonnés choisis, suit la loi binomiale de paramètres $p = 0{,}44$ et $n = 200$.

Réflexe à avoir
Puisque le succès n'est pas précisé dans l'énoncé, on aurait pu prendre comme succès le fait de ne pas être abonné chez Orange.
Dans ce cas, X suit : $\mathcal{B}(200\,;0{,}56)$.

- $E(X) = np = 200 \times 0{,}44 = 88$.

En moyenne, si on réalise un grand nombre de fois le tirage de 200 abonnés à la téléphonie mobile en France, on trouvera 88 abonnés chez l'opérateur A.

EXERCICE 5

Savoir utiliser une loi géométrique

Énoncé

Une personne (qui n'a pas la chance de connaître les probabilités !) décide de jouer chaque semaine à un jeu à gratter. Elle va jouer à ce jeu jusqu'à ce qu'elle remporte le gain maximal de 500 €.

Pour un ticket de jeu donné, la probabilité de gagner 500 € est de 0,001.

1. Calculer la probabilité que cette personne s'arrête de jouer à la 10e partie.

2. Calculer le nombre moyen de parties qu'elle doit s'attendre à jouer.

3. Sachant qu'à la 99e partie, elle n'a toujours pas gagné, calculer la probabilité qu'elle gagne après la 103e partie.

Méthode

On reconnaît une loi géométrique lorsque, pour chaque expérience aléatoire, il n'y a que deux issues (succès ou échec) et que le jeu s'arrête dès l'obtention du premier succès.

Corrigé

1. On note S le succès : « la personne gagne 500 € ». Ainsi, $p = P(S) = 0{,}001$.

La variable aléatoire X qui donne le rang du premier succès obtenu suit la loi géométrique $\mathcal{G}(0{,}001)$.

$P(X = 10) = 0{,}001 \times (1 - 0{,}001)^{10-1} = 0{,}001 \times 0{,}999^9 \approx 9{,}9 \times 10^{-4}$.

Ainsi, la probabilité que cette personne s'arrête de jouer à la dixième partie, c'est-à-dire qu'elle gagne les 500 € à la dixième partie, est environ égale à 0,00099.

2. $E(X) = \dfrac{1}{p} = \dfrac{1}{0{,}001} = 1000$.

En moyenne, le premier succès est obtenu au bout de 1 000 parties.

3. $P_{(X \geqslant 100)}(X \geqslant 104) = P(X \geqslant 104 - 100) = P(X \geqslant 4)$

$P(X \geqslant 4) = 1 - P(X < 4) = 1 - P(X \leqslant 3)$

$P(X \geqslant 4) = 1 - (P(X = 1) + P(X = 2) + P(X = 3))$

$P(X \geqslant 4) = 1 - (0{,}001 + 0{,}001 \times 0{,}999 + 0{,}001 \times 0{,}999^2)$

$P(X \geqslant 4) \approx 0{,}997$.

Rappel
$P_A(B)$ désigne la probabilité conditionnelle d'obtenir B sachant que A est déjà obtenu.

Chapitre 9 Lois à densité

1 Lois de probabilité à densité

De quoi s'agit-il ? On introduit ici le contexte général d'une loi de probabilité continue grâce à la fonction densité de probabilité.

1 Variable aléatoire continue

- **Définition**

Une **variable aléatoire est continue** lorsqu'elle peut prendre toutes les valeurs d'un intervalle I.

2 Loi de probabilité continue

- **Définitions**

- Une **densité de probabilité** sur un intervalle I de $\mathbb{R}$, est une fonction f continue, positive sur I et telle que $\int_{\mathrm{I}} f(x)\mathrm{d}x = 1$.
- Définir **la loi de probabilité** P de densité f de la variable aléatoire X, c'est associer à chaque événement du type $(X \in \mathrm{J})$ où $\mathrm{J} \subset \mathrm{I}$ sa probabilité $\int_{\mathrm{J}} f(x)\mathrm{d}x$.

$P(X \in \mathrm{J})$ est l'aire du domaine $\{M(x\,;y), x \in \mathrm{J} = [c\,;d] \text{ et } 0 < y < f(x)\}$.

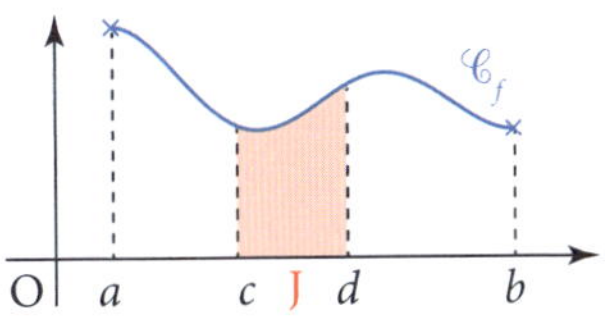

$P(X \in [c\,;d])$ = Aire rouge

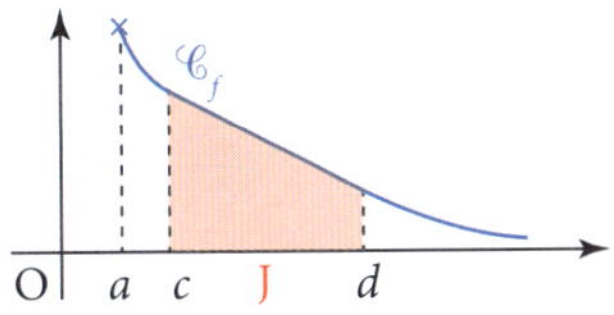

$P(X \in [c\,;d])$ = Aire rouge

Remarques
- $P(X = c) = 0$
- $P(X \in [c\,;d]) = P(X \in]c\,;d])$
- $P(X \in [c\,;d]) = P(c \leqslant X \leqslant d)$

- **Définition**

La **fonction de répartition** d'une variable aléatoire X de densité f sur un intervalle I est la fonction F définie sur I par :

$$F(x) = P(X \leqslant x)$$

3 Espérance et variance

f est la densité de probabilité d'une variable aléatoire X sur $[a\,;b]$.

- L'**espérance de X** est le nombre : $E(X) = \int_a^b x\,f(x)\mathrm{d}x$.
- La **variance de X** est le nombre : $V(X) = \int_a^b (x - E(X))^2 f(x)\mathrm{d}x$.

MATHS COMP.

Exercice résolu

Calculer des probabilités avec une densité de probabilité

ÉNONCÉ

f est la fonction définie sur $\mathbb{R}$ par $f(x) = \begin{cases} -x+1 \text{ si } -1 \leqslant x \leqslant 0 \\ -x+1 \text{ si } 0 \leqslant x \leqslant 1 \end{cases}$

On a représenté dans un repère orthonormé la courbe de f.

1. Vérifier que f est une densité de probabilité sur $[-1 ; 1]$.
2. X est une variable aléatoire continue à valeurs dans $[-1 ; 1]$ de densité de probabilité f. Calculer $P(X \in [-1 ; 0])$.

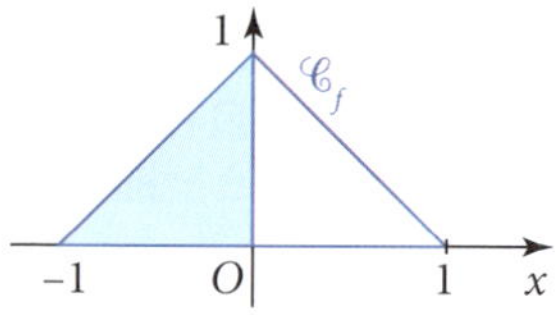

CORRIGÉ

1. Le domaine entre l'axe des abscisses et la courbe de f, est un triangle isocèle d'aire $\frac{2 \times 1}{2} = 1$ u.a. Ainsi, f est continue, positive sur $[-1 ; 1]$ et $\int_{-1}^{1} f(x)\mathrm{d}x = 1$.

Donc, f est une densité de probabilité sur $[-1 ; 1]$.

2. $P(X \in [-1 ; 0])$ est l'aire du domaine $\{M(x ; y), x \in [-1 ; 0] \text{ et } 0 < y < f(x)\}$.

Ce domaine est le triangle rectangle coloré en bleu dont l'aire est $\frac{1 \times 1}{2} = 0{,}5$.
Donc, $P(X \in [-1 ; 0]) = 0{,}5$.

2 Loi uniforme sur un intervalle $[a ; b]$

De quoi s'agit-il ? On définit une première loi de probabilité continue : la loi uniforme sur un intervalle.

1 Définition d'une loi uniforme

- **Définition**

Dire qu'une variable aléatoire X suit la **loi uniforme sur l'intervalle $[a ; b]$** signifie que sa densité de probabilité est la fonction f définie sur $[a ; b]$ par : $f(x) = \frac{1}{b-a}$.

- **Illustration graphique**

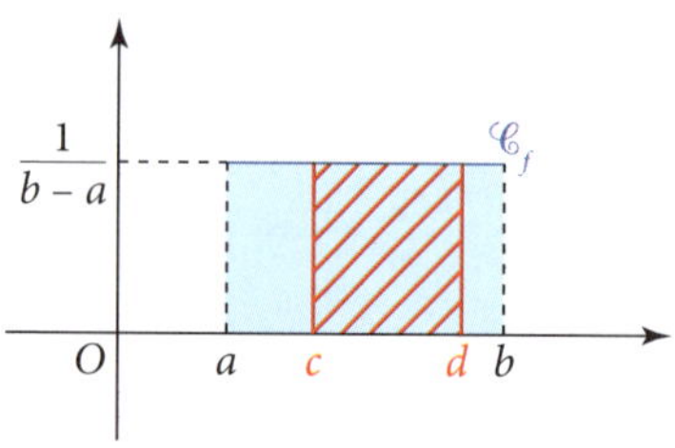

Ainsi, $P(X \in [a ; b]) = 1$, c'est-à-dire que l'aire du rectangle bleu est égale à 1.

Remarque
On utilise la loi uniforme sur l'intervalle $[a ; b]$ lorsqu'on choisit un nombre au hasard dans l'intervalle $[a ; b]$.

- **Propriété**

Pour tout intervalle $[c ; d]$ inclus dans $[a ; b]$:
$$P(X \in [c ; d]) = \frac{d-c}{b-a}$$

Ainsi sur le graphique ci-dessus, $P(X \in [c ; d])$ est égale à l'aire du rectangle hachuré.

2 Fonction de répartition

• Propriété

Pour tout x de l'intervalle $[a\ ;\ b]$, la fonction de répartition F associée à la loi uniforme sur $[a\ ;\ b]$ est définie par : $F(x) = \begin{cases} 0 \text{ si } x < a \\ \dfrac{x-a}{b-a} \text{ si } x \in [a\,;b] \\ 1 \text{ si } x > b \end{cases}$

3 Espérance et variance

• Propriétés

X est une variable aléatoire qui suit la loi uniforme sur $[a\ ;\ b]$.

• $E(X) = \dfrac{a+b}{2}$. • $V(X) = \dfrac{(b-a)^2}{12}$.

Exercices résolus

1. Identifier une loi uniforme

ÉNONCÉ

Pierre a dit qu'il téléphonerait à Claire entre 7 h 00 et 8 h 00.

1. À quelle loi de probabilité cet énoncé est-il associé ?

2. Quelle est la probabilité qu'il téléphone pendant la douche de Claire, qui a lieu de 7 h 15 à 7 h 30 ?

CORRIGÉ

1. Choisir l'heure de l'appel de Pierre, c'est choisir un nombre au hasard dans l'intervalle $[7\ ;\ 8]$.
Si X est la variable aléatoire égale à l'heure de l'appel de Pierre dans $[7\ ;\ 8]$, alors la loi de probabilité suivie par X est la loi uniforme sur cet intervalle.

2. $P(X \in [7{,}25\ ;\ 7{,}5]) = \dfrac{7{,}5-7{,}25}{8-7} = \dfrac{0{,}25}{1} = \dfrac{1}{4}$.
La probabilité qu'il appelle pendant la douche de Claire est $\dfrac{1}{4}$.

2. Calculer avec une loi uniforme

ÉNONCÉ

Une variable aléatoire X suit la loi uniforme sur $[2\ ;\ 12]$.
Effectuer les calculs suivants :
a. $P(3 \leqslant X \leqslant 7)$ b. $P(X \leqslant 10)$ c. $E(X)$ d. $V(X)$

CORRIGÉ

a. $P(3 \leqslant X \leqslant 7) = \dfrac{7-3}{12-2} = \dfrac{4}{10} = 0{,}4$.

b. $P(X \leqslant 10) = P(2 \leqslant X \leqslant 10) = \dfrac{10-2}{12-2} = \dfrac{8}{10} = 0{,}8$.

c. $E(X) = \dfrac{2+12}{2} = 7$ d. $V(X) = \dfrac{(12-2)^2}{12} = \dfrac{10^2}{12} = \dfrac{100}{12} = \dfrac{25}{3}$.

Rappel
Pour une loi à densité : $P(X > d) = P(X \geqslant d)$.

MATHS COMP.

3 Loi exponentielle

De quoi s'agit-il ? On définit une première loi de probabilité continue : la loi exponentielle.

1 Définition d'une loi exponentielle

- **Définition**

λ désigne un nombre réel strictement positif. Dire qu'une variable aléatoire X suit la **loi exponentielle de paramètre λ** signifie que sa densité de probabilité est la fonction f définie sur $[0\,;+\infty[$ par : $f(x)=\lambda e^{-\lambda x}$.

- **Illustration graphique**

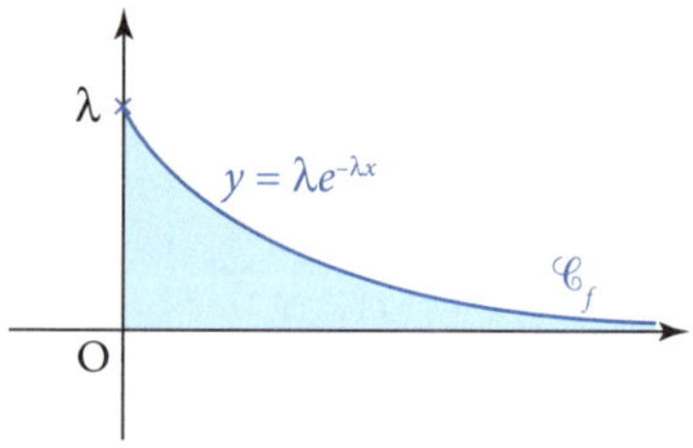

Ainsi, $P(X\in[0\,;+\infty[)=1$, c'est-à-dire que l'aire bleue est égale à 1.
On remarque que $f(0)=\lambda$, c'est-à-dire que λ est l'ordonnée du point d'intersection de $\mathscr{C}_f$ et de l'axe des ordonnées.

- **Propriétés**

- Pour tout intervalle $[c\,;d]$ inclus dans $[0\,;+\infty[$, $P(X\in[c\,;d])=e^{-\lambda c}-e^{-\lambda d}$.
- Pour tout $c\geqslant 0$, $P(X\in[c\,;+\infty[)=e^{-\lambda c}$ et $P(X\in[0\,;c])=1-e^{-\lambda c}$.

2 Fonction de répartition

- **Propriété**

Pour tout x de $\mathbb{R}$, la fonction de répartition F associée à la loi exponentielle de paramètre λ est définie par : $F(x)=\begin{cases}0 \text{ si } x<0\\ 1-e^{-\lambda x} \text{ si } x\geqslant 0\end{cases}$

3 Durée de vie sans vieillissement

- **Propriété**

Pour tout $a\geqslant 0$ et tout $h\geqslant 0$:
$$P_{(X\in[a;+\infty[)}(X\in[a+h\,;+\infty[)=P(X\in[h\,;+\infty[)$$

Remarque
En raison de cette propriété, la loi exponentielle est appelée loi d'**absence de mémoire** ou loi de **durée de vie sans vieillissement**.

4 Espérance

- **Propriété**

X est une variable aléatoire qui suit la loi exponentielle de paramètre λ.
L'espérance de X s'écrit : $E(X)=\dfrac{1}{\lambda}$.

Exercice résolu

Calculer des probabilités avec une loi exponentielle

ÉNONCÉ

La durée de vie en années d'un téléphone portable d'une marque donnée est modélisée par la loi exponentielle de paramètre 0,25.

1. Quelle est la probabilité que le téléphone fonctionne encore au bout de 3 ans ?

2. Un téléphone de cette marque fonctionne toujours au bout de 4 ans.
Quelle est la probabilité qu'il fonctionne encore au bout de 10 ans ?

3. Combien d'années, en moyenne, peut-on espérer garder un tel téléphone en état de marche ?

CORRIGÉ

1. On cherche $P(X \in [3\,;+\infty[) = e^{-0,25 \times 3} \approx 0,47$.
La probabilité qu'un tel téléphone ne soit jamais tombé en panne au bout de 3 ans est d'environ 0,47.

2. L'énoncé donne la condition « fonctionne encore au bout de 4 ans », on cherche donc la probabilité :
$P_{(X \in [4\,;+\infty[)}(X \in [10\,;+\infty[) = P(X \in [6\,;+\infty[) = e^{-0,25 \times 6} = e^{-1,5} \approx 0,22$.
(On utilise la propriété du paragraphe 3 avec $a = 4$ et $h = 6$.)
S'il fonctionne toujours au bout de 4 ans, alors la probabilité que cet appareil fonctionne toujours au bout de 10 ans est environ égale à 0,22.

3. On cherche $E(X) = \dfrac{1}{0,25} = 4$.
Sur un grand nombre de téléphones, la durée de vie moyenne d'un téléphone sera de 4 ans.

Rappel
L'espérance d'une variable aléatoire X s'exprime dans la même unité que les valeurs de la variable aléatoire, donc ici en années.

MATHS COMP.

Révision express

Les réflexes à avoir

- Dans le cas d'une loi de probabilité continue, les probabilités sont données par des intégrales, c'est-à-dire par des aires sous des courbes.
- Pour savoir si une fonction f est une densité de probabilité sur un intervalle $[a\,;b]$, il faut vérifier que :

• f est continue sur $[a\,;b]$. • Pour tout x de $[a\,;b]$, $f(x) > 0$. • $\int_a^b f(t)\mathrm{d}t = 1$.

- Connaître la formule donnant l'espérance : $E(X) = \int_a^b xf(x)\mathrm{d}x$.
- Savoir reconnaître une loi uniforme sur un intervalle $[a\,;b]$ et connaître les formules associées $P(X \in [c\,;d]) = \dfrac{d-c}{b-a}$ et $E(X) = \dfrac{a+b}{2}$.
- Savoir utiliser une loi exponentielle sur $[0\,;+\infty[$ à l'aide des formules associées $P(X \in [c\,;+\infty[) = \mathrm{e}^{-\lambda c}$; $P(X \in [c\,;d]) = \mathrm{e}^{-\lambda c} - \mathrm{e}^{-\lambda d}$ et $E(X) = \dfrac{1}{\lambda}$.
- Pour une loi exponentielle, $\lambda = f(0)$.
- Toutes les formules de probabilités restent valables, notamment $P_B(A) = \dfrac{P(A \cap B)}{P(B)}$.

Les pièges à éviter

- Ne pas se laisser surprendre par une écriture différente :
$X \in [c\,;d]$ est équivalent à $c \leqslant X \leqslant d$; $X \in [c\,;+\infty[$ est équivalent à $X \geqslant c$.
- Une espérance n'est pas une probabilité.

Quiz

*Pour chaque question, une seule réponse proposée (**a**, **b** ou **c**) est exacte.*

1. X suit une loi uniforme sur $[a\,;b]$. On sait que $P(0 \leqslant X \leqslant 5) = 0{,}2$ donc :

☐ **a.** $a = 0$ et $b = 10$ ☐ **b.** $a = 5$ et $b = 3$ ☐ **c.** $a = 20$ et $b = 45$

2. La fonction f est définie par $f(x) = x$ est une densité de probabilité sur l'intervalle :

☐ **a.** $[0\,;1]$ ☐ **b.** $[0\,;\sqrt{2}]$ ☐ **c.** $[0\,;2]$

3. La fonction f représentée ci-contre est la densité de probabilité d'une loi exponentielle de paramètre :

☐ **a.** $\lambda = \dfrac{1}{4}$ ☐ **b.** $\lambda = -4$ ☐ **c.** $\lambda = 4$

4. Si X suit une loi exponentielle de paramètre $\lambda = 0{,}2$, alors $P(X \leqslant 3)$ est, à 10^{-3} près, égale à :

☐ **a.** 0,552 ☐ **b.** 0,549 ☐ **c.** 0,451

5. X suit une loi exponentielle de paramètre λ sachant que $P(X \leqslant 3) = P(X \geqslant 3)$, on a :

☐ **a.** $\lambda = \dfrac{\ln 2}{3}$ ☐ **b.** $\lambda = -\dfrac{\ln 2}{3}$ ☐ **c.** $\lambda = 1$

→ Réponses p. 496

EXERCICE 1

Savoir reconnaître une densité de probabilité

Énoncé

Voici la représentation graphique d'une fonction f définie sur [0 ; 3].

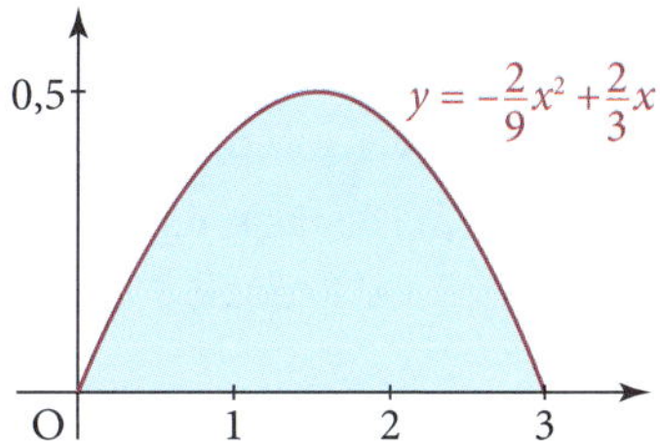

1. Montrer que f est une densité de probabilité sur [0 ; 3].

2. X est une variable aléatoire de densité de probabilité f, calculer $P(X \in [1 ; 2])$.

Méthode

- Pour montrer qu'une fonction f est une densité de probabilité sur I, il faut montrer que f est continue et positive sur $I = [a ; b]$ et que $\int_a^b f(x)\,dx = 1$ (on peut avoir $a = -\infty$ ou $b = +\infty$).
- Pour calculer une probabilité utilisant une variable aléatoire continue X de densité de probabilité f sur I, il faut calculer $\int_e^d f(x)\,dx$ qui est égale à $P(X \in [c ; d])$, c'est-à-dire calculer l'aire située entre la courbe, l'axe des abscisses et entre c et d.

Corrigé

1. f est une fonction continue sur [0 ; 3].

$$-\frac{2}{9}x^2 + \frac{2}{3}x = -\frac{2}{3}\left(\frac{x^2}{3} - x\right) = -\frac{2}{3}x\left(\frac{x}{3} - 1\right)$$

Les solutions de l'équation $-\frac{2}{3}x\left(\frac{x}{3} - 1\right) = 0$ sont 0 et 3.

Ainsi, $f(x) \geqslant 0$ lorsque $x \in [0 ; 3]$. f est donc positive sur [0 ; 3].

Une primitive de f sur [0 ; 3] est la fonction F définie par :

$$F(x) = -\frac{2}{9} \times \frac{1}{3}x^3 + \frac{2}{3} \times \frac{1}{2}x^2 = -\frac{2}{27}x^3 + \frac{1}{3}x^2$$

Donc l'aire bleue est égale à : $\int_a^b f(x)\mathrm{d}x = \left[-\frac{2}{27}x^3 + \frac{1}{3}x^2\right]_0^3 = -2 + 3 = 1.$

Donc, f est une densité de probabilité sur [0 ; 3].

2. $P(X \in [1 ; 2]) = \int_1^2 f(x)\mathrm{d}x = \left[-\frac{2}{27}x^3 + \frac{1}{3}x^2\right]_1^2$

$$P(X \in [1 ; 2]) = \left(-\frac{16}{27} + \frac{8}{6}\right) - \left(-\frac{2}{27} + \frac{2}{6}\right) = \frac{13}{27}.$$

Rappel
$P(X \in [1 ; 2]) = P(1 \leqslant X \leqslant 2)$.

MATHS COMP.

EXERCICE 2

Savoir utiliser une loi uniforme

Énoncé

On choisit un nombre réel au hasard entre 1 et 10.

X est la variable aléatoire qui donne le nombre choisi.

1. Donner la densité de probabilité associée à la variable aléatoire X.

2. Calculer et interpréter $P(X < 3)$.

3. Calculer la probabilité p que le nombre choisi au hasard soit dans $[6\,;7]$, sachant qu'il est supérieur à 5.

4. Calculer l'espérance de X, puis interpréter le résultat.

Méthode

On applique les formules du paragraphe 2 du cours, relatives à la loi uniforme.

Corrigé

1. X suit une loi uniforme sur $[1\,;10]$, donc, pour tout x de $[1\,;10]$,

$f(x) = \dfrac{1}{10-1} = \dfrac{1}{9}$.

2. $P(X < 3) = \dfrac{3-1}{10-1} = \dfrac{2}{9}$.

La probabilité que le réel choisi au hasard soit inférieur à 3 est égale à $\dfrac{7}{9}$.

3. On cherche $P_{X \in]5;10]}(X \in [6\,;7]) = \dfrac{P(X \in [6\,;7] \cap]5\,;10])}{P(X \in]5\,;10])}$.

Or $P(X \in [6\,;7] \cap]5\,;10]) = P(X \in [6\,;7]) = \dfrac{7-6}{10-1} = \dfrac{1}{9}$,

$P(X \in]5\,;10]) = \dfrac{10-5}{10-1} = \dfrac{5}{9}$.

Finalement, $p = \dfrac{\frac{1}{9}}{\frac{5}{9}} = \dfrac{1}{5}$.

Rappel
Lorsque A et B sont deux événements tels que $P(A) \neq 0$, on a :
$P_A(B) = \dfrac{P(B \cap A)}{P(A)}$.

4. $E(X) = \dfrac{1+10}{2} = 5{,}5$.

Lorsque l'on tire un grand nombre de fois des nombres réels au hasard entre 1 et 10, le nombre moyen obtenu par tirage est 5,5.

EXERCICE 3

Savoir utiliser une loi exponentielle

Énoncé

Y est une variable aléatoire continue qui suit la loi exponentielle de paramètre 0,5 et qui modélise la durée de vie, en siècles, d'un composant radioactif.

1. Donner la densité de probabilité de la variable aléatoire *Y*.

2. Calculer la probabilité que ce composant ait une durée de vie de plus de 200 ans.

3. Représenter cette probabilité sur un graphique.

4. Calculer et interpréter $F(3)$ où F est la fonction de répartition.

Méthode

On applique les formules du paragraphe 3 du cours, relatives à la loi exponentielle.

Corrigé

1. Y suit une loi exponentielle de paramètre $\lambda = 0{,}5$ sur $[0 ; +\infty[$, donc, pour tout x de $[0 ; +\infty[$, $f(x) = 0{,}5\mathrm{e}^{-0{,}5x}$.

2. $P(Y \in [2 ; +\infty[) = \mathrm{e}^{-0{,}5\times 2} \approx 0{,}37$.

La probabilité que ce composant radioactif ait une durée de vie de plus de 200 ans est d'environ 0,37.

3.

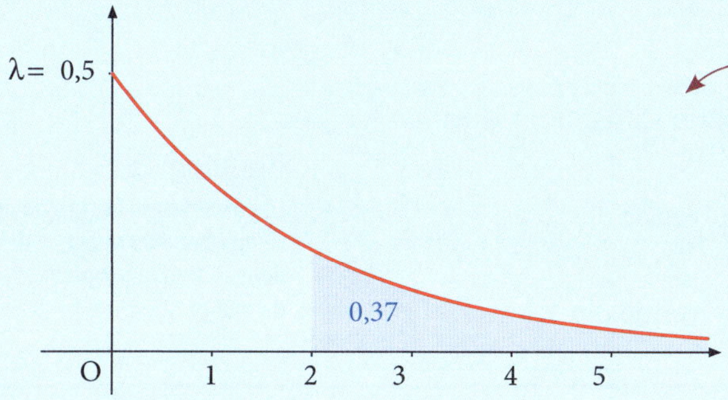

Astuce du prof
Le paramètre d'une loi exponentielle est la valeur en 0 de la densité de probabilité associée.

4. $F(3) = P(0 \leqslant X \leqslant 3) = 1 - \mathrm{e}^{-0{,}5\times 3} \approx 0{,}777$.

La probabilité que ce composant radioactif ait une durée de vie de 300 ans ou moins est environ égale à 0,777.

Chapitre 10 Statistiques à deux variables quantitatives

1 Représentation graphique

De quoi s'agit-il ? On explique comment représenter graphiquement une série statistique à deux variables quantitatives, puis on définit le point moyen.

1 Nuage de points

Une série statistique à deux variables quantitatives X et Y est donnée par le tableau suivant.

Variable X	x_1	x_2	...	x_n
Variable Y	y_1	y_2	...	y_n

On représente cette série statistique dans un repère en plaçant les points $M_1(x_1\,;y_1)$, $M_2(x_2\,;y_2)$, ..., $M_n(x_n\,;y_n)$.

• **Définition**

On dit que l'ensemble des points M_1, M_2, ..., M_n est le **nuage de points** de cette série statistique.

2 Point moyen

• **Définition**

Le **point moyen** du nuage de points de la série statistique ci-dessus est le point G de coordonnées $(\overline{x}\,;\overline{y})$ où :

$$\overline{x}=\frac{x_1+x_2+\ldots+x_n}{n}$$ est la moyenne des x_i

$$\overline{y}=\frac{y_1+y_2+\ldots+y_n}{n}$$ est la moyenne des y_i

Remarque
Le point moyen est le « point d'équilibre » du nuage, il doit donc se trouver en plein cœur du nuage.

Exercice résolu

Construire un nuage de points et placer le point moyen

ÉNONCÉ

Des scientifiques s'intéressent à la taille et à la masse de jeunes adultes d'une espèce animale. Les données concernant 10 individus sont répertoriées ci-dessous.

Taille (en cm)	10	15	12	11	16	18	10	14	13	15
Masse (en kg)	0,8	1,2	1	0,6	1,5	2	0,5	1,3	1,6	1,5

1. Représenter le nuage de points de cette série statistique dans un repère.
2. Déterminer les coordonnées du point moyen G, puis le placer sur le graphique précédent.

CORRIGÉ

1.

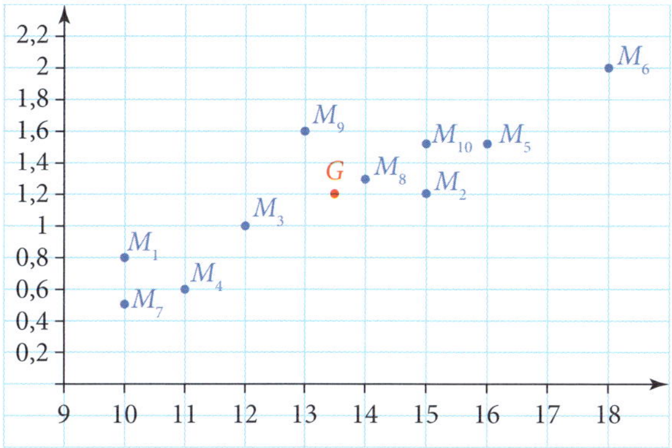

2. $\overline{x} = \dfrac{10+15+12+11+16+18+10+14+13+15}{10} = 13{,}4$

$\overline{y} = \dfrac{0{,}8+1{,}2+1+0{,}6+1{,}5+2+0{,}5+1{,}3+1{,}6+1{,}5}{10} = 1{,}2.$

Les coordonnées du point moyen G sont donc (13,4 ; 1,2).

Astuce du prof

Pour construire le repère, observer dans le tableau les valeurs minimale et maximale pour x et pour y.

2 Ajustement affine

De quoi s'agit-il ? **On explique comment, sous certaines conditions, il peut être utile de construire une droite qui passe « au plus près » des points du nuage.**

1 Principe

Lorsqu'on étudie une série statistique à deux variables X et Y, on s'interroge parfois sur l'existence d'un lien (on parle de **corrélation**) entre X et Y : l'une et l'autre sont-elles reliées ? L'ajustement linéaire par la méthode des moindres carrés permet de mettre en évidence l'existence ou non d'un lien **affine** entre X et Y, autrement dit de savoir si les points du nuage se répartissent plus ou moins le long d'une droite.

2 Méthode des moindres carrés

Une série statistique à deux variables X et Y est donnée ci-contre.

Variable X	x_1	x_2	…	x_n
Variable Y	y_1	y_2	…	y_n

- **Définition**

La **droite de régression linéaire de Y en X** est la droite Δ d'équation $y = ax + b$ telle que :

- le point moyen $G(\overline{x}\,;\overline{y}) \in \Delta$
- $a = \dfrac{\text{cov}(X\,;Y)}{\text{var}(X)}$

où $\text{cov}(X\,;Y) = \dfrac{1}{n}[(x_1-\overline{x})(y_1-\overline{y}) + (x_2-\overline{x})(y_2-\overline{y}) + \ldots + (x_n-\overline{x})(y_n-\overline{y})]$

et $\text{var}(X) = \dfrac{1}{n}[(x_1-\overline{x})^2 + (x_2-\overline{x})^2 + \ldots + (x_n-\overline{x})^2]$.

MATHS COMP.

3 Coefficient de corrélation linéaire

• Définition

Pour la série statistique précédente, le coefficient de corrélation linéaire en X et Y est le nombre :

$$r(X\,;Y) = \frac{\text{cov}(X\,;Y)}{\sigma(X)\,\sigma(Y)}$$

Remarque

En pratique, dans la quasi-totalité des exercices, l'équation de Δ et $r(X\,;Y)$ s'obtiennent à la calculatrice.

• Décision

Selon la valeur de $r(X\,;Y)$, on déduit que la corrélation linéaire entre X et Y est forte, moyenne ou faible.

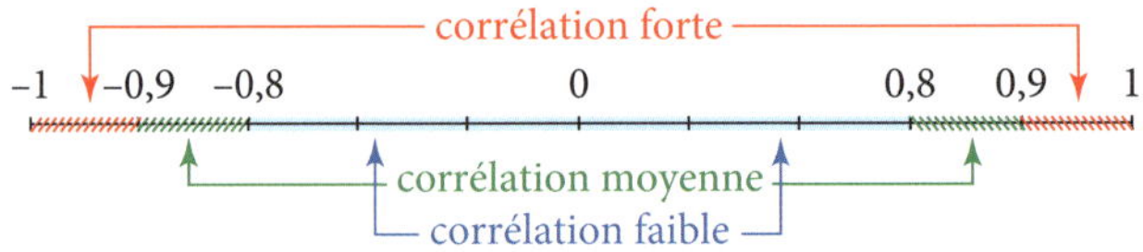

Exercice résolu

Mettre en évidence et utiliser une corrélation linéaire

ÉNONCÉ

Dans un pays imaginaire, le nombre d'habitants, en milliers, est donné par le tableau suivant.

X : Année	1985	1990	1995	2000	2010	2015	2020
Y : Nombre d'habitants	4 961	4 970	4 990	4 995	5 020	5 040	5 050

1. Sur l'écran de calculatrice ci-contre, on lit le coefficient de corrélation linéaire r. Que peut-on en conclure ?

2. Sur ce même écran, on lit les coefficients a et b de la droite de régression linéaire.
Calculer une estimation du nombre d'habitants de ce pays :
a. en 2005 **b.** en 2025

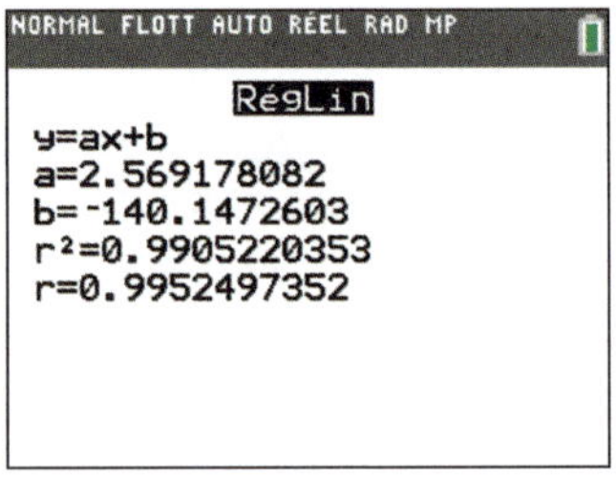

CORRIGÉ

1. $r \approx 0{,}995$ et puisque $r \geqslant 0{,}9$, on en déduit que les années et les nombres d'habitants sont fortement corrélés.

2. a. Pour $x = 2\,005$, $y = 2{,}569 \times 2\,005 - 140{,}15 \approx 5\,011$.
En 2005, ce pays comptait environ 5 011 000 habitants.
b. Pour $x = 2\,025$, $y = 2{,}569 \times 2\,025 - 140{,}15 \approx 5\,062$.
En 2025, ce pays comptera environ 5 062 000 habitants.

➜ Révision express

Les réflexes à avoir

- Le point moyen G d'un nuage de points est le point dont les coordonnées sont les moyennes de chacune des séries.
- Penser à graduer les axes pour que le graphique soit lisible. Le repère doit être orthogonal et pas forcément orthonormé.
- Savoir manipuler la calculatrice est indispensable pour déterminer :
  – les coordonnées $\overline{x}$ et $\overline{y}$ du point moyen G ;
  – l'équation de la droite de régression et le coefficient de corrélation $r(X ; Y)$.
- Il faut savoir interpréter le coefficient de corrélation $r(X ; Y)$.

Les pièges à éviter

- Le point moyen est un « point d'équilibre », il doit donc être situé « au centre » du nuage.
- Lorsque la corrélation linéaire est faible, cela n'a pas de sens de faire des estimations.

Quiz

*Pour chaque question, une seule réponse proposée (**a**, **b** ou **c**) est exacte.*
Le tableau suivant donne le prix d'une baguette de pain selon les années.

Année	2012	2013	2014	2015	2016	2017	2018	2019	2020
Prix (en €)	0,83	0,85	0,85	0,92	0,89	0,92	0,95	0,95	1

1. Le nuage de points de cette série comporte :
☐ **a.** deux points ☐ **b.** neuf points ☐ **c.** dix-huit points

2. Le point moyen de ce nuage a pour coordonnées, environ :
☐ **a.** (2 016 ; 0,906 7) ☐ **b.** (2 016 ; 0,89) ☐ **c.** (2 008 ; 0,17)

3. La droite de régression, d'équation $y = ax + b$, et le coefficient de corrélation linéaire r de cette série ont été obtenus à la calculatrice sur l'écran ci-contre.
La corrélation linéaire entre les années et les prix en euros est :
☐ **a.** faible ☐ **b.** moyenne ☐ **c.** forte

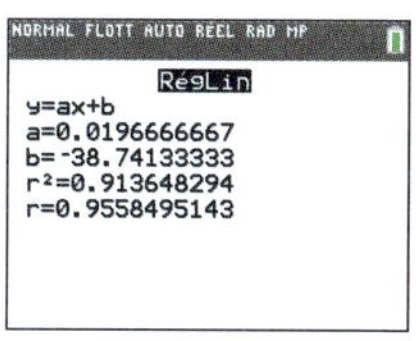

4. On peut estimer qu'en 2021, le prix d'une baguette de pain sera d'environ :
☐ **a.** 1,005 € ☐ **b.** 1,01 € ☐ **c.** 0,98 €

5. On peut prévoir que le prix d'une baguette de pain atteindra 1,05 € environ en :
☐ **a.** 2025 ☐ **b.** 2021 ☐ **c.** 2023

→ Réponses p. 497

EXERCICE 1

Savoir construire un nuage et déterminer le point moyen à la calculatrice

Énoncé

Dans le tableau ci-dessous, on a relevé, pour dix familles, le nombre d'enfants et le montant mensuel, en centaines d'euros, des dépenses d'alimentation.

X : Nombre d'enfants	2	0	1	3	6	2	2	4	3	2
Y : Dépenses d'alimentation	4,1	2,5	3,5	4,8	6,3	3	2,5	4,5	3,2	3,1

1. Représenter dans un repère le nuage de points de cette série statistique.

2. Déterminer, à la calculatrice, les coordonnées du point moyen G, puis placer le point G dans le repère précédent.

Méthode

1 Choisir de manière appropriée la graduation des axes en observant dans le tableau les valeurs minimale et maximale prises par X et Y.
Placer les points $M_i(x_i\,;y_i)$.

2 Suivre les indications ci-dessous.

Corrigé

1. Voir le graphique ci-contre.

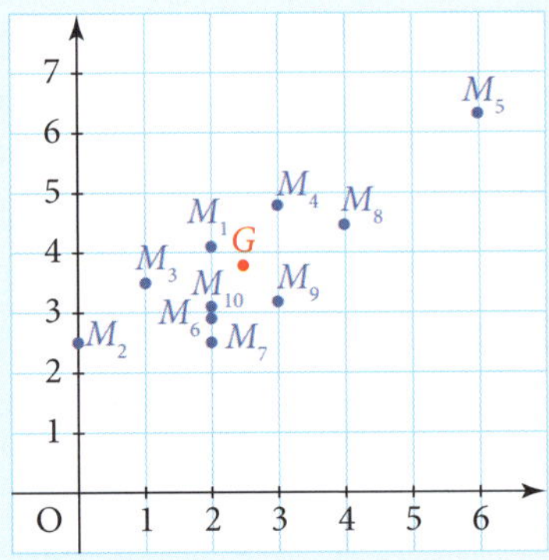

2. Avec les calculatrices Casio

[MENU] [STAT]
Compléter les listes
List 1 avec X,
List 2 avec Y.

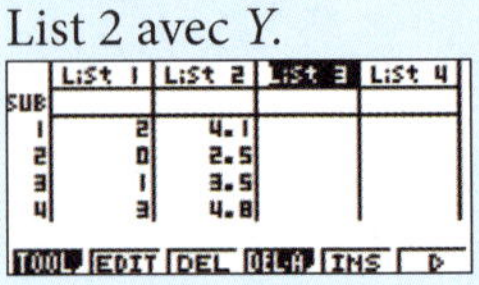

[F2] (CALC) [2VAR]
Vérifier que dans SET
2Var X List : List 1
2Var Y List : List 2

Avec les calculatrices T.I.

[stats] [EDIT] [entrer]
Compléter les listes L_1 avec X, L_2 avec Y.

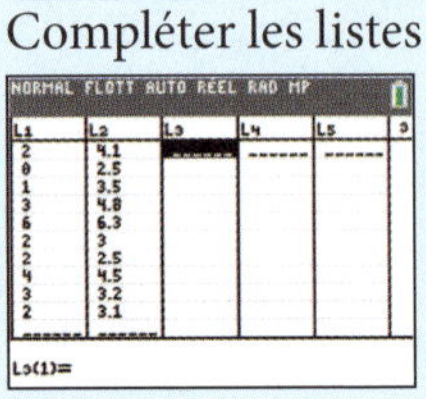

[stats] [CALC] [entrer]
2 : Stats 2 var [entrer]
Vérifier que : X Liste : L_1 ; Y Liste : L_2 ;
Liste Freq : (vide) puis [calculer] [entrer]

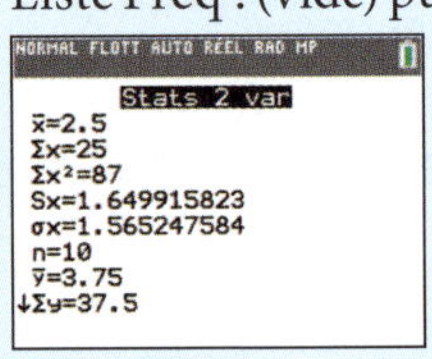

On lit les coordonnées $\overline{x}$ et $\overline{y}$ de G.
Ainsi, $G(2{,}5\,;3{,}75)$.

EXERCICE 2

Savoir déterminer l'équation de la droite de régression à la calculatrice

Énoncé

On reprend l'énoncé de l'exercice précédent.

1. Déterminer, à la calculatrice, l'équation de la droite de régression linéaire de Y en X, ainsi que le coefficient de corrélation linéaire.

2. Tracer cette droite Δ de régression linéaire dans le repère précédent.

Méthode

1 Suivre les indications ci-dessous.

2 Choisir une valeur $x = x_A$ et calculer $y_A = ax_A + b$. Ainsi, $A(x_A\,;y_A)$ appartient à Δ.
Utiliser le fait que $G \in \Delta$. Ainsi, la droite Δ est la droite (AG).

Corrigé

1. Casio

À partir des listes 1 et 2 ;
[F2] [CALC], [F3] [REG],
[F1] [x], [F2] [$ax + b$]

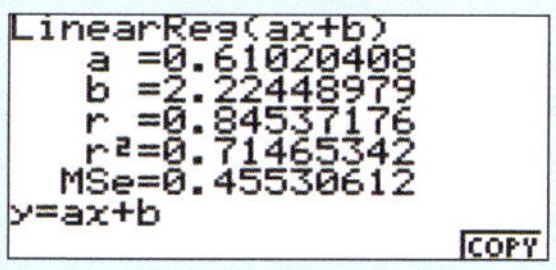

T.I.

[stats] [CALC]

4 : Reg Lin ($ax + b$), vérifier :
X Liste : L_1 ; Y Liste : L_2 ;
Liste Freq : (vide)

Puis [calculer]

2. Par exemple, pour $x_A = 5$: $y_A = 0{,}61 \times 5 + 2{,}22 \approx 5{,}27$.
Ainsi, $A(5\,;5{,}27) \in \Delta$. Et puisque l'on sait que $G \in \Delta$, on peut alors tracer Δ.

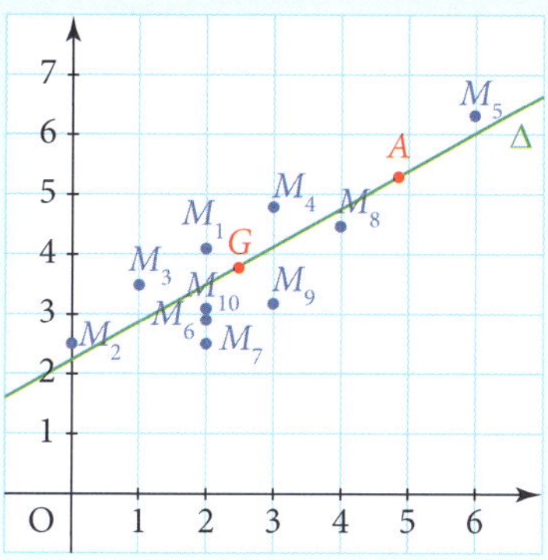

EXERCICE 3

Savoir utiliser un changement de variable

Énoncé

La consommation des ménages d'une ville, en milliers d'euros, est modélisée, selon les années, par le tableau suivant.

Année : X	2013	2015	2016	2017	2019
Consommation : Y	28,5	35	52	70,5	100,5

1. a. Déterminer une équation de la droite de régression linéaire de Y en X (à la calculatrice).
b. Calculer une estimation de la consommation des ménages en 2020.

2. En réalité, en 2020, la consommation des ménages a été de 135 000 €.
a. Compléter le tableau précédent avec une troisième variable Z telle que $z_i = \ln y_i$.
Arrondir au centième.
b. Déterminer une équation de la droite de régression linéaire de Z en X (à la calculatrice).
c. En déduire que $y = \mathrm{e}^{0,224x-447}$.
d. Calculer une estimation de la consommation des ménages en 2020.
Comparer ce modèle avec la réalité.

Méthode

Lorsqu'un ajustement linéaire est trop imprécis ou trop éloigné de la réalité, on utilise un changement de variable. Il suffit de se laisser guider par les questions.

Corrigé

1. a. À la calculatrice, on obtient l'écran ci-contre. Ainsi, l'équation de la droite de régression linéaire de Y en X est : $y = 12,575x - 25\,294$.

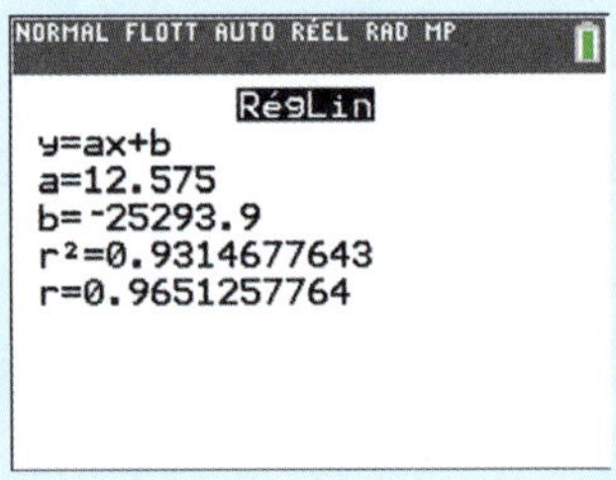

b. Pour $x = 2\,020$, $y = 12,575 \times 2\,020 - 25\,294 = 107,5$.
Selon ce modèle, en 2020, la consommation des ménages est de 107 500 €.

2. a.

$Z = \ln Y$	3,35	3,56	3,95	4,26	4,61

Par exemple : $z_1 = \ln 28,5 \approx 3,35$.

b. À la calculatrice, on obtient l'écran ci-dessous. Ainsi, l'équation de la droite de régression linéaire de Z en X est : $z = 0,224x - 447,6$.

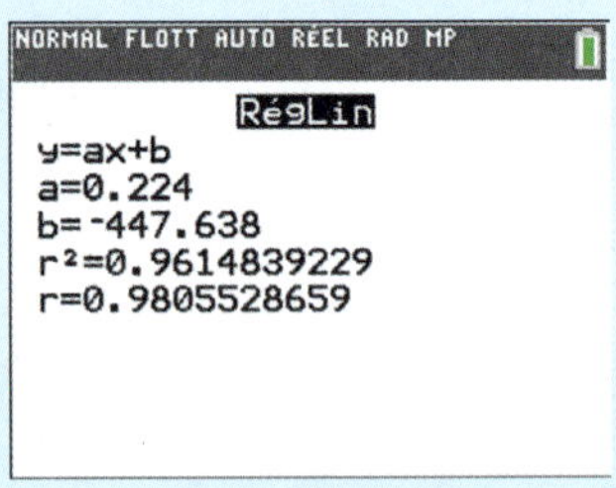

c. $z = \ln y$ donc $y = \mathrm{e}^z$ et $y = \mathrm{e}^{0,224x-447,6}$.
d. Pour $x = 2\,020$, $y = \mathrm{e}^{0,224 \times 2\,020 - 447,6} \approx 131,6$.
Selon ce modèle, en 2020, la consommation des ménages est d'environ 131 000 €, ce qui est plus proche de la réalité.

CAHIER SPÉCIAL BAC

Les sujets

- Physique-Chimie 390
- SVT 409

Corrigés

- Physique-Chimie 414
- SVT 448

SUJET 1 Sujet inédit (calculatrice autorisée)

EXERCICE 1 [11 pts]

Son et lumière

Pour obtenir un feu d'artifice qui produit son, lumière et fumée, on procède à l'éclatement d'une pièce pyrotechnique.

Bien que produisant des effets différents, toutes ces pièces sont conçues selon le même principe. Un dispositif permet de projeter la pièce pyrotechnique vers le haut. Une fois que ce projectile a atteint la hauteur prévue par l'artificier, il éclate, créant l'effet « son et lumière » souhaité.

Le but de cet exercice est d'étudier la couleur observée, la trajectoire du projectile et le son émis.

Document 1 Caractéristiques de deux pièces pyrotechniques

Les caractéristiques de deux pièces pyrotechniques nommées « crackling R100 » et « marron d'air » sont consignées dans le tableau ci-dessous :

Caractéristiques constructeur	Crackling R100	Marron d'air
Masse	$2,8 \times 10^2$ g	40 g
Vitesse initiale	250 km·h^{-1}	200 km·h^{-1}
Niveau d'intensité sonore estimé à 15 m du point d'éclatement	Non renseigné	120 dB
Hauteur atteinte à l'éclatement	120 m	70 m
Durée entre la mise à feu et l'éclatement	3,2 s	2,5 s
Couleur de la lumière émise	Rouge (intense)	Blanc (peu intense)
Distance de sécurité recommandée	130 m	95 m

Document 2 Domaines de longueurs d'onde de la lumière visible

Couleur	Violet	Bleu	Vert	Jaune	Orange	Rouge
Domaine de longueurs d'onde (nm)	380-446	446-520	520-565	565-590	590-625	625-800

Document 3 Niveau d'intensité sonore

Au cours de la propagation d'une onde et en l'absence d'atténuation, le niveau d'intensité sonore L diminue avec la distance d à la source S suivant la formule :

$$L_2 = L_1 + 20\log\left(\frac{d_1}{d_2}\right)$$

avec L_2 (en dB) le niveau d'intensité sonore mesuré à la distance d_2 (en m) de la source et L_1 (en dB) le niveau d'intensité sonore mesuré à la distance d_1 (en m) de la source.

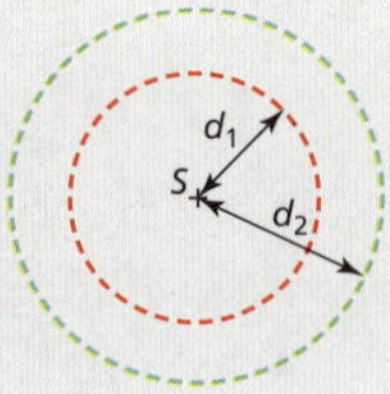

Document 4 **Échelle des niveaux d'intensité sonore en décibels (dB) et risques auditifs associés**

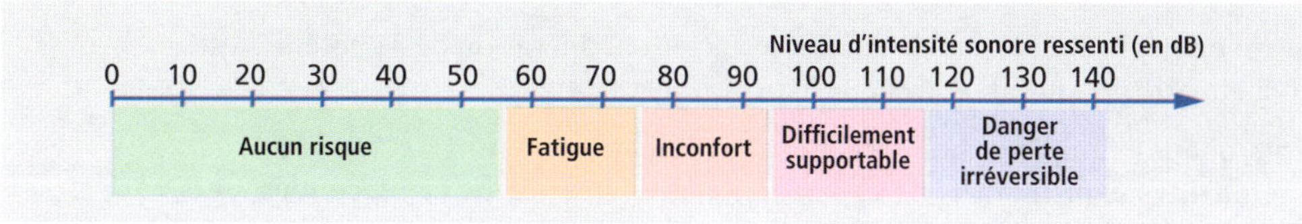

› Données

- Constante de Planck : h = 6,63 × 10^{-34} J·s.
- Intensité du champ de pesanteur : g = 9,81 m·s^{-2}.
- 1 eV = 1,60 × 10^{-19} J.
- La valeur de la célérité de la lumière dans le vide est supposée connue du candidat.

PARTIE 1 – Tout en couleur

Document 5 **Feux d'artifice**

Les feux d'artifice émettent de la lumière. Les phénomènes mis en jeu sont notamment l'incandescence et l'émission atomique.

Il y a tout d'abord l'incandescence des particules d'oxyde métallique, formées lors de la combustion, qui va du « blanc rouge » (aux alentours de 1 000 °C) jusqu'au blanc éblouissant (vers 3 000 °C).

Pour l'émission atomique, les électrons de l'atome sont excités thermiquement, ce qui leur permet de passer du niveau d'énergie fondamental à un niveau d'énergie supérieur ; au cours de leur retour vers le niveau d'énergie fondamental, l'énergie qu'ils avaient absorbée est émise sous forme de photons dont la longueur d'onde est caractéristique de l'atome.

D'après www.ambafrance-cn.org/Feux-d-artifice-histoire-et-technologie

1 Le texte du document 5 fait référence à deux processus d'émission de lumière. Citer chacun de ces processus et préciser, dans chaque cas, si le spectre de la lumière émise est un spectre de raies ou un spectre continu.

Le « crackling R100 » est principalement composé de strontium. Les photons émis par le strontium sont responsables de la couleur perçue lors de l'éclatement du « crackling R100 ».

Le document 6 regroupe les énergies des photons émis par le strontium.

Document 6 **Énergies des photons émis par le strontium**

	Photon 1	Photon 2	Photon 3
Énergie des photons (eV)	1,753	1,802	1,825

2 Déterminer la couleur perçue lors de l'émission du photon 3.

3 Sans effectuer de calcul supplémentaire, montrer que l'émission de ces trois photons permet d'expliquer la couleur de la lumière émise par le « crackling R100 ».

PARTIE 2 – Étude des trajectoires des pièces pyrotechniques

On s'intéresse au mouvement de la pièce pyrotechnique jusqu'à son éclatement dans un référentiel terrestre supposé galiléen muni d'un repère (Ox, Oy). On étudie le mouvement d'un point M de la pièce « crackling R100 ». On prend l'instant du lancement comme origine des temps t = 0 s.

À cet instant, le vecteur vitesse initiale $\vec{V_0}$ de M fait un angle α = 80° par rapport à l'horizontale (schéma ci-contre).

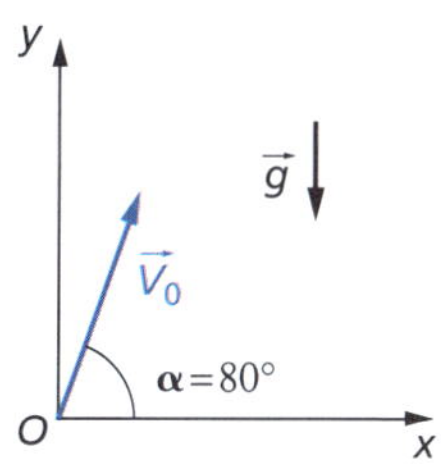

1 Donner les expressions littérales des coordonnées du vecteur $\vec{V}_0$ en fonction de V_0 et α.

2 Montrer que, si on néglige toute action de l'air, le vecteur accélération de M noté $\vec{a}_M$ est égal au vecteur champ de pesanteur $\vec{g}$ dès que le projectile est lancé.

3 Montrer alors que les équations horaires du mouvement de M sont : $x_M(t) = 12{,}1t$ et $y_M(t) = -4{,}91t^2 + 68{,}4t$ en exprimant $x_M(t)$ et $y_M(t)$ en mètres et le temps t en secondes.

4 Dans le cadre de ce modèle, déterminer, à l'aide des équations horaires, l'altitude théorique atteinte par le projectile à $t = 3{,}2$ s.

5 Sachant que l'éclatement se produit lors de la montée, expliquer l'écart entre cette valeur et celle annoncée par le constructeur.

PARTIE 3 – Le « marron d'air »

Au début et à la fin de chaque feu d'artifice, les artificiers utilisent une pièce pyrotechnique appelée « marron d'air » pour obtenir une détonation brève et puissante. Désireux de l'envoyer le plus haut possible, ils effectuent un tir vertical avec une vitesse initiale v_i.

Par la suite, on suppose que la pièce n'éclate pas avant d'atteindre sa hauteur maximale h.

1 Dans l'hypothèse où l'énergie mécanique de la pièce pyrotechnique se conserve, montrer que la hauteur maximale h atteinte par cette pièce est donnée par la relation :

$$h = \frac{v_i^2}{2g}$$

2 Déterminer la valeur de la hauteur maximale atteinte h.

En réalité, arrivé à une hauteur H de 70 m, le « marron d'air » éclate au point E, et le son émis se propage dans toutes les directions de l'espace. Un artificier A se trouve à la distance $\ell = 95$ m recommandée par le constructeur du point de tir T du « marron d'air ».

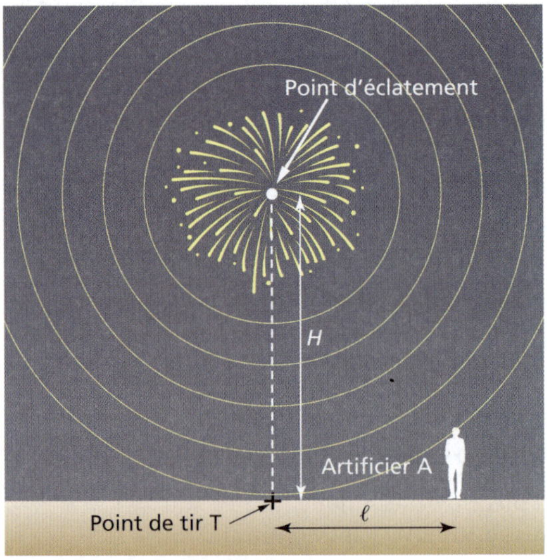

Sur ce schéma, les échelles de distances ne sont pas respectées.

3 Doit-on recommander à l'artificier le port d'un dispositif de protection auditive (casque, bouchons d'oreille…) ? Justifier par un calcul.

EXERCICE 2

[4 pts]

Dosage colorimétrique de l'aluminium

L'aluminium est reconnu pour ses effets néfastes à haute dose sur le système nerveux. Les cellules du cerveau des patients atteints d'Alzheimer contiennent de 10 à 30 fois plus d'aluminium que la normale.

L'Institut de la veille sanitaire a réalisé en 2003 une étude poussée qui montre le manque de données suffisantes pour confirmer ou infirmer les conséquences de l'aluminium sur la santé. Les études ont porté surtout sur la qualité des eaux utilisées pour la boisson, mais pas sur les effets des emballages en aluminium.

Source : Wikipédia

Les normes actuelles tolèrent une concentration maximale en aluminium de 7,4 μmol·L^{-1} pour l'eau potable.

Le but de cet exercice est d'exploiter une analyse par spectrophotométrie afin de s'assurer qu'un échantillon d'eau vérifie ce critère.

PARTIE 1 – Préparation de la solution S_0

On prépare 1,00 L d'une solution mère de concentration 8,15 mmol·L^{-1} en élément aluminium à partir de chlorure d'aluminium hexahydraté $AlCl_3$, $6H_2O$ solide (il libère des ions aluminium III Al^{3+} lors de sa dissolution en solution aqueuse). On prélève un volume qui est dilué 100 fois afin d'obtenir 100,0 mL d'une solution qui sera appelée par la suite S_0.

1 Retrouver qu'il faut peser 1,9 g de chlorure d'aluminium hexahydraté de masse molaire M = 241,5 g·mol^{-1} pour préparer un litre de solution à une concentration de 8,15 mmol·L^{-1} en élément aluminium.

2 Quel est le volume de solution mère à prélever pour préparer la solution S_0 ?

PARTIE 2 – Préparation de la gamme d'étalon

On fait réagir les ions aluminium III, contenus dans une solution incolore, avec un colorant appelé aluminon présent en large excès. Une nouvelle espèce chimique colorée est ainsi obtenue par une transformation chimique supposée totale.

Sept solutions sont préparées comme suit :

Document **Protocole et résultats des mesures d'absorbance**

Placer, dans une fiole jaugée de 50,0 mL, 5 mL d'une solution d'aluminon, 20 mL d'une solution tampon permettant de maintenir le pH à 4,8, un certain volume de solution S_0 précisé dans le tableau ci-après, puis compléter jusqu'au trait de jauge avec de l'eau distillée.

Après homogénéisation et un temps d'attente de 15 minutes, les échantillons sont analysés au spectrophotomètre.

Solution	Volume de S_0 (mL)	Concentration molaire en élément aluminium (mmol·L^{-1})	Absorbance mesurée
S_1	0	0	0
S_2	1,0	$0{,}16 \times 10^{-2}$	0,012
S_3	3,0	$0{,}48 \times 10^{-2}$	0,037
S_4	6,0		0,072
S_5	12,0	$2{,}0 \times 10^{-2}$	0,15
S_6	15,0	$2{,}4 \times 10^{-2}$	0,19
S_7	20,0	$3{,}3 \times 10^{-2}$	0,25

1 Donner un critère qui permet de choisir la longueur d'onde du spectrophotomètre.

L'absorbance est par la suite mesurée à 525 nm.

2 Quelle est la verrerie, parmi la liste suivante, qui permet de prélever un volume de 5 mL, sans recherche de précision ?

Bécher de 100 mL, éprouvette graduée de 10 mL, pipette jaugée de 5 mL, pipette graduée de 10 mL.

3 Quel est le rôle de la solution S_1 qui apparaît dans cette série de mesures ?

4 Calculer la concentration molaire en élément aluminium de la solution S_4.

PARTIE 3 – Dosage de la teneur en aluminium de l'échantillon

1 Tracer le graphe représentant l'absorbance A en fonction de la concentration molaire c en élément aluminium.

2 Quelle est la relation mathématique entre l'absorbance A et la concentration molaire c ?

3 En déduire la relation numérique entre A et c, et préciser l'unité de la valeur numérique trouvée.

4 L'absorbance d'un échantillon d'eau donne une valeur de 0,12. En déduire la concentration molaire en élément aluminium pour cette eau. Cette eau respecte-t-elle le critère de potabilité pour l'élément aluminium ?

5 Est-il possible d'analyser, avec cette technique, des échantillons d'eau ayant une concentration molaire en élément aluminium environ 10 fois supérieure à celle de la solution S_7 ? Que faut-il faire ?

EXERCICE 3 [5 pts]

Détermination d'une résistance thermique

Pour déterminer expérimentalement la résistance thermique du verre, il est possible de mettre en œuvre le protocole schématisé ci-dessous.

Document 1 Protocole de mesure de la résistance thermique du verre

On place, sur une enceinte fermée pouvant recevoir un courant de vapeur d'eau, une plaque de verre carrée de 12 cm de côté, et sur celle-ci, un bloc de glace cylindrique de diamètre $d = 8$ cm.

Le transfert thermique à travers la plaque de verre, soumise à un écart de température $\Delta\theta$, permet la fusion du bloc de glace plus rapidement qu'en le laissant à la température du laboratoire.

La plaque de verre utilisée a une épaisseur $e = 4$ mm.

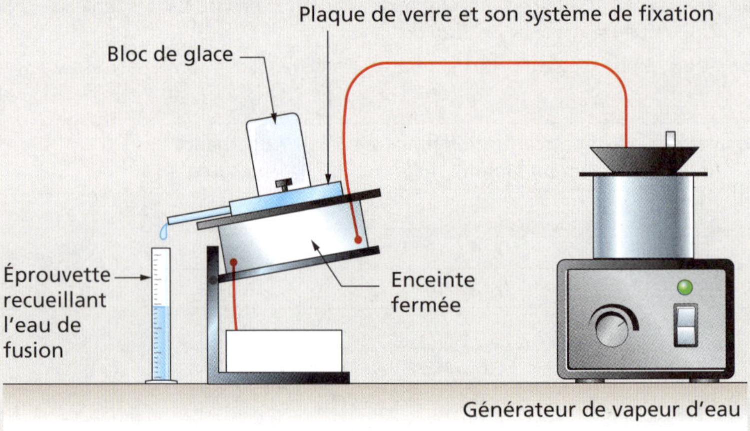

D'après www.ayva.ca

Document 2 **Chaleur latente massique de fusion**

La chaleur latente massique de fusion de l'eau, notée L_f, correspond à l'énergie reçue par unité de masse d'eau lors du changement d'état solide-liquide à température et pression constantes.

Document 3 **Résistance thermique surfacique**

Dans l'industrie du bâtiment, les matériaux ne sont pas caractérisés par leur résistance thermique R_{th}, mais plutôt par leur résistance thermique surfacique R ou coefficient d'isolation thermique surfacique (en $m^2 \cdot K \cdot W^{-1}$) :

$$\boldsymbol{R = R_{th} \times S}$$

avec R_{th} la résistance thermique (en $K \cdot W^{-1}$) et S la surface de contact (en m^2).

Document 4 **Moyenne, incertitude et écart type**

Soient $\overline{R}_{th}$ la moyenne de n mesures réalisées et $U(R_{th})$ l'incertitude de mesure correspondante, associée au niveau de confiance de 95 %.

Par définition, $U(R_{th}) = t_{95} \times \dfrac{\sigma_{n-1}}{\sqrt{n}}$.

σ_{n-1} désigne l'écart-type expérimental, défini par :

$$\sigma_{n-1} = \sqrt{\frac{1}{n-1}\sum_{k=1}^{n}\left((R_{th})_k - \overline{R}_{th}\right)^2}$$

t_{95} est appelé coefficient de Student.

Pour $n = 12$ mesures et pour le niveau de confiance choisi de 95 %, $t_{95} = 2{,}20$.

› Donnée

Chaleur latente massique de fusion de l'eau : $L_f = 333{,}5\ J \cdot g^{-1}$.

L'objectif de cet exercice est de montrer comment ce dispositif permet d'évaluer la valeur de la résistance thermique d'un matériau.

Pour atteindre l'objectif fixé, il est nécessaire de procéder à deux expériences.

Au cours de la **première expérience**, on laisse fondre un bloc de glace pendant une durée $\Delta t = 5$ min 30 s, à la température ambiante du laboratoire. Au bout de cette durée, on recueille une masse d'eau liquide $m_1 = 5{,}5$ g. Le diamètre d du bloc de glace conserve pratiquement son diamètre initial ($d = 7{,}8$ cm à la fin de l'expérience).

Au cours de la **seconde expérience**, le bloc de glace est placé sur le même support, pendant la même durée $\Delta t = 5$ min 30 s, mais cette fois le générateur de vapeur d'eau est mis en fonctionnement. La masse de glace fondue est alors $m_2 = 124{,}4$ g. La mesure du diamètre du bloc de glace est proche de celle obtenue lors de la première expérience ($d = 7{,}6$ cm à la fin de l'expérience).

Remarque : la masse de glace fondue est mesurée grâce à la masse d'eau recueillie dans l'éprouvette.

1 Montrer que la valeur de l'énergie thermique E_{th} transférée à travers la paroi de verre et due à la mise en route du générateur de vapeur au cours de la deuxième expérience est de l'ordre de 40 kJ.

2 Préciser le mode de transfert thermique mis en œuvre et proposer une interprétation au niveau microscopique.

3 On appelle flux thermique moyen à travers une paroi plane, la grandeur définie par la relation :

$$\Phi = \frac{E_{th}}{\Delta t}$$

a. Exprimer l'unité du flux thermique Φ en fonction des unités du système international (mètre, kilogramme et seconde). Avec quelle unité exprime-t-on généralement, plus usuellement, le flux thermique ?

b. Calculer la valeur du flux thermique à travers la plaque de verre étudiée.

4 La résistance thermique R_{th} de la portion de verre comprise entre le bloc de glace et l'enceinte fermée est reliée au flux thermique moyen Φ à travers la plaque de verre, par la relation :

$$\Phi = \frac{\Delta\theta}{R_{th}}$$

où $\Delta\theta$ représente l'écart de température entre les deux faces de la plaque de verre. Déterminer la résistance thermique du verre.

5 La mesure de la résistance thermique du verre est réalisée 12 fois, dans les mêmes conditions expérimentales.

Les valeurs obtenues, exprimées avec l'unité du système international, sont rassemblées dans le tableau suivant :

n	1	2	3	4	5	6	7	8	9	10	11	12
Résistance thermique	0,81	0,89	0,78	0,82	0,87	0,78	0,76	0,92	0,85	0,84	0,81	0,79

a. Écrire le résultat de la mesure expérimentale de R_{th} correspondant à un niveau de confiance de 95 %.

b. Rédiger une phrase de conclusion traduisant la signification du résultat de la mesure de R_{th} donnée par la relation précédente.

6 Déterminer la valeur de la résistance thermique surfacique R du verre utilisé dans le dispositif expérimental.

7 Le constructeur indique une valeur plus élevée que celle obtenue expérimentalement. Proposer une interprétation pour expliquer cette différence.

SUJET 2 Sujet inédit (calculatrice autorisée)

EXERCICE 1 [7,5 pts]

Principe de fonctionnement d'une minuterie

L'objet de cet exercice est d'étudier le principe de fonctionnement d'une minuterie permettant d'éteindre une lampe automatiquement au bout d'une durée t_0 réglable.

Document 1 Montage électrique de fonctionnement d'une minuterie

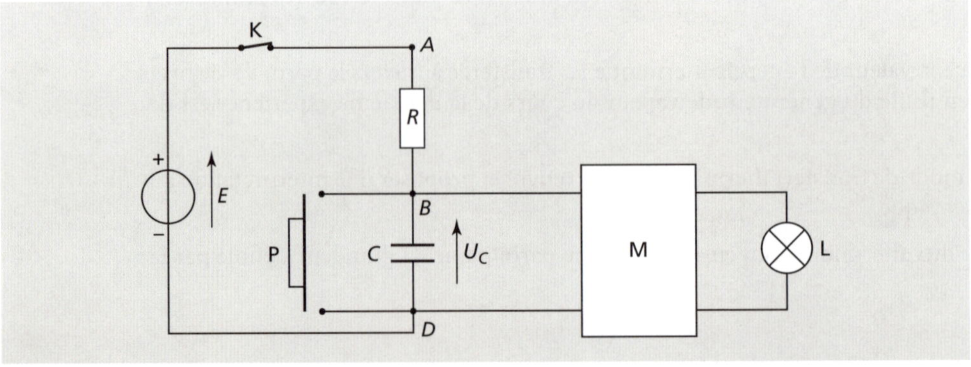

Le montage du circuit électrique est constitué :
- d'un générateur idéal de tension, de force électromotrice $E = 30$ V ;
- d'un interrupteur K ;
- d'un conducteur ohmique de résistance R ;
- d'un condensateur de capacité C ;
- d'un bouton-poussoir P qui joue le rôle d'un interrupteur : il est fermé seulement quand on appuie dessus ;
- **d'un composant électronique M qui permet l'allumage de la lampe L tant que la tension aux bornes du condensateur est inférieure à une tension limite, caractéristique du composant, notée U_ℓ.**

Le composant électronique M possède une alimentation électrique propre (non représentée sur le schéma) qui lui fournit l'énergie nécessaire à l'allumage de la lampe.

Dans tout l'exercice, on fixera U_ℓ à une valeur constante égale à 20 V et on admettra que le composant électronique M ne perturbe pas le fonctionnement du circuit RC, **c'est-à-dire que la tension aux bornes du condensateur est identique, que M soit présent ou non dans le circuit**.

Document 2 **Courbe de l'évolution de la tension u_c aux bornes du condensateur**

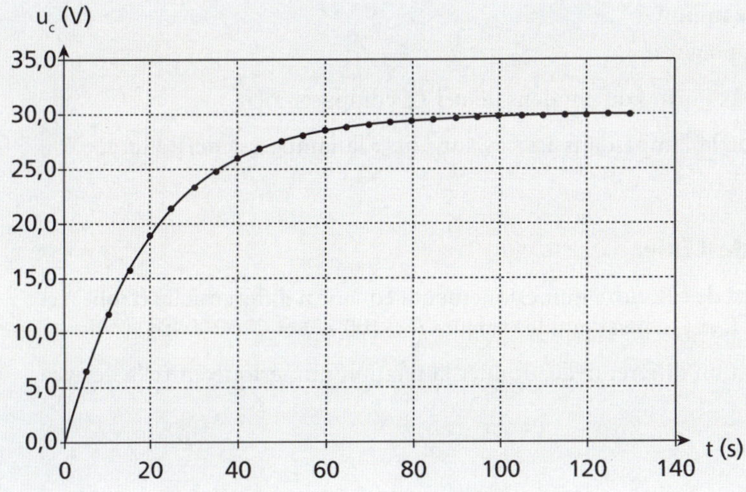

PARTIE 1 – Étude du circuit *RC*

À l'instant initial ($t = 0$ s), le condensateur est déchargé. On ferme l'interrupteur K, le bouton-poussoir P du circuit électrique précédent est relâché.

On souhaite visualiser les variations de la tension u_C aux bornes du condensateur en fonction du temps à l'aide d'un oscilloscope à mémoire.

1 Indiquer les branchements à réaliser (voie 1 et masse) sur le schéma du **doc. 1**.

2 Montrer que l'équation différentielle donnant les variations de la tension $u_C(t)$ aux bornes du condensateur en fonction du temps est de la forme :

$$u_C(t) + RC\frac{\mathrm{d}u_C(t)}{\mathrm{d}t} = E$$

3 **a.** En vérifiant que la fonction du temps $u_C(t) = A(1 - e^{-t/\tau})$ est solution de l'équation différentielle précédente, montrer que $A = E$ et que $\tau = RC$.

b. Quelle est la valeur de u_C en régime permanent ?

c. Quel est le nom donné à la constante τ ? À l'aide d'une analyse dimensionnelle, donner l'unité de la constante τ.

4 La représentation graphique de la fonction $u_C(t)$ est donnée dans le **doc. 2**. Faire apparaître sur ce graphe sans aucune justification : la tension E, la constante τ, les régimes permanent et transitoire.

5 Calculer la valeur de la constante τ pour $R = 100$ kΩ et $C = 200$ μF.

6 **a.** Donner l'expression littérale de la date t_0 à laquelle la tension aux bornes du condensateur atteint la valeur limite U_ℓ en fonction de U_ℓ, E et τ (t_0 est la durée d'allumage de la lampe).

b. Calculer la valeur de t_0 et vérifier la validité du résultat à l'aide du graphe $u_C(t)$ fourni dans le **doc. 2**.

c. On a fixé U_ℓ à 20 V pour obtenir une durée d'allumage t_0 voisine de τ. Pour quelle raison choisir t_0 très supérieur à τ n'aurait pas été judicieux pour un tel montage ?

7 Quel(s) paramètre(s) du montage peut-on modifier sans changer le générateur afin d'augmenter la durée d'allumage de la lampe ?

8 En fixant $C = 200$ μF, quelle valeur doit-on donner à la résistance R pour obtenir une constante de temps d'une minute ?

On appuie sur le bouton-poussoir.

9 Que vaut la tension aux bornes du condensateur ? La comparer à U_ℓ.

10 Que se passe-t-il pour la lampe dans les cas suivants : la lampe est déjà allumée ? la lampe est éteinte ?

PARTIE 2 – Méthode d'Euler

On se propose maintenant de résoudre numériquement l'équation différentielle établie à la question 2 de la Partie 1, R et C conservant les valeurs $R = 100$ kΩ et $C = 200$ μF.

1 À partir de cette équation différentielle, donner la relation numérique entre la dérivée $\frac{du_C}{dt}$ et la tension $u_C(t)$.

Document 3 Méthode d'Euler

La méthode d'Euler permet de calculer successivement les valeurs de $u_C(t)$ et de $\frac{du_C}{dt}$ à un intervalle de temps régulier Δt appelé pas.

En prenant un pas suffisamment petit, on peut écrire la relation :

$$u_C(t + \Delta t) = u_C(t) + \left.\frac{du_C}{dt}\right|_t \times \Delta t$$

Pour cette étude, on prend un pas égal à $\Delta t = 2$ s.

2 En utilisant l'expression littérale ci-dessus, compléter les colonnes correspondant aux dates $t = 2$ s et $t = 4$ s du tableau ci-après.

t (s)	0	2	4	6	8	10	12	…	20
$u_C(t)$	0			8,14	10,3	12,3	14,1	…	19,6
$\frac{du_C}{dt}$	1,50			1,09	0,99	0,89	0,80	…	0,52

3 Le **doc. 4** représente un agrandissement de la courbe $u_C(t)$ du **doc. 2**. Tracer sur ce document la partie du graphe $u_C(t)$ correspondant à ce tableau. Que constate-t-on ?

Document 4 **Agrandissement de la courbe $u_c(t)$**

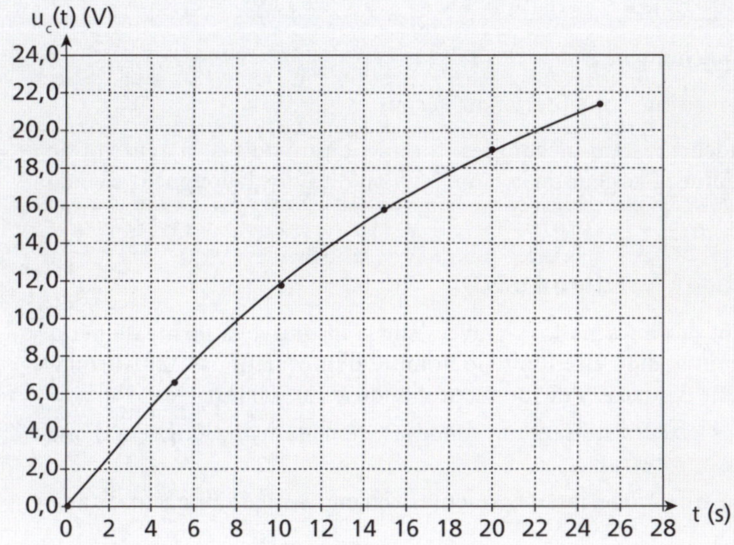

4 On peut améliorer la précision de la méthode d'Euler en modifiant la valeur du pas Δt. Quelle modification pourrait-on apporter à la valeur du pas Δt ? Quel serait l'inconvénient de cette modification ?

EXERCICE 2

[4,5 pts]

Parlons CD

PARTIE 1 – Lumière émise par un laser

On dispose d'une diode laser S émettant un faisceau lumineux monochromatique de longueur d'onde $\lambda = 0{,}790$ µm.

Document 1 **Domaines de longueurs d'onde de la lumière visible**

Couleur	Violet	Bleu	Vert	Jaune	Orange	Rouge
Domaine de longueurs d'onde (nm)	380-446	446-520	520-565	565-590	590-625	625-800

1 Quelle est la couleur de la lumière émise par cette diode laser ?

2 La lumière émise résulte d'une transition entre deux niveaux d'énergie E_1 et E_2 tels que $E_2 < E_1$. Calculer en électronvolts l'écart énergétique $E = E_1 - E_2$ entre ces deux niveaux.

› Données
- Célérité de la lumière dans le vide : $c = 3{,}00 \times 10^8$ m·s^{-1}.
- Constante de Planck : $h = 6{,}63 \times 10^{-34}$ J·s.
- 1 eV $= 1{,}60 \times 10^{-19}$ J.

PARTIE 2 – Caractère ondulatoire de la lumière

La lumière émise par la source S traverse une fente fine rectangulaire verticale de largeur $d = 0{,}10$ mm.

Un phénomène dû à la nature ondulatoire de la lumière est observé sur un écran placé à une distance $D = 2{,}0$ m de la fente.

1 Quel est le nom de ce phénomène ?

2 Décrire qualitativement ce que l'on observe sur l'écran.

3 Toutes les autres grandeurs restant inchangées, comment est modifiée la figure observée sur l'écran si l'on diminue la largeur de la fente ? si l'on diminue la longueur d'onde ? Justifier les réponses.

PARTIE 3 – Application à la lecture d'un CD

Dans un lecteur CD, on lit des informations gravées sur le disque sous forme de petites cuvettes réfléchissantes dont le diamètre limite le nombre d'informations. Actuellement, on éclaire le disque avec une diode laser de longueur d'onde $\lambda = 0{,}790$ μm.

On commercialise aussi des lecteurs utilisant une diode laser émettant une longueur d'onde dans le bleu (lecteurs « blu-ray disc »).

D'après la question 3 de la Partie 2, quel intérêt présente ce changement de longueur d'onde ?

PARTIE 4 – Gravure d'un CD

La duplication en grande quantité d'un disque compact se fait par pressage de polycarbonate fondu à l'aide d'une matrice en nickel.

Le procédé se déroule en trois étapes :

1re étape : Fabrication du *glassmaster*

Elle consiste à graver le disque de base (*glassmaster*) à partir duquel on va réaliser une duplication en série. On recouvre ensuite le *glassmaster* gravé d'une fine couche d'argent. On obtient alors le *glassmaster* métallisé.

2e étape : Galvanoplastie

Elle consiste à créer une matrice, image symétrique du *glassmaster*. Ce dernier, étant devenu conducteur après le dépôt d'argent, est immergé pendant 2 heures dans une solution acide de sulfamate de nickel où il va subir une électrolyse, l'autre électrode étant du nickel. Le but de cette opération est de créer un dépôt de nickel sur le *glassmaster*. On sépare ensuite cette couche de nickel et on obtient une matrice, le père, qui est une image symétrique parfaite du *glassmaster*.

Document 2 Schéma de l'électrolyse

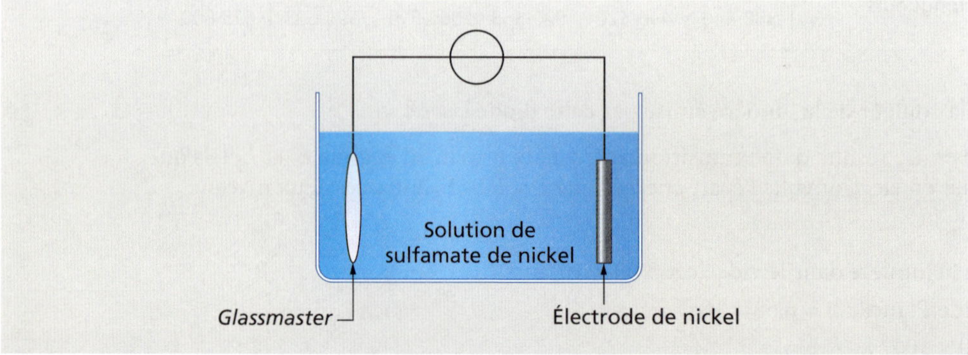

3e étape : Le pressage

On place le père dans le moule d'une presse qui permet de dupliquer le disque en grand nombre.

Les questions qui suivent ne portent que sur la 2e étape (galvanoplastie).

1 Sur le schéma du **doc. 2** de l'électrolyse, préciser le sens du courant et la polarité des bornes du générateur, en justifiant la réponse.

2 Nommer les électrodes et préciser les équations des réactions qui s'y déroulent.

Le père obtenu est un disque de nickel de 23,0 cm de diamètre et de $3,05 \times 10^{-1}$ mm d'épaisseur.

3 Vérifier que la masse du père est $m = 113$ g.

4 En déduire la quantité de matière de nickel déposée lors de l'électrolyse.

5 L'électrolyse dure 2 heures. Quelle doit être la valeur de l'intensité du courant qui circule dans le circuit ?

› Données

- Couple oxydant réducteur : Ni^{2+}/Ni.
- Masse volumique du nickel : $\rho = 8,90$ g·cm^{-3}.
- Masse molaire du nickel : $M = 58,7$ g·mol^{-1}.
- Charge élémentaire : $e = 1,60 \times 10^{-19}$ C.
- Nombre d'Avogadro : $N_A = 6,02 \times 10^{23}$ mol^{-1}.

EXERCICE 3 [8 pts]

Étude d'un produit ménager

L'ammoniac NH_3 est un gaz qui, dissous dans l'eau, donne une solution basique d'ammoniaque.

Des solutions d'ammoniaque sont vendues dans le commerce. Ces solutions, après dilution, sont utilisées comme produit nettoyant et détachant.

On se propose d'étudier quelques propriétés de l'ammoniac dissous, puis de déterminer sa concentration dans un de ces produits.

Document **Zone de virage de quelques indicateurs colorés**

Indicateur coloré	Couleur de la forme acide	Zone de virage	Couleur de la forme basique
Hélianthine	Rouge	3,1-4,4	Jaune
Rouge de chlorophénol	Jaune	5,2-6,8	Rouge
Bleu de bromothymol	Jaune	6,0-7,6	Bleu
Phénolphtaléïne	Incolore	8,2-10	Rouge violacé

› Données

- Masse molaire de l'ammoniac : $M_{NH_3} = 17$ g·mol^{-1}.
- Constante d'acidité du couple ion ammonium/ammoniac à 25 °C : $K_{A1} = 6,3 \times 10^{-10}$.
- Constante d'acidité du couple H_2O/HO^- à 25 °C : $K_{A2} = 1,0 \times 10^{-14}$ = Ke = [H_3O^+] × [HO^-]

PARTIE 1 – L'ammoniac NH_3(aq)

L'ammoniac est une base en solution aqueuse.

1 Donner la définition d'une base selon Brönsted.

2 Écrire l'équation de réaction entre l'ammoniac et l'eau.

3 Exprimer et calculer la constante d'équilibre de cette réaction.

On dissout dans un volume d'eau V égal à 250 ml une quantité de matière n d'ammoniac égale à $2{,}5 \times 10^{-3}$ mol. Le pH de la solution S obtenue vaut 10,6.

4 Calculer la concentration c en soluté ammoniac apporté.

5 Calculer la concentration en ions oxonium H_3O^+ dans la solution.

6 En déduire la concentration en ions hydroxyde HO^- dans la solution.

7 Montrer que le taux d'avancement final τ peut s'écrire $\tau = \dfrac{[HO^-]_f}{c}$, puis le calculer. Que peut-on dire de la transformation ?

PARTIE 2 – Détermination de la concentration en ammoniac de la solution commerciale

Dilution de la solution commerciale

Afin de déterminer la concentration c_0 de la solution commerciale, on propose de réaliser un titrage acido-basique de la solution commerciale. Celle-ci étant très concentrée, on fabrique, par dilution, une solution S_1 de concentration c_1 mille fois plus petite.

1 Parmi les lots de verrerie proposés, choisir, en justifiant, celui que l'on doit utiliser pour réaliser au mieux cette dilution.

Lot 1	**Lot 2**
Pipette jaugée 1 mL	Pipette graduée 10 mL
Bécher 100 mL	Fiole jaugée 1 L
Bécher 50 mL	Bécher 50 mL
Lot 3	**Lot 4**
Pipette jaugée 1 mL	Pipette jaugée 10 mL
Fiole jaugée 1 L	Fiole jaugée 1 L
Bécher 50 mL	Bécher 50 mL

Titrage acido-basique de la solution diluée

On réalise un titrage pH-métrique de $V_1 = 20{,}0$ mL de solution diluée S_1 par une solution d'acide chlorhydrique (H_3O^+(aq) + Cl^-(aq)) de concentration $c_A = 1{,}50 \times 10^{-2}$ mol·L^{-1}.

L'équation support du titrage est :

$$NH_3(aq) + H_3O^+(aq) = NH_4^+(aq) + H_2O(\ell)$$

Pour obtenir l'équivalence, il a fallu verser un volume $V_{AE} = 14{,}3$ mL d'acide chlorhydrique.

On note que le pH à l'équivalence vaut 5,7.

2 Définir l'équivalence d'un titrage.

3 Établir la relation à l'équivalence entre c_1, c_A, V_1, V_{AE} où V_{AE} est le volume de solution acide versé à l'équivalence.

4 En déduire c_1 puis c_0.

5 Parmi les indicateurs colorés du document, choisir, en justifiant, celui qui pourrait être utilisé pour réaliser ce titrage de façon colorimétrique.

SUJET 3 Sujet inédit (calculatrice autorisée)

EXERCICE 1 [8 pts]

Réalisation d'une pile nickel-zinc

On réalise une pile formée à partir des couples Ni^{2+}/Ni et Zn^{2+}/Zn.

Chaque solution a pour volume $V = 100$ mL et la concentration initiale des ions positifs est $C = 5,0 \times 10^{-2}$ mol·L^{-1}.

› Données

- $M_{Zn} = 65,4$ g·mol^{-1} ; $M_{Ni} = 58,7$ g·mol^{-1}.
- Charge élémentaire de l'électron : e = $1,6 \times 10^{-19}$ C.
- Constante d'Avogadro : $\mathcal{N} = 6,02 \times 10^{23}$ mol^{-1}.
- Charge d'une mole d'électrons : $\mathcal{F} = 96\,500$ C.
- Pour la réaction $Ni^{2+} + Zn = Zn^{2+} + Ni$, la constante d'équilibre vaut $K = 10^{18}$.

PARTIE 1 – Réalisation de la pile

1 L'électrode positive de cette pile est l'électrode de nickel.

Légender le schéma de la pile ci-après avec les termes suivants : électrode de zinc, électrode de nickel, pont salin, solution contenant des ions Zn^{2+}, solution contenant des ions Ni^{2+}.

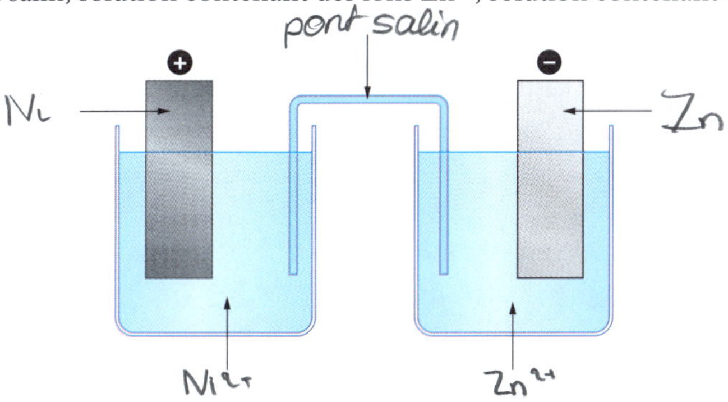

2 Écrire les demi-équations des réactions se produisant aux électrodes.

3 Préciser à chaque électrode s'il s'agit d'une oxydation ou d'une réduction.

4 Écrire l'équation de la réaction globale qui intervient quand la pile débite.

5 Calculer la valeur du quotient réactionnel initial $Q_{r,i}$. Cette valeur est-elle cohérente avec la polarité proposée ?

PARTIE 2 – Étude de la pile

On fait débiter la pile dans un conducteur ohmique.

1 Comment varie la concentration des ions positifs dans chacun des béchers ? En déduire l'évolution du quotient réactionnel Q_r.

2 Sachant que la masse des électrodes ne limite pas la réaction, pour quelle raison la pile s'arrêtera-t-elle de débiter ? Quelle sera alors la valeur numérique de Q_r ?

3 La réaction étant considérée comme totale, calculer l'avancement maximal x_{max} de la réaction.

4 Quelle relation existe-t-il entre x_{max} et la quantité de matière d'électrons qui ont circulé ? En déduire la quantité totale d'électricité fournie par cette pile.

PARTIE 3 – Décharge partielle de la pile

On prend une deuxième pile identique et on la laisse fonctionner pendant une heure. On supposera que l'intensité reste constante.

On constate une augmentation de masse de l'électrode de nickel de $\Delta m = 100$ mg.

1 Calculer la quantité de matière d'ions Ni^{2+} disparus notée $n_{disp}(Ni^{2+})$ pendant cette durée.

2 Déterminer la quantité d'électricité correspondante notée Q. En déduire la valeur de l'intensité du courant.

On donne les valeurs de l'absorbance, pour des solutions de sulfate de nickel de concentrations C différentes, mesurées à une longueur d'onde égale à 390 nm.

C (mol·L^{-1})	0	0,010	0,020	0,030	0,040	0,050
A	0	0,20	0,41	0,61	0,82	1,02

3 Tracer la courbe de l'absorbance en fonction de la concentration C.

On mesure l'absorbance de la solution dans laquelle plonge l'électrode de nickel. La valeur mesurée est $A = 0{,}67$.

4 En déduire graphiquement la concentration des ions Ni^{2+} restant en solution.

5 Quelle est la quantité d'ions Ni^{2+} disparus ? Ce résultat est-il cohérent avec le calcul de la question 1 ?

EXERCICE 2 [5 pts]

Lunette astronomique

Document 1 La lunette de Kepler

En 1611, Kepler propose le principe de la lunette astronomique, avec des lentilles convergentes pour l'oculaire et l'objectif. Il améliore la lunette de Galilée, mais l'image est renversée.

Kepler ne mettra cependant pas son idée en pratique, et il faudra attendre 1617 pour voir apparaître les premières lunettes astronomiques.

On se propose de modéliser une lunette astronomique à l'aide de deux lentilles convergentes :

- une lentille L_1 de distance focale $f_1' = 60$ cm ;
- une lentille L_2 de distance focale $f_2' = 10$ cm.

PARTIE 1 – Étude de la lentille L_2

1 Calculer la vergence de la lentille L_2.

2 Compléter les figures 1.a, 1.b et 1.c ci-après en indiquant dans chaque cas les foyers de la lentille L_2 et la construction de l'image A_2B_2 de l'objet A_1B_1. Qualifier l'image obtenue dans chaque cas de figure.

Les échelles indiquées correspondent :
- horizontalement à 1/5 ;
- verticalement à 1/1.

3 Dans le cas de la figure 1.a., retrouver par le calcul la position de l'image.

Figure 1

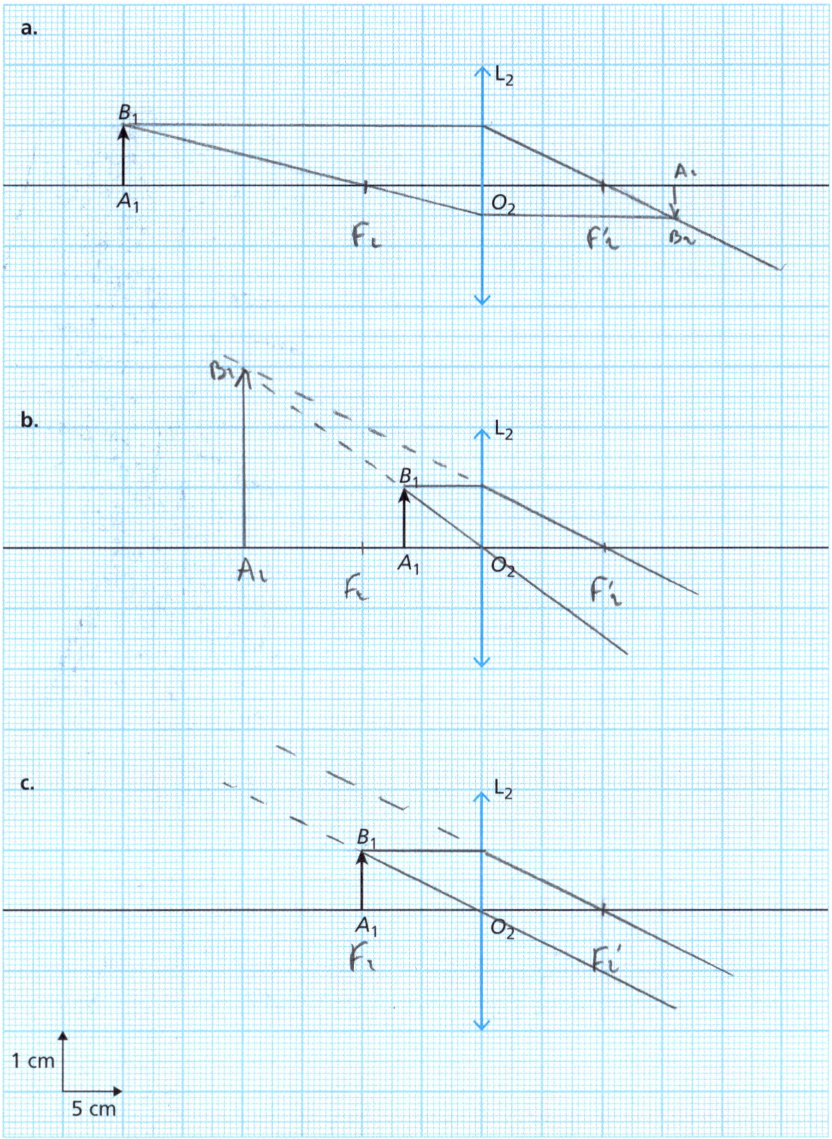

PARTIE 2 – Étude d'un modèle de la lunette astronomique

On reprend la lentille L_2 à laquelle on associe la lentille L_1, placée devant L_2, pour simuler sur le banc d'optique une lunette astronomique utilisée pour observer un objet AB. On se place dans le cas où l'image intermédiaire A_1B_1 est située dans le plan focal objet de la lentille L_2. La distance entre les centres optiques des deux lentilles est fixée à 70 cm.

1 Quel rôle joue A_1B_1 pour la lentille L_2 ?

2 Comment, dans ce système optique, nomme-t-on les lentilles L_1 et L_2 ?

3 Compléter la figure 2 ci-après en traçant :
- la lentille L_1 et son centre optique O_1 ;
- les foyers des deux lentilles L_1 et L_2 ;
- l'image intermédiaire A_1B_1 de hauteur 1 cm ;

– le tracé de deux rayons lumineux traversant les deux lentilles du système optique en passant par B_1.

Les échelles indiquées sur la figure 2 correspondent :

– horizontalement à 1/10 ;

– verticalement à 1/1.

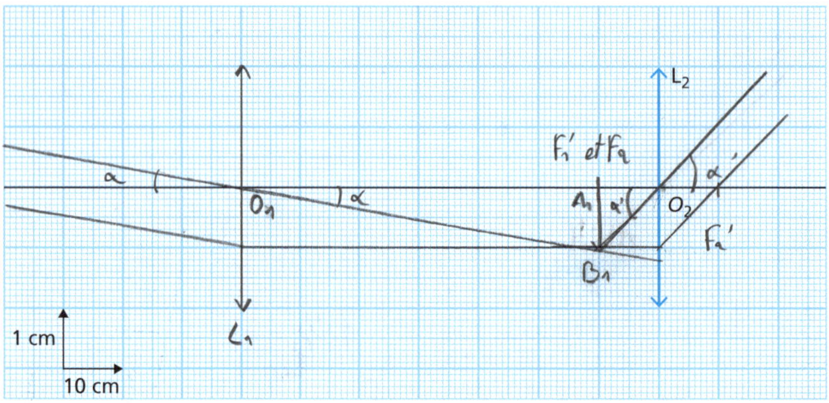

Figure 2

4 D'après la construction précédente, où se trouve l'objet AB ? Où se trouve l'image définitive A_2B_2 ?

Une des caractéristiques de ce système optique est son grossissement défini par le rapport du diamètre apparent de l'image à celui de l'objet : $G = \dfrac{\alpha'}{\alpha}$.

5 Définir le diamètre apparent α de l'objet et le diamètre apparent α' de l'image. Indiquer ces deux diamètres apparents sur la figure 2.

6 Exprimer G en fonction des distances focales des deux lentilles, puis le calculer.

7 En déduire un moyen d'augmenter le grossissement d'une lunette astronomique.

EXERCICE 3 [7 pts]

Chimie et piscine

L'électrolyse de sel est une des techniques utilisées dans le traitement des eaux d'une piscine. Cette technique permet d'éviter l'utilisation souvent excessive de produits chlorés pour le traitement de l'eau.

Un électrolyseur de sel pour piscine est constitué d'un boîtier électronique et d'une cellule d'électrolyse insérée dans le circuit de filtration. La cellule contient des électrodes de titane recouvertes de métaux précieux : ruthénium et iridium. Quand l'eau circule entre les électrodes aux bornes desquelles est appliquée une tension continue, un courant électrique continu s'établit, et l'électrolyse du chlorure de sodium dissous ($Na^+(aq) + Cl^-(aq)$) se produit. De l'acide hypochloreux $HClO(aq)$ (appelé chlore actif) est généré indirectement *in situ*. Cette espèce est particulièrement efficace pour désinfecter l'eau de la piscine.

PARTIE 1 – Influence du pH de l'eau de piscine

Les quantités de dichlore et des formes acide ou basique de l'acide hypochloreux, en solution, sont fonction du pH de la solution. Ainsi, à 25 °C, les proportions de ces espèces en fonction du pH sont données par les courbes du **doc. 1**.

Document 1 Diagramme de prédominance

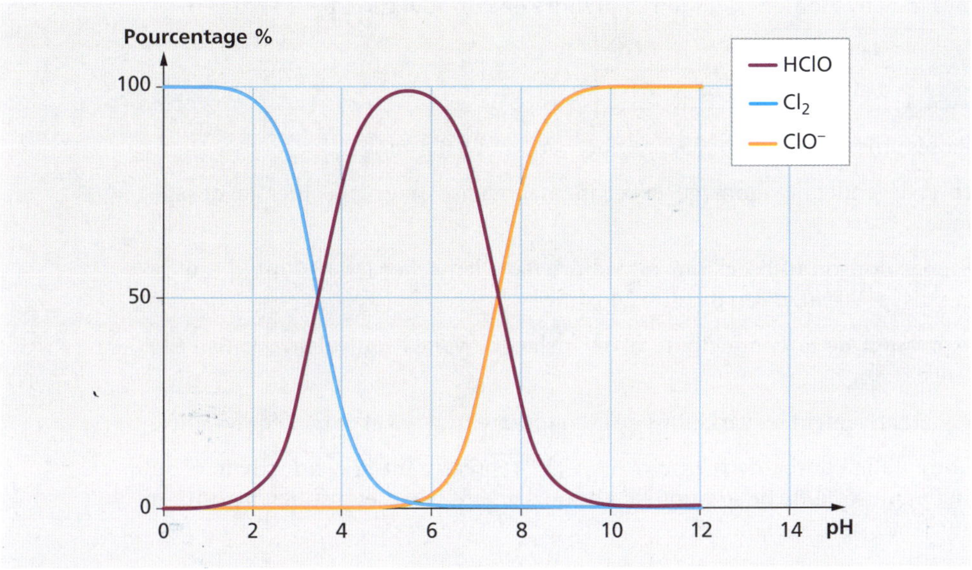

1 Le pH d'une eau de piscine doit être compris entre 7,2 et 7,6 pour le confort de la baignade. Pour les deux bornes de cet intervalle de pH, estimer les proportions de chacune des espèces chimiques. Ces proportions correspondent-elles à une désinfection optimale ?

PARTIE 2 – Dosage des ions chlorure

Pour que l'électrolyse soit efficace, l'eau de piscine doit contenir entre 3 et 5 grammes de sel par litre. Pour s'assurer du bon fonctionnement du système de désinfection de sa piscine, un chimiste prélève un échantillon d'eau de piscine qu'il analysera ensuite dans son laboratoire. Il procède à un dosage conductimétrique des ions chlorure présents dans l'eau de piscine par les ions argent. L'équation de la réaction support du titrage est la suivante :

$$Ag^+(aq) + Cl^-(aq) \rightarrow AgCl(s)$$

Protocole du dosage :

– Remplir la burette graduée avec la solution aqueuse titrante de nitrate d'argent ($Ag^+(aq) + NO_3^-(aq)$) dont la concentration en soluté apporté est $c = 0{,}050\ mol\cdot L^{-1}$.

– Dans un bécher de 200 mL, introduire précisément 10,0 mL d'eau de piscine prélevée et ajouter 90 mL d'eau distillée.

– Placer, dans le bécher, la cellule conductimétrique reliée au conductimètre.

– Verser des volumes successifs de 2,0 mL de solution de nitrate d'argent dans le bécher en maintenant en permanence une agitation. Relever après chaque addition la conductivité σ de la solution obtenue et rassembler les résultats dans un tableau.

Document 2 Loi de Kohlrausch

La conductimétrie est une méthode d'analyse qui permet de mesurer la conductivité d'une solution, c'est-à-dire son aptitude à conduire le courant électrique.

La conductivité σ d'une solution ionique dépend de la nature des ions X_i présents dans la solution et de leur concentration molaire $[X_i]$.

Ainsi, pour une solution ne contenant que des ions monochargés, notés X_1, X_2, X_3…, l'expression de la conductivité s'écrit :

$$\sigma = \lambda_1 \times [X_1] + \lambda_2 \times [X_2] + \lambda_3 \times [X_3] + \dots$$

avec σ en $S\cdot m^{-1}$, λ_i (conductivité molaire de l'ion X_i) en $S\cdot m^2\cdot mol^{-1}$ et $[X_i]$ en $mol\cdot m^{-3}$.

› Données

- Conductivités molaires ioniques des ions à prendre en considération pour l'étude :

Ion	Na^+	Ag^+	Cl^-	NO_3^-
λ ($mS \cdot m^2 \cdot mol^{-1}$)	5,01	6,19	7,63	7,14

- Masses molaires atomiques : $M_{Cl} = 35{,}5\ g \cdot mol^{-1}$; $M_{Na} = 23{,}0\ g \cdot mol^{-1}$.

1 Schématiser et légender le montage expérimental réalisé pour effectuer le dosage conductimétrique.

2 Quelles verreries doit-on utiliser pour introduire dans le bécher les 10,0 mL d'eau de piscine à doser, puis les 90 mL d'eau distillée ? Justifier.

3 Donner l'expression de la conductivité σ du mélange avant l'équivalence, puis celle après l'équivalence.

4 Interpréter qualitativement les variations de la conductivité avant et après l'équivalence.

5 Donner l'allure de la courbe de titrage $\sigma = f(V_{Ag+})$ représentant la conductivité σ du mélange en fonction du volume de solution de nitrate d'argent versé, et justifier la position du point d'équivalence sur cette courbe.

Le volume versé à l'équivalence est $V_E = 15{,}0$ mL.

6 En explicitant sa démarche, déterminer la concentration molaire en ions chlorure de l'eau de piscine.

7 Est-il nécessaire de rajouter du sel dans la piscine ? Justifier.

SVT

SUJET 1 Sujet inédit

EXERCICE 1 [8 pts]

La reproduction sexuée, source de diversité

On s'intéresse à la diversité des génotypes des descendants d'un couple. On considère deux gènes situés sur deux paires de chromosomes, possédant chacun deux allèles (*A* et *a*), (*B* et *b*). Chaque membre du couple est hétérozygote pour les deux gènes.

Expliquez comment les mécanismes de la méiose, puis la fécondation, permettent d'obtenir une diversité des génotypes des descendants du couple.

Votre réponse sera organisée par une introduction, un développement structuré et une conclusion.

EXERCICE 2 [7 pts]

Les caractéristiques des motoneurones

Différentes expérimentations et observations ont permis de mettre en évidence à l'échelle cellulaire dans les structures nerveuses les caractéristiques des phénomènes de transmission de l'information.

À partir des informations fournies par les **documents 1** à **4** et en vous appuyant sur vos connaissances, dégagez les caractéristiques essentielles des motoneurones.

Document 1 Le message afférent

On a enregistré le message nerveux issu d'un fuseau neuromusculaire et parcourant la fibre afférente correspondante dans trois situations d'étirement du muscle : 4 grammes, 20 grammes et 30 grammes.

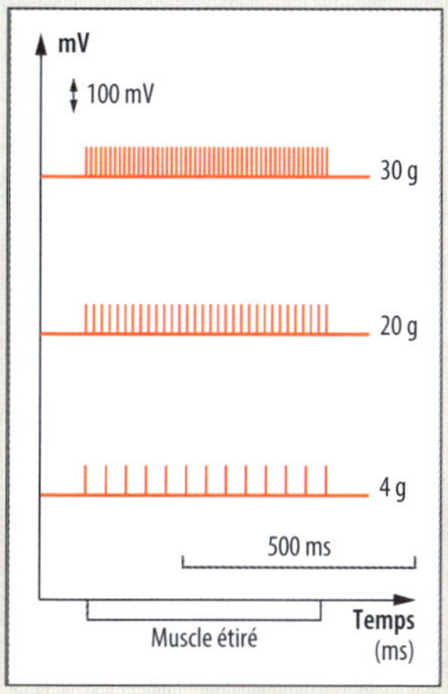

Document 2 **Phénomènes électriques dans un motoneurone**

On a enregistré les phénomènes électriques dans un motoneurone de la moelle épinière, après double stimulation d'une fibre nerveuse issue d'un fuseau neuromusculaire et rejoignant ce motoneurone. Les deux stimulations sont d'intensité égale mais l'intervalle entre les deux stimulations varie.

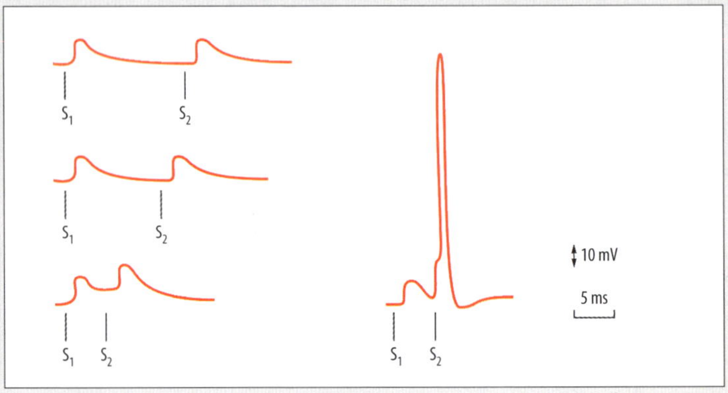

Document 3 **Polarisation de deux motoneurones**

Après stimulation de la même fibre nerveuse, on compare la variation de potentiel enregistrée dans le motoneurone initial (tracé du haut), et dans un motoneurone innervant le muscle antagoniste du précédent (tracé du bas).

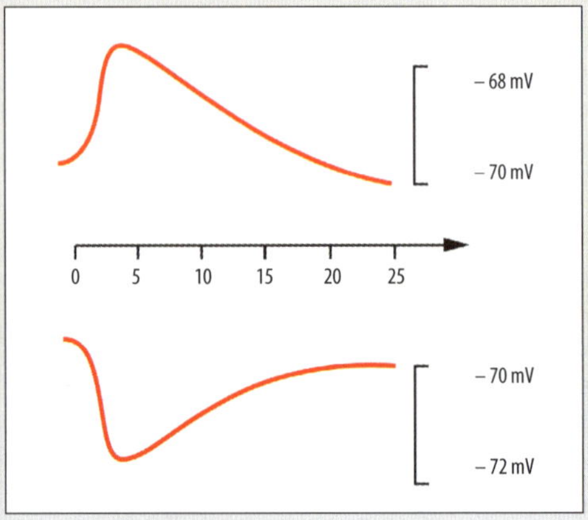

Document 4 **Électronographie de la jonction entre la fibre afférente et le motoneurone du document 2**

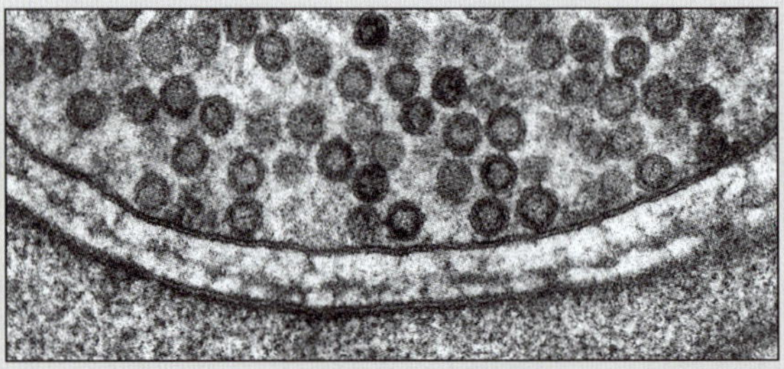

SUJET 2 Sujet inédit

EXERCICE 1 [8 pts]

La chronologie relative

Montrez comment, à l'aide de principes géométriques, il est possible de dater de façon relative et de corréler différents événements et structures géologiques.

Votre réponse sera organisée par une introduction, un développement structuré et une conclusion.

EXERCICE 2 [7 pts]

Une relation entre le port des végétaux et la paroi cellulaire

À partir de l'exploitation des documents suivants, expliquez la différence de port chez les plantes sauvages et les plantes mutantes, et dégagez l'importance de la paroi chez les végétaux.

Document 1 **Résistance mécanique maximale de la tige à des âges différents**

Chez une espèce végétale couramment étudiée en biologie, *Arabidopsis thaliana*, on a pu obtenir différents mutants dont certains se distinguent des plantes sauvages par leur port plus ou moins couché. Des études ont été menées pour mesurer la résistance mécanique de la tige chez les différentes formes d'*Arabidopsis*. On applique sur un fragment de tige une force d'intensité croissante, jusqu'à la rupture. La valeur de la force correspond alors à la résistance mécanique de la tige.

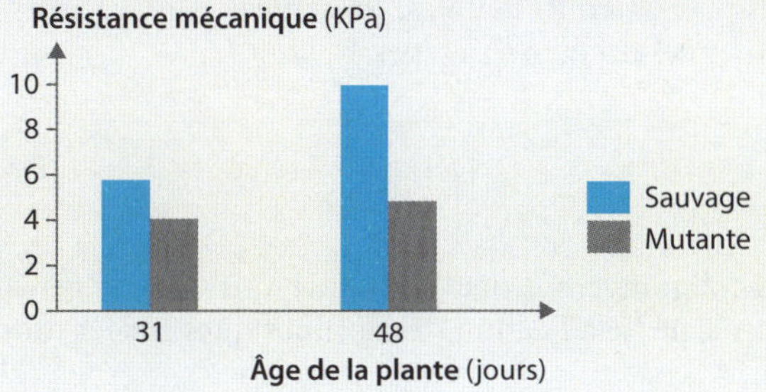

Document 2 **La paroi cellulaire**

Les dessins suivants, réalisés à partir de microphotographies, montrent l'aspect de la paroi chez les deux types de plantes.

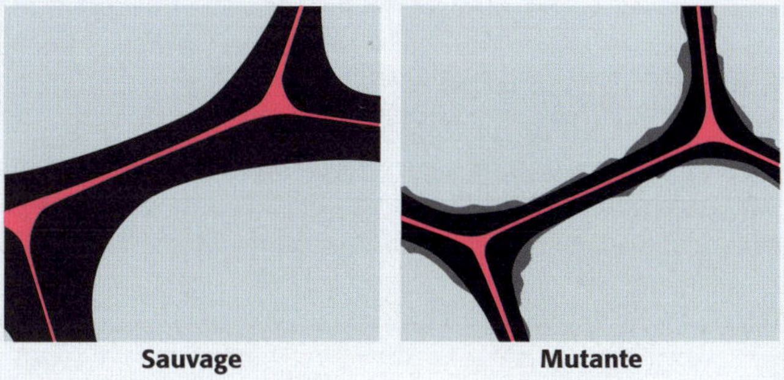

Document 3 **Composition de la paroi cellulaire**

L'analyse chimique de la paroi a été réalisée chez un individu muté et chez un individu non muté. On s'intéresse à la teneur en cellulose, un polymère de glucose de la paroi.

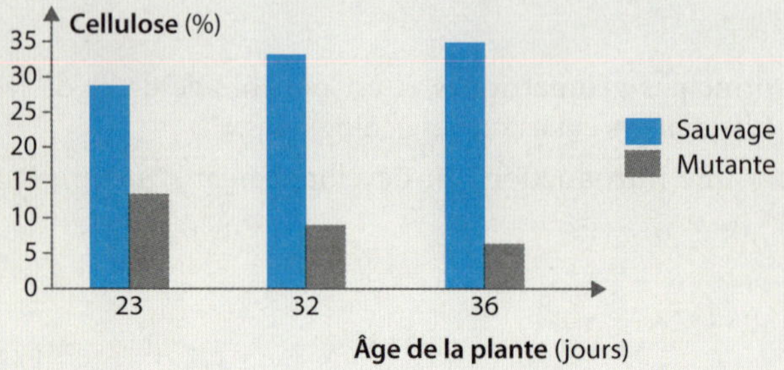

SUJET 3 **Sujet inédit**

EXERCICE 1 [8 pts]

Des indices pour reconstituer l'histoire des Alpes

Les études géologiques réalisées dans les Alpes franco-italiennes ont montré que cette chaîne de montagnes s'est formée en deux étapes : la formation d'un océan, puis la fermeture de cet océan par collision des marges continentales. Présentez les marqueurs géologiques qui permettent de reconstituer ces différentes étapes.

EXERCICE 2 [7 pts]

Antibiotiques et fatigue musculaire

La prise de certains antibiotiques (oligomycine) peut entraîner une fatigue générale du patient. Cet effet secondaire est en partie lié à l'action des antibiotiques sur les mitochondries des cellules du patient.

À partir de l'exploitation des **documents 1** et **2** (page suivante) et en utilisant vos connaissances, expliquez le rôle des sphères pédonculées mitochondriales, puis proposez une hypothèse sur l'origine de la fatigue liée à la prise d'antibiotiques.

Document 1 **Expériences sur les vésicules mitochondriales**

La fragmentation des mitochondries par les ultrasons (1), conduit à la formation spontanée de vésicules à partir de fragments retournés de membrane interne (2).

Ces vésicules présentent à leur surface des sphères pédonculées (3).

Les sphères pédonculées ne sont plus en contact avec la matrice mais avec un milieu expérimental (4). Ce milieu expérimental contient de l'O_2, des composés réduits (NADH, H^+), de l'ADP et du Pi (phosphate inorganique).

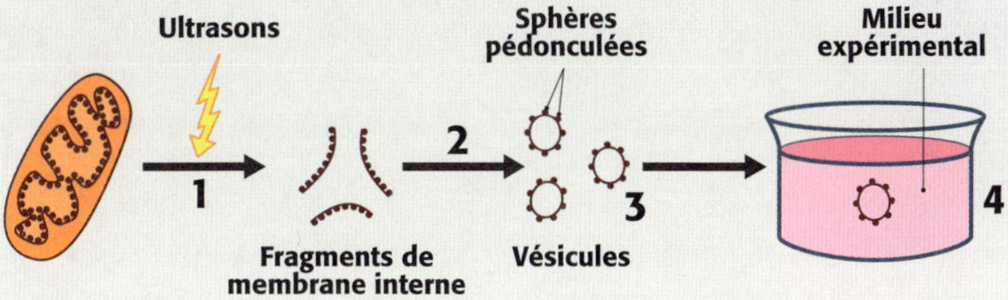

Conditions	Observations
Vésicules	Synthèse d'ATP et réoxydation de NADH, H^+ en NAD^+
Vésicules dépourvues de sphères pédonculées	Pas de synthèse d'ATP mais réoxydation de NADH, H^+ en NAD^+

Document 2 **Variations de la composition d'un muscle frais d'amphibien, avant et après l'effort dans différentes conditions expérimentales**

		Avant la contraction ($mg \cdot g^{-1}$ de muscle frais)	Après la contraction ($mg \cdot g^{-1}$ de muscle frais)
Conditions témoins	Glycogène	1,08	0,8
	ATP	1,35	1,35
	Le muscle est resté contracté pendant toute la durée de la stimulation.		
Après injection d'une forte dose d'oligomycine	Glycogène	1,08	1,08
	ATP	1,35	0
	Arrêt presque immédiat de la contraction du muscle, malgré le maintien de la stimulation.		

PHYSIQUE-CHIMIE

SUJET 1 > voir p. 390

EXERCICE 1

Son et lumière

PARTIE 1

1 Le texte fait référence à la production de lumière :
– par « **incandescence** » : le spectre de la lumière émise est un spectre de lumière **continue** ;
– par « **émission atomique** » : le spectre est un **spectre de raies**.

2 La relation entre l'énergie d'un photon et sa longueur d'onde λ permet d'écrire pour le photon 3 :

$$E_3 = \frac{hc}{\lambda_3} \text{ d'où } \lambda_3 = \frac{hc}{E_3}$$

avec E_3 l'énergie du photon 3 donnée par le **doc. 6**.

A. N. : $\lambda_3 = \dfrac{6{,}63\times10^{-34}\times3{,}00\times10^{8}}{1{,}825\times1{,}60\times10^{-19}} = 6{,}81 \times 10^{-7}$ m

soit λ_3 = 681 nm.

En utilisant le tableau des domaines de longueurs d'onde de la lumière visible (**doc. 2**), on peut situer λ_3 dans le domaine du rouge défini entre 625 nm et 800 nm. La couleur perçue lors de l'émission du photon 3 est donc du **rouge**.

> **Piège à éviter**
> L'application numérique nécessite d'exprimer l'énergie en joules. Or l'énergie E_3 du photon 3 est exprimée en électronvolts dans le doc. 6. En multipliant par $1{,}60 \times 10^{-19}$ J/eV, on obtient cette même énergie en joules.

3 Les énergies des photons 1, 2 et 3 du **doc. 6** sont telles que $E_1 < E_2 < E_3$. Au vu de la relation entre l'énergie et la longueur d'onde du rayonnement correspondant, on en déduit alors que $\lambda_3 < \lambda_2 < \lambda_1$. La longueur d'onde augmente donc par rapport à celle du photon 3. On peut ainsi conclure, en supposant que cette augmentation ne soit pas suffisamment importante, que l'on reste dans le domaine du rouge avec λ_1 inférieure à 800 nm.

On peut donc supposer que la couleur perçue lors de l'émission de ces trois photons reste dans le **domaine du rouge**, cohérente avec la « couleur de la lumière émise » du crackling R100 du **doc. 1**.

> **Remarque**
> Les énergies des photons 1, 2 et 3 sont très voisines, de l'ordre de 1,8 eV si l'on ne considère que 2 chiffres significatifs. Cela entraîne que les longueurs d'onde sont aussi très voisines, de l'ordre de $6{,}9 \times 10^{-7}$ m.

PARTIE 2

1 Soient V_{0x} et V_{0y} les composantes, respectivement, suivant (Ox) et (Oy) du vecteur $\vec{V_0}$: $\vec{V_0}\,(V_{0x}, V_{0y})$. La représentation du vecteur $\vec{V_0}$ dans le repère (xOy) permet de faire apparaître ses composantes.

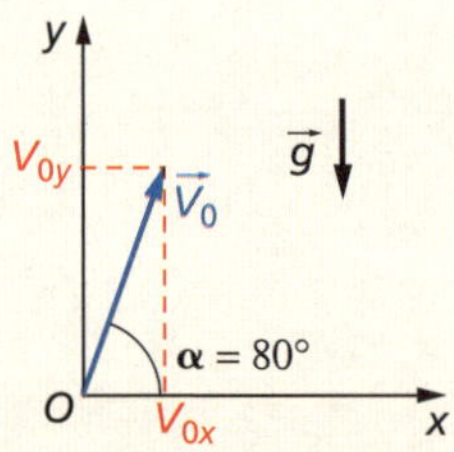

Soit V_0 la norme du vecteur $\vec{V_0}$, on peut alors écrire les relations trigonométriques suivantes :

$$\cos\alpha = \frac{V_{0x}}{V_0} \text{ d'où } V_{0x} = V_0\cos\alpha \text{ et } \sin\alpha = \frac{V_{0y}}{V_0} \text{ d'où } V_{0y} = V_0\sin\alpha$$

On en déduit les expressions littérales des coordonnées du vecteur $\vec{V_0}$ vitesse initiale :

$$\vec{V_0}(V_0\cos\alpha, V_0\sin\alpha)$$

2 Si l'on néglige toute action de l'air, les forces extérieures s'appliquant à la pièce pyrotechnique se résument au poids $\vec{P}=m\vec{g}$ du système, avec m la masse de la pièce.

En appliquant la seconde loi de Newton au système dans le référentiel terrestre supposé galiléen, on a :

$$\frac{d\vec{p}}{dt}=\Sigma\vec{F}_{ext}=\vec{P}=m\vec{g}$$

Or la masse de la pièce pyrotechnique est supposée constante jusqu'au moment de l'éclatement, d'où :

$$\frac{d\vec{p}}{dt}=\frac{d(m\vec{v})}{dt}=m\frac{d\vec{v}}{dt}=m\vec{a}_M$$

La seconde loi de Newton appliquée au système se résume alors à l'expression :

$$m\vec{a}_M=\vec{P}=m\vec{g}$$

Or la pièce pyrotechnique n'étant pas de masse nulle, la relation précédente peut être simplifiée par m et devient ainsi :

$$\vec{a}_M=\vec{g}$$

Le vecteur accélération de la pièce pyrotechnique est bien égal au vecteur champ de pesanteur, si l'on néglige les actions de l'air.

3 Le vecteur accélération du système est :

$$\vec{a}_M=\vec{g}(0,-g)$$

Par intégration, on peut exprimer le vecteur vitesse du système $\vec{v}_M(v_x, v_y)$ tel que :

$$v_x(t)=K_1 \text{ et } v_y(t)=-gt+K_2$$

avec K_1 et K_2 des constantes d'intégration déterminées par les conditions initiales et en particulier la vitesse initiale du système. À $t=0$, on a :

$$v_x(t=0)=K_1=V_{0x}=V_0\cos\alpha$$

$$v_y(t=0)=K_2=V_{0y}=V_0\sin\alpha$$

On en déduit alors les composantes du vecteur vitesse du système : $\vec{V}_M(V_0\cos\alpha, -gt+V_0\sin\alpha)$.

Par nouvelle intégration, on peut exprimer les composantes $x_M(t)$ et $y_M(t)$ du vecteur position $\overrightarrow{OM}$:

$$x_M(t)=V_0\cos\alpha\times t+K_3 \text{ et } y_M(t)=-\frac{1}{2}gt^2+V_0\sin\alpha\times t+K_4$$

avec K_3 et K_4 des constantes d'intégration déterminées par les conditions initiales et en particulier la position initiale du système. À $t=0$, on a :

$$x_M(t=0)=K_3=0 \quad \text{et} \quad y_M(t=0)=K_4=0$$

On en déduit alors les composantes du vecteur position du système :

$$x_M(t)=V_0\cos\alpha\times t$$

$$y_M(t)=-\frac{1}{2}gt^2+V_0\sin\alpha\times t$$

Le fait que $x_M(t)$ et $y_M(t)$ soient exprimées en mètres et t en secondes impose d'exprimer les vitesses en $m\cdot s^{-1}$ et non en $km\cdot h^{-1}$. Il faut donc convertir V_0 en divisant sa valeur en $km\cdot h^{-1}$ par 3,6.

À retenir

Lorsque la masse du système est constante, $\frac{d\vec{p}}{dt}$ s'écrit :

$$\frac{d\vec{p}}{dt}=\frac{d(m\vec{v})}{dt}=\vec{v}\frac{dm}{dt}+m\frac{d\vec{v}}{dt}$$

$$\frac{d\vec{p}}{dt}=0+m\frac{d\vec{v}}{dt}$$

Soit finalement $\frac{d\vec{p}}{dt}=m\vec{a}$.

Méthode

- Déduisez du vecteur accélération ses composantes suivant (Ox) et (Oy).
- Par intégration, déduisez-en les composantes du vecteur vitesse. Les constantes d'intégration sont déterminées grâce aux conditions initiales en les identifiant à $t=0$ à celles de $\vec{V_0}$.
- Par intégration des composantes de la vitesse, vous obtenez les composantes $x(t)$ et $y(t)$ appelées équations horaires du mouvement. Les conditions initiales de position permettent de déterminer les nouvelles constantes d'intégration.

Par ailleurs, il s'agit ici d'une pièce pyrotechnique « crackling R100 », c'est-à-dire, d'après le tableau des données, d'une pièce ayant une vitesse initiale égale à $V_0 = 250 \text{ km·h}^{-1} = \dfrac{250}{3{,}6} \text{ m·s}^{-1}$.

A. N. : $V_0\cos\alpha = 12{,}1 \text{ m·s}^{-1}$; $V_0\sin\alpha = 68{,}4 \text{ m·s}^{-1}$; $-\dfrac{1}{2}g = -4{,}91 \text{ m·s}^{-2}$.

Les résultats ci-dessus sont obtenus en conservant 3 chiffres significatifs et en utilisant la valeur non arrondie de $V_0 = \dfrac{250}{3{,}6} \text{ m·s}^{-1}$. On retrouve bien numériquement les équations horaires du mouvement comme proposées dans l'énoncé :

$$\boldsymbol{x_M(t) = 12{,}1t} \quad \text{et} \quad \boldsymbol{y_M(t) = -4{,}9t^2 + 68{,}4t}$$

Remarque

L'angle de 80° étant exprimé avec 2 chiffres significatifs, les résultats numériques calculés devraient garder cette précision.

4 L'altitude théorique atteinte à $t = 3{,}2$ s correspond à la composante $y_M(t = 3{,}2 \text{ s})$, expression numérique dans laquelle on remplace t par 3,2.

A. N. : $y_M(t = 3{,}2 \text{ s}) = -4{,}9 \times (3{,}2)^2 + 68{,}4 \times 3{,}2$, soit finalement $\boldsymbol{y_M(t = 3{,}2 \text{ s}) = 1{,}7 \times 10^2 \text{ m}}$ en gardant autant de chiffres significatifs que pour $t = 3{,}2$ s.

5 Le tableau des caractéristiques constructeur (**doc. 1**) pour une pièce « crackling R100 » donne une hauteur atteinte à l'éclatement de 120 m, ce qui est inférieur à $y_M(t = 3{,}2 \text{ s}) = 1{,}7 \times 10^2$ m calculé précédemment.

L'écart entre les deux valeurs est dû au fait que $y_M(t = 3{,}2 \text{ s})$ a été calculé en supposant que toute action de l'air était négligeable. Il semble que cette hypothèse soit à remettre en question. En effet, **les frottements de l'air sont à prendre en compte** dans le calcul de la hauteur atteinte à l'éclatement.

PARTIE 3

L'astuce du prof

La variation de l'énergie mécanique est égale au travail des forces dissipatives. Ce dernier étant nul puisque les forces dissipatives sont négligeables, l'énergie mécanique est donc constante au cours du temps.

1 Soit A le point d'altitude maximale pour lequel on a $OA = h$.

Dans l'hypothèse où toute action de l'air est négligeable, les forces dissipatives sont nulles. On peut donc en conclure que l'énergie mécanique E_m du système, somme de l'énergie cinétique E_c et de l'énergie potentielle de pesanteur E_{pp}, se conserve.

En particulier, on peut écrire que l'énergie mécanique $E_m(O)$ au point O d'altitude nulle $y_O = 0$ et de vitesse $v(O) = v_i$, la vitesse initiale du système, est égale à l'énergie mécanique $E_m(A)$ au point A d'altitude $y_A = h$ et de vitesse nulle $v(A) = 0$:

$$E_m(O) = E_c(O) + E_{pp}(O) = \frac{1}{2}mv^2(O) + mgy_O = \frac{1}{2}mv_i^2$$

$$E_m(A) = E_c(A) + E_{pp}(A) = \frac{1}{2}mv^2(A) + mgy_A = mgh$$

Or $E_m(O) = E_m(A)$ d'où $\dfrac{1}{2}mv_i^2 = mgh$.

La masse m du système n'étant pas nulle, la relation précédente se simplifie :

$$\frac{1}{2}v_i^2 = gh$$

soit finalement, comme attendu : $\boldsymbol{h = \dfrac{v_i^2}{2g}}$.

Piège à éviter

Pour l'application numérique, convertissez la vitesse initiale en m/s : $v(\text{m/s}) = \dfrac{v(\text{km/h})}{3{,}6}$.

2 Le tableau des caractéristiques constructeur (**doc. 1**) donne une vitesse initiale $v_i = 200 \text{ km·h}^{-1}$ pour le « marron d'air ».

A. N. : $h = \dfrac{\left(\dfrac{200}{3{,}6}\right)^2}{2 \times 9{,}81} = $ **157 m** en ne gardant que 3 chiffres significatifs.

3 La relation du **doc. 3** $L_2 = L_1 + 20\log\dfrac{d_1}{d_2}$ avec $d_1 < d_2$ permet de calculer L_2, le niveau sonore perçu par l'artificier.

Le tableau des caractéristiques constructeur (**doc. 1**) précise que le niveau d'intensité sonore estimé à 15 m du point d'éclatement est de 120 dB. Soit alors d_1 = 15 m et L_1 = 120 dB.

Le calcul de d_2, distance entre le point d'éclatement et l'artificier, nécessite d'utiliser le théorème de Pythagore. En effet, le triangle *ETA* est rectangle en *A* et on a la relation : $H^2 + \ell^2 = d_2^2$ d'où $d_2 = \sqrt{H^2 + \ell^2}$.

On en déduit ainsi le niveau d'intensité sonore perçu par l'artificier :

$$L_2 = L_1 + 20\log\frac{d_1}{\sqrt{H^2 + \ell^2}}$$

A. N. : $L_2 = 120 + 20\log\dfrac{15}{\sqrt{70^2 + 95^2}}$ soit $\mathbf{L_2}$ **= 102 dB.**

> **Méthode**
> • Exploitez la formule du niveau sonore donnée par le doc. 3 en calculant la distance d_2 grâce au schéma montrant le point d'éclatement *E*. Utilisez le théorème de Pythagore dans un triangle rectangle à définir.
> • À l'aide du doc. 4, déduisez-en le risque auditif associé au niveau sonore précédemment calculé avant de conclure.

En utilisant l'échelle des niveaux d'intensité sonore et des risques auditifs associés (**doc. 4**), on peut conclure que L_2 = 102 dB correspond à un niveau sonore « difficilement supportable ». **Le port d'un dispositif de protection auditive doit être recommandé** à l'artificier.

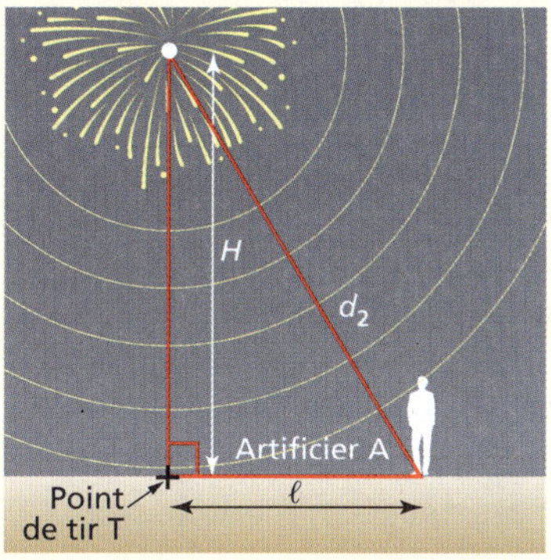

EXERCICE 2

PARTIE 1

1 Par définition, la concentration molaire $[Al^{3+}]$ en ions aluminium Al^{3+} est le rapport entre la quantité d'ions $n(Al^{3+})$ et le volume *V* de la solution :

$$[Al^{3+}] = \frac{n(Al^{3+})}{V}$$

Or la dissolution du chlorure d'aluminium hexahydraté $AlCl_3, 6H_2O$ solide est :

$$AlCl_3, 6H_2O \rightarrow Al^{3+}(aq) + 3Cl^-(aq) + 6H_2O(\ell)$$

> **Piège à éviter**
> Faites bien la différence entre les ions aluminium III et le chlorure d'aluminium hexahydraté qui le produit par dissolution en solution aqueuse.

On constate que chaque mole de solide produit une mole d'ions aluminium III : un tableau d'avancement de la dissolution pourrait le mettre en évidence.

On en conclut donc que : $n(Al^{3+}) = n(AlCl_3, 6H_2O) = \dfrac{m(AlCl_3, 6H_2O)}{M}$.

Finalement, on obtient, en rassemblant les deux relations mathématiques précédentes :

$$[Al^{3+}] = \frac{n(Al^{3+})}{V} = \frac{\frac{m(AlCl_3,6H_2O)}{M}}{V} = \frac{m(AlCl_3,6H_2O)}{MV}.$$

La masse de solide est donc : $\mathbf{m(AlCl_3, 6H_2O) = [Al^{3+}]MV}$.

A. N. : $m(AlCl_3, 6H_2O) = 8{,}15 \times 10^{-3} \times 241{,}5 \times 1{,}00 =$ **1,97 g** en ne retenant que 3 chiffres significatifs.

2 La dilution est d'un facteur $F = 100$.

Or par définition $F = \frac{V_{fille}}{V_{mère}}$, donc :

$$V_{mère} = \frac{V_{fille}}{F}$$

A. N. : $V_{mère} = \frac{100{,}0}{100} =$ **1,00 mL de solution mère** de concentration $8{,}15\ mmol \cdot L^{-1}$.

À retenir

Une dilution conserve la quantité de matière n du soluté :

$$n = c_{mère}V_{mère} = c_{fille}V_{fille}$$

Le facteur de dilution F est défini comme :

$$F = \frac{V_{fille}}{V_{mère}} = \frac{c_{mère}}{c_{fille}}$$

PARTIE 2

1 La longueur d'onde du spectrophotomètre est celle du **maximum d'absorption** : elle correspond au pic d'absorbance du profil spectral de la substance colorée.

Elle permet d'obtenir la plus grande précision possible.

2 Le volume de 5 mL est donné avec un seul chiffre significatif, c'est-à-dire peu de précision.

Une verrerie de type pipette graduée ou pipette jaugée n'est donc pas nécessaire : l'**éprouvette graduée de 10 mL** suffit.

Piège à éviter

Un bécher n'est pas une verrerie de mesure.

3 La solution S_1 est la solution d'absorbance nulle, elle permet de « faire le blanc ». C'est donc la **solution de référence**.

4 La dilution est à quantité de matière constante. On peut ainsi écrire la relation de la dilution :

$$c_{mère}V_{mère} = c_{fille}V_{fille} = c_4V_{fille}$$

avec $c_{mère} = [Al^{3+}] = 8{,}15 \times 10^{-3}\ mol \cdot L^{-1}$ la concentration molaire en élément aluminium de la solution mère, $V_{mère}$ le volume de S_0 donné dans le document pour la solution S_4, soit $V_{mère} = 6{,}0$ mL et V_{fille} le volume de S_4, c'est-à-dire celui de la fiole jaugée $V_{fille} = 50{,}0$ mL.

La concentration c_4 de la solution diluée S_4 est :

$$c_4 = \frac{c_{mère}V_{mère}}{V_{fille}}$$

A. N. : $c_4 = \frac{8{,}15 \times 10^{-3} \times 6{,}0}{50{,}0}$

soit $c_4 = 9{,}8 \times 10^{-4}\ mol \cdot L^{-1}$

ou $c_4 = \mathbf{0{,}98 \times 10^{-2}\ mmol \cdot L^{-1}}$.

Remarque

Le calcul de c_4 fait intervenir un rapport de volumes que l'on peut exprimer dans la même unité qui n'est pas forcément celle du système international.

Gagnez des points !

Vérifiez la cohérence du résultat : la concentration doit se situer entre $c_3 = 0{,}48 \times 10^{-2}\ mmol \cdot L^{-1}$ et $c_5 = 2{,}0 \times 10^{-2}\ mmol \cdot L^{-1}$.

PARTIE 3

1 La courbe représentative de l'absorbance A en fonction de la concentration molaire c (en $\mu mol \cdot L^{-1}$) en élément aluminium est :

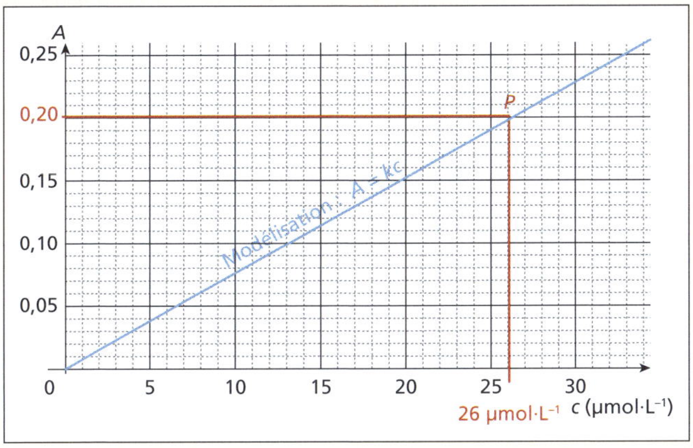

2 La modélisation graphique est une droite passant par l'origine du repère : la relation mathématique entre l'absorbance A et la concentration c en élément aluminium est donc du type **$A = kc$ avec k le coefficient directeur de la droite**.

On en déduit que l'absorbance de la solution est proportionnelle à la concentration en élément aluminium. Cette loi s'appelle la loi de Beer-Lambert.

3 La connaissance de la valeur du coefficient k de proportionnalité entre l'absorbance A et la concentration c permet d'obtenir une relation numérique entre A et c.

La relation mathématique est $A = kc$, donc le coefficient $k = \frac{A}{c}$ est homogène à l'inverse d'une concentration, puisque l'absorbance est sans unité. Le coefficient k s'exprime donc en $L \cdot mol^{-1}$.

Soient deux points O et P de la droite de modélisation : O est l'origine du repère $O(0,0)$ et P un point appartenant à la droite relativement éloigné de O, $P(26 \times 10^{-6}, 0,20)$.

Le coefficient directeur s'obtient alors à partir de ces deux points :

$$k = \frac{y(P) - y(O)}{x(P) - x(O)} = \frac{y(P)}{x(P)}$$

A. N. : $k = \frac{0,20}{26 \times 10^{-6}}$ soit $\mathbf{k = 7,7 \times 10^3\ L \cdot mol^{-1}}$.

> **Méthode**
> • Le coefficient directeur k d'une droite est calculé à partir de deux points de cette droite.
> • Si la droite passe par l'origine, le point O origine du repère doit être choisi pour plus de facilité. L'autre point doit être un point P le plus éloigné possible de O et dont les coordonnées sont facilement repérables.

4 L'absorbance d'un échantillon est $A_{éch} = 0,12$. On en déduit sa concentration $c_{éch}$ en élément aluminium :

$$c_{éch} = \frac{A_{éch}}{k}$$

A. N. : $c_{éch} = \frac{0,12}{7,7 \times 10^3} = 1,6 \times 10^{-5}\ mol \cdot L^{-1} = \mathbf{16\ \mu mol \cdot L^{-1}}$.

La norme de concentration maximale en aluminium est $c_{max} = 7,4\ \mu mol \cdot L^{-1}$. Or la solution de l'échantillon est $\frac{16}{7,4} = 2,2$ fois plus concentrée en élément aluminium que le maximum autorisé.

On en conclut que l'eau de **l'échantillon ne respecte pas le critère de potabilité pour l'élément aluminium**.

5 Si l'on envisage des échantillons de concentration molaire en élément aluminium 10 fois supérieure à celle de la solution S_7 d'absorbance $A_7 = 0{,}25$ alors d'après la loi de Beer-Lambert, les absorbances mesurées seraient aussi 10 fois supérieures à A_7. Les valeurs affichées par le spectrophotomètre de l'ordre de 2,5 le mettraient en **état de saturation**.

Pour pallier ce problème, il faudrait préalablement **réaliser une dilution**.

> **Gagnez des points !**
> Une dilution d'un facteur 100 par exemple permettrait d'obtenir des absorbances de l'ordre de 0,25. Cela placerait l'ensemble des points expérimentaux dans la gamme étalon proposée dans cet exercice.

EXERCICE 3

1 Au cours de la première expérience, la fusion du bloc de glace nécessite une énergie $E_1 = m_1 \times L_f$. Cette énergie est celle donnée par l'environnement pour le changement d'état de l'eau sans mettre en fonctionnement le générateur de vapeur d'eau.

De même, au cours de la deuxième expérience, l'énergie nécessaire est $E_2 = m_2 \times L_f$. Cette énergie correspond à celle cédée par l'environnement au glaçon additionnée de la contribution énergétique du générateur de vapeur d'eau.

> **Piège à éviter**
> Si la chaleur latente massique L est exprimée en $J \cdot g^{-1}$, alors la masse m de glace fondue doit être exprimée en g dans la formule mathématique $E = mL$.

La durée de l'expérience 1 étant identique à celle de l'expérience 2, on peut calculer la différence d'énergie $E_2 - E_1$: elle correspond uniquement à la valeur de l'énergie thermique E_{th} transférée à travers la paroi de verre et due à la mise en route du générateur de vapeur au cours de la deuxième expérience.

$$E_{th} = E_2 - E_1 = m_2 \times L_f - m_1 \times L_f = (m_2 - m_1)L_f$$

A. N. : $E_{th} = (124{,}4 - 5{,}5) \times 333{,}5 = \mathbf{4{,}0 \times 10^4\ J}$ en ne retenant que 2 chiffres significatifs. Cette énergie est bien **de l'ordre de 40 kJ**.

2 Le mode de transfert thermique mis en jeu ici est la **conduction ou diffusion** thermique. Il s'agit d'un mode de transfert sans mouvement de fluide thermique. Au niveau microscopique, les atomes ou les molécules transfèrent leur **agitation de proche en proche**.

3 **a.** Le flux thermique est homogène à une énergie par unité de temps :

$$\Phi = \frac{E_{th}}{\Delta t}$$

Une analyse dimensionnelle permet de définir son unité dans le système international.

On note $[X]$ la dimension de X : soit $[X] = \mathrm{L}$ pour une longueur exprimée en m, $[X] = \mathrm{M}$ pour une masse exprimée en kg et $[X] = \mathrm{T}$ pour un temps ou une durée exprimée en s.

$$[\Phi] = \frac{[E_{th}]}{[\Delta t]} = [E]\mathrm{T}^{-1} \text{ avec } [E] \text{ la dimension d'une énergie.}$$

> **L'astuce du prof**
> Pour déterminer la dimension d'une énergie, pensez à une énergie simple comme l'énergie cinétique $E_c = \frac{mv^2}{2}$.

Une énergie a toujours la même dimension, et ce, quelle que soit l'énergie. En particulier, on peut déterminer la dimension de l'énergie cinétique $E_c = \frac{1}{2}mv^2$ avec la vitesse $v = \frac{d}{t}$ homogène à une distance par unité de temps. On a donc :

$$[E] = [E_c] = \left[\frac{1}{2}mv^2\right] = [m][v]^2 = [m]\frac{[d]^2}{[t]^2} = \mathrm{ML^2T^{-2}}$$

Finalement, la dimension du flux thermique est:

$$[\Phi] = \frac{[E_{th}]}{[\Delta t]} = \mathrm{ML^2T^{-2}T^{-1}}$$

soit :

$$[\Phi] = \mathrm{ML^2T^{-3}}$$

> **À retenir**
> Le watt (W) est une unité correspondant à un joule par seconde ($J \cdot s^{-1}$).

Le flux s'exprime donc en kg·m²·s⁻³ si l'on en revient aux différentes unités du système international. On a davantage l'habitude d'exprimer le flux thermique en **watts** (W).

b. La durée commune à chaque expérience est $\Delta t = 5$ min 30 s, soit $\Delta t = 330$ s.

A. N. : On en déduit la valeur du flux thermique moyen à travers la plaque de verre

$$\Phi = \frac{4{,}0 \times 10^4}{330} = \mathbf{1{,}2 \times 10^2\ W}.$$

4 La résistance thermique du verre est définie par la relation :

$$\Phi = \frac{\Delta\theta}{R_{th}}$$

soit :

$$R_{th} = \frac{\Delta\theta}{\Phi}$$

$\Delta\theta$ correspond à la différence de température entre la face supérieure en contact avec la glace, soit $\theta_{sup} = 0$ °C = 273 K, et la face inférieure en contact avec la vapeur d'eau, soit $\theta_{inf} = 100$ °C = 373 K.

Gagnez des points !
La variation de température est identique, que les températures soient exprimées en °C ou en K.
$\Delta T = 373\ \text{K} - 273\ \text{K} = 100\ \text{K}$
$\Delta\theta = 100\ °\text{C} - 0\ °\text{C} = 100\ °\text{C}$
$\Delta T(\text{K}) = \Delta\theta(°\text{C})$

On a donc : $R_{th} = \dfrac{\theta_{inf} - \theta_{sup}}{\Phi}$.

A. N. : $R_{th} = \dfrac{373 - 273}{1{,}2 \times 10^2} = \dfrac{100}{1{,}2 \times 10^2}$

soit $\boldsymbol{R_{th} = 0{,}83\ \text{K·W}^{-1}}$.

5 **a.** Écrire le résultat de la mesure expérimentale de R_{th} correspondant à un niveau de confiance de 95 % revient à écrire $R_{th} = \overline{R}_{th} \pm U(R_{th})$ avec $\overline{R}_{th}$ la moyenne des N mesures et $U(R_{th})$ l'incertitude de mesure associée au niveau de confiance de 95 %.

On définit :

– la moyenne de n mesures : $\overline{R}_{th} = \sum_{k=1}^{n} \dfrac{R_k}{n}$;

– l'incertitude de mesure associée au niveau de confiance de 95 % :

$$U(R_{th}) = t_{95} \times \frac{\sigma_{n-1}}{\sqrt{n}} \quad \text{avec} \quad \sigma_{n-1} = \sqrt{\frac{1}{n-1}\sum_{k=1}^{n}\left((R_{th})_k - \overline{R}_{th}\right)^2}$$

Gagnez des points !
Les variations $(R_{th})_k - \overline{R}_{th}$ ne comportant qu'un chiffre significatif, on peut s'autoriser à ne garder qu'un chiffre significatif sur l'incertitude de mesure.

A. N.: Calculons $\overline{R}_{th}$ et $U(R_{th})$.

Moyenne des n mesures:

$$\overline{R}_{th} = \frac{0{,}81 + 0{,}89 + 0{,}78 + 0{,}82 + 0{,}87 + 0{,}78 + 0{,}76 + 0{,}92 + 0{,}85 + 0{,}84 + 0{,}81 + 0{,}79}{12}$$

$\overline{R}_{th} = 0{,}83\ \text{K·W}^{-1}$

Calculons l'incertitude de mesure associée au niveau de confiance de 95 %.

$t_{95} = 2{,}20$

$$\sigma_{n-1} = \sqrt{\frac{1}{12-1} \times \begin{pmatrix} (0{,}81-0{,}83)^2 + (0{,}89-0{,}83)^2 + (0{,}78-0{,}83)^2 + (0{,}82-0{,}83)^2 \\ +(0{,}87-0{,}83)^2 + (0{,}78-0{,}83)^2 + (0{,}76-0{,}83)^2 + (0{,}92-0{,}83)^2 \\ +(0{,}85-0{,}83)^2 + (0{,}84-0{,}83)^2 + (0{,}81-0{,}83)^2 + (0{,}79-0{,}83)^2 \end{pmatrix}}$$

$\sigma_{n-1} = 5 \times 10^{-2}\ \text{K·W}^{-1}$

$U(R_{th}) = 2{,}20 \times \dfrac{5 \times 10^{-2}}{\sqrt{12}} = 3 \times 10^{-2}\ \text{K·W}^{-1}$.

Finalement, l'écriture du résultat de la mesure expérimentale de R_{th} correspondant à un niveau de confiance de 95 % est : $\boldsymbol{R_{th} = (0,83 \pm 0,03)\ K \cdot W^{-1}}$.

b. L'expression de la mesure expérimentale écrite précédemment signifie qu'on a 95 % de chances que la valeur de la résistance thermique soit comprise entre les valeurs :

$\overline{R}_{th} - U(R_{th}) = 0,83 - 0,03 = 0,80\ K \cdot W^{-1}$ et $\overline{R}_{th} + U(R_{th}) = 0,83 + 0,03 = 0,86\ K \cdot W^{-1}$.

C'est-à-dire que **la valeur exacte de la résistance thermique a 95 % de chances d'être une valeur de l'intervalle [0,80 ; 0,86] K·W⁻¹**.

6 On définit la résistance surfacique $R = R_{th} \times S$ avec S la surface de contact entre le cylindre de glace et la plaque de verre, soit $S = \pi\left(\frac{d}{2}\right)^2$ avec d le diamètre du cylindre.

Finalement, on a :

$$R = R_{th}\,\pi\left(\frac{d}{2}\right)^2$$

A. N. : avec d de l'ordre de 8 cm, on peut calculer $R = 0,83 \times \pi \times \left(\frac{0,08}{2}\right)$ soit $\boldsymbol{R = 4,2 \times 10^{-3}\ m^2 \cdot K \cdot W^{-1}}$.

> **Piège à éviter**
> Malgré son nom, la résistance thermique surfacique R n'est pas une résistance par unité de surface. R est égale à R_{th} multipliée par la surface S (et non divisée par S).

7 Le constructeur indique une valeur plus élevée que celle obtenue expérimentalement.

En effet, lors des expériences :

– la surface de contact de la glace peut être minimisée par rapport à celle utilisée par le constructeur : la résistance thermique surfacique est donc expérimentalement sous-évaluée ;

– la température à $t = 0$ n'est pas forcément à 100 °C au niveau de la plaque de verre en contact avec la vapeur d'eau. La résistance thermique mesurée est donc expérimentalement plus faible que celle attendue.

> **L'astuce du prof**
> Raisonnez sur les différents paramètres qui définissent la résistance thermique surfacique R : la variation de température, la surface de contact, le flux thermique, etc.

SUJET 2 > voir p. 396

EXERCICE 1

PARTIE 1

1 Pour visualiser la tension $u_C(t)$ aux bornes du condensateur, l'oscilloscope à mémoire doit être branché en dérivation à ses bornes. Si le générateur possède une masse propre, la masse de l'oscilloscope doit être branchée en ce point.

De manière générale, la borne masse correspond à la borne négative du générateur. Ici, le fil conducteur – de tension nulle – entre la borne négative du générateur et le point D permet de placer la masse de l'oscilloscope en ce point D.

La seconde borne de l'oscilloscope est à brancher au point B. L'oscilloscope n'est pas représenté : on se contente des branchements de la voie 1 au point B et de la masse au point $D = M$.

> **À retenir**
> Le symbole de la voie 1 ou 2 de l'oscilloscope est une flèche qui part du point de connexion et qui est dirigée vers l'oscilloscope (non représenté).
> Le symbole de la masse est à choisir entre :

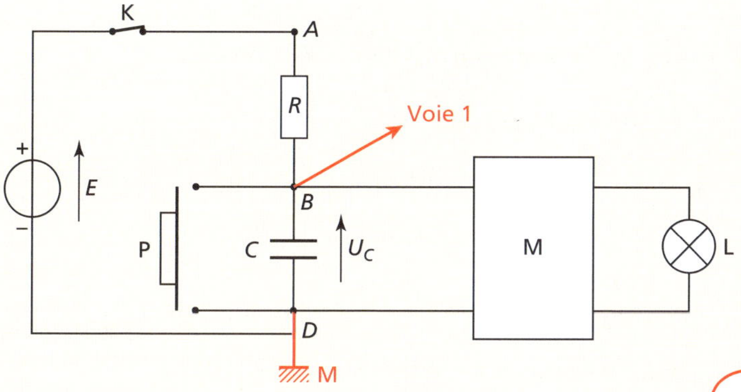

Rappel
En convention récepteur, la flèche représentative de la tension aux bornes d'un récepteur est opposée au sens conventionnel du courant qui traverse ce récepteur. Dans le cas d'un générateur, la convention générateur impose le contraire.

2 Le générateur impose le sens conventionnel du courant sortant et circulant dans le circuit, soit de sa borne positive vers sa borne négative. On notera i l'intensité du courant dans le circuit RC série, P la borne positive du générateur et N sa borne négative.

Le conducteur ohmique de résistance R est un récepteur : on peut modéliser la tension à ses bornes par la tension u_R en convention récepteur.

Loi des mailles

Appliquons la loi des mailles des tensions dans la boucle principale RC série ($ABDNP$) :

$$u_{PN} + u_{ND} + u_{DB} + u_{BA} + u_{AP} = 0$$

Or $u_{ND} = u_{AP} = 0$, car ce sont des tensions aux bornes de fils conducteurs.

De plus, $u_{DB} = -u_C$ et $u_{BA} = -u_R$.

Finalement, la loi des mailles se simplifie : $u_{PN} - u_R - u_C = 0$.

En supposant le générateur idéal, la tension à ses bornes se réduit à sa seule force électromotrice $u_{PN} = E$.

On en déduit donc une première relation : $E = u_R + u_C$.

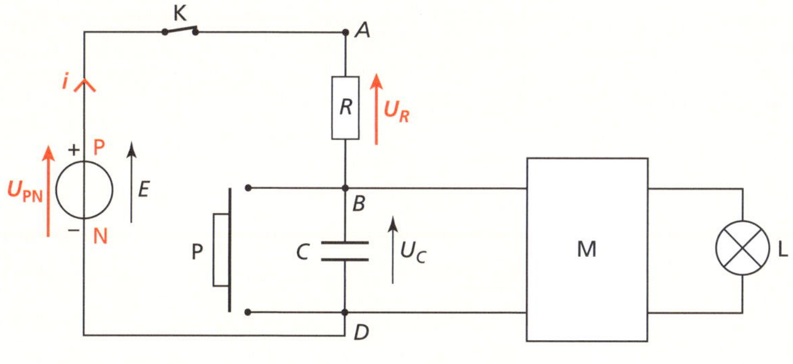

Méthode
• Complétez le schéma avec les tensions aux bornes du générateur et du conducteur ohmique. Indiquez le sens conventionnel du courant.
• Écrivez la loi des mailles.
• Explicitez la tension aux bornes du condensateur et l'intensité du courant en fonction de u_c.
• Écrivez la loi d'Ohm aux bornes du conducteur ohmique. Déduisez-en u_R en fonction de u_c.
• Intégrez l'expression de u_R dans la loi des mailles.

Tension aux bornes du condensateur

Au vu du sens conventionnel du courant, la charge q_A est chargée positivement pendant la charge du condensateur. Soit $q = q_A > 0$ et $i = \dfrac{\mathrm{d}q}{\mathrm{d}t}$.

La tension aux bornes du condensateur est alors :

$$u_C = \frac{q}{C} \text{ ou } q = Cu_C$$

Loi d'Ohm

La tension aux bornes du conducteur ohmique est donnée par la loi d'Ohm :

$$u_R = Ri = R\frac{\mathrm{d}q}{\mathrm{d}t} = R\frac{\mathrm{d}(Cu_C)}{\mathrm{d}t} = RC\frac{\mathrm{d}u_C}{\mathrm{d}t}$$

Équation différentielle

Si l'on reprend la loi des mailles en incluant les expressions précédentes, on a :

$$E = u_R + u_C = RC\frac{\mathrm{d}u_C}{\mathrm{d}t} + u_C$$

ou en réarrangeant comme dans l'énoncé et en précisant la dépendance en temps de la tension aux bornes du condensateur :

$$\boldsymbol{u_C(t) + RC\frac{\mathrm{d}u_C(t)}{\mathrm{d}t} = E}$$

Méthode

Injectez la solution proposée dans l'équation différentielle et séparez la partie dépendante du temps de la partie indépendante du temps.

3 **a.** Si $u_C(t) = A(1 - \mathrm{e}^{-t/\tau})$ est solution de l'équation différentielle précédente, alors $RC\frac{\mathrm{d}u_C}{\mathrm{d}t} + u_C$ doit égaler E, la force électromotrice du générateur en remplaçant u_C par son expression.

$$\frac{\mathrm{d}u_C}{\mathrm{d}t} = \frac{\mathrm{d}}{\mathrm{d}t}\left(A\left(1-\mathrm{e}^{-t/\tau}\right)\right) = \frac{\mathrm{d}}{\mathrm{d}t}\left(A - A\mathrm{e}^{-t/\tau}\right) = \frac{\mathrm{d}A}{\mathrm{d}t} + \frac{\mathrm{d}}{\mathrm{d}t}\left(-A\mathrm{e}^{-t/\tau}\right)$$

Or A est une constante, sa dérivée est donc nulle, et l'expression précédente se réduit à :

$$\frac{\mathrm{d}u_C}{\mathrm{d}t} = A\frac{\mathrm{d}}{\mathrm{d}t}\left(-\mathrm{e}^{-t/\tau}\right) = \frac{A}{\tau}\mathrm{e}^{-t/\tau}$$

Rappel

- La dérivée d'une exponentielle est une exponentielle :

$$\frac{\mathrm{d}}{\mathrm{d}t}(\exp(at)) = a\exp(at)$$

- La dérivée d'une constante est nulle.
- La dérivée d'une somme est la somme des dérivées.
- La dérivée d'un produit est telle que :

$$\frac{\mathrm{d}(uv)}{\mathrm{d}t} = u\frac{\mathrm{d}v}{\mathrm{d}t} + v\frac{\mathrm{d}u}{\mathrm{d}t}$$

Finalement :

$$u_C(t) + RC\frac{\mathrm{d}u_C(t)}{\mathrm{d}t} = A(1 - \mathrm{e}^{-t/\tau}) + RC\frac{A}{\tau}\mathrm{e}^{-t/\tau}$$

ou encore :

$$A - A\,\mathrm{e}^{-t/\tau} + RC\frac{A}{\tau}\mathrm{e}^{-t/\tau} = E$$

Séparons la partie dépendante du temps, de la partie indépendante de t.

Avec $A \neq 0$ et $\mathrm{e}^{-t/\tau} \neq 0$, on a alors deux équations séparées :

$$\begin{cases} \boldsymbol{A = E} \\ \boldsymbol{-A\mathrm{e}^{-t/\tau} + RC\frac{A}{\tau}\mathrm{e}^{-t/\tau} = 0 \Leftrightarrow 1 - \frac{RC}{\tau} = 0 \Leftrightarrow \tau = RC} \end{cases}$$

Si $u_C(t) = A(1 - \mathrm{e}^{-t/\tau})$ est solution de l'équation différentielle précédente, alors $\boldsymbol{A = E}$ et $\boldsymbol{\tau = RC}$.

La solution de l'équation différentielle est ainsi :

$$\boldsymbol{u_C(t) = E\,(1 - \mathrm{e}^{-t/RC})}$$

b. En régime permanent, u_C est constante, donc sa dérivée temporelle est nulle $\frac{\mathrm{d}u_C(t)}{\mathrm{d}t} = 0$ et l'équation différentielle se simplifie :

$$u_C + RC\frac{\mathrm{d}u_C}{\mathrm{d}t} = u_C + RC \times 0 = u_C = E$$

soit plus simplement :

$$u_C = E$$

Piège à éviter

On appelle régime permanent, le régime dans lequel toutes les grandeurs sont indépendantes du temps.
Leurs dérivées temporelles sont donc nulles.

La valeur de la tension aux bornes du condensateur est donc celle de la force électromotrice du générateur, soit $\boldsymbol{u_C = E = 30}$ **V**.

c. La constante τ est la **constante de temps** du circuit *RC* série.

Notons $[X]$ la dimension de la grandeur X.

$$[\tau] = [RC] = [R][C]$$

Exprimons les dimensions de la résistance et de la capacité du condensateur en fonction de la dimension d'une tension $[U]$, d'une intensité $[I]$ et du temps T.

La loi d'Ohm $U = RI$ ou $R = \frac{U}{I}$ permet d'écrire :

$$[R] = \left[\frac{U}{I}\right] = \frac{[U]}{[I]} = [U][I]^{-1}$$

La tension $u_C = \frac{q}{C}$ ou $C = \frac{q}{u_C}$ permet d'écrire :

$$[\mathbf{C}] = [C] = \left[\frac{q}{U}\right] = \frac{[q]}{[U]} = [q][U]^{-1}$$

L'intensité du courant i est telle que $i = \frac{\mathrm{d}q}{\mathrm{d}t}$. On en déduit que :

$$[\boldsymbol{i}] = \left[\frac{\mathrm{d}q}{\mathrm{d}t}\right] = \frac{[\mathrm{d}q]}{[\mathrm{d}t]} = [q]\mathrm{T}^{-1}$$

Soit encore, si l'on s'intéresse à la dimension d'une charge en fonction de celle de l'intensité du courant $[I]$:

$$[q] = [I]\mathrm{T}$$

On en déduit alors :

$$[\tau] = [R][C] = [U][I]^{-1} \times [q][U]^{-1} = [U][I]^{-1} \times [I]\mathrm{T}[U]^{-1} = \mathrm{T}$$

On met donc en évidence que $[\tau] = \mathrm{T}$: la constante de temps du circuit *RC* série **$\boldsymbol{\tau = RC}$ est bien homogène à un temps** ou une durée. **Elle s'exprime en s** dans les unités du système international.

4 *Les explications suivantes ne sont pas à faire figurer sur la copie.*

La réponse à la question 3 b. montre que :

$$u_C = E = 30 \text{ V}$$

en régime permanent, c'est-à-dire lorsque la tension n'évolue plus. La force électromotrice du générateur est donc atteinte au-delà d'un certain temps de fonctionnement, lorsque le condensateur est totalement chargé.

> **Gagnez des points !**
> Vérifiez que le palier se situe bien à la valeur 30 V de la force électromotrice *E* du générateur.

Cette tension **$\boldsymbol{u_C = E}$ correspond au palier** pour $t > 100$ s sur la courbe de l'évolution de u_C.

Ce temps **$\boldsymbol{t = 100}$ s** détermine la transition entre :

- le **régime transitoire** durant lequel le condensateur se charge et la tension à sa borne évolue jusqu'à sa valeur maximale $u_C = E$;
- le **régime permanent**, régime pour lequel la tension aux bornes du condensateur ne varie plus, le condensateur étant chargé.

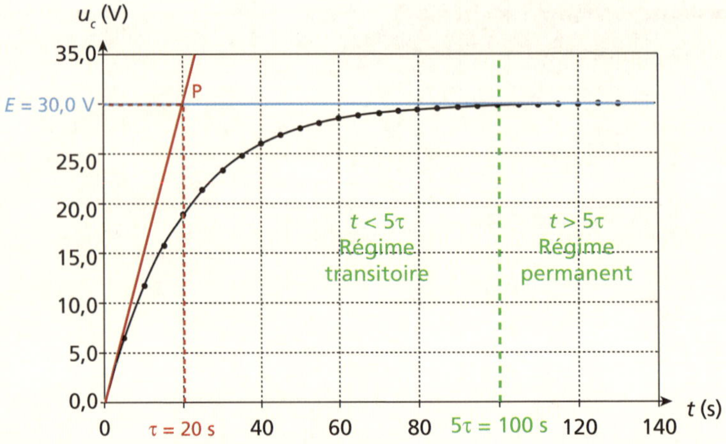

La constante τ du circuit correspond à l'abscisse du point d'intersection entre la tangente à l'origine et l'axe $u_C = E$ du palier de charge.

En effet, le coefficient directeur de la tangente à la courbe en un point quelconque – c'est-à-dire à un instant t quelconque – correspond à la dérivée de la tension u_C à l'instant t du point considéré, soit :

$$\frac{du_C}{dt} = E\frac{d}{dt}(-e^{-t/\tau}) = \frac{E}{\tau}e^{-t/\tau}$$

À $t = 0$, l'expression précédente devient :

$$\frac{du_C}{dt}(t=0) = \frac{E}{\tau}e^{-\frac{0}{\tau}} = \frac{E}{\tau}$$

ce qui correspond à l'expression du coefficient directeur de la tangente à l'origine $O(0,0)$.

Soit $\frac{E}{\tau} = \frac{y(P)-y(O)}{x(P)-x(P)} = \frac{y(P)}{x(P)}$: le point P a donc comme coordonnées $P(\tau, E)$.

On en déduit que le **point P d'abscisse $\tau = RC$**, constante de temps du circuit, est le **point de la tangente à l'origine dont l'ordonnée est égale à E.**

Graphiquement, on peut lire que la constante de temps est τ = 20 s.

> **Gagnez des points !**
> Vérifier qu'au bout de 5τ, on a atteint le régime permanent.
> En effet, si $t = 5\tau$, alors
> $uc(t = 5\tau) = E(1 - e^{-5\tau/\tau})$
> $= E(1 - e^{-5}) \approx E$.

5 A. N. : $\tau = RC = 100 \times 10^3 \times 200 \times 10^{-6} = \mathbf{2{,}00 \times 10^1}$ **s.**

6 **a.** La réponse à la question 3a. établit que la tension aux bornes du condensateur est : $u_C(t) = E(1 - e^{-t/\tau})$ avec $\tau = RC$. Or $t = t_0$, $u_C(t_0) = E(1 - e^{-t_0/\tau}) = U_\ell$.

La valeur de la force électromotrice étant non nulle, on en déduit que :

$$1 - e^{-t_0/\tau} = \frac{U_\ell}{E} \text{ soit } e^{-t_0/\tau} = 1 - \frac{U_\ell}{E}$$

$$-\frac{t_0}{\tau} = \ln\left(\frac{U_\ell}{E}\right)$$

$$t_0 = -\tau\ln\left(\frac{U_\ell}{E}\right) = \tau\ln\left(\frac{1}{1-\frac{U_\ell}{E}}\right) = \tau\ln\left(\frac{E}{E-U_\ell}\right)$$

soit finalement : $t_0 = \tau\ln\left(\frac{E}{E-U_\ell}\right)$.

> **Rappel**
> • La fonction ln (logarithme népérien) est la fonction inverse de l'exponentielle :
> $\exp(\ln(x)) = \ln(\exp(x)) = x$
> • Logarithme d'un produit ou d'un quotient :
> $\ln(ab) = \ln(a) + \ln(b)$
> $\ln\left(\frac{a}{b}\right) = \ln(a) - \ln(b)$

b. A. N. : $t_0 = 20 \times \ln\left(\frac{30}{30-20}\right) = 20 \times \ln 3$ soit $t_0 = 22$ s.

Graphiquement, lorsque la tension $u_C(t = t_0) = U_\ell = 20$ V, on peut lire que l'abscisse du point P_ℓ correspondant est bien $t_0 = 22$ s.

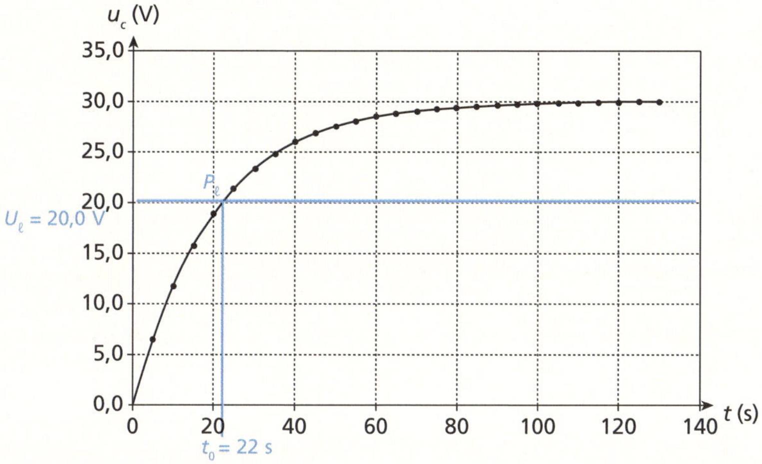

c. Si l'on avait choisi t_0 très supérieur à la constante de temps du circuit, la tension limite U_ℓ aurait été très proche du palier de charge. Or à $t >> \tau$, les valeurs des tensions évoluent très peu, et le temps pour lequel $u_C = U_\ell$ aurait été difficile à définir avec précision.

7 La durée d'allumage $t_0 = \tau \ln\left(\frac{E}{E - U_\ell}\right)$ dépend de la constante de temps du circuit $\tau = RC$, de la tension limite U_ℓ et de la force électromotrice du générateur E. Si l'on ne change pas le générateur, alors E ne peut être modifié, et seuls R, C et U_ℓ peuvent l'être. Pour augmenter la durée t_0 d'allumage, il est donc possible :

- d'augmenter la constante de temps, c'est-à-dire la valeur de la résistance R et/ou celle de la capacité du condensateur. En effet, si τ augmente à E et U_ℓ fixées, alors $t_0 = \tau \ln\left(\frac{E}{E - U_\ell}\right)$ est proportionnelle à τ ;
- d'augmenter la tension limite U_ℓ.

L'astuce du prof

Pensez à analyser les différents paramètres de l'expression mathématique de la durée d'allumage et à en expliciter le comportement en fonction de l'évolution de chaque paramètre.

8 En repartant d'une étape du raisonnement mathématique de la réponse à la question 6a. , on a :

$$-\frac{t_0}{\tau} = \ln\left(1 - \frac{U_\ell}{E}\right)$$

soit : $$\tau = -\frac{t_0}{\ln\left(1 - \frac{U_\ell}{E}\right)} = RC \Leftrightarrow R = -\frac{t_0}{C \times \ln\left(1 - \frac{U_\ell}{E}\right)}$$

A. N. : $R = -\frac{60}{200 \times 10^{-6} \times \ln\left(1 - \frac{20}{30}\right)}$ soit $\boldsymbol{R = 2{,}7 \times 10^5\ \Omega}$ si l'on garde 2 chiffres significatifs pour $t_0 = 60$ s.

9 Lorsqu'on appuie sur le bouton-poussoir, le condensateur est alors court-circuité, et la décharge est quasi instantanée. La tension à ses bornes correspond à celle aux bornes du fil que représente la connexion du bouton-poussoir : on a donc $\boldsymbol{u_C = 0}$.

À retenir

Lorsqu'un élément de circuit est court-circuité, la tension à ses bornes est celle du fil qui les relie, c'est-à-dire une tension nulle.

10 Si $u_C = 0$, alors $u_C < U_\ell$. Ainsi, si la lampe est déjà allumée, elle restera allumée et si elle est éteinte, alors elle s'allumera.

PARTIE 2

1 L'équation différentielle de l'évolution de la tension aux bornes du condensateur établie à la question 2 de la Partie 1 est : $u_C(t) + RC\dfrac{du_C(t)}{dt} = E$.

En utilisant la constante de temps τ du circuit, on a : $u_C(t) + \tau\dfrac{du_C(t)}{dt} = E$.

A. N. : $u_C(t) + 20 \times \dfrac{du_C(t)}{dt} = 30$ V ou encore $\boldsymbol{\dfrac{du_C(t)}{dt} = \dfrac{3}{2} - \dfrac{u_C(t)}{20}}$.

2 La relation utilisée dans la méthode d'Euler est :

$$u_C(t + \Delta t) = u_C(t) + \left.\frac{du_C}{dt}\right|_t \Delta t$$

Or $u_C(t = 0) = 0$ et $\left.\dfrac{du_C}{dt}\right|_{t=0} = 1{,}50\ \text{V}\cdot\text{s}^{-1}$.

On en déduit :

$u_C(t = 0 + \Delta t) = u_C(\Delta t) = u_C(t = 2\ \text{s}) = u_C(t = 0) + \left.\dfrac{du_C}{dt}\right|_{t=0} \Delta t$

soit :

$$\boldsymbol{u_C(t = 2\text{s}) = u_C(t = 0) + 2\left.\frac{du_C}{dt}\right|_{t=0}}$$

puis :

$$\boldsymbol{\frac{du_C(t=2\ \text{s})}{dt} = \frac{3}{2} - \frac{u_C(t=2\ \text{s})}{20}}$$

A. N. : $u_C(t = 2\ \text{s}) = 0 + 2 \times 1{,}50 = 3{,}00$ V et $\dfrac{du_C(t=2\ \text{s})}{dt} = \dfrac{3}{2} - \dfrac{3{,}00}{20} = 1{,}35\ \text{V}\cdot\text{s}^{-1}$.

De la même manière, on en déduit :

$$u_C(t = 2 + \Delta t) = u_C(t = 4\ \text{s}) = u_C(t = 2\ \text{s}) + \left.\frac{du_C}{dt}\right|_{t=2\ \text{s}} \Delta t$$

soit :

$$u_C(t = 4\ \text{s}) = u_C(t = 2\ \text{s}) + 2\left.\frac{du_C}{dt}\right|_{t=2\ \text{s}}$$

puis :

$$\frac{du_C(t=4\ \text{s})}{dt} = \frac{3}{2} - \frac{u_C(t=4\ \text{s})}{20}$$

A. N. : $u_C(t = 4\ \text{s}) = 3{,}00 + 2 \times 1{,}35 = 5{,}70$ V

et $\dfrac{du_C(t=2\ \text{s})}{dt} = \dfrac{3}{2} - \dfrac{5{,}70}{20} = 1{,}215\ \text{V}\cdot\text{s}^{-1}$ soit $1{,}22\ \text{V}\cdot\text{s}^{-1}$ en ne gardant que 3 chiffres significatifs.

On peut ainsi compléter le tableau de l'énoncé :

t(s)	0	2	4	6	8	10	12	…	20
$u_C(t)$	0	**3,00**	**5,70**	8,14	10,3	12,3	14,1	…	19,6
$\dfrac{du_c}{dt}$	1,50	**1,35**	**1,22**	1,09	0,99	0,89	0,80	…	0,52

> **Piège à éviter**
> Évitez de mélanger les données : identifiez bien la tension et la dérivée à calculer, ainsi que la tension et la dérivée à utiliser.

> **Rappel**
> La dérivée $\dfrac{du_c}{dt}$ est homogène à une tension divisée par un temps : elle s'exprime en $\text{V}\cdot\text{s}^{-1}$.

> **Gagnez des points !**
> Vérifiez la cohérence des résultats de vos calculs en constatant la progression croissante des valeurs du tableau, tant pour celles de la tension que pour celles de sa dérivée.

3 La courbe représentative de l'évolution de la tension (en rouge) correspondant aux points évalués par la méthode d'Euler est relativement proche de la courbe expérimentale.

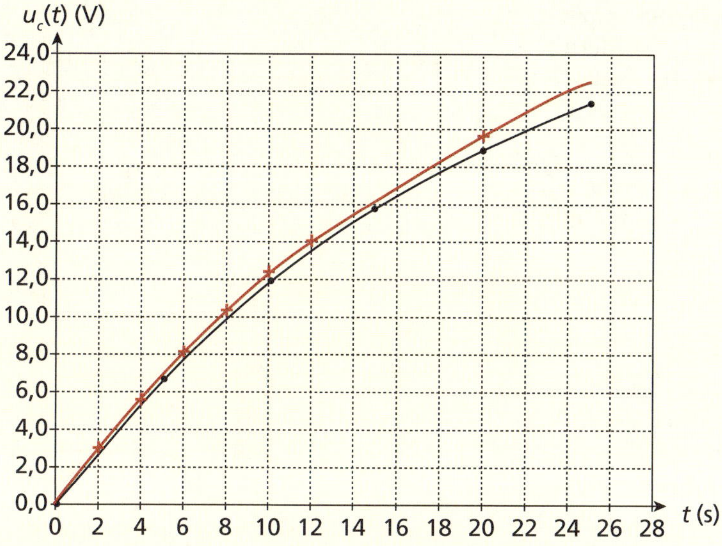

4 On peut rendre le pas Δt plus petit que 2 s : on augmenterait alors la précision des résultats qui seraient plus proches encore des valeurs attendues. En revanche, on augmenterait considérablement la quantité de données ou le nombre de points à calculer et à tracer.

> **Gagnez des points !**
> La solution est dans un compromis entre un pas suffisamment petit pour gagner en précision, mais pas trop petit pour avoir à traiter un nombre raisonnable de données.

EXERCICE 2

PARTIE 1

1 La longueur d'onde du faisceau émis par la diode laser est $\lambda = 0{,}790\ \mu\text{m} = 790$ nm. Il s'agit de la partie rouge du spectre de la lumière blanche : la lumière émise par cette diode laser est donc **rouge**.

> **Méthode**
> L'écart d'énergie est quantifié et vaut :
> $$\Delta E = |E_2 - E_1| = \frac{hc}{\lambda}$$
> Calculez ΔE en joules, puis en électronvolts en utilisant le facteur de conversion.

2 L'écart entre deux niveaux énergétiques est quantifié :

$$\Delta E = |E_2 - E_1| = \frac{hc}{\lambda}$$

A. N. : $\Delta E = \dfrac{6{,}63\times10^{-34}\times3{,}00\times10^{8}}{790\times10^{-9}} = 2{,}52 \times 10^{-19}$ J.

1 eV = $1{,}60 \times 10^{-19}$ J : on en déduit donc $\Delta E = \dfrac{2{,}52\times10^{-19}}{1{,}60\times10^{-19}}$, soit $\boldsymbol{\Delta E = 1{,}57}$ **eV**.

PARTIE 2

1 L'onde électromagnétique traverse un objet de petite taille : on observe alors la figure de diffraction de la fente sur l'écran placé derrière cet objet diffractant. Le phénomène observé est donc un **phénomène de diffraction**.

2 Lorsqu'une onde monochromatique traverse un objet diffractant, la figure de diffraction est **un ensemble de taches de diffraction de la couleur du faisceau** éclairant. Si l'objet diffractant est une fente verticale, alors la **figure de diffraction est horizontale**. Cette figure se compose d'une tache centrale d'autant plus large que la fente diffractante

> **Gagnez des points !**
> Proposez un schéma récapitulatif pour illustrer votre réponse.

est fine et de largeur double par rapport à celle des taches secondaires, ces dernières étant situées de part et d'autre de la tache centrale.

3 La relation entre la demi-largeur L de la tache centrale de diffraction, la largeur d de la fente, la distance D fente-écran et la longueur d'onde λ est :

$$\frac{L}{D} = \frac{\lambda}{d}$$

On en déduit $L = \frac{\lambda}{d} D$: L varie proportionnellement à λ, mais de manière inversement proportionnelle à d. Ainsi, lorsqu'on diminue la largeur d de la fente de diffraction, on augmente la largeur L de la tache centrale de diffraction et lorsqu'on diminue la longueur d'onde, on diminue la largeur L.

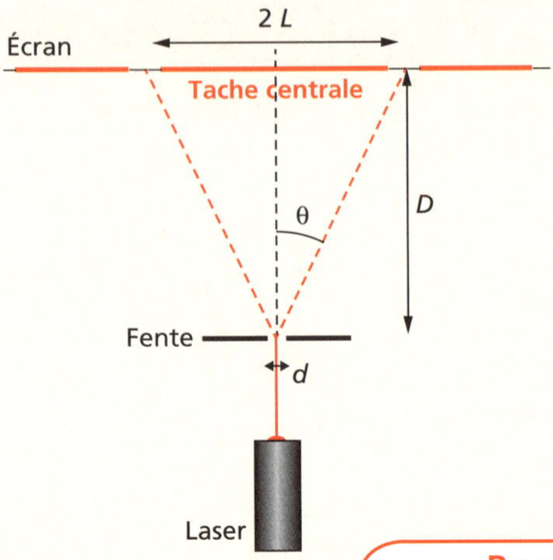

Rappel
La relation de diffraction est valable aux petits angles : $\theta \approx \tan\theta = \frac{L}{D} = \frac{\lambda}{d}$.

PARTIE 3

Les lecteurs Blu-ray utilisent une diode laser dont la longueur d'onde est bleue, c'est-à-dire de l'ordre de 450-520 nm = 0,450-0,520 µm. La longueur d'onde d'un faisceau rouge est donc supérieure à celle du bleu. On en déduit alors que, pour les mêmes caractéristiques de dispositif de lecture du CD (diamètre des petites cuvettes et distance CD-dispositif de lecture), la largeur L est moins importante dans le cas des grandes longueurs d'onde. Le phénomène de diffraction sera donc moins marqué dans le cas d'une lecture avec la technologie Blu-ray que dans le cas d'une technologie « classique ».

Par ailleurs, l'ouverture angulaire $\theta = \frac{\lambda}{d}$ est plus faible dans le cas d'un faisceau bleu que dans le cas d'un faisceau rouge. La technologie Blu-ray permet donc d'obtenir un faisceau plus étroit, plus directif, et ainsi de réaliser une lecture plus précise avec des cuvettes de plus petites tailles.

PARTIE 4

1 Les ions Ni^{2+} contenus dans la solution de sulfamate de nickel se réduisent en nickel métallique sur le *glassmaster*. La réaction au niveau du *glassmaster* est donc une réduction : elle nécessite un apport d'électrons du générateur du circuit d'électrolyse. Le *glassmaster* est donc relié à la borne négative du générateur. Le sens conventionnel du courant I, contraire au sens de déplacement des électrons, part de la borne positive du générateur dans le circuit extérieur de l'électrolyse.

L'astuce du prof
Réfléchissez sur la réaction au niveau du *glassmaster* devant recevoir la couche de nickel métallique à partir des ions nickel de la solution. Déduisez-en le sens de déplacement des électrons puis du courant.

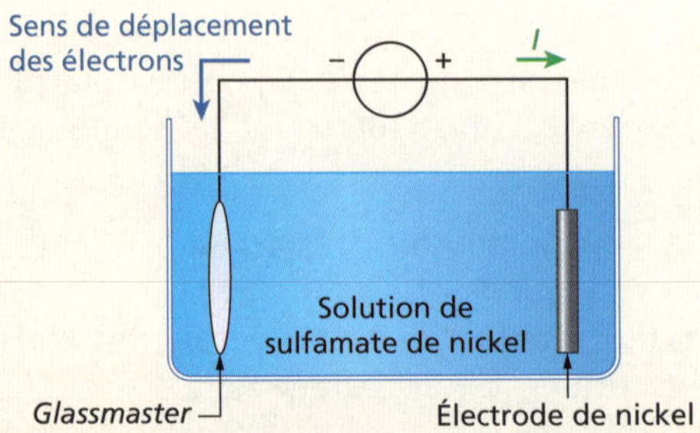

2 La réduction des ions nickel se fait à la cathode, alors que l'oxydation des atomes de nickel se fait à l'anode. On en déduit donc que :

- au niveau du **glassmaster ou cathode**, on a réduction des ions nickel en atomes de nickel : $\mathbf{Ni^{2+}(aq) + 2e^- = Ni(s)}$;
- au niveau de **l'électrode de nickel ou anode**, on a oxydation des atomes de nickel en ions nickel : $\mathbf{Ni(s) = Ni^{2+}(aq) + 2e^-}$.

À retenir

On a réduCtion à la Cathode et oxydAtion à l'Anode.
On a oxydation du réducteur Red du couple Ox/Red et réduction de l'oxydant Ox.

3 Soit D le diamètre du disque et e l'épaisseur de ce disque de nickel. Le volume de dépôt est $V = \pi\left(\frac{D}{2}\right)^2 e$, soit $V = \pi e\frac{D^2}{4}$. La masse du père est alors $m = \rho V$, avec ρ la masse volumique du nickel, soit finalement :

$$m = \rho\pi e\frac{D^2}{4}$$

A. N. : $m = 8{,}90 \times \pi \times 3{,}05 \times 10^{-2} \times \frac{23{,}0^2}{4} = 1{,}13 \times 10^2$ g soit $\boldsymbol{m}$ **= 113 g.**

Piège à éviter

La masse volumique étant exprimée en $g \cdot cm^{-3}$, il est judicieux d'exprimer l'épaisseur e et le diamètre D en cm avant de faire l'application numérique et d'obtenir une masse en g.

4 La quantité de matière n (en mol) de nickel déposée lors de l'électrolyse est :

$$n = \frac{m}{M}$$

avec M la masse molaire du nickel.

A. N. : $n = \frac{113}{58{,}7}$ = **1,93 mol.**

5 La quantité d'électrons échangés est donnée par la demi-équation d'oxydo-réduction à la cathode :

$$Ni^{2+}(aq) + 2e^- = Ni(s)$$

Chaque atome de nickel déposé sur le *glassmaster* nécessite 2 électrons.

Si l'on raisonne sur une quantité n = 1,93 mol de nickel, on en déduit que le nombre d'électrons est $n_e = 2n$ mol d'électrons.

La charge totale utilisée pour cette électrolyse est : $Q = \mathcal{F}n_e$ avec $\mathcal{F}$ le faraday ou charge d'une mole d'électrons.

On le calcule à partir de la charge élémentaire e et du nombre d'Avogadro $\mathcal{N}_A$, soit :

$$1\,\mathcal{F} = \mathcal{N}_A \times e$$

Enfin, l'intensité I du courant d'électrolyse dépend de la quantité d'électricité Q et de la durée Δt du processus :

$$I = \frac{Q}{\Delta t}$$

Finalement, on obtient :

$$I = \frac{Q}{\Delta t} = \frac{n_e\mathcal{F}}{\Delta t} = \frac{2n\mathcal{N}_A e}{\Delta t}$$

A. N. : $I = \frac{2 \times 1{,}93 \times 6{,}02 \times 10^{23} \times 1{,}60 \times 10^{-19}}{2 \times 3\,600}$ soit $\boldsymbol{I = 5 \times 10^1}$ **A.**

À retenir

La charge d'une mole d'électrons correspond à un Faraday :
$1\,\mathcal{F} = \mathcal{N}_A \times e$ avec $\mathcal{N}_A$ la constante d'Avogadro et e la charge élémentaire.

Piège à éviter

Le résultat ne comporte qu'un chiffre significatif du fait de l'imprécision de l'énoncé concernant la durée de « 2 heures ».
Cette durée doit être exprimée en secondes dans l'application numérique.

EXERCICE 3

PARTIE 1

> **Rappel**
> L'atome d'hydrogène 1 est composé d'un noyau à un seul proton et d'un cortège électronique d'un seul électron. Lorsqu'il perd son électron, il devient un ion hydrogène H^+ qui correspond au seul proton du noyau.

1 Une base de Brönsted est une espèce chimique capable d'accepter un ou plusieurs protons ou ions hydrogène H^+.

2 La réaction entre l'ammoniac et l'eau est une réaction acido-basique entre la base du couple ion ammonium/ammoniac et l'eau.

Dans le couple ion ammonium/ammoniac, NH_3 est une base de Brönsted. On en déduit la formule de l'ion ammonium en écrivant la demi-équation :

$$NH_3 + H^+ = NH_4^+$$

L'ion ammonium NH_4^+ est ainsi l'acide du couple NH_4^+/NH_3.

L'ammoniac étant une base, cette base ne peut réagir qu'avec l'eau en tant qu'acide, soit donc H_2O du couple H_2O/HO^-.

La réaction entre l'ammoniac et l'eau est une réaction entre le couple NH_4^+/NH_3 et le couple de l'eau H_2O/HO^-.

La seconde demi-équation est :

$$H_2O = HO^- + H^+$$

La réaction bilan par addition membre à membre des deux demi-équations et élimination du proton échangé est : $\mathbf{NH_3 + H_2O = NH_4^+ + HO^-}$.

3 Par définition, la constante d'équilibre de cette réaction est :

$$K = \frac{[NH_4^+]_{eq}[HO^-]_{eq}}{[NH_3]_{eq}}$$

> **L'astuce du prof**
> La constante d'équilibre K_{A2} du couple H_2O/HO^- correspond à la constante K_e ou produit ionique de l'eau.

Exprimons K en fonction de K_{A1} et K_{A2}.

K_{A1} est la constante d'acidité du couple NH_4^+/NH_3 :

$$NH_4^+ + H_2O = NH_3 + H_3O^+$$

$$\mathbf{K_{A1} = \frac{[NH_3]_{eq}[H_3O^+]_{eq}}{[NH_4^+]_{eq}}}$$

K_{A2} est la constante d'acidité du couple H_2O/HO^- :

$$2H_2O = OH^- + H_3O^+$$

$$K_{A2} = [H_3O^+]_{eq}[OH^-]_{eq} = Ke$$

On peut alors écrire :

$$K = \frac{[NH_4^+]_{eq}[HO^-]_{eq}[H_3O^+]_{eq}}{[NH_3]_{eq}[H_3O^+]_{eq}}$$

$$K = \frac{[NH_4^+]_{eq}}{[NH_3]_{eq}[H_3O^+]_{eq}} \times [HO^-]_{eq}[H_3O^+]_{eq}$$

d'où :

$$K = \frac{K_{A2}}{K_{A1}} = \frac{K_e}{K_{A1}}$$

A. N. : $K = \frac{1,0\times10^{-14}}{6,3\times10^{-10}}$ $\mathbf{= 1,6 \times 10^{-5}}$.

4 La concentration c en ammoniac est telle que :

$$c = \frac{n}{V}$$

A. N. : $c = \frac{2,5 \times 10^{-3}}{0,250}$ soit $\mathbf{c = 1,0 \times 10^{-2}\ mol \cdot L^{-1}}$.

5 La concentration en ions oxonium dans la solution est donnée par la relation du pH :

$$pH = -\log[H_3O^+]$$

soit : $$[H_3O^+] = 10^{-pH}$$

A. N. : $[H_3O^+] = 10^{-10,6}$ soit $\mathbf{[H_3O^+] = 2,51 \times 10^{-11}\ mol \cdot L^{-1}}$.

Gagnez des points !
La précision de la concentration en ions oxonium est de 3 chiffres significatifs du fait d'un pH de 10,6. En revanche, la constante K_e est donnée avec 2 chiffres significatifs. Cette moindre précision impose 2 chiffres significatifs sur la concentration des ions hydroxyde.

6 La constante K_e ou produit ionique de l'eau permet, connaissant la concentration en ions oxonium d'une solution, d'en déduire la concentration en ions hydroxyde :

$$K_e = [H_3O^+]_{eq}[OH^-]_{eq}$$

soit : $$[OH^-]_{eq} = \frac{K_e}{[H_3O^+]_{eq}}$$

A. N. : $[OH^-]_{eq} = \frac{1,0 \times 10^{-14}}{10^{-10,6}}$ soit $\mathbf{[HO^-]_{eq} = 4,0 \times 10^{-4}\ mol \cdot L^{-1}}$.

7 Le taux d'avancement final est défini par : $\tau = \frac{x_f}{x_{max}}$.

Le tableau descriptif de l'évolution du système chimique est :

		NH_3	$+ H_2O$	$= NH_4^+$	$+ HO^-$
État	Avancement (mol)	Quantité de matière (mol)			
		NH_3	H_2O	NH_4^+	HO^-
État initial	$x = 0$	$n = cV$	Excès	0	0
État en cours	x	$n - x$	Excès	x	x
État final	x_f	$n - x_f$	Excès	x_f	x_f

On suppose ici que la quantité d'ions hydroxyde est nulle à l'état initial, ou du moins suffisamment faible pour être négligeable devant $n = 2,5 \times 10^{-3}$ mol d'ammoniac.

À l'état final, l'avancement final est égal à la quantité de matière de chaque produit formé :

$$x_f = n(NH_4^+)_f = n(HO^-)_f$$

En supposant la réaction totale, l'avancement en fin de réaction est alors l'avancement maximal $x_{EF} = x_{max}$ et l'ammoniac, réactif limitant, est en quantité nulle, soit alors : $n - x_{max} = 0$.

On en déduit que l'avancement maximal est égal à la quantité initiale d'ammoniac : $x_{max} = n = cV$.

En reprenant l'expression du taux d'avancement final et en remplaçant x_f par $n(HO^-)_f$ et x_{max} par cV, on obtient :

$$\tau = \frac{n(HO^-)_f}{cV}$$

Or $\frac{n(HO^-)_f}{V} = [HO^-]_f$ et finalement, on a :

$$\tau = \frac{\mathbf{[HO^-]_f}}{\mathbf{c}}$$

A. N. : $\tau = \frac{4,0 \times 10^{-4}}{1,0 \times 10^{-2}} = 4,0 \times 10^{-2}$, soit un taux d'avancement final de $\mathbf{\tau = 4,0\ \%}$.

Piège à éviter
L'état final de l'évolution du système correspond à l'état d'équilibre :
$[HO^-]_f = [HO^-]_{eq}$
L'avancement maximal correspond à l'état final lorsque la réaction est considérée comme totale.

PARTIE 2

1 La dilution est d'un facteur $F = 1\ 000$, or le facteur de dilution est défini comme le rapport des volumes de solutions fille et mère :

$$F = \frac{V_{\text{fille}}}{V_{\text{mère}}}$$

Le volume de la solution mère est prélevé à l'aide d'une pipette jaugée à partir d'un volume de solution concentrée placée dans un bécher. Par la suite, la solution mère est introduite dans une fiole jaugée qui est complétée par de l'eau distillée : le volume de la fiole jaugée constitue donc celui de la solution fille.

On en déduit ainsi que :

$$F = \frac{V(\text{fiole})}{V(\text{pipette})} = 1\ 000$$

On peut calculer le facteur de dilution pour chaque lot :

Lot	1	2	3	4
Facteur de dilution	100	100	1 000	100

Remarque
Le tableau ne prend pas en compte la précision des mesures, les volumes des fioles jaugées étant donnés pour trois lots avec un seul chiffre significatif, ce qui est peu réaliste.

Seul le **lot 3** offre une verrerie permettant une dilution d'un facteur 1 000.

2 L'équivalence d'un titrage est un **état pour lequel on passe d'un réactif limitant à l'autre**. Cet état correspond à un mélange initial stœchiométrique, les réactifs étant introduits à l'état initial dans les proportions de l'équation de titrage.

3 La solution d'acide chlorhydrique s'écrit : $(H_3O^+(aq) + Cl^-(aq))$.

Le coefficient stœchiométrique des ions oxonium étant égal à 1, cela signifie que la concentration de la solution est égale à celle des ions oxonium, soit $[H_3O^+] = c_A$.

		NH_3 + H_3O^+ = NH_4^+ + H_2O			
État	**Avancement (mol)**	**Quantité de matière (mol)**			
		NH_3	**H_3O^+**	**NH_4^+**	**H_2O**
État initial	$x = 0$	$n_1 = c_1V_1$	$n_A = c_AV_A$	0	Excès
État en cours	x	$n_1 - x$	$n_A - x$	x	Excès
Équivalence	x_{Eq}	$n_1 - x_{Eq}$	$n_A - x_{Eq}$	x_{Eq}	Excès

L'équivalence correspond au passage d'un réactif limitant à l'autre. On est donc exactement dans la situation où les deux réactifs sont entièrement consommés, soit :

$$n(NH_3)_{Eq} = n_1 - x_{Eq} = 0 \quad \text{et} \quad n(H_3O^+)_{Eq} = n_A - x_{Eq} = 0$$

On en déduit que l'avancement à l'équivalence est :

$$x_{Eq} = n_1 = n_A$$

Méthode
- Dressez le tableau d'évolution du système chimique lors du titrage.
- Considérez l'état final comme celui de l'équivalence et annulez les quantités de matière des réactifs.

En introduisant les concentrations des réactifs et sachant qu'à l'équivalence, le volume d'acide chlorhydrique versé est noté $V_A = V_{AE}$, on peut finalement écrire :

$$n_1 = c_1V_1 = n_A = c_AV_{AE}$$

La relation à l'équivalence ainsi obtenue est :

$$\mathbf{c_1V_1 = c_AV_{AE}}$$

4 À partir de la relation d'équivalence, on peut écrire :

$$c_1 = \frac{c_AV_{AE}}{V_1}$$

A. N. : $c_1 = \frac{1{,}50 \times 10^{-2} \times 14{,}3}{20{,}0}$ soit $\mathbf{c_1 = 1{,}07 \times 10^{-2}\ mol \cdot L^{-1}}$.

Le facteur de dilution est $F = 1\,000$ or $F = \frac{c_0}{c_1}$ donc :

$$c_0 = 1\,000 \times c_1$$

A. N. : $c_0 = 1\,000 \times 1{,}07 \times 10^{-2}$ soit $\mathbf{c_0 = 10{,}7\ mol \cdot L^{-1}}$.

Gagnez des points !
L'expression de la concentration c_1 correspond à c_A multipliée par un rapport de volumes. Les volumes peuvent être exprimés en mL.

5 Le pH à l'équivalence est $pH_E = 5{,}7$. L'indicateur coloré à choisir doit avoir sa zone de virage autour de pH_E. Seul le **rouge de chlorophénol** est pertinent.

En effet, $5{,}2 < pH_E = 5{,}7 < 6{,}8$ la zone de virage du rouge de chlorophénol étant 5,2 – 6,8.

SUJET 3 > voir p. 403

EXERCICE 1

PARTIE 1

1 L'électrode positive est l'électrode de nickel. On en déduit que l'électrode de gauche sur le schéma est l'« électrode de nickel » et celle de droite l'« électrode de zinc ». Chaque électrode étant plongée dans une solution contenant les ions qui lui correspondent, la solution du bécher de gauche est donc la « solution contenant des ions Ni^{2+} », et celle de droite la « solution contenant des ions Zn^{2+} ». Le pont intermédiaire faisant la liaison électronique entre les deux béchers de solutions électrolytiques est le « pont salin ».

L'astuce du prof
Partez de l'énoncé : « L'électrode positive de cette pile est l'électrode de nickel ».
Pensez aussi que chaque électrode est plongée dans la solution électrolytique contenant les ions oxydants correspondant au métal de l'électrode.

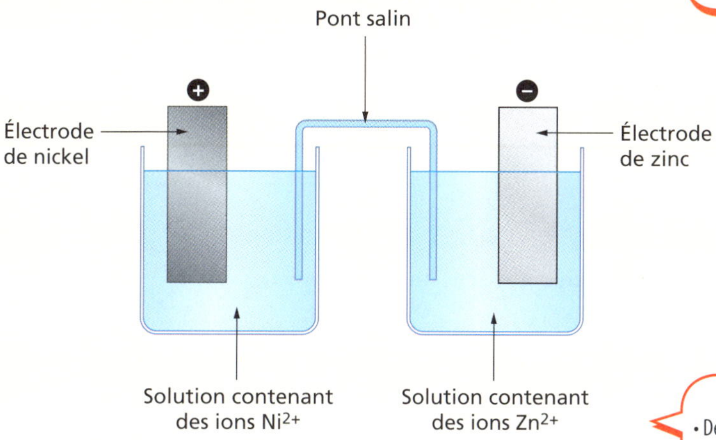

2 Le sens conventionnel du courant est du pôle positif de la pile vers son pôle négatif dans le circuit extérieur. Le sens de déplacement des électrons étant opposé au sens conventionnel du courant, on en déduit que les électrons arrivent au niveau de l'électrode de nickel et repartent de l'électrode de zinc.

Méthode
- Déterminez le sens conventionnel du courant.
- Déduisez-en le sens de déplacement des électrons et, ainsi, s'ils sont consommés ou produits en fonction de l'électrode considérée.

Au niveau de l'électrode de nickel, les électrons sont consommés et sont donc réactifs de la demi-équation :

$$\mathbf{Ni^{2+}(aq) + 2e^- = Ni(s)}$$

Au niveau de l'électrode de zinc, les électrons sont créés et sont donc produits de la demi-équation :

$$\mathbf{Zn(s) = Zn^{2+}(aq) + 2e^-}$$

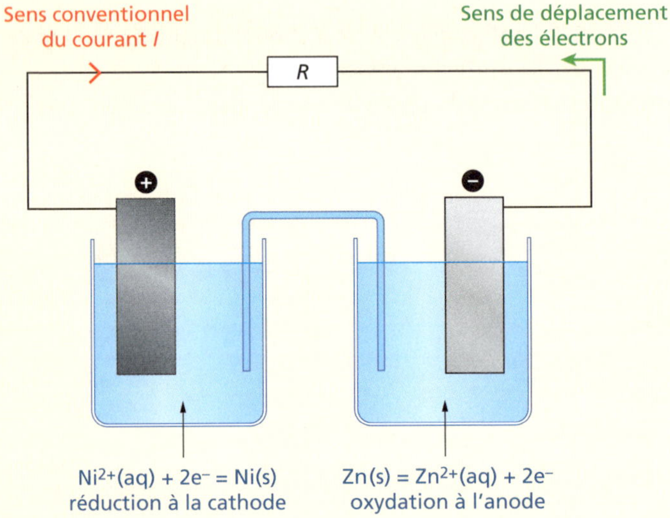

3 **À l'électrode de nickel**, l'ion nickel Ni^{2+}, oxydant du couple Ni^{2+}/Ni, est réduit : à cette électrode a lieu la **réduction**.

À l'électrode de zinc, le métal zinc Zn, réducteur du couple Zn^{2+}/Zn, est oxydé : à cette électrode a lieu l'**oxydation**.

À retenir
Il y a toujours réduCtion à la Cathode et oxydAtion à l'Anode.

4 Les deux demi-équations ayant lieu aux électrodes échangent 2 électrons. Leur addition membre à membre permet d'obtenir l'équation de la réaction globale quand la pile débite :

$$Ni^{2+}(aq) + 2e^- = Ni(s)$$
$$Zn(s) = Zn^{2+}(aq) + 2e^-$$
$$\overline{Ni^{2+}(aq) + Zn(s) \rightarrow Ni(s) + Zn^{2+}(aq)}$$

Gagnez des points !
Vérifiez que, dans l'addition membre à membre, les 2 électrons apparaissant dans les demi-équations se simplifient.
Si ce n'est pas le cas, il faudra coefficienter les demi-équations avant de les additionner.

5 Le quotient initial de la réaction est défini comme suit à partir de l'équation bilan ci-avant :

$$Q_{r,i} = \frac{[Zn^{2+}]_i}{[Ni^{2+}]_i}$$

Le quotient réactionnel ne fait intervenir que les concentrations des ions en solution à l'état initial.

Or l'énoncé précise que « la concentration initiale des ions positifs est $C = 5{,}0 \times 10^{-2}$ mol·L^{-1} ».

Soit alors $[Zn^{2+}]_i = [Ni^{2+}]_i = C$. Le quotient initial de la réaction se simplifie alors : $Q_{r,i} = \frac{C}{C} = 1{,}0$.

Piège à éviter
Pensez que *C* s'exprime avec une précision de 2 chiffres significatifs. Le rapport unité de *C*/*C* doit au moins être exprimé avec cette précision.

Le quotient initial de la réaction est ainsi très inférieur à la valeur de la constante d'équilibre de la pile : $Q_{r,i} << K = 10^{18}$. On en déduit que la réaction évoluera dans le sens direct et, K étant de très forte valeur $K >> 10^4$, on en conclut aussi que la réaction support de fonctionnement est totale.

Si la réaction évolue totalement dans le sens direct, alors on a bien :

$$Ni^{2+}(aq) + Zn(s) \rightarrow Ni(s) + Zn^{2+}(aq)$$

Les ions nickel sont consommés : les électrons arrivent au niveau de l'électrode de nickel et $Ni^{2+}(aq) + 2e^- = Ni(s)$. Cette électrode constitue bien **le pôle positif** de la pile.

Le métal zinc est aussi consommé : les électrons sont produits par l'oxydation $Zn(s) = Zn^{2+}(aq) + 2e^-$. Cette électrode constitue bien **le pôle négatif** de la pile.

PARTIE 2

1 À l'électrode de nickel, la demi-équation est :

$Ni^{2+}(aq) + 2e^- = Ni(s)$. **Les ions nickel sont consommés, leur concentration diminue** dans le bécher de gauche.

À l'électrode de zinc, la demi-équation est :

$Zn(s) = Zn^{2+}(aq) + 2e^-$. **Les ions zinc sont produits, leur concentration augmente** dans le bécher de droite.

Le quotient réactionnel est : $Q_r = \dfrac{[Zn^{2+}]}{[Ni^{2+}]}$.

Si la concentration des ions nickel $[Ni^{2+}]$ diminue et que celle des ions zinc $[Zn^{2+}]$ augmente, alors le **quotient de réaction augmente**.

Méthode

Appuyez-vous sur les demi-équations afin de déterminer si un ion est produit ou consommé, c'est-à-dire si sa concentration augmente ou diminue.

2 La pile s'arrête de fonctionner lorsqu'elle est en **équilibre**, c'est-à-dire lorsque le quotient réactionnel est égal à la constante K de réaction. Ainsi, à l'équilibre, $\boldsymbol{Q_{r,éq} = K}$.

À savoir

Une pile est un système chimique d'oxydoréduction hors équilibre. La pile cesse de fonctionner lorsque l'équilibre est atteint, c'est-à-dire lorsque le quotient réactionnel atteint la valeur de la constante d'équilibre K du système.

3 La réaction est considérée comme totale. On suppose que la masse des électrodes est suffisamment importante pour que le réactif limitant soit les ions nickel et non l'électrode de zinc.

Le tableau d'évolution de la réaction est :

		$Ni^{2+}(aq)$ +	$Zn(s)$ →	$Ni(s)$	+ $Zn^{2+}(aq)$
État	Avancement (mol)	Quantité de matière (mol)			
		Ni^{2+}	Zn	Ni	Zn^{2+}
État initial	$x = 0$	$n_1 = CV$	n_2	n_3	$n_1 = CV$
État en cours	x	$n_1 - x$	$n_2 - x$	$n_3 + x$	$n_1 + x$
État final	x_{max}	$n_1 - x_{max}$	$n_2 - x_{max}$	$n_3 + x_{max}$	$n_1 + x_{max}$

Si les ions nickel sont limitants, alors $n_1 - x_{max} = CV - x_{max} = 0$ à l'état final. On en déduit facilement l'avancement maximal :

$$x_{max} = CV$$

A. N. : $x_{max} = 5{,}0 \times 10^{-2} \times 0{,}100$ soit $\boldsymbol{x_{max} = 5{,}0 \times 10^{-3}}$ **mol.**

4 La demi-équation électronique du nickel est : $Ni^{2+}(aq) + 2e^- = Ni(s)$.

On peut considérer son tableau d'évolution :

		$Ni^{2+}(aq)$ +	$2e^-$ =	$Ni(s)$
État	Avancement (mol)	Quantité de matière (mol)		
		Ni^{2+}	e^-	Ni
État initial	$x = 0$	$n_1 = CV$	n_e	n_3
État en cours	x	$n_1 - x$	$n_e - 2x$	$n_3 + x$
État final	x_{max}	$n_1 - x_{max}$	$n_e - 2x_{max}$	$n_3 + x_{max}$

À l'état final, la quantité d'ions nickel est nulle comme précédemment noté : $x_{max} = n_1 = CV$ et la quantité n_e d'électrons consommés est telle que $n_e - 2x_{max} = 0$, soit $\boldsymbol{n_e = 2x_{max} = 2CV}$.

La quantité totale d'électricité fournie par la pile est proportionnelle à la quantité d'électrons débitée, soit :

$$Q = n_e\mathcal{F} = 2CV\mathcal{F}$$

avec $\mathcal{F}$ la valeur absolue de la charge d'une mole d'électrons.

A. N. : $Q = 2 \times 5{,}0 \times 10^{-2} \times 0{,}100 \times 96\,500 = 9{,}65 \times 10^2$ C ou, en ne conservant que 2 chiffres significatifs, $\mathbf{Q = 9{,}7 \times 10^2}$ **C**.

À retenir

La valeur (positive) de la charge totale d'une mole d'électrons est appelée le faraday et est notée $\mathcal{F}$. Un faraday correspond à la valeur absolue de la charge d'un électron ou charge élémentaire e multipliée par la constante d'Avogadro $\mathcal{N}_A$:

$$\mathcal{F} = \mathcal{N}_A \times e$$

PARTIE 3

1 On s'appuie à nouveau sur le tableau d'évolution de la demi-équation électronique de l'électrode de nickel avec un état final correspondant à une heure de fonctionnement.

		$Ni^{2+}(aq)$ +	$2e^-$ =	Ni (s)
État	Avancement (mol)	Quantités de matière (mol)		
		Ni^{2+}	e^-	Ni
État initial	$x = 0$	$n_1 = CV$	n_e	n_3
État en cours	x	$n_1 - x$	$n_e - 2x$	$n_3 + x$
État final	x_f	$n_1 - x_f$	$n_e - 2x_f$	$n_3 + x_f$

À l'état final, la quantité de matière de nickel à l'électrode est :

$$n(\text{Ni})_{EF} = n_3 + x_f$$

Cette quantité correspond à la quantité de matière initiale $n(\text{Ni})_{EI} = n_3$ augmentée de la quantité de nickel produite $n_{prod}(\text{Ni}) = n(\text{Ni})_{EF} - n(\text{Ni})_{EI} = x_f$.

L'augmentation de masse Δm de l'électrode de nickel correspond à la masse de nickel produite pendant l'heure de fonctionnement, soit :

$$m_{prod}(\text{Ni}) = \Delta m = n_{prod}(\text{Ni}) \times M_{Ni}$$

avec M_{Ni} la masse molaire du nickel.

L'astuce du prof

Utilisez le tableau d'évolution de la demi-équation électronique à l'électrode de nickel pour faire le lien entre la quantité de matière de nickel produit et celle d'ions nickel disparus.

En utilisant l'avancement final de la réaction, la relation devient :

$$\Delta m = x_f \times M_{Ni}$$

Or le tableau d'évolution ci-avant permet aussi de constater que la quantité de matière d'ions nickel est : $n(Ni^{2+})_{EF} = n_1 + x_f = CV + x_f = n(Ni^{2+})_{EI} + x_f$.

Ainsi, la quantité d'ions nickel disparus est $n_{disp}(Ni^{2+}) = n(Ni^{2+})_{EF} - n(Ni^{2+})_{EI} = x_f$

soit finalement : $n_{disp}(Ni^{2+}) = x_f = \dfrac{\Delta m}{M(\text{Ni})}$.

A. N. : $n_{disp}(Ni^{2+}) = \dfrac{100 \times 10^{-3}}{58{,}7}$ soit $\boldsymbol{n_{disp}(Ni^{2+}) = 1{,}70 \times 10^{-3}}$ **mol.**

L'astuce du prof

Ne refaites pas tout le raisonnement établi à la question 3 de la Partie 2, mais citez-le et appuyez-vous uniquement sur les conclusions, vous gagnerez du temps !

2 Par le même raisonnement que dans la réponse à la question 3 de la Partie 2, on peut écrire que :

$$n_e = 2x_f = 2n_{disp}(Ni^{2+}) = 2\frac{\Delta m}{M(\text{Ni})}$$

et que la quantité d'électricité fournie par la pile au bout d'une heure de fonctionnement est :

$$Q = n_e\mathcal{F} = 2n_{disp}(Ni^{2+}) \times \mathcal{F} \text{ soit } Q = 2\mathcal{F} \times \frac{\Delta m}{M(\text{Ni})}$$

A. N. : $Q = 2 \times 96\,500 \times \dfrac{100 \times 10^{-3}}{58{,}7} = 3{,}29 \times 10^{2}$ C, soit $\mathbf{Q = 329}$ **C**.

3 La courbe de l'absorbance A en fonction de la concentration C (en mol·L^{-1}) de la solution de sulfate de nickel peut être modélisée par une droite passant par l'origine du repère :

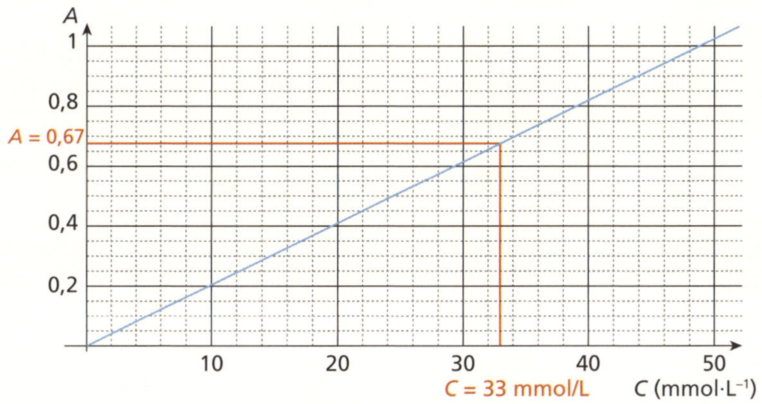

4 La solution de sulfate de nickel s'écrit :

$$Ni^{2+}(aq) + SO_4^{\ 2-}(aq)$$

Un tableau d'évolution basé sur l'équation de dissolution montrerait que la quantité de matière d'ions nickel produits est égale à la quantité de cristal de sulfate de nickel dissous. En supposant que la dissolution se fasse à volume constant, on en déduit que la relation d'égalité des quantités de matière est aussi valable pour les concentrations molaires. La concentration en ions $Ni^{2+}(aq)$ est donc égale à celle de la solution de sulfate de nickel :

$$[Ni^{2+}(aq)] = C$$

On retrouve bien la notation déjà proposée dans l'énoncé : « la concentration initiale des ions positifs est $C = 5{,}0 \times 10^{-2}$ mol·L^{-1} ».

Remarque

La courbe de l'absorbance A en fonction de la concentration C de la solution de sulfate de nickel étant une droite passant par l'origine, on peut en conclure que A est proportionnelle à C, soit $A = kC$, avec k une constante de proportionnalité positive. On retrouve ainsi la Loi de Beer-Lambert.

En utilisant le graphique précédent, on repère le point d'ordonnée $A = 0{,}67$ sur la droite modèle et on en déduit par lecture graphique son abscisse $C_{A=0{,}67}$ (tracés rouges).

On lit ainsi : $\mathbf{[Ni^{2+}(aq)]_{A=0{,}67} = C_{A=0{,}67} = 33}$ **mmol·L^{-1}**.

5 La concentration initiale en ions nickel, donnée de l'énoncé, est :

$[Ni^{2+}(aq)]_{initial} = C = 5{,}0 \times 10^{-2}$ mol·L^{-1} = 50 mmol·L^{-1}.

Après réaction, il reste :

$$[Ni^{2+}(aq)]_{final} = C_{A=0{,}67} = 33 \text{ mmol·L}^{-1}$$

Par différence, on en déduit la concentration des ions nickel restant en solution :

$$[Ni^{2+}(aq)]_{restant} = [Ni^{2+}(aq)]_{initial} - [Ni^{2+}(aq)]_{initial}$$

A. N. : $[Ni^{2+}(aq)]_{restant} = 50 - 33 = 17$ mmol·L^{-1}.

Méthode

Comparez $[Ni^{2+}]_{restant}$ et $[Ni^{2+}]_{disp}$.

La valeur de la quantité de matière d'ions nickel trouvée à la question 1 est $n_{disp}(Ni^{2+}) = 1{,}70 \times 10^{-3}$ mol, ce qui, dans un volume de solution de $V = 100$ mL, correspond à une concentration :

$$[Ni^{2+}]_{disp} = \frac{n_{disp}(Ni^{2+})}{V}$$

A. N. : $[Ni^{2+}]_{disp} = \dfrac{1{,}70 \times 10^{-2}}{0{,}100} = 1{,}70 \times 10^{-2}$ mol·L^{-1}. Soit $[Ni^{2+}]_{disp} = 17$ mmol·L^{-1}.

On constate que les deux valeurs trouvées sont identiques :

$$[\mathrm{Ni}^{2+}]_{\text{restant}} = [\mathrm{Ni}^{2+}]_{\text{disp}} = \mathbf{17\ mmol \cdot L^{-1}}$$

Le résultat trouvé est bien cohérent avec le calcul réalisé à la question 1.

EXERCICE 2

PARTIE 1

1 La vergence C_2 de la lentille L_2 est l'inverse de sa distance focale : $C_2 = \frac{1}{f_2'}$.

A. N. : $C_2 = \frac{1}{0{,}10}$ soit $\mathbf{C_2 = 10\ \delta}$.

Piège à éviter
La vergence s'exprime en dioptries de symbole δ, dans la mesure où la distance focale est exprimée en mètres.

2 La distance focale de L_2 est $f_2' = 10$ cm, donc le foyer focal objet de la lentille F_2 est placé 10 cm en amont de O_2, le centre optique de L_2, et le foyer focal image F_2' est placé à 10 cm après L_2.

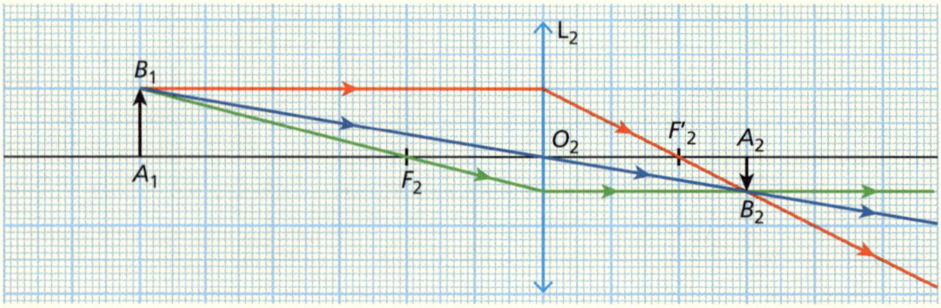

L'image A_2B_2 de l'objet A_1B_1 à travers la lentille L_2 correspond au point de concours de deux des trois rayons particuliers :

– le rayon (R_1), en rouge sur le schéma ci-dessus, issu de B_1, parallèle à l'axe optique avant la lentille L_2 et passant par le foyer focal F_2' image après la lentille ;

– le rayon (R_2), en bleu sur le schéma ci-dessus, ou (B_1O_2) passant par le centre optique O_2 de L_2 qui n'est jamais dévié ;

– le rayon (R_3), en vert sur le schéma ci-dessus, issu de B_1 passant par le foyer focal objet F_2 avant la lentille qui ressort de L_2 parallèle à l'axe optique.

Le point image B_2 de B_1 est le point de concours de ces trois rayons particuliers après la lentille L_2.

Le point image A_2 de A_1 est alors situé sur l'axe optique tel que le segment $[A_2B_2]$ est perpendiculaire à cet axe.

L'image A_2B_2 est **réelle, renversée** et **réduite**.

Dans le cas de la figure 1.b, on ne peut tracer que deux rayons particuliers sur trois, soit (R_1) et (R_2) seulement.

Le point de concours B_2 se situe dans ce cas en avant de la lentille.

L'image A_2B_2 est alors **virtuelle, droite et agrandie**. On parle d'**effet loupe**.

Gagnez des points !
• Tracez deux rayons particuliers de votre choix, et déduisez-en B_2, point de concours après la lentille de ces deux rayons.
• Tracez le troisième rayon particulier pour vérifier votre construction : ce rayon doit passer à son tour par B_2.

Rappel
Une image est :
– réelle si elle est dans l'espace image ou après la lentille, elle est virtuelle sinon ;
– renversée si le sens de l'image est opposé à celui de l'objet, elle est droite sinon ;
– réduite si l'image est de taille inférieure à celle de l'objet, elle est agrandie sinon.

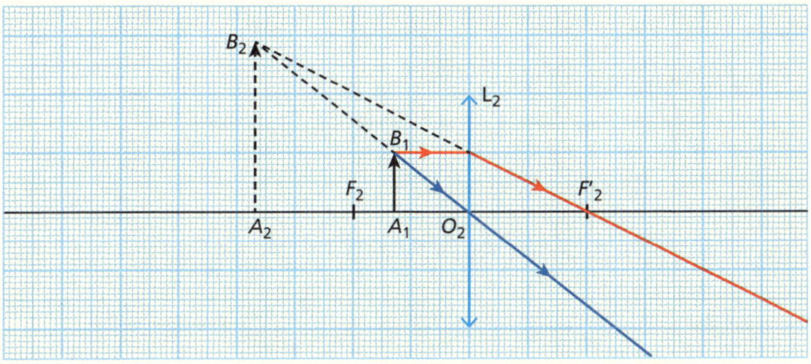

Le cas de la figure 1.c est assez proche de celui de la figure précédente, avec des rayons particuliers qui ne convergent jamais : l'image A_2B_2 est alors renvoyée à l'infini. Cette troisième image, **portée à l'infini**, est **virtuelle**, **droite et agrandie**.

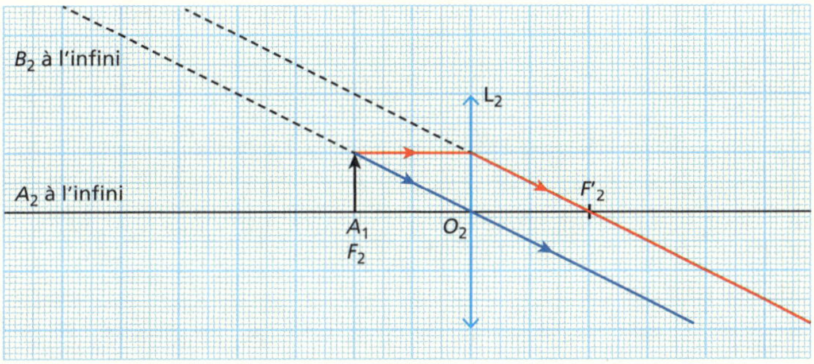

3 La position de l'image A_2B_2 peut se calculer en utilisant la formule de conjugaison. La distance entre l'objet A_1B_1 et la lentille est lue sur le schéma de la figure 1.a : elle correspond à 6,0 cm sur le graphe, soit en considérant une échelle horizontale de 1/5, une distance objet-lentille de 6,0 × 5 = 30 cm dans la réalité.

La distance algébrique est donc : $\overline{O_2A_1} = -30$ cm.

La formule de conjugaison dans le cas présent s'écrit $\frac{1}{\overline{O_2A_2}} - \frac{1}{\overline{O_2A_1}} = C_2$

soit $\frac{1}{\overline{O_2A_2}} = C_2 + \frac{1}{\overline{O_2A_1}}$.

A. N. : $\frac{1}{\overline{O_2A_2}} = 10 + \frac{1}{-0,30} = +6,7\ \delta$ et $\overline{O_2A_2} = +0,15$ m en prenant l'inverse du résultat précédent tout en gardant la totalité des chiffres significatifs de ce résultat intermédiaire.

Par lecture graphique de la figure 1.a, le point image A_2 est positionné à 3,0 cm après la lentille sur le schéma. En considérant toujours la même échelle 1/5, on en déduit que dans la réalité :

$\overline{O_2A_2} = +3,0 \times 10^{-2} \times 5 = +15 \times 10^{-2}$ m $= +0,15$ m.

Le calcul effectué en utilisant la formule de conjugaison permet donc bien de retrouver une image A_2B_2 située à 15 cm après la lentille, on a donc bien $\overline{O_2A_2}$ = **+ 0,15 m**.

L'astuce du prof

Exceptionnellement, en optique, ne cherchez pas à donner l'expression des différentes distances algébriques issues de la formule de conjugaison ou du grandissement. Contentez-vous de leur inverse et déduisez-en la valeur de la distance algébrique recherchée à partir de la valeur numérique de l'inverse.

À retenir

- L'objectif d'une lunette correspond à la lentille du côté de l'objet. Elle est de grande focale ou de faible vergence.
- L'oculaire est en revanche du côté de l'œil, et sa vergence est supérieure à celle de l'objectif.

PARTIE 2

1 A_1B_1 joue le rôle d'**objet** pour la lentille L_2.

2 La lentille L_1 joue le rôle d'**objectif** et la lentille L_2 celui de l'**oculaire**.

3 La figure 2 complétée par les éléments demandés est alors :

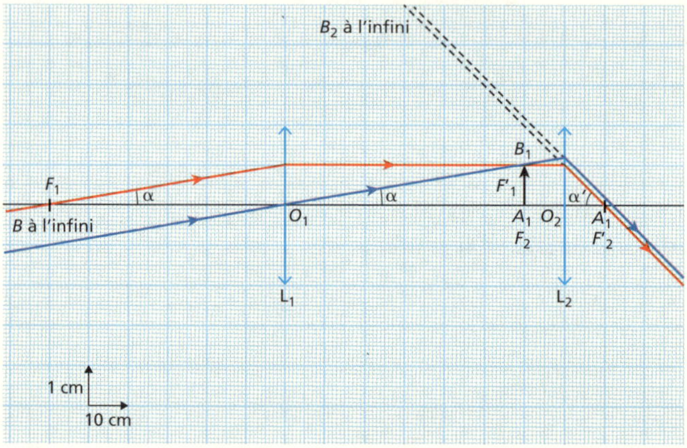

La lentille L_1 est placée avant la lentille L_2 : la distance entre les centres optiques O_1 et O_2 est de 70 cm dans la réalité. Avec l'échelle horizontale de 1/10, la distance O_1O_2 correspond sur le schéma à un espacement de 70/10 = 7,0 cm.

Les foyers objets sont placés avant les lentilles et les foyers images après : chaque foyer est séparé d'une distance focale du centre optique de la lentille.

On a alors F_1 et F_1' à $f_1' = 60$ cm dans la réalité et 60/10 = 6,0 cm sur le schéma de part et d'autre de O_1.

De même, F_2 et F_2' sont situés à $f_2' = 10$ cm dans la réalité et 10/10 = 1,0 cm sur le schéma de part et d'autre de O_2.

L'énoncé précise que « l'image intermédiaire A_1B_1 est située dans le plan focal objet de la lentille L_2 », et sa hauteur est de 1 cm dans la réalité.

On trace donc une image A_1B_1 telle que A_1 est confondu avec F_2, et de 1 cm vers le haut, car l'échelle verticale est de 1/1 (les dimensions verticales du schéma correspondent exactement à celles de la réalité).

Les deux rayons lumineux traversant les deux lentilles du système optique en passant par B_1 correspondent :
– au rayon particulier provenant de F_1 avant L_1 et parallèle à l'axe optique après la lentille pour le premier rayon ;
– au rayon passant par O_1 qui n'est pas dévié pour le second rayon.

4 Avant la lentille, on constate que le rayon passant par O_1 et celui passant par F_1 sont parallèles entre eux. Ils ne convergent donc pas, ou l'on peut dire encore que **l'objet *AB* se situe à l'infini**.

La construction précédente se termine par les tracés, après la lentille L_2, des rayons suivants :
– le rayon particulier passant par B_1 parallèle à l'axe optique avant L_2 et ressortant en F_2' après L_2 pour poursuivre le premier rayon ;
– le prolongement du second rayon parallèlement au premier rayon après la lentille L_2. En effet, l'image intermédiaire A_1B_1 est dans le plan focal objet de L_2, la lunette est donc afocale, et **l'image définitive A_2B_2 est projetée à l'infini**.

Piège à éviter

Lorsque les rayons particuliers ne convergent pas, cela signifie que l'objet est situé à l'infini s'il s'agit des rayons incidents ou que l'image est projetée à l'infini s'il s'agit des rayons émergeant du système optique.

5 Le diamètre apparent α de l'objet est l'**angle sous lequel l'objet *AB* est vu à l'œil nu**. Le diamètre apparent α′ de l'image est l'**angle sous lequel l'objet *AB* est vu à travers l'oculaire**, c'est-à-dire la lentille L_1.

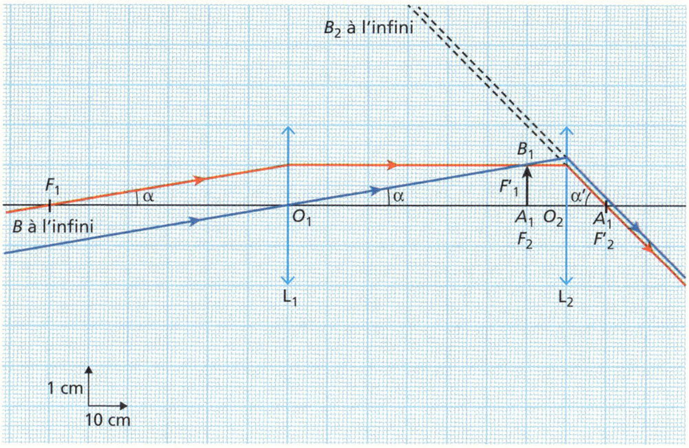

6 Le diamètre apparent α peut aussi être représenté par l'angle $\widehat{A_1O_1B_1}$. On peut alors définir la tangente : $\tan\alpha = \dfrac{A_1B_1}{O_1A_1} = \dfrac{A_1B_1}{O_1F_1'}$.

Le diamètre apparent α′ de l'image est tel que : $\tan\alpha' = \dfrac{A_1B_1}{O_2F_2'}$.

Le grossissement est défini par : $G = \dfrac{\alpha'}{\alpha}$. Or, dans le cas de petits angles, le rapport des angles est égal au rapport des tangentes :

$$G = \frac{\alpha'}{\alpha} = \frac{\tan\alpha'}{\tan\alpha} = \frac{\dfrac{A_1B_1}{O_2F_2'}}{\dfrac{A_1B_1}{O_1F_1'}} = \frac{O_1F_1'}{O_2F_2'}$$

L'astuce du prof
- Dans le cas de petits angles, le rapport des angles correspond au rapport de leur tangente.
- Exprimez ainsi les tangentes à partir des dimensions du problème et déduisez-en le grossissement.

En ne considérant que les valeurs positives des grandeurs, on peut définir les distances focales : $f_1' = O_1F_1'$ et $f_2' = O_1F_2'$.

Le grossissement *G* apparaît ainsi comme le rapport des distances focales de l'objectif et de l'oculaire :

$$G = \frac{f_1'}{f_2'}$$

A. N. : $G = \dfrac{60}{10} = \mathbf{6{,}0}$.

Gagnez des points !
La plupart du temps, il est plus facile de changer l'oculaire d'une lunette astronomique plutôt que de changer l'objectif.

7 Le grossissement $G = \dfrac{f_1'}{f_2'}$ peut être augmenté, soit **en augmentant f_1'**, la distance focale de l'objectif, soit **en diminuant f_2'**, la distance focale de l'oculaire.

EXERCICE 3

PARTIE 1

1 La lecture du doc. 1 aux deux valeurs extrêmes de pH permet de déterminer les proportions en dichlore Cl_2, acide hypochloreux HClO et ion hypochlorite ClO^-.

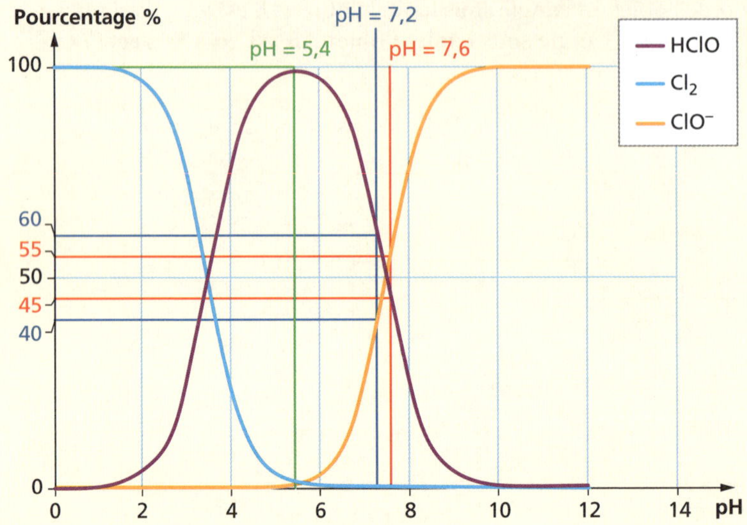

Quel que soit le pH de l'eau de piscine, la quantité de dichlore est nulle (la courbe de Cl_2 est au niveau de 0 %). Pour un pH de 7,2 la proportion d'acide hypochloreux HClO est de 60 % contre 40 % d'ions hypochlorite ClO^- (tracés bleus). Pour un pH de 7,6 la proportion d'acide hypochloreux HClO est de 45 % contre 55 % d'ions hypochlorite ClO^- (tracés rouges).

L'astuce du prof
Pensez à mettre des couleurs sur votre copie et n'hésitez pas à vous y référer dans votre réponse.

Ainsi, dans la zone de pH 7,2 < pH < 7,6 les proportions de chacune des espèces se résument à :

– **45 % < pourcentage de HClO < 60 %** ;

– **40 % < pourcentage de ClO^- < 55 %** ;

– **0 % de Cl_2**.

Si l'on se réfère à l'énoncé (« De l'acide hypochloreux $HClO_{(aq)}$ (appelé chlore actif) est généré indirectement *in situ*. Cette espèce est particulièrement efficace pour désinfecter l'eau de la piscine. »), pour que les proportions ci-avant correspondent à une désinfection optimale, il faudrait un pourcentage maximal, soit 100 %, d'acide hypochloreux. Or pour la zone de pH d'une eau de piscine, le pourcentage maximal n'est que de 60 %. En revanche, 100 % d'acide hypochloreux correspondrait à une eau dont le pH serait de 5,4 (tracés verts), donc trop acide pour une baignade !

Ainsi, les proportions obtenues pour un pH de l'eau de piscine entre 7,2 et 7,6 **ne correspondent pas à une désinfection optimale**. Cette dernière nécessite un pH de 5,4 rendant **l'eau de piscine trop acide et non baignable**.

PARTIE 2

1 Le schéma du montage expérimental de dosage conductimétrique comprend :
– une burette graduée avec la solution aqueuse titrante de nitrate d'argent ;
– un bécher de 200 mL contenant 10,0 mL d'eau de piscine et 90 mL d'eau distillée ;
– une cellule conductimétrique reliée au conductimètre plongeant dans le bécher contenant la solution à titrer.

Piège à éviter
Un schéma n'est pas un dessin. Les verreries et autres éléments du montage correspondent à des schémas normalisés qu'il faut reproduire à la règle.

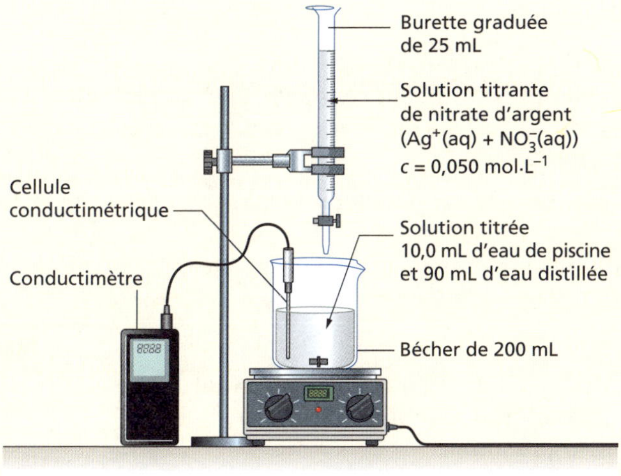

2 Le volume d'eau de piscine est de 10,0 mL, volume relativement précis qui doit être mesuré avec une verrerie jaugée : une **pipette jaugée de 10,0 mL** peut être utilisée. Le volume d'eau de 90 mL quant à lui est moins précis : **une burette graduée de 100 mL** peut être utilisée pour ce prélèvement.

> **À retenir**
> Pour un volume à mesurer au dixième de mL, il faut utiliser une verrerie jaugée, alors que pour un volume à mesurer au mL, une verrerie graduée suffit.

3 Avant l'équivalence :

– le bécher contient les ions de l'eau de piscine. Le pH étant de 7 environ, on négligera les ions hydroxyde HO^- et oxonium H_3O^+ de l'autoprotolyse de l'eau. De plus, on supposera que seul les ions chlorure Cl^- et sodium Na^+ sont à considérer ;

– lors du versement de la solution de nitrate d'argent dans le bécher, les ions argent, réactif limitant, sont entièrement consommés et réagissent avec les ions chlorure dont la quantité diminue :

$$Ag^+(aq) + Cl^-(aq) \rightarrow AgCl(s)$$

Seuls les ions nitrate sont finalement introduits.

On en conclut qu'avant l'équivalence, sont présents dans le bécher : les ions sodium spectateurs Na^+, les ions nitrate NO_3^- introduits par ajout de solution titrante et les ions chlorure Cl^- non encore consommés. La conductivité de la solution est donc avant l'équivalence :

$$\sigma = \lambda_{Na^+}[\mathbf{Na^+}] + \lambda_{Cl^-}[\mathbf{Cl^-}] + \lambda_{NO_3^-}[\mathbf{NO_3^-}]$$

Après l'équivalence :

– le bécher contient toujours les ions sodium Na^+ et les ions nitrate NO_3^- introduits par ajout de solution titrante. Les ions argent Ag^+ ont été totalement consommés par réaction avec les ions chlorure Cl^- : il n'en reste donc plus ;

– lors du versement de la solution de nitrate d'argent dans le bécher, les ions argent n'ont plus d'ions chlorure pour réagir et sont donc présents à hauteur de la quantité ajoutée après équivalence.

On en conclut qu'après l'équivalence, sont présents dans le bécher : les ions sodium spectateurs Na^+, les ions nitrate NO_3^- et les ions argent Ag^+ introduits par ajout de solution titrante. La conductivité de la solution est donc après l'équivalence :

$$\sigma = \lambda_{Na^+}[\mathbf{Na^+}] + \lambda_{Ag^+}[\mathbf{Ag^+}] + \lambda_{NO_3^-}[\mathbf{NO_3^-}]$$

> **Gagnez des points !**
> Réfléchissez à ce qui se passe séparément avant et après l'équivalence.
> Pensez que :
> – les ions sodium sont spectateurs et donc toujours présents ;
> – les ions nitrate ne réagissent pas et sont présents dans le bécher à hauteur des quantités introduites au fur et à mesure du dosage ;
> – les ions argent et chlorure réagissent ensemble avant l'équivalence avec les ions argent comme réactif limitant ;
> – les ions chlorure ne sont plus présents après équivalence car tous consommés.

4 Avant l'équivalence, la conductivité est :

$$\sigma = \lambda_{Na^+}[Na^+] + \lambda_{Cl^-}[Cl^-] + \lambda_{NO_3^-}[NO_3^-]$$

avec une concentration d'ions sodium $[Na^+]$ restant constante, une concentration d'ions chlorure $[Cl^-]$ réagissant avec les ions argent qui diminue et ce, d'autant plus que celle des ions nitrate $[NO_3^-]$ introduits augmente.

Cela revient finalement à considérer que dans la solution, les ions nitrate prennent la place des ions chlorure.

Or la conductivité molaire ionique des ions nitrate est légèrement inférieure à celle des ions chlorure :

$$\lambda_{Cl^-} = 7{,}63 \text{ mS} \cdot \text{m}^2 \cdot \text{mol}^{-1} > \lambda_{NO_3^-} = 7{,}14 \text{ mS} \cdot \text{m}^2 \cdot \text{mol}^{-1}$$

On en déduit donc que, lors de l'ajout de solution **titrante avant l'équivalence, la conductivité de la solution diminue** du fait du remplacement des ions chlorure par les ions nitrate.

Après l'équivalence, la conductivité de la solution est :

$$\sigma = \lambda_{Na^+}[\mathbf{Na^+}] + \lambda_{Ag^+}[\mathbf{Ag^+}] + \lambda_{NO_3^-}[\mathbf{NO_3^-}]$$

avec une concentration d'ions sodium $[Na^+]$ restant constante, une concentration d'ions argent $[Ag^+]$ ne réagissant plus qui augmente, tout comme celle des ions nitrate $[NO_3^-]$ chaque fois que l'on ajoute de la solution titrante.

On en déduit que, lors de l'ajout de solution **titrante après l'équivalence, la conductivité de la solution augmente** du fait de l'augmentation de la quantité des ions nitrate et des ions argent.

> **Méthode**
> Montrez que :
> – avant l'équivalence, la conductivité de la solution diminue en comparant les conductivités ioniques molaires des ions chlorure et nitrate ;
> – après l'équivalence, l'ajout de solution titrante, ne réagissant plus, augmente la conductivité de la solution.

5 En cohérence avec les analyses précédentes, on peut donner l'allure de la courbe de la conductivité σ de la solution en fonction du volume $V = V_{Ag^+}$ de solution titrante versé. On note σ_0 la conductivité de la solution titrée juste avant le dosage.

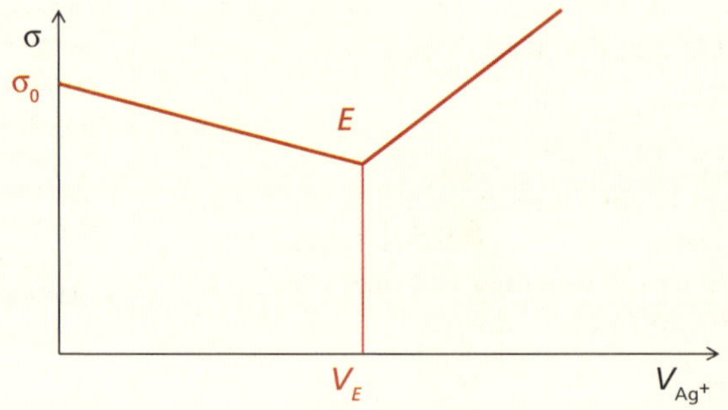

Avant l'équivalence, les points expérimentaux peuvent être modélisés par une demi-droite descendante, et après l'équivalence, la demi-droite change de pente.

Le point E d'équivalence correspond à l'**intersection entre les deux demi-droites**, lorsqu'on passe d'un réactif limitant à un autre avec changement de pente de la conductivité de la solution.

Son abscisse est alors le volume de solution titrante V_E versée à l'équivalence.

> **Piège à éviter**
> Le point d'équivalence *E* correspond bien à l'intersection des deux demi-droites et non au point expérimental le plus bas du graphe. Il faut absolument tracer les deux demi-droites avant de déterminer *E* !

6 L'équation de la réaction support du titrage est :

$$Ag^+(aq) + Cl^-(aq) \rightarrow AgCl(s)$$

Un tableau d'évolution permet d'établir la relation à l'équivalence :

		$Ag^+(aq)$ +	$Cl^-(aq)$ →	$AgCl(s)$
État	Avancement (mol)	Quantités de matière (mol)		
		Ag^+	Cl^-	AgCl
État initial	$x = 0$	$n_{Ag^+} = cV(Ag^+)$	n_{Cl^-}	0
État en cours	x	$n_{Ag^+} - x$	$n_{Cl^-} - x$	x
Équivalence	$x_{éq}$	$n_{Ag^+} - x_{éq}$	$n_{Cl^-} - x_{éq}$	$x_{éq}$

À l'équivalence, on passe d'un réactif limitant à l'autre. L'équivalence est donc l'état pour lequel on a à la fois $n(Ag^+)_{Eq} = 0$ et $n(Cl^-)_{Eq} = 0$.

Soit $n_{Ag^+} - x_{éq} = 0$ et $n_{Cl^-} - x_{éq} = 0$.

On en déduit alors que :

$$n_{Ag^+} = x_{éq} \text{ et } n_{Cl^-} = x_{éq}$$

La relation à l'équivalence est donc :

$$n_{Ag^+} = cV(Ag^+) = cV_E = n_{Cl^-}$$

Soit $[Cl^-]$ la concentration molaire en ions chlorure de l'eau de piscine. La relation à l'équivalence s'écrit alors :

$$n_{Ag^+} = cV_E = n_{Cl^-} = [Cl^-]V(Cl^-)$$

On en déduit :

$$\mathbf{[Cl^-] = \frac{cV_E}{V(Cl^-)}}$$

A. N. : $[Cl^-] = \frac{0{,}050 \times 15{,}0}{10{,}0}$ = $\mathbf{0{,}075\ mol \cdot L^{-1}}$.

7 En s'appuyant sur l'énoncé, on peut lire :

« Pour que l'électrolyse soit efficace, l'eau de piscine doit contenir entre 3 et 5 grammes de sel par litre ». On en déduit que la concentration massique en sel $(Na^+ + Cl^-)_{aq}$ doit être comprise entre 3 $g \cdot L^{-1}$ et 5 $g \cdot L^{-1}$ pour que l'électrolyse soit efficace.

Un tableau d'évolution du système chimique basé sur la réaction de dissolution du sel dans l'eau :

$$NaCl(s) = Na^+(aq) + Cl^-(aq)$$

montrerait que la concentration molaire ou massique de chaque ion correspond à celle du solide NaCl dans l'eau avant dissolution.

Méthode

- Calculez la concentration massique en sel de l'eau de piscine à partir de la concentration molaire en ions chlorure.
- Déduisez-en que la concentration massique obtenue appartient à l'encadrement proposé dans l'énoncé.

Ainsi, on peut en déduire que la concentration molaire précédemment calculée correspond à celle du solide dans l'eau :

$$[Cl^-] = C_{NaCl}$$

La concentration massique C_m est liée à la concentration molaire :

$$C_m = C_{NaCl} \times M_{NaCl}$$

avec $M_{NaCl} = M_{Na} + M_{Cl}$ la masse molaire du sel, soit finalement :

$$C_m = [Cl^-] \times (M_{Na} + M_{Cl})$$

A. N. : $C_m = 0{,}075 \times (23{,}0 + 35{,}5) = 4{,}4\ g \cdot L^{-1}$.

On obtient une concentration en sel comprise entre les deux valeurs extrêmes proposées dans l'énoncé : $3\ g \cdot L^{-1} < C_m < 5\ g \cdot L^{-1}$.

Il n'est donc **pas nécessaire de rajouter du sel** dans la piscine.

SUJET 1 > voir p. 409

EXERCICE 1

La reproduction sexuée, source de diversité

Chaque individu est unique avec une combinaison d'allèles qui lui est propre. Comment les mécanismes de la méiose et de la fécondation assurent-ils une diversité des génotypes ?

I. La méiose à l'origine de gamètes génétiquement différents

On cherche à mettre en évidence la diversité des génotypes des descendants d'un couple d'hétérozygotes en considérant deux gènes indépendants, c'est-à-dire portés par des chromosomes différents.

Chacun des deux parents a donc pour génotype (A//a B //b). La méiose va leur permettre de former des gamètes haploïdes.

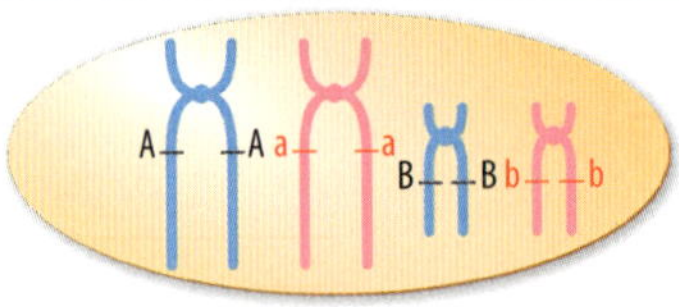

cellule à $2n = 4$, hétérozygote pour deux gènes

À l'anaphase 1, les chromosomes homologues se séparent et migrent vers des pôles opposés. Les couples d'allèles sont ainsi séparés (disjonction des allèles).

La migration à l'un ou l'autre pôle de la cellule de chaque homologue d'une même paire se fait au hasard. La ségrégation des allèles est indépendante.

Si on considère deux paires de chromosomes, deux cas sont alors possibles.

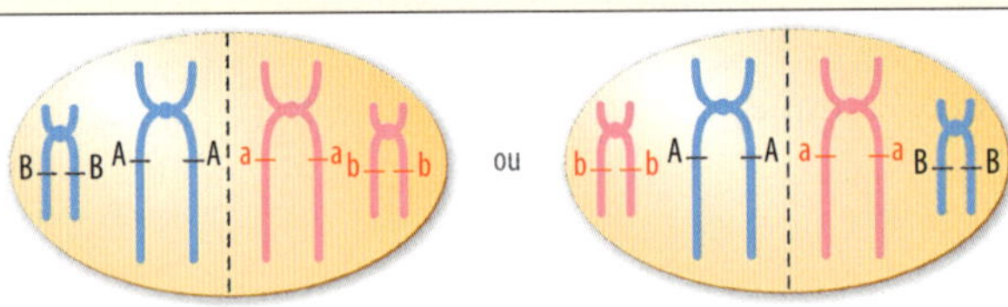

deux cas possibles de répartition des homologues lors de leur séparation en anaphase de première division

À la fin de la première division, il se forme différents types de cellules présentant des combinaisons alléliques différentes.

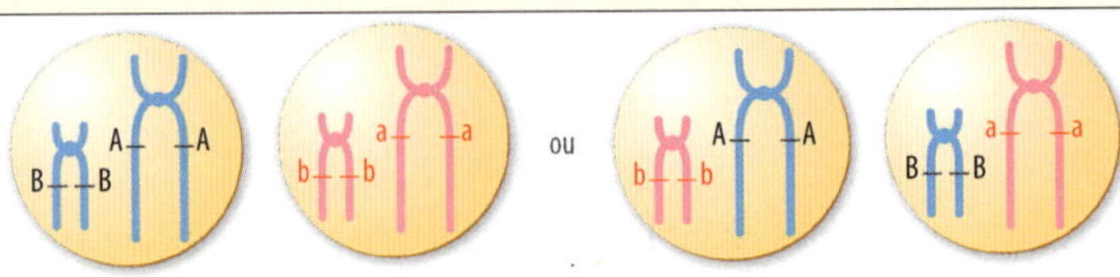

résultat de la première division dans les deux cas

En fin de seconde division de méiose, on obtient quatre types de gamètes génétiquement différents.

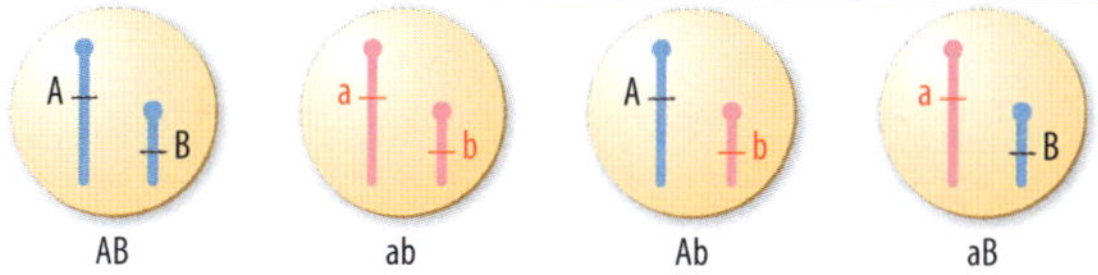

quatre types de gamètes possibles à l'issue de la deuxième division

Un gamète avec les allèles A/B/ ; un gamète avec les allèles a/b/ ; un gamète avec les allèles A/b/ et un gamète avec les allèles a/B/. Il s'est opéré un brassage des allèles paternels et maternels par le biais d'un brassage interchromosomique, c'est-à-dire entre chromosomes différents.

II. L'amplification du brassage génétique au cours de la fécondation

Lors de la fécondation, la rencontre des gamètes a lieu au hasard et différentes combinaisons sont possibles. Elles peuvent être représentées par un échiquier de croisement.

	A/B/	a/b/	A/b /	a/B /
A/B/	A//A B//B	A//a B//b	A//A b//B	A//a B//B
a/b/	a //A b//B	a//a b//b	a//A b//b	a//a b//B
A/b/	A//A b//B	A//a b//b	A//A b//b	A//a b//B
a/B/	a //A B//B	a//a B//b	a//A B//b	a//a B//B

Ainsi, la fécondation peut aboutir à neuf génotypes différents, dont huit nouveaux génotypes différents de ceux des parents. La fécondation amplifie donc le brassage génétique dû à la méiose.

Conclusion

Si l'on considère deux gènes, un couple d'hétérozygotes peut obtenir neuf types de descendants génétiquement différents dont huit sont différents des parents, ceci grâce au brassage des allèles effectué au cours de la méiose et de la fécondation. Si l'on considère des gènes liés, on peut montrer qu'au brassage interchromosomique se superpose un brassage intrachromosomique qui est aussi responsable de la diversité des gamètes.

Ainsi, le nombre de combinaisons possibles d'allèles augmente avec le nombre de chromosomes et le nombre de gènes ; ce qui explique le nombre élevé de combinaisons alléliques possibles dans la descendance de chaque couple.

EXERCICE 2

Les caractéristiques des motoneurones

Un motoneurone est une cellule nerveuse commandant le fonctionnement d'un organe effecteur. Il est relié à plusieurs cellules nerveuses desquelles il reçoit des informations.

On cherche à comprendre comment un motoneurone est capable de traiter les différentes informations reçues afin que les effecteurs réalisent une réponse cohérente.

Le **document 1** montre qu'une excitation du muscle fait naître un message sous forme de potentiels d'action (PA), véhiculé par le neurone sensitif. On remarque que la fréquence des potentiels d'action augmente avec l'intensité de la stimulation. Ainsi, le message afférent, véhiculé par le neurone sensitif, est codé en fréquence de potentiels d'action.

Le **document 2** représente la réponse du motoneurone après stimulation du neurone sensitif. On observe la formation d'un potentiel d'action seulement lorsque les stimulations sont rapprochées. Le motoneurone effectue la somme des informations successives qui lui parviennent (sommation temporelle) et élabore alors une réponse sous forme de potentiels d'action.

Sur le **document 3**, on compare les réponses de deux motoneurones après stimulation de la même fibre nerveuse sensitive. Le motoneurone du muscle antagoniste répond par une hyperpolarisation, à l'inverse de l'autre. On en déduit que le motoneurone du muscle antagoniste est connecté par une synapse inhibitrice à cette fibre sensitive (en réalité, il existe un interneurone entre celle-ci et le motoneurone).

> **Remarque**
> Observez les différentes réponses et déterminez dans quel cas apparaît un PA.

Le **document 4** représente la structure de la synapse. On observe la présence de vésicules dans la terminaison présynaptique, laquelle est séparée par un espace de la partie postsynaptique. L'arrivée de potentiels d'action au niveau de la terminaison présynaptique déclenche la libération de molécules d'un neuromédiateur qui, en se fixant sur des récepteurs postsynaptiques, entraînent la formation de nouveaux potentiels d'action.

La quantité de neuromédiateur est libérée en fonction de la fréquence des potentiels d'action présynaptiques (**doc. 1**).

La quantité de neuromédiateur fixée est fonction du délai entre les stimulations (**doc. 2**). Dans les synapses inhibitrices, les neuromédiateurs génèrent des hyperpolarisations (**doc. 3**).

> **Conseil**
> Le terme « intégrateur » est un mot clé qu'il faut penser à employer.

Ainsi, le motoneurone reçoit différentes informations à partir desquelles il élabore une réponse adaptée. Il a un rôle d'intégrateur.

SUJET 2 > voir p. 411

EXERCICE 1

La chronologie relative

Introduction

La chronologie relative consiste à établir une succession d'événements les uns par rapport aux autres. Elle utilise pour cela des principes géométriques qui ont été établis à partir du mode de formation des roches. Ce sont ces principes et leurs applications que nous étudierons dans un premier temps.

Nous montrerons ensuite, comment, pour comprendre l'histoire d'une région, il est nécessaire d'établir des corrélations entre différentes structures éloignées les unes des autres ainsi que les événements qui leur ont donné naissance.

I. Des principes pour dater les roches

A. Le principe de superposition

Les roches sédimentaires se forment par dépôt, les unes aux dessus des autres. Il se produit alors un empilement des couches les plus profondes vers les couches les plus superficielles. On a ainsi établi le principe de superposition, selon lequel une couche sédimentaire est plus récente que celle qu'elle recouvre. Il s'applique aussi aux coulées de lave les plus récentes recouvrant les plus anciennes.

B. Le principe de recoupement

Selon le principe de recoupement, toute structure qui en recoupe une autre est postérieure à cette dernière. Ce principe concerne les roches mais aussi les déformations qui les affectent.

Ainsi, lorsqu'un ensemble de couches sédimentaires est traversé par un pluton de granite, ce dernier est postérieur à la plus récente des strates qu'il recoupe. On pourra ainsi dater la remontée du magma et l'événement qui lui a donné naissance. De même, un événement tectonique est postérieur à la couche inférieure affectée mais antérieur à la couche supérieure non affectée.

C. Le principe d'inclusion

Il s'énonce de la façon suivante : si un fragment A est inclus dans B, alors A est antérieur à B. Il s'applique à des roches comme à des minéraux, lorsqu'ils sont imbriqués les uns dans les autres. Le minéral inclus dans un autre lui est alors antérieur. Ainsi, on peut proposer un ordre de cristallisation à l'intérieur d'une roche.

II. Établir des corrélations à distance

A. Des corrélations nécessaires

Les principes géométriques peuvent être appliqués si deux couches sont au contact l'une de l'autre. Or, le géologue cherche à reconstituer l'histoire d'une région, d'un continent ou du globe, ce qui nécessite d'établir des corrélations, c'est-à-dire des correspondances entre des couches qui ne sont pas au contact les unes des autres. Différents principes ont pour cela été établis.

B. Le principe de continuité

Le principe de continuité énonce qu'une même couche a le même âge sur toute son étendue. En effet, cela suppose, même s'il existe des exceptions, que la couche s'est déposée au même moment en tout point.

> **Remarque**
> Ce principe n'est pas toujours applicable : la continuité de la couche peut être « perdue », c'est-à-dire qu'on ne connaît pas d'équivalent dans une autre région.

Ainsi, si une couche a pu être datée en un endroit, par exemple parce qu'elle était recoupée par un pluton de granite, on pourra, même à des centaines de kilomètres de là affirmer qu'elle a le même âge. Évidemment, la même couche ne se prolonge pas sur de telles distances mais en progressant de proche en proche, on peut reconstituer des relations entre couches.

C. Le principe d'identité paléontologique

Certains fossiles constituent des marqueurs temporels universels, susceptibles d'être retrouvés dans de nombreuses couches. Ce sont des fossiles stratigraphiques.

En effet, un fossile est contemporain de la roche qui le contient. Les espèces se sont succédé au cours du temps, celles ayant la durée d'existence la plus courte sont plus intéressantes pour être utilisées comme marqueur du temps. Par ailleurs, pour réaliser des corrélations, il faut que l'espèce ait un vaste domaine de répartition. Une brève durée d'existence, une large répartition ainsi qu'une abondance suffisante sont les caractéristiques d'un bon fossile stratigraphique. Ainsi, deux couches qui contiendront les mêmes fossiles stratigraphiques seront considérées comme ayant le même âge. On utilise comme marqueur plusieurs espèces, ce qui permet de définir des biozones, c'est-à-dire des unités stratigraphiques définies par leur contenu paléontologique.

Conclusion

Bien qu'elle ait des limites d'application, la datation relative permet d'ordonner dans le temps, de façon simple, une succession de structures et d'événements géologiques. Elle peut être complétée par la datation absolue à l'aide des isotopes. Ainsi, lorsque l'âge absolu d'une couche est connu en un endroit, s'il est possible d'établir une corrélation avec d'autres roches, on pourra alors aussi dater ces dernières de façon absolue.

EXERCICE 2

Une relation entre le port des végétaux et la paroi cellulaire

On cherche à expliquer la différence de port entre une plante sauvage et une forme mutante, dressé dans le premier cas, plus ou moins couché dans le second.

> **Astuce du prof**
> Il faut relier les documents entre eux en cherchant un fil conducteur pour les utiliser.

Dans un premier temps, on a testé expérimentalement leur résistance mécanique au cours du développement (document 1). Chez la plante sauvage, la résistance mécanique augmente au cours du développement et est bien plus grande que chez la plante mutante. Chez cette dernière, elle reste constante et faible. La paroi de la plante mutante est plus fine et plus irrégulière que celle de la plante sauvage (**document 2**). La paroi joue le rôle de squelette cellulaire, et son amincissement explique le port couché ainsi que la résistance mécanique plus faible chez l'individu mutant.

La paroi est composée principalement de cellulose, un polymère de glucose. Le **document 3** permet de comparer la proportion de cette molécule chez la plante sauvage et chez la plante mutante, au cours du développement. Le pourcentage de cellulose est plus faible chez l'individu muté et décroît pendant les premières semaines de la croissance. C'est ce qui explique les caractéristiques observées précédemment.

Ainsi, on peut établir une relation entre la composition chimique de la paroi et le port d'un végétal.

SUJET 3 > voir p. 412

EXERCICE 1

Des indices pour reconstituer l'histoire des Alpes

Introduction

L'étude géologique d'une chaîne de montagnes montre qu'elle enregistre toute l'histoire qui précède sa formation. Nous montrerons quels sont les indices géologiques qui ont permis de reconstituer l'histoire des Alpes.

I. Des traces de la présence d'un ancien océan

A. Des roches caractéristiques

Au sein de la chaîne, on peut observer à des altitudes élevées les vestiges d'un ancien plancher océanique : des ophiolites. Il s'agit d'un ensemble de roches constitué de bas en haut par de la péridotite (donc du manteau lithosphérique), puis du gabbro, lui-même surmonté de basalte en coussins (donc de la croûte océanique).

Cet ensemble, qui correspond à une ancienne lithosphère océanique, témoigne de la présence d'un ancien océan à l'emplacement actuel des Alpes.

Cette interprétation est par ailleurs confirmée par la présence d'une couverture de roches sédimentaires marines (comme des radiolarites ou encore des calcaires à ammonites).

B. Des structures tectoniques caractéristiques de la naissance d'un rift

Dans certains massifs cristallins, on trouve les restes d'une ancienne marge continentale passive : des failles normales délimitent des blocs basculés entre lesquels se trouvent des sédiments océaniques (anté, syn et postrift).

Cette ancienne marge continentale passive témoigne d'un épisode de rifting, à la suite d'une extension continentale, suivie de l'ouverture de l'océan alpin.

II. Les indices d'une fermeture de l'océan alpin par subduction

La présence de minéraux repères comme le grenat dans certaines ophiolites montre que la lithosphère océanique a été subduite. En effet, le grenat, un minéral qui se forme à haute pression (et moyenne température), est caractéristique d'un contexte de subduction, c'est-à-dire de l'enfouissement en profondeur de la lithosphère océanique.

> **Remarque**
> La lithosphère subduite a été ramenée en surface sans subir de nouvelles transformations minéralogiques.

III. Des témoins de la collision

Les chaînes de montagnes sont caractérisées par des reliefs élevés et les roches sont affectées par des déformations caractéristiques : des plis, des failles inverses, chevauchements (mouvements tectoniques conduisant un ensemble de roches à en recouvrir un autre), des charriages (chevauchement conduisant à un déplacement des roches de plusieurs dizaines de km).

Par ailleurs, l'étude des profils sismiques révèle la présence d'une racine crustale jusqu'à plus de 50 km de profondeur.

La croûte a donc subi un raccourcissement et un épaississement sous l'effet de compressions majeures dues à une convergence des plaques.

Ainsi, après la résorption du plancher océanique par la subduction, deux lithosphères continentales s'affrontent et entrent en collision. Elles se fracturent en écailles qui se superposent. Des reliefs s'édifient en même temps que se forme une racine crustale.

Remarque
On constate aussi une remontée de lambeaux de la lithosphère océanique subduite pincée entre des écailles de croûte.

Conclusion

La formation d'une chaîne de montagnes comme les Alpes est l'aboutissement d'un processus de fermeture océanique résultant de la convergence des plaques lithosphériques. On peut retrouver dans des chaînes de montagnes plus anciennes différents indices permettant de reconstituer une histoire similaire.

EXERCICE 2

Antibiotiques et fatigue musculaire

On cherche à comprendre comment un antibiotique qui agit au niveau des mitochondries peut être responsable d'une fatigue musculaire.

Le **document 1** montre que lorsque des fragments de membrane interne de mitochondries sont mis au contact de NADH, H^+ et d'ADP + Pi dans un milieu contenant du dioxygène, il y a synthèse d'ATP et réoxydation des NADH, H^+. Toutefois, en absence de sphères pédonculées sur la membrane, la synthèse d'ATP n'a pas lieu.

On peut donc en déduire qu'en présence d'O_2, la membrane interne de la mitochondrie est capable de réoxyder des composés réduits. Par l'intermédiaire des transporteurs de la chaîne respiratoire qu'elle contient, l'O_2 est réduit pour former de l'eau, tandis que le NADH, H^+ est oxydé pour former du NAD^+. En revanche, ce sont les sphères pédonculées qui sont responsables de la synthèse d'ATP. Il s'agit probablement des ATP synthases.

Conseil
Faites suivre vos observations d'une interprétation.

Le **document 2** montre que dans les conditions témoins, la contraction consomme du glycogène. De plus, bien que le muscle soit resté contracté, la quantité d'ATP n'a pas varié. La contraction musculaire nécessitant de l'ATP, on en déduit que l'ATP est renouvelée au fur et à mesure que le glycogène est utilisé. Le glucose libéré à partir du glycogène est dégradé avec production de composés réduits (NADH, H^+).

L'injection d'une forte dose d'antibiotique stoppe rapidement la contraction du muscle. Le glycogène n'est pas consommé, l'ATP n'est pas renouvelée.

Or, on sait que l'antibiotique agit sur les mitochondries. Comme il empêche la synthèse d'ATP, on peut supposer qu'il agit au niveau des ATP synthases. En absence d'ATP, le muscle devient alors incapable de se contracter.

GRAND ORAL

Conseil 1 Préparez l'épreuve 456
Conseil 2 Travaillez vos questions 458
Conseil 3 Préparez l'échange avec le jury 467
Conseil 4 Travaillez les techniques de l'oral 471
Conseil 5 Entraînez-vous et soyez prêt(e) le jour J 476
Questions-types corrigées 481
Exemples de questions possibles 487

Conseil 1

Préparez l'épreuve

Notation

Bac général coef. 10 — Bac technologique coef. 14

› Le jury valorise la solidité de vos connaissances, votre capacité à argumenter et à relier les savoirs, votre esprit critique, la précision de votre expression, la clarté de votre propos, votre engagement dans la parole, votre force de conviction.

LES 5 CRITÈRES D'ÉVALUATION

- Qualité de l'épreuve orale
- Qualité de la prise de parole en continu
- Qualité des connaissances
- Qualité de l'interaction
- Qualité et construction de l'argumentation

Nathan live!

+ Grille d'évaluation indicative à télécharger sur Nathan Live!

Au cours de l'année

Choisissez et préparez vos questions

Vous devez choisir deux questions portant sur vos enseignements de spécialités soit pris isolément, soit abordés de manière transversale.

Toute l'année, vous préparez ces questions avec vos professeurs et vous anticipez la discussion avec le jury.

Entraînez-vous aux techniques de l'oral

Vous devez travailler la prise de parole en public grâce à des exercices d'élocution, de débit de la parole, de votre rythme à l'oral…
Vous pouvez également travailler votre posture : gestes expressifs, regards, sourires…

Le jour J en 3 temps

1er TEMPS
Présentation d'une question

Vous proposez vos deux questions au jury

Le jury en choisit une seule, que vous devrez présenter

20 min

TEMPS DE PRÉPARATION

- Vous préparez votre présentation en fonction de la question choisie par le jury. Il est possible de préparer un support sur une feuille que vous remettrez au jury : le support est facultatif, mais nous vous recommandons d'en remettre un au jury.

5 min

PRÉSENTATION

- Présentation orale, sans note et debout, de votre réponse à la question choisie.

2e TEMPS
Échange avec le jury sur l'exposé oral

10 min

- Il s'agit d'approfondir votre travail et de répondre à des questions autour de votre exposé.
- Le jury peut vous poser des questions sur toutes les parties du programme du cycle terminal de vos deux spécialités.

3e TEMPS
Échange avec le jury sur le projet d'orientation

5 min

- Réflexion autour de vos choix de spécialités et de votre projet d'orientation, voire votre projet professionnel.
- Il s'agit de partager l'évolution de votre cheminement, à la fois dans le cadre scolaire et dans le cadre personnel (vos activités, vos centres d'intérêt).

Conseil
2 Travaillez vos questions

Les deux questions doivent vous intéresser : c'est la clé de votre réussite. En clair, si le sujet de votre exposé ne vous intéresse pas, alors vous n'intéresserez pas le jury.

Bonne nouvelle : le Grand oral vous offre la possibilité de choisir les deux sujets que vous allez traiter, parmi les deux spécialités que vous avez gardées en Terminale ! Cela impose de vous organiser afin de ne pas laisser place à la perte de temps.

1 Choisissez vos questions

A. N'attendez pas !

- **Réfléchissez dès le début de l'année.** Les trois mois entre les écrits de spécialités et le jour du Grand oral vous laisseront du temps pour préparer votre exposé et vous entraîner. Mais vous ne devez pas commencer à vous intéresser au Grand oral après les écrits de spécialités, ce serait trop tardif.
- **Créez dès la rentrée un dossier** (papier ou numérique) spécifique à la préparation du Grand oral. Il vous servira toute l'année.

D'où proviennent les idées de questions ?

D'un événement personnel ou de la confrontation à une source (manuel, expérience, cours, exposé, article, tweet, livre, film, actualité, une rencontre, etc.).

- Réfléchissez à **des questions qui vous intéressent au fur et à mesure de l'étude des chapitres en classe**. Appuyez-vous sur les thèmes que vos professeurs vous ont conseillés, sur les exemples fournis par vos manuels, ou sur des idées que vous avez eues en relation avec le programme. **Notez systématiquement les questions qui vous intéressent** à chaque fin de chapitre.

B. Pensez aux consignes du Grand oral

- Vous devrez présenter vos questions **sous forme interrogative** (donc avec un point d'interrogation). Cela vous permet (et vous impose) de **définir un angle** qui vous servira de **fil conducteur** pour la préparation et votre présentation.
- Il faudra **valider le thème choisi et la formulation de la question avec vos professeurs** de spécialité(s). Assurez-vous aussi qu'elle a un lien avec les programmes de Première ou de Terminale.
- Demandez-vous s'il est réaliste d'y répondre en **5 minutes** (votre exposé ne doit être ni trop court, ni trop long).

C. Anticipez le contenu de vos exposés

- **Assurez-vous que vous aurez « de quoi dire »** sur le sujet ; pour cela, discutez-en avec d'autres élèves, vos professeurs ou autour de vous. Pour commencer à creuser le sujet, posez-vous les questions classiques autour du sujet : « *qui, quoi, de quoi, comment, combien, où, quand, pourquoi,* etc. ». Sachez expliquer l'intérêt de vos questions.
- Il ne s'agit pas seulement d'exposer ou d'expliquer, mais aussi de **convaincre**, dans la mesure du possible.

Les bonnes questions

- N'oubliez pas la possibilité de choisir des questions transversales à vos deux spécialités.
- Ne vous compliquez pas la vie : vous avez le droit de choisir des questions simples, mais ne choisissez pas un sujet trop vaste, ni trop pointu, ni trop « plat ».
- Il est possible qu'une nouvelle idée en efface une autre… petit à petit votre choix s'affine !

- Afin d'envisager les différents aspects du sujet, vous pouvez aussi **réaliser un schéma** ou une **ébauche de carte mentale**.

- Notez pour chaque idée de question, en au moins trois points, pourquoi elle vous intéresse. Suivez son éventuelle actualité.

2 Exploitez vos souhaits d'orientation

A. Prenez en compte les différents calendriers

- **Les calendriers de Parcoursup**, du **choix des questions**, de la préparation et du passage de l'épreuve concordent : vos vœux Parcoursup seront affinés à partir de janvier et vous les finaliserez début avril, après avoir passé vos écrits de spécialités. C'est probablement à partir d'avril que vous finaliserez vos questions, jusqu'en juin.

- Vous pouvez tout à fait choisir vos questions en partant des choix que vous ferez sur Parcoursup, cela facilitera votre Grand oral.

Utilisez Parcoursup

Les attendus et les programmes des formations que vous avez choisies sur Parcoursup peuvent vous donner des idées de questions et de liens avec votre orientation. Pensez à vous en servir !

B. Vous pouvez intégrer votre orientation dans votre exposé

- Nous vous recommandons **d'indiquer dans votre exposé votre choix d'études ou de projet professionnel**, mais sans trop développer. Dans votre introduction : cela donnera un éclairage différent et plus personnel à votre exposé, et répondra à l'exigence d'expliquer votre choix de question. Dans votre conclusion : cela va être un point fort de la conclusion et lui donnera du poids. Ce sera aussi une « perche » tendue pour la suite du Grand oral.

- Vous êtes libre d'évoquer votre orientation **dans le cours de l'exposé**, au moment qui vous paraîtra le plus opportun, au détour d'un exemple ou d'un argument. « *C'est d'ailleurs ce qui m'a motivé(e) pour…* », « *C'est en effectuant des recherches au sujet de… que j'ai eu envie de…* », etc.

- Toujours dans le but de **personnaliser** votre exposé, vous pouvez, si c'est le cas, faire brièvement le lien entre la question, votre **projet d'orientation** et l'un de vos **centres d'intérêt** ou **activités extra-scolaires**.

C. Gérez vos questions et vos choix d'orientation

- **Si vos deux spécialités vous ont permis des choix d'études communs ou très proches** (par exemple, pour simplifier, études « scientifiques » parmi Maths, Physique-Chimie, SVT, SI, NSI, ou « sciences humaines » parmi SES, HLP, LLCER, HGGSP), **il est possible que vous prépariez un seul choix d'orientation commun à vos deux questions**, tout en « appuyant » nettement sur la spécialité concernée par la question choisie.

- **Si vos deux spécialités sont un peu « éloignées »,** il est probable que dans ce cas, vos choix d'orientation soient suffisamment variés pour que vous puissiez préparer un choix d'orientation par spécialité.

- Si vous choisissez des questions transversales à vos deux spécialités, vous rejoindrez nécessairement l'un des cas de figures précédents.

Pas d'inquiétude !

- Le jury comprendra que vous ayez effectué plusieurs choix, d'autant que Parcoursup l'impose. Il sait que vous n'êtes peut-être pas encore certain(e) de votre avenir.
- Le jury ne va pas évaluer vos souhaits d'orientation : c'est votre liberté, votre choix personnel.

3 Documentez-vous et exploitez vos sources

A. Compléter et actualisez vos connaissances

- Une fois vos questions choisies, **dressez un état des lieux sincère et synthétique de vos connaissances** (sous forme de tableau, de carte mentale, de plan rédigé, de liste de mots, etc.) et des **idées de ressources potentielles**.
Complétez et élargissez vos connaissances en réalisant des recherches.

- Toute idée, tout argument, tout contre-argument, doit être illustré par un exemple, un fait, des chiffres (sans en abuser), une citation (sans en abuser non plus), un contenu issu du programme, une anecdote, un lien avec la vie quotidienne, etc.

- Selon les spécialités et les questions, vous serez confronté(e) à des sujets de débats où plusieurs opinions existent.
Quelle que soit votre opinion, vous devrez prendre position.

- **Cherchez régulièrement**, et tout particulièrement dans les jours qui précèdent le Grand oral, des **articles** ou des **informations** à partir des mots-clés de votre thème. Vous marquerez des points en prouvant ainsi votre intérêt pour la question.
À l'inverse, si un membre du jury est informé de l'actualité de votre question mais pas vous, cela fera mauvais effet.

- **Vous pouvez exploiter l'actualité de votre sujet**, dans votre exposé et lors de la discussion. S'il s'agit d'une « grosse actu », n'attendez pas la discussion pour l'évoquer.

- Enfin, **vos recherches pourront vous faire changer d'angle du sujet ou de formulation** de la question. Si cela ne vous arrive pas au dernier moment, ça n'est pas un souci (faites valider votre nouvelle question par le professeur concerné).

Soyez à l'affût

Créez des alertes sur Internet à partir de vos mots-clés afin de recevoir régulièrement des informations ciblées, ou inscrivez-vous à des newsletters de sites que vous jugez pertinents.

B. La recherche et les sources

- **Vous disposez de toute l'année de Terminale (voire de Première)** : nous vous recommandons d'effectuer de vraies recherches, de varier vos sources et de rechercher à la fois la pertinence et l'originalité.

- **Pour chercher sur Internet,** utilisez des **mots-clés**. Utilisez d'abord des mots-clés précis, directement en rapport avec vos questions, évitez les termes trop généraux.
Testez des mots-clés un peu plus larges si vous ne trouvez pas assez de résultats pertinents ou si vous voulez trouver des informations un peu différentes. Utilisez aussi des **synonymes**, voire des **antonymes** (contraires / opposés) de vos mots-clés.

- **Utilisez les opérateurs booléens** pour vos recherches sur Internet : ET, OU, SAUF (AND, OR, NOT). Ils affineront vos recherches et vous feront gagner du temps.

Vous n'êtes pas seul(e)

Avant et pendant vos recherches, n'hésitez pas à solliciter vos enseignants et vos professeurs documentalistes (par exemple, si une source vous semble incertaine).

- **Vous pouvez choisir les types de sites, généraux ou spécialisés**, sur lesquels vous allez faire vos recherches : sites **institutionnels** (Insee, CNRS, BNF, sites des Ministères, etc.), sites de l'**Éducation nationale** (réseau Canopé, portails et sites académiques, etc.), **presse** (régionale, nationale, internationale, d'information générale, revues spécialisées), sites des

radios et chaînes de **télévision** (Arte, TV5, chaînes spécialisées) ; sites associatifs ou spécialisés (WWF, Hérodote, Tangente, etc.).

- Les **documentaires**, **films** ou **séries** sont aussi des sources et vous donneront des exemples à citer ; YouTube ou Dailymotion rassemblent de nombreuses vidéos (vérifiez bien les sources).
- **Évitez cependant les blogs**, les **forums**, les **chats**, les **réseaux sociaux**, ce sont des sources trop incertaines.
- **Lisez des livres** (essais, biographies, romans, etc.), on y trouve des choses très intéressantes dans toutes les disciplines. Le jury appréciera. Dictionnaires et encyclopédies sont aussi très utiles pour vous assurer de la définition d'un terme.
- **Évaluez la fiabilité de vos sources.** Si vous avez un doute, interrogez vos enseignants ou vos professeurs-documentalistes. Demandez-vous par exemple : qui est le gestionnaire du site, quelle est son intention ; cette information est-elle fiable ? S'agit-il d'un fait, d'une hypothèse, d'une rumeur ou d'une « *fakenews* » ? Etc.
- **Croisez vos sources et vérifiez-les.** Sur des sujets sensibles, utilisez ce qu'on appelle les « décodeurs », comme ceux du Monde, de l'AFP ou de France 24.

C. Organisez vos recherches et leurs résultats

- **Il faudra organiser vos recherches** et les résultats de vos collectes afin de ne pas être englouti(e) par une masse d'informations. Préparez un dossier informatique et des fichiers pour recueillir vos résultats.
- **Créez des signets / favoris** pour retrouver facilement les sites que vous consultez régulièrement.
- **Conservez précieusement vos sources et références.** Vous pourrez les citer avec précision lors du Grand oral. Si vous copiez-collez sur un traitement de texte un extrait d'un site ou d'un article, notez précisément la référence et ne la séparez jamais du texte.
- **Citez quelques sources pertinentes et originales** dans votre exposé et/ou sur le support que vous remettrez au jury, et éventuellement lors de la discussion. Mais sachez ne pas abuser, votre exposé doit être personnel et pas un enchaînement de sources extérieures.

Et Wikipédia ?

- Wikipédia est un site de qualité, souvent complet, alimenté par des internautes. Malgré la surveillance des utilisateurs, on y trouve parfois des mentions trop politisées ou militantes.
- Wikipédia est une source trop « simple » pour être mise en avant durant votre Grand oral, cela ne valorisera pas votre travail.

Triez

- Faites le tri des informations pertinentes, mais ne jetez rien car si l'angle de votre sujet évolue, les informations recueillies pourraient vous être utiles.
- De même, vous pouvez avoir besoin d'une information qui vous semblait peu pertinente à un moment, mais qui pourrait le devenir pendant votre préparation.

Ne mentez pas !

Ne dites jamais avoir lu un livre ou un article, visionné un film ou un documentaire si ce n'est pas vrai. Si l'un des jurés l'a lu ou vu, ce sera (à juste titre) dévastateur.

4 Organisez le contenu de votre exposé

A. Commencez par bâtir votre plan

- **Vous êtes libre du choix de votre plan** qui dépendra totalement de la question que vous vous posez ; aucun plan n'est imposé, l'exposé oral n'est pas une dissertation;
- Voici quelques **exemples** de plans, qui peuvent éventuellement être combinés :
  - thèse / antithèse / synthèse ;
  - avantages / inconvénients ;
  - plan historique (hier / aujourd'hui / demain) ;
  - problèmes / causes / conséquences / solutions ;
  - en France / ailleurs ;
  - du général au particulier ou du particulier au général ;
  - les faits / les arguments adverses et leur réfutation / les arguments en faveur de votre thèse.

- Vous devez prévoir des **parties** (voire des sous-parties) **qui s'enchaînent logiquement** et que vous énoncerez clairement (entourées de courtes pauses à l'oral). Appuyez-vous sur des notions principales ou des mots-clés, qui doivent structurer chaque paragraphe de votre exposé dont ils seront l'ossature.

- **Soignez l'enchaînement de vos idées** et utilisez les **connecteurs logiques** (parce que, en conséquence, de même que, tout d'abord, à l'inverse, etc.).

B. Soignez votre introduction et votre conclusion

- **Votre introduction** contient l'explication du choix de la question et de l'intérêt que vous lui portez. Elle doit durer moins d'une minute : vous n'aurez pas le temps d'annoncer votre plan en détail, vous pouvez en annoncer les grandes parties.
Essayez **d'éveiller l'attention du jury par une accroche**. Suscitez la curiosité, donnez un exemple, un fait, une actualité, une image, une citation, un lien personnel avec le sujet, etc.

- **Votre conclusion** doit être **forte et personnelle**. Vous pouvez reprendre les termes de la question pour synthétiser la réponse que vous avez apportée.
Suggérez des idées, des pistes, proposez une ouverture, posez une autre question, faites le lien avec un autre point du programme d'une de vos deux spécialités. Indiquez ce que vous avez appris et ce que vos recherches vous ont apporté.
Si vous avez choisi une question de type « Pour ou contre », « Est-il réaliste de », « Peut-on démontrer », donner votre opinion est impératif. Dans le cadre de ce type de question, vous ne prenez aucun risque à le faire, ce n'est pas votre avis qui sera évalué, mais il faudra la justifier par des arguments, des exemples et des connaissances. Le jury vous contredira probablement, mais uniquement dans le but de vous tester. Bien entendu, votre opinion ne doit être ni choquante, ni illicite, ni extrême.

Annoncez votre conclusion

- Signalez-leur que vous avez quasiment terminé (et qu'ils vont bientôt devoir prendre la parole).
- Dites, par exemple : « Pour terminer… », « Pour conclure… », « Enfin… », « En conclusion ».
- Faites une pause avant et après l'annonce de la conclusion.

C. Mettez votre travail en avant

- **Illustrez par des exemples concrets :** vous conserverez ainsi l'attention du jury. Cela rendra votre exposé plus attractif, plus concret, plus compréhensible, plus personnel et donc plus efficace.

- **Argumentez :** l'un des objectifs du Grand oral est de montrer votre « force de conviction ». Les arguments sont le plus souvent illustrés par des exemples. Il existe plusieurs sortes d'arguments que nous vous conseillons d'utiliser au sein de votre exposé (et de la discussion) :
  - les arguments de **droit**, qui font référence à la loi ;
  - les arguments de **fait**, qui évoquent une réalité connue de tous, un événement, une étude, le résultat d'une expérience ou d'une observation, etc. ;
  - les arguments **scientifiques** qui font consensus et qui sont décrits par des lois ou par des théorèmes ;
  - les arguments **logiques** qui font appel à la raison ;
  - les arguments de **valeur** qui invoquent les grands principes ou les fondements de notre société (morale, liberté, valeurs républicaines, etc.) ;
  - les arguments **d'autorité** qui s'appuient sur une personne reconnue ou une « Institution » (« Descartes pense que… », « Sur le site de l'INSEE… », etc.) ;
  - les arguments tirés de votre **expérience personnelle** ou de celle d'autrui.

Gardez le cap

Rappelez, réutilisez les termes de la question. Cela vous permet de maintenir l'attention du jury, de garder votre cap, de montrer que vous savez où vous allez.

5 Préparez votre support

A. Qu'est-ce que le support ?

• **Le support est une feuille A4** sur laquelle, le jour du Grand oral, vous rédigez et/ou dessinez au recto ce que vous avez préparé, avec le matériel que vous aurez apporté le jour J.

• **Le support doit donc être préparé en même temps que l'exposé tout au long de l'année**, il ne peut pas être déconnecté de l'exposé et inversement.

• **Vous êtes libre de ne pas remettre de support au jury.** Mais même s'il n'est pas « officiellement » évalué, **il sera apprécié par le jury et augmentera votre note**.

Matériel

Le jour du Grand oral, assurez-vous d'apporter le matériel nécessaire pour reconstituer exactement le support que vous avez prévu de remettre au jury : stylos de couleur, fluos, règles, compas, etc.

B. Le contenu du support

• Le support comporte les **mots-clés** pour aider le jury à suivre et comprendre l'exposé.
Il peut traiter de tout l'exposé, par exemple sous la forme d'un plan détaillé, ou être consacré à une partie spécifique de l'exposé.

• **Toutes les formes sont possibles** sur un support : plan rédigé, carte mentale, tableaux, schémas, etc. Les schémas doivent être numérotés, légendés et titrés.

Évitez les fautes d'orthographe

Elles feront mauvais effet, tout particulièrement sur les termes de votre spécialité.

• Le support vous permet par exemple de **citer vos sources**, de **présenter une notion non développée** dans l'exposé (un autre argument, une autre manière de, etc.), mais restez « dans le sujet ».

• **Faites référence à votre support lors de votre exposé oral :** « *Vous trouverez le schéma de l'expérience sur le support* », « *Je vous propose de regarder le graphique numéro 2 que j'ai dessiné* », « *… terme que j'ai défini sur le support* ».
Vous pouvez même tenter **un geste de la main** vers le support quand vous y faites référence.

• **Laissez le temps au jury d'étudier votre support** quand vous l'évoquez. Ne reprenez pas immédiatement la parole, assurez-vous que le jury a bien repéré ce que vous lui signalez et en a pris connaissance.

• **Vous pouvez évoquer votre projet d'orientation sur le support** que vous remettez au jury.

C. Entraînez-vous à reproduire votre support

• **Vous devez préparer votre support à l'avance et savoir le reproduire de mémoire** durant le temps de préparation.
Il doit être reproductible en 15 minutes environ, afin de vous laisser le temps de « répéter » votre exposé avant sa présentation et de vous détendre.

• **Vous devez vous y entraîner**, tout comme vous vous entraînerez à l'exposé oral. Remettre un support propre et de qualité sera apprécié par le jury et montrera votre maîtrise de la question.

• **Testez votre support auprès de vos enseignants ou de vos camarades** et vérifiez qu'il est lisible, compréhensible, documenté et cohérent avec votre exposé.

6 Mémorisez votre exposé

Il existe différentes techniques de mémorisation que nous ne pouvons pas développer ici, mais voici tout de même quelques conseils pour la préparation du Grand oral.

A. Motivation et compréhension

- **Cette épreuve inédite** est très formatrice et plutôt exaltante, car à l'inverse des épreuves écrites, elle n'est pas anonyme. Aucun(e) élève n'a envie de « se planter » en présence des interrogateurs et au contraire, **vous aurez à cœur de briller**.
- Le **coefficient** important du Grand oral est un facteur de **motivation** non négligeable…
- Si vous avez bien préparé le Grand oral, vous serez d'autant plus motivé(e) à achever votre préparation en consacrant le temps nécessaire à la mémorisation des réponses aux questions que vous avez choisies. Votre mémorisation en sera d'autant facilitée.
- **Vous avez choisi vos questions.** Vous les avez travaillées en profondeur en effectuant de nombreuses recherches, et vous avez filtré, trié et organisé vos résultats de recherche. Vous vous êtes totalement approprié(e) les questions dont vous comprenez tous les termes.

- Vous donnerez du **sens** et de l'**intérêt** à ce que vous voulez retenir. Votre cerveau y sera sensible et mémorisera durablement ce qui vous semble important.

B. Comment mémoriser ?

- **Il est normal d'oublier des choses.** Il faut disposer d'une mémoire exceptionnelle ou de techniques approfondies pour ne rien oublier.
- Heureusement, **en travaillant régulièrement**, vous pourrez mémoriser et facilement réactiver votre mémoire le jour du Grand oral.
- Traditionnellement, on distingue **trois types de mémoire** : **auditive** ; **visuelle** ; **kinesthésique** (la plus rare, qui s'appuie sur des sensations : émotion, toucher, mouvement, etc.).
- Vous découvrirez ou vous savez déjà laquelle vous est la plus favorable, mais en réalité chacun(e) d'entre nous dispose à des degrés divers de ces trois types de mémoire et vous allez pouvoir utiliser les trois.
- **L'apprentissage par cœur ne doit pas être votre objectif.** C'est un très gros effort pas très utile. Si vous aviez un trou de mémoire, vous seriez complètement déstabilisé(e). Enfin, en récitant l'intégralité de votre exposé par cœur, **vous ne capterez pas suffisamment l'attention du jury et vous ne serez pas naturel(le)**.
- Apprendre votre exposé par cœur peut être une étape qui vous aidera dans vos révisions à condition de vous en éloigner le jour J.
- Vous devez **connaître par cœur** le **plan**, les **mots-clés**, le **thème des parties** et leurs **enchaînements logiques** afin de les énoncer dans l'ordre.

> **À retenir absolument**
> - Introduction et conclusion.
> - Structure de l'exposé et mots-clés.
> - Enchaînement de toutes les parties de l'exposé.

- **Mémoriser les points-clés** vous donnera plus de **flexibilité** et d'**aisance**. Vous pourrez vous concentrer sur les explications que vous voulez apporter au jury. Cela vous permettra aussi de **paraître plus naturel(le)** et de **mieux communiquer** et d'**interagir avec le jury**.
- Nous vous recommandons aussi d'apprendre **par cœur au moins le début de l'introduction** (et même toute l'introduction), ce qui vous garantira de bien démarrer et vous mettra

en confiance. De même, mémorisez la **fin de la conclusion** (et même l'intégralité de la conclusion). Bien conclure votre exposé et lancer la discussion vous rapportera des points.

- Vous pouvez par exemple **écrire votre exposé** en entier. Cela vous aidera à le retenir en faisant appel à votre mémoire scripturale, ce qui est utile en particulier pour votre part kinesthésique.
- **Surlignez en couleur les mots-clés et les connecteurs logiques :** cela activera votre mémoire visuelle.
- **Lire le texte à haute voix** fera appel à la mémoire auditive. Vous pouvez aussi **enregistrer** votre exposé.
- Vous pouvez réviser à haute voix en bougeant, en vous déplaçant, en allant dans certains lieux, ce qui stimulera votre cerveau.
- Présentez les mots-clés, le plan, les connecteurs sous forme de **schéma**, **carte mentale** ou **tableau**.

Facile !
Chaque exposé n'est pas si long ni difficile à mémoriser car il va tenir sur moins de deux pages de traitement de texte.
De même, votre support vous « appartient » et vous saurez le mémoriser.

C. Révisez régulièrement

- **Pour garder en mémoire vos exposés et garder confiance en vous,** vous devrez les **relire**, les **redire**, les **réentendre** régulièrement sans, évidemment, vous y prendre au dernier moment.
- **Pensez aussi à bien réviser votre préparation de la discussion et de la partie orientation**, notamment les réponses aux questions qui vous seront très probablement posées.
- Il n'existe pas de règle concernant le rythme de révision qui permette ce que l'on appelle « l'ancrage mémoriel ». **Adaptez votre rythme à vos capacités et disponibilités,** sachant que le Grand oral doit être une de vos priorités.
- Votre rythme de révision devra s'accélérer à l'approche du Grand oral, jusqu'à une dernière relecture la veille.
- Enfin, votre ultime révision se déroulera durant le temps de préparation le jour J.

D. Sommeil et hygiène de vie

- Au-delà des conseils « naturels » que peuvent vous donner vos professeurs ou vos parents, il existe des raisons scientifiques qui doivent vous pousser à porter attention à votre sommeil.
- C'est **pendant que vous dormez que vous mémorisez** et que votre cerveau travaille le plus.
- **Évitez de passer du temps devant des écrans** (téléphone, ordinateur, télévision) juste avant de vous endormir. Essayez de vous donner un moment d'au moins une vingtaine de minutes sans écran.
- **Essayez d'évacuer votre stress avant de dormir** s'il y a quelque chose qui vous préoccupe. C'est une question d'entraînement et vous pouvez y arriver.

- **Ne vous endormez pas juste après les révisions** qui risquent plutôt d'encombrer votre cerveau et de gêner votre sommeil. À l'approche du Grand oral, inutile de travailler très tard et de réduire votre temps de sommeil.
- Vous dormirez mieux dans une chambre **complètement dans le noir**. Masquez les lumières extérieures, pensez à

retourner votre portable ou, mieux, à le mettre en mode avion et évitez les objets qui clignotent dans votre chambre. Sinon, votre sommeil ne sera pas assez profond et votre cerveau ne travaillera pas efficacement.

- **Une activité physique est recommandée** pour favoriser la mémorisation, notamment après une séquence de travail. Il n'est pas obligatoire non plus de pratiquer un sport de haut niveau, mais une petite marche, du vélo en extérieur ou d'appartement, des mouvements de gymnastique, etc. vous aideront à mémoriser. Cela influera sur votre bien-être, donc aussi sur votre capacité à mémoriser.

LES POINTS-CLÉS

- ✔ Pensez à vos questions dès le début de l'année. Créez un dossier ou un fichier que vous alimenterez régulièrement. Choisissez des questions qui vous intéressent vraiment et qui peuvent intéresser le jury.
- ✔ Vous pouvez utiliser vos choix d'orientation pour trouver vos questions.
- ✔ Pensez à votre Grand oral pendant vos recherches sur Parcoursup.
- ✔ Documentez-vous à propos de vos questions, organisez vos recherches et faites le tri, mais ne jetez rien.
- ✔ Remettez un support au jury, même si cela n'est pas obligatoire. Votre support doit être préparé aussi sérieusement que votre exposé. Le support peut présenter un plan détaillé exhaustif ou « zoomer » sur une ou plusieurs parties de l'exposé. Vous devez être capable de reproduire votre support de mémoire.
- ✔ Faites référence au support durant votre exposé.
- ✔ Travaillez régulièrement pour mémoriser et réactiver facilement votre mémoire le jour du Grand oral.
- ✔ Gardez une bonne hygiène de vie.

Conseil 3

Préparez l'échange avec le jury

Après l'énoncé de votre exposé, restez bien concentré(e) car le Grand oral continue !

Pendant la préparation du Grand oral, vous devrez anticiper les questions possibles, tant sur votre exposé que sur votre projet d'orientation.

1 Comment vous préparer ?

- **« Scannez » votre exposé :** passez en revue tous ses mots, tous ses aspects et réfléchissez à toutes les questions possibles.
- **Ne travaillez pas seul(e)**, faites-vous aider par vos **enseignants** et par vos **camarades**. Retenez tout particulièrement les questions qui reviennent régulièrement et qui sont déclenchées par votre exposé. **Notez soigneusement** toutes les questions, contre-arguments, objections, discussions ou thèmes connexes.
- Jouez le rôle d'interrogateur pour vos camarades, vous verrez comment un exposé peut provoquer des questions.
- Lors de vos entraînements en public, **demandez que l'on vous pose un maximum de questions** sur l'ensemble des programmes de Première et de Terminale, cela vous aidera à réviser.
- La discussion qui suit l'exposé (tout comme la discussion sur l'orientation) est un **échange**, un **dialogue** et non une interrogation orale.

Le jour J

- Évitez d'interrompre le jury, ne répondez pas tant que la question n'est pas terminée.
- Si vous le pouvez, rebondissez et reprenez les propos du jury.
- Prenez le temps de réfléchir avant de répondre, faites une pause.
- Évitez les réponses fermées du type « oui », « non » : argumentez et développez.

2 Si vous ne savez pas répondre…

- **Toutes les questions ne peuvent pas être prévues d'avance**, rappelez-vous que le jury ne cherche pas à vous « piéger » et une discussion réussie sera plutôt un « dialogue à trois ».
- Donc pas de panique si vous ne connaissez pas la réponse à une question, qu'elle soit relative à l'exposé oral ou aux programmes de spécialité !
- **Ne restez pas muet(te)** ; si vous ne savez vraiment pas répondre : dites-le au jury.

- **Essayez de faire le lien avec ce que vous savez**, demandez des indications au jury, voire la réponse qui vous permettra certainement de rebondir.
- **Si vous n'avez pas compris une question, dites-le** et demandez des précisions. Reformulez la question du jury pour vous assurer de l'avoir bien comprise.
- **Votre support peut aussi être utile** au jury pour vous relancer.

Exprimez-vous

Si malgré votre préparation et votre entraînement, vous êtes trop stressé(e) le jour J : dites-le au jury. Il sera bienveillant et en tiendra compte si vous montrez que vous avez travaillé.

3 Anticipez les questions

- **Prévoyez de donner les définitions / explications** de tous les termes que vous utilisez, notamment ceux propres à chacune de vos deux spécialités. Si vous ne savez pas définir ou expliquer les termes que vous utilisez, attendez-vous à une mauvaise note.
Un des membres du jury ne sera pas un(e) enseignant(e) de la matière traitée, il vous posera des questions pour mieux comprendre votre exposé.

Différentes questions
Les questions posées par le jury peuvent être déclenchées par votre exposé oral ou être relatives aux programmes de vos deux spécialités.

- **Les questions possibles du jury sont nombreuses** autour de votre exposé. Il peut, entre autres :
  - relever une erreur, éventuellement demander de combler un manque ;
  - lever une ambiguïté ou une imprécision : il s'agit là de préciser, de clarifier un point sur lequel peut-être vous avez été confus(e), pas suffisamment clair(e) ;
  - vous demander d'en dire plus sur votre motivation à traiter cette question ;
  - vous demander un autre exemple, une autre possibilité, un autre point de vue ;
  - énoncer un contre-argument et vous demander d'y répondre : si votre question s'y prête, il vous faudra lister par avance les arguments et les contre-arguments car le jury va évaluer votre « force de conviction » ; si le jury vous contredit, c'est uniquement pour vous tester, votre opinion n'influencera pas votre note ;
  - vous demander de préciser ou citer une source et d'expliciter comment vous avez mené vos recherches ;
  - vous interroger sur l'actualité du sujet.

Assis ou debout ?
Après votre exposé nous vous recommandons de vous asseoir, comme vous êtes autorisé(e) à le faire. Vous serez plus à l'aise et plus concentré(e) assis(e) que debout, et ce sera moins fatigant. À vous de décider.

- Les questions de cours posées par le jury peuvent **porter sur n'importe quelle partie du programme** de vos deux spécialités. Révisez donc soigneusement l'intégralité des programmes de Première et de Terminale.

- Dans vos deux spécialités, il peut exister des parties de programme spécifiques qui seront évaluées uniquement lors du Grand oral ; vous les étudierez en classe après les écrits, prenez-les au sérieux !

- **Réfléchissez à un lien entre votre question et le programme** de la (des) spécialité(s) (relisez notamment la partie du programme qui concerne le sujet que vous avez choisi).

- Le jury peut vous demander quelle autre question vous auriez aimé traiter dans la même spécialité.

- **Réfléchissez à un lien possible entre la question traitée et votre autre spécialité.** Plus généralement, réfléchissez aux liens entre vos deux spécialités.

- N'oubliez pas que le jury peut vous poser des **questions sur le programme de Première et de Terminale** de vos deux spécialités.

4 Anticipez l'échange sur votre projet d'orientation

A. Vous êtes prêt(e) !

- Il ne s'agit pas de justifier vos choix, mais de **montrer votre motivation**. Vous allez évoquer vos choix, vos souhaits et en aucun cas répondre à des questions de connaissances inattendues.

- **Vous devez connaître les principales formations** que vous allez évoquer : intitulé exact, mode d'accès, contenu de la formation, durée, organisation de l'enseignement, possibilités de poursuite d'études et débouchés préparés.
- Vous trouvez toutes les informations sur **Parcoursup** et sur **les sites des formations**. Nous vous recommandons le site « Ma première année en » de l'ONISEP. → onisep.fr
- Vous devez connaître les attendus de ces formations et **faire le lien avec la question du Grand oral et vos choix de spécialités.**

Bienveillance

Vous allez parler de vous : c'est un sujet que vous connaissez parfaitement. Vous vous adressez à des jurés bienveillants qui ne vous connaissent pas du tout, qui ne demandent qu'à mieux vous connaître et ne jugeront pas vos choix d'orientation.

- **Préparez-vous à expliquer vos démarches :** comment vous êtes-vous informé(e), avez-vous participé à des Journées d'orientation dans votre lycée ou à un salon étudiant, rencontré un spécialiste de l'ONISEP, rencontré un(e) professionnel(le), participé à une Journée Portes Ouvertes d'établissement supérieur ?

B. Qu'est-ce qu'un projet professionnel ?

- Un projet professionnel est un **intérêt pour un métier, débouché, secteur d'activité** (par exemple : la transition écologique ou le numérique), voire un **type d'entreprise**, une **association** ou une **organisation**. Cela peut être aussi une envie de travailler et de vivre dans un pays précis.
- **Il est tout à fait normal que votre idée de projet professionnel ne soit pas encore claire en Terminale** et le jury ne vous en tiendra pas rigueur. Par exemple, vous pouvez entrer en Droit sans savoir si vous serez juriste d'entreprise, avocat(e) ou magistrat(e).
Les universités mènent à de nombreux débouchés. Les élèves des écoles d'ingénieurs ou de commerce se spécialisent tardivement. Un BTS ou un BUT sont souvent poursuivis par une spécialisation que vous ne pouvez pas connaître encore, etc.
On sait que la moitié des métiers qui existeront dans 10 ans n'existent pas aujourd'hui !

Parcoursup

Servez-vous de vos « Projets de formation motivés » rédigés sur Parcoursup. Vous avez dû y exprimer votre intérêt pour les formations, les raisons pour lesquelles vous postulez et expliquer pourquoi vous êtes un(e) excellent(e) candidat(e).

C. Exploitez vos centres d'intérêts et vos activités extra-scolaires

- **Listez toutes vos activités extra-scolaires :** activités associatives, sportives, artistiques, engagements, jobs, stages, gardes d'enfants, soutien scolaire, animation, etc. Entraînez-vous à les évoquer pour **mettre en avant vos qualités** en phase avec vos choix d'orientation, voire votre projet professionnel.
- Rappelez-vous en détail ce que vous avez réalisé ou effectué et recherchez les qualités que cela met en évidence chez vous (voir les exemples ci-dessous).
- **Vous pouvez également évoquer un voyage**, une **rencontre**, un **article**, etc. qui vous a marqué(e).
- Vous pourrez ensuite **faire le lien** entre ces qualités et les métiers / débouchés / secteurs qui vous intéressent.
- Voici quelques exemples de liens possibles avec des activités extra-scolaires.
  - Un baby-sitting régulier prouve la fiabilité, l'autonomie, la confiance que l'on vous accorde, la ponctualité, la responsabilité, la volonté de travailler, la pédagogie, la créativité, l'intérêt pour les enfants, etc.
  - Être membre d'une équipe sportive permet de montrer l'esprit de compétition, l'endurance, l'engagement, l'esprit d'équipe, la fiabilité, la volonté de s'améliorer, etc.
  - Un job de serveur(euse) ou dans un fast-food suppose le sens du contact, la responsabilité, l'esprit d'équipe, l'endurance, le sens du relationnel, la volonté de travailler, etc.

D. Exemples de questions probables

● **Voici une série de questions dont certaines vous seront probablement posées et que vous pouvez anticiper et préparer.**

- Quels sont vos principaux choix d'orientation sur Parcoursup, pour quelles raisons avez-vous fait ces choix ?
- Quel est le lien entre la (les) spécialité(s) que vous avez choisie(s) et votre orientation ?
- Comment vous êtes-vous informé(e) à propos de votre orientation ? Quelles démarches avez-vous entreprises ?
- Pour exercer le métier que vous envisagez, quelles sont les différentes voies d'orientation possibles ? Pourquoi avez-vous choisi celle-ci ?
- Qu'est-ce qui vous intéresse dans le métier / débouché / secteur d'activité que vous envisagez ?
- Avez-vous déjà pu discuter ou échanger avec des personnes ayant suivi les mêmes études que celles que vous allez commencer à la rentrée prochaine ?
- Avez-vous déjà discuté ou échangé avec des personnes qui travaillent dans le métier / débouché / secteur d'activité qui vous intéresse ?
- Avez-vous déjà effectué des stages lors de votre scolarité ?
- Selon vous, y aurait-il des compétences que vous avez développées pour préparer ce Grand oral qui pourraient vous être utiles dans votre projet d'orientation ? Si oui, lesquelles ?

Entraînement

Entraînez-vous afin de maîtriser vos réponses et de ne pas improviser, ni chercher vos mots durant le Grand oral. Même bienveillant, le jury ne comprendra pas que vous soyez hésitant(e) à propos de sujets qui vous concernent personnellement.

● **Entraînez-vous afin de maîtriser vos réponses et de ne pas improviser**, ni chercher vos mots durant le Grand oral. Même bienveillant, le jury ne comprendra pas que vous soyez hésitant(e) à propos de sujets qui vous concernent personnellement.

● **Partez de vos deux questions, de vos exposés et de votre/vos projet(s) d'orientation** afin de personnaliser le plus possible ces questions et vos réponses.

● **Essayez aussi d'imaginer des questions de ce type déclenchées par votre exposé.**

LES POINTS-CLÉS

- ✔ Entraînez-vous à répondre aux questions fréquentes qui vous sont posées lors de vos répétitions.
- ✔ N'hésitez pas à tendre des perches au jury qui les utilisera très certainement et préparez les réponses aux questions que vous aurez déclenchées.
- ✔ Réfléchissez avant de répondre et de développer vos arguments.
- ✔ Dites-vous que chaque question est l'occasion de marquer des points.
- ✔ Préparez aussi soigneusement la partie « orientation » de l'entretien, cela vous permettra de conclure brillamment votre Grand oral.

Conseil 4 Travaillez les techniques de l'oral

Le temps dont vous disposerez entre les épreuves écrites et le jour du Grand oral vous permettra de finaliser vos exposés et de vous entraîner.

Sollicitez vos camarades et vos enseignants, tenez compte de leurs remarques. C'est le moment d'affiner et de mémoriser vos exposés, de préparer les discussions avec le jury et de vous mettre en confiance.

1 Gérer votre stress et votre concentration

A. Le trac est un bon stress

- **Il est normal et naturel que vous ressentiez du stress :** c'est un phénomène physique positif ; votre organisme réagit à ce qu'il évalue comme une menace ou une peur afin de vous aider à les surmonter.

- **Le stress peut se manifester de différentes manières** en fonction de son niveau et des personnes : une respiration rapide ou saccadée, le cœur qui bat trop vite, une transpiration exagérée, l'apparition de rougeurs, de maux de ventre, etc.

- **Le stress peut avoir un impact sur votre communication verbale ou non verbale :** vous parlez trop fort ou trop faiblement, votre voix tremblote, vous bafouillez, vous multipliez les mots parasites (« euh, voilà, donc… »), vos phrases sont trop longues, vous ne faites pas de pauses, vous avez des trous de mémoire, votre regard se promène partout dans la salle, vous ne contrôlez plus vos jambes, ni vos bras, ni vos mains, etc.
Heureusement, il est rare de cumuler tous ces inconvénients !

- **Un minimum de stress est nécessaire** pour que vous soyez performant(e). **C'est le trac.** Il est nécessaire, car il vous poussera à vous concentrer.

- **C'est aussi une forme de respect pour les membres du jury.** Le trac vous motivera tout particulièrement pendant les 20 minutes de préparation, vous donnera envie de « bien faire » et augmentera vos performances.

Organisez-vous

- Organisez vos séances de révision sur une durée d'environ 45 minutes. Des séances plus longues ne seront pas plus efficaces.
- Il est impossible de vous concentrer et de mémoriser efficacement avec un téléphone allumé près de vous : mode avion et absence de notifications obligatoires durant ces 45 minutes !

2 Transformez votre diction en atout

- Vous allez utiliser votre voix pour vous adresser au jury. **Vous savez parler, pas d'inquiétude !**

- **Il n'est ni utile, ni possible de changer votre voix**, mais vous pouvez améliorer votre diction, votre « manière de dire ».

- **Les composantes de votre voix sont :** le **volume**, le **débit**, l'**intonation**, l'**articulation** et… les **silences**.
Vous pouvez les travailler afin d'être performant(e) le jour du Grand oral.

A. Le volume et le débit de votre voix

● **En vous entraînant, vous trouverez le bon équilibre** pour être audible, sans parler trop fort, à un peu plus de deux mètres de vos interlocuteurs.

● **Il vaut mieux parler un peu trop fort** (ce qui masquera d'éventuels tremblements dus au trac) que trop bas.

● **Entraînez-vous à varier votre volume** (plus bas ou plus fort), notamment durant votre exposé, afin d'insister sur des mots-clés ou, par exemple, annoncer votre conclusion.

Maîtrisez votre voix

Prenez l'habitude d'être attentif(ve) à votre voix et à votre diction tout au long de l'année : en classe, pendant vos activités extrascolaires, en famille, avec vos ami(e)s, pendant vos sorties, etc.

● Parlez à haute voix **jusqu'au bout de vos phrases**.

● Le **rythme** de votre prise de parole influera sur sa qualité et sur son effet sur le jury : ni trop lentement, ni trop vite. Il vaut mieux parler un petit peu trop lentement plutôt que trop vite.

● **Variez votre débit en fonction de vos propos**. Parlez un peu plus vite quand vous racontez une anecdote et moins vite quand vous expliquez une notion technique.

● Si vous avez l'habitude de parler vite, cela sera difficile à modifier et vous devez y faire attention. **Évitez les phrases trop longues** dans votre exposé et vos réponses.

● Un débit maîtrisé, c'est aussi une **respiration maîtrisée**, posée au bon moment.

EXERCICE

À partir d'un texte ou d'un extrait de pièce d'une dizaine de lignes, avec un traitement de texte, grossissez certaines lignes (corps 20), réduisez les autres (corps 9) et :
– lisez à très haute voix les « corps 20 » et à voix basse, mais intelligible, les « corps 9 » ; puis faites l'inverse ;
– lisez avec un débit rapide les « corps 20 » et lentement les « corps 9 » ; puis faites l'inverse ;
– lisez avec un débit lent et à voix haute les « corps 20 » et avec un débit rapide à voix basse les « corps 9 ».

B. Pauses et intonation

● **Ne commencez pas à parler dès qu'on vous donnera la parole !** Attendez quelques secondes, vous capterez ainsi toute l'attention du jury.

● **Les pauses peuvent représenter jusqu'à une minute** de la durée totale de votre exposé, vous devez prévoir où les placer durant votre préparation. La durée des pauses peut être variable selon leur importance.

● Les pauses **marquent le début ou la fin** d'une sous-partie ou **attirent l'attention** sur ce que vous allez dire ou venez de dire.

● **Elles permettent de réfléchir** avant de répondre, ce que le jury appréciera. Profitez-en pour bien respirer.

● Si vous avez tendance à parler trop vite, faites des pauses à la fin de vos phrases afin de reprendre votre respiration et de « soulager » le jury.

● **Votre intonation est le ton que vous prendrez pour vous adresser au jury.** Une intonation dynamique montrera votre engagement.

Soyez attentif

Pendant tous vos entraînements, faites toujours attention à votre posture, vos gestes, votre regard, votre sourire.

- Entraînez-vous à **adapter votre intonation et à la varier** pour éviter la monotonie. Par exemple, votre intonation sera différente quand vous expliquez pourquoi vous avez choisi cette question ou quand vous répondez à une question.

- **Prévoyez d'appuyer de la voix certains mots** ou phrases pour leur donner de l'importance.

EXERCICES

- Choisissez un texte de quelques lignes et :
  – lisez-le à haute voix en souriant, avec enthousiasme, avec tristesse, avec rage, d'un air sadique, très hésitant, etc. ;
  – lisez-le à haute voix comme ou comme un(e) candidat(e) en campagne électorale, un(e) commentateur(trice) de sport, un(e) médecin rassurant(e), comme un(e) guide touristique, etc. ;
  – surlignez un mot par phrase et appliquez-vous à appuyer (y compris avec les mains) quand vous le prononcez.
- Choisissez un texte (poème, extrait de monologue de théâtre) : lisez sans faire de pause entre les deux premiers vers, puis avec une pause marquée d'une seconde entre les deux suivants, puis de deux secondes, puis alternez sans pause, etc.

C. Articulez !

- **Travaillez votre élocution**, même exagérément parfois, pendant vos entraînements. Habituez-vous à **bien prononcer tous les mots**, éventuellement à les découper de manière artificielle si nécessaire.

- **Gardez la même qualité de prononciation** pour tous vos mots, du début à la fin de vos phrases. Tout particulièrement, appuyez sur les voyelles qui « expriment les voix » qui « sonnent avec les consonnes », comme disait Molière.

EXERCICES

- Lisez les virelangues ci-dessous (ou d'autres que vous connaissez), d'abord convenablement à voix haute, sans vous tromper, puis répétez-les jusqu'à les connaître par cœur.
- Accélérez le rythme tout en les prononçant sans erreur et avec une prononciation parfaitement nette.
  – *Si six scies scient six saucissons, six-cent-six scies scient six-cent-six saucissons.*
  – *Cherchez ce chat chez ce cher Serge.*
  – *Un banc peint blanc plein de pain blanc, un blanc banc peint de blanc pain.*
  – *Petite cathédrale, quand te décathédraleriseras-tu ? Je me décathédraleriserai quand toutes les petites cathédrales se décathédraleriseront.*
  – *Les croyants qui prient sur l'Acropole ne peuvent pas prier quand les corbeaux peuvent croasser.*
- Reprenez les exercices précédents avec un crayon dans la bouche, comme le font certains comédiens pour s'entraîner.

D. Réduisez vos tics de langage

- **Les tics de langage** sont l'équivalent oral des gestes parasites : vous répétez « euh… », « donc », « voilà », « bon… » sans raison.

- **Votre préparation qui vous permettra de les réduire.** Plus vous serez **confiant(e)** et **entraîné(e)**, moins ce type de tics de langage apparaîtra.

• Essayez de les réduire en vous entraînant mais, comme pour les gestes parasites, **il ne faut pas que cela vous préoccupe trop au moment de l'épreuve**. Vous devrez être concentré(e) sur le contenu et tourné(e) vers le jury.

• En revanche, vous devez vous entraîner à effacer les expressions du type « *genre* », « *j'avoue* », « *de base* », « *grave* », « *le truc c'est que…* » ou pire « *wesh* », qui ne sont pas conformes à un contexte d'examen.

Bafouillage…

Il arrive à tou(te)s les orateurs(trices) de bafouiller. Cela vous arrivera sans doute, même si vous vous entraînez. Si le bafouillage est très réduit, continuez tranquillement ; s'il est un peu plus conséquent, assumez-le en reprenant votre phrase, en disant simplement « *excusez-moi* », « *je reprends* », etc. avec un sourire bien placé.

3 Gestes et postures

A. Votre posture

• **Votre posture est la manière dont vous allez vous installer** dans la salle, face au jury durant toute l'épreuve. Lors de votre réponse à la question choisie par le jury, vous serez **debout** (sauf impératif médical). Cinq minutes debout, ce n'est pas très long, vous y êtes habitué(e) dans votre vie quotidienne.

• Une fois dans la salle, placez-vous au centre de la pièce, à environ deux mètres du jury.

• **Ancrez-vous dans le sol** (tout comme une ancre marine permet à un bateau de se stabiliser), le dos droit (et pas voûté !). Les pieds bien droits et légèrement écartés (de la largeur de vos hanches), la tête haute tournée vers le jury. **Vous devez vous engager physiquement.**

• Puis, conservez cette posture et ne bougez pas trop vos jambes. Si vous bougez involontairement pendant l'exposé, prenez le temps de vous remettre en position ancrée qui vous stabilisera.

• **L'épreuve du Grand oral vous autorise à vous asseoir après votre exposé,** avant la partie discussion avec le jury. Nous vous recommandons de le faire, surtout s'il y a une table devant vous. Par politesse, vous pouvez demander au jury si vous pouvez vous asseoir ou lui signaler que vous vous asseyez (« Je me permets de m'assoir… », avec sourire et regard bien placé).

Peut-on marcher durant le Grand oral ?

- Il n'est pas nécessaire de marcher dans la pièce car vous n'êtes pas un conférencier devant une grande salle.
- En revanche, si nécessaire, vous pouvez vous approcher du jury, par exemple pour lui montrer un point du support qu'il n'aurait pas repéré ou pas compris. Revenez ensuite à votre place initiale sans tourner le dos au jury.

• **Une fois assis(e), retrouvez une posture tonique et engagée.** Ancrez vos deux pieds au sol et asseyez-vous plutôt près du bord du siège, bien droit(e), tourné(e) vers le jury. **Évitez de balancer vos jambes** ou de les positionner sous la chaise. S'il n'y a pas de table, faites d'autant plus attention à vos jambes.

• Vous pouvez aussi choisir de rester debout toute l'épreuve si vous vous sentez plus à l'aise.

B. Votre sourire, votre regard

• **La règle est simple : souriez régulièrement aux membres du jury,** c'est le secret de la réussite ! Vous pouvez sourire au moment où vous expliquez pourquoi la question choisie vous a intéressé(e), ou s'il y a des moments souriants ou détendus dans votre exposé.

• **Créez un lien avec les membres du jury *via* votre contact visuel.** C'est ce contact qui permettra la meilleure interaction entre vous et les jurés et cela réduira le risque de monotonie de votre exposé. Les jurés ne sont que deux et vous n'avez rien d'autre à regarder.

Avec un masque ?

Peut-être devrez-vous porter un masque le jour du Grand oral. Dans ce cas, souriez quand même car cela se « voit », même avec un masque.

- **L'absence de notes durant l'épreuve** a pour objectif de favoriser votre interaction avec les jurés et d'éviter que vous ne passiez une partie du Grand oral à lire, tête baissée.
- **Regardez alternativement les jurés** et en fonction de leurs actions (par exemple, regardez le juré qui vous interroge et débutez votre réponse en le regardant ; puis regardez l'autre juré en fonction de la longueur de vos réponses). Mais évitez de balayer systématiquement votre regard de l'un à l'autre comme si vous regardiez un match de tennis.

- Regardez les membres du jury, cela vous donnera des indications sur ce qu'ils ressentent et comment ils réagissent à ce que vous dites. Cela fait partie de ce qu'on appelle **l'interaction**.
- **Appuyez avec votre regard** vos pauses les plus longues ou les mots que vous voulez souligner.

C. Vos mains

- V**os mains « parlent »** aussi et accompagnent vos paroles et vos silences. **Appuyez** avec vos mains les **mots-clés**, les **points forts** de votre exposé et vos réponses pendant la discussion. Vous pouvez **montrer le support** de la main quand vous l'évoquez pendant votre exposé.
- **Entraînez-vous** à « parler avec les mains », vous serez plus performant(e) et paraîtrez plus naturel(le).
- N'en faites pas trop. Vous n'êtes ni une personnalité politique en campagne, ni un(e) tragédien(ne) !
- **Les gestes parasites sont ceux que vous ne contrôlez pas** (toucher votre nez ou vos oreilles, passer la main dans vos cheveux, triturer vos lunettes, etc.). Votre entraînement et votre préparation réduiront ces gestes inutiles.
- **Pendant le Grand oral, ne pensez pas à ces gestes.** Concentrez-vous sur ce que vous dites : en aucun cas vous n'aurez une mauvaise note en raison de ces gestes.

LES POINTS-CLÉS

- ✔ N'ayez pas peur du stress, il est utile pour garder votre motivation jusqu'au bout !
- ✔ Pendant vos entraînements, pensez à votre posture et à vos gestes. Entraînez-vous régulièrement pour pouvoir ne plus y penser le jour J.
- ✔ Veillez à toutes les composantes de votre voix : volume, débit, intonation.
- ✔ Votre travail de préparation du Grand oral est l'élément-clé qui vous mettra en confiance et réduira considérablement votre stress si vous maîtrisez bien votre sujet.

Conseil 5 Entraînez-vous et soyez prêt(e) le jour J

Le temps dont vous disposerez entre les épreuves écrites et le jour du Grand oral vous permettra de finaliser vos exposés et de vous entraîner.

Sollicitez vos camarades et vos enseignants, tenez compte de leurs remarques. C'est le moment d'affiner et de mémoriser vos exposés, de préparer les discussions avec le jury et de vous mettre en confiance.

1 Comment vous entraîner ?

A. Mettez-vous en condition

- Pendant vos entraînements, surtout ceux en public, **engagez-vous** comme durant l'épreuve. Jouez le jeu, demandez à vos camarades de le jouer aussi.

- **Travaillez à plusieurs** avec vos camarades de classe et vos professeurs, avec vos proches, **ou seul(e)**, devant une audience fictive que vous visualisez.

- **Enregistrez-vous** avec un smartphone, notamment pour vous assurer que vous êtes audible, que votre débit est bon, que votre intonation évolue (pour appuyer un mot-clé, par exemple) et que vos pauses sont assez nombreuses et aux bons endroits.

- Lors de vos entraînements en public, **demandez que l'on vous pose un maximum de questions** et jouez le rôle d'interrogateur pour vos camarades.

- Installez deux personnes assises derrière une table, cela vous aidera à appréhender le volume de votre voix et votre position dans la salle debout pour l'exposé puis, si vous le souhaitez, assis(e) pour la suite du Grand oral.

- **Simulez votre entrée dans la salle** du Grand oral et dites « Bonjour ! » de manière tonique et sincère.

Devant un miroir ?

- Vous entraîner devant un miroir permet de vérifier si vous ne bougez pas trop les jambes, si vous souriez souvent, si vous utilisez utilement vos mains, etc.
- Mais parler devant un miroir n'est pas naturel, vous serez meilleur(e) en vous filmant ou devant une vraie audience !

B. Entraînez-vous à…

- **Exposer vos réponses** aux questions en respectant la consigne des cinq minutes ; **reproduire vos supports** clairs, compréhensibles, titrés et légendés ; **répondre aux questions fréquentes** du jury et aux questions nouvelles ; **bien écouter les questions** et demander de les reformuler si besoin ; **tendre des perches** et utiliser celles qui fonctionnent le mieux ; **exposer vos choix d'orientation**, d'études ou de débouchés.

- Cela vous permettra d'**affiner votre exposé** en repérant les phrases à changer afin qu'elles semblent plus naturelles à l'oreille, de **vous approprier vos exposés et vos supports**, de **maîtriser tous les mots-clés** et notions, de **maîtriser la durée** des différentes parties de l'épreuve, de **réviser** les programmes de vos spécialités.

2 Quelques jours avant

A. Révisez encore un peu

- **Révisez et répétez mentalement ou à haute voix** avec des phrases complètes :
  – vos **exposés** : en particulier l'introduction et la conclusion ;
  – vos **supports** : entraînez-vous à les rédiger en 15 minutes environ.
- **Révisez les réponses aux questions** probables et **entraînez-vous à expliquer vos choix d'orientation** et votre situation sur Parcoursup.
- **Relisez les parties de programme** dans lesquels vous êtes moins à l'aise.
- **Intéressez-vous à l'actualité des derniers jours**, afin de vous en servir, le cas échéant, dans votre exposé ou vos réponses aux questions des jurés.
- Évitez de trop travailler la veille du Grand oral, surtout le soir.

B. Vos préparatifs

- **Vérifiez le temps nécessaire** pour vous rendre dans le lycée où vous passerez le Grand oral si ça n'est pas le vôtre. Assurez-vous que les transports fonctionneront normalement.
- **Réunissez les documents obligatoires :** justificatif d'identité, convocation et document validé présentant vos deux questions.
- **Préparez une trousse** contenant tout le matériel nécessaire à la réalisation de vos supports.
- Prévoyez une **montre** ou un minuteur, une **bouteille d'eau**, un **encas** (barre de céréales ou fruit) au cas où vous en auriez besoin (évitez les produits salissants).

C. Votre tenue

- **Prévoyez une tenue propre, simple et sobre,** dans laquelle vous serez à l'aise. Évitez les tee-shirts, les survêtements, les lacets défaits, les bijoux ou accessoires extravagants.
- Il n'est pas nécessaire de venir en « costume-cravate », avec des talons hauts ou une tenue trop élégante. Ne mettez pas une tenue neuve, évitez les chaussures trop petites ou les vêtements trop serrés !
- **Préparez la veille** du Grand oral votre tenue complète.

3 Le jour J devant le jury

A. Ayez confiance en vous et en le jury

- La **préparation** de vos questions et des supports tout au long de l'année vous mettra en **confiance**. Vous ne risquez aucune mauvaise surprise.
- **Le non-verbal pèse moins que le contenu** que vous avez préparé et anticipé.
- **Votre public, le jury, est bienveillant** et connaît les élèves de Terminale.
- **Le trac va vous motiver** et donner de la force à votre oral.

Entrée en matière

- Inutile de préciser « *Bonjour Mesdames / Messieurs / Madame et Monsieur* », ce serait un peu forcé.
- Inutile de serrer la main aux jurés.

B. Faites une bonne première impression !

- **Dites un « *Bonjour !* » naturel,** souriant et bien audible en entrant dans la salle avant de remettre au jury le document présentant vos deux questions.

- **Entrez dans la salle la tête haute et sans hésitation** ; vous n'êtes pas un intrus : le jury vous attend.

- **Démarrez avec énergie,** des sourires sincères et regardez les jurés dans les yeux. Ce premier contact est fondamental, car la première impression est durable. Gardez la même énergie durant tout le Grand oral.

C. Demandez aux membres du jury quelles disciplines ils enseignent

- S'ils ne vous le disent pas spontanément, **nous vous recommandons de demander aux membres du jury la discipline dans laquelle ils enseignent** après qu'ils vous auront indiqué la question qu'ils ont choisie. Cela montrera de la **maturité** et de l'**intérêt** pour vos interlocuteurs. Cela vous permet aussi de savoir « à qui vous avez affaire », cela rend toujours les choses plus claires.

- Si un des professeurs enseigne la spécialité de la question choisie, **vous pourrez vous « appuyer » sur lui**, il vous comprendra et sera susceptible de vous poser des questions sur le programme. **Attention à ne pas « oublier » l'autre enseignant.**

- Si l'un des jurés est professeur-documentaliste, la **référence à votre CDI** sera appréciée.

4 Optimisez votre temps de préparation durant l'épreuve

A. Mettez-vous en confiance

- **Prenez d'abord un peu de temps pour respirer profondément** avant de vous mettre à travailler, pour vous dire que tout va bien se passer.

- **Des feuilles de brouillon seront mises à votre disposition.** Même si vous n'aurez pas ces feuilles sous les yeux durant l'épreuve, vous pouvez écrire le plan, les mots-clés, les exemples et arguments (plan rédigé, schéma, tableau, carte mentale, etc.), ainsi que les points principaux de votre introduction (en particulier la phrase de début qui vous permettra de bien vous lancer) et de votre conclusion : c'est une bonne méthode de révision pendant ces 20 minutes de préparation.

> **Soyez actif(ve)**
> Ne restez surtout pas sans rien faire pendant le temps de préparation, cela vous paraîtra long et risque de vous stresser inutilement.

- **Vous pouvez répéter mentalement** votre exposé ou à voix haute (si vous ne dérangez pas un(e) autre candidat(e)), en faisant attention à la prononciation.

- **Projetez-vous dans la discussion** en répondant mentalement à quelques questions les plus probables.

B. Rédigez votre support

- La réalisation du support est l'un des motifs principaux de ce temps de préparation. Vous pouvez consacrer **environ 15 minutes** à la rédaction du support, qui sera un atout important, même s'il n'est pas spécifiquement évalué.

- Vous n'avez pas à vous inquiéter, **vous avez préparé votre support, vous êtes entraîné(e) à le rédiger de mémoire** et vous avez apporté tout le matériel nécessaire. Il ne vous reste plus qu'à le réaliser.

• **Faites particulièrement attention à la lisibilité** de votre écriture ou de vos schémas, courbes et dessins, à la présence de titres, de légendes, d'une numérotation ou de l'explication d'enchaînements si vous l'aviez prévu. **Relisez-vous**, améliorez la lisibilité si besoin et assurez-vous de l'absence de fautes d'orthographe.

C. Détendez-vous

• Évidemment, juste avant de démarrer votre Grand oral, vous sentirez le **trac** apparaître, il vous **motivera et donnera de l'énergie** à votre oral.

• **Rappelez-vous de l'un de vos entraînements** avec vos camarades pendant lequel vous avez certainement bien ri ensemble, même si votre prestation n'était pas exceptionnelle.

• Pensez à une répétition que vous avez particulièrement réussie, **pensez même à un bon souvenir**, sans relation avec le Bac.

• **Visualisez votre réussite au Grand oral,** imaginez les deux membres du jury hochant la tête avec bienveillance et vous félicitant.

Vous êtes prêt(e) !

Rappelez-vous que le premier critère d'évaluation du Grand oral est « la solidité des connaissances du candidat ». Vous êtes bien préparé(e), vous connaissez votre sujet, votre support le prouve. Le jury s'en apercevra et cela vous garantit déjà une note bien supérieure à la moyenne.

• **Juste avant l'épreuve,** quand les 20 minutes de préparation seront terminées, reconcentrez-vous, **respirez profondément** et rejoignez la salle d'examen avec **détermination**, **sourire** et énergie.

• Enfin, dites-vous aussi qu'après le Grand oral, vous serez probablement en vacances ! Prenez le temps de les imaginer…

5 Pendant l'exposé et l'échange avec le jury

• **Si vous avez un moment de panique ou un trou de mémoire** durant votre exposé, arrêtez-vous et **prenez le temps de respirer** (si le jury s'en aperçoit, ce n'est pas grave). Vous pouvez aussi le dire aux jurés : il est possible que l'un d'eux vous relance car le professeur de spécialité connaît certainement le sujet.

• **Si vous oubliez quelque chose, passez au point suivant**… le jury ne savait pas que vous alliez le dire ! Si cela « vous revient » plus tard, débrouillez-vous pour l'évoquer ou le « placer » dans la discussion.

• Si malgré votre préparation et votre entraînement, vous êtes trop stressé(e) le jour J : **dites-le au jury**. Il sera bienveillant et en tiendra compte si vous montrez que vous avez travaillé.

• **Prévoyez quelques repères intermédiaires** à des moments précis de votre exposé afin de savoir où vous en êtes dans les 5 minutes. **Vous pouvez tout à fait regarder votre montre** une ou deux fois durant l'exposé pour vous assurer que vous êtes dans les temps.

• **Attirez l'attention des jurés sur votre conclusion** de l'exposé. Faites une pause, puis dites, par exemple : « *Pour terminer…* » ; « *Pour conclure…* » ; « *Enfin…* ».

• **Il y aura assez peu de questions, chacune doit vous permettre de marquer des points.**

• **Évitez les réponses fermées** (« oui », « non », « exactement », « je suis d'accord ») et développez. Évitez aussi bien les phrases trop longues… que les réponses trop courtes.

Astuces

- Vous pouvez donner votre opinion, ce n'est pas votre avis qui sera évalué si vous savez l'argumenter.
- Suivez l'actualité et si possible, faites-y référence.

- **Écoutez les questions jusqu'à la fin, n'interrompez pas les jurés.** Assurez-vous d'avoir bien compris chaque question, si besoin n'hésitez pas à la reformuler.
- **Prenez du temps pour réfléchir** avant de répondre.
- **Si vous ne connaissez pas la réponse** à une question ou si vous n'avez pas compris une question, **ne restez pas muet(te), dites-le et demandez des précisions**.
- **Concluez à la toute fin du Grand oral en restant souriant(e), droit(e), en confiance.** Vous pouvez simplement remercier les jurés pour le temps qu'ils vous ont consacré ou pour leur écoute, terminer par une allusion souriante à ce qui s'est dit durant le Grand oral, et si tout s'est bien passé et que tout le monde est détendu, même leur souhaiter de bonnes vacances…
- Et de la même manière que vous avez dit « *Bonjour* », dites « *Au revoir* » !

LES POINTS-CLÉS

- Entraînez-vous régulièrement tout au long de l'année.
- Sollicitez vos camarades, vos enseignants, vos proches. Acceptez leurs critiques pour vos améliorer.
- Nous espérons que vous aurez un sentiment de satisfaction du travail accompli, surtout si vous vous êtes impliqué(e) totalement et que vous avez cherché à obtenir la meilleure note possible en marquant le jury par votre travail et par la qualité de votre oral.
- Vous pourrez partir en vacances sereinement en vous disant que vous avez franchi une nouvelle étape qui vous a préparé(e) pour l'enseignement supérieur.

Questions-types corrigées

PHYSIQUE-CHIMIE

QUESTION Comment expliquer l'existence postulée du neutrino ?

Exemple de présentation orale 5 min

Introduction
Expliquez l'intérêt de la question posée.

L'existence du neutrino a été postulée pour mettre fin à un désaccord entre expérience et théorie dans l'étude de la désintégration β^- du neutron en proton dans les années 1930. En effet, les valeurs prévues pour les énergies calculées à partir de l'équation de désintégration sont en contradiction avec les résultats obtenus expérimentalement. Wolfgang Pauli met en évidence que l'on peut retrouver les valeurs expérimentales si l'on considère qu'une troisième particule est produite dans l'état final. Comme cette particule n'a pas laissé de trace dans le détecteur, Pauli suppose qu'elle est électriquement neutre et de masse nulle. Il choisit de l'appeler « neutrino » (de l'italien « petit neutre »).

Connecteurs logiques
Annoncez votre plan à l'aide de connecteurs logiques.

Nous montrerons d'une part que les lois de conservations de A et de Z sont respectées dans une équation à deux corps à l'état final, d'autre part que le neutrino doit forcément être un « petit neutre » et enfin que la solution de Pauli est une solution au problème posé.

L'équation de désintégration β^- d'un noyau radioactif est de la forme :

$$^{A}_{Z}X \rightarrow {}^{A}_{Z+1}Y + {}^{0}_{-1}e^-$$

en sachant que la particule β^- est en fait un électron de nombre de masse nul, soit $A = 0$, et de nombre de charge opposé à celui du proton, soit $Z = -1$.

Cette équation respecte la conservation du nombre de masse A ou nombre de nucléons et celle du nombre de charge Z ou nombre de protons. En effet, on vérifie bien que $A = A + 0$: le nombre de masse du noyau père est égal à la somme des nombres de masse des noyaux fils et de la particule β^- (ou électron). De même, on vérifie bien pour le nombre de charge que $Z = (Z + 1) - 1$.

On est donc passé d'un noyau X contenant Z protons à un noyau Y en contenant $Z + 1$, soit un de plus. Le nombre de nucléons n'ayant pas varié, on peut conclure que si Y possède un proton de plus que X, alors X possède un neutron de plus que Y : le neutron et le proton étant des nucléons.

On en déduit donc de manière simplifiée que la désintégration β^- peut être écrite sous la forme :

$$^{1}_{0}n \rightarrow {}^{1}_{1}p + {}^{0}_{-1}e^-.$$

En effet, le proton ($Z = 1$) est un nucléon ($A = 1$), ainsi que le neutron, ce dernier ayant un nombre de charge nul.

Gagnez des points !
Nuancez votre argumentaire et précisez les points délicats.

L'expérience est en accord avec l'équation de désintégration précédente. Or, celle-ci respectant les lois de conservations, une troisième particule, en plus du proton et de l'électron, doit avoir un nombre de masse $A = 0$ et un neutre de charge $Z = 0$. Cette particule ${}^{0}_{0}\nu$ ne laisse aucune trace dans le détecteur et permet ainsi de justifier l'appellation « neutrino », ou « petit neutre » en italien. Le photon aurait pu être un bon candidat, mais Pauli recherchait une particule n'ayant pas les caractéristiques du photon.

Dans l'expérience de désintégration β^-, l'énergie mesurée pour l'électron produit, en supposant la conservation de l'énergie et deux particules à l'état final, prend un ensemble continu de valeurs. Or le calcul ne permet d'obtenir qu'une valeur unique possible pour l'énergie de l'électron. En effet, celle du proton et du neutron du noyau étant fixées, la conservation de l'énergie totale impose une seule valeur pour celle de la troisième particule. La seule solution est de considérer que l'énergie calculée est en fait la somme de celle de l'électron et du neutrino, chacun pouvant avoir une énergie variable, tout en gardant leur somme constante. Ainsi, l'énergie de la particule β^-, ou électron, formée lors de la désintégration, prend une infinité de valeurs possibles, comme le montre son spectre en énergie.

En conclusion, le spectre continu de l'électron lors de la désintégration β^- ne peut être expliqué que par l'existence postulée d'une nouvelle particule. Cette dernière, baptisée « neutrino » par Pauli, doit avoir un nombre de charge et un nombre de masse nuls, et une énergie telle que la somme de cette énergie et celle de la particule β^- reste constante. Il faudra attendre 1956 et les expériences de Reines et Cowan pour obtenir la première vérification expérimentale directe de l'existence du neutrino postulée vingt ans auparavant.

Je vous remercie de m'avoir écouté(e).

Support

Sur votre support, proposez un document très simple montrant le spectre continu des valeurs d'énergie des électrons. Cette courbe est à réaliser pendant les 20 minutes de préparation de l'épreuve.

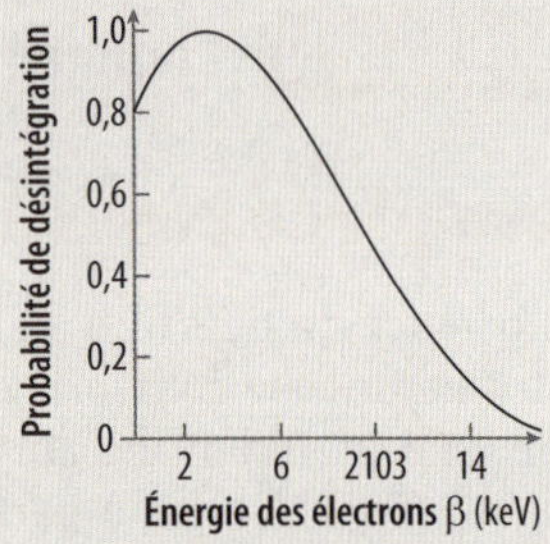

Conclusion

Proposez une ouverture ou précisez la date de la « vérification » expérimentale.

Exemples de questions pouvant être posées par le jury 10 min

Questions pouvant être posées par un professeur de Physique-Chimie

- Vous avez évoqué une désintégration de type β^-, mais existe-t-il d'autres canaux de désintégration ?
- Pouvez-vous donner des exemples de désintégrations dans la vie courante ? dans les applications médicales ?
- Que sont les rayons ionisants ? Comment peut-on s'en protéger ?
- Pourquoi l'équation de désintégration ne permet-elle pas de détecter la production d'un neutrino ?
- Dans le cas d'équations de désintégration, il y a conservation des nombres A et Z, mais qu'en est-il de la conservation de l'énergie ?
- Pouvez-vous préciser ce qu'est la relation d'Einstein ?
- Pouvez-vous expliquer l'unité « keV » de l'énergie dans la courbe présentée ? En quelle unité est généralement exprimée l'énergie ?
- Analyser le spectre continu β, discuter le terme de « probabilité ».

Mettez en avance vos connaissances

- Sachez expliquer la conservation de l'énergie en mécanique classique et faire un point particulier dans le cadre de la physique des particules.
- Mettez ces notions en relation avec la relation d'Einstein, correspondance entre masse et énergie $E = mc^2$.

Questions pouvant être posées par un professeur d'une autre discipline

- Pouvez-vous analyser la courbe proposée ? Quelle est l'abscisse de la courbe ? L'ordonnée ?
- En quoi l'ordonnée est une probabilité de désintégration ? Quelle est la valeur maximale de la probabilité ?
- Pouvez-vous expliciter les équations de conservation ? Précisez le nombre d'équations et d'inconnues.

Exemples de questions liées à l'orientation 5 min

- Concernant le métier de physicien des particules, connaissez-vous les différents parcours pour accéder à cette carrière ?
- Quels sont les grands lieux expérimentaux de la physique des particules ? On pense souvent au CERN, seriez-vous capable de donner la signification de cet acronyme ? Dans quelle région du monde se situe-t-il ? Quelles sont ses activités ?
- Avez-vous déjà fait une visite du CERN, physiquement ou virtuellement ?

Enrichissez vos connaissances

Dans le cadre de la physique nucléaire et de la physique des particules, pensez à aller visiter les sites Internet :
– du CERN : https://home.cern/fr
– du CEA : https://www.cea.fr

- Dans le cadre de votre scolarité, avez-vous pu rencontrer des physiciens nucléaires ou des physiciens des particules ? À quelle occasion ? Avez-vous visité un laboratoire de physique des particules ?
- Quels peuvent être les métiers en lien avec ce domaine de la physique ? Quels sont les niveaux d'étude nécessaires pour ces métiers connexes ?

Pour découvrir les **parcours d'orientation en lien avec la Physique-Chimie**, utilisez le **GPS My Road** en scannant cette page avec Nathan Live !

SVT

QUESTION Le cerveau en reconstruction permanente, vrai ou faux ?

Exemple de présentation orale 5 min

On a longtemps pensé que l'organisation du cerveau était stable et qu'elle ne pouvait pas changer. En réalité, l'organisation du cortex cérébral, la partie superficielle du cerveau, peut se modifier en fonction des apprentissages. Cette propriété de réorganisation du cortex est appelée plasticité cérébrale. Elle intervient non seulement dans les processus de mémorisation, mais également dans les capacités de récupération du cerveau après une lésion. Et si la compréhension des mécanismes mis en jeu pouvait aider à retarder le vieillissement du cerveau, ou encore l'apparition de maladies dégénérative ? Une perspective d'autant plus intéressante que l'espérance de vie augmente !

Introduction

Montrez votre intérêt pour le sujet de façon explicite.

Avant de comprendre comment le cortex peut se restructurer, prenons l'exemple du cortex moteur, la région du cerveau qui contrôle les mouvements volontaires, et rappelons son organisation. Ce dernier est organisé en différentes zones qui commande chacune une partie du corps et constituent la carte motrice. Celle-ci a pu être établie expérimentalement : en effet, la stimulation électrique d'une zone définie du cortex déclenche un mouvement d'une partie du corps correspondante. Toutefois, la taille de chacune de ces zones n'est pas proportionnelle à la surface de la partie du corps qu'elle contrôle, mais à la précision du mouvement effectuée par celles-ci.

Soyez précis(e)

Expliquez les termes utilisés et montrez que vous maîtrisez les notions scientifiques.

Par ailleurs on peut montrer que la taille d'une zone corticale évolue en fonction des expériences individuelles : par exemple chez les joueurs de piano, la zone corticale correspondant aux doigts se développe avec la pratique répétée des exercices. Ainsi, le cerveau est capable de se remodeler : il montre donc une certaine plasticité. Au contraire, chez une personne ayant subi une amputation, celle d'un bras par exemple, la zone corticale motrice correspondante se réduit. Mais une restauration de celle-ci est toutefois possible après une greffe du bras.

Gagnez des points !

Donnez des exemples. Au besoin, appuyez-vous sur des expériences ou des données cliniques.

Par ailleurs, lorsqu'un accident vasculaire cérébral atteint une zone de l'aire motrice, celle commandant le bras par exemple, le malade perd la motricité de son bras. Cependant, une rééducation permet une restauration plus ou moins partielle de cette motricité. Les techniques d'imagerie cérébrale permettent de montrer une réorganisation du cortex : une nouvelle zone corticale commandant le bras s'est développée aux dépens de zones préexistantes.

Enfin, la perte d'une fonction sensorielle, la vue par exemple, s'accompagne le plus souvent de capacités auditives accrues ou encore d'une plus grande sensibilité tactile. Là encore, ces modifications sont liées à une réorganisation corticale, avec développement des aires sensorielles concernées.

Mais sur quelles propriétés du cerveau repose cette plasticité ? Le cortex moteur est constitué de plusieurs couches de neurones. Ces cellules nerveuses sont connectées les unes aux autres par l'intermédiaire de synapses, constituant ainsi un véritable réseau de neurones. Parmi ces neurones, des neurones pyramidaux se prolongent par des axones qui

Astuce

N'hésitez-pas à employer la forme interrogative pour interpeller votre auditoire et solliciter son intérêt.

établissent des synapses dans la moelle avec les motoneurones commandant les fibres musculaires.

Chez les joueurs de piano, la mobilisation intensive des doigts permet un recrutement plus important des neurones du cortex qui contrôlent ces doigts. De nouvelles synapses s'établissent entre ces derniers, permettant l'augmentation de la surface corticale correspondant aux doigts. Plus la sollicitation des muscles est importante, plus le réseau neuronal cortical s'étend du fait de nouvelles connexions. Il s'établit ainsi un recâblage constant du fait de l'apprentissage. De la même façon, la récupération du cortex moteur après un AVC est réalisée par la formation de nouveaux réseaux de neurones. Les nouvelles connections sont permises par le développement de dendrites.

Ainsi, les capacités cérébrales reposent en grande partie sur l'expérience et l'apprentissage. La plasticité cérébrale intervient dans de nombreux processus, comme notamment la mémoire. Sans cesse, de nouvelles données à mémoriser modifient les câblages, tandis que des souvenirs anciens s'effacent au profit de plus récents.

Comment préserver ces capacités, sinon par une stimulation tout au long de la vie ! Et ceci, d'autant plus qu'au cours du vieillissement, les capacités de recâblage du cerveau s'atténuent. La compréhension des mécanismes de ce recâblage est un enjeu passionnant ! Elle ouvrirait tant de perspectives, aussi bien pour le traitement de lésions cérébrales que pour retarder le mécanisme du vieillissement. Voilà pourquoi je suis particulièrement motivé(e) pour faire des études menant vers la recherche en neurobiologie.

Faites des pauses !
Marquez des pauses quand vous passez d'un paragraphe à l'autre, notamment quand vous allez conclure.

J'espère vous avoir intéressé(e)s et je vous remercie pour votre attention.

Exemples de questions pouvant être posées par le jury 10 min

Questions pouvant être posées par un professeur de SVT

- Pourriez-vous expliquer la nature du message nerveux ?
- Vous avez évoqué les synapses. Expliquez-nous comment elles fonctionnent et transmettent le message nerveux.
- Connaissez-vous des exemples de maladies neuro-dégénératives ? Comment sont-elles caractérisées ?
- Vous avez cité des expériences qui ont permis de déterminer l'organisation de la carte motrice. Pourriez-vous nous expliquer comment déterminer expérimentalement le sens de circulation du message nerveux dans la moelle épinière ?
- Dans certains cas, on parle de plasticité mal-adaptative. Pourriez vous nous expliquer ce dont il s'agit ?
- Vous nous avez parlé des neurones, mais le cerveau est-il composé exclusivement de neurones ?
- Quel est le mécanisme de la contraction musculaire au niveau moléculaire ?
- Un neurone moteur reçoit différentes informations simultanées ou successives. Comment intègre-t-il ces informations ?

Préparez-vous efficacement !
Prévoyez à l'avance les questions relatives au sujet, aussi bien sur les bases que les aspects techniques, ou encore les enjeux de société.

Questions pouvant être posées par un professeur d'une autre discipline

- Que pensez-vous de l'expérimentation sur les animaux ? Est-il possible de s'en passer ?
- L'intelligence artificielle peut-elle, à votre avis, remplacer le cerveau humain ?
- Le message nerveux est-il assimilable à un courant électrique ?
- Quel rôle la chimie joue-t-elle dans le fonctionnement du cerveau ? Guide-t-elle vraiment nos émotions ?
- Vous avez cité des techniques d'imagerie cérébrales : expliquez le principe de quelques-unes d'entre elles.

Exemples de questions liées à l'orientation 5 min

- Quelles études envisagez-vous pour atteindre votre objectif ?
- Recherche fondamentale ou appliquée, quelle différence faites-vous entre les deux ?
- Les postes sont rares et les concurrents nombreux. Quelles qualités mettez-vous en avant pour parvenir dans cette voie ?
- Quelle expérience avez-vous dans le domaine du travail de laboratoire ?
- Comment votre projet professionnel a-t-il mûri ? Votre motivation est-elle ancienne ou récente ? Y a-t-il eu un élément déclencheur particulier ?
- Comment vous voyez-vous dans 10 ans ?
- Quelles démarches avez-vous entreprises pour vous informer à propos de votre orientation ?
- Vous avez dû faire différents choix sur Parcousup : à quels autres projets éventuels correspondent-ils ?

Attention !
Montrez au jury que vous avez pris des renseignements précis sur votre projet professionnel et que votre motivation est bien réelle.

Pour découvrir les **parcours d'orientation en lien avec la SVT**, utilisez le **GPS My Road** en scannant cette page avec Nathan Live !

Exemples de questions possibles

PHYSIQUE-CHIMIE

- En quoi la radioactivité permet-elle de nous informer sur le vivant ?
- Quels matériaux est-il possible d'utiliser pour isoler la toiture d'une maison ?
- Énergie domestique : faut-il choisir la production ou la conversion ?
- Quels sont les usages de l'effet Doppler de la vie de tous les jours ?
- Comment optimiser la synthèse d'un ester à odeur de rhum en prenant en compte les principes de la chimie verte ?

Rappel

Pensez à vos questions dès le début de l'année.

SVT

- D'où provient la forme des arbres ?
- Le clonage en agriculture constitue-t-il une piste pour couvrir les besoins alimentaires de l'humanité de demain ?
- Quelles sont les conséquences du dopage sur l'organisme ?
- Comment le stress peut-il me nuire lors de mon Grand oral ?
- Pourquoi doit-on conserver les variétés anciennes ?
- Faut-il interdire les OGM ?
- Comment les pollens sont-ils utilisés pour reconstituer les climats du passé ?

PHYSIQUE-CHIMIE SVT

- Quel est le principe de la datation par radiochronologie ?
- Comment les conditions de pression-température provoquent-elles des transformations des roches ?
- Comment les isotopes de l'oxygène sont-ils utilisés pour reconstituer des climats anciens ?
- Quel rôle le dioxyde de carbone joue-t-il dans le réchauffement climatique actuel ?
- Les ondes acoustiques sont-elles utilisables comme sonde pour le corps humain ?
- Quels sont les bienfaits des aliments irradiés sur notre santé ?
- Quelles sont les utilisations du rayonnement solaire pour subvenir aux besoins énergétiques de la planète ?
- La diffraction des rayons X : un nouveau système d'imagerie médicale ?

Accrochez !

La formulation de votre question doit être accrocheuse et explicite.

Corrigés des Quiz

Corrigés des Quiz

PHYSIQUE-CHIMIE

p. 11

1. a. et **c.** L'eau est bien l'acide conjugué de l'ion hydroxyde, car le couple de l'eau concerné est H_2O/HO^- : l'eau cède bien un ion hydrogène $H_2O = HO^- + H^+$. Un ampholyte ou une espèce amphotère est une espèce capable de céder un ion hydrogène (caractère acide) et d'accepter un proton (caractère basique). En revanche, la réponse **b.** est incorrecte, car le couple acido-basique est écrit dans le sens contraire à l'écriture normalisée. Il s'agit du couple H_3O^+/H_2O.

2. a. La méthylamine est une base de Brönsted, elle peut accepter un H^+. La demi-équation correspondante est : $CH_3\text{-}NH_2 + H^+ = CH_3\text{-}NH_3^+$. Le couple doit être écrit dans le sens acide/base, soit $CH_3\text{-}NH_3^+/CH_3\text{-}NH_2$. La méthylamine n'est pas un ampholyte.

3. b. et **c.** Un acide ne peut réagir que sur une base, et inversement.

4. Faux. Un acide de Brönsted est une espèce capable de céder et non de capter un ion hydrogène.

5. Vrai. Si un acide est une molécule neutre de type AH, alors sa base conjuguée est un anion A^- ayant perdu un ion hydrogène H^+.

p. 22

1. a. et **b.** L'absorbance A est proportionnelle à la longueur de la cuve et à la concentration c en espèce colorée. Plus la cuve est large, et plus la solution absorbe.

2. a., b. et **c.** Un gaz parfait n'est pas réel, c'est un cas d'école. Il est le modèle le plus simple, ne prenant pas en compte les interactions entre les particules du gaz, considérées comme ponctuelles. La vitesse des particules est liée à leur température.

3. a., b. et **c.** Toutes les réponses sont exactes. La conductance dépend de la cellule et de la solution.

4. Faux. Si le pH est une grandeur sans unité, elle n'est pas proportionnelle à la concentration des ions oxonium : c'est une fonction logarithmique de cette concentration.

p. 31

1. a. et **b.** Un titrage est un dosage destructif : le réactif de quantité inconnue réagit avec un réactif titrant de manière totale. Dans le cas d'un suivi autre que colorimétrique, il n'est pas nécessaire d'utiliser un indicateur coloré (qui peut aussi être un réactif ou un produit de la réaction). Un titrage peut s'appuyer sur tout type de transformation chimique.

2. a. L'équivalence d'un système chimique est un état intermédiaire du système et non un moment précis (l'équivalence ne se mesure pas en secondes).

3. a. et **b.** Un titrage conductimétrique correspond à la courbe de la conductance ou de la conductivité, et non de la conductivité molaire ionique d'un des ions, en fonction du volume de solution titrante versé. La courbe est définie par deux portions que sont deux demi-droites qui diffèrent par la valeur de leur pente, sans que l'une soit forcément de signe opposé à l'autre.

4. Faux. La réaction de support de titrage peut être par exemple une réaction de précipitation.

5. Vrai. En général, on ne connaît pas la concentration de la solution titrée.

p. 42

1. a. et **c.** Un catalyseur accélère une transformation sans modification de la nature des produits. Il agit au niveau du mécanisme réactionnel tout en étant régénéré à la fin ou pendant l'ensemble des actes élémentaires.

2. a. L'ordre d'une cinétique est un ordre global, somme des ordres partiels. Les cinétiques d'ordre 0 ou 1 existent, mais il n'est pas toujours possible de déterminer un ordre pour chaque réaction, surtout si le déroulement de la transformation est complexe.

3. b. et **c.** Les quantités de matière ou volumes des produits sont proportionnels à x, donc la définition du temps de demi-réaction est valable pour ces deux grandeurs.

4. Faux. La diminution de la concentration d'un réactif diminue la vitesse de réaction, contrairement à l'augmentation de la température.

5. Faux. Un catalyseur agit sur la vitesse de réaction et non sur la quantité finale de produit formée.

p. 51

1. a. et **c.** L'activité $A(t) = \lambda N(t) = \lambda N_0 e^{-\lambda t} = A_0 e^{-\lambda t}$ d'un échantillon est proportionnelle à N_0 et à A_0. En revanche, $A(t)$ n'est pas proportionnelle à λ, car $A(\lambda) \neq a\lambda$ avec a une constante indépendante de λ.

2. c. Dans une réaction de désintégration, seuls les nombres Z de protons et A de nucléons sont conservés.

3. b. et **c.** La population radioactive diminue de manière exponentielle et de moitié au bout d'une demi-vie. Le phénomène de désintégration est aléatoire.

4. Faux. La demi-vie est le temps au bout duquel la moitié d'une population de noyaux s'est désintégrée. La radioactivité étant un phénomène aléatoire, on ne peut pas prédire la durée de vie d'un noyau instable et donc encore moins sa moitié !

5. Vrai. Le positron est l'anti-particule de l'électron : une particule et son anti-particule ont la même masse.

p. 62

1. b. L'équilibre chimique est dynamique, la réaction ne s'arrête pas.

2. a. Ne doivent figurer que les espèces dissoutes, ici les réactifs, affectés des coefficients stœchiométriques respectifs en exposant.

3. a. On observe que $Q_r < K$ donc Q_r va augmenter jusqu'à la valeur de la constante d'équilibre. Le numérateur de Q_r augmente, la concentration des produits C et D augmente, par conséquent, la concentration des réactifs A et B diminue. La réaction va s'effectuer dans le sens $A + B \rightarrow C + D$ jusqu'à l'équilibre.

4. Vrai. L'anode est la borne négative de la pile : les électrons sortent donc de l'anode pour aller vers la cathode positive.

5. Faux. Les porteurs de charge circulant dans les solutions aqueuses sont uniquement de nature ionique.

p. 71

1. b. Un acide faible se dissocie peu dans l'eau, sa constante d'acidité est donc faible, inférieure à 10^4. Sa base conjuguée est faible.

2. a. et **b.** Les acides éthanoïque et benzoïque sont des acides carboxyliques, donc faibles.

3. a. et **b.** Si $pH = pK_a$, alors $[AH] = [A^-]$, et donc aucune des espèces n'est majoritaire. Le pK_a n'étant pas égal à 7, la solution n'est pas neutre et pas forcément acide.

4. Vrai. Un acide de Brönsted peut se noter AH. Il libère un ion H^+ qui est un proton.

5. Vrai. Les quantités de matière versées sont identiques, donc le mélange initial est stœchiométrique : $H_3O^+ + HO^- \rightarrow 2H_2O$. Le pH est donc celui de l'eau pur, soit pH = 7.

p. 79

1. a. et **b.** Le sens de circulation des électrons est toujours opposé au sens conventionnel du courant. L'oxydation a lieu à l'anode, produisant des électrons.

2. b. et **c.** Au niveau de la cathode, on assiste à la réduction de l'oxydant : il capte un ou plusieurs électrons pour former un dépôt métallique.

3. a. et **c.** La température n'a *a priori* aucune relation directe avec le phénomène d'électrolyse. La quantité d'électricité débitée par le générateur est proportionnelle à la durée de fonctionnement pour I fixée ou à la quantité d'électrons échangés. Q est une grandeur qui s'exprime en coulombs (en C) comme la charge élémentaire e.

4. Vrai. L'électrolyse nécessite un apport d'énergie électrique *via* un générateur extérieur. Sans cet apport, la réaction n'aurait pas lieu spontanément.

5. Vrai. La borne négative du générateur est reliée à la cathode, lieu de la réduction des ions métalliques en métal.

p. 90

1. a., **b.** et **c.** Toutes les réponses sont exactes. Une polyaddition nécessite une insaturation permettant d'additionner bout à bout n monomères entre eux, formant un polymère de n motifs.

2. a. et **c.** Le rendement est un rapport de deux quantités, il n'a pas de dimension. Il correspond à un nombre pur sans unité ou peut s'exprimer en %. Le rendement maximum est théorique : il vaut 1 ou 100 %.

3. a. et **b.** Les deux molécules sont des fonctions différentes, mais de même formule brute $C_4H_8O_2$: elles sont isomères de constitution de fonction.

4. Vrai. Dans une réaction d'addition, deux réactifs forment un seul produit. On a donc deux réactifs pour un produit, soit davantage de réactifs que de produit formé.

5. Vrai. La quantité de matière obtenue avec un rendement de 100 % correspond à la quantité de matière maximale que l'on peut obtenir théoriquement. Le rendement est défini comme le rapport entre la quantité expérimentale et la quantité théorique.

p. 98

1. a. Lors d'un mouvement circulaire uniforme, seule la valeur du vecteur vitesse est constante. La direction du vecteur vitesse varie au cours du temps, donc le vecteur ne peut être constant. Quant au vecteur accélération, il est colinéaire au vecteur normal de la base de Frenet et donc il n'est pas nul.

2. a. et **c.** Le vecteur $\vec{\tau}$ est toujours tangent à la trajectoire et perpendiculaire au vecteur $\vec{n}$. On en déduit ainsi que $\vec{n}$ est perpendiculaire à la trajectoire, on dit aussi qu'il est normal à la trajectoire. En général, le sens de $\vec{\tau}$ est celui du mouvement. Cependant, dans le cas d'un mouvement de sens variable, on peut faire le choix de conserver le vecteur $\vec{\tau}$ initial : le sens du mouvement peut ne pas être celui du vecteur unitaire $\vec{\tau}$.

3. a. et **b.** Le vecteur vitesse est suivant le vecteur $\vec{\tau}$, donc en a la même direction, mais pas forcément le même sens, surtout si le mouvement change de sens et que le choix est fait de définir $\vec{\tau}$ une fois pour toutes. Le vecteur vitesse n'est perpendiculaire à l'accélération que dans le cas où le vecteur $\vec{a}$ est suivant $\vec{n}$.

4. Faux. Le vecteur vitesse est tangent à la trajectoire, donc sa direction n'est pas constante.

p. 111

1. a. et **b.** Le vecteur quantité de mouvement $\vec{p} = m\vec{v}$ est colinéaire au vecteur vitesse $\vec{v}$ et dépend de la masse m du système. En revanche, $\vec{p}$ est proportionnel à $\vec{v}$ uniquement si la masse m est constante tout au long du mouvement, ce qui n'est pas le cas du mouvement d'une fusée par exemple. Enfin, la norme du vecteur, et non le vecteur $\vec{p}$, s'exprime en $kg \cdot m \cdot s^{-1}$.

2. a. et **b.** L'énergie mécanique est la somme de l'énergie cinétique et des énergies potentielles de pesanteur, élastique, etc. Elle représente l'énergie totale du système dont la variation est égale au travail des forces uniquement dissipatives. Si ces dernières ne travaillent pas, la variation d'énergie mécanique est nulle : E_m se conserve.

3. Faux. K est la même pour tout mouvement d'une planète du système solaire dans le référentiel héliocentrique et non pour la Lune dans le référentiel géocentrique.

p. 120

1. a., b. et **c.** Toutes les réponses sont exactes. La relation de Bernoulli s'établit en traduisant la conservation de l'énergie le long d'une ligne de courant pour un fluide incompressible en régime permanent. L'énergie est la somme de l'énergie mécanique et du travail des forces pressantes ou encore des pressions statique et dynamique. L'expression de l'énergie contient deux termes dépendant de la masse volumique du fluide et donc de la nature du fluide.

2. a. et **b.** L'effet Venturi est tel qu'un rétrécissement dans une conduite provoque des modifications de l'écoulement en termes de pression et de vitesse : diminution de la pression et augmentation de la vitesse. Pour arriver à une telle conclusion, on exploite la conservation du débit volumique et la relation de Bernoulli.

3. b. et **c.** La poussée d'Archimède est une force opposée au poids, elle est donc toujours verticale vers le haut. Comme toutes les forces, sa norme s'exprime en newtons.

4. Faux. La valeur de la poussée d'Archimède est égale à la valeur du poids du fluide en déplacement. Cependant, même si les directions des deux vecteurs sont identiques, les sens des vecteurs sont opposés, et les vecteurs ne peuvent donc pas être égaux.

5. Vrai. Pour un fluide incompressible, la valeur de la poussée d'Archimède est proportionnelle au volume du système, car $\Pi = \rho V g$ avec ρ et g deux constantes. Dans ce cas, on a bien $\Pi = kV$ avec $k = \rho g$ la constante de proportionnalité.

p. 126

1. b. et **c.** L'équation d'état est $PV = nRT$. Si la température T double, alors $T' = 2T$ et $2nRT = nRT' = 2PV$ que l'on peut interpréter comme le fait que la pression a doublé ($P' = 2P$ à volume V constant) ou que le volume a doublé ($V' = 2V$ à pression constante).
Si la quantité de matière n double, alors $n' = 2n$ et $2nRT = n'RT = 2PV = PV'$ avec $V' = 2V$: si n double, $n' = 2n$, alors V double aussi et $V' = 2V$ (affirmation **c.**).
En revanche, si le volume V double, les grandeurs autres que la pression P restent invariantes, alors on en déduit que nRT = constante. Cela signifie donc que le produit $PV = P'V'$ est constant : si $V' = 2V$, alors $P' = \frac{P}{2}$ pour avoir $P'V' = 2V \times \frac{P}{2} = PV$. En effet, si le volume V double, alors la pression P est divisée de moitié.

2. a., b. et **c.** Le comportement de ce gaz parfait est régi par :
– la loi de Boyle-Mariotte à température et quantité de matière constantes, soit à pression et volume variables ;
– la loi de Gay-Lussac, à pression et quantité de matière constantes ;
– la loi d'Avogadro à pression et température constantes.

3. a., b. et **c.** Le modèle de Van Der Waals tient compte du volume des particules constituant le gaz, ainsi que des interactions entre elles. Il est plus proche de la réalité et permet de retrouver l'équation d'état du gaz parfait à l'ordre 1.

4. Un gaz parfait est un « cas d'école », c'est un gaz irréel. Bien que les gaz rares appartenant aux éléments de la dernière colonne de la classification périodique soient des gaz monoatomiques, ils sont bien réels.

p. 140

1. b. et **c.** Le transfert thermique correspond à un échange de type « chaleur ». Le premier principe de la thermodynamique s'écrivant $\Delta U = W + Q$, si $W = 0$, alors le transfert thermique $Q = \Delta U$ correspond à une variation d'énergie interne et non à un travail. Q peut être positif (énergie entrante) ou négatif (énergie sortante).

2. a., b. et **c.** Le flux thermique s'exprime en watts (W) et dépend du matériau (conductivité thermique) et de la variation de température entre A et B.

3. Faux. La diffusion se fait sans mouvement d'ensemble, le seul « mouvement » étant l'agitation des molécules qui transmettent l'énergie de proche en proche. Seul le transfert par convection se fait grâce à un mouvement macroscopique du fluide caloporteur.

p. 151

1. a. Le niveau acoustique est une grandeur logarithmique de l'intensité qui rend davantage compte des sensations physiologiques. Il s'exprime en décibels (dB) et n'est pas additif, contrairement à l'intensité acoustique I.

2. a. et **c.** Des franges brillantes d'interférence sont deux signaux en phase séparés d'une ou de plusieurs interfranges dont l'intensité est maximale. La différence de marche est un nombre entier de longueurs d'onde, pas nécessairement nul.

3. a., b. et **c.** Toutes les réponses sont exactes. Lorsque l'émetteur se rapproche de la source, la fréquence augmente, puis diminue à l'éloignement : dans le cas d'un signal acoustique, le son est de plus en plus aigu, puis de plus en plus grave.

4. Vrai. Si l'on suppose les mêmes conditions expérimentales, au point d'impact du laser près, la figure de diffraction d'une ouverture est la même que celle de l'objet plein de même forme.

5. Vrai. Les interférences ne peuvent s'établir que si les sources sont cohérentes entre elles. En pratique, on fabrique les deux sources à partir d'une seule et même source, appelée source primaire.

p. 159

1. b. et **c.** F' est le foyer focal image de la lentille, alors que F, symétrique par rapport à la lentille, est le foyer focal objet. O, F, F', A et A' sont les cinq points de construction appartenant à l'axe optique de la lentille, A étant un point objet et O le centre optique.

2. a., b. et **c.** Les rayons principaux sont des rayons particuliers permettant la construction de B', image de B. En effet, tous les rayons issus de B convergent en B', en particulier le rayon (BOB') qui n'est jamais dévié par la lentille. En revanche, certaines situations ne permettent pas de tracer l'ensemble des rayons particuliers (situation d'effet loupe par exemple).

3. c. Dans le cas d'une lunette afocale, la distance entre les lentilles est la suivante :
$\overline{OO'} = \overline{OF_1'} + \overline{F_1'F_2} + \overline{F_2O} = \overline{OF_1'} + \overline{F_2'F_2} + \overline{OF_2'}$. Or $\overline{OF_1'}$ est la distance focale de la première lentille et $\overline{OF_2'}$ celle de la seconde. De plus, la lunette étant afocale, $\overline{F_1'F_2} = 0$: la distance entre l'objectif et l'oculaire est bien égale à la somme de leur distance focale.

4. Vrai. Le grossissement d'une lentille afocale est le rapport des vergences de ses lentilles.

5. Vrai. Un dispositif afocal permet de regarder un objet sans accommoder. En revanche, cet objet doit se situer à l'infini. Finalement, ce dispositif permet une vision de confort, mais dans le cas d'un objet lointain.

p. 167

1. a., b. et **c.** Toutes les réponses sont exactes. La totalité de la cellule est irradiée par un rayonnement électromagnétique constitué de photons collectés par la cathode. Cette énergie, absorbée par la cathode, permet d'arracher des électrons. Ces derniers, sous l'effet de la tension ou différence de potentiels électriques entre cathode et anode, sont attirés par l'anode collectrice.

2. a. et **c.** L'énergie d'un photon est $E = h\nu$, avec h la constante de Planck, et l'énergie cinétique est $\frac{mv^2}{2}$ qui est toujours positive ! En revanche, le photon n'est absorbé par la photocathode que si son énergie est au moins égale au travail d'extraction.

3. a., b. et **c.** Toutes les réponses sont exactes. Le photon est l'équivalent particulaire de l'onde électromagnétique (lumière visible ou invisible à l'œil humain). Son énergie est finie et proportionnelle à la fréquence de l'onde électromagnétique, une des caractéristiques des ondes.

4. a. et **c.** L'énergie du photon extracteur est la somme du travail d'extraction et de l'énergie cinétique de l'électron arraché. Cette énergie est donc supérieure à la fois au travail d'extraction et à l'énergie cinétique de l'électron. Cependant, le photon préexiste à la création de l'électron, son énergie ne peut donc pas dépendre de l'énergie cinétique, et donc de la vitesse de l'électron : la valeur de cette dernière dépend en revanche de la différence restante entre énergie du photon et travail d'extraction.

p. 176

1. b. Le temps caractéristique est $\tau = RC$. Ainsi,

$$q(t=\tau) = CE\left[1-\exp\left(\frac{-RC}{RC}\right)\right] = CE(1-\exp(1))$$
$$= CE(1-e^1) = CE(1-e) \neq 2.$$

En revanche, la charge diminue de manière évidente dans le cas d'une décharge qui ne nécessite pas de générateur comme dans le cas d'une charge. La tension initiale est égale à la tension aux bornes du générateur, soit E, car, initialement chargé, le condensateur se comporte comme un interrupteur ouvert.

2. a. L'équation d'évolution de la charge du condensateur dans un circuit RC série est : $\frac{dq(t)}{dt} + \frac{q(t)}{RC} = \frac{E}{R}$.
Elle dépend de R, C et E, force électromotrice caractéristique du générateur. Il s'agit d'une équation du premier ordre à coefficient constant.

3. Vrai. Le condensateur permet de stocker de l'énergie électrique (charge) avant de la déstocker (décharge).

4. Faux. La loi d'Ohm correspond à la relation entre la tension aux bornes du conducteur ohmique – et non du condensateur – et l'intensité du courant qui le traverse. Cette relation est bien une relation de proportionnalité entre la tension $u(t)$ et l'intensité $i(t)$, la résistance R étant le coefficient de proportionnalité : $u = Ri$.

SVT

p. 188

1. Faux. C'est le brassage intrachromosomique qui remanie les chromatides. **2. Vrai.** **3. Vrai.** **4. Vrai.** Elle peut résulter d'un *crossing-over* inégal en prophase 1. **5. Faux.** Les couples d'allèles sont disjoints à la suite d'une méiose.

p. 199

1. Vrai. **2. Vrai.** **3. Faux.** Selon le modèle de Hardy-Weinberg, la fréquence d'un allèle reste constante au cours du temps. **4. Faux.** Les comportements peuvent se transmettre de génération en génération, mais indépendamment du génome. **5. Faux.** Le chant des oiseaux nécessite un apprentissage.

p. 208

1. Vrai. **2. Faux.** La méthode de datation au carbone 14 n'est utilisée que pour dater des objets récents (de quelques centaines à quelques milliers d'années). **3. Vrai.** **4. Faux.** Si A est inclus dans B, B est postérieur à A. **5. Faux.** La période (ou demi-vie) correspond à une durée, le temps nécessaire pour qu'une quantité d'éléments radioactifs diminue de moitié.

p. 217

1. Faux. Les ophiolites témoignent de la subduction d'une lithosphère océanique sous une lithosphère continentale. **2. Vrai.** **3. Faux.** Au niveau d'une chaîne de collision, la lithosphère océanique est subduite sous la lithosphère continentale. **4. Vrai.** **5. Vrai.**

p. 229

1. Faux. La sève brute est constituée d'eau et de sels minéraux. **2. Vrai.** **3. Faux.** La photosynthèse comporte une phase de réduction du CO_2. **4. Faux.** Le xylème sert à la conduction de la sève brute. L'absorption de l'eau et de sels minéraux s'effectue par l'intermédiaire des poils absorbants de la racine. **5. Vrai.**

p. 238

1. Vrai. **2. Vrai.** **3. Faux.** Les insectes pollinisateurs assurent le transport du pollen jusqu'au pistil d'une autre fleur. **4. Vrai.** **5. Faux.** La fécondation croisée implique une mobilité du pollen.

p. 245

1. Vrai. **2. Faux.** La diversité des plantes cultivées résulte d'une sélection opérée par l'Homme. **3. Vrai.** **4. Vrai.** **5. Faux.** Les caractères acquis par transgénèse sont contrôlés par des gènes inclus dans le génome de l'espèce receveuse et sont susceptibles de se transmettre à la génération suivante.

p. 257

1. Faux. L'altération des silicates prélève du CO_2 dans l'atmosphère. **2. Vrai.** **3. Vrai.** **4. Faux.** Quand l'albédo diminue, la température augmente. **5. Vrai.**

p. 271

1. Vrai. **2. Faux.** Un mouvement volontaire est déclenché au niveau de l'aire motrice située dans le cortex cérébral. **3. Vrai.** **4. Faux.** Un réflexe est indépendant de la volonté. Le centre nerveux mis en jeu est la moelle épinière. **5. Faux.** C'est un message efférent (sortant de la moelle) véhiculé par le motoneurone qui déclenche la contraction musculaire.

p. 282

1. Vrai. 2. Faux. C'est la myofibrille qui est constituée d'une succession de sarcomères (contenant des myofilaments). **3. Vrai.** L'ATP est produit au cours de la glycolyse. **4. Vrai. 5. Faux.** Il n'y a pas de réserve d'ATP ; il est sans cesse renouvelé au cours de la respiration ou de la fermentation.

p. 290

1. Faux. Le glucagon est une hormone hyperglycémiante. **2. Vrai. 3. Faux.** Le glucose musculaire libéré à la suite de la glycogénolyse est utilisé par la cellule musculaire et n'en sort pas. **4. Vrai. 5. Vrai.**

p. 300

1. Faux. Le cortisol est produit par les glandes corticosurrénales. **2. Vrai. 3. Faux.** Le GABA est un neuro-médiateur inhibiteur. **4. Vrai. 5. Vrai.**

MATHS COMPLÉMENTAIRES

p. 311

1. c. $\lim\limits_{n\to+\infty} n^2 = +\infty$ et $\lim\limits_{n\to+\infty} 5e^n = +\infty$, donc par somme, $\lim\limits_{n\to+\infty} u_n = +\infty$.

2. b. $\lim\limits_{n\to+\infty} \dfrac{2}{n^2} = 0$ et $\lim\limits_{n\to+\infty} e^{-n} = 0$, donc $\lim\limits_{n\to+\infty} v_n = 0$ et la suite v converge vers 0.

3. a. $S = 5\times\dfrac{1-2^{16}}{1-2} = 5(2^{16}-1) = 327\,675.$

4. a. Pour tout n de $\mathbb{N}$, $n^2+1 \geqslant n^2$ donc $\sqrt{n^2+1} \geqslant \sqrt{n^2}$ et $t_n \geqslant n$.
Or $\lim\limits_{n\to+\infty} n = +\infty$, donc par comparaison, $\lim\limits_{n\to+\infty} t_n = +\infty$.

5. c. $1 < 2 < 4$ donc $\sqrt{1} < \sqrt{2} < \sqrt{4}$ et $0 < \sqrt{2}-1 < 1$ donc $\lim\limits_{n\to+\infty} (\sqrt{2}-1)^n = 0$.

p. 322

1. a. $\lim\limits_{x\to+\infty} f(x) = 3$ signifie que $\mathscr{C}_f$ possède une asymptote horizontale d'équation $y = 3$ en $+\infty$ (voir le paragraphe 1.2 du cours).

2. b. $\lim\limits_{\substack{x\to2\\x>2}} 5 = 5$ et $\lim\limits_{\substack{x\to2\\x>2}} x-2 = 0^+$ donc $\lim\limits_{\substack{x\to2\\x>2}} f(x) = +\infty$.

3. a. $\lim\limits_{x\to-\infty} \dfrac{2x^2+3}{x-1} = \lim\limits_{x\to-\infty} \dfrac{2x^2}{x} = \lim\limits_{x\to-\infty} 2x = -\infty.$

4. b. $f(1) = 2\times1+3 = 5$ et $\lim\limits_{\substack{x\to1\\x>1}} f(x) = \lim\limits_{\substack{x\to1\\x>1}} e^x = e$. Or $e \neq 5$ donc f est discontinue en 1.

5. a. f est la fonction définie sur $\mathbb{R}$ par $f(x) = e^x + x$.
f est continue et strictement croissante sur $\mathbb{R}$. De plus, $f(-1) < 0$ et $f(0) > 0$, donc d'après la conséquence du théorème des valeurs intermédiaires, on en déduit que l'équation $f(x) = 0$ possède une unique solution sur $[-1\,;0]$.

p. 329

1. c. $$\frac{f(1+h)-f(1)}{h} = \frac{(5(1+h)^2-5)-(5\times1^2-5)}{h} = \frac{10h+5h^2}{h} = 10+5h.$$

Or $\lim\limits_{h\to0} 10+5h = 10$ donc $f'(1) = 10$.

2. b. Pour tout x de $\mathbb{R}$, $g'(x) = 12x^2+1$. Donc $g(2) = 34$ et $g'(2) = 49$.
Ainsi, la tangente à $\mathscr{C}_g$ en 2 a pour équation $y = 49(x-2)+34$ soit $y = 49x-64$.

3. c. Pour tout x de $]1\,;+\infty[$, on a :
$$h'(x) = \frac{5(x-1)-1(5x+4)}{(x-1)^2} = \frac{-9}{(x-1)^2}$$

4. a. Pour tout x de $\mathbb{R}$, on a :
$i'(x) = 6x(1-x)+(-1)(3x^2+1) = -9x^2+6x-1$

5. b. Pour tout x de $\mathbb{R}$, on a :
$j'(x) = 3\times(8x-1)e^{4x^2-x} = (24x-3)e^{4x^2-x}$

6. b. Pour tout x de $[-1\,;1]$, $k'(x) = e^x-1$. Or $e^x-1 > 0 \Leftrightarrow e^x > 1 \Leftrightarrow x > 0$. Donc k est croissante sur $[0\,;1]$ et décroissante sur $[-1\,;0]$.

p. 335

1. b. La représentation graphique de la fonction ln possède une asymptote d'équation $x = 0$ car $\lim\limits_{x\to0} \ln x = -\infty$.

2. a. $f(1) = \ln 1 = 0$ et, pour tout $x > 0$, $f'(x) = \dfrac{1}{x}$ donc $f'(1) = 1$. Ainsi, la tangente en 1 à la courbe du ln a pour équation : $y = 1(x-1)+0$ soit $y = x-1$.

3. c.
$$\ln\sqrt{8} - \ln 4 = \frac{1}{2}\ln 8 - \ln 4 = \frac{1}{2}\ln(2^3) - \ln(2^2) = \frac{3}{2}\ln 2 - 2\ln 2 = -\frac{1}{2}\ln 2.$$

4. a. $\ln(2x+3)$ est défini lorsque $2x+3 > 0$, soit $x > -\dfrac{3}{2}$. Pour $x > -\dfrac{3}{2}$,

$$\ln(2x+3) = 5 \Leftrightarrow 2x+3 = e^5 \Leftrightarrow x = \frac{e^5-3}{2}$$
$$\Leftrightarrow x = \frac{1}{2}(e^5-3)\left(\text{et } \frac{1}{2}(e^5-3) > -\frac{3}{2}\right).$$

5. b. $2^n \geqslant 100\,000 \Leftrightarrow \ln(2^n) \geqslant \ln 100\,000$

$$\Leftrightarrow n\ln 2 \geqslant \ln 100\,000 \Leftrightarrow n \geqslant \frac{\ln 100000}{\ln 2}.$$

Or $\frac{\ln 100000}{\ln 2} \approx 16{,}6$ donc il faut prendre $n = 17$ (puisque n est un entier).

6. a. $f = \ln u$ avec $u(x) = e^x + e^{-x}$ donc $u'(x) = e^x - e^{-x}$.

Ainsi, $f'(x) = \frac{e^x - e^{-x}}{e^x + e^{-x}}$.

p. 343

1. a. Voir la définition du paragraphe 1.1.

2. c. Voir la définition du paragraphe 1.2.

3. b. Voir la définition du paragraphe 2.1.

4. c. Voir la définition du paragraphe 2.2.

p. 351

1. b. En posant $f(x) = \frac{5}{3}x^3 + 2e^{2x}$, on a $f'(x) = 5x^2 + 4e^{2x}$, donc f est solution de (E).

2. a. Les courbes présentées en **a.** conviennent car lorsque $f(x) \leqslant 0$, F est décroissante (sur $]-\infty\,;2]$) et lorsque $f(x) \geqslant 0$, F est croissante (sur $[2\,;+\infty[$). Et on sait que $F' = f$.

3. c. $x \mapsto 2x^4$ a pour primitive $x \mapsto \frac{2}{5}x^5$; $x \mapsto -x^3$ a pour primitive $x \mapsto -\frac{1}{4}x^4$; $x \mapsto 4x^2$ a pour primitive $x \mapsto \frac{4}{3}x^3$; $x \mapsto -1$ a pour primitive $x \mapsto -x$.

Donc f a pour primitive :

$$x \mapsto F(x) = \frac{2}{5}x^5 - \frac{1}{4}x^4 + \frac{4}{3}x^3 - x$$

4. a. Les solutions de cette équation différentielle sont les fonctions définies sur $\mathbb{R}$ par : $f_k(x) = ke^{-2x}$ avec $k \in \mathbb{R}$. Donc $x \mapsto 5e^{-2x}$ est l'une d'elles.

5. c. $2y' + y = 4 \Leftrightarrow y' = -\frac{1}{2}y + 2$ donc $a = -\frac{1}{2}$ et $b = 2$ d'où $-\frac{b}{a} = 4$.

Les solutions de cette équation différentielle sont donc de la forme $f_k(x) = ke^{-\frac{1}{2}x} + 4$ avec $k \in \mathbb{R}$.

p. 360

1. a. $\int_{-2}^{6} f(x)\mathrm{d}x$ est l'aire du domaine coloré, donc

$$\int_{-2}^{6} f(x)\mathrm{d}x = \frac{(3+1)\times 4}{2} + 4 \times 3 = 20.$$

2. c. Voir le théorème du paragraphe 4.2 du cours.

3. b. Une primitive de $x \mapsto 1 + x^2$ est $F : x \mapsto x + \frac{1}{3}x^3$ donc :

$$\int_{-1}^{2}(1+x^2)\mathrm{d}x = \left[x + \frac{1}{3}x^3\right]_{-1}^{2}$$
$$= \left(2 + \frac{1}{3}\times 2^3\right) - \left(-1 + \frac{1}{3}(-1)^3\right) = 6$$

4. a. Une primitive de $x \mapsto \frac{1+e^x}{x+e^x}$ est $F : x \mapsto \ln(x + e^x)$ donc :

$$\int_0^1 \frac{1+e^x}{x+e^x}\mathrm{d}x = \left[\ln(x+e^x)\right]_0^1 = \ln(1+e) - \ln(0+e^0)$$
$$= \ln(1+e) \simeq 1{,}313$$

5. a. Une primitive de $x \mapsto \frac{3}{x^2} + 1$ est $F : x \mapsto -\frac{3}{x} + x$ donc la valeur moyenne de f sur $[5\,;15]$ est :

$$\mu = \frac{1}{15-5} \times \int_5^{15} f(x)\mathrm{d}x = \frac{1}{10}\left[-\frac{3}{x} + x\right]_5^{15}$$
$$= \frac{1}{10}\left[\left(-\frac{3}{15} + 15\right) - \left(-\frac{3}{5} + 5\right)\right] = 1{,}04$$

p. 369

1. a.
$$P(3 \leqslant X \leqslant 6) = P(X=3) + P(X=4) + P(X=5)$$
$$+ P(X=6) = \frac{1}{10} + \frac{1}{10} + \frac{1}{10} + \frac{1}{10} = 0{,}4.$$

2. c. $P(X=3) = \binom{8}{3} \times 0{,}1^3 \times 0{,}9^5 \approx 0{,}033.$

3. b. $P(X \geqslant 2) = 1 - P(X < 2)$
$= 1 - (P(X = 0) + P(X = 1))$

$$P(X \geqslant 2) = 1 - \left(\binom{10}{0}\times\left(\frac{1}{4}\right)^0\times\left(\frac{3}{4}\right)^{10} + \binom{10}{1}\times\left(\frac{1}{4}\right)^1\times\left(\frac{3}{4}\right)^9\right)$$
$$\approx 0{,}756.$$

4. a. $\binom{10}{4} + \binom{10}{5} = \binom{11}{5}$ Voir le paragraphe 3.3 du cours.

5. b. $P(2 \leqslant X \leqslant 4) = P(X = 2) + P(X = 3) + P(X = 4)$
$= 0{,}2 \times 0{,}8 + 0{,}2 \times 0{,}8^2 + 0{,}2 \times 0{,}8^3.$

Ainsi, $P(2 \leqslant X \leqslant 4) = 0{,}3904$.

p. 378

1. c. $P(0 \leqslant X \leqslant 5) = \frac{5-0}{b-a}$ donc $\frac{5}{b-a} = 0{,}2$ d'où $b - a = \frac{5}{0{,}2}$ et $b - a = 25$.

Ainsi, $a = 20$ et $b = 45$ conviennent.

2. b. f est continue et positive sur $\left[0\,;\sqrt{2}\right]$. De plus,

$$\int_0^{\sqrt{2}} f(x)\mathrm{d}x = \left[\frac{1}{2}x^2\right]_0^{\sqrt{2}} = 1.$$

Donc f est une densité de probabilité sur $\left[0\,;\sqrt{2}\right]$.

3. c. $\lambda = 4$. Voir le paragraphe 3.1 du cours.

4. c. $P(X \leqslant 3) = P(0 \leqslant X \leqslant 3) = 1 - e^{-0,2 \times 3}$
$= 1 - e^{-0,6} \approx 0,451.$

5. a. $P(X \leqslant 3) = P(X \geqslant 3)$
$\Leftrightarrow 1 - e^{-\lambda \times 3} = e^{-\lambda \times 3} \Leftrightarrow 1 = 2e^{-3\lambda}$

$$\Leftrightarrow \frac{1}{2} = e^{-3\lambda} \Leftrightarrow \ln\left(\frac{1}{2}\right) = -3\lambda \Leftrightarrow \lambda = \frac{\ln\left(\frac{1}{2}\right)}{-3}$$

$$\Leftrightarrow \lambda = \frac{-\ln 2}{-3} \Leftrightarrow \lambda = \frac{\ln 2}{3}.$$

p. 385

1. b. Neuf points : cela correspond au nombre de colonnes du tableau.

2. a. Les coordonnées $(\overline{x}\,;\overline{y})$ du point moyen G du nuage sont données par :

$$\overline{x} = \frac{2\,012 + 2\,013 + \ldots + 2\,020}{9} = 2\,016$$

et

$$\overline{y} = \frac{0,83 + 0,85 + \ldots + 1}{9} \simeq 0,9067$$

3. c. La corrélation linéaire est forte puisque $r \simeq 0,955 > 0,9$.

4. b. $y = 0,01967 \times 2\,021 - 38,74 \simeq 1,01$. En 2021, le prix serait d'environ 1,01 € selon ce modèle.

5. c. $0,01967x - 38,74 = 1,05 \Leftrightarrow 0,01967x = 39,79$

$\Leftrightarrow x = \dfrac{39,79}{0,01967}$ donc $x \simeq 2\,022,9$. Ainsi, c'est en 2023 que le prix d'une baguette de pain atteindra 1,05 €.

Annexes

Formulaire

Analyser un système chimique

- **pH** :

$$\mathbf{pH = -\log\frac{[H_3O^+]}{c^\circ}}$$

$$\mathbf{[H_3O^+] = c^\circ \times 10^{-pH}}$$

avec log la fonction logarithme décimal, $[H_3O^+]$ la concentration en ions oxonium (en $mol \cdot L^{-1}$) et c° la concentration de référence ($c^\circ = 1{,}0\ mol \cdot L^{-1}$).

- **Loi de Beer-Lambert :**

$$A = \varepsilon \ell c$$

avec A l'absorbance de la solution (sans unité), ℓ la longueur de solution (en m ou en cm), c la concentration en $mol \cdot L^{-1}$ et ε le coefficient de proportionnalité appelé coefficient d'extinction molaire (en $L \cdot mol^{-1} \cdot m^{-1}$ ou en $L \cdot mol^{-1} \cdot cm^{-1}$).

- **Conductance :**

$$G = \frac{1}{R} = \frac{I}{U}$$

avec G la conductance (en S), R la résistance (en Ω), I l'intensité (en A) et U la tension (en V).

$$G = k\sigma$$

avec G la conductance (en S), σ la conductivité de la solution (en $S \cdot m^{-1}$) et k la constante de cellule (en m).

- **Loi de Kohlrausch :**

$$\sigma = \Sigma_{\text{ions}\, i}\, \lambda_i\, [X_i]$$

avec σ la conductivité de la solution (en $S \cdot m^{-1}$), $[X_i]$ la concentration molaire de l'ion X_i (en $mol \cdot m^{-3}$) et λ_i la conductivité molaire ionique de l'ion X_i (en $S \cdot m^2 \cdot mol^{-1}$).

- **Équation d'état du gaz parfait :**

$$PV = nRT$$

avec P la pression (en Pa), V le volume (en m^3), n la quantité de matière (en mol), T la température du gaz parfait (en K) et R la constante des gaz parfaits ($R = 8{,}314\ Pa \cdot m^3 \cdot mol^{-1} \cdot K^{-1}$).

- **Titre massique :**

$$t = \frac{m(A)}{m}$$

avec t le titre massique d'un soluté A (sans unité), m(A) la masse du soluté A (en g) et m la masse de la solution (en g).

- **Densité :**

$$d(A) = \frac{\mu(A)}{\mu_{ref}}$$

avec d(A) la densité d'un corps A (sans unité), μ(A) la masse volumique de A (en $g \cdot L^{-1}$) et μ_{ref} la masse volumique de référence (en $g \cdot L^{-1}$).

- **Relation à l'équivalence** pour une réaction du type $aA + bB \rightarrow cC + dD$:

$$\frac{c_A V_A}{a} = \frac{c_B V_B}{b}$$

avec c_A et c_B les concentrations en A et B (en $mol \cdot L^{-1}$), V_A et V_B les volumes de A et B versés à l'équivalence (en L), a et b les coefficients stœchiométriques de l'équation support de titrage.

Suivre et modéliser l'évolution d'un système chimique

- **Vitesse volumique :**

$$v = \frac{1}{V}\frac{dx}{dt}$$

avec v la vitesse volumique de la réaction (en $mol \cdot L^{-1} \cdot s^{-1}$), V le volume du milieu réactionnel (en L) et x l'avancement de la réaction (en mol).

- **Avancement à la demi-réaction :**

$$x(t_{1/2}) = \frac{x_f}{2}$$

avec $t_{1/2}$ le temps de demi-réaction (en s) et x_f l'avancement final (en mol).

- **Vitesse volumique :**

$$v = k[A]^\alpha[B]^\beta$$

avec v la vitesse volumique de la réaction (en $mol \cdot L^{-1} \cdot s^{-1}$), k la constante de vitesse, α l'ordre partiel par rapport à A et β l'ordre partiel par rapport à B.

Cas d'une cinétique d'ordre 0 :

$$v = -\frac{d[A]}{dt} = k \text{ et } [A] = [A]_0 - kt$$

Cas d'une cinétique d'ordre 1 :

$$v = -\frac{d[A]}{dt} = +\frac{d[B]}{dt} = -k[A]$$

$$[A] = [A]_0 e^{-kt} \text{ et } [B] = [A]_0(1 - e^{-kt})$$

Modéliser l'évolution d'un système, siège d'une transformation nucléaire

- **Loi de décroissance radioactive :**

$$\frac{dN}{dt} + \lambda N = 0$$

avec N le nombre de noyaux radioactifs d'une population et λ la constante radioactive (en s^{-1}).

- **Activité :** $$A(t) = -\frac{dN(t)}{dt} = \lambda N(t)$$

avec A l'activité de l'échantillon (en Bq), N le nombre de noyaux radioactifs d'une population et λ la constante radioactive (en s^{-1}).

Prévoir le sens de l'évolution spontanée d'un système

- **Quotient de réaction :** $$Q_r = \frac{[C]^c[D]^d}{[A]^a[B]^b}$$

avec Q_r le quotient de réaction (sans unité), [X] la concentration en X (en $mol \cdot L^{-1}$) et a, b, c ou d le coefficient stœchiométrique de A, B, C ou D.

Cas particulier de l'équilibre chimique :

$$Q_{r,\,éq} = K$$

avec K la constante d'équilibre du système.

- **Taux d'avancement :** $$\tau = \frac{x_f}{x_{max}}$$

avec τ le taux d'avancement (sans unité), x_f l'avancement final (en mol) et x_{max} l'avancement maximal (en mol).

- **Quantité d'électricité débitée :** $$Q = I\Delta t$$

avec Q la quantité d'électricité débitée (en C), Δt la durée de fonctionnement (en s) et I l'intensité du courant (en A).

$$Q = n\mathcal{N}_A e$$

avec Q la quantité d'électricité débitée (en C), n la quantité d'électrons échangés (en mol), $\mathcal{N}_A$ la constante d'Avogadro (en mol^{-1}) et e la charge élémentaire (en C).

$$1\ F = \mathcal{N}_A e = 96\ 500\ C \cdot mol^{-1}$$

avec F le faraday (en C), $\mathcal{N}_A$ le nombre d'Avogadro (en mol^{-1}) et e la charge élémentaire (en C).

- **Capacité :** $$C = Q_{totale} = I\tau$$

avec C la capacité (en Ah), Q_{totale} la charge totale (en Ah), I l'intensité du courant électrique débité (en A) et τ la durée de la charge/décharge (en h).

Comparer la force des acides et des bases

- **Produit ionique de l'eau :** $$K_e = [H_3O^+]_{éq} \times [HO^-]_{éq}$$ $$K_e = 1{,}0 \times 10^{-14} \text{ à } 25\ °C$$

avec K_e le produit ionique de l'eau (sans unité), $[X]_{éq}$ la concentration molaire de X à l'état d'équilibre (en $mol \cdot L^{-1}$).

- **Constante d'acidité :** $$K_a = \frac{[A^-]_{éq}[H_3O^+]_{éq}}{[AH]_{éq}}$$

avec K_a la constante d'acidité (sans dimension) et $[X]_{éq}$ la concentration molaire de X à l'état d'équilibre (en $mol \cdot L^{-1}$).

- **$pK_a = -\log K_a$**

et réciproquement : $K_a = 10^{-pKa}$

- **$pH = -\log c$**

avec pH (sans unité) et c la concentration molaire d'un acide fort (en $mol \cdot L^{-1}$).

$$pH = pK_e + \log c$$

avec pH et pK_e (sans unité) et c la concentration molaire d'une base forte (en $mol \cdot L^{-1}$).

$$pH = pK_a + \log\frac{[A^-]_{éq}}{[AH]_{éq}}$$

avec pH et pK_a (sans unité) et $[X]_{éq}$ la concentration molaire de X à l'équilibre (en $mol \cdot L^{-1}$).

Forcer le sens d'évolution d'un système

- **Quantité d'électrons échangés :** $$n = \frac{I \times \Delta t}{\mathcal{N}_A \times e}$$

avec n la quantité d'électrons échangés (en mol), I l'intensité du courant (en A), Δt la durée de fonctionnement de la pile (en s), $\mathcal{N}_A$ la constante d'Avogadro (en mol^{-1}) et e la charge élémentaire (en C).

Élaborer des stratégies en synthèse organique

- **Rendement d'une synthèse :** $$r = \frac{n_{exp}}{n_{théo}}$$

avec r le rendement d'une synthèse (sans unité ou en %), n_{exp} la quantité de matière de l'espèce cible obtenue expérimentalement (en mol) et $n_{théo}$ celle calculée théoriquement (en mol).

Décrire un mouvement

- **Vecteur position :**

$$\overrightarrow{OM}(t) = x(t)\vec{i} + y(t)\vec{j} + z(t)\vec{k}$$

avec $\overrightarrow{OM}$ le vecteur position, x, y et z les coordonnées du vecteur dans le repère $(O, \vec{i}, \vec{j}, \vec{k})$.

$$\vec{v}_M(t) = \frac{d\overrightarrow{OM}(t)}{dt}$$

avec $\overrightarrow{OM}$ le vecteur position et $\vec{v}_M$ le vecteur vitesse du point M.

- **Vecteur accélération :**

$$\vec{a}_M(t) = \frac{d\vec{v}_M(t)}{dt} = a_\tau\vec{\tau} + a_n\vec{n}$$

avec $\vec{a}_M$ le vecteur accélération du point M, $a_\tau = \frac{dv}{dt} = \frac{d||\vec{v}||}{dt}$ sa composante tangentielle, $a_n = \frac{v^2}{R} = \frac{||\vec{v}||^2}{R}$ sa composante normale dans le repère de Frénet $(\vec{\tau}, \vec{n})$ et R le rayon de courbure du cercle osculateur (en m).

Relier les actions appliquées à un système à son mouvement

- **Quantité de mouvement :**

$$\vec{p} = m\vec{v}$$

avec $\vec{p}$ le vecteur quantité de mouvement, m la masse du système (en kg) et $\vec{v}$ le vecteur vitesse instantanée.

- **Deuxième loi de Newton ou théorème du centre d'inertie :**

$$\sum\vec{F}_{ext} = \frac{d\vec{p}_G}{dt}$$

avec $\sum\vec{F}_{ext}$ la résultante des forces extérieures agissant sur un système et $\vec{p}_G$ le vecteur quantité de mouvement de son centre d'inertie G.

- **Énergie cinétique :**

$$E_c = \frac{1}{2}mv^2$$

avec E_c l'énergie cinétique (en J), m la masse (en kg) et v la norme du vecteur vitesse (en $m \cdot s^{-1}$).

- **Théorème de l'énergie cinétique :**

$$E_c(B) - E_c(A) = \Delta E_c = W_{AB}(\sum\vec{F}_{ext})$$

avec $E_c(X)$ l'énergie cinétique en X (en J) et $W_{AB}(\sum\vec{F}_{ext})$ le travail entre A et B de la résultante des forces extérieures (en J).

- **Énergie mécanique :**

$$E_m = E_c + E_p$$

avec E_m l'énergie mécanique (en J), E_c l'énergie cinétique (en J) et E_p l'énergie potentielle (en J).

- **Variation d'énergie mécanique :**

$$\Delta E_m = E_m(B) - E_m(A) = W_d$$

avec ΔE_m la variation d'énergie mécanique au cours d'un mouvement de A vers B (en J) et W_d le travail des forces dissipatives (en J).

- **Force gravitationnelle :**

$$\vec{F}_{A/B} = G\frac{M_A M_B}{d^2}\vec{n}$$

avec $\vec{F}_{A/B}$ la force gravitationnelle exercée par A sur B, M_X la masse de X (en kg), d la distance entre A et B (en m), G la constante gravitationnelle ($G = 6{,}67 \times 10^{-11}\,N \cdot m^2 \cdot kg^{-2}$) et $\vec{n}$ le vecteur unitaire normal de la base de Frenet.

- **Deuxième loi de Kepler ou loi des aires :**

$$\text{Si } \Delta t_1 = \Delta t_2 \text{ alors } \mathcal{A}_1 = \mathcal{A}_2$$

avec Δt la durée du mouvement (en s) et $\mathcal{A}$ l'aire balayée (en m^2).

- **Troisième loi de Kepler :**

$$\frac{T^2}{a^3} = K$$

avec T la période de révolution du centre d'une planète (en s), a le demi-grand axe de l'orbite elliptique de la planète (en m) et K une constante (en $s^2 \cdot m^{-3}$).

Étudier un fluide

- **Débit volumique :**

$$D = \frac{V}{\Delta t}$$

avec D le débit volumique d'un fluide (en $m^3 \cdot s^{-1}$), V le volume du fluide traversant la section S (en m^3) pendant la durée Δt (en s).

$$D = S \times v$$

avec D le débit volumique d'un fluide (en $m^3 \cdot s^{-1}$), S la surface de la section de tuyau (en m^2) et v la vitesse constante de l'écoulement (en $m \cdot s^{-1}$).

- **Relation de Bernoulli :**

$$P + \rho gz + \frac{1}{2}\rho v^2 = \text{Constante}$$

avec P la pression (en Pa), ρ la masse volumique du fluide (en $kg \cdot m^{-3}$), v sa vitesse ($m \cdot s^{-1}$), z l'altitude (en m) et g l'intensité de pesanteur ($N \cdot m^{-1}$).

- **Équation d'état du gaz parfait (GP) :**

$$PV = nRT$$

avec P la pression du fluide (en Pa), V son volume (en m^3), n sa quantité de matière (en mol), T sa température (en K) avec $T(\text{K}) = \theta(°\text{C}) + 273{,}15$ et R la constante des gaz parfaits

$$(R = 8{,}314\ \text{Pa} \cdot \text{m}^3 \cdot \text{mol}^{-1} \cdot \text{K}^{-1}).$$

Effectuer des bilans d'énergie

- **Premier principe de la thermodynamique :**

$$\Delta E = \Delta E_m + \Delta U = W + Q$$

avec $E_m + U$ l'énergie totale d'un système (en J), W le travail reçu (en J) et Q le transfert thermique (en J).

- **Transfert thermique :**

$$Q = nC\Delta T$$

avec Q le transfert thermique (en J), n la quantité de matière du corps considéré (en mol), C la capacité thermique molaire (en $\text{J} \cdot \text{K}^{-1} \cdot \text{mol}^{-1}$) et ΔT la variation de température (en K).

$$Q = mC\Delta T$$

avec Q le transfert thermique (en J), m la masse du corps considéré (en g), C la capacité thermique massique (en $\text{J} \cdot \text{K}^{-1} \cdot \text{g}^{-1}$) et ΔT la variation de température (en K).

- **Flux thermique conductif :**

$$\phi = \lambda \frac{T_1 - T_2}{L} S$$

avec Φ le flux thermique conductif (en W), T_1 et T_2 les températures extrêmes (en K), L la longueur ou l'épaisseur de matériau (en m), S la surface de la section (en m^2) et λ la conductivité thermique du matériau (en $\text{W} \cdot \text{m}^{-1} \cdot \text{K}^{-1}$).

- **Résistance thermique :**

$$R = \frac{T_1 - T_2}{\Phi} = \frac{L}{\lambda S}$$

avec R la résistance thermique (en $\text{K} \cdot \text{W}^{-1}$), T_1 et T_2 les températures extrêmes (en K), Φ le flux thermique (en W), S la surface de la section (en m^2), L la longueur ou l'épaisseur de matériau (en m) et λ la conductivité thermique (en $\text{W} \cdot \text{m}^{-1} \cdot \text{K}^{-1}$).

- **Loi de Stefan-Boltzmann :**

$$P = \sigma T^4$$

avec P la puissance surfacique rayonnée (en $\text{W} \cdot \text{m}^{-2}$), T la température (en K) et σ la constante de Boltzmann ($\sigma = 5{,}67\ \text{W} \cdot \text{m}^{-2} \cdot \text{K}^{-4}$).

- **Loi phénoménologique de Newton :**

$$\frac{dT(t)}{dt} = -k(T(t) - T_T)$$

avec $T(t)$ la température (en K), T_T la température constante d'un thermostat (en K) et k une constante (en s^{-1}).

Caractériser les phénomènes ondulatoires

- **Intensité acoustique :**

$$I = \frac{P}{S}$$

avec I l'intensité acoustique (en $\text{W} \cdot \text{m}^{-2}$), P la puissance acoustique (en W) et S la surface (en m^2).

- **Niveau sonore :**

$$L = 10 \log\left(\frac{I}{I_0}\right)$$

avec L le niveau sonore (en dB), log la fonction logarithme décimal, I l'intensité acoustique (en $\text{W} \cdot \text{m}^{-2}$) et I_0 l'intensité de référence ($I_0 = 10^{-12}\ \text{W} \cdot \text{m}^{-2}$).

- **Puissances :**

$$\alpha = \frac{P_s}{P_e} = \frac{I_s}{I_e}$$

avec P_e et P_s les puissances d'entrée et de sortie (en W), I_e et I_s les intensités acoustiques d'entrée et de sortie (en $\text{W} \cdot \text{m}^{-2}$) du signal à transmettre.

- **Angle de diffraction :**

$$\tan\theta \simeq \theta = \frac{d}{D} = \frac{\lambda}{a}$$

avec θ l'ouverture angulaire (en rad) d'un faisceau diffracté, d la demi-tache centrale de diffraction (en m), D la distance objet diffractant-écran (en m), λ la longueur d'onde de l'onde diffractée (en m) et a la largeur ou le diamètre de l'objet diffractant (en m).

- **Conditions d'interférences constructives et destructives :**

Cas des interférences constructives :

$$\delta = k\lambda \text{ avec } k \in \mathbb{Z}$$

Cas des interférences destructives :

$$\delta = \left(k + \frac{1}{2}\right)\lambda \text{ avec } k \in \mathbb{Z}$$

avec δ la différence de marche (en m) et λ la longueur d'onde de l'onde (en m).

- **Interfrange d'interférences :**

$$i = \frac{\lambda d_0}{a}$$

avec i l'interfrange (en m), a la distance entre les fentes (en m), d_0 la distance fente-écran (en m) et λ la longueur de la source (en m).

ANNEXES

- **Effet Doppler et Redshift :**

$$z = \frac{\Delta f}{f} = \frac{v}{c}$$

avec z le Redshift (sans unité), f la fréquence du signal lors de l'émission (en Hz), v la vitesse de déplacement du récepteur par rapport à la source (en $m \cdot s^{-1}$) et c la célérité du signal (en $m \cdot s^{-1}$).

Former des images

- **Formule de conjugaison :**

$$\frac{1}{\overline{OA'}} - \frac{1}{\overline{OA}} = \frac{1}{\overline{OF'}} = C$$

avec $\overline{OA'}$ la distance algébrique de O à A' (en m), $\overline{OA}$ la distance algébrique de O à A (en m), $\overline{OF'}$ la distance focale de la lentille (en m) et C la vergence de la lentille (en δ).

- **Formule du grandissement :**

$$\gamma = \frac{\overline{A'B'}}{\overline{AB}} = \frac{\overline{OA'}}{\overline{OA}}$$

avec γ le grandissement (sans unité), $\overline{A'B'}$, $\overline{AB}$, $\overline{OA'}$ et $\overline{OA}$ les distances algébriques (en m).

- **Formule du grossissement :**

$$G = \frac{\beta}{\alpha}$$

avec G le grossissement (sans unité), α l'angle sous lequel un objet est vu à l'œil nu (en rad) et β l'angle sous lequel il est vu à travers un instrument d'optique (en rad).

Cas d'une lunette afocale :

$$G = \frac{f'_1}{f'_2} = \frac{C_2}{C_1}$$

avec f'_1 et f'_2 les distances focales des lentilles L_1 (objectif) et L_2 (oculaire) (en m), et C_1 et C_2 leur vergence (en δ).

Décrire la lumière par un flux de photons

- **Travail d'extraction :**

$$W_s = h\nu_s$$

avec ν_s la fréquence seuil (en Hz), W_s le travail d'extraction (en J) et h la constante de Planck ($h = 6{,}62 \times 10^{-34}\ m^2 \cdot kg \cdot s^{-1}$).

- **Équation d'Einstein de l'effet photoélectrique :**

$$h\nu = W_s + \frac{1}{2} mv^2 = W_s + E_c$$

avec ν la fréquence du photon (en Hz), W_s le travail d'extraction (en J), m la masse de l'électron (en kg), v la vitesse de l'électron (en $m \cdot s^{-1}$), E_c l'énergie cinétique de l'électron (en J) et h la constante de Planck ($h = 6{,}62 \times 10^{-34}\ m^2 \cdot kg \cdot s^{-1}$).

- **Contre-tension maximale :**

$$|V_0| = \frac{h}{e}(\nu - \nu_s)$$

avec $|V_0|$ la contre-tension maximale (en V), ν_s la fréquence seuil et ν la fréquence du photon (en Hz), e la charge élémentaire et h la constante de Planck ($h = 6{,}62 \times 10^{-34}\ m^2 \cdot kg \cdot s^{-1}$).

- **Rendement en puissance :**

$$\eta = \frac{P_e}{P_{lum}}$$

avec η le rendement (sans unité), P_e la puissance électrique produite par une cellule photovoltaïque (en W) et P_{lum} la puissance lumineuse reçue (en W).

Étudier la dynamique d'un système électrique

- **Intensité du courant :**

$$i = \frac{dq}{dt}$$

avec i l'intensité du courant (en A) et dq la quantité d'électricité ou quantité de charge électrique (en C) traversant la section de conducteur pendant la durée dt (en s).

- **Charge du condensateur :**

$$q = q_A = C \times u_{AB}$$

avec C la capacité d'un condensateur (en F), q la charge du condensateur (en C) et u la tension à ses bornes (en V).

- **Évolution de la charge $q(t)$ dans un circuit RC :**

$$\frac{dq(t)}{dt} + \frac{q(t)}{RC} = \frac{E}{R}$$

avec q la charge de l'armature du condensateur (en C), R la résistance du conducteur ohmique (en Ω), C la capacité du condensateur (en F) et E la tension constante ou fém du générateur idéal de tension (en V).

FSC
www.fsc.org
MIXTE
Papier issu de sources responsables
FSC® C022030

Nathan est un éditeur qui s'engage pour la préservation de son environnement et qui utilise du papier composé de fibres naturelles, renouvelables, fabriquées à partir de bois provenant de forêts gérées de manière responsable et contrôlée.